DISCARDED
From Nashville Public Library

MI HOMBRE

SEDUCCIÓN

JODI ELLEN MALPAS

SEDUCCIÓN

Primer volumen de la trilogía *Mi hombre*

Traducción de
Vicky Charques y Marisa Rodríguez

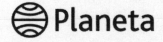

Obra editada en colaboración con Editorial Planeta – España

Título original: *This Man*

© 2012, Jodi Ellen Malpas
© 2013, Vicky Charques y Marisa Rodríguez (Traducciones Imposibles),
 por la traducción
© 2013, Editorial Planeta, S.A. – Barcelona, España

Derechos reservados

© 2013, Editorial Planeta Mexicana, S.A. de C.V.
Bajo el sello editorial PLANETA M.R.
Avenida Presidente Masarik núm. 111, 2o. piso
Colonia Chapultepec Morales
C.P. 11570, México, D.F.
www.editorialplaneta.com.mx

Primera edición impresa en España: octubre de 2013
ISBN: 978-84-08-12229-6
ISBN: 978-1-4555-7830-6, Grand Central Publishing, un sello de Hachette
Book Groupudad, país, edición original

Primera edición impresa en México: noviembre de 2013
ISBN: 978-607-07-1942-4

No se permite la reproducción total o parcial de este libro ni su incorporación
a un sistema informático, ni su transmisión en cualquier forma o por cualquier
medio, sea éste electrónico, mecánico, por fotocopia, por grabación u otros
métodos, sin el permiso previo y por escrito de los titulares del *copyright*.
La infracción de los derechos mencionados puede ser constitutiva de delito
contra la propiedad intelectual (Arts. 229 y siguientes de la Ley Federal de
Derechos de Autor y Arts. 424 y siguientes del Código Penal).

Impreso en los talleres de Litográfica Ingramex, S.A. de C.V.
Centeno núm. 162-1, colonia Granjas Esmeralda, México, D.F.
Impreso en México – *Printed in Mexico*

Capítulo 1

Rebusco entre las montañas y montañas de objetos esparcidos por el suelo de mi dormitorio. Voy a llegar tarde. El viernes, después de haber sido puntual toda la semana, voy a llegar tarde.

—¡Kate! —grito desesperada. ¿Dónde rayos están? Salgo corriendo al descansillo y me inclino sobre la barandilla—. ¡Kate!

Oigo el familiar sonido de una cuchara de madera que golpea los bordes de un cuenco de cerámica y Kate aparece al final de la escalera. Me mira con expresión de cansancio. Es un mohín al que me he acostumbrado últimamente.

—¡Las llaves! ¿Has visto las llaves de mi coche? —pregunto a toda velocidad.

—Están en la mesita de café, donde las dejaste anoche. —Pone los ojos en blanco y ella y la masa para pastel vuelven a meterse en el taller.

Cruzo el descansillo como una flecha y encuentro las llaves de mi coche bajo una pila de revistas del corazón.

—Otra vez jugando al escondite —murmuro para mí misma. Cojo mi cinturón café tostado, los tacones y la *laptop*. Bajo la escalera y encuentro a Kate en el taller echando cucharadas de masa en varios moldes.

—Tienes que ordenar tu habitación, Ava. Es un maldito desastre —protesta.

Sí, mi organización personal es chocante, sobre todo teniendo en cuenta que soy diseñadora de interiores y que me paso el día coordinando y organizando. Recojo el teléfono de la robusta mesa de madera y meto el dedo en la masa para pastel de Kate.

7

—No puedo ser buena en todo.

—¡Fuera de aquí! —Aparta mi mano con la cuchara de madera—. Además, ¿para qué necesitas el coche? —me pregunta mientras se inclina para alisar la masa. Mantiene la lengua apoyada sobre el labio inferior en un gesto de concentración.

—Tengo una primera reunión en Surrey Hills, una mansión en el campo. —Meto el cinturón por las trabillas de mi vestido azul marino con falda lápiz, los pies en los tacones café tostado y me miro en el espejo de pared.

—¿No ibas a limitarte a la ciudad? —pregunta detrás de mí.

Me atuso la melena larga y oscura unos segundos y la paso de un lado al otro, pero desisto y opto por recogérmela con unos pasadores. Mis ojos castaño oscuro parecen cansados, les falta su chispa habitual. Sin duda es el resultado de tanto madrugar y trasnochar.

Sólo hace un mes que me vine a vivir con Kate, después de haber roto con Matt. Nos estamos comportando como un par de universitarias. Mi hígado pide un descanso a gritos.

—Sí. El campo es territorio de Patrick, no sé por qué me han encargado esto a mí. —Me aplico brillo en los labios con un pincel, los junto y los despego con un chasquido—. Una servidora no es partidaria del estilo inglés antiguo y de hacer siempre lo apropiado. —Le doy a Kate un beso en la mejilla—. Esto va a dolerme, lo sé. ¡Te quiero!

—Ídem. Hasta luego. —Kate se ríe sin levantar la cara de su zona de trabajo.

—¡No olvides tus modales!

A pesar de que llego tarde, conduzco mi pequeño Mini hasta mi oficina en Bruton Street con el cuidado de siempre. Me acuerdo de por qué tomo el metro todos los días cuando tardo diez minutos en encontrar estacionamiento.

Entro en la oficina como una exhalación y miro el reloj. Las ocho y cuarenta. Bueno. Sólo llego diez minutos tarde, no es tan terrible como pensaba. Paso ante las mesas vacías de Tom y de Victoria de camino a la mía, y espío a Patrick en su despacho mientras me siento. Saco la *laptop* y veo que hay un paquete para mí.

—Buenos días, flor. —El grave bramido de Patrick me saluda cuando se acomoda en el borde de mi mesa, que cruje, como siempre, bajo su peso—. ¿Qué tienes ahí?

—Buenos días. Es la nueva gama de Miller. ¿Te gusta? —Acaricio la lujosa tela.

—Qué maravilla. —Finge interés—. No dejes que Irene lo vea. Acabo de liquidar casi todos mis bienes para pagar los nuevos textiles de casa.

—Vaya. —Pongo cara comprensiva—. ¿Dónde está todo el mundo?

—Victoria tiene el día libre y Tom está en plena pesadilla con el señor y la señora Baines. Hoy sólo estamos tú, Sal y yo, flor. —Saca su peine del bolsillo interior y se lo pasa por el casquete plateado.

—A mediodía tengo una cita en La Mansión —le recuerdo. No puede haberlo olvidado. Se supone que las casas de campo son su territorio—. ¿Por qué yo, Patrick? —Tengo que preguntarlo. Nunca he trabajado en una finca rural y no estoy segura de poseer el toque necesario para lo antiguo y lo tradicional.

Trabajo en Rococo Union desde hace cuatro años, y me dejaron bien claro que me contrataban para expandir el negocio hacia el sector más moderno. En Londres no paraban de construirse apartamentos de lujo, y Patrick y Tom, especialistas en diseño tradicional, estaban perdidos. Cuando el negocio despegó y empezó a haber demasiado trabajo para mí sola, contrataron a Victoria.

—Será porque preguntaron por ti, flor. —Se pone de pie y mi mesa vuelve a protestar con un crujido. Patrick hace caso omiso, pero yo esbozo una mueca de dolor. Tiene que perder peso o dejar de sentarse en mi mesa. No podrá soportarlo mucho más tiempo.

Entonces ¿preguntaron por mí? ¿Por qué iban a hacerlo? En mi portafolio no hay nada relacionado con diseño tradicional, nada en absoluto. No puedo evitar pensar que esto es una total pérdida de tiempo. Deberían ir Patrick o Tom.

—Ah, la inauguración del Lusso. —Patrick se guarda el peine—. El promotor está tirando la casa por la ventana para la fiesta en el ático. Has hecho un trabajo asombroso, Ava. —Las cejas de Patrick asienten junto con su cabeza.

Me sonrojo.

—Gracias. —Estoy más que orgullosa de mí misma y de mi trabajo en el Lusso, es el mayor logro de mi corta carrera.

Está situado en los muelles de Santa Catalina, y los precios van desde los tres millones por un apartamento básico hasta los diez por el ático. Es el mundo de los *superricos*.

Las especificaciones del diseño son justo lo que el nombre sugiere: lujo italiano. Busqué todos los materiales, los muebles y las obras de arte en Italia y disfruté de una semana allí organizando las fechas de embarque. El viernes que viene es la fiesta de inauguración, pero sé que ya han vendido el ático y seis apartamentos, así que la fiesta es más bien para presumir.

—He despejado mi agenda para poder dar los últimos retoques en cuanto los de la limpieza hayan terminado. —Paso las páginas de la agenda hasta la del viernes siguiente y vuelvo a garabatear en ella.

—Buena chica. Le he dicho a Victoria que esté allí a las cinco. Es su primera inauguración, así que tendrás que explicarle de qué se trata. Yo llegaré a las siete, con Tom.

—De acuerdo.

Patrick regresa a su despacho y yo abro mi correo electrónico. Leo los mensajes por encima, y los voy borrando o respondiendo.

A las once en punto guardo la laptop y asomo la cabeza por la puerta del despacho de Patrick. Está absorto en algo con la computadora.

—Me voy —le digo, pero se limita a mover la mano indicando que me ha oído. Cruzo la oficina y veo a Sally peleándose con la fotocopiadora—. Hasta luego, Sal.

—Adiós, Ava —me responde, pero está demasiado ocupada sacando el papel atascado como para mirarme. La chica es un desastre.

Salgo a la luz del sol de mayo y camino hacia mi coche. Los viernes a media mañana el tráfico es una pesadilla pero, en cuanto salgo de la ciudad, la carretera está bastante despejada. Llevo el toldo bajado, Adele me hace compañía y es viernes. Un pequeño paseo en coche por el campo es una bonita forma de terminar la semana laboral.

El GPS me dice que salga de la carretera principal y me meta por un camino angosto, donde me encuentro ante las puertas más enormes que haya visto jamás.

En una placa de oro de uno de los pilares se lee: «La Mansión.»

«¡Madre mía!» Me quito las gafas de sol y miro más allá de las puertas, hacia el camino de grava que parece prolongarse a lo largo de varios kilómetros. No hay ni rastro de la casa, sólo un sendero bordeado de árboles que no parece tener fin. Salgo del coche y camino hacia las puertas. Les doy una pequeña sacudida pero no ceden. Me quedo de pie un momento, preguntándome qué hacer.

—Tiene que apretar el botón del portero automático. —Casi doy un salto del susto cuando la vibración de una voz grave me llega de ninguna parte y rompe el silencio del campo.

Miro a mi alrededor, pero no hay duda de que estoy sola.

—¿Hola?

—Aquí.

Doy un giro de trescientos sesenta grados y veo el portero automático un poco más atrás, en el sendero angosto. Lo he pasado de largo cuando iba conduciendo. Corro hacia él, aprieto el botón y me presento:

—Ava O'Shea, de Rococo Union.

—Lo sé.

¿Lo sabe? ¿Y cómo? Echo un vistazo en torno a mí y veo una cámara instalada en la puerta; luego, el chirrido del metal rompe la paz del entorno rural. Las puertas comienzan a abrirse.

—Dame un respiro —murmuro mientras corro hacia mi coche. Salto al interior del Mini y avanzo lentamente hacia las puertas sin dejar de preguntarme cómo voy a sacarle la copa de oporto y el puro que, claramente, ese cretino tiene metidos por el culo. Cada minuto que pasa me apetece menos la cita. La gente fresa de campo y sus mansiones de fresas de campo no son mi especialidad.

Una vez las puertas se abren del todo, las cruzo y continúo por el sendero de grava bordeado de árboles que parece no tener fin. Los olmos adultos a ambos lados del camino, a intervalos regulares y equidistantes, dan la impresión de haber sido colocados estratégicamente para ocultar lo que hay detrás. Tras unos dos kilómetros de conducción a la sombra, entro en un patio perfectamente circular. Me quito las gafas y admiro boquiabierta la enorme casa que se yergue en el centro que reclama toda la atención. Es espléndida, pero ahora siento todavía más aprensión. Cada minuto que pasa me entusiasma menos esta reunión.

Las puertas negras —con adornos de oro pulido— están flanqueadas por cuatro miradores gigantes protegidos por pilares tallados en piedra. La estructura de la mansión está formada por bloques gigantes de piedra caliza, y unos frondosos laureles cubren la fachada. La fuente del centro del patio suelta chorros de agua iluminada y le pone la cereza al pastel. Es todo muy imponente.

Me detengo, paro el motor y me peleo con el seguro de la puerta para salir del coche. De pie y agarrándome a la parte superior de la puerta del Mini, alzo la vista hacia el magnífico edificio e inmediatamente pienso que tiene que haber un error. Todo el lugar está en muy buen estado.

El césped está más verde que el verde, el exterior de la casa tiene aspecto de recibir una limpieza diaria y parece que hasta a la grava le pasan la aspiradora todos los días. A juzgar por el exterior, es imposible imaginar que el interior necesite trabajo alguno. Miro las decenas de ventanas corredizas en voladizo y las lujosas cortinas que cuelgan de todas ellas. Me siento tentada a llamar a Patrick para comprobar que me ha dado la dirección correcta, pero en las puertas decía La Mansión. Y es obvio que el cretino miserable del otro lado del portero automático me estaba esperando.

Mientras sopeso el siguiente movimiento, las puertas se abren y aparece el hombre negro más grande que he visto en mi vida. Camina tranquilamente hacia lo alto de la escalera. Parpadeo al verlo y doy un pequeño paso atrás. Lleva un traje negro —seguro que hecho a medida, porque no tiene una talla normal—, camisa negra y corbata negra. Da la sensación de que le hayan sacado brillo a su cabeza afeitada y las gafas de sol le ocultan el rostro. Si hubiese podido hacerme una imagen mental de quién esperaba que saliera de detrás de aquellas puertas, seguro que nunca me lo habría imaginado así. El tipo es una montaña, y sé que estoy aquí de pie mirándolo con la boca abierta y cara de tonta. De repente me preocupa haber acabado en una especie de centro de control de la mafia y busco en mi cerebro, intentando recordar si he metido la alarma antiviolación en el bolso nuevo.

—¿La señorita O'Shea? —pregunta arrastrando las palabras.

Me encojo ante su presencia imponente y levanto la mano a modo de saludo nervioso.

—Hola —susurro. Mi voz se tiñe del recelo que siento en realidad.

—Por aquí —dice con voz profunda y atronadora. Hace un movimiento limpio con la cabeza, se da la vuelta y regresa al interior de la mansión.

Pienso seriamente en largarme sin más, aunque mi lado atrevido y amante del peligro siente curiosidad por lo que hay al otro lado de las puertas. Cojo el bolso, cierro la puerta del coche y busco mi alarma antiviolación mientras me dirijo hacia la casa, pero descubro que la he dejado en el otro bolso. Sigo adelante de todos modos. Por pura curiosidad, subo los escalones y cruzo el umbral hasta llegar a un recibidor enorme. Observo con detenimiento el amplio espacio y de inmediato quedo impresionada por la grandiosa escalera curvada que ocupa el centro de la estancia y lleva al primer piso.

Mis miedos se confirman: el lugar está inmaculado.

La decoración es opulenta, lujosa, e intimida mucho. Los azules profundos, los grises topo con toques de dorado y la ebanistería original, junto con el suelo de parquet caoba oscuro, hacen que el lugar resulte impresionante y extravagante en extremo. Es justo como esperaba que fuera, y nada parecido al estilo de mis diseños. Pero, mirando a mi alrededor, cada vez entiendo menos qué hace allí una diseñadora de interiores. Patrick me comentó que pidieron que viniera yo en persona, así que me había inclinado a pensar que querían modernizar el lugar, pero eso fue antes de haberle echado un vistazo al exterior y ahora al interior. La decoración encaja con la época de construcción. Está en perfecto estado. ¿Qué diablos hago yo aquí?

El grandulón gira a la derecha y tengo que seguirlo como puedo. Mis tacones café tostado resuenan contra el suelo de parquet mientras me conduce más allá de la escalera central, hacia la parte de atrás de La Mansión.

Oigo el murmullo de una conversación y miro a mi derecha. Veo mucha gente sentada a varias mesas, comiendo, bebiendo y charlando. Hay meseros sirviendo comida y bebida y las voces inconfundibles de The Rat Pack ronronean de fondo. Frunzo el entrecejo, pero entonces lo capto. Es un hotel, un hotel de campo fresa. El alivio me relaja ligeramente los hombros cuando llego a tal conclusión, pero eso sigue sin explicar qué hago yo aquí. Pasamos por delante de unos baños y luego dejamos atrás un bar. Hay unos cuantos hombres sentados en los taburetes de la barra, contando chistes y metiéndose con una joven que, por lo que parece, ha vuelto de los servicios con un trozo de papel higiénico pegado en el tacón. Le da una palmada en el hombro al más bromista, y lo regaña medio en broma mientras todos se ríen juntos a carcajadas.

Esto empieza a tener sentido. Quiero decirle algo a la montaña que me hace de guía y me lleva sólo Dios sabe adónde, pero no ha vuelto la vista atrás ni una vez para comprobar que lo sigo. Aunque el taconeo de mis zapatos se lo confirma. No dice gran cosa y sospecho que no me contestaría ni aunque le hablara.

Pasamos ante otras dos puertas cerradas. A juzgar por el tintineo de las ollas, imagino que dan a la cocina. Luego me lleva a un salón de verano: un espacio amplio, luminoso y espléndido, dividido en zonas de descanso individuales mediante la colocación de los sofás, los sillones y las mesas. Unas puertas dobles que van del suelo al techo completan el cuadro de la estancia.

Desembocan en un patio de piedra arenisca de Yorkshire y una vasta zona de césped. Es verdaderamente impresionante. Trago saliva con dificultad cuando veo una estructura de cristal que alberga una piscina. Me estremezco al pensar en el precio por noche de una habitación. Tiene que ser de cinco estrellas, probablemente más.

Dejamos atrás el salón de verano y el grandulón me conduce por un pasillo hasta detenerse ante una puerta de paneles de madera.

—El despacho del señor Ward —dice como un trueno, y llama a la puerta con una delicadeza sorprendente, dado su tamaño de mastodonte.

—¿El encargado? —pregunto.

—El dueño —responde, y abre la puerta y entra de una zancada—. Pase.

Titubeo en el umbral y observo cómo el grandulón entra en la habitación que tengo delante. Al final, obligo a mis pies a ponerse en acción, a avanzar hacia la habitación, mientras miro con fijeza el lujoso despacho del señor Ward.

Capítulo 2

—Jesse, la señorita O'Shea, Rococo Union —anuncia el grandulón.

—Perfecto. Gracias, John.

Me sacan de mi estado de admiración y paso directamente al de alerta. Mi espalda se tensa.

No puedo verlo, el inmenso cuerpo del grandulón lo tapa, pero esa voz áspera y suave hace que me quede helada en el sitio y sin duda no parece provenir de un «señor de La Mansión» fumador, obeso y que lleva gabardina.

El grandulón, o John, ahora que sé cómo se llama, se aparta y me deja echarle un primer vistazo al señor Jesse Ward.

Ay, Dios mío. El corazón me golpea el esternón y mi respiración alcanza velocidades peligrosas. De repente me siento mareada y mi boca ignora las instrucciones de mi cerebro para que, al menos, diga algo. Me quedo ahí parada, sin más, mirando a ese hombre mientras él, a su vez, me mira a mí. Su voz ronca me ha dejado de piedra, pero verlo... En fin, me he quedado estupefacta, temblorosa e incapaz de dar señales de inteligencia.

Se levanta de la silla, y mi mirada lo sigue hasta que se pone completamente en pie.

Es muy alto. Lleva las mangas de la camisa blanca recogidas, pero conserva la corbata negra, aflojada, colgando delante del ancho tórax.

Rodea el enorme escritorio y camina despacio hacia mí. Es entonces cuando recibo el verdadero impacto. Trago saliva. Este hombre es tan perfecto que casi me resulta doloroso. Tiene el pelo rubio oscuro y da la sensación de que haya intentado arreglárselo de alguna manera pero haya desistido. Sus ojos son verde pardusco, pero brillantes y demasiado intensos, y la sombra que le cubre la mandíbula cuadrada no logra ocultar los hermosos rasgos que hay debajo. Está ligeramente bronceado y tiene el punto justo de... Ay, Dios mío, es devastador. ¿El señor de La Mansión?

—Señorita O'Shea. —Su mano viene hacia mí, pero no consigo que mi brazo se levante y la estreche. Es guapísimo.

Cuando no le ofrezco la mano, se acerca y me pone las suyas sobre los hombros; luego se inclina para besarme y sus labios rozan ligeramente mi mejilla ardiente. Me tenso de pies a cabeza. Noto los latidos de mi corazón en los oídos y, aunque es del todo inapropiado para una reunión de negocios, no hago nada para detenerlo. No doy una.

—Es un placer —me susurra al oído, lo cual sólo sirve para hacerme emitir un pequeño gemido.

Sé que nota lo tensa que estoy —no es difícil, me he quedado rígida—, porque afloja las manos y baja el rostro para ponerlo a mi altura. Me mira directamente a los ojos.

—¿Se encuentra bien? —pregunta con una de las comisuras de los labios levantada en una especie de sonrisa. Veo que una sola arruga le cruza la frente.

Salgo de mi ridículo estado inerte y de repente me doy cuenta de que todavía no he dicho nada. ¿Ha notado mi reacción ante él? ¿Y el grandulón? Miro alrededor y lo veo inmóvil, con las gafas todavía puestas, pero sé que me está mirando a los ojos. Me doy un empujón mental y retrocedo un paso, lejos de Ward y de su potente abrazo. Deja caer las manos a los costados.

—Hola —carraspeo para aclararme la garganta—. Ava. Me llamo Ava. —Le tiendo la mano, pero no se da prisa en aceptarla; es como si no tuviera claro si es seguro o no, pero la estrecha...

Al final.

Tiene la mano algo sudada y le tiembla un poco cuando aprieta la mía con firmeza. Saltan chispas y una mirada curiosa revolotea por su increíble rostro. Ambos retiramos las manos, sorprendidos.

—Ava. —Prueba mi nombre entre sus labios y tengo que recurrir a todas mis fuerzas para no volver a gemir. Debería dejar de hablar, de inmediato.

—Sí, Ava —le confirmo. Ahora es él quien parece haberse retirado a su Nirvana particular, mientras que yo soy cada vez más consciente de que me está subiendo la temperatura.

De pronto, parece recobrar la compostura, se mete las manos en los bolsillos del pantalón, mueve ligeramente la cabeza y se retira hacia atrás.

—Gracias, John. —Hace un gesto con la cabeza al grandulón, que le devuelve una pequeña sonrisa que suaviza sus rasgos duros. Luego se marcha.

Estoy a solas con este hombre que me ha dejado sin habla, inmóvil y prácticamente inútil.

Señala hacia dos sillones de cuero café situados uno frente a otro en el mirador, con una mesita de café entre ambos.

—Por favor, toma asiento. ¿Puedo ofrecerte algo para beber? —Aparta la mirada de la mía y camina hacia un mueble con varias botellas de licor alineadas encima. Seguro que no se refiere a algo con alcohol. Es mediodía. Es demasiado pronto incluso para mí. Observo que se queda junto al mueble durante unos segundos antes de volver el rostro hacia mí y mirarme expectante.

—No, gracias. —Niego con la cabeza mientras hablo, por si acaso no me salen las palabras.

—¿Agua? —pregunta con esa sonrisa jugando en las comisuras de su boca.

«Por Dios, no me mires.»

—Por favor. —Me sale una sonrisa nerviosa. Tengo la boca seca.

Coge dos botellas de agua del refrigerador integrado y regresa hacia mí. Es entonces cuando logro convencer a mis piernas temblorosas de que me lleven al otro lado del despacho, al sofá.

—¿Ava? —Su voz me atraviesa y me hace titubear a mitad de camino.

Me doy la vuelta para mirarlo. Probablemente sea una mala idea.

—¿Sí?

Sostiene un vaso de tubo.

—¿Vaso?

—Sí, por favor. —Sonrío. Debe de pensar que no soy nada profesional. Me acomodo en el sofá de cuero, saco mi carpeta y mi teléfono del bolso y los coloco en la mesa que tengo delante.

Me doy cuenta de que me tiemblan las manos.

Vamos, mujer, ¡tranquilízate! Finjo tomar notas cuando se acerca y coloca una botella de agua y un vaso para mí en la mesita. Se sienta en el otro sofá y cruza una pierna por encima de la otra, de manera que un tobillo descansa sobre el muslo. Se recuesta contra el respaldo. Se está poniendo cómodo, y el silencio que se impone entre los dos grita mientras escribo cualquier cosa con tal de no mirarlo. Sé que tengo que mirar a aquel hombre y decir algo en algún momento, pero todas las preguntas habituales han huido, gritando y chillando, de mi cerebro.

—¿Por dónde empezamos? —pregunta. Eso me obliga a levantar la vista y dar señales de que he oído sus palabras. Sonríe. Me derrito.

Me está observando por encima de la botella mientras la levanta para acercársela a esos labios tan adorables. Rompo el contacto visual para inclinarme y servirme un poco más de agua en el vaso. Me está costando dominar los nervios y todavía puedo sentir su mirada. Esto es muy raro. Nunca me había afectado tanto un hombre.

—Supongo que debería contarme por qué estoy aquí. —¡Puedo hablar! Le devuelvo la mirada mientras cojo el vaso de la mesita.

—Ah —dice en voz baja. Ahí está la arruga en la frente. Aun así, sigue siendo guapísimo.

—¿Pidió que viniera yo en concreto? —lo presiono.

—Sí —se limita a responder. Vuelve a sonreír. Tengo que apartar la mirada.

Bebo un sorbo de agua para humedecerme la boca seca y me aclaro la garganta antes de volver a enfrentarme a su poderosa mirada.

—¿Puedo preguntar por qué?

—Puedes. —Descruza la pierna, se inclina para dejar la botella en la mesita y apoya los antebrazos en las rodillas, pero no dice nada más. ¿No va a continuar la frase?

—Bueno. —Me cuesta mantener el contacto visual—. ¿Por qué?

—He oído hablar muy bien de ti.

Noto que la cara se me pone roja.

—Gracias. ¿Por qué estoy aquí?

—Pues para diseñar. —Se echa a reír y me siento estúpida y también algo molesta. ¿Se está burlando de mí?

—¿Diseñar qué? —pregunto—. Por lo que he visto, todo está más bien perfecto. —Estoy segura de que no quiere que modernice este lugar tan encantador. Quizá no sea mi fuerte, pero reconozco las cosas con clase cuando las veo.

—Gracias —dice con suavidad—. ¿Has traído tu portafolio?

—Por supuesto —contesto mientras alcanzo mi bolso. Por qué quiere verlo es algo que no entiendo. No contiene nada que se parezca a este lugar.

Lo pongo sobre la mesita, delante de él, y espero que lo arrastre hacia sí, pero —¡horror!— se levanta con un movimiento fluido, me rodea y sienta su adorable y esbelto cuerpo en el sofá que hay a mi lado. Jesús. Huele a gloria bendita (a agua fresca y mentolada). Contengo la respiración.

—Eres muy joven para ser una diseñadora consumada —reflexiona mientras pasa lentamente las páginas de mi portafolio.

Tiene razón, lo soy. Es todo gracias a que Patrick me dio vía libre en la expansión de su negocio. En cuatro años he dejado la universidad, he conseguido trabajo en una empresa de diseño de interiores consolidada —que tenía estabilidad económica, pero que carecía de un enfoque fresco en nuevas tendencias— y además me he labrado un nombre en la profesión. He tenido suerte y agradezco la confianza de Patrick en mis habilidades. Eso, sumado a mi trabajo en el Lusso, es por lo que estoy donde estoy a los veintiséis años.

Bajo la mirada hacia su encantadora mano. Un precioso Rolex de oro y grafito le adorna la muñeca.

—¿Qué edad tiene? —digo sin pensar. Madre mía. Mi cerebro es un huevo revuelto y sé que acabo de sonrojarme hasta adquirir un tono rojo chillón. Debería mantener la boca cerrada. ¿De dónde diablos ha salido eso?

Me mira fijamente, sus ojos verdes abrasan los míos.

—Veintiuno —responde con cara de póquer.

Me río burlona y él arquea unas cejas inquisitivas.

—Lo siento —murmuro, y vuelvo a mirar a la mesa. Me pone nerviosa. Lo oigo exhalar profundamente y su adorable mano se acerca de nuevo al portafolio y empieza a pasar las páginas otra vez. Mantiene la mano izquierda apoyada sobre el borde de la mesa.

No veo ningún anillo. ¿No está casado? ¿Cómo es posible?

—Esto me gusta mucho —dice al tiempo que señala una fotografía del Lusso.

—No estoy segura de que lo que hice en el Lusso funcione aquí —digo con calma. Es demasiado moderno; muy lujoso, pero demasiado moderno.

Alza la vista hacia mí.

—Tienes razón, sólo digo... que me gusta mucho.

—Gracias. —Siento que me suben los colores mientras me estudia atentamente antes de volver a mi portafolio.

Cojo el agua y resisto la tentación de ponerme el vaso en la frente para calmarme, pero casi lo hago cuando su muslo, embutido en los pantalones, roza mi rodilla desnuda. Cambio de postura rápidamente para romper el contacto y, con el rabillo del ojo, veo que en las comisuras de sus labios se está dibujando una pequeña sonrisa de satisfacción. Lo está haciendo a propósito. Esto es demasiado.

—¿Dónde está el servicio? —pregunto al volver a dejar el vaso encima de la mesa.

Necesito ir y recomponerme. Estoy hecha un manojo de nervios.

Se levanta rápidamente del sofá y retrocede para dejarme pasar.

—Cruzando el salón de verano a la izquierda —dice con una sonrisa. Sabe el efecto que está teniendo sobre mí. El modo en que me sonríe me dice que es consciente de ello. Apuesto a que las mujeres siempre reaccionan así con él.

—Gracias. —Me pongo de lado para poder pasar por el hueco que hay entre el sofá y la mesita, pero se convierte en el más difícil todavía cuando él no hace el más mínimo esfuerzo para dejarme más espacio.

Tengo que rozarlo para pasar, y eso me hace contener la respiración hasta que estoy lejos de su cuerpo.

Avanzo hacia la puerta. Tiene la mirada clavada en mí; me siento como si me agujerease el vestido con su fuego. Giro el cuello a un lado y a otro para intentar controlar la piel de gallina que me eriza la nuca.

Salgo a trompicones del despacho y avanzo por el pasillo antes de cruzar el salón de verano y tropezar con unos baños ridículamente elegantes. Me abrazo frente al lavabo y me miro al espejo.

—Por Dios, Ava, ¡contrólate! —le gruño a mi reflejo.

—Ha conocido al señor, ¿verdad?

Me doy la vuelta y veo a una mujer de negocios muy atractiva que juguetea con su pelo en el otro extremo del baño. No sé qué decir, pero acaba de confirmar lo que yo ya sospechaba: produce este efecto en todas las mujeres. Cuando mi cerebro fracasa y no consigo decir nada apropiado, me limito a sonreír.

Me devuelve la sonrisa. Se está divirtiendo y sabe por qué estoy tan alelada. Luego desaparece de los servicios. Si no tuviera tanto calor y no estuviese tan nerviosa, me sentiría avergonzada por lo evidente de mi estado. Pero tengo calor y estoy muy nerviosa, así que me olvido de la humillación, respiro hondo un par de veces y me lavo las manos sudadas con jabón Noble Isle. Debería haberme traído el bolso. Me vendría bien un poco de cacao para los labios. Sigo teniendo la boca seca y eso hace que mis labios se resientan.

Bien, tengo que volver a salir ahí fuera, que me den los detalles y largarme. El corazón me suplica que me relaje. Estoy muy avergonzada de mí misma. Vuelvo a recogerme el pelo, salgo de los servicios y regreso al despacho del señor Ward. No sé si voy a ser capaz de trabajar para este hombre; me afecta demasiado.

Llamo a la puerta antes de entrar y lo encuentro sentado en el sofá mirando mi portafolio.

Alza la vista y sonríe. Ahora sé que tengo que marcharme, de verdad. Me es imposible trabajar con este hombre. Todas las moléculas de mi inteligencia y mis facultades mentales se desvanecen súbitamente en su presencia. Y lo peor de todo es que él lo sabe.

Me arengo mentalmente para animarme y me acerco a la mesa ignorando el hecho de que Ward sigue cada uno de mis movimientos con la mirada. Se reclina hacia atrás en el sofá para que pase por delante de él, pero no lo hago. Me siento en el sofá de enfrente, justo en el borde.

Me lanza una mirada inquisitiva.

—¿Te encuentras bien?

—Sí —respondo sin más. Lo sabe—. ¿Quiere mostrarme dónde se encuentra el futuro proyecto para que podamos hablar de los pormenores?

Obligo a mi voz a mostrar seguridad. Ahora sólo debo seguir el protocolo. No tengo la menor intención de aceptar este contrato, pero tampoco puedo marcharme así como así, por muy tentador que sea.

Enarca las cejas, sorprendido por mi cambio de estrategia.

—Claro.

Se levanta del sofá y da unas zancadas hacia el escritorio para coger el celular. Recojo mis cosas, las meto en el bolso y sigo su gesto, que me indica el camino.

Me adelanta rápidamente, me abre la puerta y me hace una reverencia galante y exagerada mientras la mantiene abierta. Le sonrío con educación, a pesar de que sé que está jugando conmigo, y salgo al pasillo, hacia el salón de verano. Me tenso en cuanto me pone la mano en la cintura para guiarme.

¿A qué está jugando? Me esfuerzo cuanto puedo por ignorarlo, pero tendría que estar muerta para no percibir el efecto que este hombre tiene en mí. Sé que lo sabe. Tengo la piel ardiendo —seguro que le está calentando la mano a través del vestido—, no puedo controlar la respiración y andar me exige toda mi capacidad de coordinación y de todas mis fuerzas.

Soy patética, y es más que evidente que Ward está disfrutando con las reacciones que provoca en mí. Debo de ser la mar de entretenida.

Enojada conmigo misma, camino un poco más de prisa para romper el contacto con la mano que mantiene en mi cintura. Me detengo al llegar a un punto en el que hay dos rutas posibles.

Me alcanza y señala el exterior, el césped de las canchas de tenis.

—¿Sabes jugar?

Me entra la risa, pero es una risa incómoda.

—No. —Suelo correr y poco más. Dame un bate, una raqueta o una pelota y ya verás la que armo. Ante mi reacción, las comisuras de sus labios forman una sonrisa que resalta el verde de sus ojos y alarga sus generosas pestañas. Sonrío y sacudo la cabeza, admirada ante este hombre glorioso.

—¿Y usted? —pregunto.

Continúa por el recibidor y yo lo sigo.

—No me importa jugar de vez en cuando, pero me van más los deportes extremos.

Se detiene y yo con él. Tiene una forma física y un tono muscular que son demasiado.

—¿Qué clase de deportes extremos?

—*Snowboard*, sobre todo. Pero he probado el *rafting* en aguas rápidas, el *puenting* y el paracaidismo. Soy un poco adicto a la adrenalina. Me gusta sentir la sangre bombeando en las venas. —Me observa mientras habla y siento que me está analizando. Tendrían que anestesiarme para que yo me atreviese con esos pasatiempos que bombean sangre en las venas. Prefiero salir a correr de vez en cuando.

—Extremos —digo sin dejar de estudiar a ese hombre cuya edad desconozco.

—Muy extremos —confirma en voz baja. La respiración se me acelera de nuevo y cierro los ojos mientras me grito mentalmente por ser tan patética.

—¿Seguimos? —pregunta. Percibo la sorna que tiñe su voz.

Abro los ojos y me encuentro con su penetrante mirada verde.

—Sí, por favor.

Ojalá dejase de mirarme así. Medio sonríe otra vez y se encamina hacia el bar. Saluda a los hombres que he visto antes, dándoles palmaditas en los hombros. La mujer ya no está. Los dos clientes del bar son muy atractivos, jóvenes —probablemente aún no hayan cumplido los treinta— y están sentados en los taburetes mientras beben botellines de cerveza.

—Chicos, les presento a Ava. Ava, éstos son Sam Ketl y Drew Davies.

—Buenas tardes —dice Drew con voz cansada. Parece un poco triste. Su aspecto (es guapo si te gustan los tipos duros) y su carácter me dicen que es inteligente, seguro de sí mismo y probablemente un hombre de negocios. Lleva el pelo negro peinado a la perfección, el traje impoluto y hace gala de una mirada astuta.

—Hola —sonrío educadamente.

—Bienvenida a la catedral del placer —ríe Sam al tiempo que levanta el botellín—. ¿Puedo invitarte a una copa?

Veo que Ward sacude un poco la cabeza y pone los ojos en blanco. Sam sonríe. Es el polo opuesto a Drew: informal y relajado, con unos *jeans* viejos, una camiseta de Superdry y unos Converse. Tiene un rostro insolente con un hoyuelo en la mejilla izquierda que lo favorece. Sus ojos azules brillan, cosa que lo hace parecer aún más insolente, y lleva el pelo rubio ceniza a la altura de los hombros y hecho un desastre.

—No, gracias —contesto.

Mueve la cabeza hacia Ward.

—¿Jesse?

—No, gracias. Le estoy enseñando a Ava la ampliación. Va a encargarse del interiorismo —dice sonriéndome.

Me río por dentro. No lo haré si puedo evitarlo. De todos modos, se está precipitando un poco, ¿no? Todavía no hemos hablado de las tarifas, de lo que quiere, ni de nada.

—Ya era hora. Nunca hay habitaciones libres —gruñe Drew pegado a su botellín. ¿Por qué nunca he oído hablar de este sitio?

—¿Qué tal el *snowboard* en Cortina, amigo mío? —pregunta Sam.

Ward se sienta en un taburete.

—Alucinante. La forma de esquiar de los italianos se parece bastante a su estilo de vida relajado. —Esboza una gran sonrisa (la primera sonrisa de verdad desde que lo conozco), recta, blanca y exuberante. Este hombre es un dios—. Me levantaba tarde, encontraba una buena montaña, bajaba las laderas hasta que se me doblaban las piernas, echaba la siesta, comía tarde y, al día siguiente, vuelta a empezar.

—Está hablando con todos pero me mira a mí. Su pasión por los descensos queda reflejada en su amplia sonrisa.

No puedo evitar devolvérsela.

—¿Se le da bien? —pregunto, porque es lo único que se me ocurre. Imagino que todo se le da bien.

—Muy bien —confirma. Asiento con un gesto de aprobación y, por unos segundos, nuestras miradas se entrelazan. Soy la primera en apartarla.

—¿Continuamos? —pregunta tras bajarse del taburete y señalar la salida.

—Sí. —Sonrío. Al fin y al cabo, se supone que he venido aquí a trabajar. Lo único que he conseguido hasta el momento es un bochorno y una lista de deportes extremos. Siento que estoy como en trance.

Desde el momento en que he atravesado las puertas he sabido que no iba a ser una reunión común y corriente, y estaba en lo cierto. A lo largo de los cuatro años que llevo visitando a gente en sus casas, sus lugares de trabajo y en edificios de nueva construcción, nunca me he topado con un Jesse Ward.

Probablemente no vuelva a hacerlo. Sin duda, tengo un buen trabajo.

Me vuelvo hacia los dos chicos de la barra y me despido con una sonrisa. Ellos levantan los botellines hacia mí antes de continuar con su conversación. Camino en dirección a la puerta que lleva de vuelta al recibidor y lo siento cerca, detrás de mí. Tan cerca que puedo olerlo. Cierro los ojos y rezo una plegaria a Dios para que me saque pronto de ésta y, al menos, con un mínimo de dignidad intacta. Es demasiado intenso y estimula mis sentidos en un millón de direcciones distintas.

—Y ahora, la atracción principal. —Empieza a subir la amplia escalera. Lo sigo mientras contemplo el vacío colosal que lleva a una zona muy espaciosa—. Éstas son las habitaciones privadas —dice señalando varias puertas.

Camino detrás de él admirando su adorable trasero, pensando que es posible que tenga el caminar más sexy que jamás haya tenido el privilegio de ver. Cuando consigo apartar los ojos de su culo apretado veo que, a intervalos regulares, hay al menos veinte puertas que llevan a otras habitaciones. Avanzamos hasta otra escalera grandiosa que lleva a un piso superior.

Al pie de la escalera hay un precioso ventanal y un arco que conduce a otra ala.

—Ésta es la ampliación. —Me guía por una nueva ala de la mansión—. Aquí es donde necesito tu ayuda —añade, y se detiene en la entrada de un pasillo que lleva a diez habitaciones más.

—¿Es todo nuevo? —pregunto.

—Sí. De momento son cascarones vacíos, pero estoy seguro de que le pondrás remedio. Te las enseñaré.

Me deja más que asombrada cuando me coge de la mano y jala de mí por el pasillo hasta que alcanzamos la última puerta. ¡Qué inapropiado! Todavía le suda la mano y estoy segura de que la mía tiembla entre sus dedos. La sonrisa que me lanza con una ceja arqueada me dice que estoy en lo cierto. Hay una especie de corriente eléctrica que fluye entre los dos y hace que me estremezca.

Abre las puertas y me mete en una habitación recién enyesada. Es enorme, y las ventanas encajan con el resto de la propiedad. Quienquiera que la construyese hizo un trabajo excelente.

—¿Son todas tan grandes? —pregunto, y doblo los dedos hasta que me suelta la mano. ¿Se comporta así con todas las mujeres? Es desconcertante.

—Sí.

Me dirijo hacia al centro de la habitación mientras miro a mi alrededor. Tiene un buen tamaño.

Veo que hay otra puerta.

—¿Tiene baño? —Mientras hablo, voy hacia la puerta y entro.

—Sí.

Las habitaciones son enormes, especialmente teniendo en cuenta cómo suelen ser en los hoteles. Podrían hacerse muchas cosas. Me sentiría muy emocionada si no estuviese tan preocupada por lo que se espera de mí. Esto no es el Lusso. Salgo del cuarto de baño y encuentro a Ward apoyado en la pared, con las manos en los bolsillos, los párpados caídos y los ojos oscuros mirándome. Dios mío, este hombre es puro sexo. Es casi una pena que el diseño tradicional no tenga cabida en mi historia como diseñadora. No me interesa lo más mínimo.

—No estoy segura de ser la persona adecuada para este trabajo. —Sueno apesadumbrada. No pasa nada, porque lo estoy. Me apena no poder controlarme. Me mira, con esos ojos verde pardusco que atacan mis defensas, y me doy la vuelta sobre los talones.

—Creo que tienes lo que quiero —dice en voz baja.

«¡Mi madre!»

—Lo mío siempre ha sido el lujo moderno. —Echo otro vistazo a la habitación y, despacio, vuelvo a dejar que mi mirada se pose en él—. Estoy segura de que quedará más satisfecho con Patrick o con Tom. Ellos se encargan de nuestros proyectos de época.

Reflexiona sobre lo que he dicho durante un segundo, hace de nuevo ese movimiento de cabeza y se aparta de la pared impulsándose con los omoplatos.

—Pero te quiero a ti.

—¿Por qué?

—Tienes pinta de ser muy buena.

Se me escapa un suspiro involuntario entre los labios al escuchar sus palabras. No sé cómo interpretarlas. ¿Se refiere a mi habilidad como diseñadora o a otra cosa? El modo en que me mira me dice que es a la otra cosa. Está un tanto demasiado seguro de sí mismo.

—¿Especificaciones? —pregunto. De nuevo, no se me ocurre otra cosa. Vuelvo a sonrojarme.

Una sonrisa juguetea en las comisuras de sus labios.

—Sensual, íntimo, lujoso, estimulante, reconstituyente... —Hace una pausa para valorar mi reacción.

Frunzo el ceño. No es lo habitual. No ha mencionado ni relajante, ni funcional, ni práctico.

—Bien. ¿Hay algo en particular que deba incluir? —vuelvo a preguntar. ¿Por qué me molesto en averiguar las respuestas?

—Una cama grande y muchas aplicaciones de pared —contesta de un jalón.

—¿Qué clase de aplicaciones?

—Grandes, de madera. Ah, la iluminación tiene que ser la adecuada.

—¿La adecuada para qué? —No puedo evitar el tono de confusión.

Sonríe y me derrito en un charco de hormonas calientes.

—Para las especificaciones, claro.

Ay, Dios, debe de estar pensando que soy una tonta.

—Sí, claro. —Levanto la vista y veo que unas vigas robustas cruzan el techo. El edificio es nuevo pero no son vigas falsas—. ¿Las hay en todas las habitaciones?

Vuelvo a mirarlo a los ojos.

—Sí, son esenciales. —Su voz es grave y seductora. No estoy segura de poder aguantar mucho más.

Cojo el cuaderno de especificaciones del cliente y empiezo a tomar notas.

—¿Hay algún color en particular que deba incluir o evitar?

—No, puedes volverte loca.

Levanto la cabeza para mirarlo.

—¿Perdone?

Sonríe.

—Que hagas lo que quieras.

Ah, bueno, no voy a volverme loca con nada porque no va a volver a verme por aquí. Pero debería conseguir la máxima información para poder pasársela a Patrick o a Tom con al menos un mínimo de datos.

—Ha mencionado una cama grande. ¿De algún tipo en particular? —pregunto intentando mantener la profesionalidad.

—No. Sólo que sea muy grande.

Flaqueo a mitad de la nota, levanto la vista y veo que me está observando. Me siento idiota porque me pone muy nerviosa.

—¿Qué hay de los tejidos?

—Sí, muchos tejidos. —Empieza a caminar hacia mí—. Me gusta tu vestido —susurra.

Mierda, ¡tengo que salir de aquí!

—Gracias —digo con un gritito agudo mientras voy de camino a la puerta—. Ya tengo todo lo que necesito. —No es verdad, pero no puedo quedarme ni un minuto más. Este hombre me nubla los sentidos—. Prepararé algunos bocetos. —Salgo al pasillo y voy directa al comienzo de la escalera.

Maldita sea, cuando me he despertado esta mañana esto era lo último que me esperaba. Una mansión de campo fresa —con un dueño guapísimo como colofón— no forma parte de mi rutina diaria.

Consigo llegar a la escalera y la bajo a una velocidad estúpida, teniendo en cuenta los altísimos tacones café tostado que llevo puestos. Pongo los pies en el suelo de parquet preguntándome cómo diablos he llegado aquí.

—Espero noticias tuyas, Ava. —Su voz ronca me recorre el cuerpo. Ward me alcanza al final de la escalera y me tiende la mano. La acepto por temor a que, si no lo hago, se acerque y vuelva a ponerme los labios encima.

—Tiene un hotel encantador —digo de corazón. Estoy empezando a desear que el contenido de mi bolso consistiera en unas pantis limpias, una venda, tapones para los oídos y algún tipo de armadura. Con eso habría estado más preparada.

Levanta las cejas, mantiene mi mano en la suya y, lentamente, la aprieta. La corriente que viaja por nuestras manos unidas hace que me tense de pies a cabeza.

—Tengo un hotel encantador —repite pensativo. La corriente se convierte en una descarga eléctrica y retiro la mano en un acto reflejo. Me mira inquisitivo—. Ha sido un placer conocerte, Ava. De verdad. —Hace énfasis en «De verdad».

—Lo mismo digo —susurro.

Veo que su mirada se clava en mí durante un instante y empieza a mordisquearse el labio inferior. Se desplaza hacia la mesa central del recibidor. Saca un solo alcatraz del jarrón que preside el mueble y lo estudia un momento antes de ofrecérmelo.

—Elegancia sencilla —dice con suavidad.

No sé por qué, quizá porque mi cerebro está muerto, pero lo cojo.

—Gracias.

Se mete la otra mano en el bolsillo y me observa de cerca.

—De nada. —Su mirada viaja de mis ojos a mis labios. Retrocedo unos pasos.

—¡Por fin te encuentro! —Una mujer sale del bar y se acerca a Ward. Es atractiva: rubia, de estatura media, con el pelo degrafilado y labios rojos y carnosos. Lo besa en la mejilla—. ¿Estás listo?

Bueno, supongo que debe de ser la esposa. Pero no lleva anillo, así que quizá sea la novia. Sea como sea, me quedo perpleja, porque él no me quita los ojos de encima ni se molesta en contestar a su pregunta. Ella se da la vuelta para ver qué le está robando su atención y me mira con recelo. Me cae mal al instante, y no tiene nada que ver con el hombre al que está abrazando.

—¿Y tú eres...? —ronronea.

Cambio de postura, incómoda. Me siento como si me hubieran pescado haciendo una travesura.

Bueno, es que me han pescado. He tenido reacciones extremadamente indeseadas hacia su novio.

Una irracional punzada de celos me apuñala. ¡Esto es ridículo!

Sonrío con dulzura.

—Yo ya me iba. Adiós. —Me doy la vuelta y prácticamente salgo corriendo hacia la puerta y escalones abajo. Me subo de un salto al coche, dejo escapar un enorme suspiro y, cuando mis pulmones me agradecen el aire fresco, me reclino en el asiento y empiezo a hacer ejercicios para normalizar la respiración.

Voy a tener que pasarle el proyecto a Tom. Me echo a reír, es una idea estúpida. Tom es gay. Ward le afectará tanto como a mí. A pesar de que está comprometido, sigo sin poder trabajar con él. Sacudo la cabeza, incrédula, y arranco el coche.

Mientras conduzco por el camino de grava, miro cómo la imponente mansión se hace cada vez más pequeña en mi retrovisor. Y allí, de pie en lo alto de la escalera, viéndome marchar, está Jesse Ward.

—¡Has vuelto! Estaba a punto de llamarte —exclama Kate sin levantar la vista de la figura de los novios que está colocando sobre el pastel de bodas que debe decorar. Tiene la lengua fuera, apoyada sobre el labio inferior. Me hace sonreír—. ¿Te apetece salir? —Sigue sin mirarme.

Es algo bueno. Estoy segura de que mi cara me delataría si intentara fingir que no pasa nada. Todavía estoy alterada por mi cita del mediodía con cierto señor de La Mansión. No tengo energía para arreglarme y salir.

—¿Y si guardamos fuerzas para mañana? —Tengo que intentarlo. Sé que eso significa una botella de vino en el sofá, pero al menos podré ponerme la piyama y relajarme. Después del día que he tenido, mi mente va a toda marcha y necesito desconectar. Me duele la cabeza y no he podido concentrarme en todo el día.

—Perfecto. Termino el pastel y soy toda tuya. —Le da la vuelta al pastel de fruta sobre el pedestal y echa unas gotas de pegamento comestible en la cobertura—. ¿Qué tal el día en el campo?

¡Ja! ¿Qué le digo? Esperaba encontrarme a un bruto pomposo que ha resultado ser un dios, guapo a rabiar. Pidió que fuera yo expresamente, su tacto me convirtió en lava ardiendo, no puedo mirarlo a los ojos por miedo a desmayarme y le ha gustado mi vestido. En vez de eso, contesto:

—Interesante.

Levanta la vista.

—Cuenta —me responde. Le brillan los ojos y se inclina de nuevo sobre el pastel, con la lengua fuera otra vez.

—No era lo que me esperaba. —Me quito una pelusa imaginaria del vestido azul marino para intentar restarle importancia.

—No me cuentes lo que te esperabas y dime qué te has encontrado. —Ha dejado de intentar colocar a los novios en lo alto del pastel. En vez de eso, me mira fijamente. Tiene cobertura en la punta de la nariz, pero la ignoro.

—El dueño. —Me encojo de hombros mientras jugueteo con mi cinturón café tostado.

—¿El dueño? —pregunta con los labios fruncidos.

—Sí, Jesse Ward, el dueño. —Me quito más pelusas imaginarias del vestido.

—Jesse Ward, el dueño. —Me imita, y a continuación hace un gesto hacia uno de los sillones semicirculares de su taller—. ¡Siéntate! ¿Por qué intentas parecer tan tranquila? No engañas a nadie. Tienes las mejillas del color de esa cobertura. —Señala un pastel con forma de camión de bombero que hay en la estantería de metal—. ¿Por qué el dueño, Jesse Ward, no era como esperabas?

«¡Porque estaba muy bueno!» Me dejo caer en el sillón con el bolso en el regazo mientras Kate, de pie, se da golpecitos en la palma de la mano con el mango de una espátula. Al final, se acerca y se sienta en el sillón de enfrente.

—Cuéntame —me presiona. Sabe que tengo algo que contar.

Me encojo de hombros.

—El hombre es atractivo y lo sabe. —Los ojos se le iluminan y los golpes de la espátula se tornan cada vez más rápidos. Quiere más drama. Le encanta. Cuando Matt y yo rompimos, fue la primera en aparecer para ver el espectáculo en calidad de amiga. No tenía por qué haberse molestado. Lo dejamos de mutuo acuerdo. Fue una ruptura amistosa y bastante aburrida. No destrozamos la vajilla y ningún vecino tuvo que llamar a la policía.

—¿Qué edad tiene? —pregunta con avidez.

Ahí me ha atrapado. Todavía me tortura haber soltado una pregunta tan inapropiada en una reunión de negocios. No valía la pena ni que me sintiera avergonzada, porque estaba claro que estaba jugando conmigo.

Me encojo de hombros.

—Dijo que veintiuno, pero por lo menos tiene diez más.

—¿Se lo has preguntado? —La mandíbula le llega al regazo.

—Sí. Se me escapó en un momento en el que el filtro cerebro-boca me falló del todo. No me siento orgullosa —murmuro—. He quedado como una idiota, Kate. Nunca me había sentido así con un hombre. Pero éste... En fin, te habrías avergonzado de mí.

Suelta una sonora carcajada.

—¡Ava, tengo que enseñarte habilidades sociales! —Se recuesta con brusquedad sobre el respaldo del sillón y lame la cobertura de la espátula.

—Sí, por favor —gruño, y estiro la mano hacia ella. Me pasa la espátula y empiezo a lamer los bordes. Hace un mes que vivo con Kate y sobrevivo a base de vino, azúcar para cobertura y masa para pastel. No puede decirse que la ruptura me haya quitado el apetito—. Estaba muy seguro de sí mismo —digo entre lametones.

—¿En qué sentido?

—Ese tipo sabía que provocaba ciertas reacciones en mí. Seguro que daba pena verme. Ha sido patético.

—¿Tanto?

Sacudo la cabeza.

—Exageradamente patético.

—Seguro que no vale nada en la cama —musita Kate—. Todos los guapos son así. ¿Y las especificaciones?

—Una ampliación de diez dormitorios. Pensaba que iba a una mansión de campo, pero es un superhotel fresa con *spa*. La Mansión. ¿Lo conoces?

Kate pone cara de no tener ni idea.

—No —responde, y se levanta para apagar el horno—. ¿Puedo ir contigo la próxima vez?

—No. No pienso regresar. No puedo trabajar así. Además, tiene novia y no puedo volver a mirarlo a los ojos, no después del numerito de hoy. —Me levanto del sillón y tiro la espátula al cuenco vacío—. Se lo he pasado a Patrick. ¿Y el vino?

—En el refrigerador.

Subimos al apartamento y nos ponemos la piyama. Dejo el bolso en la cama y el alcatraz hace su aparición estelar. Elegancia sencilla. Lo cojo y le doy vueltas entre los dedos; luego lo tiro al bote de basura. Olvidado...

Ya con la ropa cómoda, meto en el reproductor de DVD la última novedad del videoclub, salto al sofá con Kate e intento concentrarme en la película.

Es imposible. El ojo de mi mente está invadido por las imágenes de un hombre de ojos verdes, rubio, esbelto y de edad desconocida con un caminar para babear y toneladas de atractivo sexual. Me quedo dormida con las palabras «Pero te quiero a ti» rebotando en mi cabeza. No tan olvidado...

Capítulo 3

Después de dos reuniones de seguimiento con clientes y de parar en la nueva casa del señor Muller en Holland Park para dejarle unas cuantas muestras, estoy de vuelta en la oficina escuchando cómo Patrick despotrica de Irene. Es lo habitual los lunes por la mañana después de que haya soportado todo el fin de semana con su mujer y lejos de la oficina. La verdad es que no sé cómo el pobre hombre la aguanta.

Tom entra con una sonrisa de oreja a oreja y de inmediato sé que ha ligado durante el fin de semana.

—Cielo, ¡cuánto te he echado de menos! —Me da un beso sin llegar a tocarme y se vuelve hacia Patrick, que se protege con las manos en un gesto que dice: «¡Ni se te ocurra!» Tom pone los ojos en blanco, sin ofenderse ni un ápice, y baila hasta llegar a su mesa.

—Buenos días, Tom —lo saludo con alegría.

—Esta mañana ha sido de lo más estresante. El señor y la señora Baines han cambiado de opinión por enésima vez. He debido cancelar todos los pedidos y reorganizar a una docena de obreros. —Mueve la mano, frustrado—. Me han puesto una maldita multa por no colocar la tarjeta de estacionamiento de residentes y, además, me he enganchado el suéter nuevo en uno de esos horrendos pasamanos que hay a la salida del Starbucks. —Se pone a jalar de la lana desgarrada del dobladillo de su suéter rosa fucsia con cuello en V—. ¡Míralo, carajo! Menos mal que cogí anoche, porque si no estaría en el pozo de la desesperación. —Me sonríe.

Lo sabía.

Patrick se va negando con la cabeza. Todos sus intentos por disminuir el amaneramiento de Tom hasta niveles más tolerables han fracasado. Ahora ya se ha rendido.

—¿Una buena noche? —pregunto.

—Maravillosa. He conocido a un hombre divino. Va a llevarme al Museo de Historia Natural el fin de semana que viene. Es científico. Somos almas gemelas, estoy seguro.

—¿Qué ha pasado con el entrenador personal? —vuelvo a preguntar. Era su alma gemela de la semana pasada.

—Olvídalo, un desastre. Apareció el viernes en mi apartamento con un DVD de *Dirty Dancing* y comida india para dos. ¿Te lo puedes creer?

—Me dejas de piedra —me burlo.

—Lo peor. No hace falta que te diga que no voy a volver a verlo. ¿Y qué hay de ti, cielo? ¿Qué tal ese guapísimo ex novio tuyo? —Me guiña el ojo. Tom no oculta que Matt lo atrae, cosa que a mí me hace gracia pero que incomoda a Matt.

—Está bien. Sigue siendo mi ex y sigue siendo hetero.

—Qué lástima. Avísame cuando entre en razón. —Tom se marcha tranquilamente, retocándose el peluquín rubio y perfecto.

—Sally, te mando por correo electrónico la factura por una consulta de diseño para el señor Ward. ¿Podrías asegurarte de que se envía hoy mismo?

—Así lo haré, Ava. ¿Pago a siete días?

—Sí, gracias. —Regreso a mi mesa y continúo casando colores. Alargo el brazo para coger el celular cuando empieza a bailar por mi mesa. Miro la pantalla y casi me caigo de la silla al ver en ella el nombre de «Jesse». Lo miro durante unos segundos, hasta que mi cerebro se repone del susto y el corazón se me acelera en el pecho. Pero ¿qué demonios...?

Yo no guardé su número, Patrick no me lo dio y, tras pasarle el proyecto el viernes, ya no lo necesitaba. Decía en serio lo de que no iba a volver. Y, en cualquier caso, no lo habría grabado con su nombre de pila. Sostengo el teléfono en la mano, echo un vistazo a la oficina para ver si el ruido ha llamado la atención de alguno de mis compañeros. No lo ha hecho. Lo dejo sonar. ¿Qué querrá?

Voy al despacho de Patrick a preguntarle si ha informado al señor Ward del cambio de planes, pero entonces vuelve a sonar y me frena en seco. Respiro hondo y contesto.

Si Patrick no ha hablado aún con él, lo haré yo. Y si no le gusta, mala suerte. A duras penas he logrado convencerme a mí misma de que le he pasado el contrato a Patrick porque él es más apto que yo para el proyecto. Sé muy bien que ésa no es toda la verdad.

—Hola —respondo. Pataleo ligeramente en el suelo porque el saludo suena un tanto receloso. Quería sonar segura y llena de confianza en mí misma.

—¿Ava? —Su voz ronca tiene el mismo impacto que el viernes en mis débiles sentidos, pero al menos por teléfono no puede ver cómo tiemblo.

—¿Quién es? —Muy bien. Mucho mejor. Profesional y tranquila. Se ríe y me hace bajar la guardia.

—Sé que sabes la respuesta a esa pregunta porque mi nombre aparece en tu teléfono. —Tierra, trágame—. ¿Estás intentando hacerte la interesante?

¡Será arrogante! ¿Cómo lo sabe? Pero entonces caigo en la cuenta.

—Metió su teléfono en mi lista de contactos. —Ya lo entiendo. ¿Cuándo lo hizo? Repaso mentalmente nuestra reunión y decido que fue durante mi visita al baño, porque dejé el portafolios y el celular en la mesa. ¡No puedo creer que curioseara en mi celular!

—Necesito poder localizarte.

Oh, no. Está claro que Patrick no se lo ha dicho. De todos modos, uno no va por ahí tocando celulares ajenos. Vaya tipo más creído. ¿Y lo de grabarse como «Jesse»? Es un tanto demasiado familiar.

—Patrick debería haber contactado con usted —lo informo con frialdad—. Me temo que no puedo ayudarlo, pero él estará encantado de hacerlo.

—Patrick ya ha hablado conmigo —responde. Suspiro de alivio, pero en seguida frunzo el ceño. Entonces ¿por qué me llama?—. Estoy seguro de que Patrick estará encantado de ayudarme, pero yo no tanto.

Me quedo boquiabierta. ¿Quién se cree que es? ¿Me ha llamado para decirme que no le gusta? Este hombre se pasa de arrogante. Cierro la boca.

—Siento mucho oírlo. —No parece que lo sienta; parece que estoy enojada.

—¿De verdad?

Y vuelve a tomarme por sorpresa. No, no lo siento, pero eso no voy a decírselo.

—Sí —miento. Quiero añadir que nunca podría trabajar con un cerdo guapo y arrogante como él, pero me contengo. No sería muy profesional.

Lo oigo suspirar.

—No creo que lo sientas, Ava. —Mi nombre suena a terciopelo en sus labios, y me provoca un estremecimiento familiar. ¿Cómo sabe que no lo siento?—. Creo que me estás evitando —añade.

Como esto siga así, voy a dislocarme la mandíbula. Provoca sentimientos nada deseables en mí, y el hecho de saber que tiene una relación con alguien no ayuda nada.

—¿Por qué iba a hacer yo algo así? —digo con atrevimiento. Eso debería obligarlo a callar.

—Pues porque te sientes atraída hacia mí.

—¿Perdone? —le espeto. Su soberbia no tiene límites. ¿Es que no tiene vergüenza? El hecho de que haya dado en el clavo no es relevante. Habría que estar ciega, sorda y tonta para no sentirse atraída por aquel hombre. Es la perfección personificada, y está claro que lo sabe.

Suspira.

—He dicho que...

—Ya, lo he oído —lo interrumpo—. Es que no puedo creerme que lo haya dicho. —Me desplomo sobre mi silla.

Nunca he visto nada parecido. Me deja pasmada. ¿El tipo tiene a una persona especial en su vida y está flirteando por teléfono conmigo? ¡Vaya donjuán! Tengo que volver a centrar la conversación en lo profesional y colgar cuanto antes.

—Le pido disculpas por no estar disponible para su proyecto —suelto de un tirón, y cuelgo. Me quedo mirando el teléfono.

Ha sido una falta de educación y nada profesional, pero es tan lanzado que me ha dejado estupefacta. Cada minuto que transcurre tengo más claro que pasarle el contrato a Patrick ha sido lo más sensato. Me llega un mensaje de texto.

No lo has negado. Que sepas que el sentimiento es mutuo. Bs, J

«¡Me lleva el demonio!» Me llevo la mano a la boca y aprieto con fuerza para evitar que las palabrotas mentales salgan de mis labios. No, no lo he negado. ¿Y él se siente atraído por mí? ¿Soy un tanto joven para él o él es demasiado mayor para mí? ¿Besos? Cabrón engreído. No contesto; no tengo ni idea de cómo responder. En vez de eso, meto el celular en el bolso y me voy a comer con Kate.

—¡Madre mía! —exclama Kate al mirar mi celular. Su pelo rojo, recogido en una cola de caballo, ondea de un lado a otro cuando menea la cabeza—. ¿Le has contestado? —Me mira expectante.

—Dios, no —me río. ¿Qué me aconsejaría que le dijese? Me tiene pasmada.

—¿Y tiene novia?

—Sí —asiento al tiempo que enarco las cejas.

Deja el teléfono encima de la mesa.

—Qué pena.

¿Sí? La verdad es que simplifica bastante las cosas. Eso supera sin duda las reacciones que provoca en mí. Kate es mucho más atrevida que yo. Le habría contestado algo sorprendente y sugerente, y es probable que lo hubiese dejado boquiabierto. Esta chica podría competir con cualquier devoradora de hombres. Como es muy lanzada, los espanta a casi todos en la primera cita; sólo los más fuertes sobreviven.

El pelo rojo y largo de Kate tiene tanta personalidad como ella. Es una mujer segura de sí misma, independiente y decidida.

—La verdad es que no —musito, y cojo mi vaso de vino de la hora de comer para darle un sorbo—. Además, sólo hace cuatro semanas que Matt y yo hemos roto. No quiero hombres en mi vida, de ninguna clase. —Me gusta sonar decidida—. Estoy disfrutando de estar soltera y sin ataduras por primera vez en mi vida —añado. Así es como me siento. Estuve cuatro años con Matt y, antes de eso, mantuve una relación de tres años con Adam.

—¿Has visto a ese pendejo? —Kate pone cara de asco cuando menciono el nombre de mi ex.

No soporta a Matt, y se alegró de que rompiera con él. Que Kate lo pescara in fraganti con una compañera de trabajo en un taxi sólo confirmó lo que yo ya sabía. No sé por qué me hice de la vista gorda durante tanto tiempo. Cuando hablé con él, con calma, se deshizo en disculpas y casi se desmaya cuando le dije que no me importaba. Era verdad, y yo también estaba sorprendida. La relación se había terminado y él opinaba lo mismo. Todo fue muy amistoso, para disgusto de Kate. Ella quería vajillas rotas e intervenciones policiales.

—No —respondo.

—Nos lo estamos pasando bien, ¿verdad? —Me sonríe, y entonces llega la mesera con nuestra comida.

—Voy al servicio. —Me levanto y dejo a Kate comiendo papas fritas con mayonesa.

Después de entrar en el baño, me miro al espejo, me retoco el brillo de labios y me acomodo el pelo.

Hoy se está portando bien, así que lo llevo suelto sobre los hombros. Me aliso los pantalones capri negros y me quito un par de pelos de la blusa de color crema. El teléfono suena cuando voy de camino al bar. Lo saco del bolso y pongo los ojos en blanco al ver que es él otra vez. Probablemente se esté preguntando dónde está mi respuesta a su nada apropiado mensaje de texto. No voy a entrar en ese juego.

—Rechazar —le digo al teléfono. Aprieto con decisión el botón rojo y vuelvo a guardarlo en el bolso mientras avanzo por el pasillo—. Uy, lo siento mucho —farfullo al darme de bruces contra un tórax.

Es un torso firme, y el embriagador perfume a agua fresca que me inunda me resulta muy familiar. Mis piernas se niegan a moverse y no sé qué voy a ver si levanto la vista. Sus brazos ya están alrededor de mi cintura, sujetándome, y mis ojos quedan a la altura de la parte superior de su pecho.

Veo cómo le late el corazón a través de la camisa.

—¿Rechazar? —dice en voz baja—. Eso me ha dolido.

Me aparto de su abrazo e intento recobrar la compostura. Está impresionante, con un traje gris oscuro y una camisa blanca y planchada. Mi incapacidad para apartar la vista de su pecho por miedo a quedar hipnotizada por sus potentes ojos verdes hace que me entre la risa.

—¿Qué te hace tanta gracia? —me pregunta. Sospecho que frunce el ceño ante mis carcajadas, aunque, como me niego a mirarlo, no puedo confirmarlo.

—Lo siento. No miraba por dónde iba. —Lo esquivo, pero me coge del codo y detiene mi huida.

—Antes de irte, dime una cosa, Ava. —Su voz despierta mis sentidos y mis ojos viajan por su cuerpo esbelto hasta que nuestras miradas se encuentran. Está serio, pero sigue siendo impresionante—. ¿Cuánto crees que vas a gritar cuando te coja?

«¿QUÉ?»

—¿Perdone? —consigo espetarle pese a que mi lengua parece de trapo.

Medio sonríe ante mi sorpresa. Me levanta la barbilla con el índice y la empuja hacia arriba para hacerme callar.

—Piénsalo. —Me suelta el codo.

Le lanzo una mirada furibunda antes de volver a nuestra mesa con el paso más firme que mis temblorosas piernas me permiten. ¿Lo he oído bien? Me siento en la silla y me bebo todo el vino intentando humedecer mi boca seca.

Cuando miro a Kate, está boquiabierta. Sobre su lengua veo los trozos a medio masticar de patatas fritas y de pan. No es nada bonito.

—¿Quién carajo es ése? —balbucea con la boca llena.

—¿Quién? —Miro alrededor haciéndome la loca.

—Ése. —Kate señala con el tenedor—. ¡Mira!

—Lo he visto, pero no lo conozco —respondo molesta.

«¡Déjalo ya!»

—Viene hacia aquí. ¿Seguro que no lo conoces? Chingado, está buenísimo. —Me mira. Me encojo de hombros.

Vete, por favor. Vete. ¡Vete! Cojo un solitario trozo de lechuga de mi sándwich de tocino, lechuga y tomate y empiezo a mordisquear los bordes. Me pongo tensa y sé que se está acercando porque Kate levanta la vista para adaptarla a su altura. ¡Ojalá cerrase la dichosa boca de una vez!

—Señoritas. —Su voz grave y profunda me hace cosquillas en la piel. No me ayuda a relajarme, precisamente.

—Hola —escupe Kate, y mastica a toda velocidad para librar a su boca de la obstrucción que le impide hablar.

—¿Ava? —me saluda. Muevo mi hoja de lechuga en dirección a él para indicarle que sé que está ahí sin tener que mirarlo. Se ríe un poco.

Con el rabillo del ojo, veo que se agacha hasta ponerse en cuclillas a mi lado, pero aun así me niego a mirarlo. Apoya un brazo en la mesa y oigo a Kate toser y escupir los restos de comida.

—Así está mejor —dice. Puedo sentir su aliento en la mejilla.

De mala gana, levanto la vista y bajo las pestañas veo que Kate me está mirando boquiabierta, con los ojos como platos y en plan: «¡Sigue aquí! ¡Habla con él, idiota!» No se me ocurre nada que decir. Este hombre me ha dejado inútil otra vez.

Lo oigo suspirar.

—Soy Jesse Ward, encantado de conocerte. —Tiende la mano hacia el otro lado de la mesa.

Kate la coge encantada.

—¿Jesse? —farfulla—. ¡Ah, Jesse! —Me mira de forma acusadora—. Yo soy Kate. Ava me ha dicho que tienes un hotel elegante.

Le lanzo una mirada furibunda.

—¿Me ha mencionado? —pregunta con suavidad. No tengo que mirarlo para saber que ha puesto cara de engreído satisfecho ante la noticia—. Me gustaría saber qué más te habrá dicho.

—Nada. Poco más —dice Kate intentando arreglarlo, pero ya es demasiado tarde para retractarse de la última frase. Le lanzo mi peor mirada asesina.

—Poco más —contraataca él.

—Sí, poco más —sostiene Kate.

Harta del pequeño intercambio estéril con el que los dos parecen estar disfrutando, me hago cargo de la situación y lo miro.

—Ha sido agradable volver a verlo. Adiós.

Nuestras miradas se cruzan de inmediato y sus ojos verdes, con los párpados pesados, oscuros y exigentes, acaban conmigo. Siento su respiración vacilante y aparto la mirada de la suya, pero sólo para llevarla a su boca. Tiene los labios húmedos, entreabiertos, y, lentamente, saca un poco la lengua y se la pasa muy despacio por el labio inferior. No puedo dejar de mirarlo. Sin que nadie se lo ordene, mi lengua responde con una feliz expedición por mi labio inferior. Traiciona mis intentos por aparentar frialdad, como si aquello no me afectara... Pero más bien ocurre todo lo contrario.

Esto es una locura. Esto... lo que sea que es... es una locura. Tiene demasiada confianza en sí mismo y es un arrogante, pero probablemente tenga motivos para serlo. Deseo desesperadamente que este hombre deje de afectarme.

—¿Agradable? —Se inclina hacia adelante, me coge el muslo y la lava líquida me inunda las ingles. Muevo las piernas y junto los muslos para controlar la pulsación que amenaza con convertirse en una palpitación tremenda—. Se me ocurren muchas palabras, Ava. «Agradable» no es una de ellas. Te dejo para que medites sobre mi pregunta.

¡Por el amor de Dios! Trago saliva cuando se inclina hacia mí a media altura y me posa los labios húmedos en la mejilla prolongando el beso toda una eternidad. Aprieto los dientes intentando no volverme hacia él.

—Hasta pronto —susurra. Es una promesa. Suelta mi muslo tenso y se levanta—. Encantado de conocerte, Kate.

—Mmm, lo mismo digo —responde pensativa.

Se marcha hacia la parte de atrás del bar. Ay, Dios, camina con decisión y es de lo más sexy. Cierro los ojos para recuperar mis habilidades mentales, que ahora mismo están hechas pedazos por el suelo del bar. No tiene remedio. Me vuelvo hacia Kate y me encuentro con unos acusadores ojos azules abiertos como platos y que me miran como si me hubieran salido colmillos.

Las cejas le llegan a la línea de nacimiento del pelo.

—Carajo, eso ha sido intenso —escupe hacia mi lado de la mesa.

—¿Tú crees? —Empiezo a juguetear con mi sándwich por el plato.

—Párale al bla-bla-bla ahora mismo o te meto el tenedor por el culo, tan adentro que vas a masticar metal. ¿Sobre qué pregunta tienes que meditar? —Su tono es fiero.

—No lo sé. —Me la quito de encima—. Es atractivo, arrogante y tiene novia. —Le doy datos vagos.

Kate suelta un silbido largo y amplificado.

—Nunca había sentido nada parecido. Había oído hablar de ello, pero nunca lo había presenciado.

—¿A qué te refieres? —le espeto.

Se inclina sobre la mesa, muy seria.

—¡Ava, la tensión sexual entre ese hombre y tú era tan fuerte que hasta yo me he puesto cachonda! —ríe—. Te desea con ganas. No podría haberlo dejado más claro ni aunque te hubiera abierto de piernas sobre la mesa de billar. —Señala con el dedo, y voy yo y miro.

—Eso son imaginaciones tuyas —resoplo. Sé que no se inventa nada, pero ¿qué puedo decirle?

—He visto el mensaje de texto y ahora al hombre en carne y hueso. Está muy bueno... para ser mayor. —Se encoge de hombros.

—No me interesa.

—¡Ja! No te lo crees ni tú.

Le lanzo una mirada furibunda a mi mejor amiga.

—Me lo creeré.

—Ya me dirás qué tal te va. —Me la devuelve, más bien entusiasmada.

Vuelvo a la oficina y me paso el resto del día sin hacer absolutamente nada. Jugueteo con la pluma, voy al baño quince veces y finjo escuchar a Tom hablar sin cesar del Orgullo Gay y todo lo demás. Mi teléfono suena cuatro veces —y las cuatro resulta ser Jesse Ward— y rechazo todas y cada una de las llamadas. Me asombra la persistencia de ese hombre, y la confianza que tiene en sí mismo.

¿Cuánto gritaría?

¡Estoy perpleja!

Soy feliz, estoy disfrutando de mi libertad y no tengo intención de modificar mis planes de seguir soltera y sin compromiso. No voy a enredarme con un extraño, por muy guapo que sea. Y lo cierto es que está para chuparse los dedos. Además, es demasiado mayor para mí y, todavía más importante, está claro que ya está apartado, lo que hace aún más evidente el hecho de que es todo un donjuán. No es la clase de hombre por la que me conviene sentir atracción, caramba, y menos después de Matt y sus infidelidades. Necesito un hombre que sea fiel, protector y que cuide de mí. Y de ser posible que tenga mi edad. ¿Cuántos años tendrá?

El teléfono me informa de que tengo un mensaje de texto y doy un salto que me saca de mis cavilaciones. Sé de quién es antes de verlo.

No es agradable que te rechacen. ¿Por qué no me contestas el teléfono? Bs, J

Me río sola, lo que llama la atención de Victoria, que está rebuscando en el archivador que hay cerca de mi mesa. Sus cejas perfectamente depiladas se arquean. No creo que ese tipo esté acostumbrado al rechazo.

—Es Kate —digo a modo de explicación, y ella vuelve a rebuscar en el archivador.

Debería ser obvio por qué no le contesto el dichoso teléfono. No quiero hablar con él. Me pone de nervios, me provoca demasiadas reacciones y, para ser sincera, no confío en mi cuerpo cuando lo tengo cerca. Parece que responde a su presencia sin que ni mi cerebro ni yo le digamos nada, y eso puede ser muy peligroso.

Mi celular vuelve a sonar y rechazo la llamada rápidamente. ¡Dame un minuto para que responda! ¿Acaso voy a responder? No voy a librarme nunca de él. Necesito mostrarme implacable.

Si tiene que hablar de las especificaciones, debería llamar a Patrick, no a mí.

Toma. Sin firma y, desde luego, sin beso. No se lo he deletreado, pero debería captar el mensaje. Dejo el móvil en la mesa, decidida a hacer algo productivo, pero vuelve a sonar. Lo levanto de inmediato y, con la mano libre, cojo el café.

Mis especificaciones son hacerte gritar. No creo que Patrick pueda ayudarme con eso. Me muero de ganas. ¿Crees que tendré que amordazarte? Bs, J

Me atraganto y escupo el café sobre la mesa. ¡Será descarado! ¿Hasta dónde llega la desfachatez y la desvergüenza de un hombre? ¿Me ha tomado por una chica fácil o algo así?

Pongo el celular en silencio y lo aprieto asqueada contra la mesa. No tengo intención de contestarle. Si lo hago, lo estaré animando. Existe una línea muy fina entre la confianza en uno mismo y la arrogancia, y Jesse Ward la supera con creces. Siento lástima por la pobre labios carnosos. ¿Sabe que su hombre se dedica a perseguir a mujeres jóvenes?

La pantalla del celular se ilumina de nuevo. Lo cojo y lo apago antes de que nadie se dé cuenta. Abro un cajón, lo meto dentro y cierro de golpe. Captará el mensaje.

Intento sacar adelante algo de trabajo, pero estoy demasiado distraída. En mis correos electrónicos aparecen palabras extrañas —que no tienen cabida en la correspondencia profesional— mientras tecleo en la computadora, ausente. Suena el teléfono de la oficina.

Levanto la vista y veo que Sally no está en su mesa, así que lo cojo yo.

—Buenas tardes. Rococo Union.

—¡No cuelgues! —dice a toda velocidad.

Me yergo en la silla. Incluso su tono de urgencia me pone la piel de gallina. No va a ceder. Está muy curtido.

—Ava, lo siento. Lo siento mucho.

—¿De verdad? —No puedo ocultar la sorpresa de mi voz. Jesse Ward no parece la clase de hombre que se disculpa porque sí.

—Sí, de verdad. Te he hecho sentir incómoda. Me he pasado de la raya. —Parece sincero—. Te he molestado. Por favor, acepta mis disculpas.

Yo no diría que su atrevimiento y sus comentarios me hayan molestado. Me han dejado atónita, más bien. Supongo que hay quien incluso admiraría la confianza en sí mismo que tiene.

—De acuerdo —digo vacilante—. ¿Así que ya no quiere hacerme gritar ni amordazarme?

—Pareces decepcionada, Ava.

—Para nada —le suelto.

Hay un breve silencio antes de que él vuelva a hablar.

—¿Podemos empezar de cero? Nos centraremos en lo profesional, por supuesto.

Ah, no. Quizá lo sienta de verdad, pero eso no elimina el efecto que tiene sobre mí. Y tampoco se me quita de la cabeza que todo podría ser un plan para enredarme y así poder perseguirme a gusto.

—Señor Ward, de verdad que no soy la persona adecuada para este trabajo. —Me doy la vuelta en la silla para ver si Patrick está en su despacho. Así es—. Señor Ward, ¿lo paso con Patrick? —Rezo mentalmente para que capte la indirecta.

—Llámame Jesse. Me haces sentir mayor cuando me llamas «señor Ward» —gruñe. Cierro el pico cuando mis labios se abren y casi se me escapa la pregunta. Todavía siento curiosidad, pero no voy a volver a preguntárselo—. Ava, si te hace sentir mejor, puedes tratar con John. ¿Cuál es el siguiente paso?

¿Sí? ¿Me haría sentir mejor? Todo lo que Ward tiene de atrevido, lo tiene el grandulón de intimidatorio. No estoy segura de que me sintiese más cómoda con su oferta de tratar con John en vez de con él, pero el hecho de que esté dispuesto a hacerlo me dice que de verdad quiere que yo me encargue del diseño. Me imagino que es un cumplido. La Mansión quedaría genial en mi portafolio.

—Necesito medir las habitaciones y hacer algunos bocetos. —Escupo las palabras impulsivamente.

—Perfecto. —Parece aliviado—. Haré que John te acompañe por las habitaciones. Puede aguantarte la cinta métrica. ¿Qué tal mañana?

¿Mañana? Sí que está impaciente. Resulta que no puedo. Tengo varias citas a lo largo del día.

Y el miércoles tampoco puede ser.

—No puedo ni mañana ni el miércoles. Lo siento.

—Vaya —dice en voz baja—. ¿Trabajas por las noches?

¿Trabajo por las noches? Bueno, no me gusta en especial, pero muchos de mis clientes están en sus despachos de nueve a cinco y no pueden quedar en horas de oficina. Prefiero trabajar hasta última hora los viernes. Nunca dejo que me convenzan para visitas en fin de semana.

—Podría ir mañana por la tarde —digo pasando la página de mi agenda para ver lo que tengo al día siguiente. Mi última cita es a las cinco, con la señora Kent—. ¿A eso de las siete? —pregunto mientras anoto su nombre a lápiz.

—Perfecto. Me gustaría decir que me hace mucha ilusión, pero no puede ser porque no te veré. —No lo veo, pero sé que, seguramente, está sonriendo. Su tono de voz lo delata. No puede evitarlo—. Avisaré a John de que llegarás a las siete.

—Alrededor de las siete —añado. No sé cuánto tardaré en salir de la ciudad a esa hora.

—Alrededor de las siete —confirma—. Gracias, Ava.

—De nada, señor Ward. Adiós. —Cuelgo y empiezo a darme golpecitos con la uña en uno de los dientes de arriba.

—¿Ava? —Patrick me llama desde su despacho.

—¿Sí? —Giro la silla para verlo.

—La Mansión. Te quieren a ti, flor. —Se encoge de hombros y vuelve a la pantalla de su computadora.

No, Ward me quiere a mí.

Capítulo 4

Acabo pronto con las citas del martes y salgo de la nueva y preciosa vivienda unifamiliar de la señora Kent, en el centro de la ciudad, a las seis y unos minutos.

La señora Kent es la esposa terriblemente consentida del señor Kent, director ejecutivo de Kent Yacht Builders, y esta casa de Kensington es su tercer hogar en cuatro años. Me he encargado del diseño interior de todos ellos. En cuanto el trabajo está terminado, la mujer decide que no se imagina envejeciendo allí, y eso que ya ronda los setenta años, de modo que la casa sale al mercado, se vende y yo empiezo de cero en su nuevo domicilio.

Cuando tan sólo un mes después de terminar de decorarla se mudaron y vendieron la primera casa en la que había trabajado, me traumaticé un poco. Era el primer contrato que había conseguido tras empezar a trabajar para Patrick. Pero no tardó en volver a llamarme para que fuera a ver su nueva morada.

—Ava, querida, no es culpa tuya. Es que no la sentía como mi hogar —me dijo con voz cantarina por teléfono.

Así que ahora me encuentro trabajando en la tercera residencia de los Kent con las mismas instrucciones que me dieron para las dos viviendas anteriores, lo cual es una ventaja porque me evita tener que buscar nuevo mobiliario. Y también amortigua el sablazo a la cartera del señor Kent.

Me meto en el coche y arranco en dirección a Surrey Hills. No le he contado a Kate por qué voy a llegar tarde a casa. Sólo habría conseguido que se preguntase por qué voy a volver a La Mansión. Y entonces le mentiría y le contaría la misma mierda que me cuento a mí misma: que trabajar allí es beneficioso para mi currículum. Sus encantos no influyen en mi decisión, para nada.

Esta vez me detengo junto al portero automático, pero cuando me dispongo a bajar la ventanilla, las puertas comienzan a abrirse. Miro hacia la cámara y supongo que John debe de estar esperándome. Le dije sobre las siete y ya son y cinco. Atravieso las puertas y avanzo por el camino de grava hasta el patio. John me aguarda en los escalones, frente a la entrada de puertas dobles, con las gafas de sol puestas.

—Buenas tardes, John —lo saludo mientras cojo mi carpeta y mi bolso.

¿Me hablará hoy?

No, sólo saluda con la cabeza y se vuelve para regresar a La Mansión. Yo lo sigo hasta el bar. Hay más gente que la última vez que vine. Probablemente sea por la hora.

—Mario —dice con voz grave.

Un hombre menudo aparece por detrás de la barra.

—Dime.

—Ponle una copa a la señorita O'Shea. —John me mira con los ojos todavía ocultos tras los lentes oscuros—. Ahora vuelvo. Jesse quería comentar algo.

—¿Conmigo? —le espeto, y me sonrojo al instante ante mi brusquedad.

—No, conmigo.

—¿Está en su despacho? —pregunto nerviosa.

Estoy haciendo demasiadas preguntas sobre algo muy trivial, pero él me había asegurado que me dejaría trabajar con John. Con sólo pensar en ese hombre me vuelvo un manojo de nervios. Jamás pensé que ocurriría algo así, pero me siento mucho más cómoda con el grandulón. Para empezar, sé que con él soy capaz de controlarme. Los labios de John se tensan, es evidente que está conteniendo una sonrisa. Me lamento para mis adentros. Él lo sabe.

—Tranquila, mujer. —Se vuelve y lanza una mirada burlona a Mario. El barman de baja estatura le responde sacudiendo el trapo.

51

¿De qué se trata todo esto?

John, muy serio, se despide una vez más con un gesto de la cabeza antes de marcharse y dejarme con Mario en la barra.

Echo un vistazo a mi alrededor y advierto la presencia de una mujer que ríe junto a un hombre de mediana edad en una mesa cercana. Es la misma mujer con la que coincidí en los baños el viernes pasado. Viste un traje de pantalón negro y tiene un aspecto extremadamente profesional. Debe de llevar aquí un tiempo, tal vez por negocios. El hombre que la acompaña se levanta y le tiende la mano con cortesía. Ella la acepta y sonríe mientras se pone de pie y deja que la cobije bajo su brazo y la guíe fuera del bar mientras charlan entre risitas.

Me siento en un taburete mientras espero a John y saco el teléfono para ver si tengo algún mensaje o llamada.

—¿Le apetece una copa de vino?

Alzo la vista y veo que el pequeño barman me está sonriendo. Tiene un acento extraño y llego a la conclusión de que es italiano. Es muy bajito y bastante mono, con su bigote y su pelo negro con entradas.

—Me apetece, pero tengo que conducir.

—¡Vamos! Una pequeña... —dice mientras levanta una copita de cristal y traza una línea por la mitad con el dedo.

¡Qué diablos! No debería beber en el trabajo, pero tengo los nervios de punta. Él se encuentra en alguna parte de este edificio y eso ya es razón suficiente para estar inquieta, de modo que asiento y sonrío.

—Gracias.

Me enseña una botella de Zinfandel. Yo vuelvo a asentir.

—Su vestido es muy... eh... ¿cómo se dice...? ¿Atrevido?

Me pone algo más de media copa. De hecho, está llena.

Observo mi vestido negro ceñido y de corte estructurado. Sí, supongo que atrevido sería la palabra adecuada. Es mi comodín. Hace que me sienta guapa en cualquier ocasión.

Ignoro la vocecita de mi cabeza que me pregunta si no me lo habré puesto con la esperanza de ver a Ward. Descarto ese pensamiento de inmediato y río ante la cuidadosa elección de palabras de Mario mientras acepto con agrado la copa que me pasa por encima de la barra. Creo que en realidad quiere decir apretado. Me marca todas las curvas. Teniendo en cuenta que mi talla es la 8, no son demasiadas, pero si sigo conviviendo con Kate mucho más tiempo es probable que eso cambie.

—Gracias —le digo sonriendo de nuevo.

—Un placer, señorita O'Shea. La dejo tranquila.

El barman recoge el trapo y empieza a limpiar el mostrador que hay bajo las botellas.

Doy unos sorbos al vino mientras espero a John. Está muy bueno, y me lo termino sin apenas darme cuenta. Estoy deseando llegar a casa y abrir la botella que tengo enfriándose en el refrigerador.

—Hola.

Me vuelvo sobre el taburete y me encuentro cara a cara con la mujer que se lanzó sobre Ward el viernes. Ella me sonríe, pero es el gesto menos sincero que jamás haya tenido el placer de recibir.

—Hola —contesto por educación.

Mario viene corriendo, con el pánico reflejado en el rostro y agitando el trapo en el aire.

—¡Señorita Sarah! ¡No, por favor! ¡No hablen!

«¿Qué?»

—¡Vamos, cállate, Mario! No soy idiota —le espeta ella.

El pobre Mario se resigna y se retira para seguir limpiando la barra, pero no aparta la vista de Sarah. Quiero salir en su defensa, pero, justo cuando estoy a punto de hacerlo, ella me tiende la mano.

—Soy Sarah, ¿y tú eres...?

Ah, sí. La última vez que me preguntó lo mismo no le contesté y me marché a toda prisa. Acepto el saludo y le estrecho la mano ligeramente mientras ella me observa con recelo. Es evidente que no soy de su agrado. Quizá me considere una amenaza.

—Ava O'Shea —respondo, y la suelto rápidamente.

—¿Y has venido para...?

Me río con jovialidad. Estoy segura de que sabe perfectamente qué hago aquí, lo que no hace sino confirmar que se siente amenazada y que se está esforzando por hacer que me sienta incómoda. Guarde las uñas, señora. Sonrío para mis adentros cuando se me pasa por la cabeza decirle que estoy aquí porque su novio me ha rogado que viniera.

—Soy diseñadora de interiores. He venido a medir los nuevos dormitorios.

Ella arquea una ceja y hace un gesto con la mano en el aire para atraer la atención de Mario. Esta mujer es de lo más, y muestra tanta soberbia como Ward descaro. Su cabello rubio degrafilado se balancea a un lado y a otro, tiene los labios pintados del mismo rojo sensual que el viernes pasado y viste un traje de pantalón gris ajustado. Sería cruel decir que tiene cuarenta años. Probablemente ronde los treinta y cinco, más cerca de la edad de Ward que yo. Me doy unas nalgadas mentales en el trasero y me obligo a controlar mis desesperados pensamientos.

—Dime un *gin-tonic* de endrinas, Mario —ordena mientras pasa por mi lado. Sin por favor y sin sonrisa. Es bastante maleducada—. Eres un poco joven para ser diseñadora de interiores, ¿no?

Su tono es poco amistoso y no me mira cuando me habla.

Me encabrono. No me gusta nada esa mujer. ¿Qué verá Ward en ella, aparte de esos labios gordos e hinchados y sus evidentes implantes mamarios?

—Sí —le concedo.

Ella también se siente amenazada por mi juventud. Eso es bueno.

Me siento tremendamente aliviada cuando veo a John aparecer por la puerta. Se quita las gafas y lanza a Sarah una mirada extraña antes de saludarme de nuevo con la cabeza.

¿A qué vienen todas esas miraditas? No me paro a pensarlo demasiado. El gesto de John es la señal que necesitaba para huir de la mujer. Dejo mi copa vacía en la barra con más fuerza de la que pretendía. Mario levanta la cabeza al instante, y yo sonrío y me disculpo mientras me bajo del taburete.

—Un placer conocerte, Sarah —digo con cordialidad. Es mentira. La detesto, y sé que el sentimiento es mutuo.

Ella ni siquiera me mira. Acepta la bebida que Mario le ofrece sin darle siquiera las gracias y se marcha a hablar con un tipo con pinta de hombre de negocios que se encuentra al otro lado de la barra.

Cuando llego junto a John, él me guía por la enorme escalera que da al descansillo hasta la nueva ala.

—Puedo arreglármelas sola, John. No quiero entretenerte —le digo ofreciéndole la oportunidad de dejarme a mis anchas mientras me acompaña por el pasillo.

—Tranquila, mujer —contesta con voz grave mientras abre la puerta de la habitación que hay al otro extremo del corredor.

Empezamos a tomar medidas en las distintas estancias. John me sostiene la cinta métrica obedientemente y asiente de vez en cuando al darle las indicaciones. La frase «un hombre de pocas palabras» se inventó pensando en él, no me cabe la menor duda.

Se comunica con gestos y, aunque tiene los ojos ocultos tras las gafas de sol, sé cuándo me está mirando. Anoto todos los datos en una hoja y ya empiezan a asaltarme algunas ideas.

Una hora después ya tengo todas las medidas que necesito y hemos terminado. De nuevo sigo al enorme cuerpo de John hasta el descansillo mientras busco el teléfono en el bolso.

No tardo en darme cuenta de que con las prisas por librarme de Sarah lo he dejado en la barra.

—Dejé el teléfono en la barra —le digo a John.

—Le diré a Mario que lo guarde. Jesse quería que te mostrara otra habitación antes de que te fueses —me explica sin alterar la voz.

—¿Para qué?

—Para que tengas una idea de lo que quiere que hagas.

Introduce una tarjeta de acceso en la ranura, abre la puerta y me invita a entrar.

Está bien. Aquello no va a matarme, y tengo curiosidad.

«¡Vaya!» Llego al centro de la habitación, una minisuite, para ser exactos. Es probable que sea más grande que todo el apartamento de Kate. Al oír que la puerta se cierra detrás de mí, me vuelvo y veo que John se ha marchado para dejar que lo asimile por mí misma. Me quedo de pie, absorbiendo el opulento derroche de la decoración.

Estas habitaciones son más lujosas que las de abajo, si es que cabe la posibilidad. Una cama gigante cubierta con sábanas de raso moradas y doradas domina el espacio. La pared que hay detrás está empapelada con un estampado de remolinos en relieve y de un color dorado pálido. Las gruesas y largas cortinas reposan sobre la mullida alfombra. La iluminación es suave y tenue. Uno de los requisitos principales de Ward era la sensualidad, y quien hubiese diseñado aquella habitación había conseguido reflejarla en abundancia. ¿Por qué no vuelve a emplear al mismo diseñador?

Me acerco hasta la enorme ventana de guillotina y contemplo el paisaje. El terreno sobre el que se asienta La Mansión es inmenso, las vistas son fantásticas y el exuberante verdor de la campiña de Surrey se extiende varios kilómetros. Es algo digno de ver. Me paseo por la sala y acaricio con la palma de la mano una hermosa cómoda de madera oscura. Dejo sobre ella la carpeta y el bolso y me dirijo al diván situado junto a la ventana.

Me siento y admiro el espacio que me rodea. Es increíble, y sin duda podría competir con muchos de los hoteles más famosos de las ciudades más grandes del mundo. Un enorme tapiz llama mi atención. Es bastante raro, pero muy hermoso. Debe de ser una antigüedad. Está medio clavado en la pared y asciende hasta el techo, donde nacen las enormes vigas de madera. Tiene un diseño cuadriculado, pero no lo adorna ningún tipo de tela ni de luz. Ladeo la cabeza con el ceño fruncido, pero pronto vuelvo a erguirme al oír un ruido procedente del cuarto de baño.

Mierda. Me ha metido en una habitación ocupada... ¿o no? Ahora no oigo nada. Me quedo quieta y en silencio para tratar de percibir algún movimiento, pero nada. Me relajo un poco y entonces oigo que la manecilla de la puerta se abre y doy un respingo. Mierda. Mierda.

Debería huir antes de que alguien salga del cuarto de baño, probablemente en cueros, y se encuentre a una extraña allí plantada, roja como un tomate, en medio de su suite de lujo. Corro hacia la cómoda para recoger el bolso y me dirijo a la salida.

Entonces lanzo un grito ahogado y el bolso se me cae al suelo.

Me quedo helada al ver a Jesse Ward. Está de pie en la puerta del cuarto de baño y sólo lleva puestos unos *jeans* holgados.

Capítulo 5

Él permanece callado mientras yo lo observo pasmada, a la espera de una explicación. No obtengo más que la intensa mirada de sus ojos verdes desde el otro lado de la estancia. Me siento como si estuviera analizándome bajo la lente de un microscopio y la copa de vino empieza a revolverse en mi estómago, dando vueltas sin parar mientras me balanceo nerviosa sobre mis tacones.

—¿Qué es esto, una broma? —digo medio riéndome.

Sigo esperando a que me ilumine, pero no dice nada.

Intento ignorar el magnífico cuerpo masculino que tengo delante y busco desesperadamente en mi cerebro algún tipo de guía o instrucción. No sirve de nada. No estoy ciega. Lo cierto es que me he imaginado su torso más de una vez, y he de decir que supera con creces mis mejores fantasías y expectativas. Este hombre es más que perfecto. ¿Qué se supone que debería hacer? Sigue ahí, de pie, con la cabeza ligeramente inclinada, mirándome con fijeza bajo sus larguísimas pestañas. Su mirada es penetrante, tiene la boca entreabierta y percibo el subir y bajar de su increíble pecho. Existe una definición muy acertada; no es excesivamente musculoso, es... simple y llanamente... perfecto. Si vestido me deja sin palabras, verlo así me arrastra al borde del infarto. Respiro hondo.

Madre mía, tiene el vientre en V. Su respiración agitada hace que los músculos se tensen y se destensen, y la frecuencia de las inhalaciones hace fracasar su intento de aparentar impasibilidad. Está muy nervioso. ¿Qué hace ahí y así, sólo con unos *jeans*, recién afeitado, mostrando todavía más su belleza? Me abofeteo mentalmente. Salta a la vista a qué está jugando. Sabía que no debía confiar en él. Es tan irreal y tan tremendamente presuntuoso que casi pierde todo su atractivo... casi.

Me río para mis adentros. No pierde nada de atractivo. Al contrario. Me invade el deseo.

¿Esperaba verlo? Sí, lo admito. Pero ¿así? Sí, la verdad es que sí. Es prácticamente en lo único que he pensado desde que le puse los ojos encima.

Tiene los brazos caídos a ambos lados del cuerpo, pero su actitud es segura y decidida. Me observa con una determinación absoluta, y su mirada me dice que estoy a punto de morir de placer. Debería marcharme pero, por más que sepa que he de hacerlo, por más que mi sensatez me obligue a huir, no lo hago. En vez de eso, bajo la mirada hasta sus muslos, cubiertos por los *jeans*, y advierto un bulto a la altura de su entrepierna. Está completamente excitado y, a juzgar por la violenta sacudida de deseo que acabo de sentir en el estómago, yo también.

Mi cuerpo se bloquea, presa del pánico, y tengo sentimientos encontrados. Mi lado prudente me insta a largarme de aquí, pero mi lado temerario me ruega que me quede y que acepte lo que quiere darme. Esto está mal. Acabo de charlar con su novia en el piso inferior. Bueno, charlar exactamente no. Eso implicaría que hubiera sido una conversación amistosa, y no es el caso.

Mi mente en conflicto hace que cambie de postura mientras separo los labios e inspiro profundamente. Agacho la cabeza.

—Relájate, Ava —me tranquiliza con voz suave—. Sabes que lo estás deseando.

Casi rompo a reír. ¿Y quién no? Sólo hay que verlo. Me quedo quieta. El único movimiento visible es el de mi corazón golpeándome el pecho, y su ritmo se multiplica por diez cuando él empieza a caminar hacia mí despacio, con los ojos clavados en los míos.

Cuando se encuentra a tan sólo unos centímetros de distancia, su aroma fresco me inunda la nariz y hace que el cuerpo se me tense de manera involuntaria. No sé cómo lo consigo, pero dejo la mirada fija en la suya y levanto la vista para mantener el contacto mientras se acerca hasta que lo tengo ante mí. Está lo más cerca que puede estarlo sin llegar a tocarme físicamente. Si existe un equivalente al estado de alerta máxima para el cuerpo humano, acabo de alcanzarlo.

—Date la vuelta —ordena con voz suave.

Yo obedezco sin pensar y me vuelvo despacio mientras resoplo y cierro los ojos con fuerza.

¿Qué estoy haciendo? Ni siquiera he vacilado. Mis hombros se tensan a la espera de su tacto, y mis esfuerzos mentales por obligarme a relajarme no están funcionando. El único sonido que interrumpe el ensordecedor silencio es el de las respiraciones agitadas de ambos. Permanezco así durante unos instantes y pronto me dispongo a volverme para tenerlo de nuevo de frente, pero él me detiene al posar sobre mis hombros sus dos manos firmes, cálidas y ligeramente temblorosas. Me estremezco con su roce, y él levanta una mano lentamente, como para asegurarse de que no voy a moverme. Me recoge el pelo suelto y lo deja caer sobre mi rostro.

En mi oscuridad privada, oigo que mi cerebro me grita que huya, pero mi cuerpo tiene otros planes completamente diferentes y, desafiante, desoye cualquier orden procedente de mi interior. Jesse vuelve a colocarme la mano sobre el hombro y empieza a masajearme muy despacio los músculos tensos. La sensación es maravillosa. Balanceo la cabeza en un gesto de agradecimiento y mis labios dejan escapar un leve suspiro. La presión aumenta y me deleito en los deliciosos movimientos de sus manos al mismo tiempo que siento cómo su aliento caliente y fresco se aproxima a mi oído. Me estremezco y acerco la cara a la suya. Sé que lo estoy incitando, pero a estas alturas ya he perdido el sentido por completo. Quiero más.

—No pares —susurra, y las vibraciones de su voz provocan oleadas de placer por todo mi cuerpo. Estoy temblando. Se me ha ido totalmente de las manos.

Tengo un nudo en la garganta.

—No quiero hacerlo.

Apenas reconozco mi voz. No puedo creer que me haya atrapado de esta manera; no puedo creer que esté accediendo a esto.

—Me alegro. Porque no creo que te lo permitiese —dice, y presiona toda la parte delantera de su cuerpo contra mi espalda mientras su boca se abre junto a mi oído—. Voy a quitarte el vestido.

Apenas consigo asentir, pero él capta mi respuesta y empieza a mordisquearme el lóbulo, lo que aumenta la implacable presión que ya siento en mi vibrante interior.

—Eres demasiado guapa, Ava —ronronea mientras me roza la oreja con sus labios.

—Oh, Dios... —Me apoyo en él y siento su erección palpitante contra mi trasero a través de los *jeans*.

—¿Notas eso? —Comienza a trazar círculos con sus caderas y yo lanzo un gemido—. Voy a poseerte.

Sus palabras están cargadas de un convencimiento absoluto.

Me siento completamente esclava de ellas. Sé que debe de tener mucha práctica en estos menesteres; debe de haber pulido el don de la seducción hasta convertirlo en un arte. No me estoy engañando a mí misma. Las mujeres deben de caer rendidas a sus pies, un día sí, otro también. Tiene mucha experiencia en el tema y siempre consigue lo que quiere, pero no me importa lo más mínimo. En estos momentos estoy aquí para él, sin conciencia ni indecisión. He dejado a un lado cualquier resquicio de cautela. ¿Qué daño puede hacerme algo así?

Siento que su dedo índice comienza a ascender lentamente desde el final de mi espalda hasta el centro de mi columna y la cabeza empieza a darme vueltas sin control.

Imploro a mis manos que permanezcan a ambos lados de mi cuerpo, pero lo que en realidad deseo es volverme y devorarlo, aunque él ya ha impedido que lo haga en una ocasión. Es evidente que le gusta tener el control.

Cuando alcanza la parte superior de mi vestido, coge el cierre y me apoya la otra mano en la cadera. Yo doy un respingo. Tengo muchas cosquillas ahí, y cualquier roce en la cadera o en el hueco que tengo justo encima me hace saltar. Cierro los ojos con fuerza y me esfuerzo cuanto puedo por ignorar su caricia. Es difícil, pero su propia mano, que ocupa toda mi cadera, me retiene y me mantiene inmóvil.

Me baja el cierre del vestido con lentitud y oigo cómo suspira al ver mi piel desnuda. Aparta la mano de mi cadera y yo me sorprendo añorando su calor al instante. Pero entonces noto que sus dos manos se deslizan bajo la tela de mi vestido hasta detenerse sobre mis hombros descubiertos. Flexiona los dedos y me aparta el vestido por delante antes de arrastrarlo muy despacio por mi cuerpo hasta dejarlo caer al suelo.

Él se queda sin aliento, y yo doy gracias a todos los santos por haberme puesto ropa interior decente. Estoy de pie en brasier, pantis y tacones, a merced del adonis que se yergue tras de mí. ¿Qué diablos estoy haciendo?

—Mmm, encaje —susurra.

Me agarra de la cintura, me levanta para sacarme del vestido arrugado que ya descansa sobre el suelo y me da la vuelta para ponerme de cara a él. Con estos tacones mis ojos quedan a la altura de su barbilla. Con sólo levantar ligeramente la vista me encuentro con sus preciosos labios carnosos y deseo que los pegue a los míos. Estoy perdiendo mi capacidad de autocontrol a pasos agigantados, y mi conciencia hace ya rato que me ha abandonado. Estoy muy excitada, y con este hombre no es de extrañar.

Acerca una mano a mi pecho y con el pulgar me dibuja círculos alrededor del pezón por encima del brasier. Mantiene la mirada fija en sus movimientos. Se me erizan los pezones con el contacto, y se endurecen bajo la tela de la prenda interior. Una pequeña sonrisa se dibuja en sus labios. Es consciente del efecto que está teniendo en mí. Acerca también el dedo índice, me pellizca la rígida protuberancia y hace que mis pechos palpiten y se transformen en pesados y ansiosos montículos. Me extasía por completo que este hombre me estudie tan de cerca, que me esté provocando hasta hacerme temblar de desesperación. Todavía no puedo creerme que esté haciendo esto, pero ¿acaso puedo pararlo?

Observo que eleva la otra mano hasta cubrirme el otro pecho. Las mías se niegan a seguir alejadas de él. Levanto los brazos y apoyo las palmas sobre su tórax. Es tan cálido y firme que me quedo sin aliento. Empiezo a recorrer con un dedo el hueco que se forma entre sus pectorales y sonrío para mis adentros al sentir cómo se estremece bajo mi tacto. Deja escapar un leve gruñido gutural. Pero antes de que pueda empezar a disfrutar del acceso a su cuerpo, él me da la vuelta otra vez y siento ganas de gritar.

—Quiero verte —suspiro.

—Chis —me ordena mientras me desabrocha el brasier y pasa las manos por debajo de los tirantes.

Los desliza por mis brazos y deja caer la prenda al suelo antes de cubrirme de nuevo los pechos con las manos, y empieza a amasarlos de manera deliberada, sin dejar de exhalar su respiración caliente e intensa junto a mi oído.

—Tú y yo —ruge.

Entonces me da la vuelta y pega sus labios contra los míos hasta dejarme sin aliento.

Vuelvo a estar donde quiero estar. Me roza el labio inferior con la lengua y busca con ella una entrada que no le niego. Lo acepto en mi boca y nuestras lenguas se baten en duelo. Tiene la boca caliente, y su lengua es laxa pero intensa. Le rodeo los hombros con los brazos para acercarlo más mientras él presiona la entrepierna contra mi vientre. Su erección es dura como el acero, y lucha por librarse del encierro al que la someten los *jeans* que la cubren. Todas las partes de su cuerpo son perfectas. Es tal y como me lo había imaginado.

Se le escapa un leve gemido de entre los labios cuando me acaricia la espalda con las dos manos hasta cobijar mi cabeza entre ellas. Me agarra la nuca con los dedos y apoya las palmas sobre mis pómulos. Jesse interrumpe el beso y yo jadeo ante la pérdida. Sus hombros se elevan y descienden debido a las respiraciones profundas con las que intenta llenar sus pulmones. De repente, apoya la frente contra la mía con los ojos cerrados. Parece estar sufriendo.

—Voy a perderme en ti —suspira mientras desliza la mano por la curva de mi columna hasta detenerse en la parte posterior de mi muslo.

Con un leve tirón me levanta una pierna hasta su cadera y me agarra el trasero con la otra mano. Busca mi mirada con desesperación.

—Hay algo entre nosotros —susurra—. No son imaginaciones mías.

No, no lo son. Recuerdo lo que sucedió el viernes, cuando lo vi por primera vez. Sentí como si me hubiese electrocutado, todo tipo de reacciones extrañas azotaron mi mente y mi cuerpo. Aquello no fue normal, y me alivia saber que no fui la única que lo sintió.

—Hay algo —confirmo en voz baja, y de inmediato observo cómo la expresión de sus ojos muta de la incertidumbre a la satisfacción plena.

Estoy de pie sobre una pierna, medio enredada alrededor de su cintura, lista para lanzarme y rodearlo también con la otra pierna. Necesito sentirlo entero. Necesito sus labios contra los míos. Como si me leyera la mente, inclina la cabeza y me busca la boca con la suya, pero esta vez lo hace de una manera más calmada y pausada. Presiona la pelvis contra mi cuerpo y al instante advierto un importante aumento de presión en mi entrepierna. Soy incapaz de controlarlo; no quiero hacerlo.

Mientras clava la cadera contra la mía, sigue poseyendo mi boca lentamente y ambas sensaciones combinadas me acercan al límite. Si me toca, es probable que estalle.

Su beso se intensifica y la presión de su cadera aumenta.

—Por Dios —murmura contra mis labios—. No lo fastidies.

¿No lo fastidies? ¿Por qué me suplica eso? ¿O se lo está rogando a sí mismo? De repente todo cobra sentido cuando oigo a otra persona gritar el nombre de Jesse. Reconozco la voz fría y desagradable de Sarah. Y así, sin más, el placer que no paraba de aumentar desaparece más rápido de lo que ha llegado.

«¡Mierda, mierda, mierda!», grito sin cesar para mis adentros. Mi cuerpo lánguido y excitado se torna rígido de repente y clavo los dedos en los hombros de Jesse. Pero ¿qué estoy haciendo? Su novia anda por aquí, es probable que esté ahí fuera, y yo estoy aquí, toda excitada, con las manos de su novio por todo el cuerpo. ¡Soy una persona horrible!

Él me besa con más intensidad, hasta hacer que me duelan los labios. Su lengua me invade la boca con necesidad. Sé que está intentando que vuelva al juego. Me suelta el muslo y me agarra de la cadera para que no me mueva. Cree que voy a salir huyendo. Y voy a hacerlo. Me libera los labios y mi cabeza desciende automáticamente.

—La puerta está cerrada con llave —me asegura en voz baja.

¡Ahora ya no puedo seguir con esto! Quizá no me guste esa mujer, pero no soy una ladrona de novios. He metido la pata, aunque todavía estoy a tiempo de parar esto antes de que sea demasiado tarde. Él sube la mano y me agarra de la mandíbula, me levanta la cara y me la sujeta con fuerza mientras clava su mirada de ojos verdes en mí. Me observa con desesperación buscando algo en mi rostro, creo que esperanza.

—Por favor —logra articular.

Yo niego ligeramente con la cabeza a pesar de la presión que ejercen sus manos, bajo la mirada hasta su pecho y cierro los ojos con fuerza. Me agarra la cintura con más intensidad y me sacude la mandíbula levemente en un intento exasperado por sacarme del caparazón en el que me he encerrado.

—No te vayas. —Lo dice casi entre dientes, haciendo que parezca una orden.

—No puedo hacerlo —susurro, y siento que aparta las manos de mí con un gruñido de frustración.

—¿Jesse? —oigo la voz de Sarah de nuevo, pero esta vez más cerca.

Totalmente aturdida, recojo mi vestido del suelo, corro hacia el cuarto de baño, cierro de un portazo y echo el pasador. Me apoyo contra la puerta, casi desnuda, e intento controlar mi respiración irregular. Miro al techo tratando de evitar que se me caigan las lágrimas. Estoy muy decepcionada conmigo misma.

Me parece oír unas voces procedentes del dormitorio e intento estabilizar mis jadeos para escuchar lo que está pasando. Pero no hay nada. Ni ruido, ni voces... nada.

Me maldigo por estar medio desnuda, por no poder escapar y por tener que esconderme en el cuarto de baño como la mujerzuela desesperada que soy. No me siento cómoda con esta sensación. Me avergüenzo totalmente de mí misma. Me han puesto los cuernos muchas veces y yo he deseado que murieran todas esas mujeres que se han entrometido en mis relaciones. Después de muchas botellas de vino, las he condenado, las he maldecido y les he deseado el peor de los castigos. Ahora me he convertido en una de ellas. Lanzo un gruñido y me golpeo la frente con la palma de la mano.

«¡Serás zorra!»

Oigo que se cierra una puerta y me pongo rígida. ¿Eso es que se marcha o que vuelve?

Sea como sea, tengo que vestirme. Busco mi brasier entre el fardo de tela del vestido que tengo en las manos. No está. Sacudo el traje frenéticamente y rezo para que aparezca... sin éxito. Suspiro y me meto en el vestido, me lo ajusto al cuerpo y estiro los brazos hacia atrás para abrocharme el cierre. Tendré que salir sin él, porque no pienso intentar recuperarlo en la habitación.

Me acerco al espejo para inspeccionarme. Tal y como imaginaba, estoy espantosa.

Tengo los ojos llenos de lágrimas sin derramar, los labios hinchados y rojos y las mejillas coloradas. Parezco turbada. Estoy turbada. Intento en vano recomponerme para salir al menos con un poco de dignidad, pero no hay manera de ocultar mi aspecto consternado. Va a ser el momento más vergonzoso de mi vida.

Un golpe en la puerta me sobresalta.

—¿Ava?

No contesto. Vaya, parece enojado. Me acomodo el pelo con los dedos y me seco las lágrimas con papel. Sigo horrible, pero sé que me sentiré mejor en cuanto salga de aquí. Me preparo para hacer frente a un hombre frustrado que intenta evitar mi partida y quito el pasador con cautela. La puerta se abre al instante y casi me tira al suelo. Jesse está al otro lado, enojado y bloqueándome la salida.

Inspecciono el dormitorio a sus espaldas y compruebo que estamos solos. Debe de mentir muy bien, porque sigue descamisado y Sarah no está en la habitación intentando arrancarme los pelos. No tiene ningún derecho a mirarme con desaprobación ni a hacerme sentir como si lo hubiese decepcionado. Lo aparto a un lado y paso.

—¿Adónde diablos vas? —grita a mis espaldas.

No le contesto. A paso ligero, agarro mi bolso, salgo al descansillo y me marcho mientras lo oigo maldecir.

—¡Ava! —grita.

Desciendo la escalera a toda prisa y mirando de vez en cuando hacia arriba. Veo que Jesse sale de la suite y se pone una camiseta como puede. Me desvío hacia el bar para recoger el teléfono y veo que Mario está sirviendo a unos caballeros. Mis buenos modales me impiden exigírselo al instante, de modo que espero pacientemente sin parar de moverme con inquietud.

—¿Ya tienes lo que has venido a buscar? —dice Sarah, y su voz fría me hiela la carne.

Dios mío, ¿lo sabe? ¿Lo dice con doble sentido?

Me vuelvo y le regalo una sonrisa falsa.

—¿Te refieres a las medidas? Sí.

Ella me observa con el codo apoyado en la cadera y sosteniendo el *gin-tonic* de endrinas ante su rostro. Lo sabe. Esto es espantoso.

Jesse entra corriendo en el bar y se detiene derrapando ante nosotras. Lo miro con espanto. ¿No sabe lo que es el disimulo? Observo a Sarah para analizar su reacción ante la escenita y veo que nos estudia atentamente a ambos. No hay duda de que lo sabe. Tengo que largarme ahora mismo.

Me vuelvo hacia la barra y, por suerte, Mario me ve.

—Señorita O'Shea, tenga, pruebe esto —dice, y me pasa una especie de vasito.

—¿Tienes mi teléfono, Mario?

—Pruébelo —me insiste.

Desesperada por salir de aquí, me lo bebo de un trago. Me quema la garganta y sigue quemándome mientras recorre la laringe hacia el estómago.

Abro la boca en forma de O y cierro los ojos con fuerza.

—¡Madre mía!

—¿Le gusta?

Exhalo poco a poco el aliento caliente y le devuelvo el vaso.

—Sí, está muy bueno.

Empiezo a percibir un sabor a... ¿cerezas? El mesero recoge el vaso, me guiña un ojo y me pasa el teléfono.

Me aliso el vestido y cojo aire antes de volverme hacia las dos personas que no quiero volver a ver en la vida. Estoy convencida de que sobre la frente llevo un cartel de neón gigante con la palabra «Zorra» parpadeando.

—Olvidaste esto arriba.

Ward me entrega mi carpeta, pero no la suelta cuando jalo de ella suavemente.

—Gracias —respondo, y arrugo la frente al ver que me mira con el ceño fruncido mientras se muerde el labio inferior. Por fin suelta la carpeta y me la meto en el bolso—. Adiós.

Los dejo a ambos en el bar y me dirijo hacia mi coche. No vendrá detrás de mí con Sarah delante, lo cual es todo un alivio.

Me meto en el coche, arranco el motor y hago caso omiso de la voz mental que me grita: «¡No deberías conducir así!» Sé que estoy siendo muy irresponsable, pero la desesperación no me deja alternativa. Doy marcha atrás para salir del estacionamiento y veo que Jesse atraviesa las puertas de La Mansión a gran velocidad. No puede ser. ¿Por qué no le cuenta directamente a su novia todo lo que ha pasado?

Pongo la primera a toda prisa y piso el acelerador. Arranco dejando una nube de humo tras de mí. Nunca he conducido mi Mini de un modo tan brusco. Cuando la nube negra se dispersa, veo por el retrovisor que Jesse sacude los brazos en el aire como un poseso. Acelero por el camino de acceso bordeado de árboles. La cabeza me da vueltas a causa de la bebida y la ansiedad.

Intento bloquear todo lo demás y centrarme en la carretera que tengo delante. No debería conducir. Tengo los sentidos nublados, y la bebida es sólo un factor menor que se suma a mi estado de histeria mental.

Miro el tablero y me doy cuenta de que voy a una velocidad absurda, sin luces y sin el cinturón. No estoy en lo que tengo que estar. Las puertas aparecen ante mí y levanto el pie del acelerador.

—Ábranse, por favor, ábranse —ruego mientras pongo el neutral—. ¡Ábranse!

Al golpear el volante con frustración, hago sonar el claxon y doy un respingo en el asiento. El sonido de un coche que se acerca atrae mi vista hacia el retrovisor. Las luces se aproximan.

—¡Maldita sea! —exclamo.

El coche derrapa, se detiene detrás de mí y la puerta se abre de golpe. Jesse sale y se acerca a paso ligero a mi Mini. Es evidente que está furioso. ¿Y todo por qué? ¿Porque no ha cogido?

Dejo caer los brazos y la cabeza sobre el volante, me siento totalmente vencida. Mi objetivo de escapar sin preguntas ni explicaciones se ha visto completamente frustrado. No tengo por qué contarle nada. La situación es detestable y habla por sí sola.

Jesse abre la puerta del conductor, me agarra del brazo, me saca del coche y quita las llaves del contacto.

—Ava —dice mientras me mira con desaprobación. Tengo ganas de gritarle, pero él se me adelanta—: ¡Estás medio borracha! Te juro por Dios que como te hagas daño...

Me avergüenzo al escuchar sus palabras mientras me regaño mentalmente por ser tan imprudente. Permanezco de pie frente a él, aguantando su descontento, sintiéndome humillada y patética. Me agarra la mandíbula con la mano y me mira desde arriba. Quiere besarme, lo veo en sus ojos. Por favor. Esto es lo que menos necesito ahora mismo. Con un movimiento brusco consigo que me suelte la cara.

—¿Estás bien? —me pregunta con suavidad, e intenta agarrarme de nuevo.

Consigo zafarme.

—Pues, por extraño que parezca, no, no lo estoy. ¿Por qué has hecho eso?

—¿No es evidente?

—Me deseas.

—Más que a nada —declara rotundamente.

—¿Qué? Nunca he conocido a nadie tan pagado de sí mismo. ¿Lo habías planeado? ¿Era ésta tu intención cuando me llamaste ayer?

—Sí —admite en un tono que nada tiene que ver con la disculpa—. Te deseo.

No tengo ni idea de cómo enfrentarme a esto. Me desea, así que me ha tomado.

—¿Quieres abrir las puertas, por favor? —Me dirijo hacia ellas, pero siguen inmóviles cuando las alcanzo. Me vuelvo de la manera más amenazante que mi estado me permite—. ¡Abre las malditas puertas!

—¿De verdad crees que voy a dejar que deambules por ahí estando a kilómetros de casa?

—Pediré un taxi. No es problema tuyo. Abre las puertas.

—De eso nada, yo te llevo.

Miro su coche. Es un Aston Martin (todo negro, brillante y precioso), me parece.

—¡Abre las putas puertas de una vez! —le grito.

—¡Controla esa puta boca!

¿Que controle mi boca? ¿«Mi puta boca»? Quiero golpearlo, dejarme caer de rodillas y llorar de frustración, como un lobo que aúlla a la luna. Me siento como una idiota: humillada y avergonzada.

—No estoy preparada para ser otro de los muchos tantos que te anotas en la cabecera de la cama —le espeto.

Me respeto lo bastante a mí misma... lo suficiente como para no llegar a eso... más o menos.

—¿En serio piensas eso? —Está verdaderamente pasmado.

Señor, dame fuerzas. Este hombre es el jugador definitivo, obtiene lo que quiere cuando quiere. ¿Quién se cree que es? Nuestro enfrentamiento se ve interrumpido cuando su celular empieza a sonar.

Lo saca rápidamente del bolsillo.

—¿John? —Se da la vuelta y comienza a pasearse—. Sí... De acuerdo. —La llamada termina en seguida—. Yo te llevo a casa —insiste.

—No, por favor. Sólo abre las puertas. —Le estoy suplicando y ése no era el tono en el que pretendía hablarle.

—No, no voy a dejarte sola ahí fuera, Ava. Fin de la historia. Te vienes conmigo.

—No.

—Sí.

Vuelvo la cabeza bruscamente al oír que se acerca un coche por la carretera principal.

—¡Mierda! —ruge Jesse mientras vuelve a sacar apresuradamente el celular del bolsillo al tiempo que intenta agarrarme.

Las puertas empiezan a abrirse y echo a correr hacia mi coche para coger el bolso.

—¡John, no abras las putas puertas! —grita por el teléfono—. ¡Bueno, pues dile a Sarah que no lo haga!

En cuanto están lo bastante abiertas me deslizo entre ellas, justo antes de que empiecen a cerrarse de nuevo. Veo a Jesse correr hacia su coche y golpear algo en el tablero. Las puertas comienzan a abrirse de nuevo. ¿Es que no va a darse por vencido? Saco mi celular y llamo a un taxi mientras comienzo a andar por la carretera. Alguien contesta y, justo cuando voy a hablar, me quedo sin aliento al notar que Jesse me agarra por la cintura.

—¡Pero qué...! —grito mientras me levanta, me da la vuelta y me lanza sobre su hombro.

—No vas a vagar por ahí por tu cuenta, señorita —dice entre dientes con tono lleno de autoridad. Hace que me sienta más joven... o él mayor, no lo tengo claro.

—¿A ti qué demonios te importa? —le espeto. Estoy furiosa y no hago más que revolverme mientras me lleva hasta su coche.

—Pues, al parecer, nada, pero tengo conciencia. Tú de aquí no te vas si no es en mi coche. ¿Lo entiendes? —Me deja de pie en el suelo, me coge del codo y me guía hasta su vehículo. Lo cierra de un portazo y se encamina hacia mi Mini para apartarlo de la entrada.

Esbozo una sonrisa de superioridad cuando lo veo manipular la palanca para deslizar el asiento hacia atrás al máximo. Incluso estando a esa distancia del volante tiene que esforzarse por embutir su cuerpo, alto y delgado, dentro del Mini.

Tiene una pinta bastante ridícula. Quiero gritarle un poco más cuando derrapa y patina al parar. Nadie ha tratado a mi pobre Mini tan mal jamás.

Resopla mientras regresa y se mete en su coche. Me lanza una mirada feroz con el ceño fruncido, arranca y sale a toda velocidad.

El viaje de vuelta a casa es dolorosamente silencioso y terroríficamente rápido. Este hombre es una amenaza en la carretera. Desearía que al menos encendiera la radio para deshacernos de este silencio tan incómodo.

Admiro con envidia el interior de su DBS. Estoy recostada en el asiento, rodeada de kilómetros de piel negra acolchonada, y miro por la ventana durante todo el camino a casa. Siento que su mirada se clava en mí de vez en cuando, pero lo ignoro. Me concentro en el rugido gutural del motor mientras devora la carretera que se extiende ante nosotros. ¿Qué acaba de pasar?

Se detiene delante de casa de Kate después de que, de manera breve y concisa, le indique cómo llegar. Me bajo del vehículo.

—¿Ava? —lo oigo llamarme, pero cierro la puerta del coche y acelero mis pasos hacia la vivienda.

Al darme cuenta de que tiene las jodidas llaves de mi coche maldigo en voz alta. Me vuelvo para desandar el camino, pero oigo el rugido del motor alejándose por la carretera.

Se me tuerce el gesto de disgusto. Lo ha hecho a propósito para que tenga que llamarlo. Bueno, pues que espere sentado. Prefiero arreglármelas sin el coche. Deambulo hasta la casa y llamo a la puerta.

—¿Y tus llaves? —me pregunta Kate cuando la abre.

Pienso rápido.

—He llevado el coche al taller para que le cambien los frenos. Se me ha olvidado sacar las llaves de casa del llavero.

Acepta mi excusa sin hacer más preguntas.

—Hay un juego de llaves extra en la maceta que se encuentra junto a la ventana de la cocina.

Se apresura a subir de nuevo la escalera y yo la sigo para, inmediatamente, abrir una botella de vino antes de buscar algo de comer en el refrigerador. Nada me llama la atención. Me centro en el vino.

—Sí, por favor. —Kate irrumpe en la cocina.

Ya está en piyama, y yo me muero de ganas de ponérmela también. Le lleno una copa mientras intento cambiar por otra la expresión de estupefacción que sé que aún tengo en la cara.

—¿Qué tal el día? —le pregunto.

Ella se deja caer en una de las sillas dispares que rodean la robusta mesa de pino.

—He pasado casi todo el día recogiendo bases de pastel. La gente debería ser lo bastante amable como para venir a devolvérmelas. —Toma un sorbo de vino y deja escapar un suspiro apreciativo.

Me siento a la mesa con ella.

—Tienes que empezar a pedir una fianza.

—Ya lo sé. Oye, he quedado mañana por la noche.

—¿Con quién? —inquiero mientras me pregunto a mí misma si éste pasará de la primera cita.

—Un cliente que está muy bueno. Vino a recoger un pastel para el primer cumpleaños de su sobrina, uno de «Jungla sobre ruedas». ¿No es adorable?

—Mucho —admito—. ¿Y cómo surgió la cosa?

—Se lo pedí yo —contesta, y se encoge de hombros.

Me río. Su confianza en sí misma es fascinante. Creo que posee el récord mundial en número de primeras citas. La única relación larga que ha tenido fue con mi hermano, pero nunca hablamos de eso. Desde que rompieron y Dan se trasladó a Australia, Kate ha tenido infinidad de citas y con ninguno de esos hombres ha ido más allá de la primera.

—Voy a cambiarme y a llamar a mi madre. —Me levanto y me llevo la copa conmigo—. Ahora te veo en el sofá.

—Sale.

Necesito hablar con mi madre. Kate es mi mejor amiga, pero no hay nada como una madre cuando lo que quieres es que te reconforten. Aunque no puedo contarle por qué necesito que me reconforten. Se horrorizaría.

Después de ponerme un pantalón de pants y una camiseta de tirantes, me desplomo sobre la cama y llamo a mi madre. Sólo suena una vez antes de que descuelgue.

—¿Ava? —Su voz es aguda, pero reconfortante.

—Hola, mamá.

—¿Ava? ¿Ava? Joseph, no la oigo. ¿Lo estoy haciendo bien? ¿Ava?

—Estoy aquí, mamá. ¿Me oyes?

—¿Ava? Joseph, no funciona. No oigo nada. ¡Ava!

Oigo los las protestas ahogadas de mi padre en la distancia, antes de que se ponga al teléfono.

—¿Hola?

—¡Hola, papá! —grito.

—¡Carajo, no hace falta que grites!

—Es que mamá no me oía.

—Porque tenía el pinche teléfono al revés, la muy tonta.

Oigo la risa de mi madre de fondo, seguida de una palmada que, sin lugar a dudas, es un golpe que le ha propinado a mi padre en el hombro.

—¿Está ahí? ¿La oyes? Pásamela. —Discuten brevemente antes de que mi madre vuelva a ponerse al teléfono—. ¿Ava? ¿Estás ahí?

—¡Sí!

¿Por qué no habré llamado directamente al teléfono fijo? Insistió en que la llamara al celular nuevo para poder practicar y así agarrarle el modo, pero, por todos los santos, mira que le cuesta. Sólo tiene cuarenta y siete años, pero es una completa tecnófoba.

—Ah, mucho mejor ahora. Ya te oigo. ¿Cómo estás?

—Bien. Estoy bien, mamá. ¿Y tú?

—Aquí todo bien. ¿Sabes una cosa? Tenemos un notición. —No me da la oportunidad de intentar adivinar a qué se refiere—: ¡Tu hermano va a venir a visitarnos!

Me incorporo nerviosa. ¿Dan va a venir a casa? Hace seis meses que no veo a mi hermano. Está pasándose la vida padre en la Costa de

Oro, trabaja como instructor de surf y sólo viene a casa una o dos veces al año. Antes estábamos muy unidos. Kate va a alucinar cuando se entere, y no en el buen sentido.

—¿Cuándo? —pregunto.

—El domingo que viene. ¿No es estupendo? Justo le comentaba a tu padre la semana pasada que teníamos que ir a verlo, pero él no quiere subirse en un avión. Ya sabes cómo es.

El miedo a volar de mi padre es muy frustrante para mi pobre madre, que todos los años tiene que soportar un viaje en coche de dos días hasta España.

—¿Sabes qué planes tiene? —pregunto.

—Llega a Heathrow y se viene directamente a Cornualles para pasar la semana conmigo y con papá. Después volverá a Londres. ¿Vendrás tú también? Hace semanas que no vienes a vernos.

De repente me siento fatal. Llevo cerca de ocho semanas sin ver a mis padres.

—Es que he estado muy ocupada con el trabajo, mamá. Estamos con la inauguración del Lusso y es una locura. Haré lo que pueda, ¿sí?

—Ya lo sé, cariño. ¿Cómo está Kate? —me pregunta.

Mi madre todavía adora a Kate. Se quedó igual de deshecha que yo cuando Dan y ella lo dejaron.

—Está fenomenal.

—Estupendo. ¿Y sabes algo de Matt? —me pregunta vacilante.

Sé que espera que la respuesta sea un NO rotundo. No lo pasó tan mal cuando fuimos Matt y yo quienes lo dejamos. No le caía muy bien que digamos. Bueno, pensándolo bien, Matt no le caía muy bien a casi nadie. Hemos hablado alguna vez desde que nos separamos, pero mamá no necesita saberlo.

—No, estoy en otras cosas —le informo y la oigo suspirar de alivio.

Prefiero no contarle en qué otras cosas he estado centrada. Me siento demasiado avergonzada de mí misma.

—Bien. ¡Joseph, ve a abrir la puerta! Ava, tengo que colgar. Ha venido Sue a recogerme para ir a yoga.

—Bueno, mamá. Te llamo la semana que viene.

—De acuerdo. ¡Buena suerte con la inauguración y diviértete también un poco! —me ordena.

Sé que piensa que he desperdiciado siete años en dos relaciones que no valían la pena. Y tiene razón, lo he hecho.

—Adiós, mamá. —Cuelgo.

Dan viene a casa. Bueno, eso me ha animado un poco. Siempre me siento mejor después de hablar con mi madre. Están a kilómetros de distancia y los echo muchísimo de menos, pero me reconforta el hecho de que hayan dejado atrás la locura que es Londres al prejubilarse y trasladarse a Newquay, sobre todo después del susto que nos dio papá con aquel ataque al corazón.

El celular empieza a sonar y miro la pantalla esperando ver el número de mi madre —seguro que se le ha olvidado bloquear el teclado y se ha sentado encima—. Pero no es ella. Es Jesse Ward.

«Uffffffffff.»

—Rechazar —resoplo. Pulso el botón rojo y lanzo el teléfono sobre mi cama.

Salgo de mi cuarto y me voy con Kate al sofá. Oigo que vuelve a sonar mientras me dirijo al salón. Hago caso omiso. El tipo nunca se da por vencido. Al menos no tengo que volver a verlo. Me ha dado la excusa perfecta para negarme en rotundo a diseñar cualquier cosa para él.

Capítulo 6

—Buenos días —saludo a Tom con voz cantarina cuando paso danzando ante su mesa el jueves.

Él me mira por encima de los lentes de montura gruesa —una descarada declaración de principios en cuanto a la moda y un esfuerzo por su parte para que se le tome más en serio—. Debería decirle que se deshiciese de esa camisa amarillo canario y de esos pantalones grises que parecen mallas. Quizá así lo consiguiera.

—Parece que alguien ha cogido —dice con una sonrisa malévola—. Bienvenida al club. ¡Estoy exhausto!

—¡Basta! Tom, eres un putón —contesto, y finjo una expresión de desagrado mientras tiro el bolso debajo de mi mesa—. ¿Alguna novedad? —pregunto para desviar la conversación de las aventuras sexuales de Tom.

—No. Voy a salir a visitar a la señora Baines para darle un abracito. Anoche me llamó a las once para preguntarme si sería posible que los electricistas llegasen esta mañana. Me interrumpió en pleno acto de...

—¡Bueno, bueno! —digo con las manos levantadas—. No sigas.

Me siento y giro la silla para ponerme de cara a él.

—Perdona, cielo. ¡Es que fue lo máximo! —insiste, y me guiña un ojo—. Pero bueno, está estresada porque tiene programado celebrar un baile de verano en julio y lo quiere todo terminado para entonces. ¡Está resuelta, bonita! Si no para de cambiar de idea jamás terminaremos. —De repente, se levanta de su silla, me lanza un beso en el aire a tres metros de distancia y dice—: ¡*Au revoir*, cielo!

—Adiós. Oye, ¿y Victoria? —le grito mientras se aleja.

—¡Ha ido a visitar a unos clientes! —grita, y cierra la puerta al salir.

Me vuelvo hacia mi escritorio y Sally me deja un café delante. Lo cojo al instante y le doy un sorbo mientras ella ronda mi mesa con nerviosismo.

—Patrick ha llamado para recordarte que hoy no vendrá —dice.

—Gracias, Sally. ¿Qué tal el fin de semana?

Ella sonríe y asiente con entusiasmo mientras se sube los lentes.

—Muy bien, gracias por preguntar. Terminé el punto de cruz y limpié todas las ventanas, por dentro y por fuera. Fue estupendo —contesta, y sonríe vagamente mientras se marcha corriendo a archivar unas facturas.

¿Limpiar ventanas? ¿Estupendo? Es una chica encantadora, pero, por Dios, es más sosa que el pan sin sal.

Paso unas horas respondiendo correos electrónicos y limpiando la bandeja de entrada. Compruebo que ya se ha realizado la última limpieza en el Lusso y cojo el celular cuando éste empieza a danzar sobre mi mesa. Al ver el nombre que aparece en la pantalla pongo los ojos en blanco. Nunca se da por vencido. Ayer me acribilló a llamadas sin parar (y yo se las rechacé todas), pero sigue insistiendo. Tendré que hablar con él antes o después. Tiene algo que necesito: mi coche.

A la una en punto salgo de la oficina para ir a comer con Kate.

—¿Queda algún hombre decente en este mundo? —pregunta pensativa mientras se limpia la boca con una servilleta—. Estoy perdiendo las ganas de vivir.

—No puede haberte ido tan mal.

Su cita de anoche fue un fracaso. En cuanto llegó a casa a las nueve y media, supe que la cosa no había ido bien.

Deja la servilleta sobre el plato vacío y lo aparta.

—Ava, cuando un hombre saca la calculadora al final de la cena para decirte cuánto le debes, es mala señal.

Me echo a reír. Sí, es mala señal. Es la igualdad llevada al extremo. El hombre moderno aún tiene que captar que las mujeres queremos que nos traten como iguales, pero sólo cuando nos conviene. La ávida necesidad de independencia de la mujer moderna no implica que queramos pagar a medias las comidas, ni que no nos guste que un hombre nos abra la puerta. Seguimos deseando que nos mimen, pero con nuestras propias condiciones.

—Entonces ¿no vas a volver a quedar con él?

Ella resopla indignada.

—No. La escenita de la cuenta ya me había decepcionado bastante, pero que cogiera las veinte libras que le ofrecí para pagar el taxi cuando me dejó en casa ya me desencantó del todo.

—Le saliste bien barata —digo entre risitas.

—Ya te digo. —Kate coge el teléfono y pulsa la pantalla. Después me la enseña—. Un sándwich de tocino y dos aguas, me debes doce libras.

Las dos nos reímos un poco del fracaso de su cita. Me encanta que se lo tome con tanta filosofía. Siempre dice que las cosas pasarán cuando tengan que pasar, y estoy de acuerdo.

—¿Cuándo tendrás listo el coche? —pregunta.

¡Mierda! Me lo había pedido prestado para ir a Yorkshire a visitar a su abuela el sábado, y ya es jueves. Tengo que solucionar este asunto.

—Luego llamaré al taller —le prometo.

—Puedo ir con la camioneta.

—No, tranquila. Con *Margo* no creo que llegues. —Es una Volkswagen Combi rosa de veinte años que traquetea a duras penas por todo Londres repartiendo pasteles. Su impacto en el medio ambiente debe de ser tremendo.

Mi teléfono empieza a sonar a todo volumen y Kate se inclina para ver quién me llama. Lo cojo en seguida, pero es demasiado tarde. La miro nerviosa, le doy una vez más al botón de rechazar y lo dejo de nuevo sobre la mesa como si no ocurriera nada. Pero mi reacción no le ha pasado desapercibida, como de costumbre.

—Jesse —dice con una ceja enarcada—. ¿Qué querrá?

No le he contado nada sobre los terribles acontecimientos del martes. Me da demasiada vergüenza.

Me encojo de hombros.

—Yo qué sé.

—¿Te ha mandado más mensajes sugerentes?

Ha habido más que mensajes. Ha habido incesantes llamadas telefónicas, y me enredó para que volviese a La Mansión con el pretexto de que iba a diseñar unas habitaciones cuando lo que quería en realidad era atraparme en una de las suites de su hotel y seducirme. Kate se alegraría de mi desgracia, y ésa es justo la razón por la que no se lo he contado. Si no se lo explico a nadie, casi puedo fingir que no ha pasado. Casi. Soy una idiota. Apenas he logrado pensar en otra cosa desde entonces, y con todas esas llamadas él no colabora mucho a mi intento de eliminarlo de mi mente. No necesito una relación, y menos con alguien que está con otra persona. Además, para él yo sólo soy un trofeo más. Es un vividor y no es la clase de hombre con quien debo estar. Es evidente que tiene problemas para comprometerse. Sarah no es santo de mi devoción, pero siento lástima por ella.

—No —respondo con un suspiro.

Ella me mira con recelo y hace que me sienta interrogada. Y lo estoy siendo. De repente me sorprendo jugueteando con mi pelo. Suelto el mechón y resoplo.

—Tienes que divertirte —dice con aire pensativo. ¿Divertirme? A mí no me parece que enredarse con un hombre que está con otra sea divertirse. ¡Me parece una insensatez!—. Después de lo de Matt, está claro que necesitas divertirte un poco.

Preferiría no hablar de Matt. Kate no sabe que aún me llama de vez en cuando. Y yo no sé por qué lo hace.

—Tengo que volver al trabajo —digo, y me inclino para darle un beso en la mejilla—. Te quiero.

—Sí, yo también. Esta noche llegaré tarde a casa. Hay una exposición de pasteles en el Hilton.

Cuando me dispongo a darle dinero para la comida, ella me hace un gesto de rechazo con la mano.

—Me toca a mí.

Vuelvo a guardarme el dinero en el bolsillo.

—Está bien, pero la próxima vez pago yo.

Nos despedimos en la puerta del bar. Kate se marcha a su taller de pasteles y yo de vuelta a la oficina.

Al llegar a casa me dejo caer sobre el sillón. Mañana será un día largo en el Lusso y tengo que estar en plena forma. El celular suena. Pongo los ojos en blanco y miro la pantalla, pero no es quien esperaba que fuera. Es Matt. Lloriqueo para mis adentros. ¿Cuándo sonará el teléfono y será alguien con quien me apetezca hablar?

—Hola —contesto medio refunfuñando.

—¿Qué tal? —saluda con su tono seguro de siempre.

—Bien, ¿y tú? —Sé que está bien.

Tengo entendido que sale casi todas las noches para recuperar el tiempo perdido. Como si cuando estaba conmigo no hiciese lo que le daba la gana de todos modos.

—Muy bien. Llamaba para desearte suerte mañana. Es mañana, ¿no?

Me sorprende que se acuerde. Mi trabajo jamás le ha interesado lo más mínimo.

—Sí, gracias. Estaba pensando en acostarme pronto.

—Ah, bueno, entonces no te entretengo. —Parece decepciona-do—. He empacado el resto de tus cosas.

—Ah, genial.

—No hay prisa —añade—. Si alguna vez te apetece, estaría bien quedar y ponernos al día.

¿Estaría bien? ¿Ponernos al día sobre qué? ¿Sobre con cuántas mujeres se ha acostado desde que me largué? Me alegro de que mantengamos el contacto, estuvimos cuatro años juntos, pero está llevando demasiado lejos lo de «ser amigos». Me trata como si fuese uno más de sus colegas y me informa de sus últimas conquistas. Y no me importa, pero tampoco me apetece saberlo.

—Claro, te mando un mensaje —sugiero.

—Hazlo. Te echo de menos.

¡POR FAVOR! ¿A qué ha venido eso? ¿Está borracho?

—¿Ah, sí? —le pregunto, y en mi voz se refleja claramente mi sorpresa.

Él se echa a reír.

—Sí. Buena suerte mañana.

Cuelgo y me quedo ahí sentada preguntándome si habrá llegado el momento de recoger mis cosas y cortar toda relación con él. No creo que lo de «ser amigos» vaya a funcionar con nosotros. ¿Le funciona a alguien? Mi teléfono vuelve a sonar, pero es un número que no conozco.

—Ava O'Shea —digo, pero no hay respuesta—. ¿Diga?

—¿Estás sola?

La voz me golpea en el estómago como si fuera un martillo. Mierda. Mierda. Me pongo de pie y me vuelvo a sentar. La imagen de su cuerpo semidesnudo delante de mí, suplicándome con la mirada, empieza a apoderarse de mi mente. Ésta es precisamente la razón por la que he rechazado todas sus llamadas. El influjo que ejerce sobre mí es perturbador y de lo más desagradable.

¿Por qué no ha aparecido su nombre en la pantalla?

—No —miento, y mi frente empieza a empaparse de sudor.

Lo oigo suspirar. Es un suspiro profundo.

—¿Por qué me mientes?

Vuelvo a levantarme del sillón de un salto. ¿Cómo lo sabe? Corro al otro lado del salón, a punto de derramar mi copa de vino, y miro por la ventana hacia la calle, pero no veo su coche. ¿Cómo sabe que estoy sola? Nerviosa y con un nudo en la garganta, decido colgar. El teléfono vuelve a sonar inmediatamente. Lo hundo entre los cojines del sillón y lo dejo sonar. Pero vuelve a insistir.

—¡Para ya!

Paseo de un lado a otro del salón mordiéndome las uñas y dando sorbos de vino. Las imágenes de lo sucedido el martes se proyectan en mi mente, pero no las malas. Mierda. Es todo lo bueno: cómo me hacía sentir, el calor de sus manos... Todo lo acontecido hasta que oí la voz fría y estridente de su novia. Bloqueo esos pensamientos de inmediato. No soy más que otro títere del que aprovecharse sexualmente, y lo más probable es que se sienta despechado porque me he negado a entrar en su juego. El teléfono me avisa de que tengo un mensaje. Me acerco con cautela al sillón, como si el aparato fuese a atacarme.

Dios mío, qué patética soy. Cojo el celular y leo el mensaje.

¡Contesta el teléfono!

Vuelve a sonar en mi mano y me hace dar un brinco, aunque lo cierto es que me lo esperaba. No se cansa nunca. Vuelvo a dejar que suene y, como si fuera una niña, le contesto:

No.

Sigo paseándome de un lado a otro, sorbiendo vino y aferrándome al teléfono. Su respuesta no tarda en llegarme:

Bueno, entonces voy a entrar.

—¿Qué? ¡No, no! —le grito al celular.

Una cosa es no contestarle el teléfono, pero intentar rechazarlo cuando lo tengo delante en carne y hueso requiere un nivel de resistencia totalmente diferente.

«¡Mierda! ¡Mierda! ¡Mierda!» Accedo toda nerviosa al registro de llamadas para llamarlo. Da un timbrazo.

—Demasiado tarde, Ava —contesta.

Me quedo mirando el teléfono descolocada y entonces comienzan los golpes en la puerta.

Corro hacia el descansillo y me inclino sobre la barandilla mientras llama.

—Abre la puerta, Ava —dice, y vuelve a golpearla.

¿Qué se trae? ¿Tan desesperado está?

«¡Toc, toc, toc!»

—Ava, no me iré sin hablar contigo.

«¡Toc, toc, toc!»

—Tengo tus llaves. Voy a entrar.

Mierda. Es verdad. Bien, dejaré que entre, oiré lo que tenga que decir y después se irá. Al fin y al cabo necesito el coche. Me mantendré lo más alejada posible de él, con los ojos cerrados y sin respirar para evitar olerlo. No debo permitir que traspase mis defensas. Dejo la copa sobre la consola del descansillo y me miro en el espejo. Tengo el pelo recogido en un moño, pero al menos no me he quitado el maquillaje todavía. Podría ser peor. Un momento... ¿por qué me preocupo por eso? Cuanto peor aspecto tenga, mejor, ¿no? Tengo que decirle que no me interesa.

«¡Toc, toc, toc!»

Bajo la escalera con paso firme y decidido y abro la puerta resoplando. Estoy perdida. Sigo subestimando (u olvidando) el efecto que este hombre tiene sobre mí. Ya estoy temblando.

Con las manos apoyadas en el marco de la puerta, me mira a través de unos párpados caídos, jadeante y con aspecto de estar bastante encabronado. Su cabello rubio está desgreñado, ha vuelto a dejarse barba de unos días y lleva una camisa rosa claro con el cuello desabrochado y metida por dentro de unos pantalones grises. Está fantástico.

Me atraviesa con su mirada de ojos verdes.

—¿Por qué no quisiste seguir?

Le cuesta respirar.

—¿Perdona? —pregunto con impaciencia. ¿Ha venido a preguntarme eso? ¿Acaso no es obvio?

Aprieta los dientes.

—¿Por qué te fuiste?

—Porque era un error —respondo también apretando los dientes.

Mi irritación ante su osadía consigue superar el otro efecto, más indeseado, que tiene sobre mí.

—No era un error, y lo sabes —masculla—. El único error fue dejar que te marchases.

¿Qué? No puedo con esto. Hago ademán de cerrar la puerta, pero él me lo impide deteniéndola con las manos desde el otro lado.

—Eso no. —La empuja contra mí sin ningún miramiento, entra en el recibidor y cierra con un portazo a su espalda—. No dejaré que vuelvas a huir. Ya lo has hecho dos veces y no habrá una tercera. Vas a tener que dar la cara.

Descalza, me saca casi treinta centímetros. Me siento pequeña y débil frente a él, que todavía respira con dificultad. Retrocedo, pero él me sigue y deja una distancia mínima entre nuestros cuerpos. Mi plan de mantener cierto espacio entre nosotros está fracasando y pronto percibo su magnífico perfume a agua fresca. Huele a gloria bendita.

—Tienes que irte. Kate llegará en seguida.

Se detiene y frunce el ceño.

—Deja de mentirme —dice, y me aparta de un manotazo la mano del pelo—. Basta de tonterías, Ava.

No sé qué decir. La defensa no está funcionando. Quizá si pruebo con el desinterés... Parece que todo lo que le digo le resbala, y está acostumbrado a conseguir siempre lo que quiere.

Me doy la vuelta para regresar al piso de arriba.

—¿Para qué has venido? —pregunto.

Pero antes de que haya logrado alejarme demasiado lo tengo detrás agarrándome de la muñeca. Me da la vuelta para colocarme de cara a él y el contacto me pone al instante en alerta roja. Sé que estoy pisando terreno peligroso. Permanecer cerca de este hombre me transforma en una idiota irracional e imprudente. Estoy en territorio kamikaze. ¿Por qué lo he dejado entrar?

—Ya lo sabes —me espeta.

—¿Ah, sí? —pregunto incrédula.

Lo cierto es que sí. Bueno, creo que lo sé. Quiere seguir donde lo habíamos dejado. Quiere completar la misión.

—Sí, lo sabes —responde sin más.

Libero mi muñeca de un tirón y retrocedo hasta que toco la pared que tengo detrás con el trasero.

—¿Porque quieres oír cuánto grito?

—¡No!

—Eres, sin lugar a dudas, el pendejo más arrogante que he conocido en la vida. No estoy interesada en convertirme en una de tus conquistas sexuales.

—¿Conquistas? —resopla. Se aparta y empieza a pasearse sin rumbo—. ¿En qué pinche planeta vives, mujer?

Me quedo totalmente pasmada. ¿Cómo se atreve a venir aquí y a hablarme así? Mis nervios se desvanecen y mi enojo anterior se transforma en una ferviente ira. La necesidad de defenderme, de ponerle los puntos sobre las íes, me obliga a apretar la mandíbula hasta hacerme daño. Tiene una muy baja opinión de mí si cree que voy a meterme en la cama de cualquier tipo que acabe de conocer. Pero no tengo por qué darle explicaciones. Ahora mismo, el hecho de que tenga novia es irrelevante. Se cree que puede conseguir todo lo que quiere o montar una escena si alguien se le resiste.

—¡Lárgate!

Deja de pasearse y me mira.

—¡No! —grita, y reinicia la marcha.

Empiezo a pensar en cómo obligarlo a salir de casa. Jamás conseguiría hacerle daño físico, y tocarlo sería un tremendo error.

—¡No me interesas una puta mierda! Vete de aquí.

Mi voz temblorosa traiciona mi fachada de frialdad, pero me mantengo firme.

—¡Esa puta boca!

¿Será posible?

—¡Largo!

—Está bien —dice simplemente. Deja de pasearse y me fulmina con la mirada—. Si me miras a los ojos y me dices que no quieres volver a verme, me iré y no volveré a cruzarme en tu camino.

Bien, debería resultarme bastante fácil, pero, para mi total sorpresa, la idea de no volver a verlo me produce unas punzadas terribles en el estómago, lo cual, por supuesto, es totalmente absurdo. Es prácticamente un extraño, pero ejerce una enorme influencia sobre mí. Me hace sentir... no sabría cómo describirlo. Pero incluso ahora que estoy furiosa por su insolencia, he de esforzarme para controlar las reacciones involuntarias que me provoca.

Ante mi silencio, empieza a avanzar hacia mí y, con apenas unos cuantos pasos largos y firmes, se planta justo delante de mí. Tan sólo nos separa un centímetro de aire.

—Dilo —me exhorta.

No logro articular palabra. Me cuesta respirar. El corazón se me sale del pecho y siento una leve palpitación entre las piernas. Me pongo en guardia al percibir las mismas reacciones en él. El corazón le martillea bajo su camisa rosa claro. Siento su aliento fresco y pesado sobre mi rostro. No estoy segura con respecto a la palpitación, pero me imagino que también la siente. La tensión sexual entre nuestros cuerpos es casi tangible.

—No puedes, ¿verdad? —susurra.

¡No puedo! Lo intento. Lo intento con todas mis fuerzas, pero las palabras se niegan a brotar. La proximidad de nuestros cuerpos y su respiración sobre mi rostro está reactivando todas esas sensaciones maravillosas. Mi mente se traslada al instante a nuestro encuentro anterior, sólo que esta vez no corremos el riesgo de que nos interrumpan novias desagradables. Nada me detiene, excepto mi conciencia, que se encuentra embriagada de deseo, de manera que no es de mucha ayuda.

Me toca el hombro con la punta del dedo y una oleada de fuego me recorre todo el cuerpo. Suave y lentamente, me acaricia el cuello hasta alcanzar un punto erógeno debajo de la oreja.

El corazón se me desboca.

—Pum, pum, pum, pum —dice—. Lo noto, Ava.

Me pongo rígida y me pego todavía más a la pared.

—Vete, por favor —digo con un hilo de voz.

—Ponme las manos en el corazón —susurra, y me agarra una de ellas y se la coloca sobre el pecho.

No hacía falta que lo hiciera. Veo cómo le late a toda velocidad por debajo de la camisa. No necesitaba notarlo.

—¿Qué quieres demostrar? —le pregunto en voz baja.

Sé perfectamente qué quiere demostrar. Que causo el mismo efecto en él que él en mí.

—Eres una mujer muy necia. Deja que te haga la misma pregunta.

—¿Qué quieres decir? —le pregunto con voz suave, todavía sin mirarlo.

—¿Por qué intentas evitar lo inevitable? ¿Qué pretendes, Ava?

Me rodea el cuello con los dedos y me levanta la cara para que lo mire. Me pierdo inmediatamente en sus ojos. Su aliento fresco, expelido a través de unos labios húmedos y ligeramente separados, me invade la nariz. Me observa con la mirada ardiente. Sus largas pestañas me acarician la mejilla cuando se inclina para rozarme la oreja con los labios. Dejo escapar un gemido ahogado.

—Eso es —murmura, y empieza a darme besitos muy suaves a un lado de la garganta—. Tú también lo sientes.

Lo siento. Soy incapaz de detenerlo. Mi capacidad para pensar racionalmente me ha abandonado. Estoy paralizada por completo. Mi cerebro se ha desconectado y mi cuerpo ha tomado el control. A medida que su boca se aproxima a mi mandíbula, acepto el hecho de que he perdido, me he perdido en él. Pero entonces empieza a sonar un celular. No es el mío, pero la interrupción consigue sacarme del trance en el que él me ha sumido. Chingado, lo más seguro es que sea Sarah.

Levanto las manos hasta su firme pecho y lo empujo.

—¡Para, por favor!

Él se aparta y se saca el teléfono del bolsillo.

—¡Mierda! —Rechaza la llamada y me mira—. Todavía no lo has dicho.

Estoy pasmada ante mi incapacidad de articular unas palabras tan simples.

—No me interesas —susurro. Sueno desesperada, soy consciente de ello—. Tienes que parar de hacer esto. Sea lo que sea lo que crees que sentiste o lo que crees que sentí yo, te equivocas.

Evito mencionar a Sarah porque eso sería admitir que hay algo, que ella es la única razón por la que me niego a continuar. No lo es, claro. También está la evidente diferencia de edad, el hecho de que tiene la palabra «rompecorazones» escrita en la frente y, sobre todo... que es infiel.

Él se ríe con ganas.

—¿Lo que creo? Ava, no te atrevas a insinuar que todo esto me lo estoy imaginando. ¿Me he imaginado lo que acaba de pasar? ¿Y lo del otro día? ¿También me lo imaginé? ¿Por quién me tomas?

—¡¿Por quién chingado me tomas tú?!

—¡Esa boca! —grita.

—Te he dicho que te vayas —ordeno con voz tranquila.

—Y yo te he dicho que me mires a los ojos y me asegures que no me deseas.

Me mira con confianza, como si supiera que soy incapaz de hacerlo.

—No te deseo —farfullo mirándolo directamente a esos dos lagos verdes.

Decirlo me causa dolor físico. Estoy desconcertada.

Él inspira profundamente. Parece herido.

—No te creo —repone con suavidad, y desvía la mirada hacia mis dedos, que juguetean nerviosos con mi pelo.

Los retiro al instante.

—Pues deberías —digo subrayando las palabras y recurriendo claramente a todas mis fuerzas.

Nos quedamos mirándonos durante lo que me parece una eternidad, pero soy la primera en apartar la vista. No se me ocurre nada más que decir, así que le imploro en silencio que se vaya antes de que acabe recorriendo esa senda peligrosa por la que él está dispuesto a arrastrarme. Se pasa las manos por el pelo, frustrado, maldice y se marcha airado. Cuando cierra la puerta tras de sí lo hace con brusquedad; permito que el aire inunde mis pulmones y me dejo caer al suelo.

Esto ha sido, sin duda, lo más difícil que he tenido que hacer en mi vida, y es curioso porque, teniendo en cuenta las circunstancias, debería haber sido lo más sencillo. Ni siquiera entiendo las razones de esta situación. Su expresión de dolor cuando he accedido a su exigencia de negar que lo deseaba me ha destrozado. Quería gritar que yo también siento lo mismo, pero ¿adónde nos habría llevado eso? Sé perfectamente adónde: contra la pared, con Jesse dentro de mí. Y aunque la sola idea me hace vibrar de placer, habría sido un terrible error. Ya me siento bastante culpable por mi deplorable comportamiento. Este tío es un desgraciado infiel. Guapo a morir, pero un desgraciado infiel, a fin de cuentas. Sé que estar a su lado sólo me acarrearía problemas. Pero todavía tiene mis pinches llaves.

Me estremezco y me dirijo a la regadera, satisfecha por haber hecho lo correcto. He puesto a Jesse Ward en su sitio y me he ahorrado tener que sentirme tremendamente culpable otra vez. Debo ignorar este terrible dolor de estómago, porque reconocerlo sería como admitir a gritos ante mí misma y ante Jesse que... sí, yo también lo siento.

Capítulo 7

No tengo ni una gota de sueño y el despertador ni siquiera ha sonado todavía. Con un prolongado suspiro, me obligo a salir de la cama y me dirijo al cuarto de baño para darme un baño. Me espera un día largo en el Lusso, así que más me vale ponerme las pilas. No he dormido una mierda y he decidido ignorar el motivo.

Voy a estar todo el día de pie, deambulando por el complejo para asegurarme de que todo está bien, de modo que me pongo unos *jeans* anchos gastados (me niego a tirarlos), una camiseta blanca amarillenta y unas chanclas. Me recojo el pelo en una coleta relajada y ruego para que se comporte después, cuando me peine para la inauguración. Dudo que tenga tiempo de venir a casa, así que me preparo una minimaleta con todo lo que necesito para bañarme en el Lusso después. Saco una funda para trajes, meto en ella mi vestido rojo cereza hasta la rodilla y lo estiro bien con la esperanza de que no se arrugue. Por último, cojo los tacones negros de ante, los aretes de ónix negro, y compruebo que en el maletín de trabajo tengo todo lo que voy a necesitar en el edificio. Va a ser una pesadilla cargarlo en el metro, pero no hay más opción, ya que un tipo impetuoso y arrogante sigue teniendo mi coche secuestrado. Kate deberá llevarse a *Margo* a Yorkshire.

Cuando bajo la escalera, veo las llaves de mi coche en el tapete de la entrada. Parece que el tipo ha entrado en razón y ha liberado mi Mini. ¿Habrá decidido al fin dejar de perseguirme a mí también? ¿Habrá captado ya el mensaje? Es posible que sí, porque no ha vuelto a llamarme ni a escribirme desde que anoche se fue echando humo. ¿Estoy decepcionada? No tengo tiempo de planteármelo.

—¡Me voy! —le grito a Kate—. Ya tengo el coche.

Ella asoma la cabeza por la puerta de su taller.

—Genial. Que te vaya bien. Me pasaré después para beberme todo ese prosecco tan caro.

—Perfecto. Hasta luego.

Me apresuro hacia el coche y me detengo al ver un celular barato hecho pedazos en medio de la acera. Sé quién lo ha tirado ahí. Lo meto de una patada en la alcantarilla y continúo hasta mi vehículo. ¡Qué alegría haberlo recuperado! Guardo las cosas en la cajuela, me meto en el asiento del conductor y me encuentro sentada a kilómetros del volante.

Me río y echo el asiento hacia adelante para llegar a los pedales con los pies. Arranco el motor y casi muero de un infarto cuando Blur empieza a sonar a todo volumen por los altavoces. Carajo, ¿es que ha empezado a quedarse sordo por la edad? Bajo la radio y vacilo al asimilar la letra de la canción. Es *Country House*. Lucho contra la parte de mí que quiere reírle la broma y extraigo el CD. Creo que no me había cruzado con nadie tan presuntuoso en la vida. Cambio el disco por una sesión «chillout» de Ministry of Sound y parto hacia los muelles de Santa Catalina.

Al llegar al Lusso, muestro el rostro a la cámara y las puertas se abren de inmediato. Estaciono y, mientras saco mi cartera de trabajo de la cajuela y me dirijo al edificio, veo que el servicio de *catering* está descargando vajillas y copas. He estado aquí miles de veces, pero me sigue fascinando su lujosa magnificencia.

Al entrar en el vestíbulo diviso a Clive, uno de los conserjes, jugueteando con el nuevo sistema informático. Forma parte de un equipo que proporcionará un servicio similar al de un hotel de seis estrellas, se encargará de cosas como hacer la compra, adquirir entradas para el teatro, alquilar helicópteros o reservar mesas en restaurantes. Avanzo por el suelo de mármol, pulido hasta la perfección, y me dirijo hacia el mostrador curvo de la conserjería de Clive.

Veo decenas de floreros negros y cientos de rosas rojas colocados con esmero a un lado. Al menos no tendré que estar pendiente de esa entrega.

—Buenos días, Clive —digo cuando me aproximo al mostrador.

Él levanta la mirada de una de las pantallas, y percibo el pánico reflejado en su rostro amistoso.

—Ava, me he leído este manual cuatro veces en una semana y sigo sin entender nada. En el Dorchester jamás usamos nada parecido.

—No puede ser tan difícil —le digo para tranquilizarlo—. ¿Has preguntado al equipo de vigilancia?

El hombre lanza los lentes encima del mostrador y se frota los ojos con frustración.

—Sí, tres veces ya. Deben de pensar que soy idiota.

—Lo harás bien —le aseguro—. ¿Cuándo empezarán las mudanzas?

—Mañana. ¿Estás lista para esta noche?

—Vuelve a preguntármelo esta tarde. Te veo dentro de un rato.

Me sonríe.

—Muy bien, guapa —responde, y vuelve a consultar el manual de instrucciones mientras farfulla entre dientes.

Llego hasta el otro lado de la planta e introduzco el código del ascensor que lleva al ático. Es privado, y el único que sube hasta el último piso.

Me dispongo a subir para distribuir los floreros y las flores entre los quince pisos del edificio. Eso me llevará un rato.

A las diez y media vuelvo al vestíbulo y coloco las últimas flores en las consolas de las paredes.

—Traigo unas flores para una tal señorita O'Shea.

Alzo la vista y veo a una joven que observa el impresionante recibidor con la boca abierta.

—¿Disculpa?

Ella señala su portapapeles.

—Tengo una entrega para la señorita O'Shea.

Pongo los ojos en blanco. No puedo creer que hayan duplicado un pedido de más de cuatrocientas rosas rojas italianas. Es imposible que sean tan incompetentes.

—Ya hemos recibido las flores —digo con voz cansada mientras me acerco a ella.

Entonces veo una camioneta de reparto estacionada fuera, pero no es de la florería que yo había contratado.

—¿Ah, sí? —dice algo nerviosa mientras consulta sus papeles.

—¿Qué traes? —pregunto.

—Un ramo de alcatraces para la señorita... —la chica vuelve a consultar el portapapeles—... Ava O'Shea.

—Ava O'Shea soy yo.

—Genial, ahora mismo vuelvo.

Se aleja corriendo y regresa al instante

—¡Este sitio es como Fort Knox! —exclama, y me entrega el ramo de alcatraces más grande que haya visto en mi vida: unas flores impresionantes, blancas y frescas, rodeadas de un abundante verde ornamental de tono oscuro.

Elegancia sencilla.

Siento mariposas en el estómago al firmar la entrega, aceptar las flores y leer la tarjeta que se esconde entre el follaje.

Lo siento mucho. Por favor, perdóname. Un beso.

¿Lo siente? Ya se disculpó por su inapropiado comportamiento y mira cómo acabó todo. Empiezo a preguntarme cómo sabía que estaría aquí, pero entonces recuerdo que vio el Lusso en mi portafolio. No le habrá resultado difícil averiguar la fecha de la inauguración e imaginarse que vendría. La satisfacción que sentí ayer por la tarde después de que Jesse se marchara empieza a desvanecerse lentamente. No va a rendirse nunca, ¿verdad? Pues ya puede insistir. Sonrío para mí misma. ¿Insistir? De dónde me he... Bloqueo ese pensamiento de inmediato.

Coloco las flores en el mostrador del conserje.

—Mira, Clive. Vamos a adornar un poco este mármol negro.

Él alza la vista sólo un momento y vuelve a centrarse en sus quebraderos de cabeza. Parece agobiado. Lo dejo tranquilo y sigo dando una vuelta para comprobar que todo se encuentra como y donde tiene que estar.

Victoria aparece a las cinco y media, tan perfecta como siempre, con su pelo rubio, sus ojos azules y exageradamente arreglada.

—Siento llegar tarde. Había un montón de tráfico y no encontraba estacionamiento —dice, y empieza a mirar a su alrededor—.Todas las plazas están reservadas para los invitados. ¿Qué hago? ¡Estoy superemocionada! —canturrea mientras pasa la mano por las paredes del ático.

—Ya he terminado. Sólo necesito que te des una vuelta para comprobar que no se me haya pasado nada.

La acompaño hasta la sala principal.

—Madre mía, Ava, ¡qué cosa!

—¿No es fantástico? Nunca había tenido un presupuesto tan enorme. Ha sido divertido poder gastar un montón de dinero ajeno —digo, y soltamos unas risitas—. ¿Has visto la cocina? —le pregunto.

—No la he visto terminada. Seguro que es increíble.

—Sí, ve a verla. Voy a ir a prepararme al *spa*. En los demás apartamentos está todo listo, así que céntrate en éste. Aquí es donde tendrá lugar toda la acción. Asegúrate de que todos los almohadones estén mullidos y en su sitio. Quiero que brillen hasta los pimientos sobre las tablas de cortar. ¡Usa abrillantador! La mini Dyson está aquí. Aspira cualquier pelusa que pueda haber quedado en las alfombras de la habitación. —Le paso la aspiradora de mano totalmente cargada—. Haz lo que consideres necesario, y si hay algo de lo que no estás segura, anótalo. ¿De acuerdo?

Victoria coge la aspiradora.

—Me encantan estas cosas —dice, y enciende la Dyson para posar como un vaquero en un duelo.

—¿Cuántos años dices que tienes? —le digo con fingida desaprobación.

Ella arruga la cara, sonríe y se dispone a seguir mis instrucciones.

Una hora después, tras haber hecho uso de todos los sofisticados servicios del *spa*, estoy lista. El vestido no tiene ni una arruga y mi pelo está bastante decente. Me doy una vuelta por ahí. Ésta será la última vez que pise este edificio. Pronto estará atestado de gente de negocios y de la alta sociedad, así que aprovecho la última ocasión que tengo para saborear su magnificencia. Es impresionante. Todavía no puedo creerme que lo haya decorado yo. De pie en el inmenso espacio diáfano de la primera planta, sonrío para mis adentros. Unas puertas plegables dan a una terraza con forma de L con suelo de piedra caliza y una zona con tarima de madera, tumbonas y un enorme *jacuzzi*. Cuenta con un estudio, un comedor, un enorme pasillo que da a una cocina de dimensiones absurdas y una escalera de ónix retroiluminada que asciende hasta las cuatro habitaciones con baño incluido y hasta un inmenso dormitorio principal. El *spa*, la sala de *fitness* y la piscina, en la planta baja del edificio, son de uso exclusivo para los residentes del Lusso, pero el ático cuenta con gimnasio propio. Es extraordinario. No cabe duda de que quienquiera que haya adquirido ese apartamento disfruta de las cosas más exquisitas de la vida, y se ha hecho con una de ellas por la friolera de diez millones de libras.

Regreso a la cocina, donde me encuentro a Victoria aún armada con la Dyson.

—Ya está —dice mientras aspira de la superficie de mármol una miguita que se le había escapado.

—Bueno, echemos un trago. —Sonrío, cojo dos copas y le paso una a Victoria.

—Por ti, Ava. Estilosa en cuerpo y mente —dice entre risitas mientras levanta la copa para brindar.

Ambas damos un sorbo y suspiramos.

—¡Vaya! ¡Qué bueno está! —Mira la botella.

—Ca'Del Bosco, Cuvée Annamaria Clementi, de 1993. Es italiano, por supuesto. —Arqueo una ceja y Victoria se echa a reír de nuevo.

Oigo unas voces en el vestíbulo, así que salgo de la cocina y me encuentro a Tom con la boca abierta como un pez de colores y a Patrick sonriendo con orgullo.

—¡Ava, esto es una auténtica maravilla, cielo! —exclama Tom mientras corre hacia mí y me rodea con los brazos. Se aparta un poco y me mira de arriba abajo—. Me encanta ese vestido. Es muy ajustado.

Ojalá pudiera decirle lo mismo, pero se empeña en llevar el contraste de colores a un nivel extremo. Entorno los ojos, cegada por su camisa azul eléctrico combinada con una corbata roja.

—Deja a la chica, Tom. Vas a arrugarle la ropa —gruñe Patrick mientras lo aparta suavemente y se inclina para darme un beso en la mejilla—. Estoy muy orgulloso de ti, flor. Has hecho un trabajo increíble y, entre tú y yo... —dice, y se inclina para susurrarme al oído—: la promotora ha dejado caer que te quieren a ti para su próximo proyecto en Holland Park. —Me guiña un ojo y su cara arrugada se arruga todavía más—. Bueno, ¿dónde está el prosecco?

—Por aquí.

Los guío hasta la enorme cocina y oigo más elogios por parte de Tom. La verdad es que el piso es un viaje.

—¡Chin, chin! —digo, y les paso una copa de prosecco.

—¡Chin, chin! —brindan todos.

Me paso unas cuantas horas conociendo a gente de la alta sociedad y explicándoles en qué me he inspirado para el diseño. Los periodistas de revistas de arquitectura y diseño interior revolotean tomando fotografías y curioseando en general. Para mi desgracia, me obligan a tumbarme sobre el diván de terciopelo para hacerme una foto. Patrick me arrastra de un lado a otro proclamando el orgullo que siente y asegurándole a todo el que quiera escucharlo que yo solita he metido a Rococo Union en el mapa de los diseñadores. Yo me pongo como un tomate y no paro de restarles importancia a sus declaraciones.

Doy gracias al cielo cuando aparece Kate. La guío hasta la cocina, le pongo una copa de prosecco en la mano y yo me bebo otra.

—Un poquito fresa, ¿no? —comenta mientras observa la ostentosa cocina—. Hace que mi casa parezca una choza.

Me río ante el comentario sobre su precioso y acogedor hogar, que tiene el mismo aspecto que si la célebre diseñadora Cath Kidston hubiese vomitado, estornudado y tosido sobre él todas sus flores.

—Sé que has querido decir que es impresionante.

—Sí, eso también. Aunque yo no podría vivir aquí —afirma sin ningún pudor.

No me ofendo. Aunque estoy muy orgullosa del resultado, la inmensidad del lugar me intimida.

—Ni yo —coincido.

—Me he encontrado con Matt. —Apura el prosecco e inmediatamente coge otra copa de la bandeja de un mesero que pasa por allí.

—Vaya, seguro que te ha encantado verlo —bromeo; me imagino a Kate bufando y escupiendo como un gato enfurecido contra el pobre Matt. Tampoco se merece otra cosa.

—La verdad es que no. Y lo que menos me ha gustado ha sido que me diga que has quedado con él para ir a cenar —me espeta frunciendo los labios—. Ava, ¿en qué estás pensando? He venido a amenazarte.

—Vaya, y yo que creía que habías venido a apoyar a tu amiga en su triunfo laboral —digo arqueando las cejas.

—¡Bah! Tú no necesitas apoyo en tu vida laboral. Por el contrario, tu vida personal es muy interesante últimamente. —Suelta una risita mientras sube y baja las cejas, como insinuando algo.

Imagino adónde quiere llegar, y eso que no sabe ni la mitad. Y lo mismo también por Matt. Ya ni siquiera estamos juntos, pero todavía no puede evitar tomarle el pelo.

La miro fingiendo sentirme herida.

—No te preocupes. Te aseguro que no voy a volver a caer en eso. Estoy disfrutando de mi soltería y no tengo intención de cambiar mi situación a corto plazo. De todos modos, para que quede claro, Matt te está tomando el pelo. —Doy un sorbo de prosecco.

—¿Ni siquiera por un rubio alto, atractivo y algo mayor? —dice con una sonrisa burlona.

La miro con recelo.

—Ni siquiera por él —confirmo.

—Mira que eres aburrida.

—¿Perdona?

Esta vez mi expresión herida no es fingida. ¿Aburrida? Yo no soy aburrida, ¡Kate está loca! La miro con desconcierto, realmente dolida por su cruel comentario. Espero que lo retire, pero no lo hace. En lugar de eso, mira por encima de mi hombro con una gran sonrisa malévola dibujada en el rostro.

Impaciente y bastante enojada con ella, me vuelvo para ver qué le hace tanta gracia.

«¡Mierda, no!»

—Está hasta en la sopa, ¿eh? —replica Kate con sorna.

Capítulo 8

Kate no tiene ni idea de hasta qué punto es así.

No le he contado nada de lo que ha ocurrido desde que lo conoció. Y aquí está otra vez, hablando con el agente inmobiliario al cargo, vestido con un traje azul marino y camisa azul claro, con una mano metida en el bolsillo y la otra sosteniendo un fólder. Parece, como siempre, un pinche dios. Y, como si sintiese mi presencia, levanta la vista y nuestras miradas se cruzan.

—¡Mierda! —maldigo, y me vuelvo hacia Kate.

Ella aparta la mirada de Ward y la dirige hacia mí, con los ojos llenos de satisfacción.

—¿Sabes qué? Me iba a ir a casa a llorar con un Häagen-Dazs, al estilo Bridget Jones, pero creo que voy a quedarme un ratito. ¿Te importa? —Da un trago a su bebida con una sonrisa burlona mientras yo le dedico un gruñido—. Ése no es el comportamiento de alguien a quien supuestamente no le importa nada otra persona, Ava —me provoca.

—Fui a La Mansión el martes y casi me acuesto con él —le suelto.

—¡¿Qué?! —exclama Kate, y coge una servilleta para secarse el chorro de prosecco que le cae por la barbilla.

—Se disculpó por el mensaje que me había mandado. Yo volví a La Mansión e hizo que el grandulón me encerrase en una habitación. ¡Él me estaba esperando medio en pelotas!

—¡Anda pues! Madre mía. ¿Quién es el grandulón?

—Bueno, no es un mayordomo. No tengo ni idea de cuál es su función exactamente. Quizá se dedique a atrapar mujeres para Ward.

—¿Por qué no me lo habías contado?

—Fue un desastre. Me largué corriendo cuando oí que su novia lo llamaba. Ward se volvió loco y apareció anoche en casa con exigencias.

Las prisas por poner a Kate al día hacen que le dispare los datos básicos a toda velocidad.

—¡Carajo! ¿Qué clase de exigencias? —Está pasmada. Y es normal. Es para estarlo.

—No lo sé. Es un pendejo arrogante. Me preguntó cuánto creía que gritaría cuando me cogiera.

Ella escupe otra vez.

—¿Que te preguntó qué? ¡Chingado, Ava, viene hacia aquí! ¡Viene hacia aquí! —Me mira nerviosa, con los ojos todavía chispeantes de diversión.

¿Para qué ha venido? Empiezo a planear mi huida, pero antes de que mi cerebro ordene a mis piernas que se muevan, siento su presencia detrás de mí; percibo su olor.

—Me alegro de volver a verte, Kate —dice con voz pausada—. ¿Ava?

Sigo de espaldas a él. Sé perfectamente que si me vuelvo para saludarlo quedaré de nuevo atrapada en el peligroso reino de Jesse Ward, un lugar en el que soy incapaz de pensar de manera racional. Ya agoté mis reservas de fuerza anoche, y no he tenido tiempo de volver a recargarlas. Esto es horrible. Prometió que no volvería a verlo. Que si le decía lo que no quería oír jamás tendría que volver a verlo. Hice lo que me exigía, así que ¿por qué no cumple con su parte del trato?

Kate nos observa a ambos esperando que uno de los dos diga algo. Desde luego no voy a ser yo.

—Jesse —lo saluda—. Discúlpame. Tengo que ir a empolvarme la nariz.

Deja su copa vacía en la superficie y pone pies en polvorosa. La maldigo para mis adentros.

Él me rodea hasta situarse delante de mí.

—Estás fantástica —murmura.

—Dijiste que no volvería a verte —le recrimino ignorando su cumplido.

—No sabía que estarías aquí.

Lo miro con aire cansado.

—Me mandaste flores.

—Huy, es verdad. —Una sonrisa empieza a dibujarse en sus labios.

No tengo tiempo para estos jueguecitos. Conmigo topa con pared.

—Si me disculpas —digo, y me dispongo a marcharme, pero él da un paso y se interpone en mi camino.

—Esperaba que me enseñases el edificio.

—Le avisaré a Victoria. Te lo mostrará encantada.

—Prefiero que lo hagas tú.

—La visita no incluye coger —le espeto.

Él frunce el ceño.

—¿Quieres hacer el favor de cuidar ese vocabulario?

—Usted disculpe —mascullo indignada—. Y haz el favor de volver a colocar el asiento en su sitio cuando conduzcas mi coche. —Él esboza una sonrisa totalmente infantil y yo me enojo todavía más conmigo misma al sentir que mi corazón se acelera. No debo permitir que vea el efecto que provoca en mí—. ¡Y no toques mi música!

—Perdona. —Sus ojos centellean con picardía. Es tan encabronadamente sexy...—. ¿Te encuentras bien? Parece que estás temblando. —Alarga la mano y me acaricia el brazo suavemente con el dedo—. ¿Estás nerviosa por algo?

Me aparto.

—En absoluto. —No puedo permitir que la conversación siga ese curso—. ¿No querías ver el apartamento?

—Me encantaría. —Parece satisfecho.

Enfurruñada, lo guío desde la cocina hasta la enorme sala de estar.

—Salón. —Hago un gesto con la mano hacia el espacio general que nos rodea—. La cocina ya la has visto —digo por encima del hombro mientras atravieso la habitación hacia la terraza—. Vistas. —Mantengo el tono de desidia y oigo cómo ríe levemente detrás de mí.

101

Volvemos por el salón hasta el gimnasio, y no digo ni una palabra más mientras recorremos el ático. Jesse estrecha la mano a varias personas que nos vamos encontrando por el camino, pero yo no me detengo para darle tiempo a pararse a charlar. Continúo con la intención de terminar con esta situación lo antes posible. Maldito sea este lugar por ser tan grande.

—Gimnasio —anuncio.

Entro y salgo rápidamente de nuevo cuando entra él. Me dirijo a la escalera y lo oigo reírse a mis espaldas. Subo los escalones de ónix retroiluminado y abro y cierro las puertas de una en una mientras anuncio lo que hay al otro lado. Llegamos al plato fuerte, la suite principal, y le indico el vestidor y el baño privado. Lo cierto es que el lugar merece más pasión y más tiempo del que le estoy dedicando.

—Eres una guía fantástica, Ava —me provoca mientras observa una de mis obras de arte preferidas—. ¿Te importaría explicarme de quién es esto?

—De Giuseppe Cavalli —contesto secamente, y me cruzo de brazos.

—Es muy buena. ¿Has escogido a este artista por alguna razón en particular? —Está tratando descaradamente de enredarme en una conversación.

Me fijo en su espalda ancha, cubierta por el saco del traje, en sus manos, que descansan de manera relajada en los bolsillos del pantalón, y en sus piernas esbeltas y ligeramente separadas. Me alegra la vista, pero tengo la cabeza hecha un lío. Suspiro y decido ceder, aunque no sé si es muy inteligente por mi parte. A Giuseppe Cavalli no puedo negarle mi tiempo y mi entusiasmo. Dejo caer los brazos y me uno a él frente a la obra.

—Se lo conoce como «el maestro de la luz» —explico, y él me mira con auténtico interés—. Consideraba que el tema carecía de importancia. Daba igual lo que fotografiase. Para él, el tema siempre era la luz. Se centraba en controlarla. ¿Ves? —digo mientras señalo los reflejos en el agua—. Estos botes de remos, por muy bonitos que sean, son sólo botes. A él lo que le interesaba era la luz que los rodeaba.

Dota de interés a objetos inanimados, hace que veas la fotografía con una perspectiva... Bueno, con una luz diferente, supongo.

Inclino la cabeza para ver bien la imagen. Nunca me canso de ella. Es muy sencilla, pero cuanto más la miras, más la entiendes.

Tras unos instantes de silencio, aparto la vista del lienzo y veo que Jesse me está observando.

Nuestras miradas se cruzan. Se está mordiendo el labio inferior. Sé que seré incapaz de negarme de nuevo si fuerza la situación. He agotado toda mi fuerza de voluntad. Nunca me había sentido tan deseada como cuando estoy con él, y sigo intentando convencerme a mí misma de que no me gusta esa sensación.

—Por favor, no lo hagas —digo con un hilo de voz.

—¿Que no haga qué?

—Ya lo sabes. Dijiste que no volverías a verte.

—Mentí. —No se avergüenza de ello—. No puedo estar lejos de ti, así que vas a tener que verme una... y otra... y otra vez. —Termina la frase de forma lenta y clara para no dar cabida a la confusión. Ahogo un grito y me aparto de él por instinto—. Tu insistencia al oponerte a esto sólo alimenta mis ganas de demostrar que me deseas —dice, y empieza a perseguirme avanzando hacia mí con pasos pausados y decididos mientras mantiene la mirada clavada en mis ojos—. Se ha convertido en mi misión principal. Haré lo que haga falta.

Dejo de retroceder al notar la cama en la parte posterior de las rodillas. Dos pasos más y estará encima de mí; la idea del inminente contacto es suficiente para sacarme del estado de trance en el que me sume.

—Detente —le ordeno levantando la mano. Mi imperativo hace que se detenga en seco—. Ni siquiera me conoces —balbuceo en un desesperado intento de hacerle entender lo absurdo que es todo esto.

—Sé que eres tremendamente hermosa. —Empieza a avanzar de nuevo hacia mí—. Sé lo que siento, y sé que tú también lo sientes. —Ahora nuestros cuerpos están pegados, y el corazón se me sale por la boca—. Así que dime, Ava, ¿qué más tengo que saber?

Intento controlar mi respiración agitada, pero me tiembla todo el cuerpo y fracaso. Agacho la cabeza, avergonzada por las lágrimas que se acumulan en mis ojos. ¿Por qué estoy llorando? ¿Está disfrutando haciéndome derramar lágrimas? Esto es horrible. Está tan desesperado por llevarme a la cama que ha decidido acosarme, y yo lloro porque soy débil. Hace que me sienta débil, y no tiene ningún derecho.

Desliza la mano bajo mi barbilla, y su calidez me resultaría agradable si no pensara que es un pendejo. Me levanta la cabeza y, cuando nuestras miradas se encuentran, mis lágrimas lo toman desprevenido.

—Lo siento —susurra suavemente, y mueve la mano para cubrirme la mejilla al tiempo que me limpia las lágrimas con el pulgar.

Su expresión es de puro tormento. Me alegro. Se lo merece.

Por fin recupero la voz.

—Dijiste que me dejarías en paz.

Lo miro de manera inquisitiva mientras él continúa pasándome el pulgar por la cara. ¿Por qué me persigue de esta forma? Es evidente que es infeliz en su relación, pero eso no es excusa.

—Mentí, lo siento. Ya te lo he dicho. No puedo estar lejos de ti.

—Ya me dijiste una vez que lo sentías, y aquí estás de nuevo. ¿Vas a mandarme flores también mañana? —digo sin ocultar el sarcasmo.

Su dedo deja de acariciarme y Jesse agacha la cabeza. Ahora sí que está avergonzado. Pero entonces vuelve a levantarla, nuestras miradas se cruzan y la suya desciende hasta mis labios. Ay, no. No, por favor. No seré capaz de pararlo. Empieza a estudiar mi expresión, a buscar alguna señal de que voy a detenerlo. ¿Voy a hacerlo? Sé que debería, pero no creo que pueda. Sus labios se separan y empiezan a bajar lentamente hacia los míos. Contengo la respiración. Cuando nuestros labios se rozan, muy ligeramente, mi cuerpo cede y mis manos ascienden y lo agarran del saco. Él gruñe para expresar su aprobación, traslada las manos al extremo inferior de mi columna y aprieta mi cuerpo contra el suyo. Nuestros labios apenas siguen rozándose, nuestros alientos se funden. Ambos temblamos de manera incontrolada.

—¿Has sentido esto alguna vez? —exhala, y me recorre la mejilla con los labios en dirección a la oreja.

—Nunca —respondo con honestidad.

A duras penas reconozco mi propia voz en esa respuesta ahogada.

Él me atrapa el lóbulo de la oreja entre los dientes y jala ligeramente de él, dejando que la carne se deslice entre ellos.

—¿Vas a dejar de resistirte ya? —susurra, y su lengua asciende por el borde de mi oreja para volver a descender acariciándome con los labios la piel sensible que hay detrás de ella.

Su aliento cálido provoca una oleada de calor entre mis muslos. Soy incapaz de luchar más.

—Dios... —jadeo, y sus labios vuelven a posarse sobre los míos para hacerme callar.

Los toma suavemente, y yo lo acepto y dejo que nuestras lenguas se acaricien y se entrelacen a un ritmo suave y constante. Es un placer demasiado intenso. Todo mi cuerpo está en llamas. Me duelen las manos de agarrarme a su saco con tanta fuerza, de modo que me relajo y las deslizo hasta su cuello para acariciarle el cabello rubio oscuro que le cubre la nuca.

Él gime y aparta la boca de la mía.

—¿Eso es un sí? —pregunta mirándome fijamente con sus ojos verdes.

Sé lo que se supone que tengo que contestar.

—Sí.

Asintiendo muy levemente con la cabeza, me besa la nariz, la mejilla, la frente y regresa a mi boca.

—Necesito tenerte entera, Ava. Dime que puedo tenerte entera.

¿Entera? ¿Qué quiere decir con entera? ¿Mi mente? ¿Mi alma? Pero no se refiere a eso, ¿verdad? No, lo que quiere es todo mi cuerpo. Y, en estos momentos, la conciencia me ha abandonado por completo. Tengo que eliminar a este hombre de mi organismo. Y él, a mí del suyo.

—Tómame —susurro contra sus labios.

—Lo haré.

Sin romper el beso, me rodea la cintura con un brazo y me coloca la otra detrás de la nuca. Me levanta en el aire y, besándome aún con más intensidad, me lleva hacia el otro lado de la habitación, hasta que apoya mi espalda contra una pared. Nuestras lenguas danzan frenéticamente, mis manos descienden por su espalda. Quiero sentirlo más cerca. Agarro la parte delantera de su saco y empiezo a quitárselo de los hombros, lo que lo obliga a soltarme. Sin separar los labios de los míos, retrocede ligeramente para permitirme despojarlo del obstáculo que me separa de su cuerpo. Lo dejo caer al suelo, lo agarro de la camisa y jalo de él hacia mí. Olvido por completo mi conflicto moral. Necesito poseerlo.

Nuestros cuerpos chocan y él me empuja contra la pared mientras me devora la boca.

—Carajo, Ava —jadea entre respiraciones ahogadas—. Me vuelves loco.

Mueve la cadera y me clava su erección. Un pequeño grito escapa de mis labios. Lo agarro del pelo con un gemido incitante. Ya no hay vuelta atrás. Mi cuerpo ha puesto el piloto automático. El pedal del freno se ha perdido en algún lugar del país del deseo. Siento que posa las palmas de las manos sobre la parte delantera de mis muslos. Agarra mi vestido entre sus puños y me lo levanta por encima de la cintura de un tirón rápido. Vuelve a mover la cadera y yo emito un gemido. Ansío más. Chingado, no sé cómo he podido resistirme a esto. Me muerde el labio inferior y se aparta para mirarme directamente a los ojos. Vuelve a mover la cadera y la presiona con fuerza contra mi entrepierna. Dejo caer la cabeza hacia atrás con un profundo gemido y le ofrezco mi garganta. Él saca buen partido de ella lamiendo y chupando cada milímetro de piel. Estoy a punto de echarme a llorar de placer. Pero entonces oigo voces fuera de la habitación y la realidad vuelve a azotarme. ¿Qué diablos estoy haciendo? En la suite principal del ático con la falda del vestido por la cintura y Jesse en la garganta. Hay cientos de personas en el piso inferior. Alguien podría entrar en cualquier momento. Alguien va a entrar en cualquier momento.

—Jesse —jadeo intentando atraer su atención—. Jesse, viene alguien, tienes que parar.

Me retuerzo un poco y su erección me golpea justo en el lugar correcto. Me doy con la cabeza contra la pared para intentar detener la puñalada de placer que me provoca.

Él lanza un gemido largo y pausado.

—No voy a dejarte marchar ahora.

—Tenemos que parar.

—¡No! —ruge.

Carajo. Cualquiera podría entrar por esa puerta.

—Ya seguiremos después —intento apaciguarlo. Tengo que quitármelo de encima.

—Eso te deja demasiado tiempo para cambiar de idea —protesta mientras me mordisquea el cuello.

—No lo haré. —Lo agarro del mentón, levanto su rostro hacia el mío hasta que quedamos nariz con nariz y lo miro directamente a los ojos—. No cambiaré de idea.

Escruta mi mirada en busca de la seguridad que necesita, pero yo estoy totalmente decidida. Es lo que deseo. Sí, es posible que me dé tiempo a replantearme la situación, pero ahora mismo estoy segura de que es lo que quiero. Es demasiado tentador como para resistirlo, aunque lo he intentado con todas mis fuerzas.

Me da un fuerte beso en los labios y se aparta.

—Lo siento, pero no voy a arriesgarme.

Me levanta de nuevo en el aire y me lleva hasta el cuarto de baño.

—¿Qué haces? También querrán ver esto.

No puede decirlo en serio.

—Cerraré con pasador. Nada de gritar. —Me mira con una leve sonrisa malévola.

Estoy atónita, pero me echo a reír.

—No tienes vergüenza.

—No. Me duelen los huevos desde el viernes pasado, y ahora que te tengo entre mis brazos y que has entrado en razón, no pienso moverme de aquí, y tú tampoco.

Capítulo 9

Cierra la puerta tras él de una patada, me coloca sobre el mármol que hay entre los dos lavabos y se vuelve para cerrar el pasador. Todavía tengo el vestido arremangado alrededor de la cintura y las piernas y las pantis totalmente al descubierto.

Observo aquel inmenso cuarto tan familiar y me detengo en la enorme bañera de mármol de color crema que domina el centro de la habitación. Sonrío al recordar el quebradero de cabeza que supuso organizar que una grúa la subiese hasta aquí a través de las ventanas. Fue una pesadilla, pero ha quedado espectacular. La regadera doble de mampara abierta que hay en la pared del otro extremo está cubierta de arriba abajo de cristal laminado y baldosas de travertino de color beige, y el mueble sobre el que me encuentro es de mármol italiano de color crema, con dos lavabos integrados y grandes llaves en cascada. Un espejo de marco grueso y dorado minuciosamente tallado ocupa todo lo ancho del mueble, y junto a la ventana hay un diván. Es lujo en estado puro.

El ruido del pasador al cerrarse interrumpe mi admiración hacia mi trabajo y atrae mi mirada hacia la puerta, donde Jesse se ha quedado inmóvil, observándome. Mientras se acerca a mí, empieza a desabrocharse la camisa. Contemplo cómo se aproxima, con la boca relajada y los ojos entornados. Al pensar en lo que está a punto de suceder, el estómago me arde y mis muslos se tensan. Este hombre es totalmente imponente.

Cuando se desabrocha el último botón, se detiene ante mí con la camisa abierta. No puedo resistirme a recorrer con uno de mis dedos el centro de su torso duro y bronceado. Él mira hacia abajo y me sigue el juego. Coloca las manos a ambos lados de mi cadera y se abre paso entre mis muslos. Cuando me mira, las comisuras de sus labios esbozan una sonrisa y le brillan los ojos. Las pequeñas arrugas que se forman en su rostro suavizan la usual intensidad de su mirada.

—Ya no puedes huir —bromea.

—No deseo hacerlo.

—Bien —contesta atrayendo mi mirada hacia sus hermosos labios.

Mi dedo asciende por su pecho y su garganta hasta descansar sobre su labio inferior. Él abre la boca y me lo muerde de manera juguetona. Sonrío y continúo subiéndolo hasta acariciarle el cabello.

—Me gusta este vestido. —Recorre la parte delantera de mi cuerpo con la mirada y se detiene en la tela arrugada a la altura de mi cintura.

—Gracias.

—Aunque es un poco restrictivo —dice mientras jala de un trozo de tela.

—Lo es —coincido. La anticipación me está matando. «¡Arráncamelo!»

—¿Te lo quitamos? —Arquea una ceja y sus labios empiezan a curvarse.

Sonrío.

—Si quieres.

—¿O te lo dejamos puesto? —Esboza una amplia sonrisa al tiempo que levanta las manos.

Me derrito sobre el mármol del lavabo.

Desliza las manos por mi espalda.

—Aunque, bien pensado, yo ya sé qué se esconde bajo este bonito vestido. —Levanta las manos, agarra el cierre y, mientras empieza a bajarlo lentamente, me susurra al oído—: Y es mucho mejor que cualquier prenda. —Respiro con desesperada dificultad—. Creo que será mejor que nos deshagamos de él —concluye.

Me levanta del mueble, me deja en el suelo, me quita el vestido y lo deja caer también. Lo aparta a un lado con el pie sin quitarme los ojos de encima.

Frunzo el ceño.

—Me gusta ese vestido.

No podría importarme menos. Por mí como si lo hace pedazos para limpiar las ventanas con él.

—Te compraré uno nuevo.

Se encoge de hombros y vuelve a subirme al lavabo y a colocarse entre mis muslos. Presiona su cuerpo contra el mío y me agarra del trasero para atraerme hacia él, hasta que estamos bien pegados. Balancea la cadera sin dejar de mirarme.

Las palpitaciones de mi sexo rozan lo doloroso y creo que voy a perder la cabeza si continúa haciendo sólo eso. Quiero pedirle que acelere. Me está costando controlarme.

Me pasa las manos por detrás y me desabrocha el brasier. Desliza los tirantes por mis brazos y lo lanza por detrás de él. Me inclino hacia atrás y me apoyo sobre las manos, dejando los pechos expuestos frente a él.

Mirándome a los ojos, levanta una mano y coloca la palma justo debajo de mi garganta.

—Siento los fuertes latidos de tu corazón —afirma en voz baja—. Te pongo muy nerviosa.

No voy a negar esa afirmación. Es verdad, y ya ni me molesto en tratar de resistirme.

Desliza la palma entre mis pechos hasta llegar a mi estómago mientras me observa, ardiente y delicioso.

—Eres demasiado hermosa —dice con rotundidad—. Creo que voy a quedarme contigo.

Arqueo la espalda y le acerco más mi pecho. Él sonríe y baja la boca para chuparme un pezón con fuerza. Cuando sube una mano para masajearme el otro pecho, emito un gemido y echo la cabeza atrás contra el espejo. Por Dios bendito. Este hombre es un genio. Su erección es dura como el acero y me aprieta entre las piernas obligándome a trazar círculos con la cadera para calmar la palpitación con un prolongado suspiro de placer. No sé qué hacer. Quiero saborear todo ese placer, porque es maravilloso, pero la necesidad de poseerlo se apodera de mí, la presión de mi entrepierna está a punto de estallar. Como si me estuviese leyendo la mente, desliza la mano entre mis muslos hasta dar con el borde de mis pantis. Uno de sus dedos traspasa la barrera y acaricia ligeramente la punta de mi clítoris.

—¡Puta madre! —grito al tiempo que me incorporo, lo agarro de los hombros y le clavo las uñas en los músculos definidos.

—Esa boca —me regaña antes de pegar sus labios contra los míos y hundir dos dedos dentro de mí.

Mis músculos se aferran a él mientras los mete y los saca. Creo que voy a morir, literalmente, de placer. Siento la rápida evolución de un orgasmo inminente y sé que va a hacerme estallar. Me agarro a sus hombros como si no hubiese mañana y gimo en su boca mientras él continúa con su asalto.

«Aquí viene.»

—Vente —me ordena mientras aplica más presión sobre mi clítoris.

Me deshago en una explosión de estrellas. Le libero la boca y dejo caer la cabeza hacia atrás en un absoluto frenesí. Lanzo un grito. Él me agarra la cabeza y me la inclina hacia adelante para cubrirme la boca y atrapar mis últimos gritos. Estoy completamente extasiada, jadeando, temblando y sin fuerzas. Me desintegro entre sus manos, totalmente desinhibida y sin sentir ninguna vergüenza por lo que consigue hacer conmigo. Estoy loca de placer.

Su beso se relaja y su presión disminuye; me devuelve poco a poco a la realidad mientras posa tiernos besos por toda mi cara caliente y mojada. Ha estado demasiado bien. Demasiado bien.

Noto que me aparta un mechón de pelo de la cara y abro los ojos. Al hacerlo me encuentro con una mirada oscura y satisfecha. Me planta un beso en los labios. Yo suspiro. Noto como si toda una vida de presión acumulada se hubiese extinguido, así, sin más. Me siento relajada y saciada.

—¿Mejor? —pregunta mientras extrae los dedos de mi cuerpo.

—Hummm... —murmuro. No tengo fuerzas para hablar.

Arrastra los dedos por mi labio inferior y se inclina sobre mí. Me observa de cerca y me pasa la lengua por la boca, lamiendo los restos de mi orgasmo. Sus ojos penetran en mi interior mientras nos miramos en silencio. Mis manos le agarran la cara como por instinto y le alisan la piel recién afeitada. Este hombre es bello, intenso y apasionado. Y podría romperme el corazón.

Él sonríe levemente y se vuelve para besarme la palma de la mano antes de volver a fijar la vista en mí. Santo cielo, estoy perdida.

Alguien sacude el picaporte de la puerta del baño desde fuera y nos arranca cruelmente a ambos de la intensidad del momento. Lanzo un grito ahogado. Jesse me tapa la boca con la mano y me mira con expresión divertida. ¿Le parece gracioso?

—No oigo nada —dice una voz al otro lado, seguida de otro intento de abrir la puerta.

El terror hace que mis ojos estén a punto de salirse de sus órbitas.

Jesse retira la mano y la sustituye por sus labios.

—Chis —me exhorta contra la boca.

—Carajo, me siento sucia —me lamento apartándome de sus labios y dejando caer la cabeza sobre su hombro.

Es imposible que salga de aquí sin ponerme roja como un tomate. ¿Cómo voy a evitar que la culpabilidad se refleje en mi rostro?

—No eres sucia. No digas tonterías o me veré obligado a darte unos azotes en ese precioso trasero que has pasado por todo mi baño.

Levanto la cabeza de su hombro y lo miro confundida.

—¿Tu baño?

—Sí, es mi baño. —Sonríe con sorna—. Me gustaría que ese montón de extraños dejase de pasearse por mi casa —murmura.

—¿Vives aquí? —digo perpleja. No puede ser. Nadie vive aquí.

—Bueno, lo haré a partir de mañana. Oye, ¿toda esta mierda italiana vale de verdad el precio tan caro que le han puesto a este apartamento? —Me mira con expectación.

¿En serio quiere que le conteste a eso?

—¿Mierda italiana? —escupo sintiéndome totalmente insultada. Él se echa a reír y a mí me dan ganas de abofetearlo. ¿«Mierda italiana»? Este tío es un pendejo ignorante. ¿«Mierda italiana»?—. No deberías haberte comprado el piso si no te gusta la mierda que contiene —le espeto airada.

—Puedo deshacerme de la mierda —bromea.

Mis cejas adoptan una expresión de incredulidad ante lo que acabo de escuchar. Me he pasado meses deslomándome para conseguir toda esta «mierda italiana» ¿y ahora este cerdo desagradecido pretende librarse de ella? Jamás me había sentido tan insultada, ni tan encabronada. Intento liberar las manos, atrapadas debajo de las suyas, pero no me deja. Le lanzo una mirada asesina.

Él sonríe.

—Relájate, mujer. No me desharía de nada de lo que hay en este apartamento —dice, y me besa con fuerza—. Y tú estás en él.

Vuelve a apoderarse de mi boca con ansia, posesivamente.

No voy a darle demasiadas vueltas a ese comentario. Mi libido acaba de reactivarse y no voy a intentar apaciguarla. Lo ataco con la misma fuerza. Le meto la lengua en la boca y empiezo a jugar con la suya. Jesse me suelta las manos y éstas se apresuran de manera impulsiva hacia esos hombros firmes y musculosos que tanto me gustan.

Me rodea la cintura, libera mis labios, me levanta del mármol y me sostiene sobre él mientras con la otra mano busca mis pantis y las arrastra de un tirón por mis piernas. Vuelve a colocarme sobre el mueble, me quita los zapatos y los deja caer sobre las baldosas del suelo con un sonoro estrépito. Me uno a él en la fiesta de la piel desnuda, estiro la mano y le quito la camisa deslizándola por sus anchos hombros. Dejo su torso al descubierto en todo su esplendor. Es la viva imagen de la perfección. Quiero lamer cada centímetro de su cuerpo.

Bajo la vista y me quedo algo impactada al ver una cicatriz bastante fea que tiene en el estómago y que se extiende hasta su cadera izquierda. No la había visto antes. La luz en La Mansión era tenue, pero es una marca muy grande. Ya apenas se nota, pero es enorme. ¿Cómo se la hizo? Decido no preguntar. Podría ser un asunto delicado, y no quiero que nada estropee este momento. Podría quedarme aquí sentada mirándolo embobada eternamente. Incluso con esa cicatriz tan siniestra, sigue siendo hermoso.

Hago una pelota con la camisa y la tiro sobre mi vestido. Él me mira con una ceja enarcada.

—Ya te compraré una nueva —digo encogiéndome de hombros.

Él sonríe con picardía, se inclina hacia adelante, se apoya en el mueble y me besa los labios con mucha ternura. Alcanzo sus pantalones y empiezo a quitarle el cinturón. Lo desabrocho con rapidez y provoco que emita un sonido similar al de un látigo.

Él retrocede con una ceja enarcada.

—¿Vas a azotarme?

«¿Eh?»

—No —respondo vacilante.

¿Le gusta ese tipo de cosas? Añado el cinturón al montón de ropa del suelo y deslizo la mano entre sus firmes y estrechas caderas y la cintura de sus pantalones. Jalo de él hacia mí para tenerlo lo más cerca posible.

—Aunque, si quieres que lo haga...

¿He dicho yo eso?

—Lo tendré en cuenta —contesta con una media sonrisa.

Efectivamente, lo he dicho. Pero ¿qué me pasa?

Con los ojos fijos en los suyos, empiezo a desabrocharle el botón del pantalón y mis nudillos rozan su sólida erección provocándole una sacudida. Cierra los ojos con fuerza. Le bajo el cierre lentamente, deslizo la mano por dentro de sus bóxeres y me abro paso a través de la masa de pelo rubio oscuro. Se estremece y levanta la mirada hacia el techo. Los músculos de su pecho se contraen y se relajan y no puedo evitar inclinarme hacia adelante y pasarle la lengua por el centro del esternón.

—Ava, deberías saber que una vez que te posea, serás mía.

Estoy demasiado embriagada por la lujuria como para darle importancia a ese comentario.

—Hummm... —murmuro contra su piel mientras dibujo círculos con la lengua alrededor de su pezón y saco la mano de sus calzoncillos. Agarro el elástico y los hago descender por su perfecta cadera. Su erección se libera como un resorte.

«¡Madre mía, es enorme!» La punta, hinchada y húmeda, me está señalando. La exclamación involuntaria que escapa de mi boca delata mi sorpresa. Fijo mis ojos en los suyos y descubro un atisbo de sonrisa formándose en sus labios. Eso demuestra, para mi vergüenza, que mi reacción no le ha pasado inadvertida.

Retrocede, se quita los zapatos y los calcetines y aparta los pantalones y los bóxers de sus tobillos. Mi atención se centra en sus muslos fuertes y definidos. Empiezo a babear ante la imponente magnificencia que se yergue ante mí en todo su esplendor. No puedo evitarlo.

Haciendo acopio de lo que me queda de confianza, me inclino lentamente hacia adelante y empiezo a acariciarle la cabeza con el pulgar mientras observa cómo lo explora mi mano. Cuando le envuelvo la base con la mano, vacilante, veo que el contacto hace que se estremezca.

—Puta madre, Ava —resuella, y entonces me toma los labios y la boca con vehemencia mientras yo empiezo a acariciar su erección a un ritmo lento y constante, aumentando la velocidad cuando siento que su boca se aprieta cada vez más contra la mía. Su mano se oculta entre mis piernas y, con un leve roce de su pulgar sobre mi clítoris, me veo catapultada de nuevo al séptimo cielo de Jesse. Dejo escapar un gemido en su boca. Él me muerde el labio.

—¿Estás lista? —me pregunta con urgencia.

Me limito a asentir, porque mi capacidad de hablar me ha abandonado.

Despega la mano de entre mis muslos y me aparta de su palpitante excitación. Con un movimiento estudiado, me coloca las manos en el trasero, me levanta y me penetra con su ansiosa prolongación.

«¡AU! ¡Puta madre!»

—¿Estás bien? —jadea.

—Un segundo. Necesito un segundo.

Lo rodeo con las piernas mientras grito de placer y de dolor. Sé que ni siquiera ha llegado a metérmela entera. Pero es enorme, demonios.

Me muevo un poco y me apoyo contra la pared. El frío de las baldosas no me molesta lo más mínimo mientras intento adaptarme a la enormidad de Jesse. Él apoya su frente en la mía. Deslizo las manos por su espalda empapada de sudor mientras él permanece quieto unos instantes para darme tiempo a acostumbrarme a la intrusión.

Jadea y se retira de mi cuerpo muy despacio para volver a entrar a un ritmo pausado y constante. Esta vez se adentra más en mí y su inmenso tamaño hace que la cabeza me dé vueltas.

—¿Crees que tienes espacio para más? —pregunta con ansiosa necesidad.

¿Más? Pero ¿cuánto más queda? «Puedo hacerlo, puedo hacerlo», me repito una y otra vez mientras me adapto a su tamaño y respiro para relajarme. Cuando noto que lo tengo controlado, empiezo a besarlo lentamente, arqueo la espalda y alzo los pechos contra su tórax. Entonces empujo hacia adelante, haciendo más profunda la conexión.

—Ava, dime que estás lista —susurra sin aliento.

—Estoy lista. —Jamás había estado tan preparada para algo en mi vida.

Tras mi respuesta, empieza a salir y a entrar en mí con más fuerza. Yo suspiro y muevo las caderas hacia adelante para aceptarlo mientras él gruñe de agradecimiento y repite sus rápidas embestidas una, y otra, y otra vez.

—Ahora eres mía, Ava —suspira mientras se hunde deliciosamente en mí. Yo inclino la cabeza hacia adelante para apoyarla contra la suya—. Toda mía.

Con un movimiento rápido, se retira y entra del todo. Yo grito. Ya no me duele y estoy disfrutando de cada segundo. Lo agarro de los hombros mientras aumenta las embestidas, se estrella contra mí y me golpea el cuello del útero. Aúllo de placer cuando reclama mis labios y me mete la lengua en la boca con avidez mientras nuestros cuerpos, empapados de sudor, colisionan y resbalan. Estoy a punto de estallar en mil pedazos. ¡Chingado! ¡Nunca me vengo con la penetración!

—¿Vas a venirte? —jadea en mi boca.

—¡Sí! —exclamo, y le clavo los dientes en el labio inferior. Él se queja. Sé que le he hecho daño, pero estoy fuera de control.

—Espérame —me ordena embistiéndome con más fuerza.

Grito y me agarro a él desesperadamente en un intento de retrasar el orgasmo, pero no funciona. ¿Cuánto le falta? No puedo más.

Después de tres ataques más, grita:

—¡Ahora!

Y yo estallo ante su orden, echo la cabeza hacia atrás y grito su nombre mientras siento que su líquido caliente se derrama en mi interior.

Él me agarra hasta que nuestros cuerpos quedan totalmente pegados y hunde el rostro en mi garganta.

—¡Puta madreee! —gruñe contra mi cuello. El largo gemido de satisfacción que escapa de mis labios expresa a la perfección cómo me siento ahora mismo. Estoy totalmente satisfecha.

Él suaviza las arremetidas para que ambos comencemos a descender de nuestras maravillosas nubes y yo lo retengo con fuerza. Mis músculos internos se contraen a su alrededor mientras él traza círculos suaves con la cadera.

—Mírame —me ordena suavemente. Inclino la cabeza para mirarlo y suspiro de felicidad mientras él analiza mis ojos. Vuelve a mover la cadera y me planta un beso en la punta de la nariz—. Preciosa —se limita a decir mientras me coge de la nuca y me acerca hacia él para que mi mejilla descanse sobre su hombro. Me quedaría así para siempre.

Mi espalda se separa de la fría pared y Jesse me traslada hasta el lavabo, todavía dentro de mí, palpitando y dando sacudidas. Sale de mí y me coloca sobre el mármol. Me agarra la cara entre las palmas de las manos y se inclina para besarme. Sus labios permanecen pegados a los míos en una muestra de afecto absoluto.

—¿Te lastimé? —pregunta con la frente arrugada de preocupación.

Yo me deshago al instante. Quiero asfixiarlo entre los brazos, en serio. Lo abrazo con todo mi cuerpo, y me aferro a él como si mi vida dependiera de ello. Él entierra la cara en mi cuello y me acaricia la espalda. Es la sensación más relajante que he experimentado jamás. Ni siquiera tengo energía para sentirme culpable.

«¿Sarah? ¿Qué Sarah?»

Nos quedamos entrelazados, convertidos en un amasijo de brazos y piernas, con la respiración agitada y abrazándonos durante un buen rato. Quiero quedarme así para siempre. Podríamos hacerlo, al fin y al cabo el cuarto de baño es suyo. No puedo creerme que sea el propietario del ático.

Un rato demasiado corto después, se incorpora y me acaricia la cara con los nudillos.

—No me he puesto condón —dice con cara de estar arrepentido de verdad—. Lo siento, me he dejado llevar y ni siquiera lo he pensado. Tomas la píldora, ¿verdad?

—Sí, pero la píldora no protege de las ETS. —Soy una inconsciente. Este hombre es un dios que sabe lo que se hace. A saber con cuántas mujeres se ha acostado.

Él me sonríe.

—Ava, yo siempre uso condón. —Se inclina hacia adelante y me besa la frente—. Menos contigo.

«¿Eh?»

—¿Por qué?

Se aparta un poco y se mordisquea el labio inferior.

—Porque cuando estoy contigo pierdo la razón.

Se pone los calzoncillos y los pantalones y estira el brazo por encima de mí para coger una toalla de la estantería.

Me dispongo a regañarlo, pero entonces recuerdo que es su casa. Todo lo que hay aquí es suyo, menos yo. Bueno, según él, yo también, pero eso no son más que cosas que se dicen cuando estás a punto de venirte. A veces la pasión nos hace decir tonterías. ¿Pierde la razón? Pues ya somos dos.

Abre la llave, pasa la toalla por debajo y vuelve a colocarse delante de mí. Siento pudor aquí sentada, completamente desnuda. No estamos en las mismas condiciones. Cierro las piernas para ocultarme un poco, incómoda de repente por la ausencia de ropa. Pero él me mira y en su atractivo rostro se forma una expresión de perplejidad. Hace un mohín, me agarra de las piernas y me las separa ligeramente.

—Mejor —murmura.

Me levanta los brazos del regazo y se los coloca sobre los hombros. Después, con la toalla, empieza a limpiarme entre los muslos. Frota con suavidad, arriba y abajo, para eliminar sus restos de mi cuerpo. Es un acto tierno y tremendamente íntimo. Yo observo su rostro embelesada y advierto la pequeña arruga de concentración que se ha formado en su frente mientras se concentra en asearme.

Me mira con esos ojos verdes y brillantes y me dice:

—Quiero meterte en esa regadera y venerar cada centímetro de tu cuerpo, pero con esto tendrá que bastar. Al menos por ahora. —Se inclina para besarme y se queda brevemente pegado a mi boca. Creo que no me cansaría jamás de estos besos sencillos y afectuosos. Sus labios son suaves, y su aroma divino—. Vamos, señorita. Vamos a vestirte.

Me levanta del mueble, me ayuda a ponerme la ropa interior y el vestido y me sube el cierre. Entonces me posa los labios sobre el cuello y su boca suave y cálida hace que se me erice el vello y se me estremezca todo el cuerpo. No lo he eliminado de mi organismo. Al contrario. Malas noticias.

Recojo su camisa azul claro del suelo y la sacudo antes de pasársela.

—No había ninguna necesidad de arrugarla, ¿sabes? —Me sonríe mientras se la pone, se abrocha los botones y se la mete por dentro de los pantalones azul marino.

—Con el saco puesto no... —De pronto recuerdo que lo dejé caer al suelo en el dormitorio—. Oh —susurro con los ojos abiertos como platos.

—Sí. Oh. —Enarca una ceja y da un latigazo en el aire con el cinturón; el restallido me provoca un escalofrío y él sonríe con malicia—. Bueno, ¿lista para lo que tenga que pasar, señorita? —Me ofrece la mano y la acepto sin vacilar. Este hombre es un imán—. Yo diría que has gritado bastante, ¿no?

Lo miro con indignación mientras él me dedica su mejor sonrisa. Sacudo la cabeza y me miro en el espejo. Estoy ruborizada. Tengo los labios hinchados y rojos y el pelo aún recogido, aunque con algunos mechones sueltos y despeinados. Llevo el vestido arrugado. Necesito cinco minutos para arreglarme.

—Estás perfecta —me asegura como si sintiese el pánico que se está apoderando de mí.

¿Perfecta? No es ésa precisamente la palabra que yo usaría. ¡Estoy jodida! Literalmente.

Me arrastra hasta la puerta, quita el pasador y sale sin ningún miedo. Yo soy más cautelosa. ¿Y si los invitados están todavía rondando por aquí? Veo su saco aún tirado en el suelo. Jesse lo recoge al pasar.

Cuando llegamos a la escalera curvada, de repente me doy cuenta de que sigo agarrada de su mano. Intento soltarme, pero él me sujeta con fuerza hasta hacerme esbozar una mueca de dolor. ¡Mierda! Tiene que soltarme. Mi jefe y mis colegas están aquí. No puedo pasearme por ahí cogida de la mano de este hombre desconocido. Bueno, ya no es tan desconocido para mí, pero ésa no es la cuestión. Intento liberar la mano de nuevo, pero él se niega a soltarla.

—Jesse, suéltame la mano.

—No —responde tajantemente y sin siquiera mirarme a la cara.

Yo me detengo abruptamente a mitad de la escalera y echo un vistazo a la habitación inferior. Por suerte, nadie está mirándonos, pero no tardarán en vernos. Jesse se vuelve y me observa desde unos escalones más abajo.

—Jesse, no puedes esperar que desfile por aquí agarrada de tu mano. No es justo. Suéltame, por favor.

Él contempla nuestras manos unidas, suspendidas entre nuestros cuerpos.

—No voy a soltarte —murmura con hosquedad—. Si lo hago, puede que olvides cómo te hace sentir. Puede que cambies de parecer.

Es absolutamente imposible que olvide lo que sentimos al estar piel contra piel, pero ésa no es la parte de la frase que me preocupa.

—¿Que cambie de parecer respecto a qué? —pregunto totalmente desconcertada.

—A mí —contesta.

¿A él? Todavía no he tomado ninguna decisión, así que no hay nada que cambiar. Tengo que centrarme en convencerlo de que me suelte la mano antes de que alguien nos vea. Voy a archivar ese comentario, como he hecho con las demás cosas raras que ha dicho arriba.

«¡Me lleva la chingada!» Casi me caigo por la escalera cuando veo a Sarah cruzar la terraza. La realidad acaba de golpearme como un ariete. Seguro que al verla deja de comportarse de esta manera tan irracional. Su novia va a entrar en el apartamento. No es momento para tonterías. Lo miro con el ceño fruncido y empleo la fuerza bruta para arrancar mi mano de su garra. Casi me disloco el hombro en el proceso, pero funciona. Jesse me mira enojado, pero no me quedo allí para verlo. Me apresuro a descender la escalera hacia la enorme amplitud del ático. Con tan sólo vernos juntos, Sarah ya sospecharía. Esa mujer ha dejado claro que no le caigo muy bien. Y no la culpo. Me veía como una amenaza y, finalmente, sus temores se han cumplido.

Llego al final de la escalera y veo que Tom viene corriendo hacia mí entre la multitud moviendo los brazos frenéticamente.

—¡Por fin te encuentro! ¿Dónde estabas? Patrick te ha estado buscando por todas partes. —Me agarra de los hombros y me inspecciona de arriba abajo. Como siempre, es la reina del drama.

Al ver mi aspecto desaliñado, me mira con recelo. Noto que el calor de mis mejillas aumenta.

—Le estaba enseñando la casa al señor Ward —contesto, con poca convicción, mientras hago un gesto con la mano por encima del hombro en dirección a Jesse. Sé que está cerca, detrás de mí. Aún lo oigo mascullar. Y también lo huelo. Aunque, bueno, también podría deberse a que tengo su olor impregnado por todo el cuerpo. Me siento como si me hubiera marcado... o incluso reclamado.

Con las manos todavía sobre mis hombros, Tom mira a mis espaldas. Ahoga un grito y me acerca a él de un tirón para preguntarme al oído mientras me olfatea:

—Nena, ¿quién es ese dios del Olimpo que me está gruñendo?

Yo me zafo de sus manos, me vuelvo y veo que Jesse está fulminando a Tom con la mirada. Pongo los ojos en blanco ante su patético comportamiento. Tom es el tío más gay de Londres. No puede sentirse amenazado por él. ¡No debería sentirse amenazado por nadie!

—Tom, te presento al señor Ward. Señor Ward, éste es Tom. Es un colega. Y es gay —añado con un tono algo sarcástico. Sé que a Tom no va a importarle. Al fin y al cabo, no he dicho nada que no resulte evidente.

Miro a mi compañero, que esboza una amplia sonrisa, y después a Jesse, que ha dejado de gruñir pero continúa igual de enojado. Tom da un saltito, lo agarra de los hombros y le da un beso en el aire. Yo reprimo una carcajada al ver que a Jesse se le salen los ojos de las órbitas y se le tensan los hombros.

—Es un auténtico placer —canturrea Tom mientras le toca los bíceps—. Oye, ¿haces pesas?

Se me escapa una risotada y tomo la inmadura decisión de dejar que Jesse se las arregle solo con el descarado flirteo de Tom. Veo que me mira mientras me doy media vuelta para marcharme y que me lanza puñales con los ojos. Me da igual. Está actuando de una manera totalmente irracional.

Patrick se encuentra en la cocina, charlando con el promotor. Me hace un gesto para que me acerque y me pasa una copa de prosecco. Me parece que el coche va a quedarse a dormir aquí.

—Aquí está —anuncia Patrick mientras me pasa un brazo sobre los hombros y me abraza contra su enorme cuerpo—. Esta chica ha transformado mi empresa. Estoy muy orgulloso de ti, flor. ¿Dónde estabas? —pregunta. Le brillan los ojos y tiene las mejillas rojas, un claro síntoma de que ha bebido demasiado.

—Haciendo de guía turística por el apartamento —miento, y sonrío dulcemente mientras me aprieto contra él.

—No he parado de hablar de ti. Deben de dolerte los oídos —dice Patrick. «¡No, no precisamente los oídos!»—. Estaba comentándole al señor Van Der Haus que estarás encantada de trabajar en su nuevo proyecto.

¿Van Der Haus? Ah, el otro socio. Aún no lo conozco.

—Mi socio insiste en ello —asegura Van Der Haus con una amplia sonrisa.

Es muy elegante, alto, rubio platino, y luce un traje hecho a medida y zapatos de vestir. Es bastante atractivo... a pesar de estar en plena cuarentena (otro madurito...).

Me sonrojo.

—Lo haré con mucho gusto, señor Van Der Haus. ¿Qué tiene pensado para el nuevo edificio? —pregunto ansiosa.

—Por favor, llámame Mikael. Está casi terminado —comenta, y amplía su sonrisa—. Hemos pensado en un estilo escandinavo tradicional. Estamos volviendo a nuestras raíces. —Su dulce acento danés resulta muy sexy.

¿Escandinavo tradicional? Bien, eso me asusta un poco. ¿Se refiere a que voy a tener que comprar todo en Ikea? ¿No sería mejor que contratase a un escandinavo para esto?

—Suena interesante —respondo.

Me vuelvo para dejar la copa sobre la superficie y veo a Jesse al otro lado de la habitación, con Sarah.

Madre mía. Está devorándome con la mirada, y Sarah está justo a su lado. Me doy de nuevo la vuelta hacia mis acompañantes, probablemente con el pánico reflejado en el rostro sonrojado.

—Eso creo —coincide Mikael—. He estado discutiendo el precio con Patrick. —Señala a mi jefe con la copa de champán—. Podemos empezar a redactar una lista de especificaciones, y así podrás comenzar a esbozar algunos diseños.

—Lo estoy deseando. —Me vuelvo de nuevo. Todavía siento la mirada de Jesse clavada en mi espalda.

—No te decepcionará, Mikael —gorjea Patrick.

Él sonríe.

—Lo sé. Eres una joven con un gran talento, Ava. Tienes una visión realmente impecable. Ahora, si me disculpan... —Siento que me pongo todavía más colorada cuando nos estrecha la mano a Patrick y a mí—. Estaremos en contacto —dice, y sostiene mi mano un poco más de lo necesario. Después la suelta, se aleja y saluda a un hombre árabe.

Sigo cobijada bajo el brazo de Patrick cuando Victoria se acerca a nosotros y se apoya contra la barra refunfuñando.

—Los pies me están matando —exclama.

Patrick y yo bajamos la mirada hacia sus zapatos de plataforma de quince centímetros con estampado de leopardo y ribetes de color rojo sangre. Son ridículos. Patrick me mira y sacude la cabeza antes de soltarme y anunciar que se marcha.

—Irene estará esperándome abajo. Ya tengo todas las fotos. —Sacude la cámara ante mis ojos—. Nos vemos el lunes por la mañana. —Nos da un beso a cada una—. Han hecho un trabajo fantástico esta noche. Enhorabuena. —Y saca su corpachón de la cocina con un ligero tambaleo.

«¿Un trabajo fantástico?», pienso avergonzada.

—Ah, ¡casi se me olvida! —exclama Victoria. Dejo de mirar el cuerpo oscilante de Patrick y me centro en ella—. Kate me ha dicho que no iba a estar toda la noche esperando a que aparecieras, y algo sobre comer helado. —Se encoge de hombros—. Que espera que te lo hayas pasado bien y que te verá en casa.

«¿Que me lo haya pasado bien?» ¡Menuda zorra sarcástica!

—Gracias, Victoria. Oye, creo que ya hemos terminado aquí. —Cojo una copa de champán más cuando el mesero pasa a nuestro lado. Ya no puedo conducir, así que vengan los tragos. Y, carajo, la necesito—. Me voy a casa. Tú vete cuando quieras. Nos vemos el lunes. —Le doy un beso.

—Yo me quedaré un poco más con Tom. Quiere ir al Route Sixty a bailar un rato —dice mientras menea el trasero.

—Prepárate para acostarte a las tantas —le advierto. Una vez que Tom sale a la pista de baile, es imposible sacarlo de allí.

—¡No! Le he dicho que no puedo quedarme mucho rato. Tengo muchas cosas que hacer mañana. Y a duras penas puedo caminar con estos estúpidos zapatos.

—Buena suerte. Despídete de Tom de mi parte.

—Lo haré cuando lo encuentre. —Se aleja cojeando con sus exageraros tacones y me deja en la cocina, apurando mi última copa de champán.

Echo un vistazo a mi alrededor, pero no veo ni a Jesse ni a Sarah. Me siento aliviada. No creo que pudiese mirar a esa mujer a la cara. Tengo que irme a casa y fustigarme por ser tan débil y tan fácil.

Me acerco al ascensor del ático e introduzco el código. Lo cambiarán mañana para que sólo lo sepa el propietario. Yo dejo escapar una carcajada repentina. Jesse Ward es el propietario. Ha sido un día muy largo. Y ahora que estoy sola noto que el esperado sentimiento de culpa comienza a apoderarse de mí. ¿Cómo he podido ser tan estúpida?

—¿Ya te vas?

Se me tensan los hombros y me estremezco al oír la fría y desagradable voz de Sarah. Intento recobrar la compostura y me vuelvo para mirarla.

—Ha sido un día muy largo y estoy cansada —contesto, y al instante me avergüenzo por el doble sentido de mi comentario. Si ella supiera lo «largo» que ha sido el día...

Da un sorbo de prosecco sin dejar de mirarme con recelo.

—Eres una caja de sorpresas —ronronea.

Parece decirlo con sinceridad. ¿Es un cumplido? No, por favor, no seas amable conmigo. ¿Acabo de cogerme a su novio en su cuarto de baño nuevo y ahora es amable conmigo? ¿O es que el aseo también es suyo? ¡Chingado! Quiero que me trague la tierra y morirme. Soy un ser despreciable.

No sé qué decir.

—Gracias —respondo, y me vuelvo hacia el ascensor al oír que se abre. Tengo que largarme de este lugar.

—No era un cumplido —dice con rotundidad.

—Ya me lo imaginaba —contesto sin mirarla. Está claro que me había equivocado.

—Sabes que Jesse ha comprado este ático, ¿verdad?

Quiero preguntarle si ella también va a vivir aquí, pero, obviamente, no lo hago.

—Sí, me lo ha comentado —respondo como si tal cosa mientras entro en el ascensor e introduzco el código—. Me alegro de verte. —Sonrío.

No sé por qué he dicho eso. No me alegro nada. Esta tipa sigue sin gustarme en absoluto y ella ha dejado más claro que el agua que el sentimiento es mutuo. Y no la culpo.

Las puertas se cierran y yo me dejo caer contra los espejos de las paredes.

«¡Mierda!»

Capítulo 10

¿Qué ha pasado con mi feliz vida de soltera? La he jodido pero bien...

Después de recoger mis cosas del vestidor del *spa*, las lanzo dentro de mi coche y deambulo hasta los muelles. Al llegar, me siento en un banco. Hay mucho bullicio, la gente va y viene, y todos parecen felices y contentos. Las plantas que se ven en los elaborados postes han florecido; rebosan de sus macetas y caen en cascada sobre el hierro ornamentado. Las luces del edificio se reflejan y parpadean en el agua, danzan sobre las pequeñas olas.

Suspiro y cierro los ojos mientras escucho el sonido del agua que chapotea suavemente alrededor de los botes. Es rítmico y relajante, pero no creo que nada pueda hacer que me sienta mejor en estos momentos. Saco el celuar del bolso para llamar a Kate. Después de varios tonos, le dejo un mensaje:

—Hola, soy yo. —Sé que mi voz suena desolada, pero no puedo fingir que estoy alegre si no lo estoy. Suelto un gruñido—. Ay, Kate... la he cagado muchísimo. Llegaré a casa en seguida.

Dejo caer la mano sobre el banco y llego a la conclusión de que soy una idiota redomada. ¿En qué estaba pensando?

El celular vuelve a la vida en mi mano y descuelgo sin mirar la pantalla porque doy por hecho que es Kate.

—Hola.

—¿Dónde estás? —me preguntan suavemente desde el otro lado del teléfono.

No sé si lo que me hunde en la miseria es que no sea Kate o que sea Jesse. No entiendo nada. Mi vida iba bastante bien, sin hombres ni compromisos, y ahora esto va a pesar sobre mi conciencia. Creo firmemente en el karma y, si existe de verdad, ahí la llevo.

—Estoy en casa —vuelvo a mentir. Últimamente me sale de manera natural. Me pongo a juguetear con mi pelo, un claro síntoma de mi comportamiento de Pinocho.

—Bien —susurra y cuelga.

Vaya... Ha sido más fácil de lo que esperaba. Después de no haber cedido ante sus órdenes de permanecer cogida de su mano y de haberlo abandonado a su suerte entre las garras del gay más gay del planeta, imaginaba que se habría encabronado. Así que ya ha conseguido lo que quería y eso es todo. No sé muy bien por qué me siento tan abandonada. Era lo que me esperaba, y justo lo que me merezco. Su persistencia ha podido conmigo, pero ahora ya está fuera de mi organismo. Ya puedo volver a centrarme en mí y en mi vida. Y, si tengo suerte, Sarah jamás se enterará de esta leve indiscreción.

¿Leve? De leve nada.

Por lo que a mí respecta, Jesse puede continuar con sus seducciones en serie y pasar a la siguiente afortunada. Seguro que Sarah lo descubre pronto, pero espero que no lo haga ahora. Lo último que necesito es una mujer despechada y con sed de sangre.

Después de permanecer sentada y en silencio durante un rato, me levanto de mala gana y paro un taxi. Hay un tiempo limitado para compadecerse de uno mismo. Necesito dejar esta noche atrás rápidamente. Tengo que olvidarme de ella, erradicarla de mi memoria y transformarla en experiencia. Este hombre es nocivo. Lo sé.

Entonces me doy la vuelta, levanto la mirada y veo que Jesse está de pie a un par de metros de mí, observándome en silencio. ¿Cómo chingados voy a alcanzar alguno de mis objetivos si me acosa?

¿Dónde está Sarah?

Nos miramos a los ojos, todavía en silencio. Su rostro impasible estudia el mío. Y entonces rompo a llorar. No sé por qué, pero me tapo la cara con las manos mientras sollozo. A saber lo que debe de estar pensando. A continuación siento que su cuerpo cálido me envuelve, apoyo la cabeza en el hueco de su cuello e impulsivamente coloco los brazos por debajo de los suyos para acercarme a él. Permanecemos callados durante mucho rato. Nos quedamos ahí de pie, sin más, abrazándonos en silencio mientras me masajea la parte posterior de la cabeza con la palma de su enorme mano y me mantiene apretada contra su cuerpo con firmeza. Una pequeña parte de mí se pregunta dónde está Sarah, pero no me obsesiono con ello. Me siento protegida y segura, y sólo estoy vagamente alerta al hecho de que debería estar huyendo de estos brazos y no cobijándome en ellos. Debería tratarlos con precaución y no aceptar el consuelo que me están ofreciendo. ¿Por qué no puedo salir corriendo?

—¿Cuánto tiempo llevas ahí? —le pregunto cuando por fin cesan mis sollozos.

—El suficiente —murmura—. ¿A qué viene eso de que la has cagado muchísimo? —Me abraza con más fuerza—. Espero que no te estuvieras refiriendo a mí.

—Pues sí, me refería a ti. —Paso de inventarme una excusa, no tendría sentido hacerlo.

—¿En serio? —Suena sorprendido y un poco encabronado, pero momentos después continúa—: ¿Te vienes a casa conmigo?

Noto que se tensa ligeramente.

¿Acabo de decirle que me refería a él y quiere llevarme a su casa? ¿Y qué pasa con Sarah? Entonces está claro que no viven juntos.

—No —le contesto. Lo que he hecho ya es bastante malo.

—Por favor, Ava.

—¿Por qué? —le pregunto.

Necesito saber a qué se debe su fascinación por mí, porque, si paso más tiempo con este hombre, podría meterme en más líos todavía. No puedo ir por ahí teniendo aventuras sórdidas con hombres mayores y comprometidos. Aunque, bueno, su edad está todavía por determinar. Hay algo extraño en este hombre, y rezuma problemas por todos los poros de su piel.

Me aparta de él para mirarme con su precioso ceño fruncido.

—Porque es lo correcto, porque tienes que estar conmigo. —Lo dice como si fuera la cosa más natural del mundo.

—¿Y con quién tiene que estar Sarah?

—¿Sarah? ¿Qué tiene que ver Sarah con todo esto? —Ahora parece muy confundido.

—Es tu novia —le recuerdo. Está claro que no tiene ningún tipo de consideración hacia la pobre mujer.

Abre los ojos de par en par.

—Por favor, no me digas que has estado ignorando mis llamadas y huyendo de mí porque pensabas que... —Me suelta—. Pensabas que Sarah y yo... —Da un paso atrás—. ¡Para nada, carajo!

—¡Pues sí! —exclamo—. ¿No es tu novia?

Ahora sí que no entiendo nada. Sarah no podría haber dejado más claro cuál era su territorio, sólo le ha faltado mearle alrededor. Entonces ¿quién diablos es? Si ya me gustaba poco, ahora mismo la detesto.

Jesse se pasa las manos por el pelo.

—Ava, ¿qué demonios te ha hecho pensar algo así?

¿Me está tomando el pelo?

—Pues no sé, déjame pensar... —Sonrío dulcemente—. Puede que fuera el beso en el pasillo de La Mansión. O que viniese a buscarte a la habitación. O quizá lo fría que se muestra conmigo. —Tomo aire—. O puede que sea el hecho de que está contigo cada vez que te veo.

—No puedo creérmelo. He estado mortificándome sin razón, y encima por una tipa que ni siquiera me cae bien. ¡Vaya pérdida de energía!—. ¿Quién es? —pregunto completamente encolerizada.

Me coge de las manos y se agacha un poco hasta que sus ojos quedan a la altura de los míos.

—Ava, es una mujer simpática, nada más.

—¿Simpática? —me mofo—. ¡Esa tipa no es simpática!

—Es una amiga —dice para tranquilizarme.

No quiero que me tranquilice, ¡quiero reventarle a Sarah ese hocico rojo que tiene! ¡La tipa sabía perfectamente lo que hacía! Está claro que no se conforma con ser su amiga.

Me acaricia la mejilla con la palma de la mano.

—Y ahora que ya hemos aclarado qué lugar ocupa Sarah en mi vida, ¿podemos hablar del tuyo?

«¿Qué?» Retrocedo.

—¿Qué quieres decir?

Los comentarios que ha hecho antes regresan a mi mente de repente. Todos los «eres mía», «voy a quedarme contigo» y «cambiarás de opinión».

Sonríe con picardía.

—Me refiero a en mi cama, debajo de mí.

Me pega contra su pecho y yo me relajo y me hundo en él con alivio. Eso suena muy bien. Acabo de añadir a mi lista de deseos tener una aventura tórrida con un hombre mayor, así que puedo tacharla ya. Sin compromisos ni ataduras. Por mí, estupendo. Aunque dudo que sacara nada de lo mencionado de este hombre.

—¿En La Mansión? —le pregunto. Está bastante lejos.

—No, me he comprado un apartamento, pero no puedo mudarme hasta mañana. Ahora estoy rentando cerca de Hyde Park. Te vendrás allí.

—Bueno —respondo sin vacilar, aunque soy consciente de que no era una pregunta. Y vuelven a mi mente sus comentarios anteriores, en especial el último de ellos: «Tienes que estar conmigo».

¿La decisión es suya o mía?

Suspira mientras aprieta más mi cabeza y mi torso contra él.

Sí, tienes que proceder con la máxima precaución, Ava.

Viajamos en silencio, excepto por los tonos graves de la canción *Teardrop*, de Massive Attack, que salen del equipo de sonido de su coche. Muy adecuado después de mi berrinche. Paso la mayor parte del trayecto deliberando sobre mi decisión de ir a casa de Jesse. Él toma aire en repetidas ocasiones, como si fuese a decir algo pero al final decidiera no hacerlo.

Detiene su Aston Martin en un estacionamiento privado, y salgo del vehículo. Abre la cajuela, coge mis bártulos, me agarra de la mano y me conduce hasta el edificio.

—Estoy en el primer piso. Vamos por la escalera, es más rápido.

Me guía hasta una escalera a través de una salida de incendios de color gris y subimos un tramo de escalones.

Salimos a un pasillo estrecho. Parece un hospital. Jesse saca la llave y abre otra puerta, la única que hay en todo el largo pasillo blanco y gris. Me hace pasar e, inmediatamente, me encuentro en una estancia amplia y diáfana. Está pintada de blanco de arriba abajo, y los muebles y la cocina son negros. Monocromía al máximo: una auténtica guarida de soltero. Resulta bastante frío y deprimente. Es odioso.

—Es una parada en los *pits*. Supongo que estarás ofendidísima. —Me sonríe con socarronería, sin duda alguna debida a mi cara de disgusto.

—Prefiero tu casa nueva.

—Yo también.

Me aventuro hacia el interior del apartamento y observo lo poco cálido y acogedor que es. ¿Cómo puede vivir aquí? No tiene ningún toque personal, ni cuadros ni fotografías. Me percato de que hay una tabla de *snowboard* apoyada contra un rincón, rodeada de un montón de artículos de esquí. En el estante de al lado, donde esperaría ver jarrones u otros objetos decorativos, hay un casco de moto y unos guantes de piel. Eso sí que no me lo imaginaba.

—No tengo nada con alcohol. ¿Quieres un poco de agua?

Se acerca paseando hasta el refrigerador, enorme y negro, y lo abre.

—Sí, por favor.

Me reúno con él en la zona de la cocina y saco un taburete negro de debajo de la barra de granito negro de la isla. Jesse se quita el saco y lo cuelga en el taburete de al lado, se vuelve hacia mí y me ofrece un vaso de agua antes de destapar su botella. Los pantalones le aprietan un poco y dejan intuir sus extremidades inferiores, largas y musculosas. Tiene los pies apoyados en el suelo y las piernas considerablemente dobladas a pesar de la altura del taburete. Los míos están apoyados en el descansapiés.

Bebe unos sorbos de agua y me mira por encima de la botella mientras jugueteo con el vaso. Me siento increíblemente incómoda.

132

No debería haber venido. La situación se ha tornado incómoda y no sé muy bien por qué. Hay una razón, y sólo una, para que me haya traído aquí. Y, como la idiota que soy, le he seguido el juego.

Lo oigo suspirar. Deja la botella, me quita el vaso de las manos y lo deposita sobre la superficie de la isla. Agarra el asiento de mi taburete y lo arrastra hacia sí mientras lo gira para volverme de cara a él. Apoya las manos sobre mis rodillas y se inclina.

—¿Por qué llorabas? —me pregunta.

—No lo sé —le contesto con franqueza.

Todo el incidente me ha tomado desprevenida, la verdad. No había ninguna razón para que me pusiera a llorar delante de él. Me siento bastante estúpida.

—Sí, sí lo sabes. Dímelo.

Pienso en qué debo decir mientras clava la mirada en la mía. Espera una respuesta. Una pequeña arruga se dibuja en su frente. Es un síntoma de concentración y preocupación. ¿Qué debo decirle? ¿Que acabo de salir de una relación de cuatro años con un tipo que me puso los cuernos tanto como quiso? ¿Que durante las últimas cuatro semanas, desde que lo dejamos, he conseguido recuperar mi identidad y que no quiero que ningún hombre vuelva a arrebatármela? ¿Que mi confianza en los hombres es cero y que el hecho de que él sea, salta a la vista, un príncipe de la seducción supone un gran problema para mí? ¿O que muy en el fondo sé que esto puede terminar muy mal para mí... no para él?

Pero él no querrá escuchar todo ese rollo de chicas.

—No lo sé —repito en lugar de sincerarme.

Suspira y agrava el gesto mientras golpetea unas cuantas veces el granito con los dedos. Veo, casi literalmente, cómo se devana los sesos al tiempo que me mira mordiéndose el labio inferior.

—¿Me equivoco al pensar que tu mala interpretación de la relación que hay entre Sarah y yo no era la única razón por la que me esquivabas? —dice más como una afirmación que como una pregunta. Se desabrocha el Rolex y lo deja sobre la superficie.

—Puede ser.

Aparto la mirada de él, algo avergonzada... Aunque no sé por qué. ¿Cómo lo sabe?

—Vaya decepción —concluye, pero en su voz no detecto decepción, sino enojo. No es necesario que le diga que, muy posiblemente, podría volarme por él. Seguro que las mujeres vuelan por él un día sí, y otro también.

Retrocedo ligeramente cuando me agarra del mentón y me acerca a su rostro. El hueco que se forma bajo sus pómulos confirma mis sospechas. Está rechinando los dientes. ¿Se ha enojado? Pero ¿qué demonios esperaba? ¿Que cayera rendida a sus pies y de paso se los besara? Está claro que es a lo que está acostumbrado. Sólo era sexo, ¿no? Los dos necesitábamos sacarnos al otro del organismo, vimos la oportunidad de hacerlo y la aprovechamos, eso es todo.

«¡Pero tú no te lo has sacado del organismo!» Carajo, no creo que vaya a hacerlo en una buena temporada, si algún día lo consigo. Ya lo llevo bajo la piel.

—¿Qué querías que dijera? —lo increpo.

Me suelta el mentón, suspira frustrado y, antes de que me dé cuenta, me agarra y me echa sobre la superficie. El vaso de agua se estrella contra el suelo y el cristal se hace añicos estrepitosamente a nuestro alrededor. Me abre de piernas con los muslos, y ese movimiento hace que se me suba el vestido. Me ataca la boca con su lengua inexorable y la hunde profunda y ávidamente.

Ese asalto impulsivo me coge por sorpresa, pero no tengo fuerzas, ni físicas ni mentales, para detenerlo. Empieza a embestirme con las caderas mientras me consume la boca, y de inmediato siento escalofríos por todo el cuerpo y un calor húmedo entre las piernas. Me agarra el trasero para acercarme más a él y noto su entrepierna pegada a mí.

«¡Chingado!» Gimo cuando mueve las caderas, sin experimentar la más mínima vergüenza al revelarle que estoy más caliente que una lámpara de mil vatios. Se aparta de mis labios y me mira con fijeza mientras respira con dificultad, con los ojos verdes cargados de ansia descarada. Sé que los míos lo miran del mismo modo.

—Vamos a dejar claras un par de cosas —dice con la respiración entrecortada mientras me levanta de la superficie y me sienta a horcajadas a la altura de su cintura. Me observa con intensidad—. Mientes de la chingada.

Sí, eso lo sé. Mis padres me lo dicen continuamente. Me toqueteo el pelo cuando miento. Es un acto reflejo, no puedo evitarlo. A ver qué más quiere aclarar, porque me muero por seguir donde lo hemos dejado.

Se inclina y me besa, me acaricia suavemente la lengua con la suya.

—Ahora eres mía, Ava. —Mueve las caderas y hace que me yerga y me tense para aliviar el implacable ardor que siento entre las piernas. Estamos cara a cara—. Serás mía para siempre —me informa con un golpe de caderas.

Le rodeo los hombros con los brazos y le beso los labios húmedos y exuberantes. Es mi manera de decirle que acepto. Estoy desesperada por volver a tenerlo. Estoy metida en un buen lío.

—Voy a poseer cada centímetro de tu cuerpo. —Subraya todas y cada una de sus palabras—. No habrá ni un solo milímetro de tu ser que no me haya tenido dentro o encima.

Lo dice con un tono sexual y tremendamente serio, lo que no hace sino aumentar un poco más el ritmo de mis latidos.

Pero ¿cada centímetro? ¿Debería investigar algo más esa afirmación? No tengo oportunidad de hacerlo. Me pone de pie en el suelo y me da la vuelta para bajarme el cierre de mi pobre y maltratado vestido. Me quita el brasier y lo tira a un lado con la misma celeridad.

Se inclina y me besa el cuello descubierto. Su aliento fresco y la calidez de su lengua me provocan un delicioso escalofrío. Dios, estoy tan excitada que tiemblo. Doblo el cuello y encojo los hombros para aliviar los escalofríos que me recorren todo el cuerpo.

Desliza la boca hasta mi oído:

—Date la vuelta.

Obedezco. Me doy la vuelta y lo miro. Con expresión de pura determinación, me levanta y vuelve a colocarme sobre la isla. Apoyo las manos sobre sus hombros, pero él me las agarra y yo permito a rega-ñadientes que me las baje y haga que aferre el borde de la barra.

—Las manos se quedan ahí —dice con firmeza cuando me las suelta. Su orden está cargada de seguridad. Introduce los dedos por la parte superior de mis pantis y jala de ellas—. Levanta.

Cargo mi peso sobre los brazos y alzo el trasero del mueble para que pueda bajármelas por las piernas. Vuelvo a apoyarlo cuando me veo libre de las restricciones de mi ropa interior. Estoy desnuda por completo, pero él sigue totalmente vestido. Y no parece tener intenciones de quitarse la ropa de momento. Quiero verle el pecho. Suelto el borde de la barra y levanto las manos hacia el dobladillo de su camisa.

Él da un paso atrás y sacude la cabeza despacio.

—Las manos.

Yo hago un mohín y vuelvo a dejarlas donde estaban. Quiero verlo, sentirlo. No es justo.

Se lleva las manos al botón superior.

—¿Quieres que me quite la camisa? —Su voz grave y ronca manda mi disciplina al traste.

—Sí —resuello.

—Sí, ¿qué? —Sonríe con malicia, y yo lo miro con los ojos entrecerrados.

—Por favor —mascullo con un hilo de voz, consciente de que disfruta viéndome suplicar.

Sonríe y empieza a desabrocharse los botones, con la mirada fija en mí. Me está costando un mundo no precipitarme hacia adelante y abrírsela de un tirón. ¿Por qué lo está alargando tanto? Sé lo que pretende. Quiere hacerme esperar. Le gusta torturarme.

Cuando por fin llega al último botón, echa los hombros atrás y se la quita. Por un breve instante, al ver cómo se tensan y relajan los músculos de su pecho cuando echa los dos brazos atrás, pienso que podría desmayarme.

Se quita los zapatos cafés de Grenson y los calcetines. Sólo le falta librarse de los pantalones para estar desnudo. Repaso con la vista su físico perfecto y la boca se me hace agua, hasta que llego a la horrible marca que tiene en el abdomen. Mi mirada se detiene en ella durante un instante, pero él vuelve a colocarse entre mis piernas y hace que me olvide de mi curiosidad. Me esfuerzo por controlar el impulso de agarrarlo. La presión que noto entre las piernas hace que me agite sobre la barra para aliviar los tremendos espasmos que me mortifican. Él tampoco está relajado. Su inmensa erección, presa bajo sus pantalones, se me clava con fuerza en el muslo.

Apoya las manos sobre la parte superior de mis piernas y empieza a trazar círculos con los pulgares a tan sólo unos milímetros de mi sedienta intimidad. Estoy poseída por la más pura lujuria, y cada vez me cuesta más controlar la respiración.

Me aprieta los muslos.

—¿Por dónde empiezo? —musita, y levanta una mano y me acaricia el labio inferior con el pulgar—. ¿Por aquí? —pregunta. Yo separo los labios. Él me mira y me mete el dedo en la boca. Yo lo rodeo con la lengua y en sus labios empieza a formarse una diminuta sonrisa. Retira el pulgar y me acaricia la cara con él. Entonces, muy lentamente, me desliza la palma de la mano por el cuello hasta llegar al pecho y me lo agarra, posesivo—. ¿O por aquí? —Su voz ronca traiciona su calmada fachada. Me mira con una ceja arqueada y empieza a masajearme el pezón con el dedo. Gimo.

Si está esperando que diga algo, ya puede ir olvidándose. He perdido por completo la capacidad de hablar, sólo puedo emitir jadeos cortos y agudos.

—Son mías.

Me amasa el pecho con suavidad durante unos instantes más y después vuelve a acariciarme la piel sensible con la mano. Se pasa varios segundos trazando círculos grandes sobre mi vientre antes de continuar hacia abajo. Tengo que obligarme a respirar cuando el calor de su mano alcanza la parte interior de mi muslo. Estoy embriagada de deseo.

Justo cuando creo que va a reclamarme con los dedos, cambia rápidamente de dirección y me acaricia la cadera, lo que me sobresalta. Me agarra el culo.

—¿O por aquí? —Habla en serio. Yo me pongo rígida—. Cada centímetro, Ava —resuella.

Contengo la respiración. Me arden los pulmones cuando sonríe ligeramente y sus manos empiezan a deslizarse de nuevo hacia mi parte delantera. No lo alarga mucho más. Me coloca la palma de la mano entre las piernas.

—Creo que empezaré por aquí.

Suelto un suspiro de agradecimiento y una sensación de alivio me recorre todo el cuerpo. Me pone un dedo debajo de la barbilla y me obliga a mirarlo a esos maravillosos ojos que tiene.

—Pero he dicho cada centímetro —afirma con frialdad antes de apoyar la mano sobre la barra junto a mi muslo. La otra continúa entre mis piernas.

¡Chingado! No sé si estoy dispuesta a hacerlo. Matt lo intentó unas cuantas veces, pero siempre le dije que ni hablar. Solía decir que era la ruta más placentera... Sí, ¡para él! No tengo tiempo de pensar demasiado en ello. Jesse recorre el centro de mi sexo con un dedo y me provoca grandes oleadas de placer que salen disparadas en mil direcciones diferentes. Yo me echo hacia delante y apoyo la frente en su hombro mientras la parte superior de mi cuerpo asciende y desciende al ritmo de los frenéticos latidos de mi corazón.

—Estás empapada —me dice con voz grave al oído mientras hunde un dedo dentro de mí. Mis músculos se tensan a su alrededor de inmediato—. Me deseas —dice con seguridad al tiempo que lo extrae y extiende toda la humedad por mi clítoris antes de atacar de nuevo con dos dedos.

Yo lanzo un grito.

—Dime que me deseas, Ava.

—Te deseo —jadeo contra su hombro.

Oigo un gruñido de satisfacción.

—Dime que me necesitas.

Ahora mismo le diría todo lo que quisiera oír. Absolutamente todo.

—Te necesito.

—Vas a necesitarme siempre, Ava. Me aseguraré de ello. Ahora, a ver si puedo hacerte entrar en razón a punta de cogidas.

¿En razón? ¿De qué diablos habla?

Retira los dedos de mi interior, me levanta de la barra y me hace girar lentamente en sus brazos. Busco con las manos la lisa superficie del granito. No me gusta esta posición.

—Quiero verte —me quejo, aunque sé que no tengo nada que hacer. Parece que le gusta ser el dominante.

Siento que su cuerpo se aproxima, el calor que emana hacia mí. Cuando su pecho firme presiona mi espalda, me pego a él y apoyo la cabeza en su hombro.

Acerca la boca a mi oído.

—Cállate y disfruta. —Aprieta la cadera contra la parte baja de mi espalda y lentamente la amolda a mi cuerpo mientras alarga los brazos y me agarra de las muñecas.

—No hables hasta que yo te lo diga, ¿entendido?

Asiento. ¡Ya no me cabe la menor duda de que le gusta tener el control!

Empieza a acariciarme los brazos lenta y suavemente con sus dedos expertos y me pone el vello de punta. Mi sangre parece lava. Mis pechos ansían su tacto cuando llega con las manos al extremo superior de mis brazos y asciende hasta los hombros. Cierro los labios con fuerza, pero se me escapa un gemido. No puedo evitarlo. No si me hace sentir así.

Me cubre los hombros con las manos por completo y empieza a trazarme círculos con los pulgares en el cuello, masajea la tensión que se acumula en él. Es una sensación que no puedo explicar. Todo mi cuerpo se relaja y mi mente se serena.

Baja la boca hasta mi cuello y me roza la piel con los labios antes de besarla suavemente.

—Tu piel es adictiva.

—Hummm... —ronroneo. Eso no es hablar.

Se ríe en voz baja.

—¿Te gusta? —pregunta mientras me regala suaves besitos por la mandíbula.

Vuelvo el rostro hacia él, lo miro directamente a los ojos y asiento de nuevo.

Me mantiene la mirada durante unos segundos, con expresión satisfecha, y me planta un tierno beso en los labios. Deja que sus manos se abran paso hacia mis caderas. Cierro los ojos con fuerza e intento con todas mis fuerzas no despegarme de él.

—Que no se te ocurra mover las manos —ordena con firmeza antes de soltarme.

Oigo que se quita los pantalones y sus manos vuelven a posarse sobre mis caderas. Da unos pasos atrás y lentamente las arrastra con él. Se me acelera el pulso y me agarro con más fuerza a la barra para evitar moverme. Me estremezco cuando me apoya las manos en el cuello y siento que su erección se acerca a mi abertura. En un intento por estabilizar mi respiración, inspiro profundamente e intento relajarme mientras me deleito al borde de la penetración. Ésta es la peor clase de tortura que existe.

Se inclina hacia adelante, y su lengua, cálida y húmeda, me acaricia la espalda y recorre la línea de mi columna hasta acabar con un suave beso en el cuello.

—¿Estás lista para mí, Ava? —pregunta contra mi piel, y la vibración de sus labios provoca temblores de placer en el centro de mi sexo—. Puedes contestar.

A pesar de mis ejercicios de respiración, sigue faltándome el aire.

—Sí —respondo prácticamente jadeando.

La bocanada de aire que escapa de su boca es de auténtico agradecimiento. Siento que me acaricia el culo con la mano mientras él se coloca en posición. Entonces, muy lentamente, atraviesa mi palpitante vacío y se sumerge en mí con movimientos suaves y controlados. A él también le cuesta respirar, y yo quiero gritar de placer, pero no estoy segura de si está permitido.

Carajo, qué gusto. Bien pensado, ¿qué va a hacerme si lo desobedezco? Mi castigo también será el suyo. Vuelve a colocar una mano en mi cadera y se detiene. Yo me agarro aún con más fuerza a la barra, hasta que los nudillos se me ponen blancos, y me descubro a mí misma moviéndome contra él, absorbiéndolo hasta el final.

—Chingado, Ava, me vuelves loco —gruñe, y me agarra el cuello con más fuerza, me sujeta en el sitio, mientras la otra mano abandona mi cadera para cogerme el pecho—. No puedo hacerlo despacio —jadea mientras me lo amasa. Se retira lentamente y avanza de nuevo, con una embestida rápida y enérgica que me obliga a dar un salto hacia adelante.

—¡Jesse! —grito. Va a ser imposible que esté callada si continúa así. Por Dios, qué potencia tiene.

Se retira despacio.

—Silencio, Ava —me regaña, y ataca de nuevo dejándome sin aliento.

Intento seguir agarrada a la barra, pero me sudan las manos y resbalan por el granito. Estiro y tenso los brazos para evitar que vuelva a empujarme hacia adelante; a duras penas logro estabilizarme antes de que vuelva a embestirme. Me martillea incansablemente, sin apenas dejarme espacio entre sus penetraciones, fuertes e implacables. No tiene piedad.

Me suelta el cuello y el pecho, me agarra de las caderas y jala de mí con fuerza para obligarme a recibir cada una de sus arremetidas, que me entran hasta el fondo. He perdido todo sentido de la realidad. No hay nada más, aparte de Jesse, su apetito brutal y mi cuerpo ansioso de él. Es algo que no puede explicarse.

Aprieto el estómago cuando siento que el orgasmo se acerca, rápidamente provocado por el implacable ímpetu de Jesse.

—Aún no, Ava —me advierte.

¿Cómo lo sabe? No puedo contenerlo durante mucho más tiempo. Voy a estallar en cualquier momento. Oigo que nuestros cuerpos sudorosos chocan con violencia y los gruñidos guturales de Jesse sobre mí. Me concentro en sofocar la necesidad de dejarme llevar. Siento tanto placer que casi roza el dolor. Pero con la mente puesta en cualquier sitio excepto en mi cerebro, soy esclava de las necesidades de mi cuerpo.

Entonces sale de mí y me deja con las ganas. ¿Qué hace? Yo gimoteo al sentir que mi inminente descarga se retira. Me dispongo a gritarle, pero siento que empieza a deslizarme un dedo por el centro del trasero. Me tenso de los pies a la cabeza.

«¡Ay, no!»

—Puedes hacerlo, Ava. —Desliza los dedos entre mis muslos y los introduce en mi interior, recoge la humedad y la arrastra hacia mi culo—. Relájate, lo haremos despacio.

¿Que me relaje? ¡No puedo! Con lentitud, empieza a trazar círculos alrededor de mi abertura, y todos y cada uno de los músculos de mi trasero se contraen y rechazan automáticamente la invasión.

—Relájate, Ava —dice subrayando las palabras.

—Lo estoy intentando, carajo —mascullo—. ¡Dame un poco de tiempo, chingado!

¡Lo siento pero no pienso quedarme callada ahora! Oigo que se ríe suavemente mientras baja los dedos hasta mi clítoris y lo masajea, causándome enormes oleadas de placer.

—Esa boca —me regaña.

Me concentro en respirar hondo.

—¿No hace falta un poco de lubricante o algo? —jadeo.

—Estás empapada, Ava. Con eso basta. No se te da muy bien seguir órdenes, ¿verdad? —Me mete el pulgar en el orificio y yo me muerdo el labio—. Relájate, mujer.

—Dios, esto va a dolerme, ¿verdad?

—Al principio sí. Tienes que relajarte. Una vez esté dentro de ti, te encantará, confía en mí.

«¡Puta madre!»

Continúa masajeándome el orificio y yo dejo caer la cabeza, jadeando y sudando por los nervios. Me pone una mano en el cuello y me masajea los músculos tensos. Mientras intento automotivarme mentalmente, su mano abandona mi cuello y aterriza en mi trasero. Me abre suavemente hasta que siento la húmeda cabeza de su erección empujando en mi abertura.

«¡Chingado!»

—Tranquilízate. Deja que pase —murmura mientras mueve el miembro muy despacio alrededor de mi entrada.

«Respira, respira, respira.»

Entonces avanza y la inmensa presión que siento me hace echarme hacia adelante impulsivamente. Una de sus manos me agarra de los hombros y me obliga a permanecer donde estoy; la otra continúa guiándolo hacia mi interior. La presión aumenta cada vez más y yo no dejo de temblar.

—Eso es, Ava. Ya casi está.

Su voz es irregular y forzada. Noto el sudor de su mano sobre mi hombro cuando flexiona los dedos. Y entonces embiste hacia adelante con un gruñido ahogado, atraviesa mis músculos y se desliza hasta el fondo de mi lugar prohibido.

—¡Mierda! —grito. ¡Eso duele, chingado!

—¡Dios, qué apretada estás! —resuella—. Deja de resistirte, Ava. ¡Relájate!

Yo jadeo mientras me sumerjo en algún punto entre el dolor y el placer. La plenitud que siento es indescriptible, el dolor es intenso, pero el placer... Puta, no hay palabras para describir el placer, y esto no me lo esperaba. La opresión de mis músculos a su alrededor hace que sienta cada vena palpitante y cada sacudida de su erección. Mi cuerpo libera un poco de la tensión acumulada y un placer puro ocupa su lugar.

—Carajo, qué bueno. Ahora voy a moverme, ¿de acuerdo?

Yo asiento, tomo aire y me agarro a la superficie de la isla. Su mano abandona mi hombro y desciende por mi espalda hasta unirse a la otra en mis caderas, pero esta vez no doy ningún brinco cuando me agarra. Estoy demasiado ocupada preparándome para lo que está por llegar.

—Muy despacito, Ava —jadea mientras sale lentamente de mí.

—¡Chingado, Jesse! —Como me diga que me calle, voy a enojarme de verdad.

—Lo sé. —Empieza a entrar y a salir a un ritmo lento y controlado.

Me estoy deshaciendo de placer. Jamás lo habría imaginado. Siempre lo vi como algo sucio y obsceno. Pero no es así. Me está haciendo el amor, y me encanta. No puedo creérmelo. La intensidad de su reclamo sobre mí hace que se me formen nudos en el estómago. Si me rozara el clítoris ahora mismo me haría estallar.

—Eres increíble, Ava —gruñe con voz ronca mientras entra una vez más—. Podría pasarme así toda la puta noche, pero no aguanto más.

Me sorprendo a mí misma moviéndome contra sus sacudidas pausadas, invitándolo a acelerar el ritmo. Este placer inesperado es increíble, y estoy al borde de tener el orgasmo más intenso de mi vida. Ni siquiera puedo creerme que lo esté haciendo. Necesito más.

—Sigue. —Pronuncio la palabra que jamás creí que diría.

—Sí, nena. ¿Te falta mucho?

—¡No! —grito, y me empotro contra él. Oigo sus gemidos mientras me coloca una mano sobre el hombro y la otra entre las piernas—. ¡Más fuerte! —grito. Lo necesito.

—¡Carajo, Ava! —exclama, y me penetra con más ímpetu, agarrado de mi hombro y trazando círculos con el dedo sobre mi clítoris palpitante.

Lanzo la cabeza hacia atrás.

—¡Me viene! —grito.

—¡Espera! —me ordena.

Siento que su verga se hincha y se estira mientras continúa acelerando. Estoy ida de placer, casi delirante, y justo cuando creo que voy a desmayarme, brama:

—¡Ahora!

Y me dejo llevar.

La habitación empieza a dar vueltas y yo me pierdo. Me dejo caer sobre la superficie con los brazos estirados sobre la cabeza y arrastro a Jesse conmigo. Pesa bastante, pero tengo el cuerpo aturdido por el placer. Sólo soy consciente de que su pecho húmedo y firme me aplasta contra el granito, de que su aliento cálido y entrecortado me acaricia el pelo y de que su pene vibrante continúa hundido en mi interior mientras sus espasmos se reflejan sobre mí. Mis músculos se contraen con cada uno de sus latidos y absorbo hasta la última gota de su simiente mientras él acaricia perezosamente los restos de mi orgasmo.

Estoy flotando.

Capítulo 11

—¿Estás bien? —me susurra al oído.

—¿Me está permitido hablar?

Jesse hace presión hacia adelante y me aprieta el hueso de la cadera, lo que provoca que dé un respingo sobre la superficie de la isla.

—No te pases.

—Estoy bien, y bien jodida —suspiro.

—Ava, por favor, vigila esa boca —me advierte. Levanta los brazos y los deja caer sobre los míos; los acaricia con suavidad de arriba abajo.

—Pero es verdad. —Nunca me habían tratado así, aunque ha sido increíble.

—Ya, pero no hace falta que hables así. Odio que digas groserías.

Frunzo el ceño para mis adentros.

—Tú también lo haces.

—Yo sólo los digo cuando cierta señorita me saca de mis casillas.

Suspiro con resignación.

—Está bien.

Permanecemos tumbados, saciados para una eternidad, mientras recobramos el aliento. Estoy clavada bajo su cuerpo pesado y aplastada contra el granito. Agradezco el frío en la mejilla y observo que mi aliento cálido empaña la brillante superficie. Estoy alejada de la realidad y ahogándome en un torbellino de sensaciones. Me siento exhausta, física y emocionalmente, y todavía más perdida que antes.

—Jesse.

—¿Hummm?

—¿Cuántos años tienes?

Él me aprieta los brazos.

—Veintidós.

Pongo los ojos en blanco. Si él tiene veintidós años, yo soy la reencarnación de la madre Teresa. Sonrío para mis adentros. Después de lo que acaba de pasar, eso es poco probable. Noto que empieza a moverse, y una sensación de vacío se apodera de mí cuando sale de mi cuerpo. Se inclina hacia adelante, me besa la espalda y empieza a separarnos, apartando gradualmente la piel de la mía. Tengo frío.

—Ven aquí —susurra al tiempo que me agarra de la cintura. Me fijo en que ya no lo hace de las caderas.

Coloco la palma de la mano sobre el granito y me incorporo con ayuda de su lenta persuasión. Carajo, es como intentar despegar el yeso de una pared. Cuando por fin logro separar el cuerpo de la barra de desayuno, me vuelvo hacia él. Abro los ojos de par en par al ver que vuelve a estar duro. ¿Ya? ¡Si yo estoy agotada!

Me coloca sobre la barra y se abre paso entre mis muslos, me coge los brazos, se los coloca sobre los hombros y vuelve a agarrarme de la cintura.

Me estudia los ojos.

—¿Estás bien?

Yo sonrío ante su atractivo rostro. ¿No es un poco tarde para preguntar eso?

—Sí.

—Bien. —Se inclina y me estrecha con fuerza entre sus brazos. Aspira el aroma de mi cuello—. No he acabado contigo todavía.

Le rodeo la cintura con las piernas y aprieto los muslos.

—Ya me he dado cuenta.

Es insaciable. Menos mal que sólo es sexo ocasional, porque no creo que pudiese aguantar esto de manera permanente. Acabaría exhausta, si no muerta.

—Es el efecto que ejerces sobre mí —me dice encogiéndose de hombros.

No puede ser sólo influencia mía, pero acepto el cumplido. Entierro la cara en su cuello e inhalo. Huele de maravilla.

—¿Tienes hambre? —me pregunta, y se aparta y me acaricia la mejilla con los nudillos.

La verdad es que no, aunque no he tenido tiempo de comer en todo el día. Decidí pasar de los canapés al champán; no quería que me pescaran con la boca llena si alguien quería hablar conmigo en el Lusso.

—Un poco —respondo.

—Un poco —repite, y en sus labios se atisba una sonrisa. Parpadea y yo sonrío—. Tienes una sonrisa muy abierta, me encanta.

Me besa las comisuras de los labios.

—¡Mierda! —En cuanto la palabra sale de mi boca, me arrepiento de haberla dicho.

—¡Esa boca! —me regaña muy serio—. ¿Qué pasa?

—Le dije a Kate que iba hacia casa —contesto. No ha llamado o, si lo ha hecho, no he oído el teléfono—. Será mejor que la llame. Necesita mi coche mañana para ir a visitar a su abuela en Yorkshire.

«¡Mierda! ¡Chingado, chingado!», puedo decir todas las groserías que quiera en mi cabeza. Maldita sea. Mi coche está en el Lusso, y he bebido demasiado como para ir a buscarlo ahora. Tal vez Kate pueda recogerlo por la mañana con la llave de repuesto. No, no puede. La llave de repuesto todavía está en casa de Matt. ¡Chingado! Tengo que ir por mis cosas de una vez. Tendré que coger un taxi para ir a darle las llaves a Kate, y que ella recoja el coche por la mañana en el Lusso.

Me retuerzo para liberarme y él me suelta a regañadientes, con el ceño fruncido. Cojo el bolso, que está junto a la puerta de entrada, y busco mi celular dentro para escribirle a Kate un mensaje y explicarle la situación. Añadiré una P.D. al final para informarla de que al final no tiene novia. Saco los *jeans* que llevo en la maleta.

—Tengo que irme.

—¿Irte? —brama.

Me estremezco.

—Sólo tengo unas llaves y Kate las necesita —le explico.

Sacudo los pantalones. No voy a molestarme en ponerme la ropa interior. Sólo voy un momento a casa. Meto una pierna por la pernera, doy unos saltitos y me preparo para meter la otra.

Avanza tan de prisa que ni siquiera me da tiempo a verle la cara.

—¡Eh! —exclamo cuando me levanta en el aire y me lanza sobre su hombro—. ¿Qué haces?

Tengo su culo firme y bronceado justo delante. Jesse se vuelve y, sin mediar palabra, empieza a avanzar por el apartamento.

—¡Mierda! ¡Jesse, suéltame! —De un tirón, me arranca los *jeans* de la pierna que he conseguido meter, los lanza al suelo y me da una palmada en el culo—. ¡Ay!

—¡Esa boca!

Oigo que la puerta golpea la pared de yeso cuando la abre de una patada y entramos en un dormitorio. Esta habitación también es blanca y negra. ¿Qué demonios está haciendo? ¿Es que no ha tenido suficiente? ¿He tenido yo suficiente? Cualquiera diría que sí.

Me baja del hombro sin ningún esfuerzo y vuelo ligeramente por el aire antes de aterrizar sobre un mar de suntuoso algodón blanco. Lo primero que percibo es que huele divinamente. Huele a él, a agua fresca y deliciosa.

No tengo tiempo de recuperarme de la desorientación. Está entre mis piernas en un nanosegundo. Su erección presiona mi entrada y me agarra de las muñecas con las manos a ambos lados de la cabeza. Sus brazos, completamente estirados, sostienen la parte superior de su cuerpo. Carajo, qué rápido es. Todavía no sé dónde estoy ni cómo he llegado aquí. No obstante, reconozco el sentimiento de anticipación que empieza a formarse en mi interior. Está claro que yo tampoco he tenido suficiente.

El resbaladizo extremo de su erección estimula la puerta de mi cuerpo y el corazón se me empieza a acelerar en el pecho mientras me concentro en sus ojos, que, por encima de los míos, me miran con una mezcla de rabia y de sorpresa. ¿Estará loco?

—¡No vas a ir a ninguna parte! —ruge.

Mueve las caderas y se hunde en mí por completo, presionándome hasta un punto increíble.

La penetración nos hace gritar al unísono. Lo tengo muy dentro, y mis músculos se aferran a cada milímetro de su miembro. Se mantiene quieto durante unos segundos, con la cabeza gacha y la boca laxa. Todos mis pensamientos relacionados con el coche han desaparecido para dejar sitio a la anticipación de lo que vendrá. Está claro que nunca me sacio de él.

Cuando se recompone, me mira y empieza a retirarse lentamente para cargar de nuevo con un fuerte gruñido.

Yo echo la cabeza atrás con un grito.

—¡Mírame! —Su voz es un rugido carnal que no debe ser desobedecido.

Vuelvo a posar la mirada en la suya mientras él se adentra en mí. Jadeo como un perro deshidratado.

—Mucho mejor. ¿Hace falta que te lo recuerde? —pregunta.

¿Que me lo recuerde? ¡Si se refiere a la agradable sensación de tenerlo dentro de mí la respuesta es sí! Muevo las caderas e intento que me roce. Estoy excitadísima.

Él me mira, expectante.

—Contéstame, Ava.

—Por favor —exhalo. No puedo creerme que le esté suplicando. Bueno, la verdad es que sí. Puede hacerme y pedirme lo que quiera.

En su rostro se dibuja una sonrisa petulante. Entonces carga con más fuerza y velocidad.

—¡Eres mía, Ava! —ruge. Yo cierro los ojos con un alarido de placer—. ¡Abre los putos ojos!

No tengo fuerzas para discutir. Los abro y él entra y sale de mi interior a un ritmo y con una fuerza descomunales. Es increíble. Nuestros cuerpos sudorosos chocan y me falta el aliento. Intento controlar la presión que se acumula entre mis piernas. No aparta ni un segundo los ojos de los míos a pesar de nuestros frenéticos movimientos corporales. Le rodeo la cintura con las piernas y levanto las caderas para dejar que me penetre aún más profundamente. Mi detonación se aproxima aún más. Las oleadas de placer que me provocan sus persistentes embestidas me acercan al clímax. No sé qué va a ser de mí.

—Carajo, Ava, ¿estás bien? —dice entre gruñidos.

Me suelta las muñecas y oigo el golpe de sus puños contra el colchón.

—¡No pares! —grito, y levanto las manos hacia sus resbaladizos bíceps. Clavo las uñas en ellos para intentar agarrarme. Él grita y me percute todavía con más fuerza. Echo la cabeza hacia atrás, desesperada. Su fuerza y su control escapan a toda comprensión.

—Maldita sea, Ava. ¡Mírame!

Vuelvo a enderezar la cabeza y nuestras miradas se cruzan de nuevo. Tiene las pupilas dilatadas hasta tal punto que apenas se ve el verde de sus ojos. Frunce el ceño y gotas de sudor le resbalan por las sienes. Deslizo una mano hasta su nuca, le agarro del pelo empapado y jalo de él hacia mí hasta que nuestros labios chocan y nuestras lenguas danzan; mientras, él continúa con sus mortificantes estocadas.

No puedo aguantarlo más.

—Jesse, me vengo —jadeo contra sus labios. Me aferro a él con tanta fuerza que se me duermen las puntas de los dedos.

—¡Mierda! A la vez, ¿de acuerdo? —gruñe con los dientes apretados. Me aporrea con fuerza unas cuantas veces más, hasta que casi pierdo el sentido, antes de gritar—: ¡Ya!

Y lo libero todo: la tensión acumulada entre las piernas, el peso de mis pulmones y el furor de mi vientre. Todo sale despedido en una inmensa ola de presión y un sonoro alarido.

—¡Dios mío! —exclama mientras empuja con fuerza una última vez antes de dejarse caer sobre mí.

Siento su inyección abrasadora en mi interior, me derrumbo a su lado y cierro los ojos, exhausta. Él se apoya sobre los antebrazos, sin aliento y empapado de sudor, mientras se retira poco a poco, penetrando unas cuantas veces más con embestidas largas y calculadas. Mis músculos se contraen a su alrededor para ordeñar hasta la última gota de su eyaculación. No pienso con claridad. Este hombre me ha provocado cuatro orgasmos increíblemente intensos en menos de cuatro horas. ¡Eso es uno por hora! Mañana no podré andar.

Me quedo así, saciada y agotada, jadeando y dolorida por el esfuerzo. Empiezan a pesarme los ojos. Siento su frente contra la mía y los abro para ver que los suyos están completamente cerrados. Me muevo un poco debajo de él para atraer su atención, y siento que su erección en retroceso da una sacudida dentro de mí. Se obliga a abrir los ojos y levanta la cabeza para centrarse en mí. Analiza mi rostro, se acerca a mi boca y me da un beso en los labios maltratados con toda la ternura del mundo. Suspiro cuando deja caer el torso y se tumba sobre mi cuerpo. Su pecho, pesado pero bienvenido, descansa sobre mí, y yo acepto la carga y estiro los brazos para acariciarle la espalda con los dedos al tiempo que apoyo la barbilla en su hombro y miro al techo. Él se estremece ligeramente y entierra el rostro en mi cuello, posando los labios sobre mi yugular.

Jamás me había sentido tan bien. Sé que sólo es sexo, y los efectos secundarios que tiene, pero ésta es la sensación más agradable del mundo. Tiene que serlo. La ferocidad de este hombre es adictiva, su ternura es dulce y su cuerpo supera la perfección. Es la personificación de la masculinidad. Estoy metida en un buen berenjenal.

Sigo acariciándole la espalda. Me pesan los párpados. Siento todo su peso encima y tengo las puntas de los dedos dormidas debido a la fricción de las caricias. Noto su respiración pausada y regular contra mi cuello. Se ha dormido y estoy atrapada debajo de su cuerpo macizo. Cuando dejo de acariciarle la espalda, mueve las caderas ligeramente y se quita de encima con lentitud. Me deja un inmenso vacío que me hace desear haber aguantado su peso un rato más, o tal vez toda la vida.

Se apoya sobre los codos y me mira. Coge un mechón suelto de mi pelo y analiza el brillante rizo caoba mientras juguetea con él entre sus dedos índice y pulgar.

—Has hecho que me quede dormido —dice con voz ronca.

—Ya.

—Eres demasiado bonita —susurra, y vuelve a mirarme.

Tiene los ojos cansados. Estiro la mano para pasarle el pulgar por la frente y hundo los dedos en su pelo.

—Tú también —digo con ternura. La verdad es que es muy hermoso.

Él sonríe levemente, agacha la cabeza y me acaricia los pechos con la nariz.

—Ya se lo he recordado, señorita.

¡Ja! Lo sabía. Era una cogida recordatorio después de que la cogida para que entrase en razón fracasara. Bueno, no ha fracasado, aunque yo diría que más que para hacerme entrar en razón ha sido para hacerme perderla.

Se separa lentamente de mi cuerpo y vuelve a incorporarse. La sensación de frío que me invade al instante hace que desee jalarlo para que se acueste de nuevo. Sí, me lo ha recordado muy bien. Me ofrece las dos manos. Se las acepto y dejo que me laje hasta que quedo a horcajadas sobre sus muslos. Me rodea la espalda con un brazo y me acuna contra su pecho mientras se vuelve y se sienta con la espalda apoyada en la cabecera de la cama, conmigo de cara. Me pone las manos en la cintura y traza círculos con los pulgares sobre mis caderas. Hace que me estremezca. Coloco las manos sobre las suyas para detener los movimientos.

Él me sonríe con picardía.

—Pasa el día conmigo mañana.

¿Cómo? Pensaba que sólo era sexo. Tal vez quiera pasarse todo el día en la cama conmigo. Carajo, después de lo de esta noche voy a necesitar una semana para recuperarme, puede que más. Estoy, literalmente, jodida.

—Tengo cosas que hacer —digo con cautela. Tengo que ser prudente. Debo mantener esto a un nivel informal, o tal vez no volver a verlo jamás. Es el típico chico malo, aunque algo mayor. Es peligroso, enigmático y absolutamente adictivo. Soy consciente de ello, pero aun así temo engancharme.

—¿Qué cosas? —pregunta algo emberrinchado.

La verdad es que no tengo nada que hacer. Sólo arreglar mi habitación. Parece una leonera, pero tengo muy poco espacio y demasiados efectos personales. Debería empezar a buscar otro sitio, pero me encanta vivir con Kate.

—Tengo que ordenar cosas —contesto, y le agarro las manos cuando veo que intenta volver a mover los pulgares de nuevo.

—¿Qué cosas? —Parece confundido.

—Kate me ha acogido en su casa temporalmente. Llevo allí cuatro semanas, y lo tengo todo revuelto. Tengo que empezar a organizarme para cuando me mude a otro sitio.

—¿Dónde vivías hace cuatro semanas?

—Con Matt.

Hace una mueca.

—¿Y quién rayos es Matt?

—Relájate. Es mi ex novio.

—¿Ex?

—Sí, ex —me reafirmo, y veo que una ola de alivio inunda su rostro. Pero ¿qué le pasa?—. Jesse, tengo que ir por mi coche —insisto.

No puedo dejar que Kate conduzca a *Margo* hasta Yorkshire. Va dando bandazos y sacudidas. Para cuando llegue allí, le habrán salido almorranas. Tiene que asegurar los pasteles en cajas de poliestireno, atarlas con correas y reducir la velocidad a cinco kilómetros por hora sobre las cunetas.

—Tranquila. Te acercaré mañana por la mañana.

Entonces ¿voy a quedarme aquí?

—Se irá a eso de las ocho. —Tal vez no le apetezca tanto si lo saco de la cama un sábado a primera hora de la mañana.

—De acuerdo —dice, y esboza una sonrisa malévola. Yo imito su sonrisa, traslado sus manos a mi cintura y me llevo las mías a la cabeza para quitarme los pasadores que me recogen el pelo. Me están dando dolor de cabeza. Empiezo a desprenderme de ellos y él me mira con el ceño fruncido.

Me detengo.

—¿Qué pasa?

—Te niegas a pasar el día conmigo, pero me pones esas preciosas tetas delante de la cara. No es justo, Ava —dice, y estira el brazo para tocarme un pezón, lo cual provoca que se endurezca al instante.

Yo protesto y me agarro el pecho.

—¡Oye! Tengo que quitarme los pasadores. Se me están clavando en la cabeza. —Me quito uno y me lo pongo en la boca.

Me observa con interés, se inclina hacia adelante, coge el pasador entre los dientes y la escupe fuera de la cama. Entonces hunde la cara en mis tetas. Yo sonrío para mis adentros y le acaricio el pelo mojado, desoyendo la vocecita de mi cabeza que me dice que no me emocione demasiado. Inspira profundamente, se aparta y me da un besito en cada pezón. Luego me vuelve sobre su regazo.

—Déjame a mí. —Levanta las rodillas, de modo que quedo sujeta entre ellas y su pecho, con los antebrazos apoyados sobre sus rótulas.

Empieza a pasarme los dedos por el pelo y a localizar los pasadores. Los retira y me los da por encima del hombro.

—¿Cuántos te pusiste? —pregunta.

Me masajea el cuero cabelludo y encuentra uno que se le había olvidado.

—Unos cuantos. —Me da el último—. Tengo mucho pelo que sujetar.

—¿Unos cuantos centenares? —pregunta asombrado—. Eres como un muñeco de vudú. Bueno, creo que ya están todos.

Coge los pasadores de mi mano y los deja en la mesita de noche. Después me acaricia los hombros y vuelve a darme la vuelta para colocarme contra su pecho, con la parte externa de mis piernas flexionadas apoyada contra la parte interna de las suyas.

Es tan cómodo, y a mí me pesan tanto los párpados... He tenido un día tremendamente ajetreado, y ha terminado con un maratón de sexo con este hombre cautivador sobre el que estoy apoyada. Quizá debería marcharme ya. Así evitaríamos ese incómodo sentimiento que seguramente se apoderará de nosotros por la mañana. Pero entonces siento que sus antebrazos me rodean el torso y mi cabeza cae automáticamente sobre su hombro. Estoy tan a gusto y tan cansada que no pienso moverme de aquí. Cada cierto tiempo me regala besos en el pelo, así que no tardo en quedarme traspuesta con el sonido de su respiración constante. Se me cierran los ojos. Estiro el brazo y empiezo a acariciarle la pierna.

—¿Cuántos años tienes? —farfullo, y siento que me estoy quedando dormida.

Su pecho da unas leves sacudidas que me indican que se está riendo.

—Veintitrés.

Yo dejo escapar un bufido de incredulidad, pero no tengo fuerzas para discutir con él. El cansancio me vence y me quedo dormida.

Capítulo 12

Me despierto exactamente en la misma postura en la que me había dormido, pero tapada con un edredón hasta la cintura. Jesse sigue rodeándome el torso con los brazos y mis manos descansan sobre ellos. El intenso olor a sexo se percibe en el ambiente.

Necesito hacer pis.

Inspecciono la habitación en busca de un reloj. ¿Qué hora será? Oigo la respiración suave y serena de Jesse junto a mi oreja. No quiero moverme para no despertarlo, pero necesito ir al baño urgentemente. Y podría marcharme antes de que él se despierte y me eche.

Despacio, empiezo a despegar sus brazos de mi cuerpo pegajoso. Él gruñe un poco entre sueños y hace que sonría para mis adentros. Me sorprende no estar arrepentida. No siento ningún tipo de remordimiento o culpa. Este hombre es nocivo para mi corazón, lo sé, pero tiene algo que... Su persistencia debería repelerme, pero no lo hace. No me arrepiento en absoluto. Pero tampoco deseo permanecer aquí más de lo debido. De eso nada. Pienso tomar las riendas de esta situación.

Justo cuando creía que estaba progresando, sus brazos se aferran a mí y me inmovilizan.

—Ni se te ocurra, señorita —gruñe con la voz áspera por el sueño.

Lo agarro de los antebrazos con las manos e intento que me suelte.

—Necesito ir al cuarto de baño.

—Me da igual. Aguántate. Estoy cómodo.

—No puedo.

—No te voy a soltar —dice rotundamente, y con un golpe me aparta la mano de su antebrazo mientras sigue sujetándome.

Yo dejo caer la cabeza sobre su hombro de nuevo, desesperada. Se vuelve hacia mí y me besa la mejilla con dulzura. La barba que le ha crecido durante la noche me rasca la cara. Es agradable, pero no es la reacción matutina que esperaba.

Cuando advierto que ha relajado los músculos ligeramente y que está ocupado besándome la mejilla, me dispongo a moverme, pero en cuanto nota que lo hago para huir me pone boca arriba con las piernas separadas y me agarra de las muñecas, una a cada lado de mi cabeza. Me mira con los ojos brillantes y llenos de júbilo. Sí, está orgulloso de sí mismo hasta el extremo y tiene un aspecto absolutamente glorioso con el pelo revuelto y la barba rubia oscura.

Su erección matutina presiona mi dispuesta abertura y solicita la entrada. Estoy indefensa. Mi cuerpo responde ante él y no me deja ni pensar. El dolor en la vejiga pronto se ve sustituido por un intenso ardor entre las piernas, y mi corazón se traslada a algún lugar situado entre mi esternón y mi garganta. Su olor al alba es una mezcla de sudor dulce y de ese aroma a agua fresca que tanto me gusta. Es una fragancia que me embriaga, y soy consciente de que apenas puedo respirar. Debe de pensar que soy demasiado fácil.

Y lo soy... con él.

Me frota la nariz con la suya.

—¿Qué tal has dormido?

¿Ahora quiere ponerse a charlar? Me saltan chispas en la entrepierna..., ¿y él quiere hablar?

—Muy bien —digo, y muevo las caderas de manera sugerente.

Enarca las cejas y se le forma una sonrisa en los labios.

—Yo también.

Espero, resignada, a que él tome la iniciativa. Esta vez quiere ir despacio, y me parece bien. Pero ¡podría darse un poco más de prisa!

Me observa con detenimiento mientras acerca lentamente su rostro al mío. Cuando por fin nuestros labios se rozan, gimo y abro la boca para invitarlo a entrar. Tiemblo de forma involuntaria cuando me lame la lengua suavemente con la suya, tomándose su tiempo, seduciendo mi boca con lentitud y retirándose de vez en cuando para

157

besarme los labios con dulzura antes de continuar explorando. Me encanta este Jesse sensible. Esto no tiene nada que ver con el amo dominante que me encontré ayer.

Cuando considera que ya me tiene cautivada, me libera las muñecas y me acaricia un costado con la punta del dedo índice. Es suficiente para hacer que pierda la razón y empiece a mover las caderas al tiempo que la presión que siento en el vientre desciende a gran velocidad hacia mi sexo.

Su tacto es adictivo. Él es adictivo. Soy totalmente adicta.

Le agarro el culo, duro como una piedra, con las palmas de las manos, y le aplico un poco de presión para apretar sus caderas contra las mías deliberadamente. Ambos gemimos en armonía en la boca del otro.

—Pierdo la razón por completo cuando estoy contigo, señorita —murmura contra mis labios.

Se aparta, me observa el rostro y se hunde lenta e intencionadamente en mí, centímetro a centímetro. Mis manos salen disparadas hacia su espalda y cierro los ojos con fuerza. Me ha llenado por completo.

Él permanece inmóvil y deja que me acople a su alrededor, con la espalda tensa y la respiración entrecortada. Sé que debe de estar costándole una barbaridad quedarse tan quieto.

—Mírame, Ava —susurra.

Abro los ojos y me encuentro con los suyos de inmediato. La expresión de su rostro confirma mis pensamientos: tiene la mandíbula tensa, la arruga de la frente más marcada que de costumbre y los ojos verdes en llamas. Muevo un poco las caderas para darle a entender que estoy bien y, tras mi invitación, empieza a retirarse con lentitud hasta que estoy segura de que va a salir, pero entonces, poco a poco, comienza a hundirse de nuevo hasta la parte más profunda de mi ser, y entra y sale, y entra y sale.

—Hummm... —gimo con un largo suspiro.

—Me encanta el sexo soñoliento contigo —exhala.

Las acometidas, medidas y deliberadas, me están haciendo perder el control, así que empiezo a levantar las caderas para recibir sus penetraciones, dejo que él entre más en mí y yo me excito todavía más. Es una sensación extraordinaria. No voy a aguantar mucho tiempo si sigue así.

—¿Te gusta, Ava? —pregunta en voz baja. Sabe que sí.

Su mirada sigue clavada en la mía; me sorprende ver que soy capaz de mantener ese nivel de intimidad. Me resulta natural, y no me siento ni incómoda, ni violenta, ni angustiada. Es como si estuviésemos predestinados a estar así. Qué tontería.

—Sí —suspiro.

—¿Más rápido?

—No, me gusta así, por favor, sigue así. —Así es perfecto. El Jesse dominante, agresivo y potente es increíble, pero en estos momentos esto es absolutamente perfecto.

Su mirada se pierde mientras me observa y continúa entrando y saliendo de mí con movimientos acompasados. Estoy a punto. Quiero besarlo, pero él parece conformarse con sólo mirarme. Le rodeo el trasero con las piernas y le acaricio suavemente los brazos arriba y abajo. Entonces se retira despacio, se detiene y es como si volviera en sí. Sus ojos sondean los míos.

—Basta de sexo soñoliento —murmura, y se hunde de nuevo hasta los más profundos confines de mi cuerpo sin darme tiempo a adaptarme.

Lanza un grito, se retira y repite el delicioso movimiento una y otra vez, se aparta lentamente y empuja con ímpetu. El placer me inunda como una fuerte tormenta y me hace perder la cabeza. Sus movimientos son exactos y controlados. Estoy llegando al límite. Le agarro del pelo y acerco su boca a la mía, le paso la lengua por el labio inferior, se lo muerdo con suavidad y dejo que se deslice entre mis dientes mientras lo estiro. Él vuelve a entrar y, con expresión tensa, me busca la boca y me besa con pasión.

—No voy a dejarte escapar nunca —me informa entre beso y beso.

Me siento abrumada. Jesse es un potente afrodisíaco para mí. Mi mente y mi corazón están llenándose de sentimientos extraños respecto a este hombre.

—No quiero que lo hagas —respondo contra sus labios. De repente soy consciente de lo que he dicho y me siento confundida.

Él se para, detiene sus embestidas rítmicas justo cuando empezaba a deshacerme en sus brazos. Hago una mueca ante la falta de movimiento, y mi orgasmo queda suspendido en el limbo. Con toda su longitud aún dentro de mí, aparta la cabeza y me mira. Inmediatamente salgo de mis confusos pensamientos al ver la expresión de disgusto de su rostro.

Mierda, ¿he metido la pata al decir eso? Es sólo que me he dejado llevar por la pasión del momento. Aparto la mirada. La he cagado.

—Mírame, Ava —ordena. Yo vuelvo a mirarlo a regañadientes y veo que su expresión se ha suavizado un poco—. Vamos a tener esta conversación cuando estés serena y no loca de lujuria.

Saca de mi interior su gruesa erección hasta la punta y se coloca sobre mí.

Es verdad, pierdo la cabeza cuando estoy con él, sobre todo cuando me toma de esta manera. Me embriaga de placer y acabo diciendo tonterías.

Se pasa la lengua por el labio inferior y jadea mientras empuja de nuevo; su movimiento reactiva mi orgasmo. Siento que me arde la piel mientras bombea con lentitud y fuerza, hasta el fondo. Le cojo la cabeza con las manos y lo aproximo a mis labios para devorarlo mientras él continúa con sus deliberadas arremetidas y me acerca cada vez más a otro orgasmo orgásmico.

—Me voy a venir —farfulla—. Vente conmigo, Ava. Dámelo.

Y con tres estocadas más, dejo la mente en blanco y los fuegos artificiales empiezan a estallar en mi cabeza. Me vengo bajo su cuerpo con un sonoro alarido.

—Eso es, nena —dice entre dientes, y se une a mi placer mientras yo sigo emitiendo gritos y gemidos largos y graves.

Su erección se expande y se agita dentro de mí antes de expulsar, chorro a chorro, su húmeda simiente en mi interior. Jesse se desploma sobre mi cuerpo y sigue apretándome con fuerza, asegurándose de que se vacía hasta la última gota. Estoy exhausta. Ambos permanecemos entrelazados, jadeando y esforzándonos por respirar.

—No sé qué decir —me susurra al oído.

Yo empiezo a recobrar la conciencia. Todavía me estoy recuperando del orgasmo, pero lo he oído, alto y claro, y no sé muy bien cómo tomármelo. Creo que ambos hemos dicho demasiadas cosas ya. Mi propio comentario hace que me sienta un poco incómoda. Eso es lo que sucede cuando te dejas llevar por el momento. La lujuria, el deseo y la pasión se apoderan de tu mente y, antes de que te des cuenta, empiezas a soltar estupideces por la boca.

Tras unos minutos de silencio, estoy mucho más que incómoda, así que me revuelvo un poco debajo de él.

—¿Puedo usar ya el baño? —pregunto.

Él libera un suspiro largo y deliberado para dejarme clara su frustración. Aunque no sé muy bien por qué está frustrado. Acaba de tomarme.

Sale de mi cuerpo y se aparta de encima de mí, haciendo un tremendo y exagerado esfuerzo por dejarse caer sobre la cama. Yo me despego de las sábanas y, sin mediar palabra, camino sobre la alfombra blanca hasta el cuarto de baño y cierro la puerta tras de mí. Sé que ha observado cada paso que he dado. He sentido que sus ojos me aguijoneaban la espalda desnuda. La inevitable incomodidad se ha retrasado, pero ya está aquí. Y ha llegado con ganas.

Uso el escusado, me lavo las manos y me tomo unos momentos para prepararme psicológicamente antes de volver a abrir la puerta. Él sigue echado boca arriba, desnudo sin ningún pudor, y me clava la mirada de inmediato. No sé qué hacer.

Al final, vuelvo a entrar en el cuarto de baño, cojo una toalla blanca y suave del toallero, me envuelvo con ella y sujeto el extremo con la axila. Salgo del aseo, me dirijo directamente a la puerta del dormitorio y llego al espacioso salón. El suelo de la cocina está lleno de cristales que me recuerdan lo que pasó anoche cuando se abalanzó sobre mí de repente. Iba a ocurrir antes o después, lo hiciese o no, pero ahora la naturalidad de nuestros cuerpos al unirse ha disminuido y ha dejado espacio para una sola sensación: la incomodidad.

161

Veo mis bártulos junto a la puerta de entrada y busco mi teléfono.

«¡Mierda!» Son las siete y media. Se supone que Kate se marcha dentro de media hora. Le mandé un mensaje diciéndole que iba hacia casa y no he aparecido. Aunque ella ni siquiera ha llamado para ver dónde estoy. ¡Qué detalle!

—¡Carajo! —exclamo entre dientes.

Me vuelvo y veo a Jesse, todavía desnudo, mirándome con cara de enojado. Pero ¿por qué rayos está enojado? Ahora soy yo la que está encabronada.

—¡Esa boca! —me reprende con el ceño fruncido.

Está muy molesto. Bueno, y yo también. ¡Conmigo misma! Cojo mi maleta y me dirijo hacia su cuarto de baño, aunque me paro para ir recogiendo mi ropa diseminada por el suelo.

—¿Puedo usar la regadera?

—¡No! —espeta.

Yo me echo a reír.

—No seas niño, Jesse —le digo con tono condescendiente, y paso por delante de él, tan lejos como puedo, para volver al cuarto de baño. Sé que es mejor para mí no tocarlo.

Me dispongo a cerrar la puerta, pero él la detiene con el hombro y entra detrás de mí. Lo miro con desaprobación y me aparto para abrir la llave de la regadera. ¿Está enojado por lo que he dicho en la cama? No lo culpo. Yo también estoy enojada conmigo misma. Tiene razones para estarlo. Debería mantener la boca cerrada mientras cogemos. Aunque, bien pensado, él debería hacer lo mismo. También ha dicho unas cuantas tonterías.

Busco en mi maleta la camiseta que llevaba puesta ayer, dejo caer las chanclas al suelo embaldosado, tiro el estuche de maquillaje junto a la pila del lavabo y me cepillo los dientes. Durante todo ese tiempo, Jesse permanece ahí, echando humo.

Cuando la habitación está llena de vapor, me quito la toalla con todo el pudor del mundo. Pero estoy enojada, así que me importa una mierda. Abro la puerta de la regadera y me meto dentro para lavarme los cuatro asaltos de Jesse Ward. Si no fuese porque estoy toda pegajosa por el sudor y el semen que se extienden por todo mi cuerpo, ni siquiera me molestaría. Me habría marchado ya.

El agua caliente me relaja a pesar de la mirada encolerizada de mi espectador. Me lavo el pelo y dejo que el agua caiga sobre mí durante unos momentos más. Pero no tengo tiempo de disfrutar de una ducha calmante. Cuando abro los ojos, la puerta está abierta de par en par. El aire frío envuelve mi cuerpo desnudo. Jesse me mira con una mueca de ira.

—¡No vas a ir a ninguna parte! —me ladra.

Yo lo miro, totalmente exasperada y con la boca abierta hasta el plato de la regadera. Ha hecho lo que ha querido conmigo desde que llegué aquí, ¿y todavía no está satisfecho?

—Por supuesto que sí.

—¡De eso nada!

—Jesse, pero ¿qué problema tienes? —El agua caliente de la ducha cae sobre mí, el aire frío me envuelve y tengo a un tipo bueno crispado delante.

—¡TÚ! —me grita.

—¿Yo?

Vaya cara que tiene. Paro el agua y me abro paso junto a su enorme cuerpo; ignoro las chispas que recorren el mío al tocarlo. ¿Qué se ha creído que soy? ¿Un objeto que puede cogerse a voluntad? Me envuelvo con una toalla y me coloco otra en la cabeza. Me froto con ella para eliminar la humedad. No tengo tiempo de secarme el pelo, y además dudo que don Irracional tenga una secadora.

Noto que me agarra del brazo. Yo lo quito con brusquedad para soltarme y sigo poniéndome la ropa interior, los *jeans* y la camiseta.

—No quiero que te vayas. —Su voz se ha suavizado.

—No seas idiota, Jesse. No puedes encerrarme aquí como a una esclava sexual. Seguro que hay muchas mujeres rendidas a tus pies, búscate a otra. —No puedo creer que le esté hablando con tanta dureza. Sólo con imaginármelo con otra me entran ganas de matar.

Veo su mirada reflejada en el espejo. Tiene los ojos entrecerrados y hacen que me arda la piel.

—No quiero a ninguna otra mujer. Te quiero a ti.

Paro cuando estoy a medio aplicarme la crema.

—¿No has tenido ya suficiente de mí? —pregunto. Una gran parte de mi ser está deseando que diga que no, aunque sabe que las cosas acabarían mal si lo hiciera.

Alarga la mano y me acaricia la mejilla con los nudillos. Yo me apoyo contra ella involuntariamente, y cierro los ojos.

—Lo siento —dice con suavidad, y me rodea la cintura con el otro brazo para atraerme hacia su pecho y posar los labios junto a mi oído—. Perdóname.

Carajo, pero ¿qué estoy haciendo? Este hombre es un imán. Absorbe todo mi sentido común y me convierte en una persona irracional. Me vuelvo para mirarlo y dejo que tome mi boca suave y vacilantemente. Desliza la mano desde mi mejilla hasta mi nuca, y hunde los dedos en mi pelo mojado. Me acaricia la lengua y los labios con veneración. Ya he vuelto a caer en su red. Estoy completamente perdida.

Me libera la boca.

—Mucho mejor. —Me da un beso en la nariz—. ¿Aún quieres que te lleve?

Arqueo las cejas y sonrío abiertamente.

—¿Por mi coche?

Vuelve a pegar los labios a los míos y resopla.

—Me encanta esa sonrisa. Dame diez minutos.

Abre la llave de la regadera y coge una toalla limpia del calentador.

—¿Puedo beber agua? —pregunto.

—Puedes hacer lo que quieras, nena —responde. Me da una palmada en el culo y se mete en la regadera.

Capítulo 13

Estoy de rodillas, recogiendo con cuidado los trozos de cristal del suelo de la cocina, cuando Jesse sale de la habitación. Alzo la vista. Qué caminar tiene. Avanza hacia mí vistiendo unos shorts beige, un polo de Ralph Lauren blanco —con el cuello levantado— y unos Converse azules. El vello rubio claro de sus piernas musculosas destaca sobre su ligero bronceado. No se ha afeitado, pero la barba de dos días no oculta sus atractivas facciones. Y yo de rodillas, con la boca abierta y hecha un desastre. Se detiene delante de mí y me sonríe. Parece más joven.

—Me temo que estoy en desventaja —bromeo.

Sus ojos resplandecen con deleite mientras se agacha delante de mí.

—Parece que tu desventaja juega en mi favor —dice, y me guiña un ojo.

Quiero saltar sobre él, pero llevo un montón de cristales en la mano, los dos estamos vestidos y es tarde. Tendré que aguantarme.

—Trae. —Junta las manos para que le pase los fragmentos de cristal—. No deberías haberlo recogido, podrías haberte cortado —me regaña.

Los dejo caer en sus palmas, me levanto del suelo y él lo tira todo al fregadero de la cocina.

—Ya lo recogeré después.

Se pone sus Ray-Ban Wayfarer, coge las llaves y mis bártulos, me agarra de la mano y me guía hasta la puerta.

—¿Hoy trabajas? —pregunto.

—No, de día no hay mucho que hacer en La Mansión. —Me guiña de nuevo un ojo. Yo me derrito. Es un pillo, y me encanta.

Al abrir la puerta nos encontramos con un par de hombres desaliñados que llevan portapapeles y visten un overol azul. El logo bordado en sus uniformes dice: «B&C Mudanzas.»

—¿Señor Ward? —pregunta el que parece un camionero. Sus dientes amarillentos indican que debe de fumar unos cincuenta cigarrillos y tomar unos veinte cafés al día.

—Las cajas que están en la habitación de invitados van primero. Mi asistenta llegará pronto para ayudarlos con el resto. —Me jala pasillo adelante y deja que el camionero y su desgarbado aprendiz hagan su trabajo—. ¡Cuidado con el equipo de esquí y de ciclismo! —grita tras volver la cabeza por encima del hombro.

—¿Tienes asistenta? —pregunto totalmente sorprendida. Y no sé por qué. El tipo se ha comprado el ático del Lusso por la friolera de diez millones de libras. ¿Por qué no lo he imaginado antes? Está podrido en dinero.

—Es la única mujer sin la que no podría vivir —responde con frivolidad—. Se marcha a Irlanda la semana que viene a visitar a su familia. Entonces todo se desmoronará.

Llego a mi coche en un tiempo récord después de que Jesse sortee el tráfico de la mañana. Los conductores parecen ser más permisivos si vas en un Aston Martin y les haces unos cuantos gestos con la mano. Mete mis maletas en el asiento trasero mientras yo compruebo mi celular. Son las ocho y diez. Bueno, llego tarde. Escribo un mensaje a Kate a toda prisa para decirle que voy de camino y que me espere. Me doy cuenta de que Jesse me mira con fijeza. Incluso a través de las gafas de sol —que, por cierto, le quedan de muerte— siento que sus ojos verdes y potentes se me clavan en la piel.

Abro la puerta del conductor de mi Mini, me meto dentro y arranco el motor. Jesse se agacha a mi lado antes de que pueda cerrar la puerta.

—Voy a llevarte a comer —me informa.

—Ya te he dicho que tengo cosas que hacer. —No voy a dejar que el Jesse pillo me aparte de mi objetivo, aunque es bastante tentador.

—Pues a cenar.

—Luego te llamo. —He pasado toda la noche con él. Me ha cogido hasta la extenuación, y yo necesito algo de tiempo para recuperarme.

Deja caer los hombros y frunce el ceño.

—¿Me estás rechazando?

—No, luego te llamo —contesto frunciendo también el ceño.

—Bueno —espeta—. Pero hazlo. —Se inclina, me planta la mano en los *jeans* a la altura de la entrepierna y me besa apasionadamente en los labios. Sabe lo que se hace. Se aparta y me deja casi sin aliento—. Estaré esperando tu llamada —dice, y se marcha marcando su sugerente manera de andar.

Sin duda el beso quería decir: «Mira lo que te estás perdiendo.» Y ha funcionado.

—¿Cuántos años tienes, Jesse? —grito.

Él se vuelve y sigue caminando de espaldas con una media sonrisa en los labios.

—Veinticuatro.

Yo dejo caer los hombros y emito un largo suspiro de frustración.

—¿Cuántas veces tengo que preguntártelo hasta llegar a tu edad real?

—Bastantes, señorita.

Se levanta un poco las gafas y me guiña un ojo antes de volverse de nuevo y seguir alejándose con su caminadito sexy. Todo lo que hace me resulta tremendamente sexual, su manera de comportarse, tan seguro de sí mismo y tan viril. No me extraña que las mujeres caigan rendidas a sus pies. Es el sexo personificado. Y puedo dar cuenta de ello.

El motor cobra vida y su coche arranca como si estuviese en una carrera de adolescentes. Tal vez sí que tenga veinticuatro años. Desde luego, a veces se comporta como si así fuese.

Entro a toda velocidad por la puerta principal y subo corriendo la escalera. Kate está secándose el pelo en el descansillo. Parece estresada, lo que significa que llega tarde. Cuando me ve, apaga la secadora y sonríe de oreja a oreja. Sé que me estoy poniendo como un tomate. Y no va a servirme de nada ponerme a la defensiva.

—¿Qué tal la noche? —me pregunta con una ceja enarcada. Ahora ya no parece tener tanta prisa. Los ojos le brillan de satisfacción, y yo no puedo evitar esbozar también una sonrisa.

—No ha estado mal —contesto. Me encojo de hombros mientras me agarro, sin darme cuenta, un mechón de pelo. Eso es quedarse muy corta. Ha sido más bien de infarto.

—¡Ja! —exclama—. Habla.

Me aparta los dedos del pelo y me mira con expectación.

—Bueno, es un dios, no voy a mentirte. Y se ha comprado el ático.

—¡No jodas! ¿Está buenísimo y es muy muy rico?

Sí, eso parece.

—¿No estabas preocupada por mí? Te dejé un mensaje en el teléfono.

No puedo creer que no estuviera preocupada por mí.

—No he mirado el celular. Pero, de todas formas, después de ver cómo te observaba lo único que me preocupaba era si hoy ibas a poder andar. —Se echa a reír, deja la secadora en el suelo y se dirige hacia su habitación meticulosamente ordenada—. Y, si no me equivoco, me parece que te he visto cojear —insiste.

Estoy algo dolorida. Los cuatro asaltos de Jesse Ward me han pasado factura. La sigo hasta su cuarto y me dejo caer en su cama, que ya está tendida y sin una arruga.

—Carajo, Kate. Se nota que tiene experiencia. —Al decirlo, pienso en las muchas conquistas que debe de haber habido antes que yo y hago una mueca de disgusto.

—Querías divertirte sin complicaciones. Y parece que lo has conseguido. ¡Choca esos cinco! —Me da un golpe en la mano y sale de la habitación—. ¿Y no tiene novia?

¿Quería divertirme sin complicaciones? ¿Y voy a divertirme sin complicaciones con esta relación?

—No, pero ella va detrás de él. Eso es todo lo que sé.

—Vaya, pues lo siento por ella. Tengo que salir volando. Volveré mañana por la tarde. ¿Qué vas a hacer mientras esté fuera?

Me levanto de su cama y estiro las sábanas antes de salir y cerrar la puerta de su inmaculado dormitorio.

—Voy a ordenar mis cosas. ¿Hay bolsas de basura?

—¡Aleluya! Están debajo del fregadero. —Coge su bolsa de viaje y desciende la escalera hasta la puerta—. Puedes agarrar la camioneta cuando quieras.

¿Está bromeando? Necesitaría diez meses de gimnasio para desarrollar la fuerza que hay que tener en las piernas para pisar ese *clutch*. Me dan calambres sólo de pensarlo.

—No tengo pensado ir a ningún sitio. Conduce con cuidado.

Sobre las seis en punto estoy sentada en medio de mi habitación rodeada de bolsas de basura. He sido despiadada. Es evidente que la última vez que tiré cosas no me puse demasiado en serio, porque he reunido cuatro bolsas para donar. Todo lo que no me he puesto en los últimos seis meses está en alguna de esas cuatro bolsas. El resto está lavado y planchado y ya lo he doblado y guardado. Me siento purificada. Vacío el bote en otra bolsa de basura. Los alcatraces que Jesse me envió están marchitos, arrugados y descoloridos. Debería haberlos puesto en agua, pero la verdad es que no esperaba volver a verlo. Quería olvidarme de él. Imposible. Sonrío para mis adentros mientras cierro la bolsa y la saco al contenedor.

Me dejo caer sobre el sofá con una botella de vino y una tableta de chocolate de tamaño familiar, dispuesta a ponerme al día con la telebasura del sábado noche.

Unas horas después, miro el último trozo de chocolate y siento náuseas. Tengo que empezar a comprarlos de tamaño mediano. Me lo como y lo mastico sin ganas mientras hago *zapping*.

El sonido de mi celular me obliga a levantarme del sofá, y mi corazón da un pequeño brinco. Podría ser Jesse. Miro la pantalla y me lamento. Es Matt. ¿Qué quiere ahora? Es sábado por la noche, y ya está otra vez soltero para hacer lo que le plazca. Aunque, de todas maneras, tampoco es que nada le impidiera hacerlo cuando todavía estábamos juntos.

—Dime.

—Ava, ¿estás bien? —No parece estar borracho.

—Sí, ¿y tú? —¿Qué querrá?

—Bien, ¿qué tal fue ayer?

Mi copa de vino se detiene a medio camino de la mesa a mis labios. ¿Por qué de repente me siento interrogada? No es más que una pregunta cordial. ¿Qué debería contestar? ¿Que me cogí a su nuevo propietario en el ático y que después me fui a su casa? ¿Que me dio por el culo? ¿Que es mayor que yo, aún no sé cuánto, pero que es un auténtico adonis? ¿Que casi no puedo andar?

—Muy bien, gracias —respondo finalmente.

—Genial —gorjea, pero después se hace un silencio.

¿A qué viene este interés repentino por mi carrera? Cuando le dije que había conseguido el contrato del Lusso se limitó a preguntarme qué había de cena. Entonces lo oigo coger aire.

—Ava, ¿te apetece que vayamos a comer el martes? —No suena normal. Suena nervioso y tímido, no como el Matt engreído y pagado de sí mismo que yo conozco. ¿Qué hace en casa un sábado por la noche?

—Claro, ¿está todo bien?

—La verdad es que no. Ya hablaremos el martes, ¿vale?

—Bueno —respondo vacilante. Espero que no haya pasado nada grave.

—Quedamos a la una en el Baroque, ¿te parece?

—Claro, nos vemos entonces. —Cuelgo. La verdad es que no parece estar nada bien. Puede que fuese una rata infiel y arrogante pero, aunque estoy mucho mejor sin él, no deja de importarme su bienestar de la noche a la mañana.

Apago el televisor, me dirijo a mi habitación recién ordenada y me meto rápidamente bajo las sábanas. Estoy agotada por completo. Meterme en la cama a estas horas un sábado por la noche es algo que no hacía desde hace mucho tiempo, pero después de mis recientes esfuerzos lo único que me apetece es dormir.

Me despierto al oír música y me desperezo en la cama. Me estiro con satisfacción, síntoma de que he tenido un sueño muy reparador. Me incorporo. ¿Qué es eso? Mi cerebro tarda un tiempo en espabilarse, pero, cuando lo hace, sigo oyendo la música. Me aparto el pelo de la cara. La música se detiene.

«¿Eh?» ¿Ha vuelto ya Kate? Miro el reloj. ¿Las nueve en punto? Carajo, no me levantaba tan tarde desde hace años. Vuelvo a desplomarme sobre la almohada con una sonrisa. Parece que Jesse Ward les va bien a mi vida sexual y a mi descanso.

Ya está esa música otra vez. El familiar sonido de la canción de Oasis *Sunday Morning Call*, cantada por Noel Gallagher, se me clava en los tímpanos. Me encanta esa canción. Frunzo el ceño, cojo el teléfono y veo que el nombre de Jesse parpadea en la pantalla. Sonrío y contesto.

—¿Cómo lo hiciste? —Tengo la voz ronca de tanto dormir.

—¿Qué? —pregunta. No lo veo, pero sé que está esbozando esa sonrisa arrogante y sexy suya.

—Has manipulado mi teléfono —lo increpo.

—¿Dónde estás?

—En la cama. —«¡Recuperándome de ti!»

—¿Desnuda? —pregunta, con voz grave y sensual.

¡Ni hablar! No pienso iniciar una sórdida sesión de sexo telefónico. Sé hacia dónde va. Su voz me provoca ciertas reacciones.

—Pues no, la verdad.

—Yo podría ponerle remedio.

Me estremezco sólo con pensarlo. ¿Cómo es posible que mi cuerpo responda de esta manera estando al otro lado de la línea telefónica?

—¿Qué tal tu nuevo apartamento? —Tengo que cambiar el hilo de la conversación rápidamente.

—Lleno de mierda italiana.

—Muy gracioso. ¿Dónde estás?

Él suspira.

—En La Mansión. Dijiste que me llamarías. —Parece desairado.

Sí, dije que te llamaría, pero sólo han pasado unas veinticuatro horas... Y me incomoda bastante el hecho de que ya me muriera de ganas de hacerlo.

—Se me pasó el tiempo arreglando mi cuarto. —Es verdad. Y estoy muy orgullosa del resultado. Sólo paso por alto el hecho de que hice todo lo posible por mantenerme ocupada.

—¿Qué haces hoy? Quiero verte.

¿Qué? ¿Así, sin más? Carajo, ¿no ha tenido suficiente? Es evidente que no, pero ¿es buena idea? Mierda, estoy deseando verlo. Soy demasiado joven para él. Y no me fiaría de él por nada del mundo. Con ese físico, esa confianza en sí mismo y ese talento en el ámbito del placer, es un peligro para un corazón roto. Necesito un hombre en el que confiar, alguien que me cuide y que beba los vientos por mí. Me río para mis adentros. Mis expectativas son demasiado altas, pero después de mis dos últimas relaciones pienso ceñirme a ese plan. Si Jesse quiere verme, tendrá que ser bajo mis condiciones. No debe saber que estoy desesperada.

—No puede ser —digo con desdén—. Estoy muy ocupada. —¡Haciendo nada! Chingado, necesito verlo.

—¿Haciendo qué? —pregunta estupefacto.

¿Por qué no iba a estar ocupada? Tengo una vida.

—Muchas cosas.

—¿Te estás tocando el pelo por casualidad? —Su voz suena socarrona.

Me quedo inmóvil, con el pelo entre los dedos. ¿Cómo lo ha sabido?

—Te llamaré mañana —le informo. ¿Voy a hacerlo?

Justo cuando estoy a punto de colgar, oigo esa voz desagradable que tanto detesto. ¿Qué diablos está haciendo ella ahí? Me molesta lo incómoda que me hace sentir. Aunque debería darme igual.

—Ava, espera un momento. —Debe de haber tapado el teléfono, porque ahora las voces suenan amortiguadas, pero no hay duda de que era ella. Me encabrono, lo cual es totalmente ridículo—. Sarah, dame un minuto, ¿quieres? —Parece algo enojado—. Ava, ¿sigues ahí?

Debería colgar.

—Sí. —¡Seré idiota!

—Vas a llamarme mañana —dice. Y es una afirmación, no una pregunta.

—Sí. —Cuelgo rápidamente.

No era así como quería que acabase la conversación. Prácticamente me ha ordenado que le llame, y yo he accedido. Eso no es llevar las riendas.

Me levanto enfurruñada de la cama y me meto en la regadera. Total, ¿qué voy a hacer hoy? Kate no está y la casa está impecable, como siempre. Tengo que buscarme algo que hacer para aplacar los celos irracionales que me han entrado.

Capítulo 14

—¡Rayos! —Kate está en la puerta de mi cuarto, con la boca y los ojos abiertos de par en par—. ¿Qué ha pasado aquí?

Me meto la camisa negra por dentro de los capris y me sorprende ver lo fácil que es encontrar mis tacones de ante negro y el cinturón dorado. Hoy estoy siendo muy ordenada.

—¿Qué tal tu abuela? —pregunto mientras me paso el cinturón por las trabillas del pantalón.

—Sigue senil. ¿Qué has hecho mientras no estaba? —pregunta al tiempo que ahueca una almohada de mi cama.

Yo señalo el cuarto con cara de «¿tú qué crees?», y omito el hecho de que Matt me ha llamado y yo he accedido a ir a comer con él. Ah, y también me reservo que Jesse me llamó ayer y pasé de mal humor la mayor parte del día. ¡Qué tontería!

—¿A qué hora volviste? —pregunto. Me cansé de esperar y me bebí la mitad del vino reservada para ella después de llamarla y de que me dijera que estaba en un embotellamiento en la intersección diecinueve de la M1.

—A las diez. Los trabajadores que volvían a la ciudad tenían todas las carreteras congestionadas. La próxima vez iré en tren. ¿Puedes quedar después de trabajar?

—Claro, ¿para qué?

—Tengo que entregar un pastel y necesito ayuda —dice.

—Bueno. Recógeme en la oficina a las seis.

Cojo mi bolso negro del armario recién ordenado y empiezo a guardar en él las cosas del bolso que llevaba la semana pasada.

—Muy bien. ¿Has sabido algo del dios?

174

Levanto de inmediato la cabeza y veo que Kate está sonriendo de oreja a oreja. Mientras, dobla la manta de mi cama. La miro con recelo y me acerco al espejo para ponerme el brillo de labios.

—¿Te refieres al señor? Me llamó ayer —revelo como si tal cosa y, al juntar los labios para extender bien el brillo, veo su reflejo en el espejo. Sigue sonriendo con sorna—. ¿Qué? —pregunto a la defensiva.

—¿Ya hemos determinado su edad?

Me echo a reír.

—No. No paro de preguntarle y él no para de mentirme. Está claro que le supone un problema.

—Bueno, el pobre está con una chiquilla de veintiséis y todavía debe de estar dando gracias por la suerte que ha tenido. Tendrá treinta y cinco, como mucho.

—No está conmigo. Es sólo sexo —la corrijo con voz poco convincente. Cojo mi bolso y dejo a Kate alisando la cama. Me dirijo a la cocina, me sirvo un jugo y desconecto el celular del cargador.

Kate llega a la cocina cuando me estoy tomando la píldora. Enciende la hervidora de agua.

—No hay nada mejor que una buena cogida con un adonis para superar una relación. Es tu cogida de recuperación.

Suelto una carcajada. Sí, eso es justo lo que es. Aunque tampoco es que necesitase distracción alguna para superar lo de Matt. Eso fue bastante fácil.

—Exacto —coincido—. Te veo después del trabajo.

Ella se apoya sobre la barandilla y yo bajo la escalera.

—¡A las seis en punto!

Es una mañana de lunes como otra cualquiera, pero lo raro es que hoy ha venido todo el mundo. Al menos uno de nosotros está siempre fuera de la oficina, visitando a algún cliente o algún emplazamiento en el que estemos trabajando. Estoy en la cocina con Patrick, poniéndolo al día sobre los avances en la nueva casa de la señora Kent.

175

—¿Le has preguntado alguna vez si quiere cambiar de estilo? Puede que sea eso lo que haga que no sienta la casa como su hogar. Puede que le ahorres una fortuna al señor Kent —ríe Patrick—. Aunque yo no me quejo, claro. Por mí puede mudarse todos los años que le queden de vida siempre y cuando siga contratándote a ti para que le arregles la casa.

Frunzo el ceño.

—¿Para que se la arregle? Hago mucho más que eso, Patrick. No sé. Insiste en que lo quiere todo moderno, pero no estoy segura de si es lo que encaja con ella. Creo que se aburre. Eso, o que le encanta estar rodeada de obreros —digo al tiempo que enarco las cejas y me echo a reír.

—Ah, pues puede ser —bromea también él—. Esa pájara tiene unos setenta años. Quizá debería buscarse un amante joven. El señor Kent tiene muchas jovencitas distribuidas por todo el mundo. Y lo sé de una fuente muy fiable. —Me guiña un ojo y yo le sonrío con cariño.

Sé que Patrick se refiere a su mujer, Irene. Se entera de todo lo que pasa. Ella misma se considera una entrometida, sabelotodo y chismosa. Si hay algo que no sepa, es que no tiene interés. No sé cómo Patrick la aguanta. Debe de ser agotador tener que escucharla a diario. Por suerte, sólo se deja caer por la oficina una vez a la semana, antes de ir al salón. Asentir sin parar durante la media hora que se pasa poniéndonos al día sobre su ajetreada vida social —y la de los demás— es soportable. Yo hago todo lo posible por quedar con mis clientes los miércoles sobre las doce, que es cuando sé que Irene va a venir. Patrick es simpático y agradable; lo adoro. Irene es horrible. Me da pavor.

—¿Cómo está Irene? —pregunto por cortesía. La verdad es que me da igual.

Él levanta las manos con desesperación.

—Me saca de quicio. Esa mujer tiene la misma capacidad de concentración que un niño de dos años. Estaba obsesionada con el *bridge*, y ahora me dice que se ha apuntado a bailar kumba o no sé qué. No consigo seguirle el ritmo.

—¿Quieres decir zumba?

—Eso. —Me señala con su barrita de chocolate digestiva—. Parece que está muy de moda.

Yo me echo a reír al imaginarme a Irene ataviada con unas mallas de leopardo y saltando con su generoso trasero arriba y abajo.

—Ah, Van Der Haus quiere verte el miércoles —me informa Patrick guiñándome el ojo—. Te quieren a ti, flor.

—¿En serio?

Él se echa a reír.

—Eres demasiado modesta, mi niña. He comprobado tu agenda y te lo he apuntado a las doce y media. Se hospeda en el Royal Park. ¿Te parece bien?

—Claro. —No necesito comprobar si tengo un hueco porque Patrick ya se ha tomado la libertad de hacerlo por mí. Y si además evito tener que soportar las novedades de Irene de esta semana, mejor que mejor. Bajo el culo de la barra de la cocina y me dirijo a mi mesa—. Voy a terminar unos bocetos y a mandar correos electrónicos a unos cuantos contratistas.

Su celular empieza a sonar.

—¿Qué querrá ahora? —lo oigo farfullar.

Justo cuando me dispongo a ir al restaurante indio por algo de comer, Tom aparece en mi mesa.

—¡Entrega para Ava! —me grita, y deja una caja sobre el escritorio.

¿Qué es esto? No espero ningún catálogo.

—Gracias, Tom. ¿Qué tal fue el viernes?

Lanza un grito y sonríe.

—He conocido a un científico. Pero ¡madre mía!, es divino.

«¡No tan divino como el mío!» Me reprendo para mis adentros por tener esos pensamientos. ¿A qué ha venido eso?

—Entonces ¿estuvo bien? —insisto.

—Sí. Cuéntame quién era ese hombre. —Pone las manos sobre mi mesa y se inclina hacia mí.

—¿Qué hombre? —repongo demasiado de prisa. Retrocedo con la silla para poner algo de distancia entre la presencia interrogadora de mi amigo gay y chismoso y yo.

—Tu reacción lo dice todo. —Me mira con los ojos entrecerrados y yo me pongo como un tomate.

—Sólo es un cliente —digo, y me encojo de hombros.

La mirada inquisidora de Tom se desvía hacia mis dedos, que juguetean con un mechón de mi pelo. Lo suelto y agarro rápidamente una pluma. Tengo que mejorar mi capacidad para mentir. Se me da fatal. Se pasa la lengua por el interior de la mejilla, se pone de pie y se marcha de mi mesa.

Pero ¿qué me pasa? ¡Sí! Me he cogido a un atractivo madurito de treinta y tantos. ¿O son cuarenta y tantos? Es mi acostón de recuperación. Abro la caja y me encuentro un único alcatraz encima de un libro envuelto en papel de seda.

Giuseppe Cavalli. 1936-1961

¡Vaya! Lo abro y veo una nota.

Ava:
Eres como un libro que no puedo dejar de leer. Necesito saber más.

Un beso, J.

«¡Carajo!» ¿Qué más quiere saber? No hay nada que saber. No soy más que una chica corriente de veintitantos años. Él sí que debería empezar a decirme algunas cosas, como su edad, por ejemplo. ¿Es normal enviarle regalos a la persona que te estás cogiendo? Tal vez para los maduritos sí lo sea. Ahora mismo no tengo tiempo de pensar en esto. Tengo un montón de correos electrónicos que responder, tengo que acudir a recibir unas entregas de muebles. Meto el libro en el bolso, guardo el alcatraz en el primer cajón de mi mesa y me marcho al lugar indio por algo de comer antes de continuar.

A las seis en punto, *Margo* llega traqueteando y se detiene delante de la acera para recogerme. Me peleo con la manija oxidada de la puerta y me trepo al asiento tras apartar una docena de revistas de pasteles y tirar al suelo unos vasos vacíos de Starbucks.

—Necesitas una camioneta nueva —gruño.

Teniendo en cuenta lo ordenada que es Kate en casa, *Margo* está hecha un asco.

—Chis, vas a herir sus sentimientos —dice riendo—. ¿Qué tal el día? —me pregunta con cautela.

Tengo los hombros totalmente caídos. No he conseguido hacer nada en el trabajo. Me he pasado todo el día pensando en cierta criatura maravillosa de edad desconocida. Saco el libro y la nota del bolso y se los paso. Ella los coge y una expresión de incertidumbre baña sus bonitas y pálidas facciones cuando abre la tapa y la nota cae sobre su regazo. La recoge, lee lo que dice y me mira con la boca abierta.

—Lo sé —digo en consonancia con su cara de asombro.

Vuelve a leer la nota y cierra la boca hasta que su gesto se transforma en una sonrisa.

—¡Vaya! El señor nos ha salido profundo.

Me devuelve el libro y se adentra en el tráfico.

—Eso parece. —Mi mente se traslada a nuestras conversaciones íntimas, pero me obligo a dejar de pensar en ello de inmediato.

—¿Hasta qué punto es bueno en la cama? —pregunta Kate como si tal cosa, sin apartar la vista de la carretera.

Me vuelvo hacia ella de inmediato, pero no me devuelve la mirada.

—Más de lo que puedas imaginar —respondo. ¡El mejor, fantástico, alucinante! ¡No pararía de hacerlo con él jamás!

—¿Va a convertirse en una relación de despecho?

Suspiro.

—Sí, creo que sí. Y no sólo por el sexo.

Estira el brazo, me aprieta la rodilla y sonríe con condescendencia. Entiende perfectamente por lo que estoy pasando.

Aminoramos la marcha en la entrada de una calle residencial y Kate detiene la camioneta.

—Bueno, vete atrás —ordena.

—¿Qué?

—¡Vete atrás, Ava! —repite la orden dándome palmaditas en la pierna.

—¿Para qué? —Sé que estoy frunciendo el ceño. ¿Para qué cuernos quiere que me vaya a la parte de atrás?

Kate señala la calle y entonces lo entiendo todo. La miro con los ojos abiertos de par en par.

Al menos tiene la decencia de parecer algo arrepentida.

—La he protegido, acolchado y sujetado, pero esta calle es una puta pesadilla. Me ha llevado dos semanas hacer este pastel. Si le pasa algo, estoy jodida.

Desvío mi expresión boquiabierta de Kate y miro la vía de tres carriles con coches parados a ambos lados. Sólo el del medio permite que circule el tráfico. Pero no es eso lo que me preocupa, sino las horribles cunetas de caucho negro que hay cada veinte metros. Madre mía, voy a dar más vueltas que un penique en una secadora.

—¿No podemos llevarla en brazos? —pregunto con desesperación.

—Tiene cinco pisos y pesa una tonelada. Tú sujeta la caja. Todo irá bien.

Resoplo y me desabrocho el cinturón.

—No puedo creer que me estés haciendo esto —protesto mientras paso a la parte trasera de la combi para sujetar la enorme caja del pastel entre los brazos—. ¿No podías montarlo allí?

—No.

—¿Por qué?

—Porque no. ¡Tú sujeta el puto pastel! —grita con impaciencia.

Me agarro a la caja con más fuerza, separo las piernas para mantener el equilibrio y apoyo la mejilla contra ella. Estamos en la entrada

180

de la calle con el motor en marcha y parece que nos hayan sacado de una escena cómica.

—¿Lista? —pregunta.

Oigo que mete la primera marcha con un fuerte tirón.

—Vamos, arranca de una vez, ¿quieres? —le espeto. Ella sonríe y el vehículo empieza a traquetear hacia adelante. Detrás, un coche empieza a hacer sonar el claxon con impaciencia.

—¡Vete a la mierda, pendejo! —grita Kate al tiempo que nos topamos con la primera cuneta.

Mis pies dejan de tocar el suelo y aplasto la cara contra la caja. Cuando vuelvo a bajar, se me resbalan los tacones.

—¡Kate! —chillo, y aterrizo sobre mi trasero.

—¡No sueltes la caja!

Vuelvo a ponerme de pie a duras penas sin soltar el pastel, pero entonces las ruedas traseras rebotan al subir el montículo.

—¡Más despacio!

—¡No puedo! ¡Si no, no los sube! —exclama, y llega a otro vado.

—¡Carajo! —Vuelvo a salir volando por los aires y aterrizo con un fuerte golpe seco—. ¡Kate!

Se está partiendo de risa, lo que no hace sino encabronarme todavía más.

—¡Lo siento! —grita.

—¡Mentirosa! —digo entre dientes cuando vuelvo a levantarme.

Me quito los tacones para intentar tener más equilibrio.

—Mierda.

Me aparto el pelo de la cara.

—¿Qué pasa?

—¡No pienso dar marcha atrás, caballero! —sisea.

Un Jaguar viene hacia nosotras y, con sólo una vía disponible y sin sitio para parar, no hay nada que hacer. Una orquesta de fuertes pitidos empieza a sonar a nuestro alrededor. Kate continúa hacia adelante, y yo sigo dando vueltas en la parte trasera de *Margo*.

—Te voy a embestir —le advierte al del Jaguar mientras aprieta el claxon varias veces—. ¿Qué tal el pastel?

—¡Bien! ¡No dejes que nos gane! —grito, y vuelvo a aterrizar sobre mi trasero—. ¡Mierda!

—¡Aguanta! ¡Sólo quedan dos!

—¡Nooo!

Tras dos sacudidas más y, probablemente dos moretones más en el culo, paramos en doble fila y descargamos el estúpido pastel de cinco pisos. El del Jaguar no para de pitar, de insultarnos y de hacernos gestos con la mano, pero no le hacemos ni caso. Aún descalza, ayudo a Kate a trasladar el pastel hasta la inmensa cocina de la señora Link, que va a celebrar el decimoquinto cumpleaños de su hija por todo lo alto. Dejo a Kate a sus anchas y regreso a la camioneta para esperarla. Hago como que no oigo los persistentes pitidos de los coches y busco los zapatos en la parte trasera. Podrían estar en cualquier parte.

Noel Gallagher invade mis tímpanos con *Sunday Morning Call* desde el asiento del copiloto y mi corazón, que ya está agitado por el reciente esfuerzo, empieza a martillearme con fuerza el pecho. Abandono la búsqueda de los tacones y gateo hasta la parte delantera para responder a la llamada. Decido ignorar los motivos por los que tengo tantas ganas de hablar con él.

—Hola —jadeo, y salgo de *Margo* y me desplomo contra un lateral del vehículo. ¡Estoy exhausta!

—Bueno, esta vez no he sido yo quien te ha dejado cansada, así que ¿te importaría decirme quién te tiene jadeando como si no hubieses parado de coger en una semana? —Sonrío. Su voz me causa mucha alegría después del desastre de los últimos veinte minutos—. ¿Qué son todos esos pitidos? —pregunta.

—He venido con Kate a entregar un pastel y estamos bloqueando la carretera —explico, pero me distrae un hombre de negocios rechoncho, medio calvo y de mediana edad que se acerca con cara de pocos amigos.

—¡Aparta la camioneta, pedazo de imbécil! —brama mientras hace aspavientos con los brazos.

«Mierda. ¡Kate, date prisa!»

182

—¿Quién chingados es ése? —grita Jesse desde el otro lado de la línea.

—Nadie —contesto.

El gordo pelón da una patada a la rueda de *Margo*.

—¡Apártate, zorra!

Maldita sea, es un hombre de mediana edad con alopecia y está muy encabronado.

Jesse gruñe.

—Dime que no ha dicho lo que acabo de oír. —Su voz se ha tornado agresiva.

—Tranquilo. Kate ya viene de camino —miento rápidamente.

—¿Dónde estás?

—No lo sé, en alguna parte de Belgravia. —La verdad es que no me he fijado mucho. Estaba demasiado ocupada rodando por *Margo* como para fijarme en los nombres de las calles.

El gordo calvo me empuja.

—¿Estás sorda, zorra estúpida?

Mierda, va a sonarme. Jesse hiperventila al otro lado del teléfono y, de repente, desaparece. Miro la pantalla y veo que ha finalizado la llamada. Levanto la vista y miro hacia los escalones que llevan a casa de la señora Link, pero la puerta está totalmente cerrada. Don Calvario me empuja dentro de la camioneta.

—Por favor, deme cinco minutos —le ruego al pendejo iracundo. Si Kate estuviera aquí, ya habría mordido el suelo.

—¡Mueve esta puta chatarra, pendeja! —me ruge en la cara. Yo retrocedo.

Corro hasta la acera, pisando todas las piedrecitas sueltas que hay por el camino, y subo la escalera hasta la entrada principal de la señora Link.

—¡Kate! —llamo con urgencia, y me vuelvo y sonrío dulcemente al calvo agresivo. El hombre me espeta otro aluvión de improperios. Está claro que necesita unas sesiones de control de la ira—. ¡Kate! —vuelvo a gritar mientras aporreo la puerta de nuevo. Los cláxones no paran de sonar, y tengo al hombre más enojado con el que me haya topado jamás insultándome sin parar. ¡Me duele el culo y las putas piedras me están apuñalando los pies!—. ¡¡¡KATE!!! —Bueno, ahora también me duele la garganta.

Entonces me paro a pensar. ¿Ha dejado las llaves en la camioneta? Bajo los escalones y regreso para comprobar el contacto; rodeo la camioneta por detrás para esquivar al calvo.

Pero parece ser que no está dispuesto a dejar que me libre de él, así que choco contra su cuerpo gordo y sudoroso cuando llego a la puerta del conductor.

—¡Ay! —grito, y me alcanza una bocanada de rancio olor corporal. Me agarra del brazo y me aprieta con fuerza.

—Como no muevas este puto trasto ahora mismo voy a darte hasta hartarme.

Me apoyo contra la camioneta y él sigue apretando hasta que me duele tanto que siento ganas de llorar. ¡Es un puto psicópata! Va a darme una paliza en una preciosa calle arbolada del fresa barrio de Belgravia; saldré en todos los informativos matutinos de mañana. No pienso volver a hablar a Kate en la vida. Los ojos se me llenan de lágrimas de terror y sigo pegada a la puerta de *Margo* sin saber qué hacer. Es un tipo muy agresivo, seguro que maltrata a su mujer.

—¡Quítale las manos de encima!

El rugido que inunda el aire bloquea el sonido del tráfico de Londres y los pitidos de los coches. También hace que se me doblen las rodillas de alivio. Me vuelvo hacia la voz más oportuna que jamás hubiera esperado oír y veo a Jesse corriendo por la carretera vestido con un traje y con cara de asesino.

«¡Gracias a Dios!» No sé de dónde ha salido, y lo cierto es que me da igual. Siento un alivio tremendo. Nunca me había alegrado tanto de ver a nadie en mi vida, y el hecho de que sea un hombre al que conozco desde hace apenas una semana debería significar algo para mí.

La cabeza gorda y espantosa de don Calvario se vuelve hacia Jesse y una expresión de pánico profundo se apodera al instante de sus sudorosas facciones. Ha dejado de apretar. Me suelta, se aparta de *Margo* y empieza a evaluar la montaña alta y musculosa que avanza como

184

un rayo hacia nosotros. Su feo rostro delata su intención de salir zumbando, pero no lo consigue. Jesse lo golpea antes de que logre mover sus cortas piernas y lo hace salir volando por los aires hasta que aterriza contra el asfalto.

¡Madre mía! Me equivocaba. El calvario no es el hombre más agresivo que haya visto en la vida. Jesse le propina un puñetazo en la cara y a continuación le da una patada en el estómago. El hombre lanza un grito.

—Levanta ese culo gordo del suelo y discúlpate. —Lo alza de la carretera y lo planta delante de mí—. ¡Discúlpate! —ruge.

Miro al calvo, que no para de resollar. Tiene la nariz rota y la sangre le gotea sobre el traje. Sentiría pena por él si no supiera que es un pendejo asqueroso. ¿Qué clase de hombre trata así a una mujer?

—Lo... lo siento —tartamudea totalmente aturdido.

Jesse lo sacude sin dejar de agarrarlo del saco.

—Como vuelvas a ponerle un dedo encima, te arrancaré la cabeza —le advierte con voz amenazadora—. Y ahora, lárgate.

Suelta con violencia al hombre magullado, me agarra y me estrecha contra su pecho.

Yo me desmorono y empiezo a temblar y a llorar sobre el costoso traje de Jesse, que me cobija en su torso firme y cálido.

—Debería haber matado a ese cabrón —gruñe—. Oye, deja de llorar o me encabronaré.

Me acaricia la cabeza con la palma de la mano y suspira sobre mi cabello.

—¿De dónde has salido? —musito contra su pecho. No me importa, me alegra inmensamente que esté aquí.

—Estaba por aquí, y no era muy difícil encontrarte con todo este desastre. ¿Y Kate?

Eso, ¿y Kate? Se ha desatado el caos y ella sigue sin aparecer. ¡Voy a matarla! Cuando me haya recompuesto en brazos de Jesse, voy a matarla.

—Huy, ¿qué pasa aquí?

185

Saco la cabeza de mi escondite y veo a Kate delante de *Margo*, totalmente desconcertada.

—Creo que será mejor que muevas la camioneta, Kate —le aconseja Jesse con diplomacia. Ni siquiera ha derramado una gota de sudor.

—Ah, claro —responde, ajena por completo a la situación.

Jesse se aparta y me observa de arriba abajo.

—¿Y tus zapatos? —pregunta con el ceño fruncido. Los ojos se le vuelven a ensombrecer de ira al pensar que los he perdido en el pleito con el calvo.

—Están dentro de *Margo* —digo, y me sorbo los mocos—. En la camioneta —explico al ver que no sabe a qué me refiero.

Me coge en brazos, me lleva hasta la acera y me deja junto a la pared de la casa de la señora Link.

—Ni siquiera voy a preguntarte cómo han llegado hasta ahí.

—¡Yo los traigo! —grita Kate. Más le vale. Viene corriendo con los tacones en la mano—. ¿Qué ha pasado?

—¿Dónde estabas? —le pregunto secamente.

Pone los ojos en blanco.

—Me ha obligado a subir a ver el vestido para la fiesta. Era demasiado pequeño, ha sido horrible. Han tardado diez minutos en embutirla en él. —Se detiene y mira a Jesse, que ha ido a coger mi bolso del asiento delantero de *Margo*—. ¿Qué ha pasado? —pregunta susurrando—. Parece furioso.

—El del Jaguar me agredió —contesto. Me sacudo la gravilla de las doloridas suelas de los pies y me pongo los tacones—. Estaba hablando con Jesse justo cuando empezó todo. No sé de dónde ha salido.

—Ava, lo siento mucho. —Se apoya contra la pared y me rodea con el brazo—. Menos mal que estaba por aquí el señor, ¿eh? —Advierto el tonillo de insinuación de su voz.

—Kate, mueve la camioneta antes de que estalle una guerra. —Jesse se acerca con mi bolso y yo me incorporo. Me duelen mucho las plantas, así que vuelvo a sentarme. Hago una mueca de dolor. Vaya, el culo también me duele. Jesse pone mala cara al ver mis gestos—. Ava se viene conmigo —dice observando cómo muevo mi dolorido trasero.

—¿Ah, sí? —pregunto.

Enarca las cejas.

—Sí —responde con un tono que no da pie a objeciones.

—Tranquilo, puedo irme con Kate —sugiero de todos modos. Probablemente ya haya interrumpido con mi escenita vespertina lo que fuera que estuviera haciendo.

—No, te vienes conmigo. —Subraya cada una de las palabras y sus labios forman una línea recta.

Bueno. No voy a discutir por esto.

Kate nos mira como si estuviera viendo un partido de tenis y finalmente se levanta.

—Te veo en casa. —Me da un beso en la sien y otro bien grande a Jesse en la mejilla. A él se le salen los ojos de las órbitas, y yo me quedo boquiabierta.

¿A qué ha venido eso? Se aleja hacia *Margo*, sin ninguna prisa, se vuelve, sonríe y me guiña un ojo. Le lanzo una mirada de advertencia que ignora por completo.

Me vuelvo hacia la bestia alta y atractiva que tengo delante de mí —con un aspecto de lo más apetecible con un traje gris y una camisa blanca inmaculada— y veo que me está mirando con los ojos verdes entornados.

—¿Qué te duele? —pregunta.

Me levanto y hago otra mueca cuando mis pies acusan el peso de mi cuerpo.

—El culo —digo mientras me froto el maltratado trasero y estiro la mano para cogerle el bolso—. Estaba sujetándole el pastel a Kate en la parte de atrás de la camioneta.

—¿No llevabas puesto el cinturón?

—No, no hay cinturones en las partes traseras de las camionetas, Jesse.

Él sacude la cabeza, me levanta, me acuna entre sus fuertes brazos y echa a andar por la calle. Yo exhalo con intensidad y le dejo hacer lo que quiera. Apoyo la cabeza contra su hombro y le rodeo el cuello con los brazos.

—No me has llamado. Te dije que me llamaras —me regaña con un gruñido.

Suspiro con resignación.

—Lo siento.

—Yo también —dice suavemente.

—¿Qué?

—No haber llegado antes.

—¿Cómo ibas a saberlo?

—Bueno, si me hubieras llamado, habría sabido que ibas a hacer una tontería y te lo habría prohibido. La próxima vez, haz lo que se te manda.

Frunzo el ceño apoyada en su hombro y él me mira como si se hubiese percatado de mi reacción ante su regaño. Sonríe y me acaricia la frente con los labios. Cierro los ojos. Es innegable. No cabe duda de que hay algo entre nosotros. Y está haciendo que me replantee la idea de seguir soltera.

Cuando llegamos al final de la calle, alzo la vista y veo el Aston Martin de Jesse abandonado en un punto desde el que está claro que no podía avanzar a causa del tránsito. Unos cuantos peatones revolotean a su alrededor admirando el vehículo. Me deja en el asiento del copiloto y cierra la puerta. Pasa por delante del coche, se sienta tras el volante, arranca y deja atrás todo el caos. Yo me acomodo y admiro su perfil mientras él sortea el tráfico. Lo ha dejado todo para venir corriendo a rescatarme. Mentiría si dijera que no agradezco lo que ha hecho.

Me mira y me pone una mano en la rodilla.

—¿Estás bien, nena?

Sonrío. Siento que cada minuto que paso con él me muero por sus huesos un poco más. Y no sé si eso es bueno o malo. Maldito seas, Jesse Ward, de edad desconocida.

Detiene el coche delante de casa de Kate. No me sorprende ver que *Margo* no ha llegado todavía. Este tipo conduce como un loco. Salgo del coche y no tarda en cogerme en brazos y llevarme por el camino hasta la entrada.

—Puedo andar —protesto, pero hace como que no me oye.

Al llegar a la puerta, me coge las llaves de la mano, abre y la cierra de una patada una vez que entramos. Empiezo a revolverme y me deja en el suelo, me rodea la cintura con una mano y me atrae hacia él.

Me levanta hasta que mis pies dejan de tocar el suelo y mis labios alcanzan los suyos. Suspiro, le rodeo el cuello con los brazos y dejo que su lengua entre en mi boca lenta y suavemente. Voy bien si creo que puedo resistirme a él. Pero bastante bien.

—Gracias por el libro —le digo pegada a su boca.

Se aparta, me mira y sus ojos verdes brillan de júbilo.

—De nada —responde, y me da un beso casto en los labios.

—Gracias por salvarme.

Entonces esboza esa sonrisa descarada y arrogante.

—Cuando quieras, nena.

La puerta de casa se abre de repente y Kate irrumpe con una prisa exagerada; nos pesca abrazados.

—Perdón —se disculpa, y sube corriendo al piso por la escalera.

Jesse se ríe y mueve las caderas contra mí, lo cual despierta un delicioso ardor en mi vientre. Mi respiración se intensifica cuando apoya su frente contra la mía. Libera un largo suspiro y su aliento fresco me invade la nariz.

—Si estuviéramos solos, te pondría ahora mismo contra esa pared y te cogería viva. —Vuelve a adelantar la cadera. El ardor desciende hasta mi sexo y me obliga a gemir. Maldigo mentalmente a Kate.

—Podemos hacerlo en silencio —susurro—. Te dejo que me amordaces.

Él sonríe con malicia.

—Créeme, ibas a gritar tanto que ninguna mordaza lo ocultaría. —Me estremezco físicamente al pensarlo—. Mañana —dice con firmeza—. Quiero solicitar una cita.

¿Qué? ¿Una cita para cogerme? Este... ¡no hace ninguna falta solicitar cita!

Se echa a reír. Debe de haber notado mi confusión.

—Quiero que vuelvas a La Mansión para darte la información que necesitas para empezar a trabajar en serio en algunos diseños.

Abro la boca y él se inclina, me mete la lengua dentro y me ataca con vehemencia. Dejo que me haga lo que quiera, y me tiemblan las rodillas cuando menea de nuevo esas benditas caderas.

Se aparta jadeante, con los ojos cerrados con fuerza.

—No pido cita para coger contigo, Ava. Eso lo haré cuando me plazca.

«Ah, bueno.»

Da la sensación de que hace acopio de todas sus fuerzas antes de soltarme y dejarme donde estoy. Me siento abandonada y débil. Aparta su mirada sombría de la mía y la dirige hacia la escalera. Sé que él también está maldiciendo a Kate por estar en casa. No puedo creer que acabe de tentarme con esos movimientos deliciosos para luego dejarme así. He pasado de hacerme la dura a suplicar mentalmente.

—En La Mansión, a las doce —exige, y me acaricia la mejilla con el dedo. Yo asiento—. Buena chica.

Sonríe, me posa los labios en la frente, da media vuelta y se marcha.

Yo me quedo ahí plantada contra la pared, tratando de recobrar el aliento.

—¿Se ha ido ya el señor?

Alzo la mirada y veo a Kate apoyada en la barandilla y moviendo una botella de vino. Sí, por favor. Es justo lo que necesito.

Capítulo 15

A la mañana siguiente, inicio la jornada laboral estrepitosamente mal, y lo digo de manera casi literal. Acabo tirada en el suelo de madera, rodeada de cajas, y Tom corre hacia mí con el horror reflejado en su cara de bebé.

—Madre mía, ¿estás bien? —Se agacha para ayudarme a levantarme y me alisa la falda negra ajustada antes de pasar a la blusa sin mangas—. Lo siento muchísimo. Iba a llevarlas al almacén.

Revolotea a mi alrededor como una mamá gallina, barboteando sobre libros de salud, de seguridad y de prevención de accidentes.

—Tom, estoy bien. ¡Quítame las manos de las tetas!

Al instante, retira de mis pechos las manos nerviosas entre risitas.

—¡Qué pechos tan hermosos tienes, Caperucita!

—Si no fueras gay ya te habría dado una bofetada —le advierto.

—Ya, pero lo soy —responde con orgullo mientras empieza a recoger las cajas.

—¿Qué hay en esas cajas?

—Muestras. Sally recibió la entrega. Lo lógico sería que las hubiera guardado en el armario. Esa chica es una inútil —protesta.

Rastreo la oficina y veo a Sally peleándose con la fotocopiadora. La verdad es que vive en su propio mundo.

—Buenos días —oigo cómo saluda a Victoria antes de verla—. Tom, no pienso volver a salir contigo —le recrimina mientras se sienta en la silla.

Los miro a los dos y me quedo esperando una explicación, pero parece que ninguno está dispuesto a dármela.

—¿Qué pasa? —pregunto.

Tom se encoge de hombros con expresión de culpabilidad y Victoria inspira hondo para empezar a detallar sus quejas punto por punto:

—¡Volvió a dejarme tirada! —exclama, y dirige a Tom una mirada acusadora.

Dejo el bolso junto a mi mesa y observo a Victoria mientras lanza todo tipo de acusaciones a Tom, que parece sentirse muy culpable.

—No vuelvas a pedirme que salga contigo en la vida —espeta, y lo señala con el bolígrafo—. ¡El viernes te largaste con el científico y anoche ni siquiera tuviste la decencia de irte a casa con el mismo hombre!

—¡Tom! —exclamo con sarcasmo—. ¿No decías que el científico era tu alma gemela?

—Puede que aún lo sea —se defiende con un tono de voz muy agudo—. Sólo estoy probando muestras antes de decidir en qué debo invertir.

Victoria resopla y gira su silla para darle la espalda. Con mucho cuidado, apoyo el culo sobre el asiento suave y acolchado de la mía, que en estos momentos me parece de hierro, y hago una mueca de dolor. Saco el celular del bolso y veo que tengo un mensaje de Kate.

Me he ido temprano. No he querido despertarte por si estabas soñando con «señores» ;-) ¿Nos vemos en el Baroque a las 13? Tengo que estar de vuelta a las 14.30 :*

Así es. Y despierta también sueño con él. Empiezo a contestarle para rechazar su invitación —he quedado con un dios—, pero me detengo a mitad del mensaje. Se supone que había quedado con Matt para comer. Me desmorono en la silla. Tengo la cabeza en otra parte en estos momentos, y no voy a engañarme a mí misma acerca de la razón. Empiezo a darme golpecitos en un incisivo con la uña e intento pensar en cómo salir de ésta. ¿Conclusión? No puedo, así que escribo primero a Kate.

Lo siento. Estoy muy, muy, muy ocupada. Nos vemos en casa. Un beso. A.

No puedo creer que me toque el pelo incluso cuando escribo una mentira. Se pondría hecha una fiera si se enterase de que he quedado con Matt. Empiezo a golpetearme el diente de nuevo. No sé a cuál de los dos debería dejar colgado. Matt parecía muy deprimido, y me dijo que no estaba bien. Jesse quiere que vuelva a La Mansión para empezar con el diseño y es posible que pase algo más... Esa mera idea hace que apriete los muslos. Cojo el teléfono y llamo a Matt.

—Hola —me saluda, y suena más contento de lo que me esperaba. Aunque seguramente no por mucho tiempo.

—Oye, me ha surgido algo. ¿Podemos quedar otro día? —Contengo la respiración y me muerdo con fuerza el labio inferior mientras espero su respuesta, y sí, me estoy tocando el pelo. Pese a que en realidad no estoy mintiendo. Me ha surgido algo.

—¡Ava, por favor! —me ruega. Me suelto el mechón al instante. El Matt arrogante y seguro de sí mismo ha vuelto a desaparecer y ha sido sustituido por un extraño tímido e inseguro—. Necesito hablar contigo, de verdad.

Me dejo caer en la silla, totalmente derrotada. ¿Cómo negarme si me lo pide así? Debe de estar pasándole algo terrible.

—Bueno —suspiro—. Nos vemos en el Baroque.

—Genial, nos vemos entonces —contesta de nuevo con tono seguro.

Me mantengo ocupada enviando correos electrónicos y comprobando los progresos de los contratistas. Pero al mismo tiempo pienso en mil excusas que darle a Jesse. Menos mal que no tengo que dárselas cara a cara, porque mi manía de juguetear con el pelo me delataría al instante.

Patrick aparece a las once con un café de Starbucks. Quiero besarlo.

—Capuchino, doble y sin azúcar ni chocolate para ti, flor. —Me besa la mejilla y me deja el vaso en la mesa—. No olvides tu cita con Mikael mañana. —Se sienta en mi escritorio y yo aguanto la respiración al oírlo crujir.

—Tranquilo. —Le muestro mi agenda para que vea que lo tengo marcado y con letras bien grandes.

—Así me gusta. ¿Qué tal te fue en La Mansión?

Me pongo colorada al instante. No le conté a Patrick mi segunda visita al hotel, pero sólo tenía que pasar las páginas de mi agenda para verla, y es evidente que ya lo ha hecho.

—Bien —contesto con una voz unos tonos más aguda de lo normal y con la cara roja como un tomate. Rezo para que acepte mi abrupta y monosilábica respuesta y me deje en paz.

—Vaya, vaya. Ya me contarás. —Se levanta de la mesa y se marcha para repartir el resto de los cafés.

Instintivamente, compruebo la mesa por debajo, por si hay astillas o se ha soltado algún tornillo. Suspiro de alivio por haberme librado del interrogatorio y porque mi escritorio sigue ileso. He estado tan despistada que ni siquiera se me había pasado por la cabeza la posibilidad de que Patrick se hubiese enterado de mis actividades extracurriculares con el señor Ward. Podría meterme en un buen lío.

Mi teléfono me informa de que tengo un mensaje. Lo cojo al instante y leo la respuesta de Kate:

Compra el vino. Un beso.

Miro la hora en la computadora. Las once y cuarto. Debería estar saliendo ya para reunirme a las doce con el señor Ward. Muy a mi pesar, busco su teléfono, pero, en lugar de llamarlo, me entra el miedo y le mando un mensaje:

Me ha surgido algo importante. Ya quedaremos. Luego te llamo. Un beso. A.

Apenas dejo el teléfono sobre la mesa y me suelto el pelo, la puerta de la oficina se abre y entra una repartidora con un montón de alcatraces. Es la misma chica que fue al Lusso. Tom señala mi mesa y de pronto me siento invadida por un torrente de culpabilidad. Me hundo aún más en la silla, hecha polvo. Acabo de dejarlo plantado y él me manda flores. Bueno, técnicamente no lo he dejado plantado. Sólo he aplazado una reunión de negocios. Lo entenderá. Acepto las flores, firmo los papeles de la chica y después encuentro la nota.

ESTOY DESEANDO QUE LLEGUE MI CITA.
TÚ TAMBIÉN DEBERÍAS SENTIR LO MISMO.
UN BESO, J.

Dejo caer los brazos sobre el escritorio y entierro la cabeza entre ellos. Me siento como una auténtica mierda. Después de todo lo que hizo ayer por mí, de que golpeara a ese pelón pendejo, de que me rescatase de una agresión... ¿y voy yo y hago esto? Soy una auténtica imbécil, y lo he dejado plantado por mi ex. Soy una estúpida. Carajo, como Kate se entere estoy muerta. No obstante, tengo que decirle que deje de mandarme flores al trabajo. Patrick no tardará en empezar a hacerme preguntas.

Salgo del trabajo a la una menos cuarto para ir a reunirme con Matt después de haberme comportado todavía peor y haber ignorado diez llamadas de Jesse. Sé que sólo he empeorado las cosas, pero no he visto su primera llamada porque estaba en el baño y no he podido contestarle a la segunda porque estaba hablando con un cliente por el fijo, así que ha empezado a llamar sin parar, por lo que deduzco que no está muy contento. Y ha conseguido que me harte de una de mis canciones favoritas de todos los tiempos.

Cuando llego, la barra está llena, pero veo a Matt en un rincón, ya con unas bebidas sobre la mesa.

Se levanta en cuanto me ve con una amplia sonrisa.

—¡Ava! —Me agarra y me abraza contra su pecho, cosa que me toma por sorpresa.

Jamás me había abrazado de esta manera, ni siquiera cuando estábamos juntos. Se aparta y me da un beso en la mejilla que alarga un poco más de lo necesario.

—Gracias por haber venido. Te he pedido vino, que sé que te encanta. ¿Te parece bien?

—Claro —sonrío. Una copita no me hará daño. Me aparto de él y me siento en la silla de enfrente—. ¿Va todo bien? —pregunto nerviosa y con la voz cargada de toda la aprensión que siento en realidad.

—Estás muy guapa —comenta sonriendo alegremente—. ¿Quieres comer algo?

—No, estoy bien —respondo, y frunzo el ceño—. Matt, ¿qué es lo que tienes que contarme? Dijiste que no estabas bien.

Se muestra nervioso y su comportamiento me resulta sospechoso. Estoy empezando a sentirme tremendamente incómoda. Doy un sorbo al vino y observo por encima de la copa cómo juega con el borde del vaso de su pinta de cerveza. ¿Qué lo angustia? Al final toma aire, se inclina sobre la mesa y coloca una mano encima de la mía. Me quedo inmóvil a mitad del sorbo y bajo la mirada hacia su mano.

Entonces me doy cuenta. «¡Mierda!» Lo miro con los ojos abiertos y horrorizados y rezo para que me diga que *Henry*, el pececillo de colores, ha muerto. Por favor, que sea eso y no lo que creo que va a ser.

—Ava, quiero volver contigo —dice de forma clara y concisa.

La verdad es que no me lo esperaba, al menos hasta hace diez segundos. Pero ¿qué rayos le pasa?

Mi copa continúa pegada a mis labios cuando continúa:

—He sido un pendejo. No me merezco una segunda oportunidad...

Yo resoplo.

—¿Una «segunda» oportunidad?

Deja caer la cabeza, derrotado.

—De acuerdo, sí, ya sé a qué te refieres. —Levanta la cabeza y veo su expresión llorosa y sincera—. No volverá a pasar, te lo prometo.

¿Me está tomando el pelo? ¿Cuántas veces he oído toda esta mierda? Es infiel por naturaleza.

—Matt, lo siento, pero eso no va a pasar —le digo con voz tranquila y pausada.

Él abre los ojos, sorprendido. Sacudo la cabeza ligeramente para reafirmar mis palabras.

En cuestión de tres segundos, su rostro pasa de triste y afligido a oscuro y receloso.

—Es por ella, ¿verdad? —me espeta desde el otro lado de la mesa. No hace falta ser ningún genio para saber a quién se refiere—. En cuanto abre esa bocota, tú la escuchas. ¿Cuándo vas a empezar a pensar por ti misma?

Me quedo pasmada. Lo cierto es que Kate no dijo ni una palabra a lo largo de cuatro años. Me dejó claro que no le gustaba Matt, pero jamás interfirió en nuestra relación. Yo traté de mantenerlos a distancia. Ella nunca intentó influenciarme. Sólo estaba ahí, como una verdadera amiga, cuando las cosas se torcían. Y lo hacían... muy a menudo. Retiro la mano de debajo de la suya y le doy otro trago al vino para relajarme. No merece mi tiempo. Ya malgasté cuatro años con él y no va a robarme ni un segundo más. No puedo creer que haya dejado colgado a Jesse para venir aquí.

—¿No vas a decir nada? —sisea con la mirada llena de rencor y desdén.

Tengo ganas de pegarle, pero consigo dominar la ira.

—Matt, ya lo he dicho todo, tengo que irme. ¿Era ése el único motivo para arrastrarme hasta aquí?

Él da un respingo y enarca las cejas casi hasta el nacimiento del pelo.

—¿No estás preparada para volver a intentarlo?

—No —respondo llanamente. Jamás había tomado una decisión con tanta facilidad.

Se pone en pie de un salto, iracundo, y derrama la cerveza en el proceso.

—Me necesitarás antes que yo a ti.

Me río en su cara.

—¿Que yo voy a necesitarte? —Trato de controlar el ataque de risa—. Sí, por eso estás aquí suplicándome que volvamos y yo te he mandado a la mierda. ¿Qué pasa, Matt? ¿Ya no te quedan más mujeres que tirarte?

Lo miro mientras se alisa el traje negro y barato que lleva puesto y se pasa la mano por el pelo castaño y lacio. Es curioso, ya no lo encuentro atractivo. En realidad me da repulsión. ¿Qué veía en él? Estaba con él por costumbre, nada más. Una mala costumbre.

—¡Lo sabía! —La voz aguda de Kate hace que me tense—. ¡Sabía que estabas viéndolo! —Al volverme, veo su precioso rostro normalmente pálido rojo de ira.

—Vaya, ha venido a unirse a la fiesta —suelta Matt en voz alta para que lo oiga—. No puedes dejar de meter las narices donde no te llaman, ¿verdad?

Miro hacia la barra y veo que la gente ha empezado a observarnos, especialmente a Matt, que ha tirado el vaso de cerveza al suelo. Si me dejan, le ahorraré saliva a Kate y le contaré lo que acaba de suceder. Aunque supongo que, después de cuatro años con la «bocota» cerrada, debería dejar que se desahogara.

Se acerca a él en actitud desafiante. Matt la mira con cara de pocos amigos cuando se le encara.

—Ella no te quiere, pedazo de mierda engreída. —Su tono es controlado y penetrante—. Está con otro, así que vuelve al agujero del que has salido.

¡Mierda! ¿Por qué ha tenido que decirle eso? Matt me mira en busca de una confirmación, pero yo no se la ofrezco. Suelta unos cuantos improperios airados y se larga del bar con una pataleta.

Kate se deja caer sobre la silla delante de mí y me mira con los ojos azules entornados. Me pongo a la defensiva inmediatamente.

—Me dijo que no estaba bien. ¡Pensaba que se había muerto alguien!

Ella sacude la cabeza.

—Estoy furiosa contigo.

Resoplo y cojo la copa de vino para darle un buen trago.

—Yo también estoy furiosa conmigo misma. Pero no tenías por qué haberle dicho eso. ¿Por qué lo has hecho?

Ella sonríe con malicia.

—Porque ha sido divertido. ¿Has visto qué cara ha puesto?

Sí, no se me olvidará en la vida. Pero, aun así, le ha dicho algo que no es cierto. No estoy con nadie. Estoy acostándome con alguien, que es muy diferente. Mi celular empieza a sonar y lo busco por el bolso. Es la undécima llamada de Jesse.

—¿Quién es? —pregunta Kate, y acerca la cabeza para ver la pantalla.

—Jesse.

Frunce el ceño.

—¿No le contestas?

Me inclino sobre la silla y dejo que siga sonando.

—Lo he dejado plantado para venir a ver a Matt —refunfuño.

Kate abre la boca de asombro.

—Ava, a veces pareces tonta. No te ofendas, pero cuando estabas con él te volviste tan aburrida que me planteé dejar de ser tu amiga.

Su comentario me duele.

—Qué jodido, ¿no?

Ella se echa a reír.

—La verdad duele, ¿verdad?

—Pues sí, así es.

—Pero bueno, has salido airosa de la situación, así que voy a dejarlo pasar. —Se echa hacia adelante para decirme—: Diviértete. Además, él me gusta.

Sí, ya lo ha dejado bastante claro, y él no es aburrido. Pero sé que esto no puede acabar bien. Un empleado se acerca con un recogedor y un cepillo. Le sonrío a modo de disculpa, pero el teléfono empieza a sonar de nuevo y me interrumpe. Vuelvo a ignorarlo... una vez más. Necesito tiempo para pensar en todo esto. Ayer estaba tan afectada que dejé que un pecho firme, una voz suave e hipnotizadora y unos labios exuberantes me nublasen el pensamiento. ¿A quién quiero engañar? Cada vez que estoy con ese hombre pierdo la capacidad de pensar. Me abruma con su intensidad y me arrebata el sentido común.

—Vaya, ¡un tipo bueno a las tres! Y está mirando. ¿Cómo tengo el pelo? ¿Tengo cobertura de pastel en la cara? —Kate empieza a frotarse las mejillas con las palmas de las manos.

Me vuelvo en esa dirección y veo al tipo de la barra de La Mansión. ¿Cómo se llamaba? ¿Drew? No, Sam. Levanta la botella de cerveza y me saluda con una amplia sonrisa dibujada en el rostro descarado. Le respondo levantando la mano y miro a Kate.

—¿Lo conoces? —pregunta incrédula.

—Es Sam, estaba en La Mansión. Es amigo de Jesse.

—¡Carajo! Jesse pertenece a una banda de tipos buenos. —Se echa a reír, con los ojos abiertos como platos a causa de la emoción—. ¿Cómo es que nunca me has hablado de ese lugar? —inquiere—. La próxima vez que vayas iré contigo —dice decidida, y sé que no bromea—. Viene hacia aquí. ¡Preséntamelo, por favor!

Sacudo la cabeza. Para ella no es más que otra primera cita a la que hincarle el diente. Un momento... De repente me entra el pánico. ¿Me habrá visto con Matt? Espera... ¿por qué me preocupa eso?

—Hola, Ava, ¿qué tal?

Sam llega a la mesa, todavía sonriendo y con ese hoyuelo en la cara. La verdad es que es muy mono, tiene el pelo desaliñado y los ojos brillantes. Lleva puestos unos *jeans* y una camiseta, como la otra vez. Debe de irle el estilo informal.

—Bien, Sam, ¿y tú? —Apuro el vino. Me tomaría otra copa, pero no creo que a Patrick le hiciera mucha gracia que volviera a la oficina medio borracha—. ¿Llevas mucho rato aquí? —pregunto como si tal cosa.

—No, acabo de llegar. ¿Qué tal Jesse? —inquiere con una sonrisa maliciosa.

¿Qué le hace pensar que sé la respuesta a esa pregunta? ¿Se lo ha contado él? Noto que empiezo a ponerme colorada, aunque he llegado a la rápida conclusión de que me está tomando el pelo. Es su amigo, así que seguro que sabe cómo está. Me encojo de hombros, porque la verdad es que no sé qué contestar. No tengo ni idea de cómo está porque no he acudido a nuestra cita. Cuando me despedí ayer de él, estaba calentando todos mis motores sexuales y yo jadeaba como una desesperada. Imagino que ahora se sentirá algo encabronado por el hecho de que no haya acudido. ¡Ja! ¿Y qué va a hacer? ¿Despedirme? Quizá debería. Me ahorraría todos estos quebraderos de cabeza. De repente noto un fuerte golpe en la espinilla y, al alzar la vista, veo que Kate me mira con el ceño fruncido.

—Ah, Sam, ésta es Kate. Kate, Sam. —Muevo la mano entre ambos y me fijo en que el semblante de Kate se torna angelical. Le ofrece la mano a Sam, que sonríe antes de estrechársela.

—Un placer conocerte, Kate —dice con cortesía y pasándose la otra mano por las ondas engominadas.

—Lo mismo digo. —Arquea una ceja.

¡No me lo puedo creer! Está coqueteando con él. Sonríe con timidez ante los cumplidos que él le hace a su cabello rojo y salvaje mientras siguen agarrados de la mano. El teléfono me avisa de que tengo un mensaje. Para huir del evidente cortejo que tengo delante, lo abro y lo leo con un ojo cerrado.

Más vale que tengas una BUENA razón para dejarme plantado. Espero que se esté muriendo alguien. Estoy muy encabronado, señorita. Esta vez NO hay beso.

¡Vaya! Está preocupado. Mi corazón da un inesperado brinco de aprobación, pero al instante me obligo a salir de mi patética burbuja de satisfacción y me recuerdo que no tengo que rendirle cuentas de nada. Está claro que le gusta que lo obedezcan. Además, no lo he dejado plantado. Sólo he retrasado una reunión de negocios. Me va a estallar la pinche cabeza. Pero ¿qué me pasa? Dejo el teléfono sobre la mesa y, al alzar la vista, veo a Kate interpretando el mejor acto de flirteo que haya visto en la vida. No conoce la vergüenza, y siguen cogidos de la mano.

Ella deja de mirar a Sam y me mira a mí.

—¿Era de Jesse? —pregunta descaradamente.

Le doy una patada por debajo de la mesa y noto que Sam me mira. La voy a matar.

—¿Jesse? —pregunta Sam—. Acaba de llamarme. No tardará en llegar.

«¿Qué?»

Kate se echa a reír como una hiena, y yo le propino otra patada por debajo de la mesa. ¿Le habrá dicho Sam que yo estaba aquí?

—Tengo que irme —digo, y me levanto—. Kate —sonrío dulcemente mientras ella controla la risa—, ¿tú no tenías que hacer algo a las dos y media?

—No —responde también sonriendo e incluso superando mi nivel de dulzura. Es de lo más.

La miro con recelo y recojo mi bolso y mi teléfono.

—Bueno, pues luego nos vemos. Me alegro de volver a verte, Sam.

Le suelta la mano a Kate y me besa en la mejilla.

—Sí, lo mismo digo, Ava. Un placer.

Me dispongo a marcharme, pero entonces doy media vuelta con una expresión totalmente plana e indiferente.

—Por cierto, Kate. Dan vuelve la semana que viene. —Le suelto la bomba y espero la explosión. No tarda ni un nanosegundo en abrir la boca de asombro.

¡Toma! Le lanzo una mirada para advertirle que no debe jugar conmigo y me largo llena de satisfacción. Aunque me dura poco. Jesse está justo detrás de mí, mirándome como un perro rabioso. Me encojo al instante.

—¿Quién ha muerto? —ladra.

Está muy encabronado.

—Estaba trabajando —me defiendo nerviosa.

Me mira con el ceño fruncido.

—¿Y eso te impide contestar el teléfono? —Su voz destila desaprobación.

De acuerdo, puede que el que no contestase a sus llamadas sea una razón de peso para estar enojado.

Me vuelvo y veo a Kate y a Sam observando en silencio nuestro pequeño altercado. Mi amiga empieza a mirar en todas direcciones menos en la nuestra. Sam apenas logra dominar su expresión de sorpresa y fracasa en su intento de fingir desinterés. Suspiro y miro a Jesse, que aún parece estar a punto de golpear algo.

—Tengo que volver al trabajo —digo. Lo esquivo y salgo del bar. Su reacción me parece exagerada y roza peligrosamente la posesión y la manipulación, y yo no quiero ni una cosa ni la otra.

Salgo a Piccadilly y sorteo la multitud que se forma a la hora de comer. Sé que me sigue. Siento su mirada verde y penetrante clavada en mi espalda.

Cuando giro hacia Berkeley Street, el gentío disminuye y me vuelvo. Está increíblemente guapo con ese traje gris pizarra y esa camisa azul claro. Resoplo para mis adentros y acelero el paso. Si consigo llegar a la oficina, estaré a salvo de su cólera. No va a montarme una escenita en el trabajo, ¿verdad? Aunque no parecía que le importase mucho montármela delante de Kate y de Sam. ¿Me arriesgo? Este tipo es muy inestable. Pero ¿por qué se comporta de esta manera? Sólo nos hemos acostado, no nos hemos casado.

Acelero el paso y cruzo las puertas de la oficina pero, en cuanto llego a mi mesa, me arranca de allí entre quejas y me arrastra de nuevo hacia la calle.

—Pero ¿qué diablos haces? —vocifero. Él me ignora y sigue avanzando hacia la puerta.

Me agarro al final de su espalda y, al alzar la vista, veo que Tom, Victoria y Sally contemplan con la boca abierta cómo me transporta hasta el exterior. Por favor, que Patrick no esté.

—¡Carajo, Jesse! ¡Suéltame!

Deja que me deslice por la parte delantera de su cuerpo, y lo hace lentamente, con la intención de que note los duros músculos de su magnífico pecho. Me detiene antes de que toque el suelo con los pies. Me sostiene por la cintura para que mis labios queden a la altura de los suyos y su flagrante erección me roce justo en el lugar adecuado. ¿Está encabronado y cachondo?

Se me escapa un gemido traicionero cuando se aprieta contra mí con ese aliento cálido y fresco. Se supone que tengo que estar encabronada, y, sin embargo, aquí estoy, retenida en contra de mi voluntad —más o menos— y deseando desnudar a mi captor delante de todos mis colegas, que se han pegado al cristal de la puerta de la oficina peleándose por las mejores vistas.

—Esa boca. Me has dejado plantado. —Aprieta sus labios contra los míos y se aparta. Su mirada se suaviza mientras me mira y espera una explicación.

Ahora no puedo decirle por qué he cancelado la cita. Supongo que se subiría por las paredes.

—Lo siento —suspiro. ¿Aceptará mis disculpas?

He de volver a la oficina y aclararme las ideas. No, he de volver a casa y aclararme las ideas, a ser posible con una botella de vino.

Él sacude la cabeza suavemente y me ataca la boca con vehemencia en mitad de Bruton Street. Hundo los dedos en su pelo y me rindo a esos labios tremendamente adictivos sin darle demasiadas vueltas. No tiene ninguna vergüenza y parece ajeno por completo al ajetreo de peatones que se apresuran de un lado a otro a la hora de comer y que, con toda seguridad, se quedan mirando cómo me devora. Me tiene absorbida. Presiona la entrepierna con fuerza contra mí y gimo. Este beso es para demostrarme lo que me he perdido, y estoy empezando a odiar a Matt por ello.

—No vuelvas a hacerlo —me ordena con un tono que no acepta réplica. Me suelta y toco el suelo con los pies. La repentina falta de sujeción hace que me tambalee hacia adelante.

Me coge del brazo para enderezarme y una puñalada de dolor me recorre el cuerpo y rompe el embrujo. Respiro hondo. Me suelta y se aparta de mí. Sus dulces ojos verdes se inundan de rabia al ver los moretones que luzco en el brazo por cortesía del calvo pendejo. Mientras los observa, la mandíbula empieza a temblarle y se le hincha el pecho.

Sólo pienso en la suerte que tuvo el pelón de que estas magulladuras no se vieran ayer.

—Estoy bien. —Me cubro con la mano con la esperanza de que, al ocultar la zona que lo altera, abandone el estado de furia.

Parece un loco homicida. ¿Está encabronado porque tengo unos moretones?

—Tengo que volver al trabajo —digo con un hilo de voz, algo nerviosa.

Aparta la mirada de mi brazo y vuelve a fijarla en mis ojos. Me mira como si yo fuera lo que lo altera. Un destello de irritación cruza su atractivo rostro cuando levanta la mano para frotarse las sienes con las puntas de los dedos. Entonces suspira agobiado.

Finalmente, sacude un poco la cabeza y se marcha sin mediar palabra. Me deja ahí plantada sobre la acera, preguntándome qué rayos ha pasado. Agacho la cabeza y miro desesperadamente al suelo, como si fuese a encontrar la respuesta escrita con gis en los adoquines.

¿Ya está? ¿Se acabó? Su expresión decía que sí. No sé muy bien cómo me siento al respecto. De repente me está clavando las caderas y haciéndome gemir, y al segundo siguiente me mira con toda la rabia del mundo. ¿Qué se supone que debo pensar? No tengo ni idea. Me obligo a salir de mi ensimismamiento y regreso a la oficina. Reina un silencio incómodo. Todo el mundo finge estar ocupado.

—¿Estás bien? —pregunta Tom, que pasa despacio junto a mi mesa.

Levanto la mirada y veo su expresión chismosa de siempre teñida de un aire de preocupación.

—Estoy bien. Ni una palabra de esto a Patrick —digo con más dureza de la que pretendía.

—Claro, tranquila. —Levanta las manos en señal de defensa.

«¡Carajo!» Lo último que necesito es que Patrick se entere de que me han pescado con un cliente. Debería haber sido más fuerte y haberme resistido a sus insinuaciones. No me gusta nada cómo me siento ahora mismo. Creo... creo que me siento... ¿abandonada?

Capítulo 16

Entro prácticamente a rastras por la puerta principal, agotada y exhausta. Kate está en la cocina fumándose un cigarrillo en la ventana.

—Tienes que dejar esa mierda —le digo con desprecio.

No fuma mucho, sólo un par de vez en cuando, pero es un mal hábito de todas formas.

Le da una última fumada y lo tira por la ventana antes de bajarse rápidamente de la barra.

—Me ayuda a pensar —se defiende.

Sí, siempre que la pesco fumándose un cigarro a escondidas me viene con el mismo cuento. Ahora se supone que debería preguntarle en qué está pensando, pero ya sé la respuesta a la pregunta.

—¿Y el vino?

Me quita el bolso de las manos, lo abre del todo y me mira con disgusto. He cometido un pecado capital: se me ha olvidado el vino.

Me encojo de hombros. Tenía la cabeza en otras cosas.

—Lo siento.

—Voy a la tienda, tú cámbiate. ¿Te apetece cenar *fish and chips*?

Coge el monedero de la mesa mientras mete los pies en las chanclas.

—Sólo papas.

Recorro el pasillo hasta mi habitación. Estoy completamente desanimada.

Me siento con Kate en el sofá y picoteo papas fritas de mi plato. No tengo nada de hambre y apenas presto atención a la reposición de «Friends». Tengo la cabeza hecha un lío y estoy furiosa conmigo misma por permitirlo.

—Anda, escúpelo —me exige Kate.

Vuelvo la cabeza hacia mi temperamental amiga con una papa frita a medio camino de la boca. Soy una idiota por pensar que iba a poder disfrutar en paz de mi taciturno estado de ánimo. Me encojo de hombros para indicarle que no estoy de humor para hablar, me meto la papa en la boca y la mastico sin ganas. Hablar de ello sería como admitir que estoy así por eso, y por «eso» me refiero a un hombre.

—Él te gusta.

Pues sí. Me gusta. Y no quiero que me guste, pero así es.

—Sólo me traerá problemas. Ya lo has visto hoy —refunfuño.

En un alarde de dramatismo, pone los ojos en blanco y se deja caer sobre el respaldo del sofá.

—Lo has dejado plantado por tu ex novio. —Deposita el plato en la mesita de café que tenemos delante del sofá—. Ava, ¿qué esperabas?

La miro con el ceño fruncido.

—Él no sabe por qué lo he dejado plantado. Sólo sabe que no he aparecido.

—Bueno, entonces está claro que no le gusta que lo dejen plantado —ríe—. Por cierto, estoy muy encabronada contigo.

De repente se pone muy seria.

¿Qué he hecho? Ah, ya. Debe de referirse a mi pequeña bomba sobre Dan.

—¿Preferías que no te dijera nada? —le pregunto.

—¡No me has avisado con bastante tiempo para que pueda irme de la ciudad! —gime.

¡Ay, madre, cuánto drama!

—¡Estás haciendo una montaña de un grano de arena! No tienes por qué verlo.

—No, claro que no. ¡Y no pienso hacerlo!

—Pues entonces perfecto, ¿no?

Intento cambiar de tema.

—¿Qué tal con Sam? —Arqueo las cejas.

—¿No está buenísimo? Jesse volvió al bar, con cara de pocos amigos por cierto, así que los dejé allí. Me ha pedido el teléfono.

—¡Eres una zorra, Kate Matthews!

—¡Ya lo sé! —chilla—. ¿Y cómo ha quedado la cosa con el señor?

Me observa con prudencia, evaluando mi reacción a su pregunta.

—Seguía enojado conmigo y se largó encabronadísimo —contesto al tiempo que me encojo de hombros.

Kate sonríe.

—Es un poquito intenso.

Me echo a reír.

—¿Un poquito? ¡Soy incapaz de pensar con claridad cuando lo tengo cerca! Cuando me toca es como si se hiciera con el control de mi mente y mi cuerpo. Da miedo.

—¡Carajo!

—Eso digo yo, ¡carajo!

Se vuelve de nuevo hacia el televisor.

—Me gusta —dice en voz baja como si le diera miedo admitirlo, como si fuera malo que le gustase—. Sólo lo comento para que lo sepas. —Se encoge de hombros pero no me mira—. Es rico, está super-bueno y es evidente que le gustas mucho. Un hombre no se comporta así si lo único que busca es un acostón, Ava.

Puede que tengas razón, pero eso no cambia el hecho de que se ha esfumado y no ha vuelto a llamarme desde entonces. Y quizá sea lo mejor.

—¿Te apetece que salgamos de fiesta el sábado? —le pregunto.

Es una pregunta estúpida porque conozco perfectamente la respuesta.

Me mira con cara de pilla y yo le sonrío.

Al día siguiente, llego tranquilamente al hotel Royal Park a las doce y cuarto lista para reunirme con Mikael Van Der Haus. Me acompañan hasta una sala de espera acogedora con unos sillones muy caros. Los cuadros que decoran las paredes tienen los marcos dorados y una chimenea tallada preside la habitación. Es majestuosa. Me ofrecen té, pero prefiero beber agua. Hace muchísimo calor y el vestido negro de tubo se me está pegando al cuerpo.

Veinte minutos después, el señor Van Der Haus hace su aparición con un aspecto impecable. Es muy atractivo. Me sonríe sin reparos con su perfecta dentadura blanca. ¿Qué me pasa últimamente con los hombres mayores? Bloqueo a toda prisa esos pensamientos.

—Ava, por favor, acepta mis disculpas. Detesto hacer esperar a una dama.

Su suave acento danés es casi imperceptible pero muy sexy.

«¡Para!» Me levanto cuando se acerca a mí y le tiendo la mano con una sonrisa. Él la estrecha, pero me deja estupefacta cuando se inclina y me besa en la mejilla. De acuerdo, ha estado un poco fuera de lugar, pero voy a pasarlo por alto. Puede que sea algo normal en Dinamarca. ¡Ja! Será mejor que no me olvide de lo que pasó la última vez que un cliente varón me besó en nuestra primera reunión.

—No se preocupe, señor Van Der Haus. He llegado hace poco —lo tranquilizo.

—Ava, éste es nuestro segundo proyecto juntos. Sé que has tratado con mi socio en el Lusso, pero yo voy a involucrarme mucho más en la Torre Vida, así que, por favor, llámame Mikael. Detesto las formalidades. —Toma asiento en el sofá que tengo delante y cruza las largas piernas—. Estoy deseando contrastar ideas contigo pronto.

¿Eh? ¿Es que acaso no he venido para eso?

—Sí, la verdad es que no he tenido ocasión de estudiar el proyecto todavía. Esperaba que me dieras la información y una semana para poder exponerte algunas ideas.

—¡Por supuesto! —Ríe—. He sido muy descortés al hacerte venir avisándote con tan poco tiempo, pero vuelvo a Dinamarca el viernes. Tengo tu dirección de correo electrónico. Te enviaré los detalles. Has hecho un trabajo fantástico en el Lusso. Es muy tranquilizador colaborar con gente competente.

Me sonríe.

¿No va a darme ninguna especificación ahora? Pero si he venido a eso, ¿no?

—Si te parece, podemos hablarlo ahora un poco —le propongo.

Me observa en silencio durante un momento antes de inclinarse hacia adelante.

—Ava, espero que no pienses que soy demasiado atrevido, pero, verás... ¿Cómo expresarlo? —Se da golpecitos con los dedos en la barbilla. Estoy un poco preocupada—. Me temo que te he traído hasta aquí con falsos pretextos.

Ríe nerviosamente y se revuelve en su asiento.

—¿Qué quieres decir? —pregunto confundida.

Y de repente lo entiendo todo. «¡Ay, no! ¡No, no, no!» Me echo hacia atrás en mi asiento, con el cuerpo tenso de los pies a la cabeza, y ruego al Todopoderoso que le infunda un poco de cordura antes de que diga lo que creo que va a decir.

—Quería pedirte que cenaras conmigo. —Me mira expectante y seguro que advierte mi cara de horror. Estoy más roja que un tomate—. Mañana por la noche, si te parece bien, claro —añade.

«¡Mierda!» ¿Qué le digo? Si le digo que no, es posible que cancele su acuerdo con Rococo Union y que Patrick pierda el trabajo. Pero ¿por qué últimamente todos los hombres caen rendidos a mis pies? Los hombres maduros, para ser más exactos. Es bastante mayor que Jesse. O al menos eso parece. Es muy guapo, pero, por Dios, debe de sacarme unos veinte años. Me río para mis adentros. Al menos éste no me ha encerrado en una suite. ¿Qué hago?

—Señor Van Der Haus...

—Mikael, por favor —me interrumpe con una sonrisa.

—Mikael, no creo que mezclar los negocios con el placer sea buena idea. Es mi política, aunque me siento muy halagada.

Me río de mi propia osadía. ¿Desde cuándo me ha supuesto eso un problema últimamente? ¿Y por qué he hablado de placer? He dado por hecho, y sugerido a la vez, que sería placentero cenar con él. Tal vez no lo habría sido; o quizá sí, y mucho. ¡Ay, Dios! Me lanzo mentalmente contra la preciosa chimenea.

—Vaya, es una lástima, Ava —suspira.

—Sí, sí que lo es —coincido, y regreso a la realidad cuando levanta la cabeza con expresión de sorpresa.

Vuelve a inclinarse hacia adelante.

—Admiro tu profesionalidad.

—Gracias. —De nuevo estoy completamente roja.

—Espero que esto no afecte nuestra relación profesional, Ava. Tengo muchas ganas de trabajar contigo.

—Yo también tengo muchas ganas de trabajar contigo, Mikael.

Se levanta del sillón y se acerca a mí con la mano extendida. ¡Gracias a Dios! Yo le ofrezco la mía y dejo que me la estreche con suavidad. En serio, ¿me ha hecho venir sólo para pedirme que cene con él? Podría haberme llamado.

—Te enviaré lo acordado en cuanto tenga la oportunidad. Y cuando vuelva de Dinamarca me gustaría enseñarte el edificio. Hasta entonces, puedes ir preparando unos cuantos bocetos. Te he mandado los planos a la oficina y te enviaré las especificaciones por correo electrónico.

—Gracias, Mikael. Que tengas buen viaje.

—Adiós, Ava.

Sale de la estancia caminando sobre sus largas piernas.

Vaya, qué situación tan incómoda. Continúo sentada y apuro el vaso de agua mientras doy vueltas al caos emocional en el que estoy sumida. Si Jesse fuera tan cortés como Mikael, ahora no me sentiría tan mal. Lo de no mezclar los negocios con el placer nunca ha sido mi política pero, básicamente, porque nunca había necesitado tener una al respecto. En tan sólo dos semanas se me han declarado dos clientes ricos y atractivos. A uno lo he rechazado, pero con el otro he caído de pleno. Y como resultado estoy hecha un lío. No mezclar los negocios con el placer es mi nueva norma, y pienso cumplirla. Aunque en realidad tampoco creo que vaya a hacerme mucha falta, porque Mikael ha aceptado mi negativa con amabilidad y Jesse no ha vuelto a llamarme desde que me abandonó. ¿Me abandonó?

Sobre las dos y media estoy de vuelta en la oficina. No le comento nada a Patrick de lo rara que ha sido la reunión con Mikael Van Der Haus, sobre todo porque me preocupa que, por el bien del negocio, me obligue a ir a cenar con él. Patrick daría por sentado que sería una cena de negocios, pero Mikael ha dejado perfectamente claro que no tenía nada que ver con eso. Me limito a decirle lo de los correos electrónicos, los bocetos y sus intenciones de mostrarme el edificio a su regreso de Dinamarca. Eso parece contentarlo.

Saco el celular del bolso y veo que no tengo ninguna llamada perdida. Hago caso omiso de la puñalada de decepción que siento y empiezo a anotar algunos comentarios sobre diseño escandinavo. Sé que el mío se basará en la vida fácil, blanca y pura, pero me reconforta el hecho de que sea algo tranquilo y cálido, y no vacío y frío.

Suena el teléfono y lo cojo con demasiada rapidez. Es Kate.

—Hola —digo con una voz exageradamente alegre. No sé por qué me molesto. Ella lo nota de inmediato.

—¿Fingiendo indiferencia, tal vez? —pregunta.

—Sí.

—Ya me imaginaba. ¿No sabes nada de él?

—No.

—Día de monosílabos, ¿eh?

—Sí.

Ella suspira profundamente al otro lado de la línea.

—Bueno. ¿Les has preguntado a Victoria y al Gran Gay si van a salir el sábado por la noche?

—No, pero lo haré. Acabo de volver de una reunión muy extraña. —Abro el primer cajón de mi mesa para coger un clip y veo el alcatraz aplastado bajo mi engrapadora.

—¿Extraña por qué? —pregunta intrigada.

—He ido a ver al promotor del Lusso, bueno, a uno de ellos. Me ha preguntado si quería cenar con él. Ha sido muy incómodo. —Cojo el alcatraz y lo tiro a la basura de inmediato.

Ella se echa a reír.

—¿Cuántos años tiene éste?

Su insinuación me irrita.

Es mucho mayor que Jesse. Cuánto, no lo sé, pero no hay duda de que es más viejo. Es probable que jamás lo sepa con exactitud.

—Unos cuarenta y pico, creo, pero es muy atractivo, del tipo escandinavo. —Me encojo de hombros y muevo el ratón por la pantalla sin ningún objetivo en concreto. Está claro que no está a la altura de Jesse, pero es atractivo.

—Te has convertido en un imán para maduritos. ¿Vas a ir?

—¡No! —chillo—. ¿Para qué?

—¿Y por qué no? —No la veo, pero sé que tiene una ceja enarcada.

—No, no puedo porque tengo una nueva política: no mezclar los negocios con el placer.

—¡QUÍTATE! —grita, y me hace dar un brinco en la silla—. Perdona, un pendejo estaba cortándome el paso. Así que nada de mezclar los negocios con el placer, ¿eh?

—Exacto. ¿Estás hablando por teléfono mientras conduces, señorita Matthews? —la regaño. Sé que *Margo* no tiene manos libres.

—Sí, será mejor que cuelgue. Nos vemos en casa. Y no olvides comentarles al Gran Gay y a Victoria los planes del sábado.

—¿Qué planes? —pregunto antes de que cuelgue.

—Empedarnos, en el Baroque, a las ocho en punto.

Empedarnos. Sí, es un buen plan.

Salgo de la oficina a las seis con Tom y Victoria.

—¿Les apetece salir el sábado, chicos?

Tom se detiene súbitamente y levanta las palmas de las manos con una expresión de absoluta sorpresa en su cara de niño.

—¡Dios mío, sí! A mediodía me he comprado una camisa de color coral maravillosa. ¡Es divina!

Victoria ríe, le da una palmada en el culo y lo empuja hacia adelante.

—¿Adónde vamos? —pregunta.

—Al Baroque, a las ocho —contesto—. Y ya veremos qué nos depara la noche.

—¡Me apunto! —canturrea Victoria—. Pero nada de ligues gays, Tom. Me toca coger a mí —gruñe.

Tom frunce el ceño.

—¿Y yo qué?

—Tú ya has tenido bastante. Es mi turno —le espeta—. Además, ¿qué ha sido del científico?

—Lo cierto es que la ciencia es muuuy aburrida —refunfuña.

Nos despedimos en el metro de Green Park. Cojo la línea Jubilee hacia la Central. Victoria y Tom toman la de Piccadilly.

Capítulo 17

—Buenos días. —Sé que mi voz destila tristeza, pero estoy haciendo todo lo posible por evitarlo.

Tom levanta la vista de su ejemplar de la *Interiors Weekly* y se baja los lentes hasta la punta de la nariz.

—Querida, ¿a qué viene esa cara tan larga? —pregunta. No tengo energías ni para fingir una sonrisa. Me dejo caer en la silla y Tom se acerca corriendo a mi mesa, en un nanosegundo—. Mira, esto te animará.

Me enseña una página de la revista que está leyendo y ahí, sentada como si tal cosa en el diván de terciopelo del Lusso, aparezco yo.

—Genial —suspiro.

Ni siquiera me molesto en leerlo. Tengo que borrar de mi mente todo lo relacionado con ese edificio.

—¿Mal de amores? —Me mira con compasión.

No, no es eso. Para eso hace falta que haya amor. Me enfurruño. Sabía que sería la última vez que lo veía. Cuando se marchó, supe que no volvería a verlo. No he estado mirando el teléfono cada diez minutos, no he estado dándole vueltas al asunto todo el rato y no estoy jugueteando con mi pelo mientras pienso esto. Admito a regañadientes... que lo echo mucho de menos. Qué ridículo. ¡Sólo era un acostón de despecho!

—Estoy bien —digo, y reúno las fuerzas necesarias para esbozar una sonrisa—. Es viernes, estoy deseando empedarme mañana por la noche.

Necesito una noche de fiesta.

—¿De verdad vamos a empedarnos? ¡Fabuloso!

Desvío la atención hacia la entrada de la oficina cuando oigo la voz aguda de Victoria.

—¡Ma-dre mí-a! No van a creer lo que acabo de ver. —Está a punto de desmayarse.

Tom y yo la miramos perplejos.

—¿Qué? —preguntamos al unísono.

—Estaba en Starbucks esperando mi capuchino doble con extra de chocolate, y de repente entra un tipo... Me suena de algo, pero no sé de qué. Un tipo que está como pintado. Pero bueno, estaba ahí de pie, en lo suyo, y de repente llega una mujer pavoneándose y le tira un *frappuccino* por encima. —Hace una pausa para respirar—. La mujer empieza a gritarle, a decirle que es un pendejo egoísta y mentiroso, y se larga y lo deja ahí, empapado de café helado y nata. Ha sido superfuerte.

Me siento y contemplo a Victoria mientras recupera el aliento después de narrar casi sin respirar los sucesos del viernes por la mañana en Starbucks. Cuando voy yo nunca pasa nada.

—Parece que alguien ha sido un chico malo —sonríe Tom con malicia—. ¿Qué tan bueno estaba?

Pongo los ojos en blanco. Sin duda Tom habría ido a rescatarlo.

Victoria levanta las manos con las palmas hacia adelante.

—De portada de la *Men's Vogue*.

—¿En serio? —dice Tom mientras se quita los lentes—. ¿Sigue allí?

Ella hace una mueca con su preciosa cara.

—No.

Esto es absurdo.

Patrick irrumpe a toda prisa en la oficina.

—Chicos, ¿hoy se trabaja o el viernes es día festivo? —Pasa a nuestro lado a toda velocidad en dirección a su despacho y cierra la puerta a sus espaldas.

—Bueno, vamos a trabajar un poco, ¿no? —Los echo de mi mesa con un gesto de la mano.

—Ah, se me olvidaba —dice Tom tras dar media vuelta—. Van Der Haus ha llamado para decir que vuelve a Londres el lunes. Va a mandarte las especificaciones por correo electrónico y de momento nos ha enviado esto. ¿Está bueno? —Arquea una ceja de manera sugerente y me entrega un sobre.

Es el gay más zorrón que he visto en mi vida, pero voy a complacerlo.

—Mucho —digo abriendo mucho los ojos para darle énfasis a mis palabras. Cojo los planos que me ofrece.

Me mira con recelo.

—¿Por qué siempre te dan a ti los clientes más sexy? —Se marcha hacia su mesa—. Qué no daría yo porque un adonis entrase aquí y me echara sobre su hombro.

Me apeno al escuchar el comentario de Tom respecto a la escenita de Jesse la última vez que lo vi y saco el teléfono del bolso justo cuando empieza a sonar. No es más que un recordatorio del calendario. Mi cita en el salón, mañana por la tarde. Se me había olvidado. Al menos eso me anima un poco. Estaré bien guapa para nuestra gran noche de fiesta. Perfecto.

Reviso montones de presupuestos, fechas de entrega y requisitos de promotores antes de llamar a mis clientes actuales para comprobar que todo va bien. Y así es, excepto por el drama de las cortinas de la señora Peter. Recibo un correo de Mikael. Lo leo rápidamente y decido estudiarlo con más detenimiento el lunes.

Sally se acerca a toda prisa a mi mesa con una entrega.

—Eh... Creo que esto es para ti, Ava. —Se mueve de un lado a otro con una caja en la mano—. ¿Lo quieres?

¿Qué? Sí, lo quiero. Si es una entrega para mí, claro que lo quiero. Esta chica tiene un problema de seguridad. Le cojo la caja de las manos.

—Gracias, Sally. ¿Puedes hacerle un café a Patrick?

—No sabía que quisiera uno.

Su expresión de pánico hace que me den ganas de hacerle yo a ella un café.

—Es que parece que está algo bajo de moral. Vamos a mimarlo un poco.

—¿Está bien? No estará enfermo, ¿verdad?

—No, pero creo que le vendrá bien un café —insisto mientras lucho con todas mis fuerzas por no perder la paciencia.

—Claro. —Se marcha corriendo. Su falda de cuadros se agita alrededor de sus zapatos de salón. No sabría decir qué edad tiene. Parece rondar los cuarenta, pero algo me dice que debe de tener mi edad. Abro la caja y veo todas las muestras de tela que había pedido para la Torre Vida. La meto debajo de la mesa. Ya les echaré un vistazo también el lunes.

Cerca de las seis de la tarde, asomo la cabeza por la puerta de Patrick. No tiene buen aspecto.

—Patrick, me voy ya. ¿Estás bien?

Aparta la vista de la computadora y sonríe, pero sus ojos no brillan como de costumbre.

—Sólo estoy un poco pachiche, flor.

—Deberías irte a casa —digo preocupada.

—Sí, creo que eso es lo que voy a hacer. —Levanta su corpachón de la silla y apaga la computadora—. Esa dichosa mujer me ha dado de comer algo en mal estado —mascula mientras coge su maletín.

—Lo he apagado todo. Sólo tienes que poner la alarma.

—Estupendo. Que pases un buen fin de semana, flor. Nos vemos el lunes. —Se pasa el dorso de la mano por la frente sudorosa. Algo no va bien.

—De acuerdo, nos vemos el lunes.

Estoy en mi dormitorio, lista para irme. Tengo el pelo perfecto. Llevo unas ondas grandes y naturales cortesía de Philippe, mi estilista, y un vestido nuevo de Selfridges que compré por impulso para sentirme mejor, aunque me queda genial. Es negro, corto y muy entallado. Me he maquillado los ojos con un negro ahumado muy marcado y he escogido un tono *nude* para los labios. La verdad es que estoy bastante sexy.

Entro en la cocina y veo a Kate asomada a la ventana, fumándose un cigarrillo a escondidas. ¿En qué estará pensando ahora? Está tan mona como siempre, con un vestido de color crema con la espalda descubierta.

—¡Madre mía! —exclama—. Estás impresionante. —Baja de un salto de la barra y mete los pies en los tacones dorados—. ¿Es lo bastante corto?

Enarco una ceja e inspecciono su vestido.

—Puta...

Ella ríe con ese gorjeo desenfadado que siempre me saca una sonrisa.

—Toma. —Me pasa una copa de vino. Se la agradezco y prácticamente me la bebo de un trago. Me hacía mucha falta—. Ya está aquí el taxi.

Dejo la copa vacía a un lado y sigo a Kate hasta el taxi. Estoy deseando que llegue esta noche para recuperarme, pero paso por alto el hecho de que pretendo recuperarme de unos cuantos encuentros apasionados con un hombre apasionado, no de la ruptura de mi relación de cuatro años con Matt. Es curioso. La verdad es que en ningún momento sentí la necesidad de salir y ponerme hasta las orejas de alcohol cuando él y yo lo dejamos.

Entramos en el Baroque y de inmediato veo a Tom y a Victoria en la barra.

—¡Madre mía! —exclama Tom mirándome de arriba abajo—. ¡Ava, estás de muerte!

—Estás estupenda, Ava —añade Victoria.

Sólo es un vestido.

—Gracias —digo, y me encojo de hombros para quitarle importancia.

—¿Qué quieres tomar? —pregunta Kate.

Ya me he tomado una copa de vino, así que supongo que debería seguir con lo mismo. Dije que esta noche iba a beber.

—Un rosado, pero que sea Zinfandel, por favor.

Kate pide las bebidas y nos dirigimos a una mesa cerca del DJ. Tom viste su nueva camisa de color coral y unos *jeans* demasiado apretados. Sólo le falta tatuarse la palabra «gay» en la frente. Victoria está tan guapa como siempre. Todo el mundo se ha arreglado mucho para esta noche, incluida yo. ¿Por qué será?

Conforme el vino va entrando en mi cuerpo, mis preocupaciones comienzan a disiparse. Reímos y charlamos, y empiezo a sentirme normal otra vez. Me siento libre y me gusta. Mi madre siempre dice: «El alcohol te suelta la lengua, y quien mucho habla mucho yerra.» Acabo de descubrir que tiene razón, porque estoy totalmente desinhibida y he puesto a todo el mundo al día sobre los últimos acontecimientos. Teniendo en cuenta que quería olvidarme de todo, me estoy esforzando mucho por aferrarme a los recuerdos.

Tom está entusiasmado con todo el sexo de despecho que he tenido.

—¿Así que se largó y no lo has visto desde entonces? —pregunta afectado.

—Eso no está padre —interviene Victoria.

Kate pone los ojos en blanco y mira a los dos como si fuesen tontos de remate.

—Pero ¿es que no lo ven? —resopla enfurruñada.

Tom y Victoria se contemplan el uno a la otra, y después a mí. Yo me encojo de hombros. ¿Qué no vemos? Kate niega con la cabeza.

—Parecen idiotas. Es muy simple... él la quiere. Ningún hombre se comporta así por un acostón. Ya te lo dije, Ava.

—Entonces ¿por qué ha desaparecido? —Victoria se inclina hacia adelante, totalmente fascinada por la explicación de Kate al comportamiento de Jesse.

—¡No lo sé! Pero creo que es eso. He visto la química que había entre ustedes. Y era de locos. —Kate se deja caer en su silla alta, totalmente exasperada.

Yo me echo a reír. No sé si es porque he tomado demasiado vino, pero ha sido... gracioso.

—Da igual. Sólo era un acostón y ya está.

Mi explicación no parece satisfacerlos, porque todos continúan contemplándome con cara de incredulidad. Creo que ni siquiera a mí me convence, pero han pasado cuatro días y he logrado resistir la insoportable tentación de llamarlo. Además, él tampoco me ha llamado ni ha vuelto a concertar una cita, así que eso lo dice todo. Voy a pasar página. Sólo estoy tremendamente encabronada conmigo misma por ceder ante su persistencia, lo que lo situaba en posición de dejarme, cosa que ha hecho.

—Oye, ¿podemos cambiar de tema? —les suelto—. He salido a divertirme, no a analizar los detalles de mi acostón de despecho.

Tom remueve su piña colada.

—¿Sabes qué? Todo sucede por una razón.

—¡Cálmate! ¡No empieces con todas esas jaladas! —lo regaña Kate.

—Pero es verdad. Creo firmemente en ello. Tu acostón de despecho es un escalón que te lleva hacia el amor de tu vida. —Me guiña un ojo.

—Y Matt fue un peldaño que duró cuatro años —señala Kate.

—¡Por los peldaños! —exclama Tom.

Kate se une al brindis.

—¡Y por los tragos!

Apuro el vino y levanto la copa.

—¡Sí! ¡Por los tragos! —grita Tom, y se marcha bailando hacia la barra.

Nos tambaleamos por la calle hasta nuestro siguiente destino: el Blue Bar. Los porteros nos dejan entrar, aunque uno de ellos mira la camisa de Tom con recelo. Tom y Victoria salen corriendo hacia la pista de baile en cuanto oyen a Flo Rida y a Sia cantando *Wild Ones*, y Kate y yo nos quedamos pidiendo las bebidas.

Pido una ronda, cojo los vasos de Tom y Victoria y los dejo en el estante que me señalan. Les encanta bailar, así que puede que tarden un rato. Cuando vuelvo con Kate a la barra, me la encuentro hablando con un tipo. No lo conoce. Lo sé porque ha activado todos sus mecanismos de coqueteo.

Cuando me acerco, levanta la voz para que la oiga por encima de la música.

—Ava, éste es Greg.

Yo sonrío y le doy la mano. Parece bastante normal.

—Hola, encantada.

—Lo mismo digo. Éste es mi amigo, Alex —dice, y señala a un chico mono de pelo oscuro que está a su lado.

—¡Hola! —grito.

Él sonríe con seguridad.

—Te invito a una copa.

—No, gracias, acabo de pedir una.

Regla número uno: no aceptar jamás copas de un extraño. Dan me lo enseñó en cuanto empecé a salir.

—Como quieras —responde encogiéndose de hombros.

Kate y Greg se apartan de nosotros y nos dejan solos para que charlemos. La verdad es que no me apetece. He salido para olvidarme de los hombres en general. Y ahora me colocan a uno.

—¿A qué te dedicas? —me pregunta Alex.

—Al diseño de interiores, ¿y tú?

—Soy agente inmobiliario.

Me lamento por dentro. Tengo aversión a los agentes inmobiliarios, suelen ser vendedores engreídos y con un ego excesivo. Y Alex tiene todas esas características, además de hablar con una petulancia insoportable.

—Qué bien —digo. Ha perdido todo mi interés, aunque no es que haya tenido mucho en ningún momento.

—Sí, hoy me he ganado un extra considerable. Soy capaz de venderte hasta un cagadero. Vivo de lujo y en Londres, nada menos.

—Carajo, vaya pendejo—. ¿Quieres que salgamos un día?

«¡NO!»

—Gracias, pero tengo pareja. —Menos mal que este payaso no nos conoce ni a mí ni a mis manías. Me estoy tocando el pelo sin parar.

—¿Seguro? —pregunta, y se acerca y me acaricia el brazo.

Yo me aparto y planeo la huida.

—Seguro. —Sonrío dulcemente y busco a Kate con la mirada.

En lo que tardo en llevarme la copa a los labios, don Petulante desaparece de mi vista. Me lleva dos segundos entender lo que está pasando ante mis ojos pero, cuando lo hago, me quedo horrorizada.

Jesse ha agarrado a Petulante del cuello y lo ha estampado contra una columna.

Capítulo 18

—¡No la toques! —le ruge Jesse al pobre y estupefacto Petulante.

Lo ha toamdo por sorpresa. Me siento mal; sólo estaba probando suerte. Podía arreglármelas yo sola. ¿De dónde ha salido? Justo lo que necesitaba en mi noche de fiesta y supuestamente libre de hombres arrogantes. Me ha tenido cuatro días preguntándome de qué se trataba aquello y ahora aparece, de repente, como un toro salvaje. ¿Aún le dura el enojo del martes?

—Lo siento, hombre. No pretendía ofender. Tu novia y yo sólo estábamos charlando, sin más —explica Petulante muerto de miedo.

«¿Novia? ¡Vaya!» Me gustaría decirle al pobre muchacho que el maníaco que lo está agarrando de la garganta ni siquiera es mi novio pero, viendo el humor de Jesse, decido no arriesgarme a empeorar las cosas.

—Jesse, suéltalo, no estaba haciendo nada.

Petulante me mira agradecido. Sabe que no es del todo cierto. Unos segundos más, y estoy convencida de que habría acabado tirándole la copa encima. Acaricio el brazo a Jesse con suavidad en un intento de tranquilizarlo e ignoro su cálida dureza. Parece estar a punto de estallar de furia. Estoy encabronada. ¿Cómo se atreve a presentarse aquí y fastidiar mi noche de superación?

—¿Qué está pasando? —pregunta Kate a mi lado.

—Nada —respondo tajantemente—. Jesse, suéltalo.

No parece escucharme. ¿Qué se supone que tengo que hacer ahora? No quiero verlo. Ya empiezo a perder la razón y ni siquiera me ha mirado todavía. Tampoco puedo largarme y dejar que el pobre Petulante soporte la ira injustificada de Jesse. ¿Dónde rayos se ha metido los últimos cuatro días?

Me siento tremendamente aliviada cuando Sam aparece en escena.

—Sam, por favor, tranquiliza al pendejo de tu amigo. —Me vuelvo hacia Kate—. Vamos.

Los ojos de mi amiga se iluminan como un festival de fuegos artificiales con la inesperada llegada de Sam, que intenta convencer a Jesse de que libere la garganta de Petulante mientras yo me marcho con Kate a la pista de baile.

—¿A qué ha venido eso? —pregunta.

—Olvídalo. ¿Qué ha pasado con Greg?

—Era un pendejo. Anda, vamos a bailar.

Tom y Victoria nos reciben agitando los brazos en la pista de baile. La aparición de Jesse me ha tomado desprevenida. ¿Es una coincidencia o sabía que estaría aquí? ¿Cómo iba a saberlo? Me lo estaba pasando genial y llevaba ya por lo menos una hora sin pensar en él, lo cual era todo un récord comparado con los últimos cuatro días. ¡Carajo!

Aparto a Jesse de mi mente y dejo que The Source y Candi Staton me trasladen a un lugar mejor. Me encanta esta canción.

Tras media hora y un montón de canciones fantásticas, sigo sin saber nada de Jesse. Sam debe de habérselo llevado, o tal vez lo hayan echado los porteros. Da igual, el caso es que soy libre de continuar con la gran noche que estaba teniendo antes de que él apareciera. Le indico a Kate que voy al baño y sonrío cuando ella me responde con un meneo y echándose a reír.

Cuando salgo del cubículo, busco el labial *nude* en el bolso para retocarme el maquillaje. Miro el teléfono y veo que tengo diez llamadas perdidas de Jesse. ¿Qué? Está furioso. Pero ¿por qué chingados lo está? Toda la aflicción que sentía por su ausencia se ha extinguido debido a su comportamiento irracional. ¿Quién se cree que es? Paso de comerme la cabeza con esto. Borro las llamadas y vuelvo a la pista justo cuando los demás van de camino a la barra.

—¡Necesito beber! —dice Tom mientras se agarra la garganta de manera exagerada como síntoma de su tremenda sed.

Le toca pagar a Victoria. Mientras espero a que le sirvan la ronda, me inunda la ansiedad. Él está aquí. Lo sé.

Mi compañera me pasa la copa y abre la boca exageradamente.

—¡Qué fuerte!

Cojo el vino.

—¿Qué?

—Ese tipo es el del Starbucks, el de la historia que les conté —explica, y lo señala con la cabeza por encima de mi hombro—. Está ahí. Les dije que estaba bueno.

Me vuelvo y veo que se refiere a Sam. Pero eso no es lo que más me llama la atención. Todos y cada uno de los vellos del cuello se erizan cuando veo a Jesse apoyado en la misma columna contra la que ha aplastado al pobre Petulante hace menos de una hora. Me fulmina con su mirada severa. Sam y el otro chico de La Mansión, Drew, están ocupados charlando y bebiendo. Jesse no participa en la conversación. No, está inmóvil, igual de encabronado que antes y perforándome con la mirada. De repente me viene a la mente la información que nos dio Victoria.

Me vuelvo hacia ella.

—¿Qué pasó?

Ella parece confundida. Entrega las bebidas a Kate y a Tom, que las cogen rápidamente y regresan a la pista.

—¿Qué pasó dónde? —pregunta con el ceño fruncido.

Pongo los ojos en blanco. A veces parece lela.

—En Starbucks. ¿Qué pasó?

—Ah. —Vuelve a centrarse—. La tipa entró, empezó a dar voces y le tiró un café encima al pobre muchacho.

—¿Y él qué dijo?

—Ya no me acuerdo. Ella le gritó que era un egoísta y un mentiroso que la había engañado o no sé qué —responde con indiferencia. ¿Sam tiene novia? Tengo que decírselo a Kate, porque parece que le gusta bastante—. Oye, está con el tipo que te sacó de la oficina.

—Sí, no digas nada, ¿de acuerdo?

Frunce el ceño.

—¿De qué?

—De lo del café. Y ya que lo mencionas, ni una palabra a Patrick sobre la escena de la oficina del otro día.

Se encoge de hombros.

—Como quieras. ¡Me encanta esta canción, Ava! ¡Vamos!

Victoria se pierde bailando entre la multitud, pero yo soy incapaz de moverme. Siento su mirada clavada en mi espalda. Sé que debería marcharme, pero el efecto magnético que ejerce sobre mí hace que me vuelva hacia él. Tiene el celular en la mano y lo sacude en el aire como indicándome que mire el mío. No sé por qué, pero lo hago. Saco el teléfono del bolso y, como era de esperar, su nombre ilumina la pantalla. Alzo la vista y veo que se lleva el teléfono a la oreja. Quiere que conteste.

La música del local está a todo volumen, pero pasa a un segundo plano y se reduce a un zumbido; el barullo de risas y voces disminuye hasta transformarse en un murmullo a mi alrededor. Sus ojos me absorben. Soy incapaz de moverme. Mis sentidos son presa de la presencia de Jesse Ward y, al verlo, me viene a la cabeza el recuerdo de su voz, de su olor, de su tacto. El tremendo poder que tiene sobre mí actúa de abogado del diablo con mi inteligencia. Mi corazón palpita salvajemente y siento sus latidos irregulares en los oídos.

Se aparta el teléfono del oído, lo baja y sacude la cabeza. Empieza a caminar hacia mí. Sam mira en mi dirección al ver que Jesse abandona el grupo. Drew también se vuelve. Ambos parecen incómodos al ver el evidente destino de su amigo.

Recobro momentáneamente los sentidos cuando veo que Sam lo agarra del brazo para detenerlo, pero Jesse se libra de él de un empujón. La música y la actividad regresan a mi conciencia y rezo para que mis piernas escuchen a la parte sensata de mi cerebro y salgan volando de aquí antes de que la parte idiota me permita caer presa de su magnetismo físico de nuevo. Dejo la copa en la barra y empiezo a moverme. Corro entre la gente y la aparto de mi camino a empujones; me encamino hacia la seguridad de los baños. No debo establecer ningún contacto con él. Es más que peligroso. Esta noche ha dejado bien claro por qué debo huir de él como de la peste.

Cierro la puerta del cubículo y me peleo con el pasador mientras él empuja desde el otro lado para anular mis intentos de mantenerlo alejado de mí. La adrenalina me inunda. Durante un instante me parece que he conseguido bloquearle el acceso porque la resistencia al otro lado cesa, pero no lo suficiente como para que me dé tiempo a correr el pasador del todo.

—Ava, o sales o entro yo. No quiero hacerte daño, pero si no dejas de rehuirme derribaré la puta puerta —dice con la respiración agitada.

Apoyo la espalda contra la puerta e intento llenarme los pulmones de aire. Miro a mi alrededor. No tengo escapatoria. Pensaba que sería seguro entrar en el baño de mujeres. No puedo mirarlo. Volveré a caer si me toca. ¡No quiero estar en esta mierda de situación! ¿Cómo chingados me he metido en esto? Doy un brinco cuando el puñetazo que golpea la puerta resuena a través de mí.

—¡Maldita sea, Ava! —¡Pum!—. Ava, por favor.

Me estremezco con cada uno de sus golpes. Estoy jodida.

—¡Vete, por favor! —grito.

Su puño impacta de nuevo contra la puerta.

—Ni hablar. ¡Ava!

Tengo que largarme de aquí. No podrá retenerme en un lugar tan público. Tengo que marcharme. Tengo que acabar con esto... y con él. Se hace el silencio. Contengo la respiración. ¿Se ha ido? Aguardo unos minutos sin dejar de observar las paredes del reducido espacio y comprobando que no salta por encima. Se ha marchado. Idiota de mí, me relajo contra la puerta.

A los dos segundos noto un fuerte empujón y Jesse irrumpe en el servicio. Apenas nos separan treinta centímetros cuando me vuelvo, y lo primero que advierto es su respiración entrecortada. La camisa negra se infla y desinfla con la agitación de su pecho. Bajo la vista hacia sus *jeans*. Si miro su atractivo rostro pasaré a estar en desventaja inmediatamente.

—Ava, mírame —me ordena con dureza. Yo me tapo los oídos con las manos y me siento sobre el escusado. Necesito bloquearlo—. Ava, ¿por qué estás haciendo esto? —pregunta.

¿Cuánto tiempo voy a tener que estar así? Empiezo a canturrear para mis adentros y miro al suelo. Me agarra de las muñecas y me aparta las manos de las orejas. Su tacto me quema la piel. ¿Por qué cree que lo hago?

—No quiero hacer esto en los lavabos de un bar, Ava.

—Pues no lo hagas. —Intento volver a taparme los oídos, pero, como siempre, él se impone—. Deja que me vaya, por favor.

Lentamente, se pone de cuclillas delante de mí, aún sin soltarme las muñecas.

—Jamás —susurra.

Empiezo a derramar lágrimas que impactan sobre mis rodillas desnudas.

—¿Por qué me haces esto? —le pregunto.

Me agarra de la barbilla y me la levanta para que no tenga más opción que mirarlo. Tiene los ojos vidriosos.

—¿Por qué hago qué?

Vaya pendejo. Su insolencia no tiene límites. Me seco a duras penas la humedad de las mejillas con la mano libre y de repente me doy cuenta de que, una vez más, estoy llorando delante de él.

—No paraste de perseguirme y de bombardearme a llamadas y mensajes, me cogiste todo lo que quisiste y después te pusiste histérico cuando cancelé nuestra cita. ¡Desapareciste hace cuatro días y no he sabido nada de ti desde entonces! —Doy un jalón y libero la otra mano—. Y ahora apareces y me jodes la noche de superación.

Ahora es él quien aparta la mirada, avergonzado.

—Esa boca —farfulla.

¿Esa boca? ¿Después de todo eso me dice que vigile mi lenguaje? Pero ¿qué le pasa?

—¡Vete a la mierda, Jesse! —espeto.

Su rostro se vuelve de inmediato hacia mí.

—¡Esa boca!

Lo miro estupefacta y él frunce el ceño. La arruga de su frente se acentúa. No puedo con esto. He tenido cuatro días para reducir mis encuentros con este tipo a una experiencia más y cuatro acostones de despecho. Estaba empezando a olvidarlo, más o menos. ¿Por qué ha venido a recordármelo todo? Sabía que tendría que haberme mantenido alejada. Ojalá pudiera darme una patada a mí misma.

Me pongo en pie y lo dejo agachado, pero entonces se agarra a mis piernas desnudas. Mi miedo a su tacto evocador está completamente justificado. Me pongo en guardia de inmediato. El calor que emana de las palmas de sus manos se extiende como un fuego salvaje por todo mi torrente sanguíneo, y no tengo manera de librarme de él. El escusado está detrás de mí y él bloquea la puerta.

—Suéltame, Jesse —le digo entre dientes con toda la firmeza que me permiten mis temblorosas cuerdas vocales.

Él me mira.

—No.

—El martes no te costó tanto dejarme.

Desliza las palmas por la parte trasera de mis piernas, lo que hace que se encienda una chispa entre mis muslos, y se levanta.

—Estaba encabronado —contesta tranquilamente cuando ya se yergue sobre mí.

—Y sigues estándolo. ¿Sabías que iba a estar aquí? —pregunto. Él me mira, pero no contesta—. Lo sabías, ¿verdad? —insisto.

—Sam —responde sin ningún pudor.

—¿Sam qué?

Pone cara de póquer.

—Llamó a Kate.

—¡¿Y ella se lo dijo?! —grito desesperada. ¡Qué cerda! No puedo creer que me haya hecho algo así. Voy a tener unas cuantas palabras con ella en cuanto la encuentre.

—Ahora voy a besarte —dice usando el tono de mi perdición—. Tienes suerte, porque si estuviésemos en otra parte ahora mismo estaría recordándote... algo...

Ahogo un grito cuando da el paso que le hace falta para eliminar el espacio que nos separa. Tengo el escusado detrás, así que no puedo retroceder.

—Me gusta este vestido —murmura mientras me acaricia el brazo con la punta de un dedo—. Es demasiado corto, pero me gusta.

Se inclina y me acaricia el cuello con la cara al tiempo que emite un leve gruñido. Se me doblan las rodillas. Maldito sea este hombre. Y yo también.

Cierro los ojos involuntariamente y acerco la cabeza hacia su cálido aliento, que recae sobre mi cuello. Mi fuerza de voluntad se esfuma, sin más. Es imposible. Él es imposible.

Se agacha ligeramente. Me pasa el brazo por debajo del trasero y, sin ningún esfuerzo, estira las piernas y me levanta del suelo. Estoy pegada a su pecho y lo miro a los ojos.

«Fin del juego.» En un lavabo minúsculo, no tengo esperanza alguna de escapar.

—¿Tienes la más mínima idea de lo que me haces? —pregunta con voz ronca mientras me mira—. Estoy hecho un desmadre.

¿Que él está hecho un desmadre? ¡Ésa sí que es buena! Afloja ligeramente la presión sobre mí y hace que mi cuerpo se deslice por el suyo hasta que nuestros labios se encuentran. Se da la vuelta y me sujeta contra la puerta. No tengo tiempo para preocuparme por dónde nos encontramos; estoy demasiado ocupada buscando la fuerza de voluntad que necesito para detenerlo. Roza con la lengua la hendidura de mis labios cerrados y me tienta a abrirlos. Me enfurezco conmigo misma por acceder. Pero, a estas alturas, ya debería saber que es imposible negarle nada. Me dejo llevar por él, como hago siempre. Busco su lengua con la mía y me aferro con las manos a su cabello.

Con un gruñido suave y gutural, me agarra por el cuello con la mano que le queda libre para sujetarme mientras pega aún más su cuerpo al mío. Nuestras bocas se funden y nuestras lenguas chocan, ruedan y se apuñalan entre sí. Es un beso posesivo y dominante. He vuelto a la casilla de salida. Un solo beso y me he rendido. Soy blanda y débil.

Se aparta y me deja jadeando y sintiendo el violento furor de su pecho presionando contra mi esternón. Apoya la frente contra la mía y su aliento fresco invade al instante mis orificios nasales.

—Eso es —jadea con seguridad.

—Sí, ya has vuelto a atraparme.

Esboza una pequeña sonrisa y traza círculos con su nariz en la mía.

—Te echaba de menos, nena.

—Entonces ¿por qué te fuiste?

—No tengo ni idea. —Me da un beso largo en los labios y deja que me deslice hacia abajo por su cuerpo.

Noto su innegable excitación a la altura de la ingle. Está siendo bastante razonable, sobre todo teniendo en cuenta su actual estado de exaltación. Al mirarlo descubro que ha dibujado una sonrisa malévola en los labios.

—Debería obligarte a solucionar esto. —Se coloca la mano en la entrepierna y yo abro los ojos de par en par, estupefacta. Carajo, lo haría con mucho gusto. Ha derribado todas mis defensas y ha anulado mi capacidad de pensar con sensatez. Tiene un efecto aterrador sobre mí—. Pero no voy a hacer que te arrodilles aquí. Ya haremos las paces como es debido después.

No sé si lo que siento es decepción o alivio. Abre la puerta y a continuación se aparta para dejarme pasar. Al hacerlo me topo de frente con dos mujeres con los ojos abiertos como platos que se ponen a hablar de cualquier cosa y a mirar a todas partes menos a mí. Pero entonces aparece Jesse y son incapaces de ocultar su innegable interés. Se quedan quietas, con el labial a medio aplicar, mirando con la boca abierta en el espejo el reflejo del tipo tan tremendo que acaba de salir del baño detrás de mí.

Me vuelvo hacia él.

—Voy a retocarme la cara. Te veo fuera.

—Tu cara está perfecta tal y como está —me tranquiliza con voz suave.

No puedo evitar sonreír.

—No tardaré mucho.

Sin prestar atención a las mujeres del espejo, que siguen observándolo con la boca abierta, se acerca a mí y me besa la frente. Después las mira.

—Señoras. —Las saluda con la cabeza, ellas se derriten y él se marcha.

Me acerco al espejo para arreglarme la cara. Reina un silencio espectral mientras vuelvo a aplicarme los polvos compactos, el delineador y el lápiz de labios. En otras palabras: vuelvo a maquillarme de nuevo, porque, con las lágrimas, mi cara es un desastre. Y lo hago en medio de un silencio incómodo, mientras las dos mujeres intercambian miradas de curiosidad.

Cuando termino, me lavo las manos, sonrío dulcemente y me marcho para que puedan chismorrear y babear todo lo que quieran. Jesse me espera fuera. Me ofrece la mano con una sonrisa. Yo se la acepto, claro, y dejo que me guíe hacia la barra. Reviso la pista de baile mientras él avanza entre la gente abriéndose camino con el otro brazo extendido. Kate, Tom y Victoria siguen meneando el esqueleto.

—¿Qué quieres tomar? —pregunta. Me cobija bajo su brazo y llama inmediatamente la atención del barman.

—Una copa de Zinfandel, por favor. —Me pego más a él. Nunca me parece estar lo bastante cerca.

Me observa con mirada inquisitiva y frunce los labios.

—¿Y tus amigos?

—Ah, Kate bebe vino, Victoria vodka con tónica y Tom piña colada.

Se le salen los ojos de las órbitas.

—¿Tom?

Sonrío.

—El gay, ya lo conoces.

Veo en su atractivo rostro que ya sabe a quién me refiero. Sacude la cabeza consternado, me suelta y se vuelve hacia el barman, que espera pacientemente a que Jesse pida las copas.

Kate y Tom se acercan a nosotros, riendo y mirándome. Le lanzo a Kate una mirada asesina, pero ella se limita a señalarse el pecho con el dedo como diciendo «¿Me echas la culpa a mí?».

—Jesse ha pedido ya sus bebidas —les informo mientras sigo mirando a mi amiga con expresión acusadora. Ella me ignora.

—Vaya, guapo y caballeroso —dice Tom entusiasmado y mirándole el culo a Jesse con todo el descaro del mundo. No me extraña; además, esos *jeans* le marcan un trasero precioso.

Jesse da las copas a Kate y a Tom, y yo me quedo pasmada cuando mi amiga se echa hacia adelante para propinarle un beso en la mejilla. Pero ¿qué rayos le pasa a esta tipa? Me sorprendo todavía más al ver que él le sonríe alegremente y le susurra algo al oído. ¿Qué está pasando aquí?

Ella se vuelve, me guiña un ojo y se lleva a Tom de nuevo a la pista. Jesse me pasa mi copa de vino y abre su botella de agua. Me rodea la cintura con el brazo libre y me acerca a él. Lo miro de manera inquisitiva. ¿A qué ha venido eso? ¿Están conchabados?

—Hola, hombre. —Sam llega corriendo con Drew y ambos aceptan las cervezas que les pasa Jesse—. Ava, ¿qué tal, guapa? —Se inclina para que le bese la mejilla y me muestra su hoyuelo. Es simpático, dulce y tremendamente guapo, pero después de lo que me ha contado Victoria tengo que estar atenta por el bien de Kate. Drew sostiene su botella y saluda, como siempre, de una manera cortés y distante.

Sonrío y me acerco al oído de Jesse.

—Me voy con los otros. —Él está con sus amigos, y se supone que ésta iba a ser una noche de chicas (Tom no cuenta).

Baja la cara hacia mi cuello y me acaricia con la nariz, aprovechándose de mi postura.

—Estaré vigilando —me advierte al oído. Me da un mordisquito en el lóbulo y una palmada en el culo. El dolor ha disminuido, pero todavía tengo secuelas de mi aventura en la parte trasera de *Margo*.

Me aparto y hago pucheros de broma. Él me regala una enorme sonrisa y me guiña el ojo. ¿Estará vigilando a los posibles moscones o me estará vigilando a mí?

Lo dejo en la barra y me uno a los demás en la pista. Están bailando y bebiendo alegremente. Me río al ver a Tom, que está en su salsa y, justo cuando comienza *Lovestoned*, de Justin Timberlake, me reciben con vítores. Medio ebria, me acabo el vino de un trago y dejo la copa vacía en el estante de las bebidas. Si hay alguna canción capaz de sacarme de mi desesperación, aunque sólo sea por unos momentos, sin duda es ésta. Y el momento no podría ser más oportuno. Todo el mundo sin excepción sale a la pista, y cuando Justin grita «Hey», todos se vuelven locos.

Estoy bailando, riendo y disfrutando con Kate cuando, de repente, me agarran por la cintura y me dan la vuelta. Es Sam, que me sonríe y señala con la cabeza hacia algo que hay detrás de mí.

—Ahí viene. Espero que estés preparada para esto —dice.

—¿Para qué? —grito por encima de la música.

Sam amplía la sonrisa, la cual revela su hoyuelo en su máximo esplendor.

—Se cree que es JT.

No tengo ni idea de qué habla. Me agarra de los hombros, me da la vuelta y veo que Jesse viene hacia mí. De repente temo que vaya a montar una escena y a sacarme a rastras de la pista de baile. No sé por qué, pero tiene la costumbre de cargarme sobre su hombro cuando le viene en gana.

Detengo los movimientos mientras él sigue avanzando. No sé cómo interpretar la situación. Luce una expresión oscura y sedienta, y su cuerpo, alto y esbelto, me tiene embelesada. Su manera de caminar me vuelve loca. Cuando lo tengo delante, todo lo cerca que puede llegar a estar sin tocarme, me quedo inmóvil por completo. Se me acelera la respiración. Desliza un brazo alrededor de mi cintura y me arrastra hacia su cuerpo. Yo levanto las manos automáticamente para agarrar sus bíceps flexionados. Apoya la frente contra la mía.

—Voy a tener que cargarme a muchos tipos como sigas bailando así. ¿Te gusta JT?

—Sí —exhalo.

Me derrite con esa sonrisa deliciosa reservada sólo para mujeres.

—A mí también. —Me besa en los labios y después, para mi sorpresa, me coge de la mano y me da una vuelta para volver a arrastrarme hacia sus brazos. No puedo creerme que vaya a bailar—. Y es la versión extendida.

¿Ah, sí? ¿Y eso qué significa? Miro a Sam, que pone los ojos en blanco y se encoge de hombros. Después vuelvo a mirar a Jesse, que sonríe muy seguro de sí mismo. Sí, va a bailar. Vaya, esto podría ser interesante.

No sé si es culpa de haberme bebido mi peso en alcohol o del comportamiento gallito de Jesse —probablemente sea por lo primero—, pero el caso es que de repente empiezo a descender por el cuerpo de Jesse contoneándome obscenamente. Le recorro el cuerpo con las manos, de un modo bastante indecente, desde el pecho hasta los muslos. Aquí estoy, de cuclillas delante de él, con las palmas abiertas sobre la parte delantera de sus potentes muslos y mirando al hombre más atractivo que haya visto en la vida. Seguramente se me esté viendo todo el culo, pero me da igual. Tengo toda la atención puesta en el dios que me mira con ojos obscenos y prometedores. Yo le sonrío con descaro y acerco las manos a su entrepierna. Después empiezo a ascender por su cuerpo, todo lo pegada a él que puedo. Cuando tengo la cara a la altura de su entrepierna, paso la nariz por el cierre de sus *jeans* y siento cómo se estremece. Se agacha, me agarra de los brazos y me levanta del todo. Mi corazón empieza a palpitar con fuerza cuando siento su respiración, larga, cálida y agitada, junto a mi oreja.

—Debería darte la vuelta y cogerte hasta hacerte gritar. Ese vestido me está volviendo loco.

No tengo tiempo de decir: «¡Sí, por favor!» De repente me da una vuelta y empieza a imitar al propio Justin Timberlake. No doy crédito a lo que están viendo mis ojos. Jesse Ward baila, y baila muy bien.

¿Cuántos años tiene?

Se mueve a mi alrededor, con un ritmo impecable, y llama la atención de muchas mujeres que babean al verlo. Me fijo en los demás. Todos disfrutan como Jesse, y yo me echo a reír. Río ante esos movimientos sexy, seguros y fluidos que han resultado ser una agradable sorpresa. No sabe moverse sólo en la cama. ¿Es que no hay nada que no se le dé bien? Se inclina hacia mí y me tienta con un movimiento de caderas. Después me hace dar una vuelta completa bajo su brazo, me aprieta contra su pecho y me clava las caderas en el vientre. Su erección sigue siendo obvia. Bajo la mano con todo el descaro del mundo para acariciarle el bulto que se esconde bajo los *jeans* y arqueo las cejas cuando veo que niega con la cabeza a modo de advertencia. Se me está pegando su atrevimiento.

Empieza a descender por mi cuerpo y ríe con malicia cuando me agarra de las caderas y yo doy un respingo. Sin dejar de mirarme, se pone de rodillas delante de mí y sigue moviendo esas gloriosas caderas al ritmo de la música.

Me lanza de un lado a otro por la pista de baile, y me siento adorada y venerada. Tiene toda la atención puesta en mí y sólo en mí. No existe nadie más, estamos solos él y yo. Me gusta. Me encanta que no tenga vergüenza; le importa un bledo lo que piensen los demás. Es seguro de sí mismo, masculino y desinhibido. Da gusto verlo, y soy consciente del hecho de que estoy cayendo. Me estoy enamorando perdidamente de este hombre. Y no creo que pueda hacer nada para evitarlo, sobre todo porque no deja que me aparte de él. Y, bien pensado, ¿de verdad quiero hacerlo?

Miro a los demás. Sam está haciendo girar a Kate por el suelo —ya me encargaré de esa zorra traidora en otro momento—, y Drew le está entrando a Victoria. Con lo fino que es, parece demasiado estirado para la pícara y a veces torpe Victoria, pero está claro que la bebida ha hecho que se suelte un poco, porque se está riendo y se ha quitado el saco del traje. Tom está siendo él mismo y lo está dando todo como un poseso.

Vuelvo a centrar la atención en Jesse y éste me agarra de las caderas. Me da un beso largo y lánguido en el estómago y me mira directamente a los ojos antes de ponerse de pie delante de mí y pegar los labios a los míos. Yo le rodeo el cuello con los brazos y suspiro en su boca.

—Parece que tengo competencia —murmura contra mis labios.

—No, tú ganas.

Él se retira y me ofrece su sonrisa pícara.

—Por supuesto que he ganado, señorita. —Me suelta y yo me echo el pelo hacia atrás y dejo que me guíe por la pista. Nos movemos en completa armonía. Es perfecto. Él es perfecto. Y ya no me acuerdo de por qué estoy encabronada. ¿Estoy encabronada?

Pero entonces el enérgico ritmo empieza a desacelerar y comienzan a sonar los suaves violines. Me cuesta respirar y el cuerpo de Jesse me envuelve. Desliza el muslo entre mis piernas y nos mece a ambos entre los ecos de la versión extendida.

Miro su hermoso rostro mientras me canta y me sobreviene un aterrador instante de absoluta lucidez. Ya he caído.

«Carajo, creo que estoy enamorada de este tipo.»

Hay algo en él que me grita: «HUYE.» Pero no puedo. Para empezar, él no me deja. Y, además, creo que no quiero. Ha desaparecido durante cuatro días, pero ha vuelto, y estoy muy contenta de que lo haya hecho. Carajo, con el estómago lleno de vino no es el mejor momento para plantearme estos asuntos tan complejos y arriesgados. Siento que me muevo en un terreno muy peligroso. No sé nada de este hombre, aparte de que es tremendamente rico, tremendamente apasionado y propietario de un hotel inmensamente elegante, pero, aparte de eso... nada. Ni siquiera sé qué edad tiene. Sin embargo, a pesar de la falta de información, me ha cautivado por completo.

Me acerco y poso los labios sobre los suyos. Al cabo de unos segundos, después de que él gima en mi boca y se apriete contra mí, nos vemos enredados en un abrazo profundo y apasionado.

Ha irrumpido en mi vida y me ha robado el corazón, y no puedo hacer nada al respecto.

La música comienza a apagarse, empieza otra canción y yo me dejo caer hacia atrás entre sus brazos. Él me sostiene la espalda y me sigue, negándose a romper el contacto de nuestros labios. Con un gruñido de desaprobación, se aparta de mí a regañadientes, pero me mantiene cogida en sus brazos. No es nada incómodo, y sujeta mi peso como si fuera ligera como una pluma.

Sus ojos verdes brillan y me penetran el alma y el corazón cuando acerca el rostro al mío hasta que nuestros labios se rozan ligeramente.

—Soy tuyo, nena.

Y... ese comentario causa estragos en mi mente ebria.

Capítulo 19

Salgo de la pista de baile con la mano de Jesse apoyada en la cadera. Va apartando a la gente con el otro brazo y me guía entre la multitud. Me lleva hasta una mesa alta, pero se han llevado los taburetes.

—Espera aquí. —Me deja junto a la mesa, me pone una mano en la nuca, me jala y me planta un beso en la frente—. No te vayas.

Dejo el bolso sobre la mesa y veo que desaparece entre la multitud. No tengo mucho tiempo para aclararme las ideas, lo cual, seguramente, sea algo positivo, porque no sé qué pensar. Kate y los demás aparecen entre la gente, riendo y sudando, con Sam y Drew detrás.

Sam ve que estoy sola.

—¿Y Jesse?

Enarco las cejas.

—No lo sé —respondo, y señalo en la dirección por la que se ha marchado justo cuando reaparece entre la masa con un taburete sobre la cabeza.

Lo deja en el suelo.

—Siéntate —me ordena, y me levanta y me coloca sobre el asiento. Es un alivio, los pies me están matando—. ¿Pido algo? —pregunta. Todo el mundo asiente y le dice lo que quiere tomar; parece estresarse un poco cuando se inclina para escuchar los pedidos.

Sam se ofrece a ayudarlo.

—Yo te echo una mano.

—Sí, yo también. —Drew sigue a Jesse y a Sam hasta la barra y me dejan sola con las miradas inquisidoras de mis amigos.

—¿Qué? —pregunto como si no lo supiera. De repente el vino se me sube a la cabeza.

Kate me mira con una ceja bien enarcada y se cruza de brazos. Que se vaya a la mierda. Si él está aquí es por su culpa.

—Te veo muy cómoda —espeta.

Tom se pasa la mano por las exageradas solapas de su camisa de color coral.

—¿Cómoda? Madre mía, nena. ¡Después de lo que acabo de ver te espera una larga noche de sexo apasionado, querida! —Levanta las dos manos y Kate y Victoria responden chocándole una cada una al unísono.

Lanzo una mirada asesina a Kate.

—Ya hablaremos tú y yo —la amenazo.

Ella inspira profundamente.

—Vaya, qué agresiva. Me gusta todo lo que este tipo saca de ti.

Sí, ya ha dejado bien claro que le gusta este hombre, y quiero saber a qué han venido los cuchicheos de antes.

—¿Vieron cómo bailaba? —interviene Victoria.

—No lo hace mal —dice Tom con un mohín. Ay, Dios mío, alguien le ha robado el protagonismo en la pista de baile. Es posible que Jesse se haya ganado un enemigo de por vida.

—A ti también se te ve muy cómoda. —Se la devuelvo a Kate, y señalo con la cabeza a Sam, que regresa entre la gente con tres bebidas en las manos.

—Sólo me estoy divirtiendo. —Se encoge de hombros.

Carajo, eso espero. ¿Debo contarle lo del Starbucks?

—¿Y tú? —digo mirando a Victoria.

Ella me mira estupefacta.

—¿Yo qué?

—Sí, se te veía muy a gusto con Drew.

Tom levanta las manos exasperado.

—¡Esto es muy injusto! Quiero ir al Route Sixty. —Se vuelve hacia Victoria—. ¡Querida, por favor!

—¡No! —exclama ella, y no me extraña. Para una vez que es Victoria y no Tom quien liga y quien posiblemente acabe teniendo algo de acción...

Sam deja las bebidas sobre la mesa y Drew hace lo propio, rozando sospechosamente a Victoria con el cuerpo. Ella se echa a reír y se acomoda el pelo. Necesita deshacerse de ese bronceado artificial.

Sam sonríe.

—Vino para Kate. —Hace una reverencia cuando le entrega la copa—. Vodka para Victoria y... No tengo ni idea de qué es esto, pero es una mariconada, así que debe de ser para ti —bromea, y le pasa a Tom la piña colada al tiempo que le guiña un ojo.

Tom se pone como un tomate y le hace un gesto a Sam con la muñeca floja. No me lo puedo creer. Es la primera vez que veo a Tom mostrar timidez. Vaya, no puedo dejar pasar esta oportunidad.

—¡Tom, tu cara hace juego con la camisa! —suelto, y empiezo a partirme de risa.

Todo el mundo se vuelve para mirarlo, lo que no hace sino intensificar su rubor y, por tanto, su humillación. Estallan las risas. Tom resopla unas cuantas veces y se larga.

—¿Qué tiene tanta gracia? —pregunta Jesse cuando llega y deja mi vino y una botella de agua sobre la mesa. No puedo hablar. Todavía estoy recuperándome del ataque de risa. Me seco las lágrimas de los ojos.

—Acabamos de encontrar el talón de Aquiles de Tom —explica Kate al ver que soy incapaz de recobrar la compostura. Jesse observa perplejo al grupo de hienas muertas de risa que se ha encontrado al volver. Sam se encoge de hombros y da unos tragos a su cerveza.

—Sam —digo ya algo más calmada.

—¿Sam? —Jesse arquea una ceja.

Victoria interviene.

—¡A Tom le gusta Sam! —exclama con entusiasmo.

Jesse sacude la cabeza y coge la botella de agua. Desenrosca el tapón y da un sorbo.

—Toma, bebe un poco.

241

Me pone la botella debajo de la nariz.

—No. —Arrugo la cara y la aparto de mí.

—Bebe un poco de agua, Ava. Me lo agradecerás por la mañana.

—No quiero agua.

Me mira con el ceño fruncido y todo el mundo observa nuestra pequeña disputa. No pienso discutir ahora. Le aparto el brazo estirado y cojo el vino, levanto la copa en su cara y le doy un trago. En realidad, me lo bebo entero. Justo cuando voy a dejarla de nuevo sobre la mesa, me paro a mirar a Jesse. Está encabronado: tiene los labios apretados y sacude la cabeza con desaprobación.

—No —repito con firmeza para dejar clara mi respuesta. Ya me ha fastidiado la noche de superación. No va a decirme también lo que tengo que beber.

—Adiós a la larga noche de sexo apasionado —dice Sam sonriendo con malicia, y Kate empieza a partirse de risa.

—Vete a la mierda, Sam —lo regaña Jesse con un tono superserio. Está muy disgustado, pero yo estoy borracha y rebelde y me tiene sin cuidado.

Sam levanta las manos y se aparta de inmediato. Al mismo tiempo, Kate aprieta los labios para aguantarse la risa y me lanza una miradita. Me encojo de hombros. Me pregunto si el Jesse mandón y dominante le gustará tanto como el caballeroso.

Drew hace un gesto con la cabeza y él y Victoria se apartan a un rincón donde no podemos oírlos. Por lo general es algo engreído y rebosa seguridad en sí mismo, pero parece tímido mientras Victoria charla alegremente con él. Drew saca el celular del bolsillo y empieza a teclear los números que ella le dicta. Cuando ha terminado, le muestra la pantalla para que los compruebe. Un hombre que no tiene intenciones de llamar no haría eso. Qué interesante.

Apenas soy consciente de la conversación que tiene lugar a mi alrededor pero, de repente, todo se nubla. No debería haberme tomado esa última copa. Y lo he hecho sólo por una niñería. Jesse tiene razón, carajo. Mañana me arrepentiré. El sonido de las voces se apaga y empiezo a ver doble.

Sí, misión cumplida... ¡estoy peda!

Jesse me pone la mano en el cuello y me lo masajea por encima del pelo mientras charla con Sam. Cierro los ojos y agradezco su firme tacto mientras trabaja mis músculos. Es una sensación muy agradable. Si sigue haciéndolo me dormiré.

Cuando abro los ojos, Jesse está delante de mí mirándome a los ojos ebrios y sacudiendo la cabeza.

—Vamos, señorita, te llevaré a casa.

Lo golpeo con el brazo muerto.

—Estoy bien. —No va a fastidiarme mi noche de superación. Oigo que Kate y él intercambian unas palabras. Después, me levanta del taburete y me pone de pie.

—¿Puedes andar? —pregunta.

—Pues claro, no estoy tan borracha. —Sí que lo estoy. Y, por lo visto, también tengo ganas de discutir.

Todos desfilan ante mí y me dan un beso en la mejilla mientras Jesse me sostiene. Qué patético. Tras asegurarse de que me he despedido de todos, me guía fuera del bar. Me avergüenza admitirlo, pero si no me estuviese sujetando de la cintura me caería de bruces.

El aire fresco me golpea y hace que me tambalee ligeramente, pero Jesse evita que me caiga y, de pronto, siento el familiar confort de su pecho contra mi mejilla mientras me guía hacia su coche.

—No me vomitarás encima, ¿verdad? —pregunta.

—No —contesto indignada.

—¿Seguro? —Se echa a reír, y las vibraciones de su pecho me atraviesan.

—Estoy bien —balbuceo contra su camisa.

Parece mi padre. ¿Podría ser mi padre? No, ningún padre sobre la faz de la tierra baila o coge como Jesse. ¡Vaya! ¡Mi mente ebria es una indecente!

—Bueno, pero te agradecería que me avisaras un momento antes de hacerlo. Voy a meterte en el coche.

—Que no voy a vomitar —insisto.

Me mete en su coche y siento el cuero frío en la espalda y en las piernas cuando me deja encima del asiento. Se inclina sobre mí y me abrocha el cinturón. Su aliento fresco invade mis orificios nasales. Soy capaz de reconocerlo hasta en este estado. Cuando se aparta, veo dos Jesses. Intento centrar la vista y acabo viendo una enorme sonrisa.

—Hasta borracha eres adorable. —Se agacha y me da un beso ligero en los labios—. Voy a llevarte a mi casa.

Parece que se han desconectado todas mis funciones excepto la capacidad de discutir.

—No voy a ir a tu casa —digo arrastrando las palabras.

—Sí vas a venir —asevera.

Reconozco su tono severo a pesar del sopor etílico. Aunque tampoco es que le haga mucho caso. La puerta del copiloto se cierra de un golpe y Jesse se sienta en seguida ante el volante.

—No voy a ir, llévame a mi casa.

—Olvídalo, Ava. No voy a dejarte sola en tu estado. Fin de la historia.

—Eres un mandón —me quejo—. Quiero irme a casa. —Lo cierto es que no sé qué quiero hacer. ¿Qué más da dónde duerma esta noche? Pero mi ebria testarudez se empeña en acabar con todo atisbo de sensatez que pueda quedar en mi cerebro empapado de vino. ¡Quiero irme a mi casa y punto!

Él se echa a reír.

—Ve acostumbrándote.

—¡No! —Me apoyo en el reposacabezas y cierro los ojos. He entendido esa frase lo suficiente como para desafiarla. Me sorprende conservar aún algo de coherencia.

—Eres encantadora, pero también te pones muy tonta cuando estás borracha —gruñe.

—Me alegro —repongo con arrogancia.

Arranca el coche y las vibraciones del motor empiezan a revolverme el estómago. Jesse se ríe en voz baja.

—¿Jesse?

—¿Qué, Ava?

—¿Cuántos años tienes? —Qué pregunta más tonta. Aunque cejase en su empeño de ocultarme su edad, mañana no me acordaría.

Suspira.

—Veinticinco.

Estoy muy borracha y el traqueteo del coche está empezando a afectarme a pesar de tener los ojos cerrados.

—No me importa cuántos años tengas —farfullo.

—¿Ah, no?

—No. No me importa nada, te quiero igual.

Antes de perder la consciencia, oigo que inspira profundamente.

Capítulo 20

«¡Ay!»

La luz me bombardea los ojos sensibles y vuelvo a cerrarlos de nuevo. Qué horror. Me doy media vuelta y de inmediato soy consciente de que no estoy en mi cama. Abro los ojos de golpe y me siento. ¡Ay! ¡Au!

Me agarro la cabeza para intentar mitigar el dolor. No funciona. Sólo un disparo en el cerebro aliviaría estas punzadas. No hay nada que cure esta resaca. Lo sé.

Miro a mi alrededor y reconozco la estancia al instante. Estoy en la suite principal del Lusso. De acuerdo, no tengo ni idea de cómo he llegado aquí. Nunca había estado tan borracha como para no acordarme de las cosas. Pienso en lo que pasó anoche y recuerdo la escena que armó Jesse con el pobre Petulante. Después estuve bailando. Y también recuerdo que discutí con él en los baños. Y que luego volví a bailar. Ah, y que Tom se encabronó, pero... nada más.

Me preguntaría cómo he acabado aquí, pero si Jesse estaba en el bar no hace falta que me lo plantee. Cojo las sábanas y las levanto para mirar debajo. Tengo las pantis y el brasier puestos, así que no creo que cogiéramos. Sonrío para mis adentros.

Madre mía, necesito un cepillo de dientes y un poco de agua urgentemente. Me incorporo con cautela y me quito las sábanas de encima. El delicioso olor corporal de Jesse alcanza mis orificios nasales. Cada movimiento que hago me provoca un terrible dolor de cabeza y, cuando consigo levantarme, vestida sólo con la ropa interior, me tambaleo. Todavía estoy borracha.

—¿Cómo está mi borrachita esta mañana? —pregunta con aires de superioridad. ¿Por qué no impidió que siguiera bebiendo?

Se acerca a mí. Está tremendo con esos bóxeres blancos y con pelo de recién levantado. Yo debo de estar horrible con el pelo suelto y el maquillaje corrido.

—Fatal —confieso malhumorada. ¿Ésa es mi voz? Estoy afónica.

Él se echa a reír. Si pudiera coordinar mis movimientos, le daría un bofetón. Me rodea con los brazos, y yo agradezco el apoyo y hundo la cabeza en su pecho. Podría volver a dormirme perfectamente.

—¿Quieres desayunar? —Comienza a acariciarme el pelo.

Incluso sus suaves caricias me resultan insoportablemente estridentes, y sólo pensar en comida me dan ganas de vomitar. Debe de sentir mis arcadas y mis convulsiones, porque se echa a reír otra vez.

—¿Un poco de agua, entonces?

—Sí, por favor —musito contra su pecho.

—Ven aquí. —Me coge en brazos, me lleva al piso de abajo, a la cocina, y me coloca sobre la barra con suavidad.

—¡Carajo! ¡Qué fría está!

Se echa a reír y me suelta poco a poco, como si temiera que fuese a caerme. Quizá lo haga. Me encuentro fatal. Me agarro al borde de la barra para sujetarme y me fijo, con los ojos entrecerrados, en que Jesse tiene que abrir casi todos los armarios antes de dar con el que contiene los vasos.

—¿No sabes dónde tienes los vasos?

Rebusca en un cajón y saca un sobrecito blanco.

—Estoy aprendiendo. Mi asistenta me lo explicó, pero estaba algo distraído.

Rasga el sobre y vierte su contenido en un vaso. Se le mueven los músculos de la espalda cuando coge una botella de agua del refrigerador; llena el vaso rápidamente y vuelve a mi lado.

—Es Alka-Seltzer. Te encontrarás mejor dentro de media hora. Bébetelo.

Intento cogerlo, pero mis brazos no se coordinan con mi cerebro. Sin que le diga nada, se cuela entre mis muslos y me pone el vaso en los labios. Me lo bebo todo.

—¿Más?

Niego con la cabeza.

—No pienso volver a beber en la vida —farfullo, y me dejo caer contra su pecho.

—Me harías muy feliz. Te vuelves muy beligerante cuando estás borracha. —Me acaricia la espalda.

—¿Sí? —No me acuerdo.

—Sí. Prométeme que no llegarás a ese estado cuando yo no esté para cuidarte.

—¿Discutimos? —pregunto. Recuerdo la disputa en el baño, pero hicimos las paces después de eso.

Él suspira.

—No, renuncié al poder temporalmente.

—Tuvo que costarte mucho esfuerzo —respondo con sequedad.

Alarga el brazo y me jala del tirante del brasier.

—Pues sí, pero tú mereces la pena. —Me besa el pelo, se aparta y observa mi cuerpo semidesnudo—. Me gusta verte con encaje —comenta en voz baja al tiempo que pasa el dedo por la parte superior de mis pantis—. ¿Te apetece un baño?

Yo asiento y le rodeo el cuerpo con los brazos y las piernas cuando me baja de la barra.

Me lleva nuevamente en brazos a la planta superior del ático, al baño, y me deja en el suelo al lado de la regadera. Me suelta durante un instante y abre el agua. Me siento floja. Cuando lo tengo delante otra vez, vuelvo a dejarme caer sobre su pecho.

—Te arrepientes de haber bebido tanto, ¿no? —Me coge y me coloca sobre el mueble del lavabo—. Tengo bonitos recuerdos de ti sentada justo aquí.

Frunzo el ceño, pero entonces me doy cuenta de que nuestro primer encuentro sexual tuvo lugar aquí, la noche de la inauguración del Lusso. Alzo la vista y veo que me está mirando con sus ojos verdes.

—Por fin has conseguido justo lo que querías, ¿verdad?

Me coge la cara entre las manos.

—Iba a pasar antes o después, Ava.

Coge su cepillo de dientes, pone un poco de pasta en él y lo pasa por debajo de la llave.

—Abre la boca —me ordena.

Empieza a cepillarme los dientes con suavidad mientras me sostiene la barbilla con la otra mano. Observo que se concentra en trazar leves movimientos circulares por toda mi boca, y de repente me viene a la cabeza ese instante en la pista de baile en el que me di cuenta de que estoy enamorada de este hombre. No estaba tan borracha cuando me vino a la mente aquella revelación. Mi objetivo de evitar precisamente esto se ha visto frustrado. Me he enamorado de este ser arrogante, persistente y divino.

«¡Mierda!» Cojo sus mejillas, cubiertas por una barba incipiente, entre las manos, y me mira. Tiene los labios ligeramente abiertos. Deja de cepillar, vuelve la cara hacia mi palma y la besa con ternura. Sí. Lo amo. Carajo, ¿qué voy a hacer ahora?

—Escupe —dice con su cara todavía en mi mano.

La aparto y me inclino sobre el lavabo. Me vacío la boca de pasta de dientes y me vuelvo de nuevo hacia él. Me pasa el pulgar por el labio y me quita un poco de pasta que me había dejado. Después se lo chupa para limpiársela del dedo.

—Gracias —digo con voz rota.

En sus labios se dibuja una media sonrisa.

—Lo hago tanto por mí como por ti. —Sonríe y se inclina y me da un beso suave y lento. Su lengua penetra en mi boca con ternura. Yo me derrito con un suspiro—. Uno no vale para nada cuando tiene resaca. ¿Puedo hacer algo para que te sientas mejor? —Me baja del mueble y me deja de pie delante de él. Me coge del culo y me sostiene.

—¿Tienes una pistola? —le pregunto en serio. Así desaparecería mi dolor de cabeza.

Él se ríe con ganas.

—¿Tanto te duele?

—Sí, ¿por qué te hace tanta gracia?

—Tienes razón, perdona. —Se pone serio y me acaricia la mejilla con el dedo medio—. Ahora voy a hacer que te sientas mejor.

¡Vaya! Parece ser que el alcohol no ha acabado por completo con mi libido, porque todas y cada una de mis deshidratadas terminaciones nerviosas acaban de volver a la vida. Debo de estar horrible, ¿y aun así él empieza a tontear conmigo? No estamos en las mismas condiciones. Él está apetecible y delicioso con ese pelo enmarañado de recién levantado y un olor almizclado mezclado con el aroma a agua fresca. Yo, en cambio, tengo una resaca de caballo y debo de parecer un espantapájaros, aunque a él no parece importarle.

Me acerca las manos a la espalda, me desabrocha el brasier y me lo quita. Se inclina y le da un beso a cada pezón. Se me ponen duros al instante con el breve contacto de sus labios; mis pechos se transforman en pesadas cargas sobre mi torso. Ha conseguido que mi cuerpo olvide los efectos secundarios del alcohol y que ansíe, agitado, su tacto.

Cuando levanta la cabeza y me besa, subo las manos por sus brazos hasta que se hunden en su suave mata de cabello rubio. Dios, cuánto he echado esto de menos. Sólo han sido cuatro días, y me aterroriza el hecho de haberlo echado tantísimo en falta.

—Eres adictiva —musita contra mi boca—. Ahora vamos a hacer las paces como es debido.

—¿No las hemos hecho ya? —pregunto. Mi voz es un susurro ansioso.

—No oficialmente, pero vamos a solucionarlo, nena.

Una oleada de temblores me recorre el cuerpo cuando me besa la nariz con suavidad y se postra de rodillas delante de mí. Me sujeta las caderas con sus enormes manos y desliza el pulgar por debajo de mis pantis.

Me pongo tensa y espero, pero no hace ademán de quitármelas. Bajo la mirada y lo veo ahí, arrodillado, con la frente apoyada en mi regazo, y sumerjo los dedos en su cabello rubio oscuro. Nos quedamos así una eternidad, atrapados en nuestro pequeño ensueño. Me limito a mirarlo mientras me acaricia el vientre con la frente una y otra vez.

Finalmente inspira hondo y se acerca más. Me besa el ombligo y permanece ahí unos segundos hasta que empieza a deslizarme las pantis por las piernas. Me da unos golpecitos en el tobillo para ordenarme sin hablar que levante el pie, y hace lo mismo con el otro.

Sigue arrodillado delante de mí, con la cerviz inclinada, y sé que algo le ronda por la cabeza. Lo jalo un poco del pelo para sacarlo del estado de ensoñación y alza la cara para mirarme. Empieza a levantarse con las arrugas de la frente muy marcadas. Abre las manos sobre mi trasero y vuelve a hundir la cabeza en mi estómago para besarlo de nuevo. Está actuando de una manera extraña.

—¿Qué pasa? —No puedo seguir guardándome la preocupación para mí.

Él me mira y sonríe, pero la sonrisa no le alcanza los ojos.

—Nada —dice de manera poco convincente—. No pasa nada.

Justo cuando estoy a punto de replicarle, entierra el rostro entre mis muslos y se me doblan las piernas.

—¡Hummm...! —Echo la cabeza hacia atrás y me agarro con más fuerza a su pelo. Con un inesperado lametón, bloquea todos mis sentidos y abandono las intenciones de insistirle.

Me agarra de las caderas y me hace dar un fuerte respingo. Él es lo único que me sostiene. Siento que su lengua caliente y entrenada traza círculos alrededor de mi hipersensible cúmulo de nervios y que lo rodea con movimientos precisos y lentos antes de hundirse en mi sexo. No deja ni un milímetro por explorar.

—Necesito bañarme —protesto.

—Y yo te necesito a ti —gruñe pegado a mí.

Me derrito cuando aumenta la presión y me clava los dedos en las caderas. Me aprieto contra su boca. Es sólo cuestión de segundos que estalle en mil pedazos. La presión que se concentra en mi entrepierna me obliga a contener la respiración; el corazón se me sale por la garganta.

—Tienes un sabor delicioso. Dime que estás cerca.

—¡Estoy cerca! —jadeo sin aliento. Carajo, ¡estoy muy cerca!

—Parece que te has levantado muy obediente.

Retira una mano de mi cadera y hunde dos de sus dedos en mi sexo. Acaba de ponerme en órbita.

—¡Carajo! —grito—. ¡Por favor! —Debo de estar arrancándole el pelo.

—Esa... puta... boca —me reprende entre intensas y constantes caricias. No puede regañarme por decir majaderías en estos momentos. Es culpa suya por ponerme en este estado.

Ensancha mi abertura con los dedos trazando círculos y empujando, mientras me masajea el clítoris y me lame los labios sensibles con la lengua. Es una placentera tortura a la que estaría sometida toda la vida, de no ser por esa creciente presión que exige liberarse.

—¡Jesse! —grito con desesperación.

Con unas cuantas caricias más de sus dedos, de su pulgar y de su lengua, me lanza por el borde de un precipicio y desciendo en caída libre hacia la nada. El dolor que sentía en el cerebro deshidratado ha sido sustituido por chispas de placer. Estoy curada.

Me lame y me chupa lenta y suavemente, hasta que mi cuerpo se relaja y mis latidos empiezan a estabilizarse. Yo dejo las palmas de las manos sobre su cabeza y dibujo pequeños círculos sobre su pelo.

—Eres el mejor remedio para la resaca que existe —exhalo con un suspiro de satisfacción.

—Y tú eres el mejor remedio para todo —responde. Su lengua se desliza hacia mi estómago y asciende entre mis pechos mientras se pone de pie. Continúa trepando por mi cuello y me echa la cabeza hacia atrás con un gruñido para lamerme la garganta—. Hummm..., y ahora —dice, y me besa la barbilla suavemente—, voy a cogerte en la regadera. —Me baja el mentón para que mi cara quede frente a la suya y me besa en los labios—. ¿De acuerdo?

—De acuerdo —accedo. Qué pregunta más tonta. Llevo cuatro días sin él. ¿Dónde estaba? Prefiero no preguntar. De todos modos, tampoco creo que me diera una respuesta. En lugar de eso, recorro despacio su maravilloso pecho con las manos y me fijo en la horrible cicatriz. Otra cosa que no creo que quiera contarme.

—Ni se te ocurra preguntar. ¿Qué tal va tu cabeza?

Aparto la mirada de la cicatriz y la elevo hacia él. Me observa con aire de advertencia. Será mejor que no me enfrente a ese tono o a esa cara.

—Mejor —contesto. Y es verdad. Su expresión se relaja y mira hacia sus bóxeres.

Capto la indirecta y le deslizo la mano por la cintura. Le acaricio el vello con el dorso de la mano y la paso por encima de su erección matutina. Lo miro a los ojos y veo que me estudia detenidamente. Cuando me acerco más a él, aprovecha la oportunidad para apoyar la frente en la mía y me regala ese aliento fresco que lo caracteriza.

El vapor de la regadera nos rodea y la condensación nos cubre; me doy cuenta de que su pecho empieza a humedecerse. Me aferro a su piel, le paso las manos por la parte trasera de los calzoncillos y acaricio con las palmas su extraordinario culo apretado.

—Me encanta esto —susurro mientras le masajeo las nalgas.

Él mueve la frente contra la mía.

—Es todo tuyo, nena.

Sonrío, arrastro las manos hacia la parte delantera de su cuerpo y le agarro la gruesa y palpitante excitación por la base.

—Y me encanta esto.

Él gruñe agradecido y me reclama los labios. Me toma la boca con posesión y me obliga a soltar su erección y a volver a agarrarme de su trasero. Me aprieta contra su pecho y siento el fuerte impacto de su dureza contra mi ingle. Empiezo a excitarme de nuevo. La necesidad de tenerlo dentro me obliga a interrumpir nuestro beso y a jalar de sus calzoncillos hasta que caen por sus piernas largas y esbeltas. Aparta una mano de mi culo para ayudarse y pronto sus bóxeres revelan una tremenda erección que me señala. Ansiosa, no para de dar sacudidas. La gota de humedad que le moja la punta me indica que se aproxima un momento de conmoción. Y así es. Pronto me agarra de la cintura y me aprieta contra su cuerpo agitado.

—Rodéame la cintura con los muslos —gruñe contra mi cuello mientras lo chupa y lo muerde. Yo obedezco sin vacilar y envuelvo su cuerpo ansioso con las piernas cuando me levanta y su excitación roza mi entrada hinchada obligándome a lanzar un grito de desesperación.

—Dios —jadeo.

Pega sus labios contra los míos y gime cuando nuestras lenguas se funden en una danza ceremonial. Le acaricio con la mano la barba incipiente mientras me sujeta con un brazo alrededor de la cintura y nos conduce a ambos hacia la regadera. Inmediatamente, me empotra contra las baldosas. Pega una mano contra la pared por encima de mi cabeza mientras me devora la boca y el agua cae a nuestro alrededor.

—Esto va a ser intenso, Ava —me advierte—. Puedes gritar.

Que Dios me ayude. Estoy ardiendo y no tiene nada que ver con el agua caliente que llueve sobre nosotros. Me agarro a su espalda y noto que retrocede, preparado para penetrarme. Relajo los muslos para darle espacio. Aparta la mano de la pared y se guía hacia mi abertura. Me mira a los ojos cuando la cabeza de su erección entra en mí, y tiemblo.

—Tú y yo —dice, y me busca los labios y me besa con ansia—. No nos peleemos más. —Y con un fuerte movimiento de caderas, embiste hacia arriba y me llena hasta el fondo. Con un rugido, apoya la mano de nuevo en la pared junto a mi cabeza.

—¡Dios! —grito.

—No, nena, soy yo —masculla entre potentes arremetidas que me empotran más y más contra las baldosas de la pared—. Te gusta, ¿verdad?

Le clavo las uñas en la piel para intentar agarrarme, pero el agua, que no deja de caer sobre su espalda, lo hace imposible.

—Ava...

—¿Qué? —Dejo caer la cabeza hacia atrás, jadeando y loca de placer, mientras cada embestida me empuja más hacia un éxtasis absoluto. Siento sus labios sobre mi garganta expuesta, que se deslizan en llamas sobre mi piel mojada.

—Me encanta cogerte —gruñe contra mi cuello sin interrumpir su ritmo intenso y voraz—. ¿Lo recuerdas ya? —Ah, ¡se trata de una cogida recordatoria! No tiene de qué preocuparse. Es imposible que me olvide de algo así—. ¿Te has acordado ya, Ava? —ruge acompañando cada palabra con un empujón.

—¡No lo había olvidado! —grito indefensa ante sus arremetidas de castigo contra mi cuerpo.

Le suelto la espalda sabiendo que él me sostendrá y acerco su rostro al mío. Aparto con las manos el agua que corre por su cara. Levanta la vista para mirarme.

—No se me había olvidado —grito mientras me percute con fuerza.

Sentir cómo se mueve dentro de mí, y sentir cómo tiembla con la intensidad del movimiento de nuestros cuerpos unidos, hace que tenga las emociones a flor de piel. Jadea e inclina la cabeza para reclamar mis labios. Es un beso con significado, y me derrito en él. Esto no ayuda en mi intento de dominar mis sentimientos. Gime en mi boca mientras le sujeto la cara y absorbo la pasión que emana de cada uno de los poros de su piel. Él sigue embistiendo con rapidez e insistencia.

Nuestra ansia mutua se apodera de nosotros y alcanzo el punto de no retorno. Cierro con fuerza los muslos alrededor de sus caderas estrechas y todos los músculos de mi cuerpo se contraen esperando la descarga que se avecina. Él vibra y farfulla palabras sin sentido contra mi boca.

«¡Carajo!»

Echa la cabeza hacia atrás.

—¡Carajo!

—¡Jesse, por favor! —exclamo.

Esto comienza a rozar lo insoportable. No sé qué hacer. Es demasiado. Entonces levanta la cabeza y me mira, con las pupilas dilatadas y los párpados caídos. Me preocupa un poco.

—¿Más fuerte, Ava?

¿Qué? Chingado, va a partirme por la mitad.

—Contéstame —me exige.

—¡Sí! —chillo. ¿Es posible hacerlo más fuerte?

Emite un gruñido gutural y acelera sus embestidas con determinación, a un ritmo que no creía posible. Aprieto los muslos hasta sentir dolor, pero al hacerlo aumenta la fricción y, en consecuencia, el placer.

—¡Jesse! —Supero el umbral, estallo a su alrededor con un alarido.

El intenso gruñido que escapa de sus labios indica que él me acompaña; se mantiene dentro de mí, hasta el fondo, y su cuerpo enorme tiembla contra el mío. Brama mi nombre y siento su cálida eyección dentro de mí. Apoyo la cabeza sobre su hombro. Mi corazón late a un ritmo frenético.

«¡Madre mía!» Me sostiene con un brazo, con la cara enterrada en mi cuello y apoyando el antebrazo en la pared. Se ha quedado sin aliento, y mis músculos envuelven de manera natural su miembro palpitante mientras se sacude suavemente dentro de mí. El agua sigue cayendo sobre nosotros, pero nuestra respiración entrecortada amortigua su sonido.

—Carajo —resuella.

Suspiro. Sí, yo no lo habría dicho mejor. Ha sido más que intenso. Me tiembla hasta el cerebro, y sé que no seré capaz de ponerme de pie si me suelta.

Como si me leyera la mente, se vuelve, apoya la espalda en las baldosas y se deja caer resbalando por la pared. Me arrastra con él de manera que acabo sentada a horcajadas sobre su regazo en el suelo de la regadera. Tengo la cara pegada a su pecho y aún siento sus palpitaciones dentro de mí.

Estoy exhausta. La resaca ha desaparecido, pero se ha visto reemplazada por un agotamiento absoluto. Espero que no tenga prisa, porque no pienso moverme de aquí en un rato. Cierro los ojos y me relajo pegada a su magnífico cuerpo.

—Eres mía para siempre, señorita —dice con dulzura mientras me acaricia la espalda mojada con las dos manos.

Abro los ojos y un torrente de pensamientos invade mi cerebro convaleciente, pero hay uno que grita más fuerte: «Quiero serlo.»

Pero no lo digo. Soy consciente de que el sexo es increíble y de que me quiere precisamente por eso, cosa que no me importaría si no estuviera tan convencida de que se acabará antes o después. El sexo a este nivel es algo demasiado intenso. No puede durar eternamente. Acabará enfriándose y eso será todo. Pero ahora, al darme cuenta de ello, me aterra pensar que terminará por romperme el corazón. Mi fuerza de voluntad es nula. No puedo resistirme a él.

—¿Amigos? —pregunto, y apoyo los labios sobre su pecho y lo beso alrededor del pezón.

—Amigos, nena.

Sonrío contra su torso.

—Me alegro.

—Yo también —dice con suavidad—. Mucho.

—¿Dónde te habías metido?

—Eso no importa, Ava.

—A mí sí —replico sin agitarme.

—He vuelto. Eso es lo único que importa. —Me coge del culo y me acerca más a él. Sí, es verdad. Pero no por ello siento menos curiosidad. Y el hecho de que no me lo quiera decir la aviva todavía más. ¿Dónde estaba?

—Dímelo —insisto.

—Ava, olvídalo —dice con voz severa.

Suspiro, me despego de su pecho y lo miro apesadumbrada.

—Bueno. Tengo que lavarme el pelo.

Me aparta los mechones mojados de la cara y me besa los labios.

—¿Tienes hambre ya?

La verdad es que sí. Aquella cogida con resaca me ha abierto un apetito voraz.

—Muchísima. —Me levanto y cojo el champú—. ¿Esto es todo? —Observo la botella, y después a Jesse—. ¿No tienes acondicionador?

—No, lo siento. —Se levanta también del suelo de la regadera, me quita el champú de las manos y me echa un poco en el pelo—. Yo te lo lavo.

257

Cedo a sus deseos y dejo que me lave el pelo. Me masajea la cabeza con suavidad. Tendré que lavármelo otra vez al llegar a casa porque necesito usar acondicionador, pero este champú huele a él, así que no me importa. Cierro los ojos y echo la cabeza hacia atrás para deleitarme en los rítmicos movimientos de sus manos.

Antes de lo que me gustaría, me coloca debajo de la ducha para enjuagarme la espuma.

—¿Qué diablos es esto? —farfulla.

—¿Qué? —Me vuelvo para ver a qué se refiere. Me agarra conmocionado y vuelve a colocarme de espaldas a él.

—¡Esto!

Miro por encima de mi hombro y lo veo contemplándome el trasero con la boca abierta. Se refiere a los restos de los moretones que me hice en mi pequeña aventura en la parte trasera de *Margo*. Por la expresión de horror de su rostro, cualquiera diría que tengo una enfermedad de la piel. Pongo los ojos en blanco.

—Me caí en la parte de atrás de la camioneta.

—¿Qué? —inquiere con impaciencia.

—Estaba sujetando el pastel en la parte de atrás —le recuerdo—. Me di un par de golpes.

—¿Un par? —exclama mientras me pasa la palma por el culo—. Ava, parece que te hayan usado como balón de rugby.

Me echo a reír.

—No me duele.

—Se acabó lo de sujetar pasteles —sentencia—. Lo digo en serio.

—No seas exagerado.

Gruñe unas palabras ininteligibles, se arrodilla y me da un beso en cada nalga. Yo cierro los ojos y suspiro.

—Ya hablaré yo con Kate —añade, y sospecho que lo hará de verdad.

Se levanta otra vez, me vuelve para ponerme frente a él y me aparta el agua de la cara. Abro los ojos y lo veo mirándome. Su rostro no delata ninguna expresión, pero sus ojos son otra historia. ¿Se ha encabronado porque tengo unos cuantos moretones? La última vez que se enojó por algo así desapareció cuatro días.

Se inclina, me besa la clavícula, asciende por el cuello acariciándomelo con la lengua y me muerde el lóbulo de la oreja con suavidad. Me estremezco al sentir su aliento cálido. Carajo, ¡podría empezar otra vez!

—Después —susurra, y yo gimo de decepción. Con él nunca tengo suficiente—. Fuera —ordena. Me da la vuelta, me agarra de la cintura por detrás y me guía al exterior de la regadera.

Permanezco callada mientras dejo que me pase la toalla por todo el cuerpo y por el pelo para absorber el exceso de humedad. Está siendo muy dulce y atento. Me gusta. De hecho, me gusta demasiado.

—Ya está. —Se enrosca la toalla alrededor de la cintura sin secarse.

Quiero ponerme de puntillas y lamerle las gotas de agua que le empapan los hombros, pero me agarra de la mano y me conduce al dormitorio antes de que pueda llevar a cabo mis intenciones.

Observo la habitación. ¿Dónde está mi vestido? No puedo creer que tenga que pasar la vergüenza de salir de aquí con ese traje negro y corto. Tras inspeccionar el cuarto, miro a Jesse. Me quedo atontada contemplando cómo se pone los pantalones.

—¿No te pones calzoncillos? —pregunto.

Se coloca bien sus partes y se sube el cierre con una sonrisa pícara.

—No, no quiero obstrucciones innecesarias —dice con tono sugerente y seguro de sí mismo.

Frunzo el ceño.

—¿Obstrucciones?

Se mete una camiseta blanca e impoluta por la cabeza mojada y se cubre los magníficos abdominales. Sé que tengo la boca abierta.

—Sí, obstrucciones —confirma sin añadir más. Se acerca a mi figura desnuda, me agarra del cuello y acerca mi rostro al suyo—. Vístete —susurra, y me besa en los labios con fuerza.

Tiene que dejar de hacer esto si no quiere que me ponga cachonda otra vez.

—¿Y mi vestido? —pregunto contra sus labios.

Me suelta.

—No lo sé —dice con desdén, y sale como si tal cosa de la habitación.

¿Qué? Tuvo que quitármelo él, porque yo habría sido incapaz de coordinar mis movimientos para desnudarme. Vuelvo al cuarto de baño por mi ropa interior, al menos eso sí sé dónde está. No. No lo sé. Mi brasier y mis pantis han desaparecido.

De acuerdo, le gustan los jueguecitos. Me acerco a su vestidor y cojo lo que espero que sea la camisa más cara de todo el perchero. Me la planto y bajo la escalera. Está en la cocina, sentado en la isla, metiendo los dedos en un tarro de crema de cacahuate.

Me deslumbra con su sonrisa cuando me mira con los labios cerrados alrededor de un dedo cubierto de crema de cacahuate.

—Ven aquí —me ordena.

Estoy en el umbral de la puerta, desnuda excepto por una larga camisa blanca, y lo miro con el ceño fruncido.

—No —respondo, y veo que su sonrisa desaparece y sus labios forman una línea recta.

—Ven... aquí —repite subrayando cada palabra con intensidad.

—Dime dónde está el vestido —exijo.

Me observa con los ojos entreabiertos y deja el tarro de crema de cacahuate con firmeza sobre la barra. Aprieta la mandíbula y empieza a golpetear con ímpetu la isla mientras me fulmina con la mirada.

—Te doy tres segundos —declara con voz sombría y cara seria.

Enarco las cejas.

—¿Tres segundos para qué?

—Para mover el culo hasta aquí —contesta con tono feroz—. Tres.

Abro los ojos de par en par. ¿Va en serio?

—¿Qué pasa si llegas al cero?

—¿Quieres descubrirlo? —Sigue completamente impasible—. Dos.

¿Qué? ¿Que si quiero descubrirlo? Carajo, no me está dando mucho tiempo para pensármelo.

—Uno.

«¡Mierda!» Corro como un rayo hacia sus brazos abiertos y me estrello contra su duro torso. La expresión de satisfacción que advierto en su rostro antes de enterrar la cabeza en su cuello no engaña. No sé qué habría pasado si hubiera llegado al cero, pero sé lo mucho que me gusta que me rodee con los brazos, así que no tenía mucho que pensar. Carajo, qué sensación tan maravillosa. Restriego la nariz y la boca por sus pectorales y le acaricio la espalda con los dedos. Oigo sus lentos latidos. Exhala y se pone de pie. Me coloca sobre la superficie de la isla y se coloca entre mis muslos con las manos apoyadas sobre ellos.

—Me gusta tu camisa —dice al tiempo que me frota las piernas.

—¿Es cara? —pregunto con sorna.

—Mucho —sonríe. Ha captado mis intenciones—. ¿Qué recuerdas de anoche?

Vaya. Pues que estaba como una cuba y más caliente que una mona sobre la pista de baile y que creo que me di cuenta de que estaba enamorada de él. Pero no es necesario que sepa esto último.

—Que bailas muy bien —decido responder.

—No puedo evitarlo. Me encanta Justin Timberlake —dice restándole importancia—. ¿Qué más recuerdas?

—¿Por? —pregunto extrañada.

Suspira.

—¿Hasta cuándo recuerdas?

¿Adónde quiere ir a parar?

—No recuerdo llegar a casa, si es eso lo que quieres saber. Sé que estaba muy borracha y que fui una estúpida bebiéndome esa última copa.

—¿No recuerdas nada después de salir del bar?

—No —admito. Nunca me había pasado algo así.

—Es una lástima. —Sus ojos apesadumbrados observan los míos y parecen buscar algo en ellos, pero no sé qué.

—¿Qué?

—Nada. —Se inclina, me besa con ternura en los labios y me acaricia la cara con las palmas de las manos.

—¿Cuántos años tienes? —le pregunto mirándolo directamente a los ojos.

Vuelve a pegar sus labios a los míos y me obliga a abrirlos pasando la lengua alrededor de mi boca lentamente antes de morderme el labio inferior y de introducirla con suavidad.

—Veintiséis —susurra, y empieza a darme besitos por toda la boca.

—Te has saltado el veinticinco —farfullo, y cierro los ojos con satisfacción.

—No. Anoche me lo preguntaste, pero no te acuerdas.

—Ah. ¿Después del bar?

Frota la nariz contra la mía.

—Sí, después del bar. —Se aparta y me acaricia el labio inferior con el pulgar—. ¿Te encuentras mejor?

—Sí, pero tienes que darme de comer.

Se echa a reír y me propina un beso casto en los labios.

—¿Ordena algo más su Señoría?

—Sí —respondo con altivez—. Devuélveme mi ropa.

Me mira con recelo y desliza la mano en dirección a mi cadera. La aprieta con fuerza y me obliga a dar un brinco sobre el banco al tiempo que lanzo un chillido.

—¿Quién manda aquí, Ava?

—No sé a qué te refieres —digo entre risas mientras sigue haciéndome cosquillas en mi punto débil.

—Me refiero a lo bien que nos llevaríamos si aceptases quién manda aquí.

No puedo soportarlo más.

—¡Tú! ¡Tú mandas!

Me suelta inmediatamente.

—Buena chica. —Me agarra del pelo, me jala hacia su cara y me besa con pasión—. Espero que no se te olvide.

Me derrito en sus labios y acepto su supuesto poder con un largo suspiro. Se aparta de mí demasiado pronto para mi gusto y me deja sobre la superficie para regresar unos minutos después con mi ropa interior, mi vestido, mis zapatos y mi bolso. Le lanzo una mirada asesina mientras me lo entrega todo.

—No me mires así, señorita. No vas a ponerte ese vestido otra vez, eso te lo garantizo. Ponte la camisa por encima. —Contempla el vestido con desaprobación antes de marcharse a la cocina para hacer una llamada.

Me echo a reír. ¿Quién manda aquí? ¡Yo! ¡Yo mando! «¡Maníaco controlador!» Me pongo la ropa y registro el bolso para sacar las píldoras anticonceptivas, pero no las encuentro. Vacío todo el contenido sobre la isla y busco entre todos los trastos que llevo, pero no las cogí.

—¿Estás lista?

Me vuelvo hacia Jesse, que está en la entrada de la cocina tendiéndome la mano.

—Un momento. —Vuelvo a meterlo todo en el bolso y doy un salto para tomar su mano.

—¿Perdiste algo? —pregunta, y me guía por el ático.

—No, las habré dejado en casa. —Me mira con curiosidad—. Las píldoras.

Levanta las cejas.

—Menos mal que no está Cathy. Le daría un infarto si te viera con ese vestido.

—¿Quién es Cathy?

—Mi asistenta. —Vuelve a mirar mi vestido con desaprobación y empieza a abrocharme los botones de la camisa—. Mejor —concluye con una sonrisita de satisfacción.

Salimos del ascensor y me arrastra por el vestíbulo del Lusso. Clive nos mira perplejo.

—Buenos días, señor Ward —lo saluda alegremente—. Ya tienes mejor aspecto, Ava.

Jesse saluda a Clive con la cabeza pero no se detiene. Yo me pongo como un tomate y sonrío con dulzura mientras corro para seguirle el ritmo a Jesse. Qué vergüenza. Dudo mucho que tenga mejor aspecto que anoche. Tengo el pelo mojado, no me he maquillado y llevo la misma ropa que anoche con una camisa de Jesse encima.

Me mete en el Aston Martin y me lleva a casa a la misma velocidad vertiginosa de siempre mientras Ian Brown acaricia mis oídos.

Una vez delante de casa de Kate, bajo del coche y él sale para despedirse en la acera. Me sigue con la mirada hasta que me tiene delante y me contempla con esos maravillosos ojos verdes. No quiero que se vaya. Quiero que me lleve de vuelta a su castillo de ensueño y que me retenga allí para siempre, en su cama, con él dentro. Soy esclava de este hombre. Me ha absorbido por completo.

Doy un paso hacia adelante, me aprieto contra su pecho e inclino la cabeza para mirarlo. Él está como si tal cosa, con las manos en los bolsillos y mirándome con los ojos brillantes cuando me pongo de puntillas y le rozo los labios con los míos. Al instante, se saca las manos de los bolsillos, me estrecha contra su pecho y me hunde la lengua en la boca, reclamando la mía con vehemencia. Y yo se la entrego sin rechistar. Le rodeo el cuello con los brazos y me dejo llevar mientras me aprieta y me lame la boca, devorándome por completo.

Perdida... estoy perdida.

Una vez satisfecho, se aparta con un gran suspiro que me deja sin respiración y deseando mucho más. Me vuelvo sobre las piernas tambaleantes y avanzo hasta el portal de Kate. Debería sonreír. Estoy muy contenta y satisfecha con todo el sexo que he tenido, pero siento una punzada difícil de ignorar en el estómago.

Me doy la vuelta para ver cómo se aleja con el coche, pero me lo encuentro detrás de mí, mirándome. Arrugo el ceño. ¿Qué hace? Como venga por otro beso de despedida ya no lo suelto.

—¿Qué haces? —pregunto.

—Te esperaré dentro.

—¿Adónde voy a ir?

—Te vienes conmigo al trabajo —contesta como si ya debiera saberlo.

¿Se va a trabajar? Pues claro, los hoteles no cierran los fines de semana, pero ¿qué voy a hacer yo mientras él trabaja? Aunque, bien pensado, ¿qué más da mientras esté junto a él?

—Acabas de darme un beso de despedida.

Esboza una sonrisa.

—No, Ava. Sólo te he besado —dice, y me aparta un mechón de pelo mojado de la cara—. Arréglate.

Ah, vaya. No para de darme órdenes y yo las acato sin replicar. Soy su esclava de verdad.

Entro en el salón, con Jesse detrás, y veo a Kate y a Sam tirados en el sofá, convertidos en un amasijo de brazos y piernas, semidesnudos y comiendo cereales. Ninguno de los dos hace el más mínimo esfuerzo por intentar taparse.

—¡Eh, amigo! —exclama Sam al levantar la vista y ver a Jesse, quien, al comprobar que está medio desnudo, lo mira con desaprobación—. ¿Cómo te encuentras, Ava? —me pregunta.

Pongo los ojos en blanco. «Pues... estaba fatal, pero después de que Jesse me cogió hasta perder el sentido me encuentro mucho mejor, gracias.»

—Bien —contesto. Miro a Kate y le indico con la mirada que se reúna conmigo en mi cuarto inmediatamente—. Me daré toda la prisa que pueda.

Dejo a Jesse en el salón y me retiro a mi habitación, donde me paseo de un lado a otro mientras espero a Kate. Las palabras de Victoria me vuelven a la mente, y ahora no sé qué hacer.

Entra en mi dormitorio; tiene un aspecto horrible.

—¡Parece que alguien ha estado cogiendo! —dice entre risas.

La miro con recelo. Hay algo que tengo que aclarar primero.

—¿Por qué le dijiste a Sam dónde estaba? —le reprocho.

Se queda perpleja.

—¿Estás enojada conmigo?

—Sí... no... un poco. —Bueno, no estoy enojada en absoluto. Anoche sí lo estaba un poco, pero ya no. Me sonríe con sorna—. No me mires así, Kate Matthews. ¿Qué ha pasado entre Sam y tú?

—Es un encanto, ¿verdad? —Me guiña un ojo—. Sólo nos estamos divirtiendo un poco.

Bueno, sea sólo eso o no, tiene que saberlo.

—Tienes que saber que Victoria vio que una tipa enfurecida le tiraba un *frappuccino* por encima en Starbucks. —Me quito la camisa de Jesse y el vestido por la cabeza y los tiro al suelo.

Kate pone los ojos en blanco, recoge las prendas y las coloca sobre mi cama antes de dejarse caer sobre el edredón con la melena pelirroja rodeándole el pálido rostro.

—Ya lo sé. Es la loca de su ex novia.

—¿Te lo ha contado? —digo incapaz de ocultar mi sorpresa.

—Sí, no pasa nada.

—Ah. —No puedo creer lo tranquila que está. Todo le parece bien siempre, nada la irrita nunca.

Me mira.

—Tú no eres la única que se está llevando lo suyo —dice muy en serio. Me quedo boquiabierta—. Lo llevas escrito en la cara, Ava.

—Me voy con Jesse a su trabajo. —Cojo la secadora e intento hacer algo con mi pelo desastroso.

—Diviértete —canturrea cuando sale de mi cuarto. Pongo la cabeza boca abajo y me seco del todo la mata de pelo negro mientras intento ignorar el hecho de que tengo prisa por volver con Jesse.

Cuando vuelvo a levantar la cabeza frente al espejo, me lo encuentro apoyado en la cabecera de mi cama. Tiene los brazos cruzados por detrás de la cabeza. Ocupa prácticamente la totalidad de mi cama doble. Apago la secadora y me vuelvo hacia sus ardientes ojos verdes. Quiero saltar sobre esa cama y sobre él.

—Hola, nena —dice mirándome de arriba abajo.

—Hola —respondo sonriendo y con voz insinuante—. ¿Estás cómodo?

Cambia de postura.

—No, últimamente sólo estoy cómodo con una cosa debajo de mí. —Mueve las cejas de forma sugerente.

Esa mirada y esas palabras hacen que me tiemblen las rodillas; remolinos de necesidad recorren cada milímetro de mi cuerpo. Lo miro mientras se levanta de mi cama y se aproxima lentamente. Una vez delante de mí, me da la vuelta y me pone de cara al armario. Estira el brazo por encima de mi hombro, rebusca entre mi ropa colgada y saca mi vestido camisero de color crema.

—Ponte esto —me susurra al oído—. Y ponte ropa interior de encaje.

Cierro los ojos con fuerza. Había pensado en ponerme unos *jeans* y una camiseta, pero no me importa en absoluto ponerme lo que sugiere. Estiro el brazo, le cojo la percha de las manos y gimo un poco cuando, al bajar el brazo, me roza un pecho al tiempo que adelanta las caderas contra mi trasero.

«¡Para, por Dios!»

—Date prisa —dice. Me da una palmadita en el culo, se marcha y me deja allí plantada, toda temblorosa, con la única posibilidad de aferrarme al vestido de color crema. Me obligo a volver a la realidad, sacudo el cuerpo y la cabeza ligeramente y acabo de arreglarme.

Saco todos mis bolsos y empiezo a buscar las píldoras, pero no las encuentro por ninguna parte. Kate está preparando té en la cocina, vestida sólo con una camiseta.

—¿Has visto mis pastillas? —pregunto mientras busco en un cajón donde guardamos todo tipo de trastos, desde pilas y cargadores de teléfono hasta labiales y esmalte de uñas.

—¿No están en tu bolso?

—No. —Cierro el cajón de golpe con el ceño fruncido.

—¿Has mirado ya en todos tus bolsos? —pregunta Kate, que sale de la cocina con dos tazas de té.

—Sí —contesto, y empiezo a buscar en los demás cajones de la cocina, aunque sé que es imposible que estén con los cubiertos o los utensilios.

—¿Qué pasa?

Alzo la vista y veo a Jesse en la puerta.

—No encuentro las píldoras.

Pruebo, en vano, a buscarlas en el bolso otra vez, pero no están.

—Luego las buscas, vamos. —Me tiende la mano—. Me gusta tu vestido —comenta, y me mira de arriba abajo mientras camino hacia él. Claro que sí... lo ha elegido él.

Mete la mano por debajo del dobladillo y me acaricia entre los muslos con el dedo índice mientras contempla cómo cierro los labios de golpe y pego las manos a su pecho. Sonríe con satisfacción, desliza el dedo por debajo del elástico de mis pantis y me acaricia el sexo con suavidad. Lanzo un suspiro.

—Estás mojada —susurra, y traza círculos con el dedo lentamente. Tengo ganas de llorar de placer—. Después. —Retira el dedo y se lo lame.

Lo miro mal.

—Tienes que dejar de hacer eso.

—Jamás. —Se ríe y me saca de un tirón de la cocina—. Despídete de tu amiga.

—¡Adiós! —grito—. También es amiga tuya, ¿verdad? —Todavía no hemos hablado sobre la pequeña conversación que tuvieron Kate y él anoche en el bar. Me mira con cara de no entender a qué me refiero—: Anoche, en el bar, le susurraste algo al oído —digo como si tal cosa.

Abre la puerta de la calle y me insta a salir.

—Me echó bronca por haber desaparecido y me disculpé. No suelo disculparme muy a menudo, así que no te acostumbres.

Me echo a reír. La verdad es que no le queda mucho lo de pedir perdón. Pero conmigo lo ha hecho. Aunque todavía no me ha explicado dónde se metió durante esos días.

Capítulo 21

Salimos de la ciudad en su coche en dirección a Surrey Hills. De vez en cuando, lo sorprendo mirándome a mí en lugar de a la carretera. Y cada vez que lo hago me sonríe y me aprieta la rodilla, sobre la que ha llevado la mano durante la mayor parte del viaje. Empiezo a pensar en lo poco que sé de él. Es apasionado, bastante inestable, tremendamente seguro de sí mismo y exageradamente rico. Ah, y bestial en cuanto al sexo. Pero eso es todo lo que sé. Ni siquiera sé su edad.

—¿Cuánto hace que tienes La Mansión? —pregunto.

Me mira con una ceja enarcada y baja el volumen de la música con los controles del volante.

—Desde que tenía veintiún años.

—¿Tan joven? —pregunto, y mi tono evidencia mi sorpresa.

Él me sonríe.

—Heredé La Mansión de mi tío Carmichael.

—¿Falleció?

Su sonrisa desaparece.

—Sí.

De acuerdo, ahora quiero saber más.

—¿Cuántos años tienes, Jesse?

—Veintisiete —responde totalmente impasible.

Suspiro.

—¿Por qué no quieres decirme tu edad?

Él me mira con una sonrisa burlona.

—Porque temo que creas que soy demasiado viejo para ti y salgas huyendo.

Lo miro con los ojos entornados desde el asiento del copiloto. No puede ser tan mayor. Quiero gritarle que no voy a irme a ninguna parte.

—Bueno, ¿cuántas veces voy a tener que preguntártelo hasta que lleguemos a tu verdadera edad? —Ya lo intenté en otra ocasión y no sirvió de nada.

Sonríe.

—Muchas.

—Yo tengo veintiséis. —Pruebo con un toma y daca mientras lo observo detenidamente.

Me mira.

—Ya lo sé.

—¿Cómo lo sabes?

—Por tu licencia de conducir.

—¿Además del teléfono también has hurgado en mi bolso? —pregunto indignada, pero él se limita a encogerse de hombros. Yo sacudo la cabeza consternada. Es una regla no escrita. Está claro que este hombre no tiene modales—. ¿Es que crees que eres demasiado mayor para mí? —Después de todo lo que me ha hecho, imagino que su respuesta es negativa pero, puesto que parece ser un problema tan grave, más me vale preguntar.

—No, en absoluto —responde con la mirada fija en la carretera—. El único conflicto que tengo es que sea un problema para ti.

Frunzo el ceño.

—No me supone ningún problema.

Vuelve su atractivo rostro hacia mí, con esos ojos ardientes y maravillosos.

—Entonces deja de preguntármelo.

Apoyo la cabeza en el respaldo, indignada, y me dedico a contemplar el paisaje rural. Su edad no me importa lo más mínimo, al menos de momento. Y no creo que haya nada que pueda hacerme cambiar de opinión al respecto.

Me vuelvo hacia él una vez más.

—¿Y tus padres?

Al ver la línea recta en que se convierten sus labios me arrepiento inmediatamente de haber formulado la pregunta.

—No tenemos relación —responde con tono desdeñoso.

Vuelvo a recostarme y no insisto. Su actitud despectiva despierta aún más mi curiosidad, pero también me obliga a cerrar la bocota.

Nos detenemos al llegar a La Mansión y Jesse pulsa un botón del tablero que hace que se abran las puertas. Al llegar al patio veo a John, el grandulón, que sale de su Range Rover con su traje negro de siempre y con sus enormes gafas de sol. Me saluda con la cabeza cuando salgo del coche y se acerca a Jesse.

—¿Cómo estás, John? —le pregunta. Después, me coge de la mano y me guía por los escalones hacia la entrada de La Mansión.

Me estremezco al recordar la última vez que estuve aquí. Salí huyendo y pensé que jamás volvería. Pero aquí estoy. Veo que Jesse estrecha la mano al grandulón de John. Se ha transformado en el empresario que es.

—Todo bien —responde el otro con voz grave. Nos deja pasar a Jesse y a mí primero. Después nos sigue hasta el restaurante. Me sorprende lo tranquilo que está para ser las diez de la mañana de un domingo en un hotel. ¿No es la hora del desayuno?

Jesse se detiene y me mira.

—¿Qué quieres comer? —Incluso a mí me habla con voz de empresario.

—Cualquier cosa. —Me encojo de hombros. Me siento incómoda y empiezo a desear haberme quedado en el sofá tapada con el edredón y con una enorme taza de café. ¿Qué voy a hacer yo aquí mientras él trabaja?

Su expresión se suaviza.

—Pero ¿qué te apetece?

Bueno, eso es fácil.

—Salmón ahumado.

—¿Un sándwich? —pregunta, y yo asiento—. ¿Y un café?

—Por favor.

—¿Cómo sueles tomarlo?

—Capuchino, con doble de café, sin chocolate ni azúcar.

—Desayunarás en mi despacho.

Me encojo de hombros.

—Como quieras. —En cuanto pronuncio esas palabras, lo miro y veo un brillo de satisfacción en sus ojos, acompañado de una sonrisa victoriosa—. Ni una palabra —le advierto.

—No era una pregunta, Ava. John, dame veinte minutos. Pete, ¿has tomado nota?

—Sí, señor.

—Bien. Sírvele a Ava el desayuno en mi despacho —ordena mientras me mira con esos ojos verdes y abrasadores.

Me coge de la mano y me arrastra por La Mansión hasta su despacho. Tengo que correr para ir a su paso y, en cuanto cierra la puerta, tira mi bolso al suelo y me empotra contra ella. Ya tengo el vestido levantado hasta la cintura.

«¡Carajo!» ¿No había venido a trabajar? Hunde la cara en mi cuello y yo lo agarro de la camiseta. Sabía que esto iba a pasar. En cuanto le he visto los ojos he sabido lo que estaba pensando. Es la ferocidad lo que me ha tomado por sorpresa. Empiece despacio o de prisa, el resultado es siempre el mismo: jadeo como una loca y estoy lista para suplicar.

—Sabía que no era buena idea traerte aquí. No voy a poder trabajar. —Su voz grave resuena contra mi garganta mientras la lame con ansia. Me recorre ambos lados del cuerpo con las manos hasta llegar a los pechos para amasarlos por encima del vestido.

—Si quieres me voy —exhalo—. ¡Mierda! —El abrupto movimiento de sus caderas me indica que no debería haber dicho eso.

Aumenta la presión de su cuerpo empujándome contra la puerta y su boca impacta contra la mía.

—Esa puta boca —me regaña entre rápidas e intensas caricias con la lengua—. No vas a ir a ninguna parte, señorita. —Me muerde el labio—. Nunca. ¿Estás mojada?

—Sí —jadeo mientras forcejeo con su camiseta. Me enciendo con sólo mirarlo.

Aparta las manos de mis pechos y las desliza hacia abajo. Oigo que se desabrocha el cierre y entiendo de inmediato su comentario sobre la ausencia de obstrucciones. Me aparta las pantis a un lado.

No me da tiempo a prepararme para la intensidad y la velocidad con que se aproxima. Me levanta una pierna hasta la cintura, se coloca y se hunde en mí empotrándome contra la puerta con un bramido. Yo grito.

—No grites —me ordena.

No me da tiempo a adaptarme. Me penetra repetidas veces, con fuerza, una y otra vez, y hace que toque el cielo de placer. Aprieto los labios para evitar gritar y dejo caer la cabeza sobre su hombro con delirante desesperación.

—¿La sientes, Ava? —dice con los dientes apretados.

Señor, dame fuerzas, creo que voy a desmayarme. Me está cogiendo con urgencia, como si estuviera loco, arremetiendo y jadeando a gran velocidad.

—¡Contesta a la pregunta! —grita. ¿Por qué él sí que puede gritar?

—¡Sí! ¡La siento!

Continúa aporreándome más y más hasta que estoy a punto de perder la cabeza de desesperación. Me queda poco para estallar, y la pierna sobre la que me apoyaba ha dejado de tocar el suelo con el ímpetu de los embates.

—¿Te gusta?

—¡Carajo, sí! —grito con todo el aire de mis pulmones, y Jesse me toma la boca con ansia.

—Te he dicho que no grites. —Me muerde el labio, y la presión me resulta casi dolorosa.

El ardor que se apodera de mi sexo crepita y estalla, me sume en un éxtasis febril y alcanzo el clímax con un sonoro alarido. Su boca atrapa mis gritos y yo pierdo la razón.

Me agito de manera incontrolable contra él, pero él continúa, grita con su propia explosión y siento que su erección se agita y se derrama dentro de mí.

Carajo, ha sido intenso e increíblemente rápido. La cabeza me da mil vueltas. No puedo creer lo que hace conmigo este hombre. Es un pinche genio. ¡Y en su despacho!

—Creo que voy a traerte al trabajo todos los días —suspira en mi cuello mientras sale de mí lentamente y me deja resbalar por la puerta—. ¿Estás bien?

—No me sueltes —resuello en su hombro. Soy incapaz de mantener el equilibrio.

Se echa a reír y me rodea la cintura con el brazo para enderezarme. Me aparto el pelo de la cara de un soplido y sus magníficos ojos aparecen en mi campo de visión.

Sonrío.

—Hola.

—Ha vuelto. —Pega los labios a los míos, me levanta y me lleva hasta el sofá. Me deja junto a él, se guarda el miembro en los pantalones y se abrocha el cierre.

Mientras recoge mi bolso del suelo, me coloco bien el vestido y me derrumbo sobre el sofá con una sonrisa en la boca. Su capacidad para pasar de ser salvaje y dominante a tierno y atento me tiene hecha un lío. Pero adoro ambas personalidades. Es demasiado bueno para ser verdad.

Se acerca, se sienta a mi lado y me cobija bajo su brazo.

—He pensado que podrías acercarte a la nueva ala y empezar a esbozar algunas ideas.

—¿De verdad quieres que me encargue del diseño? —Mi voz suena confundida. No me importa, porque lo estoy. Pero es que pensaba que lo del diseño no era más que un cebo para llevarme a la cama.

—Pues claro que sí.

—Creía que sólo me querías por mi cuerpo —bromeo, y él me retuerce un pezón en represalia.

—Te quiero por muchas cosas, además de por tu cuerpo, señorita.

¿En serio? ¿Por qué más?

—Es domingo —digo, y me aparto de su abrazo—. No trabajo los domingos. Y, además, no tengo aquí mi equipo de trabajo.

Arruga la frente, me agarra y me sienta sobre su regazo refunfuñando.

—¿Papel y lápiz? —dice, y me mordisquea juguetonamente la oreja—. Podemos proporcionártelo, pero te lo descontaré de tus honorarios.

Lo cierto es que sí, unas hojas de papel y un lápiz me bastan de momento, pero es domingo. Se me ocurren mil cosas que podría estar haciendo y que preferiría hacer. Además, no es necesario que me desplace a la nueva ala para empezar a plasmar ideas.

Pero entonces pienso que a lo mejor quiere que me vaya de su despacho. Ya ha conseguido lo que quería y ahora lo molesto. Y ni siquiera puedo coger mi coche y largarme. Llaman a la puerta y me bajo de su regazo.

—Adelante —ordena mientras me observa con una mirada inquisitiva que decido obviar.

El tipo de pelo cano del restaurante entra con una charola y la deja sobre la mesita.

—Gracias, Pete —dice Jesse sin apartar la mirada de mí.

—Señor. —Inclina la cabeza ante él y me sonríe amigablemente antes de marcharse.

—¿Me das unas hojas de papel? —pregunto mientras cojo la charola y me cuelgo el bolso al hombro.

—¿No vas a desayunar? —Se pone de pie con el ceño todavía fruncido.

—Lo tomaré arriba. —«No quiero molestarte.»

—Ah, de acuerdo. —Se acerca a su mesa.

Hago todo lo posible por ignorar ese culo perfecto que se esconde bajo los *jeans* cuando se agacha y abre un cajón para sacar un bloc de dibujo y un estuche de lápices de colores. ¿Para qué tiene eso? No es algo que uno tenga porque sí. Se acerca y me los entrega. Yo los cojo, los meto debajo de la charola y me dirijo hacia la puerta.

—Oye, ¿no se te olvida algo?

Me vuelvo y veo que su mirada curiosa se ha transformado en asesina.

—¿Qué? —pregunto. Sé a qué se refiere, pero no estoy de humor para alimentar su ego.

—Mueve el culo hasta aquí —dice reforzando la orden con un movimiento de cabeza.

Dejo caer los hombros ligeramente. Acabaremos antes si le doy lo que quiere y desaparezco de su vista. Llego hasta él y me esfuerzo al máximo por no poner buena cara, aunque fracaso estrepitosamente.

—Dame un beso —ordena con las manos en los bolsillos. Me pongo de puntillas, acerco los labios a los suyos y me aseguro de que no sea un simple pico. Él no responde—. Bésame de verdad, Ava.

Mi tibio intento por satisfacerlo no ha funcionado. Suspiro. Tengo una charola en las manos, el bolso colgado del hombro y un cuaderno y un lápiz debajo de la charola. Esto no está siendo fácil, sobre todo porque él no colabora. Dejo la charola y el material de dibujo sobre la mesa, hundo las manos en su pelo y acerco su rostro al mío. No tarda ni un nanosegundo en reaccionar. Cuando nuestros labios se encuentran, me toma por completo. Me rodea la cintura con los brazos y se inclina ligeramente para compensar la diferencia de altura. No quiero disfrutarlo, pero lo hago, y demasiado.

—Mucho mejor —dice pegado a mi boca—. No me niegues nunca lo que te pido, Ava. —Me suelta y me deja ligeramente mareada y desorientada. Alguien llama a la puerta—. Vete —ordena señalando a la puerta con la cabeza.

Recojo mis cosas y me marcho sin mediar palabra. Me ha encabronado. Estoy pisando un terreno muy peligroso, y lo sé. Este hombre tiene la palabra «rompecorazones» escrita por todo el cuerpo.

Abro la puerta del despacho y me encuentro al grandulón de John esperándome. Me saluda con la cabeza y se coloca detrás de mí para escoltarme hasta el piso de arriba.

—Conozco el camino, John —le digo. No es necesario que me acompañe hasta allí.

—Tranquila, mujer —truena, y continúa avanzando con pasos largos. Me sigue por la escalera.

Cuando llegamos al ventanal que hay en la parte baja del tramo que lleva a la tercera planta, me paro a observar la amplia escalera. En la parte de arriba hay unas puertas de madera con unos preciosos símbolos circulares grabados en ellas. Están cerradas e intimidan bastante.

¿Qué habrá ahí arriba? Podría ser un salón de actos. Una puerta que se abre desvía mi atención de las inmensas e imponentes hojas de madera. Miro hacia el descansillo y veo a un hombre que sale de una habitación subiéndose el cierre. Alza la vista y me pesca contemplándolo. Me pongo como un tomate y miro a John, que observa al tipo y sacude la cabeza de manera amenazadora. El hombre parece un tanto atemorizado, y yo acelero por el pasillo que da a la ampliación para escapar de esa situación tan incómoda. A John no parece afectarle. Nunca entenderé por qué los hombres creen que es aceptable salir de los aseos y de las habitaciones de los hoteles sin haber acabado de vestirse.

Entro en la última habitación. No hay muebles, así que me siento en el suelo y me apoyo contra la pared.

John asoma la cabeza por la puerta.

—Llama a Jesse si necesitas algo —gruñe.

—Iré directamente.

—No, llámalo —insiste, y cierra la puerta.

Bueno, y si necesito ir al baño ¿también tengo que llamar a Jesse? Debería haberme quedado en casa.

Miro en torno a mí hacia la enorme habitación vacía y empiezo a dar bocados al sándwich de salmón. Aunque me cueste admitirlo, está delicioso. Intento recordar las especificaciones. ¿Qué dijo? Ah, sí, que tenía que ser sensual, estimulante y reconstituyente. No es lo que suelen pedirme, pero me las arreglaré. Cojo el bloc, saco un lápiz del estuche y empiezo a dibujar camas grandes y lujosas y suntuosas cortinas para las ventanas. Concentrarme en el boceto es la mejor manera de que olvide de las preocupaciones que asedian últimamente mi pobre mente.

Unas horas después, tengo el culo dormido y un diseño de una habitación maravillosa. Deslizo el lápiz sobre el papel, y aplico sombras y retoques por aquí y por allá. Ha quedado muy sensual. Dijo que era fundamental que hubiese una cama grande, y el enorme lecho con dosel que he colocado en medio de la habitación transpira lujuria y sensualidad. Analizo el dibujo y me sonrojo ante mi propio trabajo. Carajo, es casi erótico. ¿De dónde ha salido esto? Tal vez me haya influido todo el magnífico sexo que he practicado últimamente. La cama que domina la habitación es una réplica de una que vi en una tienda de artículos de segunda mano hace unos meses. Tiene unos postes gruesos de madera y un dosel reticular, y quedará fantástica con unas cortinas de seda dorada. No sé cómo decorar las paredes porque Jesse sólo dijo que quería elementos decorativos grandes y de madera, probablemente algo parecido a lo que había en la suite en la que me acorraló.

La puerta se abre e interrumpe el hilo de mis pensamientos. Me encuentro con la cara de fastidio de Sarah en el umbral. Refunfuño para mis adentros. Esta mujer está en todas partes... en cualquier parte donde esté Jesse.

—Ava, qué agradable sorpresa.

«¡Mentira!»

Cierra la puerta suavemente a sus espaldas y se dirige al centro de la habitación. Mi maldad me hace desear que tropiece con esos ridículos tacones. No me gusta nada esta mujer. Saca la zorra interior que hay en mí más que ninguna otra persona que haya conocido.

—Sarah. Yo también me alegro de verte. —Me agarro un mechón de pelo y empiezo a juguetear con él mientras me planteo los motivos de su visita. Me mira mientras sigo sentada en el suelo y veo que hoy tiene los labios rojos superhinchados. Sin duda acaba de hacerse algunos retoques. Mi posición, sentada en el suelo, en contraste con la suya, hace que me sienta inferior a ella. Me levantaría si no tuviera el culo tan dormido y supiese que no voy a caerme de nuevo al hacerlo.

—Trabajando un domingo —comenta mientras observa la habitación vacía—. ¿Reciben todos tus clientes el mismo trato especial que le das a Jesse?

¡Menuda zorra! De repente sus motivos están muy claros.

—No —sonrío—. Sólo Jesse.

Mis malos pensamientos hacia ella están más que justificados. No sólo no le caigo bien, sino que me detesta con todas sus fuerzas. Puede que incluso llegue a odiarme. ¿Por qué?

—Es un poco mayor para ti, ¿no te parece? —Cruza los brazos por debajo de su generoso pecho y llego a la conclusión de que también se lo ha operado.

No quiero que sepa que no sé la edad de Jesse. Seguro que ella sí la sabe. Y ese hecho me encabrona sobremanera.

—A mí no me lo parece —respondo con dulzura. Quiero levantarme del suelo para que esta *barbie* reconstruida deje de mirarme como si fuera superior a mí. ¿A ella qué le importa?

Su cara hinchada refleja la poca gracia que le hace mi presencia y eso, por extraño que parezca, hace que yo también me sienta incómoda por estar aquí. Debería haberme quedado en casa. No tengo por qué aguantar esto.

—Bueno, ¿y qué tiene mi Jesse para hacer que renuncies a tu tiempo libre para trabajar?

«¿Mi Jesse?»

—No creo que eso sea asunto tuyo.

—Tal vez. ¿Es por su dinero? —dice al tiempo que enarca una ceja que ya estaba ridículamente levantada. ¡Bótox!

—No me interesa la riqueza de Jesse —respondo tajantemente. ¡Estoy enamorada de él!

—No, claro que no. —Se acerca a la ventana, con aire relajado y arrogante, y se vuelve hacia mí de nuevo, con una cara igual de fría que su voz—. Te lo advierto, Ava. Jesse no es la clase de hombre con el que una deba plantearse un futuro.

La miro directamente a los ojos e intento imitar su expresión y su tono gélido. No es difícil, siempre me sale de manera natural con esta mujer tan desagradable.

—Gracias por la advertencia, pero creo que soy lo bastante mayorcita para saber lo que hago. —El corazón se me hunde hasta el estómago.

Ella se echa a reír con condescendencia. Es una risa de lástima que hace que me sienta fatal.

—Pequeña, sal de tu cuento de hadas y abre los o...

De repente, la puerta se abre y Jesse entra a toda prisa. Me ve a mí tirada en el suelo y a Sarah junto a la ventana.

—¿Todo bien? —le pregunta a Sarah.

Yo me encabrono. ¿Por qué rayos le pregunta a ella? Ella está perfectamente ahí de pie lanzándome sus advertencias. Es a mí, que estoy aquí sentada con el culo dormido, a la que debería preguntarle. Me quedo todavía más estupefacta cuando ella le regala una ridícula sonrisa falsa y se acerca a él, toda tiesa y sacando pecho.

—Sí, cariño. Ava y yo sólo estábamos hablando sobre las habitaciones nuevas. Tiene unas ideas fantásticas —dice, y le frota el hombro.

Quiero arrancarle las uñas postizas de los dedos. ¡Vaya perra mentirosa! Espero que él no se lo trague. Pero la sonrisa de satisfacción con la que le responde antes de volverse hacia mí me indica que sí lo ha hecho. ¿Está ciego o qué le pasa?

—Es muy buena —dice con orgullo. Está haciendo que me sienta como si fuera una puta niñita.

—Sí, tiene mucho talento —ronronea Sarah sonriéndome con malicia—. Los dejo. —Se pone de puntillas y lo besa en la mejilla mientras yo ardo de rabia—. Ava, ha sido un placer volver a verte.

Reúno la educación suficiente para sonreír a esa bestia.

—Lo mismo digo, Sarah.

Espero que note mi tono falso. No había sido menos sincero en mi vida. Se marcha de la habitación y me deja a solas con Jesse. ¿Qué hago aquí y qué papel desempeña esa mujer en la vida de Jesse? Ha estado aquí todas las veces que he venido. Y también estaba en la inauguración del Lusso. ¿Conseguiré librarme alguna vez de esa víbora? Quiere que desaparezca, y sólo puede haber una razón: quiere a Jesse. Me duele el corazón sólo de imaginármelo con otra persona y me entran ganas de matar a alguien. Nunca he sido celosa, ni insegura, ni dependiente. Pero siento que todos estos nuevos sentimientos afloran en mí y se apoderan de todo mi ser. Ha dicho que Jesse no es la clase de hombre con el que una deba soñar. Y creo que eso ya lo sé yo.

—A ver qué has hecho, señorita. —Se sienta a mi lado y me coge el bloc—. ¡Vaya! Me encanta esa cama.

—A mí también —admito con hosquedad. El entusiasmo que sentía por mi idea se ha esfumado.

—¿Qué es todo esto? —dice señalando el dosel.

—Es un diseño reticular. Todas las vigas de madera se superponen y crean ese efecto.

—¿Y se pueden colgar cosas de él? —pregunta con curiosidad.

—Sí, como telas o luces —respondo, y me encojo de hombros.

Abre la boca fascinado al captar el concepto.

—¿En qué colores habías pensado?

—Negro y dorado.

—Me encanta. —Pasa la mano por el dibujo—. ¿Cuándo podemos empezar?

¿Eh?

—Esto es sólo un boceto. Tengo que considerar varias ideas, hacer dibujos a escala, planes de iluminación y esas cosas. —No sé si voy a poder hacer todo eso. He entrado en un profundo estado de depresión después de que me haya echado de su despacho y de las advertencias de Sarah. Tengo que replantearme muy en serio qué hago aquí—. ¿Te importaría llevarme a casa?

Levanta la mirada bruscamente con los ojos cargados de preocupación.

—¿Estás bien?

Levanto el culo dormido del suelo y reúno las pocas fuerzas que tengo para fingir una sonrisa tan falsa como la de Sarah.

—Sí. Es que tengo que preparar unas cosas para mañana —digo mientras me aliso el vestido.

—¿No has dicho que no trabajabas los fines de semana?

—No es trabajo propiamente dicho.

—Ah. —Me mira con una medio sonrisa y me entran ganas de llorar.

«Llévame a mi casa para que pueda pensar sin que estés delante distrayéndome con esa cara y ese cuerpo tan hermosos.»

—Está bien. —Se levanta también del suelo y me devuelve el bloc—. ¿Estás segura? —insiste.

Yo mantengo mi sonrisa falsa.

—Estoy bien, ¿por qué no iba a estarlo? —Me esfuerzo por mantener la mano abajo al ver que la levanto de manera involuntaria para llevármela al pelo.

Me mira con recelo.

—Vamos, entonces. —Coge mi bolso y me agarra de la mano.

—La charola.

—Ya la recogerá Pete —dice, y me conduce fuera de la habitación y hacia el piso inferior.

Me gustaría soltarle la mano, pero no quiero darle motivos para que piense que no estoy bien. Es difícil, porque no lo estoy en absoluto. Cuanto más lo toco, más me encariño con él.

Cuando llegamos al vestíbulo, Jesse echa un vistazo a su alrededor; parece agitado.

—Espérame aquí, voy por las llaves y el celular. Bueno, ve hacia el coche. Está abierto.

Frunzo el ceño cuando me acompaña hasta la puerta y se marcha corriendo en dirección a su despacho.

Bajo los escalones de La Mansión y recorro el suelo de gravilla de camino al DBS. Antes de llegar al coche, oigo las carcajadas de cierta bestia de labios hinchados y lengua viperina. Me pongo tensa de los pies a la cabeza, me vuelvo y la veo de pie en lo alto de los escalones junto a Jesse.

—Sí, cariño. Luego nos vemos. —Y vuelve a besarlo en la mejilla. Me entran arcadas—. ¡Espero volver a verte, Ava! —grita.

Su mirada gélida me fulmina. Jesse se acerca, me devuelve el bolso y me coge de la mano de nuevo. Me siento en el coche y, en cuanto el motor arranca, *Creep*, de Radiohead, me inunda los oídos. Yo sonrío para mis adentros. Eso, como dice la canción, ¿qué demonios hago aquí? Es una buena pregunta.

Capítulo 22

Me despido de Jesse con un beso casto y lo dejo con una expresión de inquietud en su maravilloso rostro.

—Te llamo —digo con tono de indiferencia, y salgo de su coche.

Tengo prisa por marcharme. Cierro la portezuela del vehículo y me apresuro a recorrer el camino hasta casa de Kate. No me vuelvo. Cierro la puerta rápidamente al entrar y me dejo caer contra ella.

—¡Hola! —Kate aparece en lo alto de la escalera envuelta en una toalla—. ¿Estás bien?

Ya no puedo seguir fingiendo.

—No —admito. No estoy bien para nada.

Ella me mira con una mezcla de confusión y compasión.

—¿Quieres un té?

Asiento y me despego de la puerta.

—Por favor, no seas demasiado amable conmigo —le advierto.

Las lágrimas amenazan con brotar, pero estoy decidida a controlarlas.

Sabía que esto iba a pasar. No creía que tan pronto, pero este desagradable dolor de corazón era algo inevitable. Ella sonríe con complicidad y me indica con la cabeza que la siga. Me arrastro hasta el piso de arriba y la encuentro en la cocina preparando el té.

Me dejo caer en una de las sillas dispares.

—¿Se ha ido Sam?

Se echa tres cucharadas de azúcar en su taza y, aunque me da la espalda, sé que está sonriendo.

—Sí —responde con demasiada naturalidad.

—¿Qué tal la noche?

Se vuelve, entrecierra los ojos azules y sonríe ampliamente.

—¡Ese tipo es una bestia!

Yo resoplo ante su descripción de Sam. Sé de otro que también encaja en esa definición.

—¿Bien, entonces?

Vierte agua hirviendo en las tazas y añade leche.

—No está mal. —Se encoge de hombros—. Pero basta de hablar de mí. ¿Por qué te has ido esta mañana con aspecto de haber tenido una noche similar a la mía y vuelves unas horas después como si te hubieran pegado una paliza? —Se sienta y me pasa mi té.

Suspiro.

—No voy a volver a verlo.

—¿Por qué? —grita.

Su rostro pálido refleja estupefacción. ¿Por qué le sorprende tanto mi decisión?

—Porque sé que voy a salir escaldada de esto, Kate. Jesse no es bueno para mí.

—¿Cómo lo sabes? —pregunta con incredulidad.

Muy sencillo.

—Es un hombre de negocios, maduro, rico a más no poder y muy seguro de sí mismo. No soy más que un juguete para él. Se aburrirá, me tirará a la basura y se buscará a otra. —Resoplo con sarcasmo—. Y créeme... no faltarán mujeres que se le echen a los pies. He visto las pasiones que despierta. Las he experimentado. Es increíblemente salvaje en la cama, y tremendamente bueno, lo que significa que tiene a sus espaldas un buen número de conquistas sexuales. —Respiro hondo mientras Kate me mira con la boca abierta—. Es un imán para las mujeres, y es probable que sea un mujeriego. Ya he tenido que soportar la reacción de Sarah. —Me dejo caer en la silla y cojo mi taza de té.

—¿Quién es Sarah?

—Una amiga, la que confundí con su novia. No me tiene ningún aprecio, y me lo ha dejado bien claro.

—¿En serio piensas saltar del barco sólo por unas cuantas palabras resentidas de una zorra despechada? ¡Mándala a la mierda!

—No, no es sólo eso, aunque no me apetece nada que me clave las garras en la espalda.

Pone los ojos en blanco.

—Querida amiga, ¡estás ciega!

—No, no lo estoy. Soy sensata —me defiendo—. Y tú no eres imparcial —le espeto. Ha dejado muy claro que le gusta Jesse para mí, pero lo cierto es que no sé por qué es así—. ¿Por qué te gusta tanto?

—No lo sé. —Se encoge de hombros—. Porque tiene algo.

—Sí, que es peligroso.

—No, es por cómo te mira, como si fueras el centro de su universo o algo así.

—¡No seas idiota! Soy el centro de su vida sexual —la corrijo, y de repente pienso en el hecho de que probablemente no sea más que una de tantas mujeres a las que sólo les hace pasar un buen rato. La idea me resulta dolorosa, y es una razón más para alejarme mientras todavía siga medio intacta. ¿A quién quiero engañar? Ya estoy destrozada, pero, cuanto más tiempo deje que continúe esto, peor será.

—Ava, vives negándote a admitir la realidad —me reprocha sin mala intención.

—No me niego a admitir nada.

—Claro que sí —dice con firmeza—. Te has enamorado de él. Y salta a la vista el porqué.

—No me niego a admitir nada —repito. No sé de qué otra manera responder a eso. ¿Tanto se nota? Claro que lo hago. Puede que así el dolor sea más fácil de soportar—. Voy a acostarme un rato. —Aparto la silla de la mesa y ésta chirría contra el suelo de madera. El sonido agudo me obliga a hacer una mueca. La resaca ha vuelto a apoderarse de mí.

—Bueno —suspira Kate.

La dejo en la cocina y me retiro al santuario de mi habitación. Me dejo caer sobre la cama y me tapo la cabeza con la almohada. Detesto admitirlo, pero esa zorra de hocico gordo tiene razón. No debo plantearme un futuro con Jesse Ward. Y ese pensamiento me rasga el corazón como si de un cuchillo se tratase.

Llego a la oficina para enfrentarme a una nueva semana. Me siento todo, menos bien. No he dormido nada, y sé perfectamente por qué.

—Buenos días, flor —me saluda Patrick desde su despacho. Parece que está mucho mejor.

—Hola. —Intento sonar alegre, pero fracaso estrepitosamente. No puedo ni reunir las fuerzas necesarias para fingir un poco de ánimo. Tiro el bolso bajo la mesa, me siento y enciendo la computadora.

Al cabo de cinco segundos, mi escritorio empieza a protestar cuando Patrick lo usa de banco, como de costumbre. Tiene mucho mejor aspecto que el otro día.

—¿Cómo van las cosas con Van Der Haus? —pregunta. Patrick tiene especial interés en ese proyecto.

Meto la mano bajo la mesa y saco la cajita de muestras de telas que dejé ahí el viernes.

—Esto llegó el viernes —digo, y coloco unas cuantas sobre el escritorio—. Me ha mandado por correo electrónico las especificaciones y ya me había enviado los planos.

Patrick echa un vistazo a las telas. Todas tienen tonos neutros de beige y crema, algunas tienen textura y otras no.

—Son un poco aburridas, ¿no? —protesta con un dejo de desaprobación.

—A mí no me lo parece —repongo, y saco una preciosa muestra con rayas gruesas—. Mira ésta.

La mira con desdén.

—No me gusta.

—No tiene por qué gustarte a ti —le recuerdo. Él no se va a comprar un apartamento fresa en la Torre Vida—. Van Der Haus vuelve hoy de Dinamarca. Dijo que me llamaría para enseñarme el edificio. Y ahora voy a trabajar, si no te importa.

Patrick se pone de pie y yo adopto mi típico gesto de dolor cuando oigo crujir la mesa.

—Claro, continúa. —Me mira con recelo—. Tal vez no sea asunto mío, pero no pareces tú misma. ¿Te ocurre algo?

—No, estoy bien, de verdad —miento.

—¿Seguro?

«¡No!»

—Que sí, Patrick —digo, pero no consigo transmitir seguridad.

Mi teléfono empieza a brincar por el escritorio y *Black and Gold*, de Sam Sparro, inunda la oficina. Arrugo la frente y, al cogerlo, veo el nombre de Jesse parpadeando en la pantalla. Ha vuelto a manipular mi teléfono. Mi corazón se acelera, y no de una forma agradable. No puedo hablar con él.

—Te dejo para que contestes, flor. ¡Y arriba ese ánimo, guapa! ¡Es una orden!

Patrick se marcha y yo silencio la llamada, pero, en cuanto se interrumpe, vuelve a sonar otra vez. La silencio de nuevo, dejo el celular en la mesa y me pongo a trabajar. Abro el correo de Mikael. Es breve, pero contiene la suficiente información como para que empiece a elaborar mis diseños.

Quince minutos después, el teléfono aún sigue sonando, y yo estoy empezando a hartarme de la musiquita y de alargar la mano para silenciar el maldito aparato. Qué ilusa he sido al pensar que me lo pondría fácil. La alerta de mensaje de texto empieza a vibrar, pero en lugar de eliminarlo directamente —que habría sido lo más sensato— lo leo.

¡CONTESTA EL TELÉFONO!

Ya estamos. Sam Sparro empieza a entonar de nuevo su canción y yo vuelvo a darle a silenciar. A este paso no voy a conseguir hacer nada hoy. Al momento, llega otro mensaje.

Ava, dime algo, por favor. ¿Qué he hecho?

Meto el celular en el primer cajón de mi mesa e intento olvidarme de él. ¿Que qué ha hecho? En realidad nada, pero estoy segura de que lo hará si le doy la oportunidad. ¿O no? Ay, no lo sé. Pero mi instinto me dice que me aleje de él.

—Sal, si alguien me llama a la oficina dile que me llame al celular, ¿de acuerdo? —Sé que probablemente ése será su próximo movimiento.

—De acuerdo, Ava.

Empiezo a recoger unas cuantas ideas y a elaborar bocetos para Mikael. Todavía no he visto los apartamentos, pero sé más o menos lo que quiero hacer y, para mi sorpresa, estoy bastante emocionada.

A la hora de comer me acerco un momento al lugar indio para comprar un sándwich y me lo como en la oficina.

Sally me informa de que me ha llamado un hombre mientras estaba fuera, pero no ha dejado ningún mensaje. Claro, ya sé quién ha sido, pero estoy teniendo un día muy productivo y no pienso dejar que interrumpa mi ritmo, así que ignoro su persistencia. Victoria y Tom estarán fuera de la oficina todo el día visitando a clientes. Sin los dramas de la una ni las historias sórdidas del otro puedo trabajar sin distracciones, así que no voy a permitir que Jesse se convierta en una.

Sigo haciendo caso omiso del teléfono, menos cuando Mikael llama para fijar una reunión para mañana. Finalmente estará en Dinamarca toda la semana, así que me reuniré con su asistente personal en la Torre Vida a las nueve de la mañana. Cuando dan las seis en punto, estoy satisfecha con la productiva jornada que he tenido y feliz de haberme puesto las pilas. Se me ha pasado el día volando.

Entro por la puerta casi a rastras y me encuentro la casa vacía. Estoy totalmente destrozada. Todavía siento los efectos del sábado por la noche, y de todo lo que pasó con Jesse ayer. Odio las resacas. Suelen durarme más de lo normal. Esta noche no me tomaré la copa de vino de los lunes por la noche.

Me voy a mi cuarto y me desnudo para bañarme. El teléfono vuelve a sonar y alzo la vista al cielo para rogar que me dé fuerzas. No me lo va a poner nada fácil. Lo sé. Pero entonces me doy cuenta de que no suena *Black and Gold*. He estado soportando la dichosa canción todo el pinche día y he silenciado el teléfono cada vez que sonaba. Me sorprendo gratamente cuando veo «Mamá móvil» parpadeando en la pantalla.

La escucho durante veinte minutos mientras me narra el itinerario completo del viaje de Dan desde Australia hasta Heathrow. Resumiendo: llegará el próximo lunes por la mañana, pasará la semana en Newquay y volverá a Londres el sábado. Tras comprobar que todo va bien por Newquay, me dirijo a la regadera. Sam Sparro empieza a sonar de nuevo y yo silencio el teléfono... otra vez. Si no lo oigo, no tendré la tentación de contestar.

Después de bañarme, me desplomo en la cama y me quedo dormida en cuanto toco la almohada.

—¡Despierta, dormilona! —La voz aguda de Kate me perfora los tímpanos. Me doy la vuelta y miro el reloj.

Presa del pánico, salto de la cama e intento serenarme un poco. ¡Son las ocho en punto! He dormido trece horas. Carajo, creo que lo necesitaba.

—¿Por qué no me despertaste? —grito mientras me apresuro de camino a la regadera por el descansillo. Tengo que estar en la Torre Vida dentro de una hora para reunirme con la asistente personal de Mikael.

—Yo también me dormí —responde Kate, alegre y pizpireta. ¿Por qué está tan contenta? No tardo en descubrirlo cuando me topo con el cuerpo medio desnudo de Sam saliendo del baño.

—¡Cuidado, mujer! —dice riendo, y me frena con las manos.

Aparto la vista de su magnífico físico.

—¡Perdón! —digo totalmente avergonzada. ¿Le gusta pasearse semidesnudo por apartamentos de mujeres?

Su sonrisa contagiosa revela su bonito hoyuelo mientras se aparta y me hace una reverencia.

—Todo tuyo.

Entro corriendo y cierro la puerta para ocultar mi rubor, pero no tengo tiempo de mortificarme con mi vergüenza. Me meto en la regadera, me lavo el pelo, corro por el descansillo enrollada en la toalla hasta la seguridad de mi dormitorio y me visto a toda prisa. Me alegro de haber arreglado la habitación. Ahora encuentro todo lo que necesito a la primera. Me pongo el vestido rosa palo y unos zapatos de color carne, me seco el pelo a toda prisa y me lo recojo. Me doy un toque de polvos, colorete y máscara de pestañas y ya estoy lista. No me había arreglado tan rápido en la vida.

Desconecto el teléfono del cargador y borro las cuarenta y dos llamadas perdidas de Jesse antes de meterlo en el bolso. Vuelo hacia la cocina. Sam y Kate están sentados a la mesa. ¿Es que hoy no trabaja nadie?

Sam alza la vista de su tazón de cereales y sonríe.

—¿Has visto a Jesse? —pregunta.

Me paro en seco y lo miro. Aún me está sonriendo.

—No, ¿por qué me lo preguntas?

—¿Has estado en tu covacha toda la noche? —pregunta Kate totalmente confundida.

—Sí, llegué de trabajar sobre las seis y media y me fui directa a la cama. Y ya no es una covacha —la corrijo con orgullo—. ¿Por qué?

Kate mira a Sam, Sam mira a Kate y luego ambos me miran a mí. Los dos parecen confundidos y un poco preocupados.

—¿No lo has visto ni has hablado con él? —pregunta Sam con la cuchara a medio camino del tazón y su boca.

—¡No! —contesto con tono de impaciencia. Pero ¿qué diablos les pasa? No pienso volver a verlo ni a hablar con él en toda mi vida—. No estoy atada a su cintura —les espeto fríamente.

—Es que anoche me llamó cinco veces preguntando por ti —explica Kate.

—¡A mí diez! —interviene Sam.

Kate parece muy alarmada.

—Llegamos sobre las ocho y media y dimos por hecho que todavía estarías trabajando. Estaba muy nervioso, Ava. Intentamos llamarte.

No tengo tiempo para estas tonterías. ¿Qué se cree que me ha pasado? Ese tipo es un neurótico, y lo que yo haga con mi vida no es asunto suyo.

—Tenía el teléfono en silencio. Pero bueno, como ven, estoy vivita y coleando, así que si vuelve a llamar, díganle eso —resoplo—. Me voy, que llego tarde. —Doy media vuelta para salir de la cocina.

—Como dejó de llamar supuse que estabas con él —añade Kate cuando ya me marcho.

—¡Pues ya ves que no! —grito mientras bajo por la escalera.

Llego a la Torre Vida con el tiempo justo y algo aturdida. Me encuentro con una mujer menuda y rubia en el vestíbulo. Es de mediana edad y parece un duendecillo, tiene unas facciones muy afiladas y el pelo corto. El traje negro no pega con la palidez de su piel.

—Usted debe de ser la señorita O'Shea —dice al tenderme una mano macilenta—. Soy Ingrid. Mikael le dijo que vendría yo, ¿verdad? —Tiene un acento muy danés.

—Ingrid, llámame Ava, por favor. —Le acepto la mano y se la estrecho suavemente. Parece muy frágil.

—Claro, Ava. —Sonríe y asiente.

—Mikael me llamó ayer y me dijo que tenía que quedarse unos días más en Dinamarca.

—Sí, así es. Yo te enseñaré el edificio. Aún no han terminado las obras, así que será mejor que te pongas esto. —Me entrega un casco duro y amarillo y un chaleco de alta visibilidad.

Me pongo el equipo de seguridad y empiezo a pensar en el aspecto que debo de tener con mi vestidito rosa y con esto puesto. Por un momento temo que me haga ponerme también unas botas de punta de acero, pero cuando la veo pulsar el botón del ascensor mis preocupaciones desaparecen.

—Empezaremos por el ático. La disposición es muy parecida a la del Lusso. —Llega el ascensor y subimos en él—. Imagino que conoces ese edificio. —Sonríe y revela una boca llena de dientes perfectos.

Me cae bien.

—Sí, lo conozco. —Le devuelvo la sonrisa amistosa. «¡Mejor de lo que crees!» Me obligo a bloquear esos pensamientos de inmediato. «No debo pensar en él. No debo pensar en él», me repito una y otra vez mientras nos dirigimos al ático e Ingrid me explica las pequeñas diferencias entre el Lusso y la Torre Vida. No hay muchas.

El ascensor llega directamente al interior del ático. Ésa es una de las diferencias. En el Lusso hay un pequeño vestíbulo. El estacionamiento subterráneo es la otra.

—Ya hemos llegado. Tú primero, Ava.

Sigo la dirección que me indica y entro en un espacio enorme que me resulta familiar. El tamaño de este ático debe de ser idéntico al del Lusso. Al estar vacío parece más grande, pero recuerdo que con el otro edificio me pasó lo mismo.

—Como ves hemos usado madera de roble. Todas las ventanas y las puertas están fabricadas a medida con madera sostenible. Seguro que Mikael ya te lo ha comentado en las especificaciones que te mandó. —La miro. Debe de haber captado mi expresión de no saber de qué me habla, porque se echa a reír y sacude la cabeza—. ¿No te lo mencionó en su correo electrónico?

—No —contesto, y rezo por haberlo leído entero y bien.

—Discúlpalo. Anda un poco despistado con lo del divorcio.

¿Divorcio? Vaya, ¿es eso lo que lo retiene en Dinamarca? Me parece algo inapropiado que me revele algo tan privado de la vida de Mikael. Todo el mundo parece demasiado abierto y sincero últimamente. ¿O acaso me estoy mostrando yo excesivamente cerrada y recelosa?

—Lo tendré en cuenta —sonrío.

Durante las horas siguientes, Ingrid me enseña todo el edificio. Yo hago fotografías de los espacios y voy tomando notas. La Torre Vida posee los mismos lujos que el Lusso ofrece a sus residentes: un gimnasio pomposo, conserje las veinticuatro horas y lo último en sistemas de seguridad. La lista continúa. Mikael y su socio saben cómo crear viviendas de lujo y modernas. Las vistas de Holland Park y de la ciudad son increíbles.

Regresamos al vestíbulo principal.

—Gracias por la visita, Ingrid. —Me quito el casco y el chaleco.

—Ha sido un placer, Ava. ¿Tienes todo lo que necesitas?

—Sí. Esperaré noticias de Mikael.

—Dijo que te llamaría el lunes —comenta, y me estrecha la mano.

Nos despedimos y me marcho de la Torre Vida rumbo a la oficina. Por el camino llamo a mi médico de cabecera. Necesito que me recete más píldoras. No tengo ni idea de dónde las he metido. Me dan cita para las cuatro en punto de hoy mismo, lo cual es un alivio. No es que espere tener muchas relaciones sexuales en los próximos días. Ya he disfrutado de bastantes para una buena temporada.

—Buenas —saludo a Tom y a Victoria al entrar en la oficina.

Tom frunce el ceño y mira la hora.

—¡Ups! Llego tarde a mi cita con la señora Baines. ¡Se va a poner hecha una furia! —Se levanta de su asiento, se coloca la corbata de rayas azules y amarillas (que no quedaría tan mal si no la hubiese combinado con una camisa naranja), y se acomoda el rubio peluquín—. Volveré cuando haya amansado a esa vieja chiflada. —Recoge su bandolera y se marcha danzando de la oficina.

—¡Adiós! —grito al llegar a mi mesa—. ¿Estás bien, Victoria? —pregunto. Está absorta—. ¡Victoria! —grito.

—¿Eh? Ah, perdón. Tenía la mente en otro sitio. ¿Qué decías?

—Que si estás bien —repito.

Ella sonríe alegremente y juguetea con su melena rizada y rubia por encima del hombro.

—Mejor que nunca.

Claro. Me pregunto si su buen humor tendrá algo que ver con cierto personaje engreído y elegante llamado Drew. No la he visto desde el sábado pero, por lo que recuerdo —antes de acabar como una cuba—, Drew y ella parecían estar haciendo buenas migas. ¿Es que a todo el mundo le ha dado por coger ahora?

—¿Y eso por qué? —pregunto con una ceja enarcada.

Ella suelta unas risitas como de niña pequeña.

—He quedado con Drew el viernes por la noche.

Lo sabía, aunque sigo sin ver lo de la simple de Victoria y el serio de Drew.

—¿Adónde irán? —pregunto.

Se encoge de hombros.

—No me lo ha dicho. Sólo me ha preguntado si quería salir con él. —Su celular suena y se disculpa agitando el aparato.

Centro la atención en mi computadora y silencio el teléfono cuando empieza a sonar otra vez *Black and Gold*. Lo de estirar la mano y apretar el botón de la izquierda sin ni siquiera mirar se está convirtiendo en un gesto automático. Después de que suene tres veces seguidas, decido silenciar el teléfono del todo. Desde luego, no cabe duda de que es persistente.

—Me voy —anuncia Victoria al tiempo que se levanta de su asiento—. Volveré sobre las cuatro.

—Ya no te veré. Tengo cita en el médico a esa hora.

—¿Y eso? —Se vuelve mientras se marcha.

—He perdido las píldoras anticonceptivas —explico. Ella pone cara de saber lo que es eso y hace que me sienta mejor por ser tan descuidada.

Empiezo a ojear el correo electrónico y hago copias de algunos bocetos para enviárselas a mis contratistas.

A las tres en punto me levanto para preparar café. Siempre lo hace Sally, pero necesito apartar la vista de la pantalla de la computadora un rato.

—¿Ava? —me llama Sally. Asomo la cabeza por la puerta de la cocina y la veo agitando el teléfono de la oficina—. Te llama un hombre, pero no me ha dicho quién es.

El corazón se me sale por la garganta. Sé perfectamente quién es.

—¿Está en espera?

294

—Sí, ¿te lo paso?

—¡No! —grito, y la pobre e insegura Sally se estremece—. Perdona. Dile que no estoy.

—Ah, bueno. —Confundida y con los ojos abiertos de par en par, aprieta el botón para recuperar la llamada de Jesse—. Disculpe, señor. Ava no est... —Da un brinco. El teléfono se le cae sobre la mesa con un fuerte estrépito y se apresura en cogerlo de nuevo—. Lo... lo... lo siento, señor... —No para de tartamudear, lo que indica que Jesse está gritándole al otro lado de la línea. Me siento muy culpable por hacerla pasar por esto—. Señor, por favor..., le... le... le aseguro que no... no está.

Se encuentra en su mesa, aterrorizada y mirándome con los ojos abiertos, mientras don Neurótico la agrede verbalmente. Le sonrío a modo de disculpa. Le compraré unas flores.

Deja el teléfono en la base y me mira consternada.

—¿Quién era ése? —pregunta. Va a echarse a llorar.

—Sally, lo siento muchísimo. —Cojo los cafés de la cocina (la única ofrenda de paz que tengo a mano en estos momentos), dejo el de Patrick en su mesa y salgo corriendo de su despacho antes de que pueda iniciar una conversación. Le llevo el café a ella y lo dejo sobre su posavasos—. Lo siento muchísimo —repito, y espero que mi voz refleje lo culpable que me siento.

Ella deja escapar un largo suspiro de exasperación.

—Me temo que alguien necesita un abrazo —dice entre risitas.

Me quedo de piedra. Esperaba que se echara a llorar toda nerviosa y, en lugar de eso, la aburrida de Sally acaba de hacer una broma. La chica tímida y del montón se parte de risa, y yo empiezo a reírme también a carcajadas y con lágrimas en los ojos hasta que me duele el estómago. Sally se une a mi histeria y ambas nos desternillamos en medio de la oficina.

—¿Qué pasa? —grita Patrick desde su mesa.

Agito la mano en el aire para restarle importancia. Pone los ojos en blanco y vuelve a centrarse en su pantalla mientras sacude la cabeza con resignación. No podría contárselo ni aunque estuviera en disposición de hablar. Dejo a Sally llorando de risa y me dirijo a los aseos para recomponerme. Ha sido buenísimo. Acabo de ver a esa chica desde una nueva perspectiva. Me gusta la Sally sarcástica.

Tras recobrar la compostura y retocarme el rímel corrido, aviso a Patrick de que me voy al médico.

—Lo siento, Sally, no puedo mirarte a la cara —le digo entre risas cuando paso por delante de su mesa para salir de la oficina, y oigo que ella se echa a reír de nuevo.

Me sereno y me dirijo a la estación de metro.

Capítulo 23

Después de soltarme una charla sobre la irresponsabilidad, la doctora Monroe, nuestra doctora de toda la vida, me receta los anticonceptivos y me manda a casa, no sin antes preguntarme cómo les va a mis padres en Newquay. Como la razón principal para que se marcharan de la gran ciudad fue la salud de mi padre, se alegra de saber que todo va bien.

Paro en la farmacia de camino a casa y llego a la puerta justo antes de las seis. Es estupendo llegar a casa tan pronto para variar. Me sorprende que Kate no esté, pero veo a *Margo* parada fuera, así que no está repartiendo pasteles.

Me doy un baño, me pongo unos pantalones cortos y una camiseta de tirantes y me seco el pelo con la secadora. Cuando termino, saco el teléfono del bolso y pongo los ojos en blanco al ver las veinte llamadas perdidas. En un arranque de sensatez, borro los cinco mensajes que hay sin leerlos. De pronto el celular empieza a iluminarse en mi mano mientras me dirijo a la cocina. ¿Es que este hombre no se cansa? Se nota que no está acostumbrado a que lo rechacen, y está claro que no le gusta.

Me sirvo una copa de vino y la golpeo con la botella a causa del respingo que doy al oír un fuerte golpe en la puerta de casa.

—¡Ava!

—Ay, Dios —mascullo.

—¡Ava! —ruge al tiempo que vuelve a golpear la puerta.

Cruzo a toda prisa el salón para atisbar a través de la persiana y veo a Jesse mirando fijamente hacia la ventana. Está muy agitado.

Pero ¿qué le pasa a este hombre? Puede quedarse ahí fuera toda la noche si quiere porque no pienso abrirle. Colocarme frente a él, cara a cara, sería todo un error. Se lleva el celular a la oreja y el mío empieza a sonar una vez más. Rechazo la llamada y lo observo mientras mira su teléfono con incredulidad.

—¡Ava! ¡Abre la puta puerta!

—No —replico, y veo que recorre el camino hasta la carretera. Casi me da un infarto al ver llegar a Sam en su Porsche. Kate baja de él.

«¡Mierda!»

Se acerca a Jesse, que no para de hacer aspavientos con los brazos como un loco. Sam se une a ellos en la acera y le da unas palmaditas el hombro para ofrecerle consuelo. Hablan durante unos instantes y Kate se dirige hacia la puerta de casa seguida por los dos hombres.

—¡No, Kate! —le grito a la ventana—. ¡Carajo, carajo, carajo!

Se acabó, ¡nuestra amistad se ha terminado!

Me quedo ahí plantada en el salón. Oigo que la puerta se abre y golpea la pared, y después unos pasos decididos que suben a toda prisa por la escalera. Jesse entra de inmediato como un rayo en el salón. La ira de su rostro se torna en alivio durante unos instantes, pero luego se transforma de nuevo en furia absoluta. Su traje gris está perfectamente planchado y aseado, a diferencia de su pelo desaliñado y su frente sudorosa.

—¿Dónde CHINGADOS has estado? —me grita tan fuerte que siento, literalmente hablando, su aliento en las orejas—. ¡Casi me vuelvo loco!

«No hace falta que lo jures.»

Me quedo de pie mirándolo, completamente estupefacta. No sé qué decir. ¿De verdad cree que le debo explicaciones? Kate y Sam entran detrás de él, callados y nerviosos. Miro a Kate y sacudo la cabeza. Me muero por preguntarle si «este» Jesse también le gusta.

—Nosotros nos vamos al The Cock a tomar algo —anuncia Sam con voz serena, y coge a Kate de la mano y se la lleva escaleras abajo. Ella no hace nada por detenerlo. Se marchan y yo maldigo para mis adentros a esos gallinas por dejarme a solas con este pirado.

Inspira profundamente unas cuantas veces para calmarse. Mira al techo con gesto de cansancio antes de volver a clavar su abrasadora mirada en la mía y llegar con ella hasta lo más profundo de mi ser.

—¿Es que necesitas un recordatorio?

Se me ha abierto tanto la boca que debe de haber llegado hasta la alfombra. Definitivamente, para él todo se reduce al sexo. Tiene una seguridad en sí mismo pasmosa y la opinión que posee de mí es inexcusable.

—¡No! —le grito mientras paso delante de él rápidamente en dirección a la cocina. ¡Necesito ese trago! Me sigue y se queda mirándome mientras tiro el celular contra la barra y cojo la botella de vino—. ¡Eres un cabrón! —bramo mientras me sirvo el vino con las manos temblorosas. Estoy encabronadísima. Me vuelvo y le lanzo la peor de mis miradas. Parece afectarlo ligeramente, lo cual me llena de satisfacción—. Ya has conseguido lo que querías. Igual que yo. Dejemos ya esta mierda —le espeto.

Yo no he conseguido lo que quería, ni lo más mínimo, pero hago caso omiso de la voz que me lo recuerda a gritos desde mi interior. Tengo que parar esto antes de que la intensidad de Jesse Ward me arrastre aún más.

—¡Esa puta boca! —me grita—. ¿De qué estás hablando? Yo no he conseguido lo que quería.

—¿Quieres más? —Doy un sorbo rápido al vino—. Bueno, pues yo no, así que deja de perseguirme, Jesse. ¡Y deja de gritarme! —Trato de sonar cruel, pero me temo que sólo he conseguido sonar patética. Algo tiene que funcionar. Doy otro gran trago al vino y me sobresalto cuando la copa desaparece de mi mano y se estrella contra el fregadero. Hago una mueca de dolor al oír el ruido del cristal haciéndose añicos.

—¡No hace falta que bebas como si tuvieras quince años! —me chilla.

Mantengo los puños cerrados a ambos lados de mi cuerpo e intento calmarme recurriendo a toda mi fuerza de voluntad.

—¡Lárgate! —le grito.

Mis intentos están fracasando por completo. Mi desesperación va en aumento.

Me encojo al oírlo rugir de frustración y golpear la puerta de la cocina con tal fuerza que deja una marca enorme en la madera.

«¡Mierda, mierda!» Me quedo inmóvil, con los ojos como platos y la boca bien cerrada, al ver su feroz reacción a mi rechazo. Se vuelve hacia mí sacudiendo un poco la mano y sus maravillosos ojos verdes me atraviesan.

Carajo, eso ha tenido que doler. Estoy a punto de acercarme al congelador a coger un poco de hielo, pero entonces empieza a acercarse a mí como un depredador. Me agarro al borde de la barra que tengo detrás y lo veo aproximarse hasta detenerse frente a mí. Se inclina y coloca las manos sobre las mías. Me ha atrapado.

Noto su respiración agitada en mi rostro, frunce el ceño y estampa los labios contra mi boca. Noto que me roba literalmente el aliento mientras me retuerzo debajo de él para intentar liberarme. ¿Qué está haciendo? En realidad sé muy bien lo que está haciendo. Va a darme una cogida de recordatorio. Estoy jodida.

Aprieta los labios contra los míos con más fuerza, pero no acepto su beso. Sigo diciéndome a mí misma que esto es malo, que no me hace ningún bien. Si transijo, acabará doliéndome aún más, lo sé. Procuro liberarme, sin mucho entusiasmo, pero él gruñe y me sujeta las manos con más fuerza. No iré a ninguna parte. Su determinación por vencerme anula mis desesperados intentos de pararlo.

Me acaricia el labio inferior con la lengua y yo sigo negándole el acceso a mi boca. Tiemblo al tratar de luchar contra las reacciones de mi cuerpo a sus estímulos. Sé que si consigue entrar habré perdido, así que mantengo los labios obstinadamente cerrados mientras ruego al cielo que se rinda ya.

Me suelta una mano y, al instante, lo agarro del bíceps para empujarlo y alejarlo de mí, pero no sirve de nada. Tiene una fuerza descomunal, y aún más determinación. Mis cándidos intentos de liberarme no le afectan lo más mínimo.

Me coge de la cadera con firmeza y yo doy un respingo debajo de su cuerpo, pero me apresa contra la barra. Me tiene atrapada por completo, aunque sigo rechazando sus besos desafiantemente y manteniendo los labios cerrados. Aparto la cabeza cuando me suelta un poco.

—Serás necia —masculla, y aprieta los labios contra mi cuello, lo lame y lo mordisquea hasta llegar a la clavícula, y traza círculos largos y húmedos con la lengua antes de ascender hasta mi oreja para morderme el lóbulo.

Aprieto los ojos con fuerza y suplico que mi autocontrol aguante su irresistible contacto. Empiezo a clavarle las uñas en el antebrazo tenso y luego cierro los labios firmemente por miedo a dejar escapar algún grito de placer. Aparta las manos de mi cadera, las desliza lentamente por mi vientre y entonces me levanta el elástico de los pantalones cortos.

—Para. ¡Para, por favor! —grito.

—Ava, para tú. Para ya.

Mete el dedo índice por debajo de la tela y empieza a moverlo de izquierda a derecha con lentitud mientras sus labios continúan atacándome la oreja y el cuello. Tengo ganas de llorar de frustración.

La cálida fricción hace que se me doblen las rodillas y me provoca violentos temblores por todo el cuerpo. Ríe ligeramente, un sonido gutural que me genera vibraciones por toda la columna y un leve latido en el centro de mi intimidad. Cierro los muslos con fuerza, desplazo la mano de su brazo a su pecho y empujo en vano. No sé ni por qué lo intento. Estoy a un paso de rendirme. No deja de insistir con pasión, y yo estoy enamorada de él. La cabeza va a estallarme, y no sé si de placer o de confusión. Estoy hecha un pinche desastre.

Cuando sus labios regresan a los míos sigo resistiéndome, haciendo todo lo posible por bloquearle la entrada. Mi pobre cerebro envía a mi cuerpo millones de órdenes diferentes: lucha, resiste, acéptalo, bésalo, dale un rodillazo en los huevos.

Y entonces su mano se cuela dentro de mis pantis, me separa los labios con los dedos y siento que una descarga eléctrica me recorre el cuerpo. Me acaricia el clítoris muy suavemente. Me hace temblar y abro la boca para lanzar un grito de placer. Aprovechando mi momento de debilidad, me introduce la lengua en la boca y explora y lame todos sus rincones mientras su pulgar sigue trazando círculos en mi sexo ardiente. Le devuelvo el beso.

—Suéltame la mano —jadeo, y flexiono los músculos del brazo.

Debe de saber que me ha vencido, porque la libera con un gemido y me agarra la nuca inmediatamente. Le rodeo el cuello con los brazos y lo acerco más a mí... así, sin más.

Empuja las caderas contra su mano para aumentar la presión de su asalto a mi intimidad y me mete los dedos. Mis músculos lo atrapan con fuerza y gimo.

Se aparta de mí, entre jadeos, y me contempla con esa mirada oscura y brillante.

—Ya me imaginaba —dice, y su voz grave me acerca más al orgasmo.

Vuelve a pegar sus labios a los míos, y yo los acepto, acepto todo lo que me hace. Una vez más, soy esclava de este hombre neurótico y maravilloso. Mi fuerza de voluntad ha desaparecido y mis debilidades se han acentuado.

Le paso las manos por el traje negro y hundo los dedos entre su pelo rubio y sucio mientras él continúa penetrándome con los suyos a un ritmo dolorosamente lento y controlado. Tengo ganas de llorar de placer y de frustración, pero ¿cómo voy a resistirme? Jamás lograré escapar de él.

Ahora que he dejado de resistirme, su lengua se mueve a un ritmo más calmado. El calor de nuestras bocas unidas me resulta natural y absoluto. Mis muslos se tensan ante el clímax inminente que amenaza con atacarme desde todas las direcciones, así que me aferro con más fuerza al pelo de Jesse. Capta el mensaje, me besa con más intensidad y las caricias de sus dedos y de su pulgar se vuelven más firmes. El placer estalla en mi interior y salgo despedida hacia el cielo. Mi mente se queda en blanco, excepto por la inmensa dicha que me inunda al liberar la tensión que había acumulado. Le muerdo el labio. Él gime. «¡Carajo!»

Sus caricias cesan y yo libero su labio de mis dientes apretados. Creo percibir un ligero sabor a sangre, pero no abro los ojos para confirmarlo. Le estaría bien dado, de todos modos.

—¿Ya te acordaste? —susurra suavemente en mis labios. Yo suspiro, abro los ojos y lo miro a los suyos. No le contesto. Él ya sabe la respuesta. No se me había olvidado, como ninguna de las otras veces. No me exige que le responda. Se inclina sobre mí y me besa con ternura en la boca. Yo le paso la lengua por el labio inferior y le lamo la gota de sangre de la herida que le he hecho.

—Te he hecho sangrar.

—Bruta —dice, y saca los dedos de mi sexo lentamente y me los mete en la boca. Observa con detenimiento cómo los lamo y una leve sonrisa se dibuja en sus labios. Ya ha conseguido lo que quería otra vez: que me rindiera ante él.

Me coloca sobre la barra.

—¿Por qué huías de mí? —Busca mi mirada mientras apoya las manos a ambos lados de mis muslos y se inclina sobre mí.

Yo agacho la cabeza. No puedo mirarlo a la cara. ¿Qué voy a decirle? ¿Que me he enamorado de él? Quizá debería hacerlo, así a lo mejor se agobia y me deja en paz. Finalmente, me encojo de hombros.

Me pone el dedo índice bajo la barbilla y me levanta la cara para obligarme a mirar su atractivo rostro.

Arquea una ceja a la espera de mi respuesta.

—Contéstame, nena.

—No lo sé.

Pone los ojos en blanco y me aparta la mano del mechón de pelo que me estoy enroscando alrededor del dedo.

—Mientes fatal, Ava.

—Ya lo sé —resoplo. Tengo que dejar esta manía ya.

—Dímelo ahora mismo —ordena con serenidad.

Suspiro.

—Me estás distrayendo. No quiero que me hagas daño. —Muy bien, ahí la tiene. Es la verdad. Sólo he omitido el insignificante gran detalle de lo que siento por él.

Se muerde el labio inferior mientras parece darle vueltas a la cabeza. No sabe qué decir ante eso. Me alegro de no haberle soltado lo del amor.

—Ya —se limita a decir. ¿Ya está? ¿Eso es todo?—. ¿Soy una distracción? —pregunta.

—Sí —refunfuño. «¡De la peor clase!»

—Pues a mí me gusta distraerte —dice con un puchero.

—Y a mí que me distraigas —farfullo malhumorada. Me he dado cuenta de que ha pasado por alto la parte de hacerme daño y que se ha centrado por completo en las tácticas de distracción.

—¿De qué te distraigo?

—De ser sensata —respondo con tranquilidad. El efecto embriagador que tiene sobre mi cuerpo está arraigándose en mi cerebro. Dijo que haría que lo necesitase, y lo está cumpliendo.

Me sonríe totalmente satisfecho, y su mirada se torna oscura y prometedora de nuevo.

—Voy a distraerte un poco más. Tenemos que hacer las paces. —Su voz grave reaviva mi deseo por él. Me agarra por debajo del culo y me levanta de la barra para colocarme a horcajadas sobre su cintura.

—¿No acabamos de hacerlas?

—No como es debido. Tenemos que hacer las paces como debe ser. Es lo más sensato. Vamos a dejar de huir, Ava.

Sonrío y me abrazo a su espalda mientras él sale de la cocina conmigo a cuestas, cierra la puerta de una patada y pone rumbo a mi dormitorio. Me deja en el borde de la cama y me quita la camiseta por la cabeza, de modo que deja al descubierto mis pechos desnudos. Sonríe, me mira a los ojos y lanza la prenda al suelo. Empieza a jalar de la cintura de los pantalones cortos y me insta a levantar el culo para que pueda deslizarlos por mis piernas y arrastrar las pantis con ellos.

—No te muevas —ordena, y aparta las manos para quitarse la corbata.

Unas chispas de anticipación me recorren el cuerpo mientras observo cómo se desviste lentamente delante de mí. Tras la corbata llega el saco, y después se desabrocha la camisa botón a botón.

«¡Más de prisa!» El movimiento de los músculos de su pecho me hace babear mientras lo tengo delante de mí, tomándose su tiempo para desvestirse. Dirijo la mirada automáticamente a su cicatriz. Estoy desesperada por saber cómo se la hizo.

—Mírame, Ava.

Alzo la vista hacia sus ojos al instante. Sus dos lagos verdes me estudian detenidamente mientras se quita los zapatos, los calcetines y los pantalones. Finalmente, se baja los calzoncillos por las piernas. Su erección queda libre y a la altura de mis ojos. Si me inclino hacia adelante y abro la boca, me haré con el control. No estaría mal para variar. Lo miro y veo que sonríe con ojos ardientes.

—Necesito estar dentro de ti con desesperación después de haberme pasado los dos últimos días buscándote —dice con tono socarrón—. Pero me encantará cogerte por la boca después. Me lo debes.

Una poderosa palpitación estalla en mi sexo cuando se agacha, me envuelve la cintura con el brazo, se sube a la cama y me coloca cuidadosamente debajo de él. Me abre los muslos con la rodilla y se acomoda entre ellos, con los antebrazos a ambos lados de mi cabeza y mirándome con ojos tiernos. Siento ganas de llorar.

Mis planes de alejarme antes de que fuera demasiado tarde han resultado un total fracaso. Ya es demasiado tarde, y su empeño por tenerme como y cuando quiera no ayuda.

—No volverás a huir de mí —dice con voz suave pero firme.

Sé que tengo que contestar. Niego con la cabeza y lo agarro de los hombros.

—Quiero que me contestes, Ava —susurra. La gruesa punta de su erección me presiona en la puerta de entrada y me provoca un placer inconmensurable.

—No lo haré —confirmo.

Asiente y me mantiene la mirada mientras se aparta lentamente y empuja hacia adelante para hundirse hasta el fondo en mí. Gimo y me agarro con más fuerza a sus hombros al tiempo que me revuelvo debajo de él. La sensación de tenerlo dentro es maravillosa, y pronto me acostumbro a su grosor. Deja escapar un suspiro controlado. En su frente se dibujan arrugas de concentración que brillan empapadas de sudor.

Lucho contra la necesidad de contraer los músculos a su alrededor. Necesita un momento. Cierra los ojos mostrando sus largas pestañas y deja caer la cabeza sobre la mía mientras se esfuerza por controlar su agitada respiración. Espero con paciencia a que esté preparado y le acaricio los firmes antebrazos con las manos, contenta de estar aquí tumbada, contemplando a este neurótico tan hermoso. Sabe que en estos momentos necesito al Jesse tierno.

Al cabo de unos instantes se recompone y alza la cabeza de nuevo para mirarme. El corazón se me sale del pecho. Estoy muy enamorada de este hombre.

—Esto es lo que pasa cuando me rechazas. No vuelvas a hacerlo. —Eleva la parte superior del cuerpo para apoyar los brazos en la cama, se arrastra perezosamente hacia atrás y empieza a avanzar gradualmente hacia adelante.

Ronroneo. Carajo. Carajo. Repite el exquisito movimiento una y otra vez sin dejar de mirarme.

—Debes pensar en esto, Ava. Cuando tengas la tentación de huir de nuevo, piensa en cómo te sientes ahora mismo. Piensa en mí.

—Sí —exhalo. Estoy esforzándome por aminorar la rápida concentración de presión. Quiero que esto dure eternamente. Quiero sentirme así para siempre. Ésta es justo la razón por la que lo estaba evitando. Soy débil en mis intentos de rechazarlo. ¿O es sólo que su empeño es superior? Sea como sea, siempre acabo en la casilla de salida... entregándome a este hombre.

Muevo las caderas para recibir cada uno de sus embistes y él acerca su boca hacia la mía y me toma los labios sin prisa, moviendo la lengua al ritmo de sus caderas.

Yo jadeo y le clavo las uñas en los brazos. Tengo que dejar de marcarlo y de sacarle sangre. El pobre hombre acaba herido casi siempre. Me penetra con lentitud, traza un círculo en mi interior y vuelve a sacarla muy despacio, una y otra vez. No aguantaré mucho más. ¿Cómo consigue hacerme esto?

—¿Te gusta? —susurra.

—Demasiado —jadeo sin aliento.

—Lo sé. ¿Estás lista? —pregunta contra mis labios.

Le doy un mordisquito en la lengua.

—Sí.

—Yo también, nena. Suéltalo.

El tremendo espasmo que me recorre el cuerpo obliga a mis músculos a aferrarse a la erección de Jesse y a mí a agitarme violentamente
contra él mientras gimo mi liberación en su boca. La última arremetida
profunda, seguida de una sacudida y de una sensación cálida que me
inunda, señala la de Jesse. Se queda dentro de mí, con los ojos cerrados
con fuerza y besándome en la boca con dulzura, emitiendo gemidos
largos y graves. Sus palpitaciones dentro de mí hacen que mis músculos
se tensen a su alrededor al ritmo de sus eyecciones. Lo exprimo hasta la
última gota.

—Carajo, te extrañaba —susurra.

Hunde el rostro en mi cuello y me restriega la nariz por él antes de
recostarse sobre la espalda. Levanta el brazo y yo me pego contra su
torso firme y cálido y apoyo la cara en sus pectorales. Estoy jodida.
Totalmente jodida.

—Me encantan estos acostones soñolientos —musito.

—No era un acostón soñoliento, nena. —Me aparta el pelo de la
cara con la mano libre.

¿Ah, no?

—Entonces ¿qué era?

Me besa la frente con ternura.

—Era un acostón para recuperar el tiempo perdido.

Vaya, uno nuevo.

—Entonces me gustan los acostones para recuperar el tiempo perdido.

—Pues no deberían gustarte tanto. No se darán muy a menudo.

Una puñalada de decepción me atraviesa el alma.

—¿Por qué no?

—Porque no vas a volver a huir de mí, señorita, y yo tampoco tengo intenciones de alejarme de ti con mucha frecuencia. —Inhala el
olor de mi pelo—. Si es que llego a hacerlo alguna vez.

Sonrío para mis adentros y le paso una pierna por encima de los muslos. Me agarra la rodilla y traza círculos sobre mi piel con el pulgar mientras yo acaricio la superficie de su cicatriz. Necesito saber cómo se la hizo. Nunca la ha mencionado, a excepción de la vez que me dijo que ni siquiera preguntase, pero no es algo que pase desapercibido. Necesito saber más sobre él.

—¿Cómo te la hiciste? —le pregunto mientras recorro la línea que lleva hasta su costado.

Él coge aire como si estuviera harto.

—¿Cómo me hice qué, Ava? —Sus palabras lo dejan bastante claro. No quiere hablar de ello.

—Nada —susurro en voz baja, y tomo nota mental de que no tengo que volver a preguntárselo.

—¿Qué haces mañana? —pregunta para cambiar de tema por completo.

—Es miércoles. Trabajo.

—Tómate el día libre.

—¿Qué? ¿Así, sin más?

Se encoge de hombros.

—Sí, me debes dos días.

Lo dice como si tal cosa. Él puede hacerlo, porque tiene su propio negocio y no responde ante nadie. Pero yo, en cambio, tengo clientes, un jefe y un montón de trabajo que hacer.

—Tengo mucho trabajo. Además, tú me abandonaste durante cuatro días —le recuerdo.

Todavía no se ha explicado. ¿Lo hará ahora?

—Pues vente conmigo ahora. —Me abraza con un poco más de fuerza. Al parecer hoy tampoco va a darme ninguna explicación.

—¿Adónde?

—Debo regresar a La Mansión, tengo que comentar unas cosas con John. Puedes cenar algo mientras me esperas.

¡Ni hablar! No pienso ir a La Mansión y no pienso esperarlo en el restaurante mientras él trabaja. No me arriesgaré a toparme otra vez con doña Hocicona.

—Prefiero quedarme aquí. No quiero molestarte —digo con la esperanza de que no insista. Otro encontronazo con la zorra retorcida y entrometida de Sarah no sería precisamente la mejor manera de acabar el día. ¿Qué le importa a ella lo que haga Jesse con su vida privada?

Me da la vuelta, me sujeta las muñecas una a cada lado de la cabeza y se coloca sobre mí.

—Tú jamás me molestarás. —Aproxima los labios a mis pechos y empieza a besarme el pezón—. Te vienes.

La protuberancia aumenta de tamaño bajo su lengua suave y juguetona y se me agita la respiración.

—Te veré mañana —digo entre jadeos.

Me aprisiona el pezón suavemente entre los dientes y me mira con una sonrisa malévola.

—Hummm. ¿Necesitas una cogida para hacerte entrar en razón? —sugiere, y se mete mi pecho en la boca.

Ni hablar. Acepto la cogida, pero no pienso ir a La Mansión. Aunque, si empieza a cogerme para hacerme entrar en razón, estoy jodida de más de una manera. Es capaz de hacerme decir lo que sea. Bueno, en realidad eso lo consigue en cualquier momento, pero sobre todo durante ese tipo de cogidas.

Oigo que se abre la puerta de casa y las risas de Kate y Sam mientras suben por la escalera. Miro a Jesse, que sigue aferrado a mi pezón, y la frustración que le invade el rostro me complace en secreto. Las cogidas para hacerme entrar en razón siempre serán bien recibidas, pero su objetivo en esta ocasión en particular no tiene ningún sentido. ¿Por qué iba a querer exponerme a otra disputa verbal con Sarah?

Él resopla de modo pueril y me suelta el pezón.

—Supongo que te será imposible no hacer ruido mientras te cojo para hacerte entrar en razón.

Enarco las cejas. Sabe que eso es imposible.

—Carajo —refunfuña, y se levanta no sin antes restregarme la rodilla entre las piernas, sobre mi sexo húmedo. La fricción hace que desee tenerlo de nuevo encima de mí. No quiero que se vaya. Se inclina y me besa con pasión e intensidad—. Tengo que irme. Cuando te llame mañana, contestarás el teléfono.

—Lo haré —confirmo obedientemente, por mi propio bien.

Sonríe con malicia y me pellizca la cadera. Chillo como una niña pequeña y me pongo boca abajo. Entonces siento el aguijonazo de su mano al chocar contra mi trasero.

—¡Ay!

—El sarcasmo no te queda, señorita. —La cama se mueve cuando se levanta.

Cuando me doy la vuelta, ya tiene la camisa puesta y está abrochándose los botones.

—¿Estará Sarah en La Mansión? —suelto antes de que mi cerebro filtre la estúpida pregunta.

Él se detiene un momento, recoge los calzoncillos del suelo y se los pone.

—Eso espero, trabaja para mí.

«¿Qué?»

—Me dijiste que era una amiga —repongo indignada, y me regaño a mí misma por ello.

Frunce el ceño.

—Sí, es una amiga y trabaja para mí.

Genial. Me levanto de la cama y recojo mi camiseta de tirantes y mis pantalones cortos. Por eso siempre está revoloteando por allí. ¿Debería contarle lo de su advertencia? No, probablemente no haría caso de mis celos inmaduros e insignificantes. Carajo, qué asco me da esa mujer. Me pongo la ropa y me vuelvo. Jesse se está colocando el saco y me observa con aire pensativo. ¿Sabe lo que estoy pensando?

—¿No vas a ponerte nada más? —pregunta mientras me analiza de arriba abajo.

Le echo un vistazo a mi conjunto y vuelvo a mirarlo a él. Tiene las cejas levantadas.

—Estoy en casa.

—Sí, y Sam está aquí.

—A Sam no parece importarle pasearse en calzoncillos por mi casa. Al menos yo voy tapada.

—Sam es un exhibicionista —gruñe. Se acerca a mi armario y busca entre las perchas—. Toma, ponte esto. —Me pasa un suéter de lana muy grueso de color crema.

—¡No! —exclamo indignada. ¡Paso de morirme de calor!

Me lo acerca y lo agita delante de mí.

—¡Póntelo!

—No. —Mi respuesta es lenta y concisa.

No va a decirme lo que tengo que ponerme, y menos en mi propia casa. Le quito el suéter de las manos y lo tiro sobre la cama. Él sigue su trayecto en el aire con la mirada. Lo observa, tirado sobre el edredón, y después vuelve a mirarme. Empieza a morderse el labio inferior con fuerza.

—Tres —masculla.

Abro los ojos como platos.

—¿Estás bromeando?

No me responde.

—Dos.

Todavía no sé qué pasa cuando llega a cero, pero creo que esta vez voy a descubrirlo.

—No voy a ponerme el suéter.

—Uno. —Sus labios forman una línea recta de enfado.

—Haz lo que quieras, Jesse. No voy a ponerme ese suéter.

Frunce el ceño.

—Cero.

Estamos uno frente al otro, él con una expresión de auténtica ira mezclada con un poco de satisfacción y yo preguntándome qué diablos va a hacer ahora que ha llegado a cero.

Inspecciono la habitación en busca de una vía de escape, pero sólo hay una, y tengo que esquivar a Jesse para llegar hasta ella. Es decir, que es imposible.

Sacude la cabeza, exhala una larga bocanada de aire y echa a andar hacia mí. Yo trato de saltar por encima de la cama para escapar, pero quedo atrapada en el revoltijo de sábanas y chillo cuando siento que me agarra del tobillo con una mano cálida y me jala.

—¡Jesse! —grito. Me da la vuelta y se me pone encima, cogiéndome las manos por debajo de sus rodillas—. ¡Suéltame! —Me aparto el pelo de la cara de un soplido y me lo encuentro mirándome con una expresión de absoluta seriedad.

—Vamos a dejar una cosa clara. —Se quita el saco, lo tira sobre la cama y coge el suéter—. Si haces lo que te mando, nuestra vida será mucho más sencilla. Todo esto... —me pasa las manos por el torso y me agarra los pezones por encima de la camiseta. Yo gimo—... es sólo para mí. —Echa las manos hacia atrás y me hunde un dedo en el hueco que se me forma encima de la cadera.

—¡NO! —grito—. ¡No, por favor! —Empiezo a reírme. Madre mía, ¡voy a mearme encima!

Continúa con su tortura y yo empiezo a retorcerme con violencia. No puedo respirar. Entre la risa y el llanto, mi vejiga amenaza con estallar.

—¡Jesse, necesito ir al baño! —digo medio riendo medio llorando. No puedo pensar en nada más que en el agonizante sufrimiento al que me está sometiendo, el muy pendejo. Y todo porque no he querido ponerme un estúpido suéter.

—Eso está mejor —lo oigo decir entre mis frenéticas sacudidas. Me aparta el pelo de la cara y pega sus labios contra los míos con fuerza—. Podrías habernos ahorrado a los dos muchos problemas si te hubieses... puesto... el puto... suéter.

Lo miro y frunzo el ceño mientras él aparta su peso de mí y vuelve a ponerse el saco. Yo me siento y descubro que llevo puesto el maldito suéter. ¿Cómo lo ha hecho? Lo miro con todo el odio del mundo. Él me observa atentamente, sin una pizca de humor en el rostro.

—Voy a quitármelo —espeto.

—De eso nada —me garantiza, y probablemente tenga razón.

Me levanto de la cama y me voy al baño con el ridículo suéter de lana puesto.

—Eres un auténtico cabrón —mascullo, y cierro la puerta de un golpe.

Voy a hacer pis y tomo otra nota mental: no volver a dejar que llegue al cero. Acabo de vivir mi peor pesadilla. Me froto las caderas y noto que la piel sensible de encima de los huesos todavía me hormiguea.

Cuando termino, Jesse está en la cocina con Sam y Kate. Ambos se fijan en que llevo puesto un suéter. Me encojo de hombros y me sirvo otra copa de vino.

—¿Han hecho las paces? —pregunta Kate al tiempo que se sienta sobre las piernas de Sam. Él las abre y mi amiga cae en el hueco del medio dando un chillido. Le da una bofetada cariñosa y vuelve a mirarme esperando una respuesta.

—No —mascullo, y miro a Jesse con rencor—. Y por si te preguntas quién ha hecho un agujero en la puerta de la cocina, no hace falta que busques muy lejos. —Señalo a Jesse con la copa—. Y también ha sido él el que ha roto tu copa de vino —añado como la delatora patética que soy.

Jesse se lleva las manos a los bolsillos, saca un montón de billetes de veinte libras y los planta encima de la mesa delante de Kate.

—Si es más, dímelo —dice sin apartar la vista de mí. Escudriño la mesa. Debe de haber dejado al menos quinientas libras ahí. Y me he dado cuenta de que el muy arrogante ni siquiera se ha disculpado.

Kate se encoge de hombros y coge el dinero.

—Con esto bastará.

Jesse vuelve a meterse las manos en los bolsillos, se acerca a mí y se inclina hasta que su cara queda a la altura de la mía.

—Me gusta tu suéter.

—Vete a la mierda —le suelto, y doy un buen trago de vino.

Él se ríe y me da un beso en la nariz.

—Esa boca —me regaña. Me agarra por la nuca, me recoge todo el pelo en un puño y me jala hasta que quedamos nariz con nariz—. No bebas mucho —ordena, y después me besa apasionadamente. Intento resistirme... un poco.

Cuando sus labios me liberan y recupero el sentido, carraspeo y doy otro trago.

Sacude la cabeza, inhala profundamente y se aleja de mí.

—Mi trabajo aquí ha concluido —dice con suficiencia mientras se marcha.

—Adiós —canturrea Kate entre risas. La fulmino con la mirada.

—Amigo. —Sam le estrecha la mano con una sonrisa—. Ava, sólo te está dando amor.

—¡Que se lo meta por el culo! —exclamo.

Dejo mi copa de vino, cojo el celular y salgo echando humo de la cocina en dirección a mi habitación. Este hombre es imposible. Sam y Kate empiezan a reír y yo me echo sobre la cama con el suéter puesto.

Finjo que mi único motivo para estar encabronada es que Jesse me haya obligado a ponerme un suéter. El hecho de que se dirija a La Mansión y de que cierta bruja de labios gordos vaya a estar allí no tiene nada que ver con mi mal humor. Nada en absoluto.

Cuando estoy a punto de dormirme, en mi teléfono empieza a sonar *This is the One*, de The Stone Roses. Pongo los ojos en blanco y estiro el brazo para cogerlo de la mesita de noche. Este hombre tiene que aprender a respetar mi teléfono.

—¿Qué? —ladro.

—¿Con quién te crees que estás hablando, señorita?

—¡Con un auténtico desgraciado!

—Haré como que no he oído eso. ¿Aún tienes el suéter puesto?

Quiero decirle que no.

—Sí —farfullo. ¿Vendrá a torturarme más si digo que no?—. ¿Has llamado para preguntarme eso?

—No, quería oír tu voz —dice con dulzura—. Tengo abstinencia de Ava.

Me derrito con un suspiro. Puede ser dominante, mandón e irracional y al momento transformarse en un ser sentimentaloide y encantador.

—Has vuelto a manipular mi teléfono —lo acuso.

—Es que si llamo y lo tienes en silencio no vas a oírlo, ¿verdad?

—No, pero ¿cómo sabes que estaba en silencio? —pregunto, aunque ya sé la respuesta. Tengo que bloquearlo con un código PIN—. Bueno, da igual, es de mala educación coger el teléfono de los demás. Y, por cierto, tienes que disculparte con Sally.

—Lo siento. ¿Quién es Sally?

—No lo sientes. Sally es la pobre chica de mi oficina a la que agrediste verbalmente.

—Ah, no te preocupes por eso. Que sueñes conmigo.

Sonrío.

—Lo haré. Buenas noches.

—Ah, Ava...

—¿Qué?

—Tú eres «la definitiva», nena.

Me cuelga y el corazón se me sale del pecho. ¿A qué se refiere con «la definitiva»? ¿Quiere decir lo que creo que quiere decir? Empiezo a morderme la uña del pulgar y me quedo medio dormida pensando en su comentario codificado.

¿Soy yo «la definitiva»?

¿Es él «el definitivo»?

Carajo. Deseo con todas mis fuerzas que lo sea.

Capítulo 24

Me siento a mi mesa soñando despierta, con la mente ocupada en *The One* y en los distintos tipos de polvo. Si —en mi pequeño mundo perfecto— acabo teniendo una relación con Jesse, ¿será siempre así? ¿Él dará las órdenes y yo a obedecer? Es eso, o que me coja con diferentes propósitos o que me someta a una cuenta atrás y me torture hasta que ceda o me supere físicamente y me obligue a hacer lo que él quiere. No niego que en la cama tiene su gracia, pero ha de haber cierto toma y daca, y no estoy segura de que Jesse sepa dar, a menos que se trate de sexo. La verdad es que en eso es muy bueno. Me encrespo cuando llego a la conclusión de que, sin duda, se debe a que ha tenido mucha práctica. Rompo el lápiz. ¿Qué? Miro el trozo de madera partido en dos que tengo en la mano. Huy.

—Qué pronto has llegado, Ava.

Sally entra en la oficina y me echo a reír para mis adentros. Ayer vi a una Sally que no conocía.

—Sí, me he levantado temprano. —Me quedo con ganas de añadir que es porque un pendejo neurótico me hizo ponerme un suéter de invierno para dormir y me he despertado sudando a mares.

Se sienta a su mesa.

—Intenté llamarte ayer después de que te fueras.

—¿Sí?

Frunzo el ceño, pero entonces me doy cuenta de que debí de borrar la llamada perdida de Sally junto con las decenas de llamadas perdidas de Jesse.

—Sí. El hombre furibundo vino a la oficina al poco de que te marcharas.

—¿Vino?

Debí de imaginármelo.

—Sí, y no estaba de mejor humor.

Me hago una idea. Sonrío.

—¿Le diste un apapacho?

Suelta una carcajada y se deja caer hacia atrás en la silla sin parar de reír. No puedo evitar unirme a ella y me río a gusto. Se está desternillando en su mesa.

Patrick llega y nos mira a las dos, exasperado, antes de entrar en su despacho y cerrar la puerta tras de sí.

«¡Mierda!»

—¿Estaba Patrick? —pregunto.

Se quita los lentes y los limpia con la manga de su blusa café de poliéster.

—¿Cómo? ¿Cuándo vino el lunático? No, estaba recogiendo a Irene en la estación de tren.

Dejo escapar un suspiro de alivio. Pero ¿en qué estaba pensando Jesse? Es un cliente. No puede venir a mi oficina y usar su influencia para mangonear a todo el mundo. A duras penas puedo excusar su comportamiento como la clásica queja de un cliente. Ya me ha sacado una vez a rastras de la oficina.

La puerta del despacho se abre y la repartidora de flores entra con dificultad —otra vez la chica del Lusso— con dos voluminosos ramos.

—¿Entrega para Ava y Sally?

Sally casi se desmaya en su mesa. Apuesto a que nadie le ha enviado flores nunca. Aunque yo ya sé de parte de quién son. Es un cabrón lisonjero.

—¿Para mí? —dice Sally cuando coge el colorido ramo de las manos de la chica de reparto. Lo agita en dirección a mi despacho.

—Gracias —sonrío, y cojo el ramo de alcatraces antes de firmar por las dos. Sal tiene cara de que va a pasarse el resto del día soñando despierta.

317

—¿Qué dice la tarjeta, Sal? —le pregunto cuando veo que la recorre de izquierda a derecha con la mirada.

Se reclina y se pone la mano en el corazón.

—Dice: «Por favor, acepta mis disculpas. Esa mujer me vuelve loco.» ¡Ay, Ava! —Me mira emocionada—. ¡Cómo me gustaría a mí volver así de loco a un hombre!

Pongo los ojos en blanco y saco de entre las flores la tarjeta dirigida a mí. Apuesto a que no es una disculpa. Sally no opinaría lo mismo si tuviera que aguantar el comportamiento neurótico e irracional de Jesse. ¿Que yo lo vuelvo loco? A más no poder.

Abro la tarjeta.

Eres la mujer a la que llevo esperando tanto tiempo... Un beso, J.

Mi lado cursi babea un poco, pero la parte sensata de mi cerebro —la que no está completamente loca por Jesse— grita en seguida que la mujer de su vida es la que se pone de rodillas y cumple todas sus órdenes, instrucciones y exigencias. Soy consciente de que, aunque eso es exactamente lo que he hecho en muchas ocasiones, también he de mantener mi identidad y mi forma de pensar. Es tremendamente duro, porque este hombre me afecta muchísimo. Ya se he hecho con mi cuerpo... Más bien, se ha apoderado de él.

Suena el teléfono e ignoro la punzada de decepción que siento cuando oigo el tono estándar, pero no puedo pasar por alto la de pánico cuando veo el nombre de Matt en la pantalla. ¿Qué querrá?

—Hola —saludo con todo el aburrimiento que quería aparentar.

—Ava, pensaba que no contestarías. —Su tono es de cautela, como no podría ser de otra manera después de la que me armó. Ni yo sé por qué he contestado.

—¿Y eso? —Mi voz destila sarcasmo. El gusano tiene agallas para llamarme, después de lo que me dijo y de cómo se portó.

—Perdona, Ava. Me pasé mucho. Fue un cúmulo de cosas. Mi jefe me dijo que van a recortar personal y, en fin, me puse de los nervios.

Adorable. ¿Por eso quería volver conmigo? ¿Quería tener estabilidad económica por si perdía su trabajo? ¡Pendejo insolente! ¿Es consciente de lo que me ha dicho?

—Lamento la situación —contesto con sequedad.

—Gracias. He puesto las cosas en perspectiva. Te he perdido y ahora quizá pierda el trabajo. Todo está patas arriba. —La voz le tiembla de emoción.

Suspiro.

—Todo irá bien —intento consolarlo—. Eres muy bueno en tu trabajo.

Lo es. Tiene la confianza en sí mismo —demasiada confianza en sí mismo— que debe tener un vendedor.

—Ya. En fin, sólo quería hacer las paces contigo.

Me parece bien siempre y cuando no empiece otra vez con el discurso de «quiero que vuelvas conmigo». ¿En qué estaba pensando?

—Está bien. No te preocupes. Ya nos veremos, ¿sí?

—Sí. Podríamos volver a comer juntos... Como amigos —añade a toda velocidad—. Todavía tengo algunas cajas con tus cosas.

—Las recogeré la semana que viene. Cuídate, Matt. —Ignoro su sugerencia de quedar para comer.

—Tú también.

Cuelgo y lanzo el teléfono sobre la mesa. Por muy cretino que sea, no le deseo que se quede sin trabajo. Le irá bien. Me quito a Matt de la cabeza y me concentro en sacar algo de trabajo adelante. Finjo que no miro el celular cada diez minutos para comprobar que está encendido y con el volumen alto. ¿Por qué no me ha llamado?

Voy caminando por nuestra calle después de haber comprado una botella de vino y diviso a Kate a lo lejos, saltando en medio de la calzada como la loca pelirroja que es. Al acercarme, me fijo bien. Estacionada junto a *Margo* hay otra camioneta rosa chillón, pero nuevecita y reluciente. ¡Por fin ha invertido en una nave nueva! Ya era hora.

—Bonita nave —le digo cuando me aproximo.

Se da la vuelta, los ojos azules le bailan y tiene las mejillas pálidas sonrojadas.

—¿Tú sabes algo de esto?

«¿Yo?»

—¿Por qué iba a saber algo?

—Acabo de llegar a casa y estaba ahí parada. Me he quedado un rato contemplándola, luego he entrado en casa y he tropezado con las llaves junto a la puerta. Mira.

Me pone las llaves delante de las narices, lo que me obliga a mirar la nota que cuelga de un hilo en el llavero.

Ni un moretón más en el culo, por favor.

«¡No!» No habrá sido capaz. Recuerdo lo tremendo de su reacción al ver mis maltrechas posaderas.

—¿Has hablado con Sam? —pregunto.

—Sí. Dice que hable con Jesse.

—¿Por qué te habrá dicho eso? —quiero saber.

—Está claro: porque cree que Jesse es el comprador misterioso. —Pone los ojos en blanco—. Si el señor me ha comprado una camioneta para que no vuelvas a hacerte moretones en el culo, pues... ¡tengo que decir que me encanta que tengas la piel tan delicada como un durazno!

Esto no está bien.

—Kate, no puedes aceptarla.

Me mira disgustada y sé que no habrá forma humana o divina de obligarla a que devuelva la camioneta. Su mirada dice que está encantada.

—¡Ni de broma! No intentes hacer que la devuelva. Ya la he bautizado.

—¿Qué? —A mi voz le falta mucha paciencia.

Pasa los dedos, largos y pálidos, por el frente.

—Te presento a Margo Junior.

Se recuesta sobre la camioneta y acaricia el metal rosa.

Sacudo la cabeza, exasperada, y me voy a casa. Ahora todavía le gusta más ese tonto imposible. ¿De qué se trata? ¿Flores para Sally y una camioneta para Kate? Ah, ¿y qué hay de arrojar las divisas de su majestad la reina de Inglaterra sobre la mesa de la cocina como si fueran trapos de cocina?

—¡Me la llevo a dar una vuelta! —grita Kate.

No le contesto, sino que subo la escalera y me voy directa a la cocina para meter las flores en un jarrón y descorchar la botella de vino. Me termino la primera copa y me voy a la regadera. ¿Le ha comprado una camioneta a Kate?

Me tomo mi tiempo para quitarme el día de encima y me dejo la crema suavizante en el pelo cinco minutos mientras me paso la navaja. Cierro la llave, escucho la canción de The Stone Roses que llevo todo el día desesperada por oír y casi me parto el cuello al salir de la regadera para echar a correr por el descansillo. El teléfono deja de sonar y la pantalla se ilumina: ocho llamadas perdidas.

No, no, no. Debe de estar jalándose de los pelos. Lo llamo mientras cruzo el descansillo hacia el salón. Miro por la ventana para ver si Kate ha vuelto.

No está, pero Jesse sí está dando vueltas por el sendero del jardín con el mismo aspecto divino de siempre. Lleva *jeans* y un suéter fino azul marino. Sonrío, un hormigueo me recorre el cuerpo de pies a cabeza con sólo mirarlo. Pulsa los botones del teléfono como un poseso y, tal y como esperaba, el celular se me ilumina en la mano.

«¡Ajá!»

—¡Hola! —digo tranquila y como si no pasara nada.

—¿Dónde diablos estás? —me ladra por teléfono. No hago caso de su tono de voz.

—¿Y dónde estás tú? —contraataco. Por supuesto, sé perfectamente dónde está. Me quedo de pie junto a la ventana, viendo cómo se pasa la mano por el pelo. Pero entonces desaparece de mi vista en el rellano de la puerta principal.

—Estoy en casa de Kate, echando la puerta abajo a patadas. ¿Es mucho pedir que me contestes el teléfono a la primera?

—Estaba ocupada con otra cosa. ¿Por qué no me has llamado en todo el día? —pregunto mientras bajo hasta la puerta principal.

—Porque, Ava, ¡no quiero que sientas que te estoy agobiando! —Está totalmente exasperado y eso me hace sonreír. Me encantan todos y cada uno de sus rasgos de locura.

—Pero aun así me estás gritando —le recuerdo. Miro por la mirilla y me derrito cuando lo veo apoyarse contra la pared.

—Lo sé —dice ya más tranquilo—. Me estás volviendo loco. ¿Dónde estás?

Lo veo deslizarse hacia abajo por la pared hasta que toca el suelo con el culo. Deja las rodillas dobladas e inclina la cabeza a un lado. Ay, no puedo verlo así.

Abro la puerta.

—Aquí.

Me mira y suelta el teléfono, pero no intenta levantarse. Sólo me mira, con el rostro inundado de alivio. Salgo y me deslizo por la pared de enfrente, de tal modo que quedamos sentados uno frente al otro, rodilla con rodilla. Esperaba que me tomara y me obligase a entrar en casa, ya que voy medio desnuda, pero no lo hace, sino que alarga el brazo y me pone la mano en la rodilla. No me sorprende que provoque chispas de fuego en todo mi ser.

—Estaba en la regadera.

—La próxima vez, llévate el celular al baño —me ordena.

—Bien. —Le hago un saludo militar.

—¿Y tu ropa? —Me recorre el cuerpo, cubierto por una toalla, con la mirada.

¡Ja! No iba a tenerlo esperando mientras me vestía. Me lo habría encontrado muerto de un ataque al corazón.

—En mi armario —respondo con sequedad.

Su mano desaparece bajo la toalla, me agarra por encima de la cadera para hacerme cosquillas y la toalla se afloja.

—¡Amigo mío!

Miro hacia el sendero y veo a Sam. Cuando vuelvo a mirar a Jesse, parece como si... En fin, como si fuera a darle un ataque. Se pone de pie y me jala. No sé cómo lo hace, pero consigue mantenerme cubierta con la toalla.

—¡Sam, no te muevas, carajo! —le grita.

Me coge en brazos y cruzamos la puerta a la velocidad de la luz. Oigo a Sam reírse a nuestras espaldas mientras Jesse sube la escalera corriendo conmigo en brazos y murmurando algo acerca de arrancar los ojos a los curiosos. Me arroja sobre la cama.

—Vístete, vamos a salir.

Levanto la cabeza de golpe. No pienso ir a La Mansión. Me pongo de pie, sin la toalla, y me dirijo al tocador.

—¿Adónde?

Recorre con la mirada mi cuerpo desnudo.

—He salido a correr y mientras tanto se me ha ocurrido que aún no te he llevado a cenar. Tienes unas piernas increíbles. Vístete.

Señala mi armario con la cabeza.

Si se refiere a cenar en La Mansión, yo paso. Evitaré el lugar a toda costa si ella va a estar allí y, dado que ya sabemos que trabaja para él, lo más probable es que esté.

—¿Adónde? —vuelvo a preguntar mientras empiezo a aplicarme crema de coco en las piernas.

—A un pequeño italiano que conozco. Anda, vístete antes de que me cobre mi deuda.

De pie, me masajeo lentamente con la crema.

—¿Qué deuda?

Levanta las cejas.

—Me debes una.

—¿Cómo que te debo una? —Frunzo el ceño, pero sé exactamente a qué se refiere.

—Claro que me la debes. Te espero fuera, no sea que me dé por cobrármela antes de tiempo. —Me lanza una sonrisa picarona—. No quiero que pienses que es sólo sexo.

Me deja con ese pequeño comentario antes de irse.

Ah, ¿no es sólo sexo? Esas palabras me han alegrado el día. Quizá esta noche descubra qué trama esa maravillosa y compleja cabecita suya. De repente, me inunda la esperanza.

Tras darle muchas vueltas a qué voy a ponerme —me sorprende que no lo haya decidido por mí—, me inclino por unos pantalones capri beige, una camisa de seda en *nude* y unas ballerinas color crema. Me aseguro de ponerme un conjunto de ropa interior de encaje color coral; le encanta verme vestida de encaje. Me hago un recogido informal, me pinto los ojos ahumados y termino con un brillo de labios sin apenas color.

Salgo al descansillo y me encuentro a un Jesse irritado dando vueltas de un lado a otro. Frunzo el ceño.

—Tampoco he tardado tanto.

Levanta la vista y me dedica una sonrisa gloriosa, reservada sólo para mujeres, y vuelvo a sentirme segura. Me acerco a él y me mira de arriba abajo con satisfacción. En cuanto estoy lo bastante cerca, me jala hacia su cuerpo musculoso.

—¿Cómo es posible que seas tan bonita? —susurra en mi pelo.

—Lo mismo digo. ¿Dónde está Sam?

—Kate le está dando un paseo en la furgoneta.

Ah, casi me había olvidado de *Margo Junior*. Me aparto y le lanzo una mirada llena de sospecha.

—¿Le has comprado tú esa camioneta a Kate?

Sonríe satisfecho.

—¿Estás celosa?

«¿Qué?»

—¡No!

Se pone serio.

—Sí, se la he comprado yo.

—¿Por qué?

¿Acaso no le parece raro? ¿Está intentando sobornar a mi amiga para que pase por alto su comportamiento irracional?

—Pues, Ava, porque no quiero que vayas dando tumbos en esa chatarra sobre ruedas, por eso. Y no tengo por qué darte explicaciones —me bufa, y cruza los brazos para mantenerse alejado de mí.

Me entra la risa.

—¿Le has comprado una camioneta a mi mejor amiga para que no me lastime cuando sujete un pastel? —Es para morirse.

Me mira y adopta una expresión muy digna.

—Como ya he dicho, no tengo por qué darte explicaciones. Vámonos.

Me coge de la mano y me conduce hasta abajo, al coche.

—Le has alegrado el día a Sally —comento mientras corro para poder seguir el ritmo de sus largas zancadas.

—¿Quién es Sally?

—La criatura desvalida de mi oficina —le recuerdo. Empiezo a sopesar si la mala memoria es también un síntoma de la edad.

—Ah, ¿me ha perdonado?

—Del todo —musito.

Kate nos ve y se lanza a los brazos de Jesse.

—¡Gracias! —le repite una y otra vez en la cara.

Jesse se abraza a ella con la mano que tiene libre y ella continúa lanzando grititos de emoción junto a su oído. Pongo los ojos en blanco y miro a Sam, que sacude la cabeza. Me reconforta saber que él también opina que se ha pasado un poco.

—El que sale ganando soy yo, Kate, no tú —le dice.

Ella lo suelta.

—¡Lo sé! —Sonríe y me mira con sus brillantes ojos azules—. ¡Lo adoro!

—Eh, ¿y a mí no? —grita Sam. Kate va corriendo a abrazarlo.

Pongo los ojos en blanco otra vez. Estoy rodeada de locos.

Paramos en la puerta de un pequeño restaurante italiano del West End. Salgo del coche y Jesse viene por mí. Me coge de la mano y me lleva a lo que sólo puede describirse como una sala de estar. La iluminación es tenue y todo está lleno de trastos italianos. Es como si me hubiera trasladado en el tiempo a la Italia de la década de los ochenta.

—Señor Jesse, me alegro de verlo —dice un hombrecillo italiano que se acerca a nosotros de inmediato. Luce una expresión de felicidad natural.

Jesse le estrecha la mano con afecto.

—Luigi, yo también me alegro de verte.

—Pase, pase. —Luigi nos hace gestos para que nos adentremos más en la estancia.

Nos sienta a una pequeña mesa en un rincón. El mantel es de color crema y lleva bordada la «Italia Turrita». Es muy bonito.

—Luigi, ésta es Ava. —Jesse nos presenta.

El italiano me hace una reverencia con la cabeza.

—Un nombre precioso para una dama preciosa, ¿sí? —Es tan directo que me siento un poco avergonzada—. ¿Qué desea el señor Jesse?

—¿Me permites? —me pregunta Jesse señalando el menú con la cabeza.

¿Me está pidiendo permiso?

—Es lo que sueles hacer —murmuro.

Arquea una ceja y hace un puchero, como diciéndome que no tiente mi suerte. Lo dejo a sus anchas. Está claro que sabe cuáles son los mejores platos del menú.

—Muy bien, Luigi. Tomaremos dos de *fettuccini* con calabaza, parmesano y salsa de limón con nata, una botella de Famiglia Anselma Barolo 2000 y agua. ¿Lo tienes todo?

Luigi toma nota a toda velocidad en su cuaderno y da un paso atrás.

—Sí, sí, señor Jesse. Ahora me voy.

Jesse sonríe con afecto.

—Gracias, Luigi.

Miro el restaurante, que está lleno de trastos.

—A esto sí que se le llama mierda italiana —murmuro pensativa. Cuando mi mirada se encuentra con la de Jesse, veo una sonrisa de oreja a oreja sobre un labio mordido—. ¿Vienes a menudo?

Su sonrisa se hace más amplia y entramos en el territorio de las rodillas que se vuelven de gelatina.

—¿Estás intentando seducirme?

—Por supuesto —sonrío, y él cambia de postura en su silla.

—Mario, el barman de La Mansión, insistió en que lo probara y eso hice. Luigi es su hermano.

—¿Luigi y Mario? —suelto, más bien con poca educación. Jesse levanta las cejas y me lanza una mirada—. Lo siento. ¡Es que ésa sí no me la esperaba!

—Ya lo veo. —Frunce el ceño cuando Luigi se acerca con las bebidas. Jesse me sirve vino a mí y agua para él.

—¿No habrás pedido una botella entera para mí? —le suelto—. ¿Tú no vas a beber nada?

Por Dios, voy a acabar como una cuba.

—No. Tengo que conducir.

—¿Y a mí me permites beber?

Aprieta los labios hasta convertirlos en una línea recta, pero veo que está intentando reprimir una sonrisa ante mi descaro.

—Te lo permito.

Sonrío, cojo la copa y bebo con cuidado mientras él me observa. El vino está espectacular.

Cuando miro al hombre guapísimo y neurótico que tengo al otro lado de la mesa, al que me ha jodido los planes pero bien, mi cerebro sufre de repente un bombardeo de preguntas.

—Quiero saber qué edad tienes —digo segura de mí misma. Ese asunto de la edad se está convirtiendo en una estupidez.

Acaricia el borde de la copa con la punta del dedo y me mira.

—Veintiocho. Háblame de tu familia.

¿Eh? ¡Ah, no, no, no!

—Yo he preguntado primero.

—Y yo te he contestado. Háblame de tu familia.

Sacudo la cabeza de desesperación y me resigno ante el hecho de que estoy enamorada de un hombre cuya edad desconozco, y posiblemente nunca la sepa.

—Se jubilaron y viven en Newquay desde hace unos años —suspiro—. Mi padre dirigía una empresa de construcción y mi madre era ama de casa. Mi padre tuvo un amago de infarto, tomó la jubilación anticipada y se fueron a Cornualles. Mi hermano está viviendo sus sueños en Australia. —Ahí tiene los titulares—. ¿Por qué no hablas de los tuyos? —le pregunto. Sé que me estoy metiendo en terreno pantanoso, sobre todo después de lo que contestó la última vez que le pregunté.

Espero con cautela, casi con recelo, su reacción. Me deja más que sorprendida cuando bebe un sorbo de agua y se lanza a responder.

—Viven en Marbella. Mi hermana también está allí. No hablo con ellos desde hace años. No aprobaron que Carmichael me dejara La Mansión y todas sus posesiones.

¿Eh?

—¿Te lo dejó todo a ti? —Entiendo que eso pueda causar un pleito familiar, y más cuando también hay una hermana de por medio.

—Eso es. Estábamos muy unidos y no se hablaba con mis padres. No les gustaba.

—¿No les gustaba su relación?

—No. —Empieza a mordisquearse el labio.

—¿Había algo reprobable? —Ahora sí que siento curiosidad.

Suspira.

—Cuando dejé la universidad me pasaba todo el tiempo con Carmichael. Mi madre, mi padre y Amalie se fueron a vivir a España y yo me negué a irme con ellos. Tenía dieciocho años y me lo estaba pasando como nunca. Me fui a vivir con Carmichael cuando se marcharon. No les hizo mucha gracia. —Se encoge de hombros—. Tres años después, Carmichael murió y yo me hice cargo de La Mansión. —Lo cuenta sin emoción. Bebe otro trago de agua—. La relación se resintió después de aquello. Me exigieron que vendiera La Mansión, pero yo no podía, era el legado de Carmichael.

Jesús. He descubierto más sobre este hombre en cinco minutos que en todo el tiempo que ha pasado desde que lo conozco. ¿Por qué está tan hablador esta noche? Decido aprovecharme, no sé cuándo volverá a presentarse la ocasión.

—¿Qué sueles hacer para divertirte?

Sus ojos verdes se iluminan y sonríe con malicia.

—Cogerte.

Abro los ojos como platos y trago saliva con dificultad. ¿Me considera una diversión? Ahora me siento como una mierda. Me revuelvo en la silla y doy un sorbo al vino para apartar la mirada. Odio este bajón que me entra de vez en cuando últimamente. Un instante estoy en el séptimo cielo de Jesse y, al siguiente, cualquier comentario hace que me dé de bruces contra la cruda realidad. No puedo con tantas señales contradictorias.

—Te gusta el poder en el dormitorio —le digo sin sonrojarme ni un poquito. Estoy orgullosa de mí misma. Su habilidad y la influencia que tiene sobre todo mi ser me ponen nerviosa.

—Sí. —Contemplo su rostro impasible cuando mi mirada vuelve a la suya.

—¿Eres un dominante? —Suelto, y me clavo mentalmente en las posaderas el elegante tenedor de plata. ¿De dónde ha salido eso?

Se atraganta y está a punto de escupirme el agua encima. ¿Por qué habré preguntado eso?

Deja la copa sobre la mesa, coge la servilleta, se limpia la boca y sacude la cabeza con una media sonrisa.

—Ava, no necesito esa clase de arreglo para conseguir que una mujer haga lo que yo quiero en el dormitorio. No tengo ni tiempo ni ganas de practicar ese tipo de mierda.

Me relajo un poco.

—Parece que me estás dedicando mucho tiempo.

—Supongo que sí.

Comienza a mirar al vacío, pensativo.

—Eres muy controlador —afirmo con frialdad sin apartar la vista de mi copa. Voy a poner también ese tema sobre la mesa.

—Mírame —exige con suavidad y, como la esclava que soy, lo miro. Sus ojos verdes se han suavizado. Se reclina, relajado, en la silla—. Sólo contigo.

—¿Por qué?

—No lo sé. —Se da un breve mordisco en el labio—. Me vuelves loco.

¿Qué? En fin, eso lo aclara todo. ¿Se cree que necesito una especie de padre? Estoy hecha un lío. Suspiro en el interior de la copa de vino. ¿Que lo vuelvo loco? «¡Lo mismo te digo, Ward!»

—Aquí está tu pasta —dice. Alzo la vista y veo a Luigi, que se acerca cantando. He perdido el apetito.

—Gente encantadora —coloca dos generosos tazones ante nosotros—, *buon appetito!*

—Gracias, Luigi —sonríe Jesse con educación. Me lanza una mirada inquisitiva, pero la ignoro y sonrío agradecida a Luigi. Es igualito que Mario.

Revuelvo la pasta con el tenedor. Huele a gloria, pero estoy tan confusa que se me ha cerrado el estómago. Jugueteo con ella un momento y luego pruebo un bocado.

—¿Está buena? —pregunta Jesse.

Asiento poco convencida, a pesar de que está deliciosa. Comemos un rato en silencio, mirándonos de vez en cuando. La comida es maravillosa, y me siento culpable por no estar disfrutándola como se merece.

—¿Cuándo compraste el ático? —pregunto.

Detiene el tenedor de camino a su boca.

—En marzo —me contesta. Se toma el último bocado y aparta el tazón antes de coger el vaso de agua.

—Nunca me has dicho por qué pediste que fuera yo personalmente quien se encargara de la ampliación de La Mansión.

Me rindo con la pasta y aparto el tazón.

Jesse mira mi plato a medias y luego me mira a mí.

—Compré el ático y me encantó lo que habías hecho con él. Te garantizo que no esperaba que aparecieras contoneando tu silueta perfecta, con esa piel aceitunada y esos ojazos cafés. —Sacude la cabeza como intentando borrar el recuerdo.

Me siento mejor sabiendo que se quedó tan sorprendido de verme como yo de verlo a él.

—No eras exactamente el señor de La Mansión que me esperaba —le digo. Yo también me estremezco al recordar el efecto que me produjo; el efecto que todavía tiene sobre mí—. ¿Cómo sabías dónde estaba aquel lunes al mediodía, cuando tropecé contigo en el bar?

Se encoge de hombros.

—Tuve suerte.

—Ya, claro.

Me seguiste, más bien.

Alzo la vista y detecto una sonrisa en la comisura de sus deliciosos labios.

—Cuando te fuiste de La Mansión no podía pensar en otra cosa.

—Así que me perseguiste sin descanso —le respondo con calma.

—Tenías que ser mía.

—Y ya lo soy. ¿Siempre consigues lo que deseas?

Me observa desde el otro lado de la mesa y se inclina hacia adelante, muy serio.

—No puedo contestar a eso, Ava, porque nunca he deseado nada lo suficiente como para perseguirlo sin descanso. No del modo en que te deseaba a ti.

Habla en pasado.

—¿Aún me deseas?

Se reclina en la silla y me estudia mientras acaricia su copa.

—Más que a nada.

Se me escapa un pequeño suspiro. No sé si es de alivio o de deseo. Ya no sé nada.

—Soy tuya —digo con decisión.

Ya está. Acabo de ponerle el corazón en bandeja a este hombre.

Se pasa la lengua lentamente por el labio inferior.

—Ava, eres mía desde que apareciste por La Mansión.

—¿Sí?

—Sí. ¿Pasarás la noche conmigo?

—¿Es una pregunta o una orden?

—Una pregunta, pero si das la respuesta equivocada estoy seguro de que pensaré en algo para hacerte cambiar de idea. —Sonríe un poco.

—Pasaré la noche contigo.

Asiente con aprobación.

—¿Y la noche de mañana?

—Sí.

—Tómate el día libre —me ordena.

—No.

Entorna los ojos.

—¿Y el viernes por la noche?

—He quedado con Kate para salir el viernes por la noche —le informo. Resisto la tentación de alargar la mano, cogerme un mechón de pelo y retorcerlo entre los dedos. No puede esperar que esté siempre a su disposición. Confío en que Kate no tenga planes.

Sus ojos, entrecerrados, se oscurecen.

—Cancélalo.

Esto es algo que tengo que aclarar cuanto antes: sus neurosis son poco razonables.

—Voy a tomar unas cuantas copas con mis amigos. No puedes impedirme que los vea, Jesse.

—¿Cuántas copas son unas cuantas?

Noto que frunzo el ceño.

—No lo sé. Depende de cómo me encuentre. —Lo miro, acusadora. Sospecho que es posible que el viernes esté hecha polvo si sigue portándose como un loco. Me da dolor de cabeza y hace que el cuerpo me duela de deseo.

Empieza a mordisquearse el labio inferior otra vez, la cabeza le va a mil por hora. Está intentando averiguar cómo salirse con la suya. Con la que pesqué el sábado pasado no me he hecho ningún favor. Fue culpa suya. ¿Debería decírselo?

—No quiero que salgas a beber sin mí —dice con firmeza.

—Pues qué mala suerte. —Dios, estoy siendo valiente ¿Qué graduación tiene este vino?

—Ya veremos —dice para sí.

Permanecemos sentados en silencio, mirándonos el uno al otro, él enojado y yo ocultando una sonrisilla. A los pocos instantes, se reclina en su silla como si nada, un poco de lado, con una intención clara en la mirada. No me aparto tímidamente de ella, sino que igualo su intensidad. Es un desafío a cara descubierta. Lo deseo con desesperación a pesar de que es un tanto difícil.

Luigi se acerca para recoger los platos e interrumpe el momento.

—¿Les ha gustado? —dice señalando los platos.

Jesse no rompe la conexión.

—Estupendo, Luigi. Gracias. —Su voz es gutural y está dando golpecitos en la mesa con el dedo medio. Noto que me roza la pierna con la suya y no hace falta más para que se me acelere la respiración y mis terminaciones nerviosas cobren vida. Estoy ardiendo de pies a cabeza... Y lo sabe.

—Luigi, la cuenta, por favor. —Su tono amigable ha pasado a ser apremiante.

Parece que el italiano capta el mensaje porque no nos ofrece la carta de postres. Se marcha y vuelve, casi de inmediato, con un plato negro con caramelos de menta y un trozo de papel. Sin siquiera mirarla, Jesse se levanta, saca un fajo de billetes del bolsillo de sus *jeans* y deja varios encima de la mesa.

Estira el brazo hacia mí y me coge de la mano.

—Nos vamos.

Me levanta de la silla y apenas me da tiempo a coger el bolso y a dejar la servilleta encima de la mesa. Me lleva a toda velocidad hacia la puerta.

—¿Tienes prisa? —pregunto mientras me conduce hacia el coche por el codo.

No hace el menor intento de aminorar el paso.

—Sí.

Cuando llegamos al coche, me da la vuelta y me empuja contra la puerta. Su frente encuentra la mía y nuestros alientos, profundos, se funden en el escaso espacio que separa nuestras bocas. Su erección resulta dolorosamente dura contra la parte inferior de mi abdomen.

Por Dios, lo quiero aquí y ahora. Me da igual si a la gente le da por mirar.

—Voy a cogerte hasta que veas las estrellas, Ava. —Su voz es áspera cuando mueve las caderas contra las mías. Lanzo un gemido—. Mañana no vas a ir a trabajar porque no vas a poder ni andar. Sube al coche.

Lo haría, pero ya me cuesta andar. El suspenso me ha dejado inmóvil.

Pasan unos segundos y sigo sin poder convencer a mis piernas de que se muevan, así que me aparta, abre la puerta y, con cuidado, me deposita en el asiento del copiloto.

Capítulo 25

Nuestro viaje de vuelta al Lusso es el más largo de mi vida. La tensión sexual que reina en el coche es realmente insoportable y Jesse se pone casi violento cuando un conductor dominguero le bloquea el paso.

—A algunos no deberían darles la licencia. ¡Muévete!

Hace una maniobra ilegal y adelanta al otro coche en una calle de un solo carril.

Se toca a menudo la entrepierna, y bajo la luz tenue del DBS veo el sudor que brilla en su frente. Es un hombre con una misión. Derrapa, se detiene ante las puertas electrónicas del Lusso y pulsa el control remoto para abrirlas. Tamborilea con los dedos en el volante mientras espera impaciente a que empiecen a moverse.

Sonrío.

—Te va a dar un ataque si no te tranquilizas.

El tamborileo cesa y me mira. Echa humo.

—Ava, me ha dado un pinche ataque todos los días desde que te conocí.

—Estás diciendo muchas palabrotas —murmuro cuando las puertas se abren y avanza hacia el estacionamiento a toda velocidad y sin ningún cuidado.

—Y tú vas a gritar mucho. —Lo dice sin una pizca de humor—. Fuera —me ordena.

No me cabe duda de que así será, pero me encanta verlo tan frenético. Me tomo mi tiempo para salir del coche y, cuando ya estoy erguida, levanto la vista y veo que lo tengo enfrente.

—¿Qué haces? —pregunta sin poder creer la calma con la que me lo estoy tomando.

Miro el cielo negro de la noche y los muelles.

—¿Te apetece ir a dar un paseo?

Abre la boca de forma exagerada.

—¿Que si me apetece ir a dar un paseo?

—Sí. Hace una noche preciosa. —Vuelvo a mirarlo, pero no logro esconder una sonrisa tonta.

—No, Ava. Lo que me apetece es cogerte hasta que me supliques que pare.

Se agacha, me toma por detrás de los muslos, me carga sobre los hombros y cierra de una patada la puerta de su carísimo coche.

—¡Jesse! —El estómago se me sale por la boca a causa del movimiento brusco—. ¡Puedo andar!

Entra a grandes zancadas en el vestíbulo del Lusso.

—No lo bastante rápido. Buenas noches, Clive.

Me abrazo a las lumbares de Jesse y levanto la cabeza. Clive me observa mientras atravieso la sala tirada sobre el hombro de Jesse. ¿Qué pensará de mí? La última vez que entré en el Lusso también me llevaban en brazos...

—¡No estoy borracha! —grito antes de que Jesse me meta en el ascensor. Introduce el código con furia y Clive desaparece de mi campo de visión. En un momento de osadía, deslizo las manos bajo sus *jeans*, van directas a su duro y fantástico trasero. Siento que sus músculos se tensan y relajan bajo su piel suave y cálida cuando sale del ascensor.

—Nada de jueguecitos. Quiero estar dentro de ti. Como te pongas a hacer tonterías te juro por Dios que... —Va muy en serio.

—Eres un romántico.

—Tenemos todo el tiempo del mundo para el romanticismo, señorita.

«¿Ah sí?»

Irrumpe en el ático y da un portazo a su espalda. Estoy un tanto desorientada cuando me deja de pie en la cocina. Me quedo inmóvil ante él, con las manos apoyadas en sus hombros, intentando recomponerme.

—¿Sabes? Es cierto que mañana no vas a estar en condiciones de trabajar. —Su aliento cálido extiende una capa de condensación sobre mi cara—. Desnúdate.

Estoy temblando descaradamente. Ordeno a mis manos que se aparten de sus hombros, pero no me hacen ni caso. Intento controlarme, aunque me resulta imposible cuando me mira de esa manera. Siento que me cubre las manos con las suyas y las despega de su cuerpo. Me las pone sobre el estómago.

—Empieza por la camisa. —Su voz es ronca, teñida por un dejo de desesperación.

Puedo hacerlo, puedo ser atrevida.

—Entonces ¿yo estoy al mando? —pregunto, mientras me preparo internamente para sus burlas.

No se mofa. Me mira. La sorpresa ante mi pregunta es evidente, pero no se ríe. No puede tener el control continuamente.

—Si eso te hace feliz... —Se quita el Rolex y lo deja sobre la isla.

Pues sí, me hace muy feliz. Me suelto una arenga mental. Puedo hacerlo. Puedo hacerlo. Respiro hondo y, mirándolo a los ojos sin ningún pudor, me llevo las manos al primer botón de la camisa intentando que mis dedos cooperen. Con cada botón que me desabrocho, más se tensa su rostro y más atrevida me vuelvo yo. Si esto no es andarse con tonterías, no sé lo que es.

Me abro la camisa, la dejo así y observo cómo me recorre el torso con la mirada mientras se pasa la lengua por el labio inferior. Saboreo su reacción y me llevo las manos a los hombros para quitarme la camisa. Acentúo el movimiento de mis pechos cuando la dejo deslizarse por mis brazos. Como la diablilla hambrienta de sexo que soy, la mantengo a un lado durante unos segundos mientras sus ojos vagan por mi cuerpo. Entonces, cuando nuestras miradas vuelven a encontrarse, abro las palmas de las manos con un gesto dramático y la dejo caer al suelo. Mis brazos permanecen inertes a los costados. La mirada le arde y tiene la frente húmeda. Lo estoy haciendo muy bien.

—Me encanta cómo te queda el encaje —susurra.

Sonrío. Estoy en racha. Bajo las manos con firmeza hacia el cierre de los pantalones y, como quien no quiere la cosa, desabrocho un botón detrás de otro mientras él me observa. Se le acelera la respiración con cada segundo que pasa, y su autocontrol está tan mermado que tiene que morderse el labio con mucha fuerza. Va a sacarse sangre.

Una vez desabrochados todos los botones del pantalón y con la bragueta bien abierta, me quedo de pie con las manos metidas por ella, lista para bajármelos. Pero no lo hago. Estoy fascinada con la reacción que le provoca mi descarado *striptease*. Se han invertido los papeles.

Alza la mirada y me percato de que sus ojos arden de desesperación.

—Te los arrancaría en dos segundos.

—Pero no lo harás —digo con voz ronca y seductora. Mi presunción me tiene alucinada—. Vas a esperar.

Me quito los zapatos de un puntapié. Salen volando unos metros más allá.

Sigue su trayectoria antes de mirarme con las cejas levantadas.

—¿No lo estás llevando demasiado lejos?

Sonrío con dulzura mientras, centímetro a centímetro, me bajo los capri por las piernas y los tiro lejos. Estoy de pie en ropa interior color coral y de encaje delante de este hombre y he perdido todas la inhibiciones. Es revelador. ¿Quién iba a pensar que yo podía ser tan atrevida? ¡Me gusta estar al mando!

Acerca la mano para acariciarme el pecho.

—No —le digo con firmeza. Su mano queda flotando sobre mi esternón. No llega a tocarme, pero el calor que emana de ella me lleva al borde de la hiperventilación. Aquí estoy yo, diciéndole que espere, y tan desesperada como él. Mi autocontrol vacila, pero la verdad es que me encanta la sensación de poder.

—Que te jodan —farfulla cuando deja caer la mano.

—Adelante.

Sonríe con suficiencia.

—Suplícamelo.

¿Que suplique? ¿Cómo le ha dado la vuelta a la tortilla tan rápido? Yo creo que no.

—Paso.

—Deja de tocarte el pelo, Ava. —Sus ojos se oscurecen aún más. Me suelto el pelo y él baja la mirada—. Todavía llevas la ropa interior puesta.

Me miro.

—¿Y qué vamos a hacer al respecto?

—Yo no voy a hacer nada. —Se encoge de hombros—. A menos que me lo supliques.

—No pienso hacerlo —digo con frialdad. No voy a rajarme ahora.

—Puede que nos quedemos así un rato, entonces.

—Eso parece.

—Quizá sigamos así hasta el sábado.

¡El muy tramposo! No puede dejarlo así, ¿verdad? Lo miro mal y él enarca las cejas. Así que estamos en tablas y ninguno de los dos quiere hacer el primer movimiento. ¡Le toca a él! Él es quien ha dejado bien claro que no toleraría ningún jueguecito...

¿Qué hago? ¿Qué hago? Entonces, se me ocurre:

—Lo siento, no puedo andarme con tonterías. Mañana tengo que trabajar.

Doy media vuelta, dispuesta a marcharme, y oigo ese gruñido familiar que tanto me gusta. Me rodea la cintura con el brazo y me levanta del suelo. Me parto en dos sobre su antebrazo. No puedo evitarlo... Me da risa.

Se dirige a la isla de la cocina, me da la vuelta y me sienta sobre el frío granito. Sus ojos transmiten el descontento que le ha producido mi pequeña broma.

—¿Cuándo vas a escucharme, señorita? Nunca vas a ir a ninguna parte. —Me abre de piernas, las mantiene separadas con su cuerpo y me coloca las manos en la cintura. Está muy serio.

Aún estoy recobrándome del ataque de risa, pero me callo de inmediato cuando me jala para acercarme a su entrepierna y su erección da en el punto exacto. Gimo y le rodeo el cuello con los brazos.

—Y vigila esa boca —gruñe; la concentración-diagonal-preocupación no le sienta bien a su frente. Esta vez es preocupación. ¿Va en serio lo de que no vaya nunca a ninguna parte?

¿Qué? ¿Nunca?

—Lo siento —lo digo con sinceridad.

No debería jugar con él así. Está claro que tiene un problema con la desobediencia.

—Sabes cómo sacarme de mis casillas —murmura—. A partir de ahora haremos las cosas a mi manera.

—Siempre hacemos las cosas a tu manera.

—Cierto. A ver si lo aprendes de una vez.

Se planta delante de mí, se quita el suéter y los Grenson de dos patadas, y en un abrir y cerrar de ojos se deshace de los *jeans* y de los bóxeres. Permanezco pacientemente sentada, más que contenta de ver cómo se desnuda. Este hombre es un dios. Recorro con la mirada todas sus maravillas, me detengo un instante en la cicatriz y me quedo mirando su erección, gruesa y pulsante.

—Quedarse mirando es de mala educación —me dice suavemente.

Levanto los ojos de golpe hacia los suyos. No estoy muy segura de si se refiere a que le mire la cicatriz o su hermosa virilidad. No me lo aclara. Vuelve a mí, me rodea con los brazos para desabrocharme el brasier y, lentamente, me lo baja por los brazos y lo tira al suelo a sus espaldas.

Apoya las manos en el borde de la superficie, me observa mientras se agacha y me coge un pezón con la boca. Traza círculos y lo acaricia despacio con la lengua.

En un estado de deleite absoluto, suspiro y enredo los dedos en su pelo mientras él divide la atención entre un pecho y otro. Echo la cabeza hacia atrás y cierro los ojos para concentrarme en su atenta boca. La verdad es que no me importa dejar que tome el control. Me encanta.

Su boca inicia un ascendente viaje de placer por el centro de mi cuerpo que termina con un beso suave en mi barbilla.

—Levanta —me ordena agarrándome las pantis.

Me apoyo en la barra y dejo que las deslice por mis piernas.

—Ahora vuelvo. Tengo hambre.

De mala gana, le suelto el pelo y se dirige al refrigerador como su madre lo trajo al mundo, sin ningún pudor. Me fascina más allá de lo humanamente posible la visión de su culo duro, de esas piernas esbeltas y de la espalda suave y poderosa. Su caminar es todavía mejor cuando está en cueros.

—¿Disfrutando de la vista?

Levanto la mirada y veo que está observándome. No sé cuánto tiempo llevo soñando despierta. Podría pasarme la vida contemplándolo. Lleva un bote de nata montada en la mano y sonríe antes de destaparlo, agitarlo ligeramente y echarse un poco del contenido en la boca. Lo observo con atención. Está muy orgulloso de sí mismo.

—¿Y eso en tu mundo es un alimento básico?

Vuelve junto a mí agitando el bote.

—Pues claro —dice muy serio mientras vuelve a colocarse entre mis piernas y me levanta la barbilla con la punta de un dedo—. Abre.

Abro la boca y me apoya el tubo en la lengua. Presiona el seguro y deposita una bola de nata en mi boca. La cierro y la nata se derrite en mi lengua al instante.

Coloco las manos tras de mí y me apoyo sobre ellas mientras él me recorre el torso con la mirada.

—A ver qué se le ocurre, señor Ward —lo reto.

Se le iluminan los ojos y me lanza una sonrisa arrebatadora.

—Está un poco fría —me avisa, y traza un sendero recto y descendente por el centro de mi cuerpo. Doy un respingo ante la frialdad inicial de la nata, que me cubre desde el cuello hasta donde comienza la pelvis. Sonríe y echa un poco más justo allí. Miro el largo sendero de bolitas blancas y siento que los pezones se me endurecen ante la proximidad del frío. Da un paso atrás y sus ojos bailan de felicidad.

—Un poco típico, ¿no? —Miro su rostro satisfecho.

Se echa un poco más de nata en la boca.

—Los clásicos son los mejores.

Vuelve a marcharse. ¿Adónde va? Sigo sentada en la barra de desayuno cubierta de nata y lo veo rebuscar por los armarios de la cocina.

—Aquí está —sentencia.

¿Aquí está qué? Abre un cajón, saca una espátula y vuelve a mi lado dando golpecitos maliciosos a un tarro de crema de cacao. Se coloca otra vez entre mis piernas, desenrosca la tapadera y la tira sobre la cubierta de mármol.

Arqueo una ceja, inquisitiva, aunque sé perfectamente qué está tramando. Hunde la espátula en el tarro, saca una buena cantidad de crema de cacao y me pega con la espátula en el pecho.

—¡Ay! —Me duele la teta del golpe.

Sonríe y empieza a trazarme círculos de chocolate alrededor del pezón. El dolor combinado con los remolinos rítmicos hace que ronronee desde lo más profundo de mi ser. La arruga de la frente de Jesse aparece en cuanto empieza a morderse el labio. Continúa esparciendo la crema de cacao por mi cuerpo, a ambos lados de la nata, dibujando círculos y untándome allá por donde pasa.

Cuando vacía el tarro y ha cubierto todo mi torso a su gusto, deja los instrumentos de trabajo a un lado y retrocede para admirar su obra. La sonrisa que aparece en su hermoso rostro hace que quiera abalanzarme sobre él y tirarlo al suelo. Está verdaderamente satisfecho consigo mismo.

—Mi pastelito de Ava —dice relamiéndose los labios.

Miro mi cuerpo embadurnado y luego sus ojos danzarines.

—Supongo que, ahora que ya te has divertido, debería ir a bañarme.

Hago ademán de moverme, pero en un abrir y cerrar de ojos me detiene abrazándome, tal y como suponía que haría. Estoy pegada a él y resbalo. Mis pechos se mueven cuando me río y se los restriego por el torso, pero no en plan mala leche.

—Qué lista —murmura, y se aparta. Hay hebras de chocolate y nata entre nuestros cuerpos. Me toma las manos y me empuja con suavidad hasta que estoy recostada del todo sobre la espalda, mirándolo—. Ni siquiera he empezado aún a divertirme, señorita.

Sonrío.

—Estoy sucia.

—Ah, cómo me gusta esa sonrisa. No estarás sucia mucho más tiempo. —Se agacha sobre mí y me pasa la erección por el sexo. Con el dedo índice, dibuja un sendero de chocolate que comienza en mi pezón. No aparta la mirada de la mía cuando se lo lleva a los labios y lo lame con el deleite más espectacular.

—Hummm. Cacao, nata y sudor —dice con voz ronca.

Me estremezco bajo sus ojos penetrantes y siento el clítoris encendido mientras me retuerzo contra la superficie bajo su embriagadora mirada. Levanto los brazos para atraerlo hacia mí. Necesito tocarlo. Me deja cogerlo, sus labios caen sobre los míos y apoya el pecho en mí, de modo que nos restregamos y nos embadurnamos otra vez. La calidez de su cuerpo sobre el mío me catapulta directamente al séptimo cielo de Jesse.

Mediante pequeños lametones, lo persuado para que saque la lengua y sonrío contra sus labios cuando gime. Desliza un brazo bajo mis nalgas y me levanta de la superficie, me sujeta mientras me tiene en alto y reclama mi boca. Continúo con los brazos alrededor de su cuello y los dedos enroscados en su pelo. Él sigue volviéndome loca de placer y yo estoy retorciéndome bajo sus caricias.

Se aparta de mis labios y comienza a besarme desde la mejilla hasta la oreja, rozando con sus adorables labios cada milímetro del camino e intensificando la sensación de pesadez que se acentúa en mi entrepierna. Lanzo un gemido grave y largo y mis dedos se enredan con fuerza en su pelo cuando me muerde el lóbulo y jala de él con los dientes. Carajo, voy a levitar de placer.

—Jesse —jadeo, y arqueo la espalda.

—Lo sé —murmura en tono bajo junto a mi oído—. ¿Quieres que me ocupe de ello?

—¡Sí! —grito.

Me da un beso tierno en el hueco de la oreja y me suelta con cuidado hasta que quedo tumbada de nuevo boca arriba.

Con la parte superior del cuerpo y un brazo pegados a mí, me aparta con suavidad el pelo de la cara. Lo observo estudiarme con atención, percibo la marea de sus ojos verdes, su mente dando vueltas.

—Todo es mucho más llevadero contigo, Ava —afirma en voz baja mientras busca algo en mis ojos.

Absorbo sus palabras. Su confesión me ha dejado de piedra. ¿Qué es más llevadero? No puedo soportar la vaguedad de la frase, especialmente ahora. Este hombre es más de lo que parece a simple vista, es más que confianza en sí mismo y riqueza, más que alguien posesivo, gentil, controlador y dominante. Podría seguir así toda la vida. Pero hay más.

Lo miro. Quiero hacerle preguntas pero, cuando tomo aliento para hablar, deja caer la cabeza sobre mi pecho y pasea la lengua por mi ya endurecido pezón, trazando círculos y lamiendo la crema de cacao. Me aparto cuando lo muerde, la puñalada de dolor me hace arquear la espalda y propulsar el pecho hacia él, lo cual lo obliga a retroceder un poco para hacerme sitio.

—¿Te gusta? —pregunta.

—¡Sí!

—¿Quieres más de mi boca?

—¡Jesús, Jesse!

Emite un gruñido de satisfacción y divide la atención entre mis dos pechos, recogiendo, mordiendo y chupando el chocolate de forma gradual y meticulosa.

Gimo. Estoy sudada y pegajosa. Mis dedos continúan enredados en su pelo mientras me estremezco bajo su lengua experta. Una caricia en mi sexo bastaría para lanzarme a un estado de estupor desesperado.

—Ya estás limpia —dice mientras se aparta de mi cuerpo y entrelaza la mirada con la mía—. Pero ella quiere más de mi boca.

Se lame los labios, se aparta de mí y el estómago me da un vuelco.

Dios mío, no voy a durar ni un segundo.

Me mira directamente al punto donde se unen mis caderas. Me coloca las palmas de las manos en los muslos y los separa un poco más.

—Carajo, Ava, estás chorreando.

Respira hondo y observo que el subir y bajar de su pecho se acelera. Me lanza una breve mirada antes de agacharse de forma provocativa. Cierro los ojos, tenso todo el cuerpo y espero la ráfaga del primer contacto.

Y ahí está. Una pasada de su lengua directamente por el centro de mi sexo y una pequeña danza sobre mi clítoris para rematarlo.

—Ah... ¡Dios! —rujo. Me recompensa metiéndome dos dedos hasta el fondo. Doy un respingo y me aparto un poco de forma involuntaria, pero Jesse me pone un brazo en la barriga para mantenerme quieta.

—¿Quieres que pare? —Su voz es grave y mi reacción violenta. Vuelve rápidamente a mi sexo, me penetra de nuevo con los dedos y me acaricia levemente el clítoris con la lengua.

Al cabo de unos segundos noto una explosión que se cierne en el horizonte y, tras un último lametón en el centro de mi punto más sensible, me hago pedazos. Estoy perdida. Sacudo la cabeza a un lado y a otro, se me escapa el aire de los pulmones en un suspiro largo y pacífico y mi corazón galopante recupera un ritmo calmado y seguro.

Me lame con cuidado para ayudarme a cabalgar las últimas pulsaciones del orgasmo y me deja caer hacia atrás con delicadeza mientras gimo de pura satisfacción. Tiene una boca increíble.

En mi estado subliminal, siento que cambia de postura entre mis piernas y me mete los dedos en la boca para que pueda lamer las gotas de mi estallido.

—¿Has visto lo bien que sabes, Ava? —murmura mientras traza movimientos circulares con el dedo en mi boca. Luego se lo lleva a la suya y se asegura de saborearme entera con la lengua. Inclina la cabeza cuando se acerca a mi cara y me mira a los ojos antes de posar con suavidad sus labios sobre los míos y recorrerlos de un lado a otro—. Eres asombrosa. Necesito estar dentro de ti.

Cambia de postura con rapidez, me jala y me clava su excitación expectante. Grito ante la invasión inesperada y mi clímax en recesión resucita.

«¡Jesús!»

—Me toca a mí —jadea, y sale y entra otra vez. Grito y estiro los brazos por encima de la cabeza cuando él se aferra a mis caderas para poder moverme adelante y atrás sobre el mármol de la cocina al ritmo de sus arremetidas. Abro los ojos y veo que está sudando y tiene la mandíbula apretada.

Los restos de nata y chocolate hacen que me deslice con facilidad hacia él y una sensación hormigueante me invade la entrepierna; las deliciosas embestidas de su potente cuerpo amenazan con hacerme explotar el cerebro.

«¡Carajo, carajo, carajo!»

—¿Te gusta, Ava? —grita entre mis gemidos.

—Dios, sí.

—No vas a volver a huir de mí, ¿verdad?

—¡No!

«¡Nunca!»

Me levanta hacia su cuerpo, se vuelve y mi espalda choca contra la pared. Se me escapa un grito de sorpresa. He mentido. No estoy acostumbrada a él, para nada. Y no sé si llegaré a acostumbrarme. Tiene tanta potencia, tanta fuerza... y es tan grande. Soporto sus embestidas decididas e incesantes mientras me empotra una y otra vez contra la pared. Emito un grito tras otro.

En mi desesperación por controlar mi orgasmo inminente, encuentro su hombro, me aferro a él con la boca y le clavo los dientes.

—¡Chingado! —ruge. Oigo que su frente choca contra la pared detrás de mí y sus caderas empujan hacia adelante con todas sus fuerzas.

Ya está.

Le suelto el hombro, echo la cabeza hacia atrás con un grito áspero y exploto en un segundo orgasmo que me hace mil pedazos.

Se queda inmóvil de repente, con la respiración entrecortada y violenta, y entonces lanza una última y potente estocada.

—¡Jesús! —gruñe y se sacude contra mí, dentro y fuera. Convulsiono entre sus brazos y respiro de manera irregular intentando que llegue algo de aire a mis pulmones.

«Terror y pavor. ¡Carajo!»

Me aferro a él con los brazos y las piernas, cierro los ojos y me derrito en su cuerpo.

Apenas soy consciente de que me lleva de vuelta a la isla de la cocina. El movimiento hace que los restos de su erección me rocen la pared del útero mientras sigo colgada de él deleitándome con su calor. Me tumbo sobre la espalda cuando me baja y disfruto de la seguridad que me da su pecho firme sobre el mío. Por instinto, paso los brazos alrededor de su espalda cuando me baña la cara de besos tiernos.

Ay, Dios, estoy tan abrumada. Nunca me había sentido tan necesitada ni deseada. El tiempo que he pasado con Jesse, el bueno y el malo, los berrinches y el afecto, ha arrasado con cualquier otro sentimiento que haya experimentado y no ha dejado ni rastro. Abro los ojos, sé que me está mirando.

—Tú y yo —me susurra mientras me observa.

Cierro los párpados pesados y lo jalo para enterrar la cara en su cuello. Me pierdo por completo en él.

—Necesitamos un baño.

Abro los ojos con gran esfuerzo. Me está levantando de la barra de desayuno. Sigo aferrada a Jesse y no tengo intención de soltarme.

—Quiero quedarme aquí —murmuro soñolienta. Estoy muy cansada.

Se ríe.

—Tú agárrate, que ya me encargo yo.

Y eso hago. Me agarro fuerte, con las piernas a su cintura y los brazos a sus hombros, mientras me lleva por el ático, escaleras arriba, hacia el cuarto de baño.

—Méteme en la cama —refunfuño cuando me deja sobre el lavabo doble.

—Estás pegajosa, y yo también. Nos lavaremos los dos y luego ya podremos meternos en la cama y acurrucarnos. ¿Trato hecho?

Se va a abrir la llave de la regadera.

Lo miro con ojos soñolientos.

—No. Méteme en la cama —gruño.

—Ava, eres adorable cuando estás medio dormida.

Me recoge del lavabo doble y me mete en la regadera. Apoyo la cabeza en el hueco de su cuello y no intento separarme de su cálido cuerpo. El agua es una bendición.

—Te voy a soltar —me dice.

Me agarro a él con más fuerza. Se ríe.

—No puedo enjabonarte con las manos ocupadas.

—Quiero seguir pegada a ti.

Suspira y se apoya en la pared de azulejos conmigo abrazada a él. Me mira y me da un beso tierno en la frente. Gime contra mi piel. A pesar de que estoy muy dormida, respondo a su beso acariciándole el cuello con la nariz y con un pequeño suspiro de satisfacción.

Aparta uno de los brazos de mí. Levanta la rodilla para sujetarme el trasero mientras se inclina para coger el gel de baño de una estantería. Lo deja en el suelo antes de hacer lo mismo con el champú. Baja la rodilla, vuelve a colocarme el brazo debajo de las rodillas flexionadas y, despacio, se desliza pared abajo sujetándome con fuerza. Noto la firmeza del suelo de la regadera cuando ambos quedamos sentados.

Sé que restrinjo sus movimientos, pero yo no me muevo y él no se queja. Trabaja conmigo encima, sujetándome con un brazo. Me enjabona y me enjuaga el pelo con la mano libre lo mejor que puede. Se toma su tiempo a la hora de eliminar los restos de nata y crema de cacao de mi cuerpo. Su mano se desliza con ternura y cuidado trazando círculos lentos que me transportan a un estado de duermevela. Sigo abrazada a él. No quiero soltarme nunca.

—Voy a cuidar de ti para siempre —susurra, y después aprieta los labios contra mi sien.

Le quito una mano del cuello y se la paso por el pecho y los abdominales; dibujo círculos lentos alrededor de su ombligo.

—Bueno —concedo.

Por mí perfecto. No puedo pensar en nada que me resulte más natural, ni ahora ni nunca.

Deja escapar una bocanada de aire, está agotado.

—Anda, vamos a secarte.

Me separo de él. Me cuesta mantenerme en pie. Estoy hecha polvo. Le tiendo la mano y él la acepta de buena gana, aunque no lo ayudo nada cuando se incorpora. Veo que aún tiene restos de crema de cacao en el pecho, así que me agacho, cojo el gel de baño y me echo un poco en la mano.

Me observa formar espuma entre las palmas y apoyarlas contra su pecho. Luego las muevo a lo largo de su cuerpo. Tiene el pelo rubio ceniza pegado a los firmes músculos del cuello.

Cuando termino, me inclino para darle un beso casto en el centro del pecho. Levanto la mirada y veo que tiene los ojos cerrados y la cara levantada hacia el techo. Me pongo de puntillas y le beso la garganta para llamar su atención, pero tarda varios segundos en bajar el rostro hacia el mío.

Le sonrío y me devuelve una pequeña sonrisa. No me convence y me pregunto qué le está causando tanta angustia.

—¿Qué te pasa? —pregunto nerviosa.

—Nada. Todo está bien.

Me cubre las mejillas con las manos y me ofrece una sonrisa a medias. Estudia mi rostro antes de cerrar la llave de la regadera y salir de ella. Se envuelve una toalla alrededor de la estrecha cintura.

Camino detrás de él y de inmediato me encuentro cubierta por una toalla de baño. Me seca de pies a cabeza y elimina el exceso de humedad de mi pelo.

—¿Quieres que te lleve en brazos? —me pregunta.

La verdad es que sí. Qué perezosa. Asiento y sonríe con aprobación. Alza mi cuerpo desnudo entre sus brazos y me lleva a la cama. Me meto bajo las sábanas y respiro hondo cuando apoyo la cabeza en la almohada. El delicioso aroma a Jesse inunda mis sentidos. Qué bien voy a dormir aquí.

Deja caer la toalla. Retiro las sábanas a modo de invitación y, en cuanto lo tengo lo bastante cerca, me acurruco en su pecho y entierro la cara bajo su barbilla. Mi aliento cálido rebota contra su cuello y vuelve a mi cara. Flexiono una rodilla y coloco una pierna entre sus muslos.

Estoy envuelta en él y es el lugar más tranquilo y agradable del mundo.

—Eres demasiado cómodo —susurro en su garganta.

—¿Sí?

—Sí.

—Me alegro. A dormir, pequeña. —Me da un beso en la coronilla y me aprieta contra él. No hay lugar para la distancia entre nosotros.

Capítulo 26

Recupero la conciencia con Jesse acostado entre mis piernas y frotándome la nariz con la suya. Me obligo a abrir los ojos.

—Buenos días, señorita.

Refunfuño y me desperezo a gusto. Qué bien he dormido. Cuando me despierto, noto la erección matutina de Jesse entre las piernas. Una sonrisa asoma en las comisuras de sus labios.

Me contoneo debajo de él.

—Buenos días.

Con un solo movimiento, se adentra en mí. Por lo que se ve, hoy ya es un gran día. Me agarro a sus bíceps tensos y él se apoya en los antebrazos y marca un ritmo firme y constante.

Abre los ojos.

—Me encanta el sexo soñoliento contigo.

Contemplo su rostro tranquilo y sereno y dejo que me arrastre al paraíso. Me despierta de golpe cuando me da la vuelta, sin salir de mí, y de repente estoy a horcajadas sobre él. La gravedad me hace más sensible a su invasión.

—Móntame, Ava. —Tiene la voz ronca y los ojos hambrientos le brillan con la luz de la mañana. Me coge de las caderas y yo planto las palmas de las manos en sus pectorales.

Lo miro.

—¿Mando yo?

Sonríe.

—A ver qué se te ocurre, nena.

Levanta las caderas para ponerme en movimiento.

¡De acuerdo! Lo miro fijamente a los ojos parduscos y medio dormidos y, con cuidado, me aparto de sus caderas. Me mantengo unos segundos en el aire para provocarlo un poco y observo incendiarse su cara, ansiosa de fricción. Entonces, despacio, bajo de nuevo con igual precisión para que me penetre hasta el fondo, lo más adentro posible, hasta que noto que me toca el útero. La sensación hace que Jesse entre en picada.

Echa la cabeza atrás y gime con tanta fuerza que rebota en el dormitorio. Sonrío para mis adentros. Es mi oportunidad de recuperar el poder y voy a aprovecharla al máximo.

—¿Otra vez? —pregunto llena de confianza en mí misma. Esto va a encantarme.

—¡Sí, carajo! —jadea.

—Cuidado con esa boca —me burlo, y vuelvo a levantarme y a caer con total precisión mientras me restriego en círculos contra él. Repito el tortuoso movimiento una y otra vez observando cómo se desmorona debajo de mí.

Levanta las manos para acariciarme los pechos, traza pequeños círculos con los pulgares alrededor de los pezones duros. Vuelvo a levantarme y hago una pausa en el punto álgido. Tiene los ojos cerrados y la boca entreabierta. Me cuesta mantener el control encima de él.

—¿Bajo?

—Sí, por Dios.

Desciendo de nuevo y veo cómo se le deforma el rostro, un síntoma claro de su sufrimiento. No va a poder soportarlo mucho más tiempo. Percibo el esfuerzo en su mandíbula tensa y en la frente arrugada. Gime y me aprieta los pechos con más fuerza, lo cual logra enviar una sensación punzante y dolorosa a mi sexo. Yo sí que no voy a poder soportarlo mucho más tiempo. Estoy a punto de venirme y necesito que él también lo esté cuando descienda.

Me alejo de nuevo y observo cómo espera que vuelva a descender despacio. No lo hago. En vez de eso, lo dejo sin aliento y caigo con fuerza, empalándome hasta el fondo en su sexo. Muevo las caderas en círculo, con fuerza, más adentro.

—¡Por Dios bendito! —ruge y al instante gotas de sudor le perlan la frente. Recoloco las caderas para asegurarme la penetración perfecta y me aprieto contra él con más intensidad. Sí, voy a hacer que me supliques.

—Carajo, carajo, carajo, Ava. ¡Voy a venirme!

—Espera —ordeno.

Abre los ojos sorprendido. Están llenos de desesperación. Vuelvo a mover las caderas, él cierra los párpados con fuerza y la arruga de su ceño se hace más profunda que nunca. Le está costando la vida. Sólo necesito uno más...

—Ava, no puedo —me implora.

—¡Mierda! Espera.

—¡Esa boca! —grita con los ojos todavía cerrados para poder concentrarse mejor. Lo está matando.

—¡Que te jodan, Jesse!

Abre los ojos de golpe a modo de advertencia ante mi lenguaje vulgar, pero me importa un carajo. Apoyo las manos con fuerza en las suyas y uso los músculos de las piernas para levantarme otra vez, quedar suspendida sobre él y hundirme de golpe para que se clave del todo en mí.

Vuelvo a levantarme

—¡Ahora! —grito, y me dejo caer con todas mis fuerzas. Mi cuerpo explota y entro directamente en órbita. Apenas soy consciente de los gemidos ahogados de Jesse cuando noto que me invade un líquido tibio que calienta todo mi ser. Caigo sobre su pecho hecha un ovillo exhausto. Misión cumplida.

Me quedo derrumbada sobre él, derritiéndome al ritmo de sus dedos, que me acarician la espalda. Su erección en retroceso palpita de manera constante en mi interior. Los latidos de ambos corazones chocan entre nuestros pechos mientras intentamos recobrar el aliento. Los dos estamos repletos.

—Me encanta el sexo soñoliento contigo —susurro.

Me besa en la coronilla.

—Excepto por esa boca tan sucia que tienes. —Su voz está llena de desaprobación.

Me río y lo miro. Le paso los dedos por la mejilla sin afeitar. Me encanta cuando no se ha afeitado. Inclina la cabeza hacia mi caricia, me besa los dedos y me devuelve la sonrisa.

—No creo que podamos llamar a esto sexo soñoliento, nena.

—¿No?

—No. Tendremos que pensar en un nombre nuevo.

—Bueno —accedo, completamente satisfecha. Vuelvo a apoyar la mejilla en su pecho y dibujo espirales alrededor de su pezón dorado.

—¿Cuántos años tienes, Jesse?

—Veintinueve.

Me río con sorna, pero de repente se me ocurre que no tendré forma de saber cuándo llegaremos a su verdadera edad. Yo apuesto por treinta y cuatro. Son ocho años más que yo, puedo vivir con eso.

Suspiro.

—¿Qué hora es?

Una hora más me vendría de perlas.

Me aparta de su pecho.

—Olvidé el reloj abajo. Iré a ver.

—Necesitas un reloj aquí —gruño cuando se levanta de la cama y me deja helada y desnuda sin él.

—Me quejaré a la decoradora.

No le hago ni caso. Doy media vuelta y me acurruco abrazada a la almohada. Ésta es la cama más cómoda en la que haya dormido nunca. Hice un buen trabajo.

—Las siete y media —lo oigo gritar desde abajo.

Me levanto de un brinco.

—¡Mierda!

Salto de la cama y corro a la cocina.

—Tienes que acercarme a casa.

Se sienta, tranquilo y relajado, en un taburete de la barra de desayuno. Está en cueros y comiendo crema de cacahuate directamente del tarro con el dedo.

—Tengo cosas que hacer hoy —dice sin mirarme.

¡Me pone enferma! Sin duda, es una estratagema para retenerme aquí. Al fin y al cabo, dijo que no iba a poder andar y sí que puedo. Cogeré el metro y solucionado. Busco mi ropa por el suelo, donde la tiré anoche: ni rastro.

—Jesse, ¿dónde está mi ropa?

Se mete un dedo cubierto de crema de cacahuate en la boca, lo chupa y se lo saca despacio con un pequeño «pop».

—No tengo ni idea —dice muy serio y como si la cosa no fuera con él.

¿Dónde la habrá escondido, el muy traidor? No puede estar lejos. Busco por el apartamento levantando, apartando, abriendo puertas de armarios y mirando detrás de los muebles. Vuelvo a la cocina y me lo encuentro ahí sentado todavía, desnudo y tan guapo que hasta me encabrona. Mi frenesí no le afecta lo más mínimo.

No tengo tiempo para esto. No puedo llegar tarde a trabajar.

—¿Dónde está mi puta ropa? —grito.

—¡Esa puta boca!

Lo miro y sacudo la cabeza. Lo siguiente que hará será lavarme la boca con jabón.

—Jesse, nunca había dicho groserías hasta que te conocí... Tiene gracia, ¿no crees? Necesito ir a casa para poder arreglarme e ir a trabajar.

—Ya lo sé.

Y se mete en la boca otro dedo cubierto de crema de cacahuate.

—¿Dónde está mi ropa? —Intento preguntarlo con calma, pero si no me la devuelve ahora mismo voy a volver al modo encabronado. No puedo llegar tarde.

—Está... por ahí. —Sonríe con el dedo en la boca.

—¿Dónde es por ahí? —pregunto mientras pienso lo mal que me cae hoy el Jesse travieso.

—Si te lo digo, tendrás que darme algo a cambio.

¡La mujer encabronada está aquí!

—¿Qué? —le grito.

—No bebas mañana por la noche. —No hay emoción en su rostro.

Lo miro con furia y lo veo luchar para controlarse y no echarse a reír. ¡Cerdo conspirador! Me tiene acorralada, desnuda, llego tarde a trabajar y necesito que me lleve a casa.

De pie, considero el trato. Si soy sincera, no pensaba emborracharme mucho, especialmente después de mi actuación del sábado pasado. Ni siquiera le he preguntado todavía a Kate si está libre, pero no quiero que don Controlador piense que puede dictar todos y cada uno de mis movimientos. Como dar la mano y que te tomen el brazo.

—¡De acuerdo!

Total, ¿cómo va a enterarse de si me tomo una copa?

Parece sorprendido.

—Ha sido más fácil de lo que creía. ¿Comemos juntos?

—Sí, pero ¡dame mi ropa!

—¿Quién manda aquí, Ava? —pregunta.

No tengo tiempo para llevarle la contraria.

—Tú. ¡Ahora tráeme mi ropa!

—Correcto.

Camina pavoneándose hacia el refrigerador —con un toque de arrogancia extra dedicado a mí— y abre la puerta.

—Aquí tienes, señorita.

¿Estaba en el refrigerador? En fin, nunca se me habría ocurrido buscar ahí. Se la quito de las manos y me levanta una ceja en señal de advertencia. Me da igual. Voy a llegar tardísimo. Observa cómo me pongo los pantalones capri a tirones y dando saltitos como una loca. Doy un respingo cuando la tela fría me roza la piel.

—¿Me da tiempo de bañarme? —Lo pregunta en serio.

—¡No!

Se ríe, me da una palmada en el trasero y sale a paso lento de la cocina.

Jesse me lleva a casa con su estilo de conducción habitual: tan rápido que da miedo y sin ninguna paciencia, pero hoy doy gracias.

Me espera en el coche haciendo llamadas mientras yo me baño y me arreglo en tiempo récord. Me pongo unos pantalones entubados negros, una camisa blanca y mis ballerinas rojas de Dune. Lista para correr. Mi pelo está ingobernable porque anoche no me lo sequé con secadora, así que me hago un recogido informal. Ya me maquillaré en el coche.

Corro por el descansillo y choco con Sam. Está medio desnudo. ¿Es que ahora vive con nosotras? «¡Ponte algo de ropa encima!»

—Siempre vas corriendo, chica —se ríe. Paso junto a él como un rayo de camino a la cocina para coger un vaso de agua y tomarme la píldora.

—¿Has pasado una buena noche?

Asiento mientras me bebo el agua. Él sigue de pie, sin ningún pudor, en la puerta de la cocina, hecho un desastre. No voy a preguntarle si él también ha pasado una buena noche. Está clarísimo.

—¿Dónde está Kate? —pregunto.

Sonríe.

—La he atado a la cama.

Abro los ojos como platos. No tengo ni idea de si lo dice en serio o no. Es un bromista.

—Dile que la llamo luego.

Espero a que Sam se aparte y me deje salir.

—Hasta luego —me despido ya corriendo escaleras abajo.

—¡Oye, dile a Jesse que no podré ir a correr hoy! —grita desde la cocina.

Avanzo a toda velocidad por el sendero que lleva a la calle, donde Jesse está mal estacionado y quitándose de encima a un guardia de tráfico que bloquea la puerta del copiloto. Espero a que el guardia termine de leerle la cartilla a Jesse, pero parece que tiene mucho que decir.

—Apártese para que la señorita pueda entrar en el coche —gruñe Jesse. El guardia no le hace caso y empieza a soltar un discurso sobre el abuso verbal y la falta de consideración hacia otros usuarios de la vía.

—Disculpe —intervengo. A ver si la educación funciona, ya que la agresividad de Jesse parece no hacerlo. No me hace caso. Maldición, voy a llegar supertarde.

—¡Por el amor de Dios! —Jesse abre la puerta, rodea el coche a grandes zancadas y le hace frente al guardia de pie sobre el asfalto. El pobre hombre empequeñece con claridad ante la presencia de Jesse y se aparta a toda prisa.

Me abre la puerta, espera a que me siente en el coche antes de cerrarla de un portazo, maldice un poco más y se sienta detrás del volante. Salimos rugiendo calle abajo, demasiado rápido.

—Sólo está haciendo su trabajo. —Bajo el espejo y empiezo a sacar el maquillaje.

—Fracasados hambrientos de poder incapaces de entrar en la Policía —gruñe. Me mira y sonríe—. Estás preciosa.

Me río.

—Mira a la carretera. Ah, Sam dice que hoy no puede salir a correr contigo.

—Cabrón perezoso. ¿Sigue allí? —pregunta mientras adelanta a un taxi.

Me agarro a un lateral de mi asiento. El maquillaje va a acabar esparcido por todas partes.

—Tiene a Kate atada a la cama —murmuro a la vez que me aplico la máscara de pestañas.

—Es probable.

Me vuelvo hacia él con el cepillo para pestañas suspendido ante mis ojos.

—No pareces sorprendido.

—Porque no lo estoy. —Me mira con el rabillo del ojo.

¿No está sorprendido? ¿A Sam le van los rollos raros?

—No quiero saberlo —farfullo, y vuelvo a centrarme en el espejo.

—No, no quieres saberlo —dice tan tranquilo.

Paramos cerca de mi oficina, pero lo bastante lejos como para que nadie me vea bajar del Aston Martin de Jesse. Sigo intentando adivinar cómo se tomaría Patrick todo esto. Jesse no ha mencionado la ampliación desde el domingo, y no creo que a mi jefe le haga gracia que le diga que no estoy diseñando nada para el señor Ward, sino que me lo estoy tirando.

—¿A qué hora sales a comer? —pregunta. Me acaricia el muslo, lo que me provoca las habituales punzadas de placer. No es momento de ponerse cachonda, y eso es precisamente lo que consigue esa caricia.

—A la una —digo con un gritito.

Dibuja círculos en mi muslo. Me tenso un poco.

—Entonces estaré aquí a esa hora.

—¿Justo aquí? —jadeo.

—Sí, justo aquí. —Detiene la mano entre mis piernas.

—Jesse, para. —Cierro los ojos e intento combatir las sacudidas de placer.

Mueve la mano hacia arriba y la sitúa justo en mi sexo, por encima de los pantalones.

Gimo.

—No puedo quitarte las manos de encima —dice con ese tono de voz grave e hipnótico, ese que me nubla el sentido y la razón—. Y no vas a detenerme, ¿verdad?

Pues no. ¡Maldita sea!

Se inclina hacia mí, me coge por la nuca, me acerca a él y aumenta las caricias en mi núcleo. Cuando encuentra mi boca con los labios, gimo. Me arrastra hacia un ritmo celestial mientras me acaricia la lengua con la suya, lento pero seguro, para garantizarme el máximo placer. No puedo creerme que le esté dejando hacer esto en su coche a plena luz del día, pero ha provocado algo y no puedo entrar en la oficina con el anhelo de un orgasmo abandonado y a la espera dentro de mí. Necesito aliviarme o no podré concentrarme en todo el día.

Las espirales de deseo se extienden e intensifican y la preocupación de que nos pesquen desaparece sin más. Estoy loca por él. Logra causarme ese efecto de mil formas diferentes.

—No lo reprimas, Ava —dice en mi boca—. Te quiero en esa oficina pensando en lo que puedo hacerte.

Llego al clímax y grito cuando aprieta los labios con fuerza sobre los míos; ahoga mis gemidos y suaviza la presión de su mano para calmarme otra vez. Suspiro contra sus labios.

—¿Mejor? —pregunta mientras me da pequeños besos en la boca.

Sí, mucho mejor. El Jesse molesto, travieso y enfurruñado de hace una hora ha desaparecido por completo.

—Ya puedo trabajar tranquila —suspiro.

Se ríe y me suelta.

—Bueno, me voy a casa a pensar en ti y a resolver esto. —Se pone la mano en la zona en que sus pantalones cortos de correr parecen una tienda de campaña.

Sonrío, me acerco a él y le planto un beso casto en los labios.

—Yo podría encargarme de eso —me ofrezco mientras acaricio su erección con la palma de la mano. Abre unos ojos brillantes de placer cuando le meto la mano en los pantalones y saco su masculinidad palpitante, aprieto la base y subo y bajo con la mano un par de veces, despacio.

Deja caer la cabeza hacia atrás contra el reposacabezas del asiento.

—Carajo, Ava. Qué rico.

Sí que es rica, pero en mi boca te gustaría aún más. Pero ¿qué me pasa? Sigo con unas cuantas caricias controladas y la punta comienza a destellar. Jesse se tensa y gime en el asiento. No debe de faltarle mucho. Bajo la cabeza hacia su regazo y paso la lengua por la cabeza vibrante de la gloriosa verga. Trazo círculos en la punta húmeda. ¿Cuánto aguantará?

Lanza un gemido grave, largo y profundo. Está claro que no le falta mucho.

Sin prisa, deslizo la lengua húmeda por el tronco, lo que hace que se agite un poco más. Después le envuelvo la punta con los labios y me la llevo lentamente hasta el final de la garganta.

Jadea.

—Eso es, nena. Hasta el fondo.

Me paro, noto que el tronco palpita contra mi lengua, exhalo lentamente y vuelvo a la punta. Suspira agradecido.

—Sigue, justo así —me anima al tiempo que me pasa la mano por la nuca.

Sonrío, suelto su erección y la dejo chocar contra su duro abdomen. Abre los ojos y yo me enderezo en el asiento y me limpio la boca.

—Me encantaría, pero ya me has hecho llegar bastante tarde al trabajo. —Salgo del coche de un salto y chillo cuando intenta atraparme.

—Ava, pero ¿qué diablos haces?

Cruzo la calle de prisa, y de repente se me ocurre que quizá me persiga y me cargue sobre los hombros. ¿Será capaz?

Me doy la vuelta cuando llego a la acera. Está de pie junto al coche, frotándose la entrepierna con una sonrisa siniestra dibujada en la cara. No puedo expresar mi alivio.

—¿Cuántos años tienes, Jesse? —le pregunto desde la otra acera.

—Treinta. Eso no ha estado bien, pequeña provocadora.

Le lanzo un beso y hago una pequeña reverencia. Él estira la mano para cogerlo, pero la sonrisa maquiavélica no ha desaparecido. Incluso desde aquí puedo ver que la cabeza le echa humo, maquinando. Me doy la vuelta y me voy meneando el culo, satisfecha de mí misma, al menos por ahora. Al fin y al cabo, el que manda es él.

Capítulo 27

—Reunión a las doce —nos recuerda Victoria cuando sale conto-neándose del despacho de Patrick.

Examino mi lista de clientes y tomo nota de cómo van las cosas con cada uno de ellos. Nuestras reuniones quincenales son relajadas y sirven para poner a Patrick al corriente de nuestros proyectos y para avisar a Sally del papeleo que queda por terminar. También son una hora para engullir pastelitos de crema y beber té sin parar. Esta noche tendré que salir a correr.

—¿Sally? —la llamo desde mi despacho. Levanta la vista de la pan-talla de la computadora y se quita los lentes para verme mejor—. ¿Po-drías pasarme la lista de pagos de mis clientes, por favor?

—Por supuesto, Ava.

—¡Y a mí también! —grita Victoria.

Sally mira a Tom, que asiente con la cabeza. No es frecuente tener que perseguir a un moroso, pero cuando toca hacerlo es bastante in-cómodo. Patrick es muy estricto con las fechas de cobro.

Me sumerjo en el trabajo durante unas horas, persigo pedidos y respondo correos electrónicos.

A las doce, Sally deja una caja sobre mi mesa.

—Ha llegado esto para ti.

Anda. No he oído la puerta.

—Gracias, Sally.

Miro la caja blanca. Sé de quién es. La abro, íntimamente emocio-nada, y miro a mi alrededor para asegurarme de que nadie me está prestando atención. Dentro hay un pastelito de chocolate y nata. Me río a carcajadas y Tom levanta la cabeza de inmediato de su mesa de trabajo. Le hago un gesto con la mano para decirle que no es nada. Pone los ojos en blanco y vuelve a sus bocetos.

Cojo la nota y la abro.

La venganza es dulce.
Bss, J

Sonrío, cojo el pastelito y le hinco el diente. A continuación, agarro la carpeta y me dirijo al despacho de Patrick. Sally me sigue con una charola llena de té y pastelitos.

—¡Espéranos! —gimotea Tom, que contempla cómo me meto el último trozo de pastel en la boca. Me mira con envidia cuando me limpio una gota de nata de la comisura de los labios—. Yo quiero uno de ésos, Sal —dice mientras estudia con atención la charola que Sally ha dejado sobre la mesa de Patrick.

—Hay milhojas de vainilla.

—¡No puedo ni olerlos! —ladra Victoria al tiempo que se sienta en uno de los sillones semicirculares que hay colocados alrededor de la enorme mesa de caoba de Patrick.

—No me digas que estás otra vez a dieta —protesta Patrick.

—Sí, pero ésta funciona —repone feliz.

En serio, la chica está tan flaca que no se le ve de perfil, pero cada semana está con una dieta distinta.

Me siento a su lado y Tom se une a nosotras. Sally nos pasa una hoja de cálculo con el estado de los pagos de los clientes antes de servirnos el té y sentarse. Miro la lista de facturas, todas están marcadas como «Pagada» o «Pendiente», pero al pasar el dedo por la página veo una subrayada en la sección de «Impagos». Sólo hay un cliente en esa columna. Uno solo.

«¿Cómo?»

Me estremezco por dentro. Toda esperanza de evitar cualquier tipo de referencia a La Mansión y al señor Ward se ha desvanecido. El muy idiota aún no ha pagado la factura de la primera visita. ¿En qué piensa? Levanto la mirada y veo a Patrick repasando la misma lista que yo, igual que Victoria y Tom, que me miran a la vez con idéntica expresión en la cara. Es esa mirada de «Ay, pobre». Me hundo en el sillón, preparándome para la que se avecina.

—Ava, tienes que contactar con el señor Ward y darle un jalón de orejas. ¿Cómo van las cosas? —me pregunta Patrick.

Ay, Dios. No he rellenado los formularios de cliente, salvo el informe inicial; no he enviado presupuestos; no he definido mi papel en el proyecto, si voy a limitarme a diseñar o si voy a diseñarlo y a dirigirlo. No he hecho nada. Bueno, en realidad sí, pero no está relacionado con el trabajo. Ni siquiera he pedido que se le envíe la factura para la segunda reunión —por llamarla de alguna manera—, esa de la que salí corriendo sin brasier. Y, por cierto, ¿dónde está ese brasier?

Sí, he dedicado un par de horas a hacer bocetos, he pasado el domingo en la nueva ala, pero no puedo cobrar por eso. No trabajo los domingos, y Patrick no tiene más que echar un vistazo a mi agenda para ver que no he tenido más reuniones con el señor Ward. Lo único que he hecho con respecto a él no encaja en mi categoría profesional.

A la mierda. Me aclaro la garganta.

—Estoy preparando el detalle de las visitas y el presupuesto.

Me mira con el ceño fruncido y cara de pocos amigos.

—La primera reunión fue hace dos semanas y ya has hecho una segunda visita. ¿Cómo es que estás tardando tanto, Ava?

Me entran sudores fríos. El desglose de las tarifas de mis servicios es una tarea muy sencilla: se soluciona mediante contratos individuales y normalmente antes de la segunda visita. No tengo excusa. Tom y Victoria no me quitan los ojos de encima.

—Ha estado fuera —farfullo—. Me pidió que esperara un poco antes de enviarle correspondencia.

—Cuando hablé con él el lunes pasado estaba muy dispuesto a poner manos a la obra —contraataca Patrick mientras consulta su agenda. ¡Qué manía tiene de apuntarlo todo!

Me encojo de hombros.

—Creo que fue por un asunto de negocios de última hora. Lo llamaré.

—Llámalo, y no quiero que le dediques más tiempo hasta que afloje la pasta. ¿Cómo vamos con el señor Van Der Haus?

Suspiro de alivio y me lanzo con entusiasmo a relatar los progresos en la Torre Vida, feliz de haber terminado con el asunto del señor de La Mansión. ¡Voy a matarlo!

Salgo del despacho de Patrick y Tom me da un apretón en el hombro y suelta una risita cuando pasa a mi lado.

—¡Ni se te ocurra! —lo aviso.

—Podría haber sido peor, Ava —comenta Victoria.

Tiene razón. Podría haber sido un desastre.

Salgo de la oficina y camino por la calle hacia donde Jesse me ha dejado esta mañana. Me acerco a Berkeley Square y un imbécil me da un susto de muerte cuando está a punto de atropellarme con su motocicleta ruidosa. Mi corazón recupera la normalidad, me detengo y me apoyo contra la pared. Saco el celular del bolso para ver los mensajes. Hay dos de Kate.

Necesito ayuda. ¿Puedes venir a casa y desatarme, porfa?

Me quedo mirando el teléfono con la boca abierta y rápidamente busco la hora a la que ha enviado el mensaje: las once. ¿Seguirá atada? Abro el siguiente.

¡No te asustes! Sam está en plan tonto. Me encantaría poder verte la cara. Bss.

Sí, claro, Sam el comediante. Pero una pequeña parte de mí se pregunta si su broma tendrá una parte seria. Jesse no se sorprendió cuando se lo comenté. Kate dijo que era «divertido». Hummm. Me lo imagino.

Miro la hora. Es la una y cinco. De acuerdo, llega tarde y eso me molesta. ¿Cuánto debo esperarlo? Me estoy preguntando hasta qué punto debo de estar desesperada para quedarme aquí plantada esperándolo cuando levanto la cabeza y veo ese rostro hermoso que tanto amo. Está montado en la ruidosa motocicleta que me habría gustado romper en mil pedazos. Curvo los labios en una media sonrisa, me aparto de la pared y camino hacia él. Está mucho más que sexy sobre esa trampa mortal.

—Eres un peligro —lo regaño, y me detengo delante de él.

—¿Te he asustado? —Cuelga el casco del manubrio de la motocicleta.

—Sí. Esa cosa necesita una revisión del nivel de ruido —me quejo.

—Esa cosa es una Ducati 1098. Cuidado con esa boca.

Me rodea la cintura con los brazos y me sienta en su regazo.

—Bésame —susurra.

Me reclama la boca y convierte la toma de posesión de mis labios en una exhibición teatral para que todo el mundo la vea. Oigo las burlas y los chistes de la gente que pasa, pero me da igual. Enlazo los brazos alrededor de su cuello y me entrego a él. Sólo han pasado unas horas, pero lo he echado de menos.

De repente, se me ocurre que estamos a unos cientos de metros de la oficina y que Patrick podría pasar a nuestro lado en cualquier momento. Si me ve retozando con el señor Ward se hará una idea equivocada: que le estoy dando un trato preferencial a costa de perder dinero. Después de la reunión, me muevo en aguas turbulentas.

Me retuerzo para soltarme, pero me abraza con más fuerza y aprieta aún más los labios contra los míos. Mi intento de fuga gana en intensidad y desesperación y él me sujeta más fuerte. Apoyo las manos en su pecho y empujo para apartarlo. Al final me deja la boca libre, pero no el resto del cuerpo. Me mira fijamente.

—¿Qué crees que estás haciendo?

—Suéltame. —Me revuelvo contra él.

—Oye, dejemos una cosa clara, señorita. Tú no decides cuándo y dónde te beso o durante cuánto tiempo. —Lo dice muy en serio.

«¡Maníaco controlador engreído!»

Hago uso de todas mis fuerzas para liberarme y fracaso miserablemente. Estoy sin aliento.

—Jesse, si Patrick me ve contigo, estaré de mierda hasta el cuello. ¡Suéltame!

Para mi sorpresa, me suelta, así que vuelvo a la acera como puedo para recomponerme. Cuando lo miro, me encuentro con la mirada más furibunda y penetrante que me hayan lanzado jamás. Me encabrona de verdad. Y ¿a qué viene todo eso de los besos cuando, donde y como él quiera? Eso es llevar sus tendencias controladoras a una nueva categoría.

—¿De qué diablos estás hablando? —me grita—. ¡Y vigila esa boca!

—Tú —le digo en tono acusador— no has pagado la factura, de manera que ahora se supone que tengo que mandarte un recordatorio amistoso. He tenido que mentir diciendo que estabas de viaje.

¿Un besuqueo en pleno cuenta como recordatorio amistoso? Seguro que Jesse cree que sí.

—Pues ya me lo has recordado. Ahora sube el culo a la moto.

¡Si las miradas matasen!

—¡No! —digo con incredulidad. No le gusta nada que le haga frente. No voy a arriesgar mi puesto de trabajo sólo para que don Controlador no haga una pataleta.

Me mira sin poder creérselo y se baja de la moto en plan espectacular, con los *jeans* ceñidos a esos muslos tan magníficos. Vacilo. Este hombre me afecta demasiado.

Me mira con fijeza.

—Tres.

Abro la boca de forma exagerada. No será capaz. No en plena Berkeley Square. ¡Va a parecer que me está secuestrando, violando y asesinando, todo a la vez! Yo sé que no es así, pero es lo que va a parecerle a todo el mundo, y odio pensar en lo que Jesse es capaz de hacer si alguien intenta obligarlo a que me suelte.

Forma una desagradable línea recta con sus labios mientras me taladra con una mirada durísima.

—Dos —masculla con los dientes apretados.

«Piensa, piensa, piensa.»

Resoplo.

—No voy a pelearme contigo en mitad de Berkeley Square. ¡Te comportas como un niño!

Doy media vuelta y me marcho. No sé por qué lo estoy haciendo, es como una bomba de relojería. Pero tengo que mantenerme firme. Está siendo estúpido y nada razonable, así que voy a pararle los pies. Siento que se me acerca por detrás cuando llego a Bond Street, pero sigo adelante. Hay una tienda bonita cerca. Me esconderé en ella.

—¡Uno! —grita.

Sigo andando.

—¡Jódete! ¡Estás siendo injusto y poco razonable!

Sé que estoy tentando mi suerte al soltar groserías y desobedecerlo, ¡pero es que estoy muy encabronada!

—¡Esa boca! ¿Qué tiene de poco razonable que quiera besarte?

Es alucinante. ¿Es que sólo piensa en sí mismo?

—Lo sabes perfectamente, y es injusto porque estás intentando hacer que me sienta mal.

Entro en la tienda y lo dejo andando arriba y abajo por la acera, escudriñando a través del escaparate de vez en cuando. Sabía que no sería capaz de entrar. Soy consciente de que está hecho una furia y de que tendré que salir de la tienda en algún momento, pero necesito un minuto de paz para pensar. Empiezo a dar vueltas por el local.

Una chica demasiado arreglada y maquillada se me acerca.

—¿En qué puedo ayudarla?

—Sólo estoy mirando, gracias.

—En esta sección está todo el avance de temporada. —Señala con el brazo hacia un colgador lleno de vestidos.

—Gracias.

Empiezo a pasar un vestido tras otro; hay verdaderas maravillas. Los precios son de locos, pero las prendas son preciosas. Cojo un vestido de seda de color crema entallado y sin mangas. Es más corto que los que suelo ponerme, pero adorable.

—¡Con eso no sales a la calle!

Levanto la mirada sorprendida y veo a Jesse en la puerta, observando el vestido como si fuera a morderme. ¡Qué vergüenza, por Dios! La dependienta mira primero a Jesse con los ojos como platos y luego se vuelve hacia mí. Le dedico una media sonrisa. Estoy horrorizada. ¿Quién rayos se cree que es? Lo miro con todo el odio que soy capaz de sentir y dejo que lea en mis labios: «Jódete.» Le sale humo de las orejas, como era de esperar.

Vuelvo a centrarme en la dependienta.

«Piensa, piensa, piensa.»

—¿No tiene nada más corto? —pregunto con dulzura.

—¡Ava! —ladra Jesse—. No te pases.

Lo ignoro y sigo mirando a la dependienta, expectante. Parece que a la pobre chica va a darle un ataque de pánico; mueve la cabeza a un lado y a otro, muy nerviosa, hacia Jesse, hacia mí y vuelta a empezar.

—No lo creo —dice en voz baja.

Vale, ahora me da pena. No debería involucrarla en esta discusión patética por un vestido.

—Bien, me lo llevo. —Sonrío y le doy el vestido.

Me mira y luego mira al hombre de la puerta.

—¿Es la talla correcta?

—¿Es una diez? —pregunto.

La tienda tiembla ante la ira de Jesse, literalmente.

—Sí, pero le recomiendo que se lo pruebe. No aceptamos devoluciones.

Bueno, iba a arriesgarme a que no me quedara bien pero, a ese precio, quizá sea mejor que no lo haga. Me lleva a un probador y cuelga el vestido de una elegante percha.

—Avíseme si necesita cualquier cosa. —Sonríe y corre la cortina de terciopelo para dejarme a solas con el vestido.

Soy tan patética como Jesse por hacer esto, estoy provocándolo a propósito. Estamos hablando del hombre que me obligó a dormir con un suéter de invierno en primavera porque había otro hombre en el apartamento. ¿Es necesario esto? Decido que sí. No puede seguir comportándose así.

Me peleo con el vestido y con el cierre cuando se cruza con la costura a la altura del pecho. No voy a rendirme. Una vez subido me quedará bien. Estiro la parte delantera. Es muy agradable al tacto.

Descorro la cortina y me coloco frente al espejo de cuerpo entero para poder verme bien. ¡Vaya! Me queda genial. Es muy favorecedor, resalta mi piel de color aceituna y mi pelo oscuro.

—¡Jesús, María y José!

Me vuelvo y veo a Jesse con las manos hundidas en el pelo, dando vueltas de un lado a otro. Es como si le hubieran dado una descarga con una pistola eléctrica. Se para, me mira, abre la boca, la cierra de golpe y empieza a dar vueltas otra vez. La verdad es que me hace bastante gracia.

Se detiene y me mira con los ojos como platos, traumatizado.

—No vas a... No puedes... Ava... nena... ¡No puedo mirarte!

Se marcha recolocándose la entrepierna, murmurando no sé qué mierda sobre una mujer intolerable e infartos. Me quedo de nuevo a solas con el vestido.

La dependienta se me acerca con cautela.

—Está usted increíble —dice no muy alto, y después mira hacia atrás por si Jesse está cerca.

—Gracias. Me lo llevo.

Es más fácil salir del vestido que meterse en él. Se lo doy a la dependienta y me visto.

Cuando salgo del probador, Jesse está inspeccionando unos tacones de vértigo. El desconcierto que refleja su rostro hace que me derrita un poquito, pero en cuanto me ve los deja otra vez en su sitio y me mira con odio. Entonces me acuerdo de que estoy furiosa con él. Saco el monedero del bolso y la tarjeta de crédito. ¿Quinientas libras por un vestido? Es demasiado caro, pero estoy desafiándolo. ¿Y lo llamo niño a él? Esto es ridículo. ¿Cómo se le ocurre pensar que tiene derecho a decirme qué puedo y qué no puedo ponerme?

La dependienta empieza a envolver el vestido en toda clase de papeles de seda. Me gustaría decirle que lo meta en una bolsa y punto —antes de que Jesse decida hacerlo trizas—, pero me da miedo que la pobre chica pierda su trabajo por hacer algo tan normal. Así que me resigno a cerrar el pico y a esperar pacientemente a que haga lo que tiene que hacer.

Después de un milenio envolviendo, doblando, guardando y tecleando el código de mi tarjeta, la dependienta me da la bolsa.

—Que disfrute del vestido, señora. De verdad que le queda muy bien. —Mira a Jesse con recelo.

—Gracias. —Sonrío.

Y ahora, ¿cómo salgo yo de la tienda? Me vuelvo y veo a Jesse en el umbral, pensativo y con cara de pocos amigos. Voy hacia allá con decisión, aunque no la sienta, y me detengo delante de él. Estoy muerta de miedo, pero no voy a dejar que lo note.

—¿Me permites?

Me mira y luego mira la bolsa.

—Acabas de malgastar cientos de libras. No vas a ponerte ese vestido —dice sin titubeos.

—Permíteme, por favor. —Hago énfasis en el «por favor».

Aprieta los labios y cambia el peso del cuerpo hacia el otro lado, de modo que me deja un hueco para pasar.

Salgo a la calle y me dirijo hacia la oficina. Sólo he estado fuera cuarenta minutos, pero no voy a pasar el resto de mi hora de la comida discutiendo sobre las muestras de afecto en público y mi ropa. El día había empezado tan bien... Claro, porque le decía a todo que sí.

Noto su aliento tibio en la nuca.

—¡Cero!

Doy un grito cuando me empuja hacia un callejón y me lanza contra la pared. Me aplasta los labios con los suyos, mueve las caderas con furia contra mi abdomen; su rabiosa erección es evidente bajo la bragueta de botones de sus *jeans*. ¿Le excita encabronarse por un vestido? Supongo que es preferible a que me torture. Intento resistirme a la invasión de su lengua... un poco. Esto no está bien. Al instante me consume y necesito tenerlo dentro de mí. Le rodeo el cuello con los brazos y lo acepto con todo mi ser, absorbo su intrusión y salgo al encuentro de su lengua, caricia a caricia.

—No voy a permitir que te pongas ese vestido —gime en mi boca.

—No puedes decirme qué puedo y qué no puedo ponerme.

—Impídemelo —me reta.

—Sólo es un vestido.

—Cuando tú te lo pones, Ava, no es sólo un vestido. No vas ponértelo.

Aprieta la entrepierna contra la parte baja de mi vientre, una clara demostración de lo que le provoca el vestido. Sé que está pensando que causará la misma reacción a otros hombres.

Qué loco está.

Respiro hondo. Comprar el vestido es una cosa, ponérselo y lucirlo en un pub constituye un acto de desobediencia muy distinto. Tengo veintiséis años y él mismo me ha dicho que tengo unas piernas estupendas. Decido que no voy a llegar a ninguna parte con esto. Al menos no ahora. Lo que sí quiero discutir con todo detalle es eso de que se crea con derecho a controlar mi vestuario. De hecho, tenemos que hablar de todas sus exigencias poco razonables, y punto. Pero ahora no. Sólo me quedan veinte minutos de la hora de comer y espero que esa conversación dure mucho más.

—Gracias por el pastel —le digo mientras besa cada centímetro de mi cara.

—De nada. ¿Te lo comiste?

—Sí. Estaba delicioso. —Le beso la comisura de los labios y restriego la mejilla contra la sombra de su barba. Se le escapa un gruñido grave cuando gimo en su oído y le acaricio el cuello con la nariz para inhalar su adorable fragancia a agua fresca. Sólo quiero acurrucarme entre sus brazos—. Se supone que no debo dedicarte más tiempo hasta que hayas pagado la factura. —Sigo abrazada a él y lo agarro con más fuerza cuando me mordisquea el lóbulo de la oreja.

—Pasaré por encima de quien intente detenerme. —Me lame el borde de la oreja y me provoca un escalofrío.

No me cabe duda de que lo hará. Este hombre está como una cabra. ¿Por qué es así?

—¿Por qué eres tan poco razonable?

Me aparta y me mira. Se le ve en la cara, impresionante y sin afeitar, que lo he tomado por sorpresa. La arruga de la frente ocupa su lugar.

—No lo sé. ¿Puedo preguntarte lo mismo?

La mandíbula me llega al suelo. ¿Yo? Este hombre alucina. Su lista de locuras es más larga que un día sin pan. Hago un gesto de negación con la cabeza y frunzo el ceño.

—Será mejor que vuelva a la oficina.

Suspira.

—Te acompaño.

—La mitad del camino. No pueden verme charlando con los clientes durante la comida sin que Patrick lo sepa, y menos con los que tienen facturas sin pagar —farfullo—. ¡Paga lo que debes!

Pone los ojos en blanco.

—Dios no quiera que Patrick se entere de que un cliente moroso te anda cogiendo hasta hacerte perder la cabeza. —Una pequeña sonrisa aparece en las comisuras de sus labios cuando jadeo sorprendida por el brutal resumen de nuestra relación—. ¿Vamos?

Mueve el brazo en dirección a la entrada del callejón, sonriente.

¿Coger? Pues sí, supongo que eso hemos hecho, pero oírlo de su boca me toca la fibra sensible.

Caminamos en dirección a mi oficina y el silencio es incómodo, al menos para mí. Sus palabras me han herido. ¿Así es como me ve? ¿Como un juguetito al que cogerse y controlar? Languidezco por dentro, una vez más, y contemplo la agonía que me espera. Este hombre me lanza tantas señales contradictorias que mi pobre ego no puede seguirle el ritmo.

Intenta tomarme la mano y automáticamente me separo de él. Me estoy hundiendo en la miseria. Con un pequeño gruñido, vuelve a intentarlo. No digo nada, pero aparto la mano de nuevo. Estoy encabronada y quiero que lo sepa. Captará el mensaje. O no. Me agarra la mano y la aprieta sin piedad hasta el punto de hacerme daño. Era de esperar. Empiezo a ser capaz de leer a este hombre como si fuese un libro abierto. Doblo los dedos y levanto la vista. Su ceño fruncido se transforma en una expresión de satisfacción cuando dejo de resistirme y le permito llevarme de la mano. ¿Le permito? Como si tuviera otra opción.

Justo en ese momento, algún pendejo del más allá debe de pensar que sería divertidísimo enviar a James, el amigo de Matt, a que doble la esquina y baje por la calle hacia nosotros. Pongo todo mi empeño en que Jesse me suelte la mano, pero lo único que hace es apretarla con más fuerza.

—¡Mierda! Es un amigo de Matt.

El ceño fruncido reaparece en cuanto se vuelve para mirarme.

—Esa boca. ¿De tu ex?

—Sí. Suéltame.

Intento librarme de sus dedos a la fuerza, pero es inútil. Después de que Matt me pidiera que volviera con él y del discurso que vino a continuación para que lo perdonara y explicarme la situación de mierda en general, no sería justo por mi parte que se lo restregara por las narices.

—Te lo he dicho, Ava, pasaré por encima de quien haga falta —me advierte mirando directamente a James con el rostro impasible pero lleno de determinación. No deja de apretarme la mano sin piedad.

Intento frenarlo para que me dé tiempo a soltarme y así evitar el desastre inminente: que James me vea de la mano de otro hombre. No me gusta hacer sufrir a nadie porque sí, y esto es totalmente porque sí. Matt ya se siente bastante mal, no necesita que le confirmen lo que Kate le dijo para hacerlo encabronar.

Sigo luchando por librarme de Jesse, que continúa comportándose como un completo pendejo. Me está arrastrando, literalmente, hacia James, que dentro de pocos segundos levantará la vista del celular y me verá. A lo mejor no lo hace. A lo mejor pasamos junto a él sin que me vea y ya está. Eso espero, porque me va a ser imposible deshacerme de Jesse, y es aún más imposible que se comporte como un ser racional y me suelte.

Nos acercamos y decido dejar de resistirme y de llamar la atención. James está absorto en su celular y cada paso que damos hacia él parece menos probable que vaya a levantar la vista. Mentalmente, le dedico a Jesse una retahíla de insultos bastante explícitos y tiro de la mano para enfatizar mi enojo, pero él se limita a mirar hacia adelante y a seguir caminando con decisión.

—Pasaré por encima —gruñe.

En cuanto pasamos al lado de James por la acera me relajo. Ya casi lo hemos dejado atrás. Pero entonces Jesse abre la boca:

—¿Me dices la hora?

«¡¿Qué?!»

¡Este cabrón es imbécil! Me toca quedarme ahí de pie, inmóvil delante de James, de la mano de Jesse y muriéndome por dentro. Quiero recordarle que lleva un Rolex estupendo y nada discreto en la muñeca, o levantarle el brazo y decirle que mire la hora él solito. Es un cerdo egocéntrico, irracional y sin principios.

—Sí, son las... ¿Ava? —James me mira con el ceño fruncido a más no poder.

Mi cerebro ha sufrido un cortocircuito intentando encontrar las palabras adecuadas que enviar a mi boca.

—James. —Es lo único que se me ocurre.

El amigo de Matt parece estar en un partido de tenis: su mirada va de Jesse a mí, de mí a Jesse y así sucesivamente.

—Eeeeh... ¿Estás bien?

—Sí —digo con un gritito agudo.

Me mira mal, para lo que hay que tener cara, teniendo en cuenta que él era la mano derecha de Matt en todas sus aventuras. No sé por qué le doy tanta importancia. Después de todo lo que ha hecho, ¿qué me importa si le confirman que estoy saliendo con otro? Ahora sólo estoy encabronada con Jesse por decidir por su cuenta cómo tienen que ser las cosas.

—¿La hora? —le recuerda Jesse.

Espero ser la única que nota la hostilidad que desprende.

James lo mira de arriba abajo y ve el Rolex. Le suplico mentalmente que le diga qué hora es y que no pique a la serpiente de cascabel. Su amigo puede ser tan valiente como Matt, y hacer enojar a Jesse sería un gran error.

—Sí. —Baja la vista al celular—. Son las dos menos diez, amigo.

Jesse no le da las gracias, sino que me suelta la mano, me rodea los hombros con el brazo, me atrae hacia sí y me planta los labios cariñosamente en la sien. Lo miro y sacudo la cabeza, atónita. Está pasando por encima de quien haga falta. Tiene el pecho hinchado y erguido y le falta poco para golpeárselo con los puños. Ya puestos, que me mee en el tobillo, también.

James nos mira con los ojos como platos y Jesse decide que nos vamos. Me ha dejado sin habla. Acaba de decirme que lo nuestro es coger y poco más y ahora le da por marcar el territorio. Todo esto me tiene muy confusa. Si tuviera valor, se lo preguntaría directamente. Pero me da miedo lo que podría contestar. Estas aguas superficiales son más difíciles de navegar cuanto más tiempo paso con él.

Nos acercamos a mi oficina, se detiene y me empuja con cuidado contra la pared con el cuerpo. Baja la cabeza hacia la mía y su aliento cálido y mentolado me calienta las mejillas.

—¿Por qué no quieres que tu ex sepa que estás cogiendo con otro?

Ahí está otra vez. ¡Cogiendo!

—Por nada. Sólo que no es necesario —digo con calma.

Me toma de la muñeca para apartarme la mano del pelo.

—Ahora dime la verdad —exige con dulzura. ¿Cómo se ha dado cuenta de mi mala costumbre tan rápido? Mi madre, mi padre y mi hermano me conocen de toda la vida, y Kate desde secundaria. Se han ganado su derecho a conocer mi secreto—. Contéstame, Ava.

—Me pidió que volviera con él. —Bajo la mirada, no puedo mirarlo a los ojos. No debería importarme. Al fin y al cabo, con él sólo estoy cogiendo.

—¿Cuándo? —Las palabras chocan contra sus dientes apretados.

—Hace semanas.

376

La mano que me sujeta la muñeca aprieta con más fuerza cuando flexiono los músculos para llevarme los dedos al pelo. Mentir se me da de pena.

Me levanta la barbilla con la mano que tiene libre y me obliga a mirarlo. No me siento cómoda con la oscuridad que arde en sus ojos.

—¿Cuándo?

—El martes pasado —susurro.

Entrecierra los ojos y empieza a morderse con rabia el labio inferior. ¿En qué estará pensando?

—Él era el asunto importante, ¿verdad?

«Huy.» Va a entrar en erupción. Veo que su pecho sube y baja, despacio y bajo control. No estoy asustada, sé que no va a hacerme daño. Ya he visto esta reacción y los subsiguientes métodos preventivos para minimizar los moretones en mi trasero, pero tiene una forma muy intensa de ver las cosas y de reaccionar.

—Sí —reconozco con tranquilidad. Noto el aire gélido que emana de él al oír mi respuesta—. Tengo que volver al trabajo —añado. Tengo que salir de aquí.

Me clava la mirada.

—No volverás a verlo. —Es otra orden.

Esta hora de la comida me ha abierto los ojos pero bien. Quiere tener un control total sobre mí y mi opinión no cuenta. Para nada. ¿Es esto lo que quiero? Mi cabeza es un remolino de dudas y sentimientos. ¿Por qué he tenido que enamorarme del hombre más controlador, irracional, exigente y difícil del universo?

Espero pacientemente a que me suelte. No sé qué decir. ¿Espera que le confirme que voy a obedecerlo? ¿Debería ceder? No es probable que vuelva a ver a Matt, no después de la escena que me montó, pero ¿debería darle mi palabra a un hombre al que, por lo visto, sólo me estoy cogiendo?

Me observa atentamente durante un buen rato antes de que su frente toque la mía y sus labios se deslicen hacia arriba, contra mi ceño.

—Ve a trabajar, Ava. —Retrocede.

Me voy. Lo dejo en la acera y entro en la oficina todo lo rápido que me permiten mis piernas temblorosas.

Cruzo el umbral y me encuentro con las miradas inquisitivas de Tom y de Victoria. Seguro que mi aspecto refleja lo mal que me siento por dentro. Espero que no me pregunten sobre el señor Ward. Ya puestos, mejor que no me pregunten nada. Creo que me echaría a llorar. Los saludo con la cabeza y sigo hacia mi escritorio.

Sally sale de la cocina con una bandeja llena de tazas de café.

—Ava, no sabía que habías vuelto. ¿Te apetece un té o un café?

Quiero preguntarle si tiene algo de vino escondido en la cocina, pero me contengo.

—No, gracias, Sal —masculló, con lo que me gano una mirada de «¿Qué rayos está pasando?» por parte de Tom y de Victoria.

Centro toda la atención en la pantalla de la computadora e intento ignorar el dolor que aumenta en mi interior. Jesse tiene serios problemas con el control, o con el poder, como él lo llama. No puedo hacerlo, no puedo exponerme a que me rompan el corazón. Así es como va a terminar esto.

Suena el celular y doy las gracias: una distracción de mi torbellino interior. Es el señor Van Der Haus. ¿Ya ha vuelto?

—¿Diga?

Su leve acento danés se desliza por el teléfono.

—Hola, Ava. ¿Qué te ha parecido la Torre Vida? Ingrid me ha comentado que la reunión fue muy bien.

¿Y me llama desde Dinamarca para preguntarme eso? ¿No podía esperar a su vuelta?

—Sí, muy bien. —No sé qué más decir.

—Espero que esa linda cabecita tuya esté llena de ideas. Tengo muchas ganas de reunirme contigo cuando vuelva al Reino Unido.

Me llama desde Dinamarca. Acaba de decir que mi cabeza es linda. Dios, no me bendigas con otro cliente inapropiado. Ya me está costando bastante lidiar con el que tengo ahora.

—Sí, también he recibido su correo. Le preparé algunos bocetos.

—Casi he terminado con los bocetos y los tableros de inspiración. Se me ocurrió todo de repente, en un instante en que mi cerebro no estaba monopolizado por cierto cliente.

—¡Excelente! Estaré de vuelta en Londres el viernes que viene. ¿Podremos reunirnos?

—Por supuesto. ¿Qué día te va mejor?

—Ingrid contactará contigo. Ella lleva mi agenda.

Hago un mohín. Qué suerte tener una persona dedicada a organizarte la vida. Ahora mismo, me encantaría contar con alguien así.

—Muy bien, señor Van Der Haus.

Chasquea la lengua.

—Por favor, Ava, llámame Mikael. Adiós.

—Adiós, Mikael.

Cuelgo y me siento a mi mesa mientras me doy golpecitos en un diente con la uña. No sé si es supercordial o más que cordial. Se lo tomó muy bien cuando rechacé su invitación a cenar, ¿me estoy imaginando las cosas? ¿Es culpa de Jesse o es que llevo «chica fácil» escrito en la frente? Instintivamente levanto el brazo y me rasco la cabeza. Chin, estoy hecha un lío.

Saco los dibujos para la Torre Vida y los esparzo encima de la mesa. Lápiz en mano, empiezo a hacer anotaciones. Oigo que se abre la puerta de la oficina pero no levanto la vista. Estoy en uno de esos momentos en los que las ideas fluyen. Es una distracción que agradezco y que me hacía falta.

— ¡Ava! —me llama Tom—. ¡Es para tiiiiiiiii!

Levanto la cabeza y casi me caigo de la silla cuando veo a Jesse, tan tranquilo, en la entrada de la oficina. Ay, Dios. ¿Qué hace aquí?

Viene con toda la confianza del mundo hacia mi mesa, divino con sus *jeans* gastados, la camiseta blanca y el pelo alborotado. Me doy cuenta de que Tom y Victoria se ponen a dar golpecitos con sus bolígrafos en las mesas y lo siguen con la mirada. Incluso Sal se ha quedado parada, con un fax a medio enviar, y parece un poco confusa. Jesse se detiene al llegar a mi mesa. Le recorro el cuerpo con los ojos hasta encontrar su mirada verde, su expresión de cretino y una sonrisa de satisfacción que juguetea en la comisura de sus labios.

No sé a qué viene esto. No hace ni media hora que me ha dejado con las piernas temblorosas y la cabeza convertida en un torbellino, hecha un lío. Los temblores han vuelto, pero ahora me recorren todo el cuerpo; mi cabeza es una mezcla de caos e incertidumbre. ¿Qué está intentando demostrar?

—Señorita O'Shea —dice con calma.

—Señor Ward —lo saludo titubeante.

Lo miro inquisitivamente, pero no suelta prenda. Echo un vistazo a la oficina y veo tres pares de ojos que se vuelven hacia mí a intervalos regulares.

—¿No va a ofrecerme asiento?

Mi mirada vuelve de repente a Jesse. Señalo uno de los sillones negros semicirculares que hay al otro lado de mi mesa. Acerca uno y se sienta con parsimonia.

—¿Qué estás haciendo? —siseo tras inclinarme sobre la mesa.

Me suelta esa sonrisa llena de confianza en sí mismo y que derrite a cualquiera.

—He venido a pagar un recibo, señorita O'Shea.

—Ah.

Me reclino en mi asiento.

—¿Sally? —grito—. ¿Puedes atender al señor Ward, por favor? Le gustaría pagar el recibo que tiene pendiente.

Observo a Jesse revolverse ligeramente en el sillón y lanzarme una mirada de desaprobación. No es por llevarle la contraria, es que no soy yo la que se encarga del tema de los recibos; no sabría ni por dónde empezar.

—Por supuesto —contesta ella.

Entonces se da cuenta. ¡Sí! Es el mismo hombre que te chilló por teléfono, entró en la oficina como una aplanadora y te envió flores. ¡Por lo visto lo vuelvo loco! Le lanzo una mirada de «No preguntes» que hace que se vaya al archivador.

—Sally se ocupará de usted, señor Ward. —Sonrío educadamente.

Las cejas de Jesse le tocan el nacimiento del pelo y la arruga de la frente aparece en su sitio de siempre.

—Sólo tú —dice en voz baja, sólo para mis oídos.

No tiene intención alguna de marcharse. Se queda ahí sentado, tan a gusto y relajado, mirándome con detenimiento mientras Sally hace el idiota con el archivador.

«¡Date prisa!»

Estoy a punto de partir el lápiz en dos cuando oigo el familiar sonido de los pasos de Patrick detrás de mí. El día se está poniendo cada vez mejor.

—¿Ava?

Levanto la vista, nerviosa, y veo a Patrick de pie junto a mi mesa, mirándome con expectación. Muevo el lápiz para señalar a Jesse.

—Patrick, te presento al señor Ward, el dueño de La Mansión. Señor Ward, le presento a Patrick Peterson, mi jefe. —Lanzo a Jesse una mirada suplicante.

—Ah, señor Ward, su cara me suena. —Patrick le tiende la mano.

—Nos vimos un instante en el Lusso —dice Jesse, que se levanta y estrecha la mano a Patrick.

¿Ah, sí?

El símbolo de la libra esterlina aparece en las pupilas azules de Patrick; está encantado.

—¡Sí, usted compró el ático! —exclama con alegría.

Jesse asiente y noto que mi jefe ya no está tan preocupado por la factura pendiente. Sally se acerca con una copia del recibo pendiente y da un salto cuando Patrick se lo arranca de las manos pálidas y delicadas.

—¿No le has ofrecido nada al señor Ward? —le pregunta a la estupefacta Sally.

—No hace falta. Sólo he venido a saldar mi deuda. —Los tonos roncos de Jesse resuenan en mí cuando me siento, como si me hubieran pegado con velcro a la silla, para observar el intercambio cortés que tiene lugar ante mis ojos.

¿Cómo puede estar tan tranquilo? Aquí estoy yo, sentada, tensa de los pies a la cabeza, jugueteando nerviosa con el lápiz y con la boca cerrada a cal y canto. Es obvio que me siento incómoda, pero Patrick no parece darse cuenta.

Hace un gesto a Sally para que se marche.

—No debería haber venido sólo para esto. —Agita el recibo sin pagar en el aire.

Resoplo y luego toso para disimular mi reacción al tono informal de Patrick respecto al recibo sobre el que hace tan sólo unas horas rabiaba. Ahora todo es distinto.

—He estado fuera. Mis empleados lo pasaron por alto —explica Jesse.

Suelto un agradecido suspiro de alivio.

—Sabía que tenía que haber una explicación razonable. ¿Negocios o placer?

El interés de Patrick parece sincero, pero yo sé que no lo es. Está calculando mentalmente cuánto dinero ganará con Jesse. Es un hombre encantador, pero los beneficios lo vuelven loco.

Jesse me mira.

—Placer, sin duda —responde categóricamente.

Me encojo aún más en mi silla giratoria y noto que la cara se me pone de mil tonos de rojo. Ni siquiera puedo mirarlo a los ojos. ¿Qué se propone hacerme?

—Ya que estoy aquí, quisiera fijar algunas citas con la señorita O'Shea. Necesitamos darle una vuelta rápida a esto —añade con seguridad.

¡Ja! Me dan ganas de recordarle que, en teoría, no tiene que pedir citas para cogerme. Pero si lo hiciera, sospecho que primero me despedirían y luego me esperaría una cogida para entrar en razón que superaría a todas las demás. Así que cierro el pico. ¿Citas? Este hombre es imposible.

—Por supuesto —responde Patrick—. ¿Está buscando un diseño, o una consulta de diseño y/o gestión del proyecto?

Pongo los ojos en blanco. Sé cuál es la respuesta a su pregunta. Después de ejecutar de forma perfecta y exasperada mi expresión de hartazgo, miro a Jesse y veo que él también me está mirando y que le cuesta no echarse a reír.

—El paquete completo —contesta.

¿Qué diablos significa eso?

—¡Genial! —aplaude Patrick—. Lo dejo con Ava. Ella lo cuidará bien.

Patrick le ofrece otra vez la mano, y Jesse la acepta con la mirada fija en mí.

No he estado nunca en una posición tan difícil en mi vida. No dejo de sudar, no puedo parar de mover la pierna y tengo la espalda tan pegada al respaldo de mi silla que es probable que me esté fusionando con el cuero.

—Sé que lo hará. —Sonríe y sus estanques verdes miran a Patrick—. Si me da los datos bancarios de su empresa, le haré una transferencia inmediata. También haré un pago por adelantado para la siguiente fase. Eso evitará futuros retrasos.

—Haré que Sally se los pase por escrito. —Patrick nos deja, pero no me relajo.

Jesse vuelve a sentarse delante de mí. Su rostro es demasiado atractivo y está más que contento gracias a mi estado de nervios. ¿«El paquete completo»? ¿«Placer, sin duda»? ¡Debería darle una y otra vez con el pisapapeles en la cabeza!

Me obligo a salir de mi momento de estupefacción, ordeno los dibujos que cubren mi mesa y saco la agenda.

—¿Cuándo te va bien? —pregunto.

Sé que sueno violenta y muy poco profesional, pero me da igual. Está llevando demasiado lejos el asunto del poder.

—¿Cuándo te va bien a ti?

Lo miro y ahí está esa mirada verde y satisfecha. Compruebo la agenda.

—No te hablo —le espeto con bastante inmadurez.

—¿Y si gritas para mí?

Abro los ojos, perpleja.

—Tampoco.

—Eso va a complicar un poco los negocios —comenta con un mohín; las comisuras de sus labios bailan.

—¿Serán negocios, señor Ward, o placer?

—Siempre placer —contesta, enigmático.

—Eres consciente de que me estás pagando para que me acueste contigo —siseo—. ¡Lo cual me convierte en una puta!

Una expresión de enojo le cruza la cara y se inclina hacia mí desde su sillón.

—Cállate, Ava —me advierte—. Y, para que lo sepas, después gritarás. —Vuelve a reclinarse en el sillón—. Cuando hagamos las paces.

Suelto un profundo suspiro. Lo mejor para todos sería que mandara a la porra este proyecto ahora mismo. Patrick se moriría del susto, pero da igual: haga una cosa o la otra, voy a acabar mal. Si continúo así, van a pescarme. Y entonces sí que va a poder cogerme cuando le dé la gana. Estoy perdiendo el control. ¿Perdiendo el control? Me río para mis adentros. ¿He tenido el control en algún momento desde que este hombre guapísimo entró en mi vida como un elefante en una cristalería?

—¿Qué te hace tanta gracia? —me pregunta muy serio.

Me tomo mi tiempo para pasar las páginas de la agenda con brusquedad.

—Mi vida —murmuro—. ¿En qué día te pongo?

—No quiero que me anotes a lápiz. El lápiz puede borrarse. —Lo dice con suavidad y confianza. Levanto la mirada de la agenda y veo un rotulador negro permanente ante mis narices—. Todos los días —añade tan tranquilo.

—¿Cómo que todos los días? ¡No seas idiota! —le suelto con una voz un tanto demasiado alta.

Me dedica una sonrisa arrebatadora y quita el tapón al rotulador. Se acerca, me roza la mano con los dedos y me arrebata la agenda. Me estremezco y me mira con cara de saber por qué. Busca la página de mañana y, con calma, traza una línea en medio y escribe «Señor Ward» en grandes letras negras. Pasa las del fin de semana.

—Los fines de semana ya eres mía —dice para sí.

¿Cómo? ¿Que soy qué? ¿Y eso quién lo dice?

Llega a la página del lunes y ve mi cita de las diez en punto con la señora Kent. Localiza una goma de borrar en mi bote de lápices y borra el apunte con cuidado. Me mira cuando se agacha para soplar los restos de la goma de la página. Está disfrutando, y yo continúo empotrada contra el respaldo de la silla mientras veo cómo me destroza la agenda de trabajo y al mismo tiempo intento evaluar hasta qué punto lo hace en serio. Me temo que lo hace muy en serio.

A continuación, traza una línea negra también en el lunes. ¿Qué está haciendo? Miro hacia la oficina y veo que mis compañeros se han cansado del espectáculo de Jesse y Ava y se han concentrado en el trabajo.

—¿Qué haces? —le pregunto con calma.

Hace una pausa y me mira.

—Estoy anotando mis citas.

—¿No te basta con controlar mi vida social? —Me sorprende lo serena que suena mi voz. Me siento como si me hubiera atropellado un camión. Este hombre tiene una cara dura y una confianza en sí mismo sin igual—. Creía que no pedías citas para cogerme.

—Vigila esa boca —me advierte—. Ya te lo he dicho antes, Ava: haré lo que haga falta.

—¿Para qué? —Mi voz es apenas un susurro.

—Para mantenerte a mi lado.

¿Quiere mantenerme a su lado? ¿Qué? ¿Por el sexo o por algo más? No se lo pregunto.

—¿Y si no quiero que me mantengas a tu lado? —le pregunto.

—Pero es lo que quieres que haga, Ava. Por eso me cuesta tanto entender que sigas resistiéndote a mí.

Vuelve a centrarse en mi agenda y en trazar una línea en todos los días del resto del año.

Cuando termina, la cierra y se pone de pie. Su autoconfianza no conoce fronteras. ¿Y cómo sabe que quiero que me mantenga a su lado? Tal vez no sea así. Jesús, estoy intentando engañarme a mí misma. Voy a tener que comprarme una agenda nueva. Me aplaudo mentalmente por guardar una copia de seguridad de mis citas en mi calendario *online*. Aunque es una medida cautelar por si pierdo la agenda, no por si me las borra un maníaco controlador e irracional.

—¿A qué hora sales de trabajar? —pregunta.

—A eso de las seis. —No puedo creerme que le haya contestado sin dudar ni un segundo.

—A eso de las seis —repite, y acerca la mano a mi mesa. ¿Quiere que le dé un apretón de manos? Estiro la mía, dejándole muy claro que no quiero que tiemble, y la coloco cuidadosamente en la suya. Un cosquilleo familiar recorre mi ser a toda velocidad cuando nuestras manos se tocan y sus dedos me rozan la muñeca mientras me acaricia el centro de la palma.

Levanto la cabeza para mirarlo.

—¿Lo ves? —susurra antes de apartarse, salir de mi despacho y recoger el sobre de la mesa de Sally antes de marcharse.

«¡Es increíble!» El corazón me convulsiona en el pecho y un sudor incómodo me empapa cuando me siento delante de la mesa y me abanico la cara como una posesa con el posavasos de la taza de café. ¿Cómo me hace las cosas que me hace? Tom me mira con los ojos muy abiertos y una expresión de «Guaaaaau» en la cara. Suelto una larga bocanada de aire desde el fondo de los pulmones para intentar regular mi corazón desbocado. ¿Quiere conservarme? ¿Qué? ¿Conservarme y controlarme, conservarme para quererme o conservarme para cogerme? Ya me ha cogido hasta hacerme perder la cabeza. Debe de haberlo conseguido, porque siempre vuelvo por más. No, yo no vuelvo por más. Él me hace volver por más. ¿Me está forzando a volver por más o soy yo la que vuelve por voluntad propia? Buf, ya no lo sé. Dios, ¡soy un puto desastre!

Guardo los dibujos de la Torre Vida antes de mirar mi agenda en el correo electrónico para poder volver a anotar mis citas en la de papel.

Estoy en un buen lío. Pero tiene toda la razón... Quiero que me conserve. Soy completamente adicta.

Lo necesito.

Capítulo 28

Soy la última en salir de la oficina. Conecto la alarma, cierro la puerta detrás de mí y pego un salto cuando oigo el rugido de un motor potente y conocido. Me vuelvo y veo a Jesse parando la moto en la acera. Suspiro y dejo caer los hombros. Ya ni siquiera sé si sigo enojada. El agotamiento mental se ha apoderado de mí. Lo que sí sé es que doy gracias de que Patrick se haya marchado ya.

Se quita el casco, baja de la moto y se me acerca como si hubiera tenido el día más normal del mundo. Lo miro y me siento derrotada.

—¿Un buen día en la oficina? —pregunta.

Me quedo boquiabierta. Tiene la cara muy dura.

—La verdad es que no —contesto con el ceño fruncido y la voz rebosante de sarcasmo.

Me observa durante un rato mordiéndose el labio inferior y los engranajes de su mente se ponen en marcha. Espero que esté pensando en lo poco razonable que ha sido.

—¿Puedo hacer algo para que mejore? —pregunta mientras me acaricia el brazo con la palma de la mano hasta llegar a la mano y cogérmela.

—No lo sé. ¿Podrías?

—Seguro que sí. —Sonríe y agacho la cabeza—. Siempre lo hago, recuérdalo —dice con total confianza en sí mismo.

Siento un latigazo en el cuello cuando levanto la cabeza para mirarlo.

—¡Pero has sido tú el que me lo ha fastidiado!

Hace un mohín y deja caer la cabeza hacia abajo. Creo que se avergüenza.

—No puedo evitarlo. —Se encoge de hombros con un gesto de culpabilidad.

—¡Claro que puedes! —exclamo.

—No. Contigo, no puedo evitarlo —afirma con un tono que me indica que lo ha asumido. No obstante, yo no lo entenderé nunca—. Ven —dice.

Me guía hacia la moto y me entrega una gran bolsa de papel.

—¿Qué es? —pregunto, y miro el contenido.

—Te harán falta.

Mete la mano en la bolsa y saca ropa de cuero negro.

¡Uf, no!

—Jesse, no voy a subirme en ese trasto.

Me ignora, desdobla los pantalones y se arrodilla delante de mí mientras los sujeta para que me los ponga. Me da un toquecito en el tobillo.

—Adentro.

—¡No!

Puede darme una cogida para obligarme a entrar en razón o iniciar la cuenta atrás o lo que le dé la gana. No voy a hacerlo. De ninguna manera. Cuando hiele en el infierno. ¿Me ha fastidiado el día y ahora quiere matarme en esa trampa mortal?

Suelta un bufido de cansancio y se levanta.

—Escúchame, señorita. —Me coge la mejilla con la palma de la mano—. ¿De verdad crees que voy a permitir que te pase algo?

Lo miro a los ojos, que claramente intentan inspirarme confianza. No, no creo que vaya a permitir que me pase nada, pero ¿qué hay de los demás conductores? Una servidora les importa un pimiento, ahí montada de paquete en la trampa mortal. Me caeré. Lo sé.

—Me dan miedo —confieso. Soy una miedosa.

Se inclina hasta que nuestras narices se rozan. Su aliento mentolado me tranquiliza.

—¿Confías en mí?

—Sí —respondo de inmediato. Le confiaría mi vida. Es mi cordura la que no le confiaría.

Asiente, me da un beso en la punta de la nariz y vuelve a arrodillarse delante de mí. Levanto el pie cuando me da un golpecito en el tobillo. El corazón se me acelera a causa de los nervios cuando me quita las ballerinas, me mete los pies en los pantalones, me los sube y los abrocha con un movimiento fluido. A continuación coge una chamarra entallada de cuero, me sujeta el bolso y me pone primero la chamarra y luego unas botas.

—Quítate los pasadores del pelo —me ordena mientras mete mis ballerinas y mi nuevo vestido tabú en mi enorme bolso marrón. Me sorprende que no lo haya tirado al suelo y lo haya pisoteado.

Levanto los brazos y empiezo a quitármelos.

—¿Y tu ropa de cuero?

—No la necesito.

—¿Y eso? ¿Acaso eres indestructible?

Con el casco sobre mi cabeza, responde:

—No, señorita, autodestruible.

¿Eh?

—¿Eso qué significa?

—Nada. —Ignora mi pregunta y me pone el casco, cosa que me hace callar.

Empieza a ajustarme la tira del cuello y me hace sentir que me han metido la cabeza en un condón. Doblo el cuello a un lado y a otro y me levanta la visera.

—Deberías ponerte la vestimenta adecuada —lo regaño—. A mí me haces llevarla.

—No voy a correr ningún riesgo contigo, Ava. Además... —me da una palmada en el trasero—, estás para comerte. —Alarga la correa de mi bolso y me lo cuelga cruzado y a la espalda—. Cuando me haya montado, pon el pie izquierdo en el reposapiés lateral y pasa el derecho al otro lado, ¿de acuerdo?

Asiento y se pone el casco. Lo observo con admiración mientras pasa la pierna por encima de la moto, enciende el motor y endereza el vehículo entre sus poderosos muslos. Estoy cagada de miedo. Me mira. Yo sigo de pie sobre el asfalto. Me hace una señal con la cabeza para que me suba. No muy convencida, doy un paso adelante, apoyo una mano en su hombro y sigo sus instrucciones para subir pasando la pierna derecha por encima. No tardo en tener su cintura entre las piernas.

—Esto está muy alto.

Se vuelve.

—No pasa nada. Ahora agárrate a mi cintura, pero no aprietes demasiado. Cuando me incline, inclínate conmigo con suavidad. Y no bajes los pies cuando frene, mantenlos en los reposapiés. ¿Entendido?

Asiento.

—Bueno.

«Mierda, pero ¿qué estoy haciendo?»

—Bájate la visera —me ordena al tiempo que se coloca la suya.

Hago lo que me dice y me inclino hacia adelante; me abrazo a su pecho y aprieto las rodillas contra sus caderas. Me siento como un jinete de carreras. Tengo los nervios hechos polvo, pero a la vez noto cierta excitación en alguna parte.

Las vibraciones del motor me atraviesan cuando Jesse lo arranca con los pies apoyados en la carretera. Luego, con suavidad y despacio, se une al tráfico. El corazón me golpea el pecho con fuerza y le aprieto las caderas con los muslos con demasiada intensidad. Me relajo un poco cuando empiezan a dolerme las piernas y los brazos. No ignoro el hecho de que está yendo con mucho cuidado porque me lleva de paquete, y eso hace que lo quiera un poco más. Frena un poco, toma las curvas con suavidad y, sin darme cuenta, sigo los movimientos de la moto de forma natural. Me encanta. Es toda una sorpresa. Siempre he odiado las motos.

Salimos de la ciudad. No tengo ni idea de adónde vamos, pero me da igual. Estoy rodeando con los brazos y las piernas a mi hombre de acero y el viento pasa a mi lado a toda velocidad. Estoy en éxtasis... hasta que reconozco la carretera que conduce a La Mansión. Mi gozo en un pozo. Después del día que he tenido, el colofón perfecto sería terminarlo con una ración de mi querida labios hinchados. Me doy una charla mental preparatoria, me digo que he de estar por encima de sus celos, que son evidentes, y de su rencor. Aunque lo que más me gustaría saber es por qué se comporta así. ¿Habrá salido Jesse con ella?

Las puertas de hierro de la entrada se abren cuando Jesse sale de la carretera principal y se adentra en el camino de grava que lleva hacia La Mansión. Frena suavemente hasta que nos paramos.

Se levanta la visera.

—Hora de bajarse.

Paso la pierna por encima de la moto con bastante elegancia y aterrizo en la grava, al lado del vehículo. Jesse baja la palanca y apaga el motor antes de bajarse con gran facilidad y de quitarse el casco. Se pasa las manos por el pelo rubio, aplastado por la fricción, y coloca el casco en el asiento antes de quitarme el mío. Me mira vacilante cuando descubre mi rostro. Le preocupa que no me haya gustado. Sonrío y me lanzo de un salto a sus brazos, le rodeo la cintura con las piernas y el cuello con los brazos.

Ríe.

—Ahí está esa sonrisa. ¿Te gustó?

Me sujeta con un brazo mientras deja mi casco junto al suyo. Luego me coge con las dos manos.

Me echo hacia atrás para verle bien la cara.

—Quiero una.

—¡Olvídalo! Ni en un millón de años. De ninguna manera. Nunca. —Niega con la cabeza, con expresión de terror—. Sólo puedes montar en moto conmigo.

—Me ha encantado. —Le abrazo el cuello con más fuerza y me pego de nuevo a él y a sus labios. Gime con aprobación cuando le abro la boca y le planto un beso profundo, húmedo y apasionado—. Gracias.

Me muerde el labio inferior.

—Hummm. De nada, nena.

He olvidado mis dudas. Cuando se porta así, supera con creces lo irracional que es, y esa manía de querer controlarlo todo. Es una locura.

—¿Por qué estamos aquí? —pregunto.

No puedo evitar la punzada de decepción que me provoca el hecho de que nuestro increíble paseo en moto haya acabado en La Mansión.

—Tengo algunas cosas que resolver. Puedes comer algo mientras estamos aquí. —Me deja en el suelo—. Luego iremos a mi casa, señorita.

Me aparta el pelo de la cara.

—No me he traído nada.

Necesito ir a casa y coger algunas cosas.

—Sam está aquí. Te ha traído ropa de casa de Kate.

Me coge de la mano y me lleva hacia La Mansión. ¿Sam ha traído mis cosas? Eso sí que es previsión. Por favor, dime que las ha empacado Kate. La imagen de la sonrisa picarona de Sam revolviendo en mi cajón de la ropa interior hace que me sonroje al instante.

Jesse me conduce escaleras arriba, a través de las puertas y el recibidor. Esta noche hay animación. Se oyen risas procedentes del restaurante y del bar. Pasamos junto a ambos, directos hacia el despacho de Jesse. Qué alivio. Evitar cierta lengua viperina ocupa un lugar privilegiado en mi lista de prioridades de la noche.

Dejamos atrás el salón de verano. Hay unos cuantos grupos de gente relajándose en los sofás mullidos, con bebidas en la mano. No se me pasa por alto que dejan de conversar en cuanto nos ven. Los hombres alzan las copas y las mujeres se acomodan el pelo, ponen la espalda recta y dibujan una sonrisa estúpida en la cara. Pero esta última ma desaparece en cuanto sus miradas se clavan en mí, que voy detrás de él vestida de cuero y cogida de su mano. Siento que me están examinando de arriba abajo. Apuesto a que a las mujeres no les gusta La Mansión sólo por lo lujosas que son la casa y las habitaciones.

—Buenas tardes.

Jesse saluda con la cabeza al pasar.

Un coro de saludos me inunda los oídos. Los hombres me regalan una sonrisa o me hacen un gesto con la cabeza, pero las mujeres me lanzan miradas de suspicacia. Me siento el enemigo público. ¿Qué problema tienen?

—Jesse. —Oigo a John, el grandulón, arrastrar su nombre. Aparto la vista de las mujeres enojadas, que me están dando un buen repaso, y lo veo acercarse a nosotros desde el despacho de Jesse. Me saluda con una inclinación de cabeza y yo le devuelvo el saludo sin pensar. ¿En qué consiste exactamente su trabajo? Parece la mafia personificada.

—¿Algún problema? —pregunta Jesse mientras me guía hacia el interior del despacho.

John nos sigue y cierra la puerta detrás de él.

—Un pequeño asunto en el salón comunitario, ya está resuelto. —Su voz es profunda y monótona—. A alguien se le fue de las manos. —Arrugo el ceño y miro a Jesse. ¿Qué es un salón comunitario? Veo que éste sacude un poco la cabeza en dirección a John antes de lanzarme una mirada fugaz a mí—. Todo bien. Estaré en la suite de vigilancia.

Se da la vuelta y se marcha.

—¿Qué es un salón comunitario? —No puedo disimular el dejo de interés en mi voz. Nunca he oído hablar de algo así.

Me atrae hacia sí agarrándome por el cuello de la chamarra de cuero, me quita el bolso y toma posesión de mi boca. Hace que me olvide por completo de mi pregunta.

—Me gusta cómo te queda el cuero —musita mientras baja el cierre de la chamarra, me la quita despacio y la tira al sofá—. Pero me encanta cómo te queda el encaje. —Me baja también el cierre de los pantalones de cuero y me frota la nariz con la suya—. Siempre de encaje.

—Creía que tenías trabajo pendiente —susurro.

Me coge en brazos, me lleva a su mesa y me sienta en el borde. Me quita las botas y las tira al sofá antes de agacharse, agarrarse al borde del escritorio e inclinarse hasta que nuestras caras están a la misma altura.

Sus verdes estanques de deseo me penetran.

—Puede esperar. —Me rodea la cintura con el brazo y me echa hacia atrás sobre la mesa—. Me vuelves loco, señorita —dice, y desliza una mano hacia abajo para desabrocharme la camisa blanca sin moverse de entre mis piernas.

—Tú sí que me vuelves loca —suspiro arqueando la espalda cuando su caricia caliente me roza.

Me sonríe, misterioso.

—Entonces estamos hechos el uno para el otro.

Tira de las copas de mi brasier hacia abajo, me pasa los pulgares por los pezones y unas ráfagas de placer infinitas me recorren el cuerpo.

Nuestras miradas se cruzan y se quedan ancladas la una a la otra.

—Es posible —concedo. Cómo me gustaría estar hecha para él.

—Nada de posible.

Se aferra a mi cintura y me levanta de la mesa. Tiene la boca hundida en mi garganta. Traza círculos con la lengua hasta llegar a mi barbilla. Enredo los dedos en su pelo suave y mis pulmones se vacían de felicidad. Perfecto. Estamos haciendo las paces.

La puerta de la oficina se abre y Jesse me pega a su pecho para protegerme y, probablemente, para ocultarme.

—Ay, lo siento.

—¡Por el amor de Dios, Sarah! ¡Llama antes de entrar! —le grita.

Íntimamente, estoy encantada con el tono de voz que le dedica. Yo me encuentro medio desnuda y espatarrada sobre su mesa pero, gracias a Jesse, no se me ve nada. No me suelta y se mueve lo justo para dedicarle a Sarah una mirada furibunda. La veo de reojo en la puerta. Lleva un vestido rojo a juego con sus labios y su expresión de disgusto es tan evidente como la operación de sus tetas.

—¿Al final has conseguido que se vista de cuero? —dice con una sonrisa traicionera, da media vuelta y se va.

Cierra de un portazo y Jesse pone los ojos en blanco a causa de la frustración. No creo que nunca me haya caído tan mal una persona.

—¿Qué ha querido decir? —pregunto. Me siento como si fuera el blanco de una broma privada.

—Nada. No le hagas ni caso. Intenta hacerse la graciosa —murmura. Ya no está del mismo humor.

Pues yo no le veo la gracia por ninguna parte, pero su respuesta, busca y breve, hace que me lo piense dos veces antes de intentar seguir con el tema. Maldición. Quiero que termine lo que había empezado.

Me levanta de la mesa y me pone de pie. Me coloca las copas del brasier sobre los senos, me abrocha la camisa y me quita los pantalones de cuero. Voy a parecer una arruga andante. Recoge mi bolso del suelo y me deja las ballerinas al lado de los pies para que me las ponga. Empiezo a meterme la camisa por dentro para intentar estar más presentable y observo a Jesse mientras se sienta en su enorme sillón giratorio de cuero café. Está muy callado. Apoya los codos en los reposabrazos y se pone las puntas de los dedos ante los labios. Me mira atentamente mientras termino de arreglarme.

—¿Qué? —pregunto.

Parece pensativo. ¿A qué le estará dando vueltas?

—Nada. ¿Tienes hambre?

Me encojo de hombros.

—Más o menos.

Una sonrisa le curva las comisuras de los labios.

—Más o menos —repite—. El filete está muy bueno. ¿Te apetece?

Asiento. Sí, me apetecería un filete. Coge el teléfono del despacho y marca un par de números.

—Ava va a tomar el filete. —Aprieta el auricular contra el hombro—. ¿Cómo te gusta?

—Término medio, por favor.

Vuelve a hablar por el auricular.

—Término medio, con papas tiernas y una ensalada.

Me mira con las cejas levantadas.

Asiento otra vez.

—En mi despacho... y trae vino... Zinfandel. Eso es todo... Sí... Gracias.

Cuelga y vuelve a marcar.

—John... Sí... Cuando quieras.

Cuelga y lo coge de nuevo.

—Sarah... Bien, no te preocupes. Tráeme los últimos datos de asistencia.

Cuelga otra vez.

—Siéntate. —Señala el sofá que hay junto a la ventana.

De acuerdo, me está entrando de nuevo esa sensación de incomodidad, así que mi apetito desaparece a toda velocidad. Maldición, cómo odio venir aquí.

—Puedo irme si estás ocupado.

Frunce el ceño y me mira inquisitivo.

—No, siéntate.

Me acerco al sofá y me siento en el cuero suave y marrón. Es como si fuera una pieza de repuesto: estoy rara e incómoda. Como no tengo nada más que hacer, observo a Jesse hojear varios montones de papeles y firmar aquí y allá. Está absorto en su trabajo. De vez en cuando, levanta la vista y me dedica una sonrisa reconfortante que hace poco por aliviar mi desasosiego. Quiero irme.

Paso veinte minutos, más o menos, jugando con mis pulgares y deseando que se dé prisa, cuando llaman a la puerta y Jesse le dice que pase a quienquiera que esté al otro lado. Pete entra con una charola y sigue la dirección que señala el bolígrafo de Jesse, hacia mí.

—Gracias, Pete. —Sonrío cuando me coloca la charola delante y me da unos cubiertos envueltos en una servilleta de tela blanca.

—El placer es mío. ¿Me permite abrirle el vino?

—No —sacudo la cabeza—, yo me encargo.

Asiente y se marcha en silencio.

Levanto la tapa del plato y un aroma delicioso invade mis fosas nasales. Me ha hecho recuperar el apetito. Desenvuelvo el cuchillo y el tenedor y lo clavo en la ensalada, la más colorida que haya visto jamás: pimientos de todos los colores, cebolla roja y una docena de variedades de lechuga, todo bañado en aceite aromatizado. Podría comer sólo con esto. Es una maravilla.

Cruzo las piernas y me pongo la charola encima. Corto el filete y gimo de satisfacción cuando me meto el tenedor en la boca. La comida de La Mansión está muy bien.

—¿Está bueno?

Jesse apoya la barbilla en mi hombro.

—Buenísimo —mascullo con el filete en la boca—. ¿Quieres probarlo?

Asiente y abre la boca. Corto un trozo de filete y lo llevo hacia mi hombro para que lo muerda.

—Hummmm, qué rico —dice mientras mastica.

—¿Más? —le pregunto. Abre los ojos, agradecido, así que le corto otro trozo y vuelvo a llevarlo hacia mi hombro. Me observa mientras envuelve el tenedor con los labios carnosos y retira lentamente el trozo de carne. No puedo evitar que una sonrisa me inunde la cara. Los ojos le brillan de placer y le cuesta no sonreír mientras come. Me aprieta los hombros con las manos y entierra la cara en mi nuca desde atrás.

Me da un mordisco juguetón en el cuello.

—Tú sabes mejor.

Mi sonrisa se torna más amplia en el momento en que se dedica a mordisquearme el cuello, gruñendo y acariciándome con la nariz a su gusto. Me río y levanto el hombro cuando me mordisquea la oreja y me estremezco entera. Provoca muchas reacciones extremas en mí: frustración extrema, deseo extremo y felicidad extrema, por citar sólo algunas. Este hombre sabe tocarme la fibra sensible, y lo hace realmente bien.

—Come —me dice, y me besa la sien con ternura. Empieza a trazarme círculos con el pulgar en lo alto de la espalda—. ¿Por qué estás tan tensa? —me pregunta.

Estiro el cuello en señal de agradecimiento. Estoy tensa porque me encuentro aquí, es la única razón. ¿Cómo puede una mujer hacerme sentir tan incómoda? Llaman a la puerta.

—¿Sí? —Sigue con mis hombros cuando entra Sarah.

Hablando del rey de Roma. La temperatura baja en picado en cuanto ve a Jesse dándome un masaje en los hombros. Le cambia el color de la cara. Yo me doy cuenta, pero Jesse no parece notar la frialdad de su presencia. Me tenso aún más y, de repente, me sorprendo deseando que Jesse me quite las manos de encima. Nunca pensé que ansiaría algo así pero, ahora mismo, me siento una impostora, y la mirada gélida de Sarah hace que me revuelva, incómoda, en el asiento. El hecho de que esté aquí sentada, con las piernas cruzadas, tan campante en el sofá, con un filete en el regazo y don Divino haciéndome linduras, no mejora las cosas.

—Los datos —murmura con el fólder en la mano y caminando como si tal cosa hacia la mesa de Jesse para dejarlo delante de su silla. Se vuelve para observarnos y me lanza dagas con la mirada. Me detesta a más no poder.

—Gracias, Sarah. —Se inclina y me roza la mejilla con los labios, respira hondo y me suelta—. Tengo que trabajar, nena. Disfruta de la cena.

Sarah pone cara de asco durante un instante, antes de volver a colocarse la sonrisa falsa en los labios carnosos cuando Jesse se vuelve hacia ella. Él se mete la mano en el bolsillo de los *jeans*.

—Transfiere cien mil a esta cuenta lo antes posible —le ordena entregándole un sobre.

—¿Cien mil? —pregunta Sarah. Mira el sobre.

—Sí. Ahora mismo, por favor.

La deja mirando el sobre y se sienta detrás de la mesa sin prestarle atención. Sarah está boquiabierta, pero él la ignora. Labiecitos calientes me lanza una mirada asesina. Y entonces me doy cuenta de que es el sobre que Sally le ha dado a Jesse.

¿Cien mil? Es demasiado. Pero ¿qué se trae? Me gustaría decir algo. ¿Debería decir algo? Me vuelvo hacia Sarah, que sigue mirándome de hito en hito, con los labios fruncidos. No la culpo. Sólo quiero esconderme debajo del sofá y morirme. ¿Cien mil? Jesús, ella ya piensa que voy detrás de él por su dinero.

—Eso es todo, Sarah —la despacha Jesse, y ella se da la vuelta para marcharse, pero no sin antes lanzarme una mirada furibunda.

Avanza despacio hacia la puerta y se topa con John en el umbral. Él la saluda con la cabeza, se aparta para dejarle paso y cierra la puerta detrás de ella. Me saluda y le sonrío antes de volver a picotear la ensalada y el filete. Sí, mi apetito se ha ido a volar. Necesito hablar con Jesse y preguntarle qué papel tiene esa mujer en su vida. ¿Y por qué me odia tanto? Dejo la bandeja en la mesita de café para servir un poco de vino, pero caigo en la cuenta de que Pete sólo ha traído una copa, así que voy al armario a coger un vaso pequeño para mí y vuelvo al sofá para servir el vino. Cuando dejo la copa en la mesa de Jesse, John se calla y los dos miran primero a la copa y luego a mí.

Jesse la coge y me la devuelve.

—Yo no quiero, gracias, nena —me sonríe—. Tengo que conducir.

—Ah. —Recojo la copa—. Lo siento.

—Descuida, disfrútalo. Lo he pedido para ti.

Vuelvo a mi sitio en el sofá y cojo una revista llamada *SuperBike*. Es la única que hay, así que tendrá que bastarme.

Empiezo a hojearla y me sumerjo en los artículos sobre motos de MotoGP, y me emociono cuando encuentro una sección dedicada a los que van de pasajero en una moto de carreras; los paquetes, que ahora ya sé cuál es el término adecuado. ¿La moto de Jesse es de ésas? Leo las reglas para viajar de paquete y un artículo titulado «La seguridad es lo primero». Conseguiré que se ponga ropa de cuero aunque sea lo último que haga. Estoy concentrada en los detalles de los motores de cuatro cilindros, las clasificaciones por caballos de potencia y la próxima Feria de la Moto de Milán, cuando noto que unas manos cálidas me envuelven el cuello. Echo la cabeza atrás para ver sus rasgos al revés.

Me bendice con su sonrisa arrebatadora.

—Había empezado algo, ¿verdad?

Se agacha y me posa los labios en la frente.

—¿Por qué no te has comprado la nueva 1198?

—Lo hice, pero prefiero la 1098.

—Pero ¿cuántas tienes?

—Doce.

—¿Doce? ¿Todas son supermotos?

Sonríe.

—Sí, Ava, todas son supermotos. Vamos, voy a llevarte a casa.

Dejo la revista en la mesita y empiezo a ponerme de pie.

—Deberías llevar ropa de cuero —lo presiono así como quien no quiere la cosa.

—Ya lo sé.

Me coge de la mano y me guía hacia la puerta.

—¿Y por qué no lo haces?

—Llevo moto desde... —Se para sin terminar la frase y me mira—. Desde hace muchos años.

—En algún momento tendrás que decirme cuántos años tienes.

Me mira, le lanzo una brillante sonrisa y, a cambio, él me regala otra.

—Tal vez —dice con calma.

Si hace muchos años que conduce motos, debería ser consciente de los peligros.

Caminamos por La Mansión y nos encontramos a Sam y a Drew en el bar. Parece ser que Sam no va a ver a Kate esta noche. Está como siempre, igual que Drew, con el traje negro y el pelo negro peinado a la perfección.

—¡Amigo mío! —lo saluda Sam—. Ava, me encantan tus pantis de los dibujos animados de Little Miss. —Me entrega una bolsa de gimnasio que me resulta muy familiar.

Me muero, me muero, me muero. ¿Ha estado husmeando en mi cajón de la ropa interior? ¡Cabrón descarado! Noto que la cara me arde, miro a Jesse y veo que la ira mana de todo su ser. ¡Ay, Sam!

—No tientes tu suerte, Sam —le advierte en un tono muy serio. La sonrisa del otro desaparece y levanta las manos en señal de sumisión.

Drew resopla mientras sacude la cabeza y deja la cerveza en la barra.

—Te pasas de la raya, Sam —dice. Está de acuerdo con la reacción de Jesse al inapropiado comentario de su amigo.

—Vaya, lo siento —murmura aquél mientras me mira con una sonrisa que se le escapa involuntariamente.

Miro el bar. Está lleno. Hay mucha gente. Todos charlan, algunos saludan a Jesse con la mano, pero ninguno se acerca. Siento que las mujeres me tienen la misma animadversión que las del salón de verano. Es como si se los hubiera birlado. Ahora estoy segura de que el éxito del negocio se basa únicamente en el señor de La Mansión y en lo guapísimo que es.

—Me llevo a Ava a casa. —Jesse me coge la bolsa del gimnasio—. ¿Mañana vas a correr? —le pregunta a Sam.

—No, quizá tenga algo entre manos. —Me sonríe.

Me pongo aún más roja. Nunca me acostumbraré a que sea tan directo y a sus comentarios subidos de tono. Sacudo la cabeza en dirección al cabrón descarado.

—¿Dónde está Kate? —pregunto. Debería llamarla.

—Tenía que hacer unas entregas. Estaba muy emocionada por llevarse a *Margo Junior* en su primera salida oficial. Me han plantado por una camioneta rosa. —Da un trago a su cerveza—. Voy para allá cuando termine aquí.

—¿Cuando termines de qué? —pregunta Drew con una ceja arqueada.

—De cogerte —le espeta Sam.

¿Cuando termine de qué, exactamente?

Jesse me jala para sacarme del bar.

—Hasta la vista, chicos. ¡Dile a Kate que Ava está conmigo! —grita por encima del hombro. Me despido con la mano libre mientras me arrastra fuera del bar. Ambos alzan las copas en señal de despedida. Los dos sonríen.

Jesse me lleva a la salida de La Mansión y a su Aston Martin a un ritmo más bien alto. Me abre la puerta del copiloto para que entre.

—Quiero ir en moto —protesto. Estoy enganchada.

—Ahora mismo te quiero cubierta de encaje, no de cuero. Sube al coche. —Su mirada se ha vuelto pícara y prometedora. ¿En qué momento ha cambiado?

Subo al Aston Martin, aprieto los muslos y espero a que se siente a mi lado. Arranca el coche, lo saca marcha atrás y la grava sale despedida cuando el vehículo vuela por el camino hacia las puertas. Tiene una misión. Sé que se ha encabronado cuando Sarah nos ha interrumpido. Si llega a entrar unos minutos más tarde, le habría dado la bienvenida un primer plano perfecto del duro culo de Jesse. ¿O se lo habrá visto ya? Vomito por dentro. Dios, espero que no. Miro el hermoso perfil del hombre que va sentado a mi lado, relajado mientras conduce. Me mira un instante antes de volver a centrarse en la carretera. Sé que está haciendo todo lo que puede para no sonreír.

—Cien mil libras es una adelanto mayúsculo —digo con frialdad.

—¿Lo es?

—Sabes que sí.

Lo miro, desafiante, y él lucha con una sonrisa que amenaza con inundar esa cara tan adorable que tiene.

—Te vendes demasiado barata.

—Debo de ser la puta más cara de la historia —contraataco, y veo que aprieta los labios en una línea recta.

—Ava, si vuelves a decir eso de ti...

—Era una broma.

—¿Ves que me esté riendo?

—Tengo otros clientes con los que tratar —lo informo con valentía. No puede esperar que dedique toda mi jornada laboral a su ampliación. O a él. Dudo que me deje trabajar en ella sin molestarme, y Patrick sospechará de todo el asunto si no estoy nunca en la oficina.

—Lo sé, pero yo soy un cliente especial. —Me da un apretón en la rodilla y observo su sonrisa maliciosa.

—¡Y tan especial! —Me río y me hace cosquillas en el hueco que se forma sobre la cadera.

Sube el volumen y Elbow me devuelve al respaldo del asiento mientras veo el mundo pasar. Ahora mismo estoy muy enamorada de él, que no es lo mismo que estar sólo enamorada de él. A pesar del lapso, ha resultado ser un bonito día.

Capítulo 29

Las puertas del Lusso se abren con suavidad y Jesse entra con el coche y lo estaciona con rapidez y precisión. No tarda ni un segundo en recogerme al lado de la portezuela y en arrastrarme a través del vestíbulo hacia el ascensor.

—Buenas noches, Clive —digo mientras Jesse me hace pasar por delante de su puesto a toda velocidad y me mete en el ascensor del ático.

»¿Tienes prisa?

—Sí —me contesta con decisión mientras introduce el código. Las puertas del ascensor se cierran y me empuja con suavidad contra la pared de espejos.

»¡Me debes una cogida de disculpa! —ruge, y me ataca la boca.

¿Qué chingados es una cogida de disculpa y por qué le debo una? Puedo hacer una lista tan larga como mi brazo de todas las disculpas que me debe él a mí. No se me ocurre nada por lo que deba disculparme yo.

—¿Qué es una cogida de disculpa? —jadeo cuando me coloca la rodilla entre los muslos y acerca la boca a mi oído.

—Tiene que ver con tu boca.

Tiemblo cuando se aparta de mí y me deja hecha un costal de hormonas, jadeante y apoyada contra la pared para poder mantenerme en pie.

Retrocede hasta que su espalda choca contra la pared opuesta del ascensor. Me observa con atención bajo los párpados pesados de sus ojos, se quita la camiseta y empieza a desabrocharse los botones de la bragueta de los *jeans*. Entreabro la boca para que me entre aire en los pulmones y espero instrucciones. Soy una muñeca de trapo tembloorosa. Él es la perfección hecha persona con sus marcados músculos que se tensan y relajan con cada movimiento.

Los *jeans* se abren y revelan su vello. Su erección cae sobre la palma de la mano que la estaba esperando. No lleva bóxeres. No hay barreras. Lo miro a los ojos, pero él tiene la vista baja; se está contemplando a sí mismo.

Mi mirada sigue a la suya y veo que dedica caricias largas y lentas a su excitación; la respiración se le va agitando más con cada una de ellas. Verlo tocarse me provoca un cosquilleo en la entrepierna y mi temperatura corporal se eleva. Ay, Dios, es más que perfecto. Le recorro el cuerpo con la mirada y encuentro la imagen más erótica que haya visto jamás. Tiene los músculos del abdomen tensos, los ojos llenos de lujuria y el labio inferior carnoso, entreabierto y húmedo. Ahora me está mirando, observándome atentamente desde el otro lado del ascensor.

—Ven aquí. —Su voz es grave y su mirada misteriosa. Me acerco lentamente a él—. De rodillas. —Estabilizo la respiración y, poco a poco, me arrodillo en el suelo delante de él. Le paso las manos por la parte delantera de las caderas firmas sin que nuestras miradas se separen. Me contempla sin dejar de acariciarse despacio. Este hombre que se masturba erguido ante mí me tiene completamente fascinada. Usa la mano libre para acariciarme el rostro mientras jadea un poco. Me da unos golpecitos en la mejilla con el dedo medio—. Abre —ordena. Separo los labios y traslado las manos a la parte de atrás de sus piernas para agarrarme a sus muslos. Él me roza un lado de la cara en señal de aprobación y se coloca delante de mis labios—. Te la vas a meter hasta el fondo y me voy a venir en tu boca. —Me pasa la punta húmeda por el labio inferior y me apresuro a lamer con la lengua la perla de semen cremoso que se le escapa—. Y tú te lo vas a tragar.

El estómago me da un vuelco y la respiración se me queda atrapada en la garganta cuando se acerca y se introduce despacio en mi boca. Lo veo cerrar los ojos; aprieta la mandíbula con tanta fuerza que creo que va a estallarle una vena de la sien. Lo agarro con decisión de la parte de atrás de los muslos y lo jalo hacia mí.

—Carajooo —gruñe con los dientes apretados. Sigue teniendo una mano en la base, y eso evita que me la pueda meter entera. Me pone la otra en la nunca y se tensa. Respira con dificultad. Noto la presión que se aplica en la base, sin duda para evitar venirse de inmediato.

Momentos después, ha recuperado la compostura y retira la mano de la base, despacio, para colocarla en mi nuca junto a la otra. Suelta unas cuantas bocanadas de aire. Se está preparando mentalmente. Más me vale esmerarme.

Deslizo la boca hacia la punta y, con malicia, llevo una mano hasta la parte delantera de su muslo, se la meto entre las piernas y se la coloco bajo los huevos. Me sujeta la cabeza con más fuerza y lanza una letanía al techo. Le tiemblan las caderas. Le está costando mantener el control.

Con delicadeza, recorro con la punta del dedo, arriba y abajo, la costura de su escroto. Los ligamentos del cuello se le tensan al máximo. Lo estoy disfrutando. Está indefenso, vulnerable, y yo tengo el control. A pesar de sus exigencias iniciales, que si arrodíllate, que si abre la boca, está totalmente a mi merced. Es un buen cambio, y no se me pasa por alto el hecho de que quiero complacerlo.

Soy vagamente consciente de que se abren las puertas del ascensor, pero decido ignorarlas. Estoy absorta en lo que le estoy haciendo. Traslado la mano a la base del pene, se lo sujeto con firmeza y le paso la lengua por la punta para terminar con un beso suave al final. Veo que baja la cabeza en busca de mis ojos. Cuando los encuentra, empieza a dibujar círculos en mi pelo con las manos mientras yo se la lamo entera prestando especial atención a la parte de abajo y disfrutando enormemente cuando palpita varias veces y él deja escapar pequeños chorros de aire entre los dientes.

Me observa sin querer cerrar los ojos y decidido a ver lo que le estoy haciendo. Yo sigo recorriéndola arriba y abajo, presionando la punta de la lengua contra su hendidura cuando llego a la gruesa cabeza. Me lanza una de sus sonrisas arrebatadoras, pero se la borro de la cara y lo dejo sin aliento cuando vuelvo a ponerle la mano en la cara posterior del muslo y a empujarlo hacia mi boca.

—¡Jesús, Ava! —ladra.

Me roza el velo del paladar y tengo que esforzarme para no vomitar a causa de la invasión. Parece tan gruesa en mi boca... Inicio la retirada, pero ahora es él quien me deja sin aliento al embestirme y dejarme sin respiración. Me enreda los dedos en el pelo cuando la saca lentamente y vuelve a meterla soltando un largo gemido de puro placer. Adiós a mis ilusiones de llevar la voz cantante. Sabe lo que quiere y cómo lo quiere. Una vez más, él tiene el poder.

—Carajo, Ava. Tienes una boca increíble. —Vuelve a embestirme mientras me sujeta con sus fuertes manos y me acaricia el pelo con calma al mismo tiempo—. He querido cogértela desde la primera vez que te vi.

No estoy segura de si debería ofenderme o sentirme halagada por el comentario. Así que, en vez de pensarlo, saco los dientes y los arrastro por su piel tensa cuando se retira.

—¡Dios, Ava. Métetela toda! —grita, y empuja de nuevo con fuerza—. Relaja la mandíbula.

Cierro los ojos y absorbo el asalto. Si no fuera tan excitante, sería bastante brutal. Es agresivo con su poder, pero tierno con las manos. Tiene el control absoluto.

Después de varios increíbles ataques más, siento que se hincha y que palpita en mi boca. Sé que está a punto. Una de sus manos se desplaza hasta la base del tronco, se retira un poco para apretársela con firmeza y se la acaricia arriba y abajo con ansia. Yo rodeo, lamo y absorbo el glande hinchado mientras él toma bocanadas de aire cortas y rápidas.

—¡En tu boca, Ava! —me grita.

Envuelvo su erección con los labios y coloco una mano sobre la suya en el momento en que me derrama su semen caliente y cremoso en la boca. Lo recojo. No se escapa ni una gota. Trago con él todavía dentro de mí y miro hacia arriba. Ha echado la cabeza hacia atrás y grita al vacío; es un alarido grave de satisfacción. Aminora el ritmo de las embestidas de sus caderas, que adoptan un ritmo más perezoso, las últimas oleadas de su orgasmo. Lamo y chupo los restos de tensión. He saldado mi deuda.

Tiene el pecho agitado y me mira con los ojos verdes nublados. Se inclina para levantarme y sellar mis labios con un beso de agradecimiento absoluto.

—Eres asombrosa. Voy a quedarme contigo para siempre —me informa al tiempo que me cubre la cara de besos pequeños.

—Es bueno saberlo —respondo con sarcasmo.

—No intentes hacerte la ofendida conmigo, señorita. —Su frente descansa contra la mía—. Esta mañana me has dejado en seco —dice con calma.

Ah, me estoy disculpando por haberlo dejado con las ganas. Eso me cuadra, pero ¿me pagará ahora por todas sus transgresiones? Lo que acabo de hacer debería darme asco, pero no es así. Haría cualquier cosa por él.

Levanto los brazos y le apoyo las palmas de las manos en el pecho para disfrutar de sus tonificados pectorales.

—Pido disculpas —susurro, y me acerco para darle un beso en un pezón.

—Llevas encaje. —Me rodea con los brazos—. Me encanta cómo te queda.

Me levanta del suelo y automáticamente le rodeo la estrecha cintura con las piernas. Recoge mis cosas y su camiseta del suelo y me saca en brazos del ascensor.

—¿Por qué encaje? —pregunto.

Siempre insiste en que lo lleve. Es otra de esas cosas que hago para complacerlo.

—No lo sé, pero póntelo siempre. Llaves, en el bolsillo de atrás.

Paso el brazo por debajo del suyo en busca del bolsillo y saco las llaves. Después, se vuelve para que pueda abrir la puerta. Entramos y la cierra de un puntapié en un segundo. Tira mis cosas al suelo y me lleva al piso de arriba. Podría acostumbrarme a esto. Me lleva de aquí para allá como si fuera poco más que una camiseta sobre sus hombros. Me siento como si no pesara nada, y completamente a salvo.

Me deja en el suelo.

—Ahora voy a llevarte a la cama —me susurra con dulzura.

De repente, los graves de *Angel*, de Massive Attack, me invaden los oídos. El cuerpo se me pone rígido. Es música para hacer el amor. Ardo cuando empieza a desnudarme, con su dulce mirada verde clavada en la mía.

La versatilidad de este hombre me tiene pasmada. Tan pronto es un señor del sexo exigente y brutal como un amante tierno y gentil. Me gusta todo de él, cada una de sus facetas. Bueno, casi todas.

—¿Por qué intentas controlarme? —le pregunto. Es la única parte de él que me cuesta tolerar. Va más allá de la irracionalidad, pero no tengo quejas en el dormitorio.

Me baja la camisa por los hombros y la desliza brazos abajo.

—No lo sé —dice con el ceño fruncido. Su expresión de perplejidad me convence de que realmente no lo sabe, cosa que no me ayuda a entender por qué se comporta así conmigo. Sólo hace unas semanas que me conoce. Es de locos—. Me parece que es lo que tengo que hacer —me dice a modo de explicación, como si eso lo aclarase todo. Pero no es así para nada.

¡Sigo sin comprenderte, loco!

Me baja el cierre de los pantalones y los arrastra por mis muslos. Me alza para quitármelos del todo y me deja de pie, en ropa interior, delante de él. Se levanta, da un paso atrás y me mira mientras se quita los zapatos y los *jeans* y los tira a un lado de un puntapié.

Se le ha puesto dura otra vez. Recorro su maravilloso cuerpo con expresión agradecida y termino la inspección en sus brillantes estanques verdes. Es como un experimento científico perfecto: la obra maestra de Dios, mi obra maestra. Quiero que sea sólo mío.

Alarga la mano y me baja las copas del brasier, una detrás de la otra. Con el dorso de la mano, me roza los pezones, que se endurecen aún más. Tengo la respiración entrecortada cuando me mira.

—Me vuelves loco —dice con rostro inexpresivo. Quiero gritarle por ser tan insensible. No deja de repetirme lo mismo una y otra vez.

—No, tú sí que me vuelves loca. —Mi voz es apenas un susurro. Mentalmente, le suplico que admita que es demasiado exigente y muy controlador. No es posible que considere que su comportamiento es normal.

Esboza una sonrisa y le brillan los ojos.

—Loco —leo en sus labios.

Me levanta apoyándome en su pecho, me acuesta en la cama y se tumba sobre mí. Cuando su cuerpo cubre el mío por completo, baja la boca y sus labios me toman con adoración, entera, su lengua explora mi boca despacio.

«Dios mío. Te quiero.» Podría echarme a llorar en este momento. ¿Debería decirle lo que siento? ¿Por qué no puedo decirlo sin más? Después de la que me ha armado hoy, cualquiera pensaría que debo largarme, huir lo más rápido y lo más lejos que me sea posible. Pero no puedo. Simplemente no puedo.

Siento que me quita las pantis, mis pensamientos pierden toda coherencia cuando se sienta sobre sus talones y me jala hasta colocarme a horcajadas sobre su regazo. Mete la mano por debajo de los dos y coloca la erección en mi entrada.

—Échate hacia atrás y apóyate en las manos —me ordena con dulzura. Su voz es ronca y su mirada intensa. Me echo hacia atrás y su otro brazo me rodea la cintura para sujetarme.

Entra en mí despacio, exhalando, con la boca entreabierta y los labios húmedos. Gimo de puro deleite y placer cuando me llena del todo. Me tiemblan un poco los brazos y me aferro a su cintura con las piernas. Qué gusto da tenerlo dentro. Si me muriera ahora mismo, lo haría muy feliz. Su otra mano se une a la que me sujeta por la cintura. Tiene las manos tan grandes que casi la abarcan toda. Empieza a moverme las caderas en círculos lentos y profundos, me levanta despacio antes de volver a apretarme contra él, rotando. Sigue el ritmo de la música a la perfección. Carajo, es muy bueno. Suspiro honda y profundamente por las exquisitas sensaciones que crea al levantarme y al bajarme en círculo. Sus caderas también siguen los movimientos sobre los que tiene todo el control.

—¿Dónde has estado toda mi vida, Ava? —gime durante un círculo largo e intenso.

«¡En el colegio!» El pensamiento se ha colado en mi mente y me recuerda que no sé cuántos años tiene. Si se lo pregunto en la cumbre del placer, ¿me dirá la verdad? Estoy enamorada de un hombre y no tengo ni idea de qué edad tiene. Es ridículo.

Jadeo mientras me sube y me baja otra vez, el resplandor de una marea que se acerca lentamente empieza a cobrar fuerza. Me hipnotiza, su rostro ardiente de pasión me tiene completamente cautivada. Los músculos del pecho se mueven y guían mi cuerpo sobre el suyo. Me hace el amor despacio, con meticulosidad, y no me está ayudando, precisamente, con mis sentimientos hacia él. Soy adicta al Jesse dulce igual que lo soy al Jesse dominante. Estoy perdida.

Se pasa la lengua por el labio inferior y le brillan los ojos; la arruga de la frente se le marca sobre las cejas.

—Prométeme una cosa. —Su voz es suave, y mueve las caderas para trazar otro círculo que me nubla la mente.

Gimo. Se está aprovechando de mi estado de ensimismamiento para pedirme que haga promesas justo ahora. Aunque ha sido más una orden que una pregunta.

Lo observo, a ver qué me pide.

—Que vas a quedarte conmigo.

¿Cuándo? ¿Esta noche? ¿Para siempre? ¡Explícate, carajo! Ahora ya no cabe duda de que no ha sido una pregunta sino una orden. Asiento porque vuelve a bajarme hacia él mientras masculla palabras incoherentes.

—Necesito que lo digas, Ava. —Mueve las caderas y me penetra hasta lo más profundo de mi cuerpo.

—Dios. Me quedaré —exhalo mientras absorbo la abrasadora penetración. La voz me tiembla de placer y de emoción cuando la potente palpitación de mi núcleo se hace con el control y yo me estremezco entre sus manos.

—Vas a venirte —jadea.

—¡Sí!

—Dios, me encanta mirarte cuando estás así. Aguanta, pequeña. Aún no.

Mis brazos empiezan a ceder bajo mi peso. Jesse traslada las manos al hueco que se forma entre mis omóplatos y me levanta para que estemos cara a cara. Grito cuando nuestros pechos chocan y la nueva postura hace que su penetración sea más profunda. Mis manos vuelan y se aferran a su espalda.

Busca en mis ojos.

—Eres tan bonita que dan ganas de llorar. Y eres toda mía. Bésame.

Obedezco y muevo las palmas de las manos para rodearle el apuesto rostro y acercar los labios a los suyos. Gime cuando le meto la lengua en la boca y sus embestidas se endurecen.

—Jesse —suplico. Voy a venirme.

—Contrólalo, nena.

—No puedo —jadeo en su boca. No puedo resistir su invasión de mi mente y de mi cuerpo. Tenso los muslos a su alrededor y me deshago en mil pedazos encima de él. Grito, le atrapo el labio inferior entre los dientes y lo muerdo.

Él también lanza un grito, se pone de rodillas, coge impulso y me embiste con fuerza cuando llega el turno de su descarga. Me abraza contra su pecho y se derrama en mi interior. Una última y poderosa estocada. Chillo.

—Por Dios, Ava, ¿qué voy a hacer contigo?

«Quédate conmigo para siempre, ¡por favor!»

Hunde la cara en mi cuello y mueve las caderas, despacio, hacia adelante y hacia atrás, para exprimir hasta la última gota de placer. Estoy mareada, la cabeza me da vueltas y su aliento tibio me roza la muñeca, el cuello y me llega hasta el pecho. Todos los músculos de mi interior se aferran a él mientras palpita dentro de mí. Tiembla. Tiembla de verdad. Lo rodeo con los brazos y lo aprieto fuerte contra mí.

—Estás temblando —susurro en su hombro.

—Me haces muy feliz.

¿Ah, sí?

—Pensaba que te volvía loco.

Se aparta y me mira a los ojos, con la frente brillante y sudorosa.

—Me vuelves loco de felicidad. —Me besa en la nariz y me aparta el pelo de la cara—. También me encabronas hasta volverme loco.

Me lanza una mirada acusadora. No sé por qué. Son él y su comportamiento neurótico y exigente los que hacen que se encabrone hasta volverse loco, no yo.

—Te prefiero loco de felicidad. Das miedo cuando te vuelves loco de furia.

Tuerce los labios.

—Entonces deja de hacer cosas que me enfurezcan hasta volverme loco.

Lo miro. La mandíbula me llega al suelo. Pero me besa en los labios antes de que pueda ponerle cara y defenderme de su acusación. Este hombre está completamente chiflado, aparte de todo lo demás.

Vuelve a sentarse sobre los talones.

—Nunca te haría daño a propósito, Ava. Lo sabes, ¿verdad?

La incertidumbre de su tono de voz es evidente. Me aparta un mechón de pelo rebelde de la cara.

Sí. Eso lo sé. Bueno, al menos en cuanto a lo físico. Es la parte emocional la que me tiene muerta de miedo, y el hecho de que haya añadido lo de «a propósito» es para preocuparse.

Miro a los verdes ojos confusos de este hombre tan bello.

—Lo sé —suspiro, aunque la verdad es que no estoy segura, y eso me asusta muchísimo.

Se recuesta y me lleva con él. Quedo tumbada sobre su pecho. Me echo a un lado para poder dibujar ochos sobre su estómago y me entretengo en su cicatriz.

Me provoca una curiosidad morbosa, es otro de los misterios de este hombre. No es una cicatriz quirúrgica, no es una punción y no es una laceración. Tiene un aspecto mucho más siniestro. La superficie es serpenteante, gruesa e irregular, como si alguien le hubiera clavado un cuchillo en la parte baja del estómago y lo hubiera arrastrado hasta el costado. Me estremezco. Creía que nadie podría sobrevivir a una herida así. Debió de perder muchísima sangre. ¿Y si trato de presionarlo preguntándole sobre ella?

—¿Has estado en el ejército? —digo con calma. Eso lo explicaría, y no le he preguntado por la cicatriz directamente.

Deja de acariciarme el pelo un instante.

—No —contesta. No me pregunta cómo se me ha ocurrido la idea. Sabe adónde quiero llegar—. Déjalo, Ava —dice con ese tono de voz que me hace sentir minúscula en el acto. Sí, no voy a discutir con ese tono de voz. No tengo ningunas ganas de estropear el momento.

—¿Por qué desapareciste? —pregunto con cierto recelo. Necesito saberlo.

—Ya te lo dije. Estaba fatal.

—¿Por qué? —insisto. Su respuesta no me aclara nada. Noto que se pone tenso debajo de mí.

—Despiertas ciertos sentimientos en mí —me responde con dulzura y creo que podría estar llegando a alguna parte.

—¿Qué clase de sentimientos?

«¡Toma!»

Suspira. He abusado de mi suerte.

—De todas las clases, Ava. —Parece irritado.

—¿Eso es malo?

—Lo es cuando no sabes qué hacer con ellos. —Suelta una bocanada de aire larga y cansada.

Dejo de acariciarlo. ¿No sabe qué hacer con lo que siente y por eso intenta controlarme? ¿Y se supone que eso lo ayuda? ¿Toda clase de sentimientos? Este hombre habla en clave. ¿Qué significa y por qué parece que lo frustra tanto?

—Crees que te pertenezco. —Vuelvo a trazar círculos con el dedo.

—No. Sé que me perteneces.

—¿Cuándo llegaste a esa conclusión?

—Cuando me pasé cuatro días intentando sacarte de mi cabeza.

—Todavía parece molesto, aunque estoy encantada con la noticia.

—¿No funcionó?

—Pues no. Me volví aún más loco. A dormir —me ordena.

—¿Qué hiciste para intentar sacarme de tu cabeza?

—Eso no importa. No funcionó y punto. A dormir.

Hago un mohín. Creo que le he extraído toda la información que está dispuesto a darme. ¿Aún más loco? No quiero ni saber lo que significa eso. ¿Toda clase de sentimientos? Creo que me gusta cómo suena eso.

Sigo dibujando con el dedo en su pecho mientras él me acaricia el pelo y me da un beso de vez en cuando. El silencio es cómodo y me pesan los párpados.

Me acurruco contra él, con la pierna sobre su muslo.

—Dime cuántos años tienes —musito contra su pecho.

—No —responde cortante. Arrugo el rostro, casi enojada. Ni siquiera me ha dado una edad falsa. Me sumerjo en un limbo tranquilo y experimento toda clase de locuras.

Capítulo 30

Me despierto y me siento fría y vulnerable, y sé de inmediato por qué. ¿Dónde está? Me incorporo y me aparto el pelo de la cara. Jesse se encuentra en el diván, agachado.

—¿Qué estás haciendo? —Tengo la voz ronca, de recién levantada.

Levanta la vista y me deslumbra con su sonrisa, reservada sólo para mujeres. ¿Cómo es que está tan despierto?

—Me voy a correr.

Vuelve a agacharse y me doy cuenta de que se está atando los zapatos de deporte.

Cuando ha terminado, se pone de pie. Metro noventa de adorable músculo, aún más maravilloso con un pantalón de deporte corto y negro y una camiseta gris claro de tirantes. Me relamo y sonrío con admiración. Está sin afeitar. Me lo comería.

—Yo también estoy disfrutando de la vista —dice contento.

Lo miro a los ojos y veo que me está mirando el pecho con una ceja levantada y una media sonrisa plasmada en la cara. Sigo su mirada y veo que las copas del brasier siguen bajo mis tetas. Las dejo como están y pongo los ojos en blanco.

—¿Qué hora es? —Siento una punzada de pánico y me da un vuelco el estómago.

—Las cinco.

Lo miro boquiabierta, con los ojos como platos, antes de dejarme caer otra vez sobre la cama. ¿Las cinco? Puedo dormir por lo menos una hora más. Me tapo la cabeza y cierro los ojos, pero sólo soy capaz de disfrutar de la oscuridad unos tres segundos antes de que Jesse me destape y se coloque a unos centímetros de mi cara con una sonrisa traviesa en los labios. Lo abrazo e intento meterlo en la cama conmigo, pero se resiste y, antes de darme cuenta, estoy de pie.

—Tú también vienes —me informa, y me tapa los pechos con las copas del brasier—. Anda. —Se da media vuelta y se dirige al cuarto de baño.

Resoplo indignada.

—De eso nada. —Seguro que se enoja. No me importa salir a correr, pero no a las cinco de la mañana—. Yo corro por las noches —le digo mientras me acuesto otra vez.

Me arrastro hasta la cabecera y me acurruco entre los almohadones; mi rincón favorito porque es el que más huele a agua fresca y menta. Me interrumpe de mala manera. Me coge del tobillo y me jala hacia los pies de la cama.

—¡Oye! —le grito. He conseguido llevarme una almohada conmigo—. Que yo no voy.

Se inclina, me arranca la almohada de entre los brazos y me mira mal.

—Sí que vienes. Las mañanas son mejores. Vístete.

Me da la vuelta y me propina un azote en el culo.

—No tengo aquí mis cosas de correr —le digo toda envalentonada justo cuando una bolsa de deporte aterriza en la cama. Qué presuntuoso. Quizá no me guste correr.

—Vi tus tenis en tu cuarto. Están hechos polvo. Te fastidiarás las rodillas si sigues corriendo con ellos.

Se planta de brazos cruzados delante de mí, esperando a que me cambie.

Está rompiendo el alba. ¿Ni siquiera estoy despierta y quiere que patee sudorosa y jadeante las calles de Londres antes de haber cumplido con mi jornada laboral?

«¡Siempre exigiendo!»

Suspira, se acerca a la bolsa de deporte y saca toda clase de artículos para correr. Me pasa un brasier deportivo con una sonrisita. Qué tipo, ha pensado en todo. Se lo arrebato de un tirón, me quito el brasier de encaje y me pongo el que lleva el sistema de absorción de impacto. No tengo las tetas tan grandes como para tener que encorsetar-las. A continuación, me pasa unos pantalones cortos de correr —iguales a los suyos, pero para mujer— y una camiseta de tirantes rosa y ajustada. Me visto bajo su atenta mirada. No puedo creer que me vaya a llevar a rastras a hacer ejercicio a estas horas.

—Siéntate. —Señala la cama. Suspiro hondo y me hundo en la cama—. Te estoy ignorando —gruñe tras arrodillarse delante de mí. Me levanta primero un pie y luego el otro, y me pone los calcetines transpirables para correr y unos tenis Nike tipo caros y de moda. Pue-de ignorarme todo lo que quiera. Estoy de malas y quiero que lo sepa.

Cuando acaba, me pone de pie, da un paso atrás y examina mi cuerpo embutido en ropa deportiva. Asiente en señal de aprobación. Sí, doy la facha, pero yo siempre me pongo mis pantalones de pants y una camiseta grande. No quiero parecer mejor de lo que soy en reali-dad. Aunque tampoco se me da mal.

—¿Puedo usar tu cepillo de dientes? —pregunto cuando paso jun-to a él de camino al baño.

—Sírvete tú misma —me contesta, pero ya tengo el cepillo en la mano.

Después de cepillarme los dientes, me siento más alerta y más de-cidida a borrarle la expresión de satisfacción de la cara. Correré, aguantaré el ritmo y es posible que termine con unas cuantas senta-dillas. Llevo tiempo intentando recuperar la costumbre, y me lo está poniendo en bandeja. Vuelvo al dormitorio, erguida y lista para correr.

—Listo, señorita. Vamos a empezar el día igual que queremos ter-minarlo. —Me coge de la mano y bajamos juntos la escalera.

—¡No pienso salir a correr otra vez hoy! —le espeto. Este hombre está loco de verdad.

Se ríe.

—No me refería a eso.

—Ah, ¿y a qué te referías?

Me lanza una sonrisa pícara y misteriosa.

—Quería decir sudorosos y sin aliento.

Trago saliva y me estremezco. Sé cómo preferiría sudar y quedar-me sin aliento mañana, tarde y noche, y no implica tanta parafernalia.

—Esta noche no vamos a vernos —le recuerdo. Me aprieta la mano con más fuerza y gruñe un par de veces. Mi bolso está junto a la puerta—. Necesito una liga para el pelo.

Me suelta y va a la cocina mientras yo cojo la liga del bolso. Me hago una coleta y me arreglo los pantalones cortos. No tapan nada. Necesito unas pantis. Rebusco en mi bolsa y veo las pantis de Little Miss, la terca.

¡No! Me sonrojo, me muero de la vergüenza. Sam se lo debió de haber pasado padre escarbando entre mis cosas para encontrar estas pantis. No me las he puesto nunca. Mis padres me las regalaron en plan de broma y llevan años en el fondo de mi cajón de la ropa interior.

Me resigno a mi suerte: voy a sonrojarme cada vez que vea a Sam mientras siga formando parte de mi vida. Me quito los pantalones cortos para ponérmelas.

—¡Hey! Déjame verlas. —Me coge de las caderas y se agacha para verlas mejor—. ¿Puedes conseguir unas que digan «Little Miss vuelve loco a Jesse»?

Pongo los ojos en blanco.

—No lo sé. ¿Puedes conseguir unas de «don Controlador Exigen-te»? —Me hunde los pulgares en mi punto débil y me doblo de la risa—. ¡Para!

—Vuelve a ponerte los pantalones cortos, señorita.

Me da una palmada en el trasero.

Me los pongo con una sonrisa de oreja a oreja. Hoy está de muy buen humor, aunque, de nuevo, soy yo la que cede.

Bajamos al vestíbulo y ahí está Clive, con la cabeza entre las manos.

—Buenos días, Clive —lo saluda Jesse cuando pasamos por delan-te. Está muy despierto para ser tan temprano.

Clive dice algo entre dientes y nos saluda con la mano, distraído. Creo que no le ha encontrado el truco al equipo.

Jesse se detiene en el estacionamiento.

—Tienes que estirar —me dice. Me suelta de la mano y se lleva el tobillo al culo para estirar el muslo. Observo cómo se tensa bajo los pantalones de correr. Inclino la cabeza hacia un lado, más que feliz de quedarme donde estoy y verlo hacer eso.

»Ava, tienes que estirar —me ordena.

Lo miro contrariada. No he estirado nunca —salvo cuando me desperezo en la cama— y nunca me ha pasado nada.

Ante la insistencia de su mirada, le doy la espalda y, en plan espectacular y muy lentamente, abro las piernas, flexiono el torso para tocarme los dedos gordos de los pies y le planto el culo en la cara.

—¡Ay! —Noto que me clava los dientes en la nalga y me da un azote. Me vuelvo y veo que está arqueando una ceja y parece molesto. Se toma muy en serio lo de correr, mientras que yo sólo corro unos cuantos kilómetros de vez en cuando para evitar que el vino y los pasteles se me peguen a las caderas—. ¿Adónde vamos a correr? —pregunto. Lo imito y estiro muslos y gemelos.

—A los parques reales —responde.

Ah, eso puedo hacerlo. Son poco más de diez kilómetros y uno de mis circuitos habituales. No hay problema.

—¿Preparada? —pregunta.

Asiento y me acerco al coche de Jesse. Él se dirige a la salida de peatones. Pero ¿qué hace?

—¿Adónde vas? —le grito.

—A correr —responde tan tranquilo.

¿Qué? No, no, no. Mi cerebro recién levantado acaba de entenderlo. ¿Me va a hacer correr hasta los parques, efectuar todo el circuito y luego volver? ¡No puedo! ¿Está intentando acabar conmigo? ¿Carreras en moto, visitas sorpresa a mi lugar de trabajo y ahora matarme a correr?

—Este... ¿A cuánto están los parques? —Intento aparentar indiferencia, pero no sé si lo consigo.

—A siete kilómetros. —Los ojos le bailan de dicha.

¿Cómo? ¡Eso son veinticuatro kilómetros en total! No es posible que corra semejante distancia de forma habitual, es más de medio maratón. Me atraganto e intento disimularlo con una tos, decidida a no darle la satisfacción de saber que esto me preocupa. Me coloco bien la camiseta y me acerco al gallito engreído, esa reencarnación de Adonis que tiene mi corazón hecho un lío.

Introduce el código.

—Es once, veintisiete, quince. —Me mira con una pequeña sonrisa—. Para que lo sepas.

Mantiene la puerta abierta para que pase.

—Nunca conseguiré memorizarlo —le digo al pasar junto a él y echar a correr hacia el Támesis. Lo conseguiré. Lo conseguiré. Me repito el mantra —y el código— una y otra vez. Llevo tres semanas sin correr, pero me niego a darle el gusto de pasarme por encima.

Me alcanza y corremos juntos unos metros. Tiene un cuerpo de escándalo. ¿Es que este hombre no hace nada mal? Corre como si su tronco fuera independiente de las extremidades inferiores, sus piernas transportan el torso largo y esbelto con facilidad. Estoy decidida a seguirle el ritmo, aunque va algo más rápido de lo que suelo ir yo.

Cojo el ritmo y corremos por la orilla del río en un cómodo silencio, mirándonos de vez en cuando. Jesse tiene razón, correr por las mañanas es muy relajante. La ciudad no está a toda velocidad, el tráfico está principalmente compuesto por camionetas de reparto y no hay bocinas ni sirenas que me taladren los oídos. El aire también es sorprendentemente fresco y vivificante. Es posible que cambie mi hora de salir a correr.

Media hora más tarde, llegamos Saint James's Park y seguimos por el cinturón verde a un ritmo constante. Me siento muy bien para haber corrido ya unos siete kilómetros. Levanto la vista para mirar a Jesse, que saluda con la mano a todas las corredoras que pasan —sí, todas mujeres— y recibe amplias sonrisas. A mí me miran mal. Cuánta perdedora. Vuelvo a observarlo para ver su reacción, pero parece que no le afectan ni las mujeres ni la carrera. Probablemente esto no haya sido más que el calentamiento.

—¿Vas bien? —me pregunta con una media sonrisa.

No voy a hablar. Seguro que eso me rompe el ritmo y de momento lo estoy haciendo muy bien. Asiento y vuelvo a concentrarme en la acera y en obligar a mis músculos a seguir. Tengo algo que demostrar.

Mantenemos el paso, rodeamos Saint James's Park y llegamos a Green Park. Vuelvo a mirarlo y sigue como si nada, como una rosa. De acuerdo, yo empiezo a notarlo, y no sé si es el cansancio o el hecho de que el loco este vaya aumentando el ritmo, pero me esfuerzo por seguirlo. Debemos de llevar unos catorce kilómetros. No he corrido catorce kilómetros en mi vida. Si tuviera mi iPod aquí, me pondría mi canción de correr ahora mismo.

Llegamos a Piccadilly y me arden los pulmones, me cuesta mantener la respiración constante. Creo que me está dando un bajón. Nunca antes había corrido tanto como para que me diera uno, pero empiezo a entender por qué lo llaman así. Es como si no pudiera despegar los pies del suelo y me hundiera en arenas movedizas.

No debo rendirme.

Uf, no sirve de nada. Estoy agotada. Me salgo del camino y me interno en Green Park. Me desmorono sin miramientos sobre el césped, sudada y muerta de calor, con los brazos y las piernas extendidos mientras intento que el aire llegue a mis pobres pulmones. Me da igual haberme rendido. Lo he hecho lo mejor que he podido. El tipo es un buen corredor.

Cierro los ojos y me concentro en respirar hondo. Voy a vomitar. Agradezco que el aire frío de la mañana invada mi cuerpo espatarrado, hasta que una mole de músculo se acerca a mí desde arriba y se lo traga todo. Abro los ojos y veo una mirada más verde que los árboles que nos rodean.

—Nena, ¿te he agotado? —dice sonriente.

Jesús, es que ni siquiera está sudando. Yo, por mi parte, no puedo ni hablar. Me esfuerzo por respirar debajo de él, como la perdedora que soy, y lo dejo que me llene la cara de besos. Debo de saber a rayos.

—Hummm, sexo y sudor.

Me lame la mejilla y me hace rodar por el suelo. Ahora estoy despatarrada sobre su estómago. Jadeo y resuello encima de él mientras me pasa la mano por la espalda sudorosa. Noto una presión en el pecho. ¿Se puede tener un infarto a los veintiséis años?

Cuando por fin consigo controlar la respiración, me apoyo en su pecho y me quedo a horcajadas sobre sus caderas, sentada en su cuerpo.

—Por favor, no me hagas volver a casa corriendo —le suplico.

Creo que me moriría. Se lleva las manos a la nuca y se apoya en ellas, tan a gusto. Se divierte con mi respiración trabajosa y mi cara sudada. Sus brazos tonificados parecen comestibles cuando los flexiona. Creo que podría reunir la energía justa para agacharme y darles un mordisco.

—Lo has hecho mejor de lo que esperaba —me dice con una ceja levantada.

—Prefiero el sexo soñoliento —gruño, y caigo sobre su pecho.

Me sujeta con el brazo.

—Yo también. —Dibuja círculos por mi espalda.

Vale. Hoy estoy enamorada de él de verdad y sólo son las seis y media de la mañana. Pero debería tener presente con el señor Jesse Ward que todo puede cambiar, mucho y muy rápido. Puede que dentro de una hora lo haya desobedecido o no haya cedido en algo y entonces, de repente, me toque lidiar con don Controlador Exigente. Entonces empezará con la cuenta atrás o me pondrá una cogida para hacerme entrar en razón (me quedo con la cogida; paso de la cuenta atrás).

—Vamos, señorita. No podemos pasarnos el día retozando en el césped, tienes que ir a trabajar.

Sí, es verdad, y estamos a kilómetros del Lusso. Estoy más cerca de casa de Kate que de la de Jesse, pero mis cosas se encuentran en la de él, así que parece que tengo que seguir el camino más largo. Me levanto con dificultad de su pecho y me pongo de pie. Me tiemblan las piernas. Jesse, cómo no, se levanta como un delfín surcando las aguas tranquilas del océano. Me pone mal.

Me pasa el brazo por los hombros y andamos hacia Piccadilly, paramos un taxi y nos subimos a él.

—¿Habías traído dinero para un taxi? —le pregunto. ¿Sabía que no iba a poder conseguirlo?

No me contesta. Se limita a encogerse de hombros y a jalarme hasta que me tiene entre sus brazos.

Me siento un poco culpable por no haberle dejado hacer su recorrido habitual, pero sólo un poco. Estoy demasiado cansada como para preocuparme por eso.

Me arrastra, casi literalmente, por el vestíbulo del Lusso hasta el ascensor. Me siento como si llevara un mes despierta cuando, en realidad, no hace ni dos horas que me he levantado. No tengo ni idea de cómo voy a sobrevivir a lo que queda de día.

Cuando llegamos al ático, me siento en un taburete de la cocina y apoyo la cabeza entre las manos. Mi respiración empieza a volver a la normalidad.

—Toma.

Levanto la vista y veo una botella de agua ante mis narices. La cojo, agradecida, y me bebo el maravilloso líquido helado. Me seco la boca con el dorso de la mano.

—Llenaré la bañera. —Me mira con simpatía, pero también detecto cierto deleite. ¡Pendejo engreído!

Me levanta del taburete y me lleva arriba, agarrada a él, como ya es habitual, igual que un chimpancé.

—No tengo tiempo para un baño. Mejor me doy una ducha —digo cuando me deja en la cama. Lo que daría por poder acurrucarme bajo las sábanas y no despertarme hasta la semana que viene.

—Tienes tiempo de sobra. Desayunaremos e iremos a La Mansión a media mañana. Ahora toca estirar.

Me besa la frente sudada y se va al cuarto de baño.

¿Cómo que a La Mansión? ¿Para qué? Entonces caigo en la cuenta, antes de que mi cerebro tenga ocasión de ordenarle a mi boca que articule la pregunta. ¿Decía en serio lo de que él era mi cita de todos los días hasta el final del año académico?

«¡Mierda!»

Las cien mil libras eran para mantener a Patrick callado mientras disfruta de mí mañana, tarde y noche. Maldita sea. ¿Y qué pasa con mis otros clientes, con Van Der Haus, que es mi otro cliente importante? Él solito es capaz de multiplicar por diez los ingresos de Patrick. Ay, Dios, creo que van a pasar por encima de alguien.

—Jesse, necesito ir a la oficina. —Pruebo suerte con un tono tranquilo y razonable. No sé por qué he escogido este tono en particular. ¿Cuál sería la alternativa? ¿Exigente? ¡Ja!

—No. Estira. —Una respuesta corta y directa seguida de una orden que me dicta desde el cuarto de baño.

Voy a perder mi trabajo. Lo sé. Se saldrá con la suya, pasará por encima de mi vida social y de mi carrera, y luego me tirará como un pañuelo de papel usado. Me habré quedado sin trabajo, sin amigos, sin corazón y, lo que es peor, sin Jesse. Me estoy mareando. ¿Qué voy a hacer? Estoy demasiado cansada como para salir corriendo si inicia una cuenta atrás, no podría llegar muy lejos ni aunque lo intentara con todas mis fuerzas. Y una cogida para entrar en razón remataría mi pobre corazón, que lleva una buena paliza encima.

—Todo mi material está en la oficina. Mis programas de computadora, mis libros de referencia, todo —digo con una vocecita.

Aparece en el umbral de la puerta del baño mordiéndose el labio.

—¿Te hacen falta todas esas cosas?

—Sí, para hacer mi trabajo.

—Bueno, pararemos en tu oficina. —Se encoge de hombros y vuelve al cuarto de baño.

Me tiro en la cama de nuevo, desesperada. ¿Qué demonios voy a decirle a Patrick? Suspiro de agotamiento. Me ha dejado sentirme segura al traerme a casa en taxi y cargar con mi cuerpo cansado escaleras arriba cuando mis piernas no podían más, y yo me lo he creído. Estoy tan loca como él. Nunca tendré el control.

—El baño está listo —me susurra al oído y me saca de mis cavilaciones.

—Lo decías en serio, ¿verdad? —le pregunto cuando me levanta de la cama y me lleva en brazos al cuarto de baño. La enorme bañera que domina la habitación está sólo medio llena.

—¿Qué? —Me deja en el suelo y empieza a desprenderme de mi ropa deportiva mojada.

«¡Tienes la cara muy dura!»

—Lo de no compartirme.

—Sí.

—¿Y mis otros clientes?

—He dicho que no quiero compartirte. —Me baja los pantalones cortos y me da un golpecito en el tobillo. Obedezco y levanto los pies, primero uno y luego el otro.

¿Cómo voy a hacerlo? Por un lado, no me entusiasma precisamente la idea de pasar más tiempo del justo y necesario en La Mansión, bajo la gélida mirada de doña Hociquito, y, por el otro, necesito atender a mis clientes actuales. Para eso me pagan. ¿No quiere compartirme?

¿Qué?

¿Con nadie?

¿Hasta cuándo?

—Jesse, no necesito estar en La Mansión para hacer los diseños.

Me mete en la bañera y empieza a desvestirse.

—Sí lo necesitas.

Me hundo en el agua caliente. Mis músculos doloridos lo agradecen. Es una pena que no me relaje también la mente, que tiene ganas de gritar.

—No, no me hace falta —afirmo. Intento plantarme otra vez. ¡Qué chiste!

Está muy enojado cuando entra en la bañera detrás de mí y apoya mi espalda contra su pecho. Se queda callado un momento antes de respirar hondo.

—Si te permito volver a la oficina, tienes que hacer algo por mí.

¿Si me permite? Este hombre va más allá de la arrogancia y la seguridad en sí mismo. Pero está negociando, lo cual es una mejora con respecto a exigírmelo u obligarme a hacerlo.

—De acuerdo, ¿qué?

—Vendrás a la fiesta de aniversario de La Mansión.

—¿Qué? ¿A un evento social?

—Sí, exacto, a un evento social.

Me alegro de que no pueda verme la cara, porque, si pudiera, la vería retorcida del disgusto. Así que ahora estoy entre la espada y la pared. Me libro de ir a La Mansión hoy, pero en realidad sólo consigo posponerlo, no evitarlo del todo. ¿Para un evento social? ¡Preferiría meter la cabeza en el wáter!

—¿Cuándo? —Sueno menos entusiasmada de lo que estoy, que ya es decir.

—Dentro de dos semanas. —Me rodea los hombros con los brazos y hunde la cara en mi cuello.

Debería estar bailando por el cuarto de baño de la alegría. Quiere que lo acompañe a un evento social. Da igual que sea en su hotel fresa, me quiere allí. Pero no estoy segura de estar preparada para pasar la velada bajo la mirada atenta y hostil de Sarah, y no me cabe duda de que ella también asistirá.

—Vendrás. —Me mete la lengua en la oreja, la recorre un par de veces y me besa el lóbulo antes de volver a introducir la lengua.

Me retuerzo bajo su calidez, mi cuerpo resbala contra el suyo.

—¡Para! —Me estremezco.

—No. —Me aprieta fuerte y yo me encojo. Hay agua por todas partes—. Dime que vendrás.

—¡Jesse! ¡No! —Me echo a reír cuando su mano llega a mi cadera—. ¡Para!

—Por favor —me ronronea al oído.

Dejo de resistirme. ¿Por favor? ¿Lo habré oído mal? Me quedo petrificada. ¿Jesse Ward ha dicho por favor? Vaya, así que está negociando y ha dicho por favor. Si lo miro por el lado bueno, al menos sé que planea tenerme en su vida unas cuantas semanas más. Si hubiera pasado todo el día en La Mansión, no me cabe la menor duda de que habría tenido que ir a la fiesta de aniversario de todos modos. Debería dar las gracias, creo.

—Bueno, iré —suspiro, y me gano un superapretón y una caricia fuera de serie. Levanto los brazos y le paso las manos por los antebrazos. Lo he hecho feliz, y eso, a su vez, me hace muy feliz.

Así que voy a ser su acompañante. Sarah estará encantada. En realidad, voy a ir y voy a esperar el día con ilusión. Me quiere allí, y eso significa algo, ¿no? No puedo evitar la sonrisa de satisfacción que me curva las comisuras de los labios. No suelo ser competitiva, pero detesto a Sarah y Jesse me gusta mucho, así que es lógico, la verdad.

—¿Cuántos años cumple? —pregunto.

—¿Cómo?

—La Mansión, que cuántos años cumple.

—Unos cuantos.

Me vuelvo para tenerlo en mi campo de visión, pero ha puesto cara de póquer. No va a decirme nada. Sacudo la cabeza, miro al frente y lo dejo guardar su estúpido secretito. A estas alturas ya me da igual. Lo quiero y nada puede cambiarlo.

—Nunca me había dado un baño —comenta.

—¿Nunca?

—No, nunca. Soy hombre de regaderas. Pero creo que voy a convertirme en hombre de baños.

—A mí me encanta bañarme.

—A mí también, pero sólo contigo. —Me da un apapacho—. Menos mal que la decoradora adivinó que iba a hacer falta una buena bañera.

Me río.

—Creo que lo hizo bien. —Ni en un millón de años habría adivinado que iba a bañarme en ella cuando ayudé a coordinar el traslado del mamotreto en grúa a través de la ventana. En aquel momento, casi me arrepentí de haber sido tan extravagante, pero ahora disfruto de los placeres de la gigantesca bañera hecha a medida. Mi sufrimiento ha valido la pena.

—Me pregunto si alguna vez pensó en darse un baño en ella —musita.

—Para nada.

—Pues me alegro de que lo esté haciendo. —Me muerde el lóbulo de la oreja y noto que sus pies se deslizan por mis espinillas y acarician los míos por encima del agua jabonosa.

Cierro los ojos y apoyo la cabeza en su pecho. A fin de cuentas, tal vez debería pasar de ir a trabajar y quedarme con él todo el día. Adormilada en la bañera, decido que charlar con Jesse mientras nos bañamos es uno de mis nuevos pasatiempos favoritos. Y que es posible que empiece a correr por las mañanas. Nada de distancias para locos, sólo alrededor de los parques reales, una o dos vueltas un día sí, un día no. Tengo que acordarme de estirar.

—Vas a llegar tarde a trabajar —me dice con dulzura al oído. Hago una mueca. Estoy demasiado a gusto—. Piensa... que si no fueras a trabajar podríamos quedarnos aquí más tiempo.

Me besa en la sien y se pone de pie para salir. Me deja pensando en silencio que ojalá hubiera cedido cuando ha insistido en que me quedara con él todo el día.

Resoplo enfurruñada y cojo su champú. Parece que hoy mi pelo va a volver a tener un mal día.

Capítulo 31

Entro descalza en el dormitorio y veo el vestido entallado de color crema sobre la cama, al lado de mis tacones *nude* y un conjunto de ropa interior de encaje que no recuerdo que sea mío. Frunzo el ceño y cojo la lencería desconocida. Me ha comprado ropa interior ¿y me la ha comprado de mi talla? De verdad cree que puede decirme cómo vestir.

Paso los dedos por el delicado encaje de color crema claro. Es precioso, pero un tanto excesivo para la oficina. Busco para ver si tengo otra cosa en la bolsa del gimnasio, pero no hay nada. Ni ni pantis y brasier ni tampoco otro vestido. No hay ropa. Es un cabrón astuto.

Me resigno y acepto mi destino. Me preparo para ponerme la ropa interior y el vestido que Jesse ha decidido que voy a llevar hoy. Supongo que debería estarle agradecida por no haber elegido un suéter grande y grueso. La verdad, es un gran alivio que haya tenido la iniciativa de dejarme una secadora. Me maquillo, me seco el pelo —que me queda un poco enmarañado—, me lo recojo y voy al piso de abajo.

Jesse está en la isla de la cocina hablando por el celular y metiendo el dedo en un bote de crema de cacahuate. Me mira y casi me caigo de culo por culpa de su arrebatadora sonrisa. Sí, está supersatisfecho consigo mismo.

Le recorro el cuerpo con la mirada: va vestido con traje gris y camisa negra. Suspiro de admiración. Se ha puesto gel fijador en el pelo rubio ceniza y lo lleva peinado a un lado, un poco alborotado. Me encanta que no se haya afeitado. Tiene un aspecto muy masculino y está guapo a rabiar. ¿Por qué habré insistido tanto en ir a trabajar?

—Iré en cuanto deje a Ava en el trabajo. —Se vuelve en el taburete y ladea la cabeza—. Sí, dile a Sarah que lo quiero en mi mesa cuando llegue.

Se da unas palmaditas en el regazo y me acerco intentando no poner mala cara tras haber oído el nombre de esa arpía.

—Anulamos su credencial de socio, así de sencillo. —Me siento en sus rodillas y sonrío cuando hunde la cara en mi cuello y me huele—. Puede protestar todo lo que quiera, queda expulsado. Punto —espeta con brusquedad. —¿De qué habla?—. Que Sarah lo cancele... sí... muy bien... te veo pronto.

Cuelga, tira el teléfono sobre la barra y serpentea con las manos debajo de mis rodillas para sentarme mejor en su regazo. Me recibe con un beso glotón y generoso. Gime en mi boca de pura satisfacción.

—Me gusta tu vestido —musita contra mis labios. Huele mucho a menta, mezclada con un poco de crema de cacahuate. No soporto la crema de cacahuate, pero a él lo adoro y me encanta que sea tan atento, así que me olvido de la crema.

—Claro que te gusta, ¡lo has elegido tú! ¿Y la ropa interior?

Me da un besito y me suelta.

—Ya te lo he dicho: siempre encaje. —Me recorre con la mirada.

No discuto, no tiene ningún sentido, si es que alguna vez lo tiene, y además ya la llevo puesta.

—¿Quieres desayunar? —pregunta.

Miro el reloj de la cocina.

—Tomaré algo en la oficina. —No puedo llegar tarde.

Cojo el bolso para sacar mis píldoras.

—¿Puedo servirme un vaso de agua?

—Toda la que quieras, nena.

Vuelve a su bote de crema de cacahuate.

Voy al gigantesco refrigerador y rebusco en las profundidades de mi bolso. ¿Dónde están? Suelto el bolso en la barra, junto al refrigerador, y lo vacío. Mis píldoras anticonceptivas no están. Otra vez no, por favor. No tengo remedio.

—¿Qué ocurre? —me pregunta.

—Nada —farfullo mientras lo meto todo de nuevo en el bolso—. Chingado —maldigo en voz baja. Pero entonces me dedico un aplauso mental por haber guardado por separado los empaques y haber dejado algunos en mi cajón de la ropa interior.

—Vigila esa boca, Ava —me regaña—. Anda, vas a llegar tarde.

—Lo siento —murmuro—. Es culpa tuya, Ward.

Me cuelgo la bandolera del hombro.

—¿Mía? —pregunta con los ojos muy abiertos—. ¿Qué es culpa mía?

—Nada, pero me retraso porque me estás distrayendo —lo acuso.

Me mira y tuerce el gesto.

—Te encanta que te distraiga.

Pues sí. No puedo negarlo.

Me deja en Berkeley Square en un tiempo récord. Son un peligro sobre ruedas, él y su estúpido cochecito de gama alta. Lo detiene en una zona prohibida en la esquina y se vuelve para mirarme. Se está mordiendo el labio inferior, lleva haciéndolo casi todo el trayecto. ¿Qué estará pensando?

—Me encanta despertarme a tu lado —dice con dulzura, y se acerca para acariciarme el labio con el pulgar.

Yo también me vuelvo para mirarlo a la cara.

—Y a mí. Pero no me gusta que me dejen hecha polvo por llevarme a correr a las cinco de la mañana.

Mis piernas ya están resentidas, y van a ir a peor. No estiré después de correr porque don Difícil y su manía de llevarme la contraria me distrajeron. Voy a estar muy incómoda todo el día, sólo me faltaban los tacones para rematarlo.

—¿Preferirías que te cogiera hasta dejarte hecha polvo? —Me dedica su sonrisa arrebatadora y me pasa la mano por la parte delantera del vestido.

«Ah, no, ¡de eso nada!»

—No. Prefiero el sexo soñoliento —lo corrijo. Me acerco, le planto un beso casto en los labios, me bajo del coche y lo dejo solo con su ceño fruncido. Vuelvo a entrar—. Te veo mañana. Gracias por dejarme exhausta antes de ir a trabajar.

Cierro la puerta y empiezo a caminar con mis piernas maltratadas y el par de zapatos más incómodo que tengo. Gracias a Dios que me toca pasar el día en la oficina, porque no podría recorrer Londres con estos taconcitos. El teléfono me grita desde el bolso. Lo saco.

Estás increíble con ese vestido. Buena elección. De nada. Bss, J.

Me vuelvo y veo que me está mirando. Doy una vueltecita sobre mí misma y diviso su deslumbrante sonrisa antes de captar el rugido gutural de su coche, que desaparece a toda velocidad. Sonrío para mis adentros. Ha sido bastante razonable esta mañana.

Entro en la oficina y me encuentro a Tom consolando a Victoria, que está sentada a su escritorio. Pongo los ojos en blanco disimuladamente. ¿Qué drama se ha armado a las ocho y media de un viernes por la mañana?

—Ve a que te la arreglen —le dice Tom con cariño pasándole la mano por la espalda para calmarla. Me fijo y veo que Victoria se está mirando la uña del pulgar. Vuelvo a poner los ojos en blanco.

—¡Hoy no tengo tiempo! —lloriquea—. ¡Esto es un desastre!

¿Se ha roto una pinche uña? Esta chica debería haber estudiado arte dramático. Entonces me acuerdo... Tiene una cita con Drew esta noche. Sí, esto es un verdadero desastre para Victoria. Voy hacia mi mesa y me planta delante la uña rota. Tom sigue pasándole la mano por la espalda. Mi compañero me mira con dramatismo y cara de «Señor, dame fuerzas» antes de venir corriendo a mi lado de la oficina. Sé lo que toca ahora.

Apoya las palmas de las manos en mi mesa y se inclina hacia adelante.

—Quiero saberlo todo.

—Calla. —Lo miro con el ceño fruncido y echo la vista atrás para ver si Patrick está en su despacho. No está, pero puede que se encuentre en la cocina o en la sala de reuniones. Debería haber sabido que mi amigo, gay y muy curioso, querría interrogarme sobre la visita sorpresa que Jesse hizo ayer a la oficina. De hecho, lo que no sé es cómo ha podido esperar a esta mañana.

Tom hace un gesto con la mano para quitarle importancia.

—No está. ¡Desembucha!

Centro la atención en la computadora, la enciendo y muevo el ratón sin ningún propósito concreto. ¿Qué le digo? ¿Que me he enamorado de un hombre mandón, exigente, neurótico, irracional, que pasa por encima de quien haga falta, que casualmente es un cliente y que me coge hasta hacerme perder el sentido? Ah, y que también me amenaza con iniciar la cuenta atrás si lo desobedezco. Sí, con eso lo tiene todo. Levanto la vista y veo que Victoria se ha unido al interrogatorio.

—Está como un flan, el h. de p. —canturrea.

—¿H. de p.?

—Hijo de perra —responden al unísono.

Ah. Sí, eso también. Sonrío para mis adentros y estiro las piernas bajo la mesa con un suspiro. Qué rico.

—¡Queremos saberlo todo!

—Me acuesto con él. —Me encojo de hombros. «¡Estoy enamorada de él!»

Me miran como si me hubieran salido cuernos. Luego se miran el uno a la otra y ponen los ojos en blanco. Se cruzan de brazos y se quedan de pie, delante de mí. Tom me estudia a través de sus lentes de moderno y yo bajo la vista para ver si también están dando golpecitos en el suelo con el pie.

—Ava, eso ya lo sabemos —bufa Tom, impaciente—. Lo que queremos saber es si el sexo de recuperación se ha convertido en algo más interesante.

Acerca aún más la cabeza a mí y me siento observada en un microscopio. Eso están haciendo. Dejo de tocarme el pelo con los dedos.

—Podría preguntárselo a Drew —interviene Victoria con voz chillona.

—¿Qué? —Le lanzo una mirada furiosa al darme cuenta de lo que quiere decir—. Victoria, no estamos en la prepa. No necesito que preguntes a sus amigos. ¡Mantén la boca cerrada! —He sido muy salvaje, pero es que realmente me cuesta creer que haya sugerido algo tan patético e inmaduro.

Me mira con expresión dolida, lo deja así y vuelve a su mesa y a su uña rota. Tom me observa con cara de desaprobación. Sacudo la cabeza. Esta chica a veces es tonta de remate.

—Es sexo, nada más —lo informo—. ¡Ahora, déjame en paz!

Cojo el ratón y lo muevo sin rumbo por la pantalla.

—Ajá —farfulla antes de irse y dejarme tranquila—. Y una mierda que es sólo sexo —lo oigo murmurar.

Paso la mañana llamando a mis clientes y revisando plazos. Estoy satisfecha. Todo va como la seda. No hay dramas de los que ocuparme ni contratistas perezosos a los que despedir. Anoto unas cuantas citas para la semana que viene y sonrío al escribir entre las diagonales trazadas con rotulador permanente. Tengo que cambiar de agenda antes de que Patrick vea la infinidad de citas diarias con el señor de La Mansión.

Acepto gustosa el capuchino y el *cupcake* que aterrizan en mi mesa, cortesía de Sally, y frunzo el ceño al oír un caos de bocinas en la puerta de la oficina. Miro y veo una camioneta rosa parada en doble fila y a Kate saludando con la mano como una loca en mi dirección. Intenta llamar mi atención. Salto de la silla y gruño ante el grito de protesta de mis músculos. Resoplo con cada paso que doy hasta llegar a *Margo Junior* y sonrío con afecto al ver el rostro emocionado de mi amiga.

—¿Verdad que es una belleza? —Kate acaricia con amor el volante de *Margo Junior*.

—Es preciosa —le digo, pero entonces me acuerdo de otra cosa—. ¿A qué juegas dejando que Sam escarbe en mi cajón de la ropa interior?

—¡No pude impedírselo! —dice con una voz dos tonos más aguda de lo habitual y a la defensiva. Como debe de ser—. Es un cabroncete picarón —sonríe.

No me cabe la menor duda. Lo que me recuerda la tontería esa de tener a Kate atada a la cama. Me siento tentada a preguntarle, pero en seguida decido que prefiero no saberlo.

—¿Cómo está Jesse? —La sonrisa le va ahora de oreja a oreja.

—Bien. —La miro recelosa.

—Has dormido con él —dice en tono sugerente—. ¿Lo has pasado bien?

Me atraganto.

—Bueno, me llevó de paquete en una supermoto Ducati 1098, hizo que Sarah me lanzara miradas como cuchillos y me ha obligado a correr catorce kilómetros esta mañana. —Me agacho para masajearme los muslos doloridos.

—Carajo, ¿sigue dándote la chinga? Dile que se vaya a volar. —Frunce el ceño—. ¿Has corrido catorce kilómetros? Qué joda. ¿Y qué diablos es eso de una Ducati?

—Una supermoto. —Me encojo de hombros. Yo tampoco habría sabido lo que era hace unos días—. Ha ingresado cien mil libras en la cuenta de Rococo Union.

—¿Qué? —chilla.

—Lo que oyes.

—¿Por qué?

Me encojo de hombros.

—Para que Patrick esté tranquilo mientras él dispone de mí. No quiere compartirme.

—¡Guau! Ese hombre está loco.

Me río. Sí, es un loco; un loco que alucina; un loco rico; un loco difícil; un loco adorable...

—¿Salimos esta noche? —pregunto. He rechazado al loco porque daba por sentado que Kate estaría disponible. Es él quien no puede dar por sentado que yo estaré disponible para que me coja siempre que le apetezca. Aunque resulta tentador.

—¡Desde luego! ¡Avisa a Victoria y al gay!

Me relajo, aliviada.

—Victoria tiene una cita con Drew, pero le avisaré a Tom. ¿No vas a ver a Sam esta noche? Empieza a formar parte del mobiliario de tu piso. —Arqueo una ceja. En realidad, es una pieza de mobiliario medio en cueros, pero eso me lo callo.

Va a decirme que sólo está pasando un buen rato.

—Sólo estamos pasando un buen rato —responde altanera.

Me río de su indiferencia. Sé que es pura fachada. Estamos hablando de la chica que no ha tenido una segunda cita desde hace años. Sam es muy mono. Entiendo que le guste.

Alguien empieza a tocar la bocina detrás de *Margo Junior*.

—¡Jódete! —grita Kate—. Me voy. Te veo luego en casa. Te toca a ti comprar el vino.

Sube la ventanilla con una amplia sonrisa dibujada en la cara. No puedo creerme que le haya comprado una camioneta.

De repente, recuerdo el trato que he hecho a cambio de mi ropa... No puedo beber esta noche. Bueno, al diablo. Estoy deseando tomarme una o dos copas. No se enterará nunca. Kate desaparece por la calzada y yo regreso a la oficina.

—Ha llamado Patrick —me dice Sally cuando paso junto a su mesa—. No va a venir en todo el día. Está jugando al golf.

—Gracias, Sal.

Me siento en mi silla y estiro las piernas. Sí, ahora sí que me duelen. Me levanto y me llevo el talón al culo. Respiro con gusto cuando los músculos de mis muslos se estiran como es debido. Mi celular empieza a saltar sobre la mesa y Placebo canta *Running up that Hill*. No tengo ni que mirar la pantalla para saber quién es. Tiene un gusto musical exquisito.

—Me gusta —lo saludo.

—A mí también. Luego la pondremos para hacer el amor.

—No vas a verme luego. —Se lo recuerdo de nuevo. Lo está haciendo a propósito.

—Te echo de menos.

No puedo verlo, pero sé que está haciendo un mohín. En cuanto a lo de hacer el amor... Bueno, es mucho mejor que coger. Sonrío, el corazón me da saltitos en el pecho.

—¿Me echas de menos?

—Mucho —refunfuña. Miro la computadora. Es la una. No han pasado ni cinco horas desde que nos despedimos—. No salgas esta noche —me dice. No es una súplica, es una orden.

Vuelvo a sentarme. Sabía que esto iba a pasar.

—No te atrevas —le advierto con toda la asertividad que soy capaz de reunir—. He hecho planes.

—¿Sabes?, puede que estés en la oficina, pero no creas que no voy a ir allí a cogerte hasta que entres en razón. —Lo dice muy en serio, incluso un poco enojado.

No será capaz. ¿O sí? Maldita sea, ni siquiera estoy segura.

—Tú sabrás —respondo sin tomármelo en serio.

Se ríe.

—Lo decía en serio, señorita.

—Lo sé. —No me cabe la menor duda, pero tendrá que esperar hasta mañana para cogerme como prefiera.

—¿Tienes calambres en las piernas? —pregunta justo cuando las estoy estirando bajo la mesa otra vez.

—Más o menos. —No voy a darle el gusto de confesar que me duelen un montón. Me daré un baño con sales Radox antes de salir. Un momento... ¿Habrá intentado lisiarme para que no pueda salir esta noche?

—Más o menos —repite, y su voz áspera está cargada de burla—. ¿Recuerdas nuestro trato?

Me encabrono conmigo misma. Me he estado engañando al pensar que iba a olvidarse de su trato. Y ahora estoy segura de que me ha hecho correr un maratón al amanecer con la intención de dejarme inmovilizada.

«¡Don Controlador!»

—No hace falta que me pongas una cogida de recordatorio —mascullo. Nunca se enterará. No voy a emborracharme hasta el punto de tener una resaca espantosa, tengo la última aún demasiado reciente.

—Cuidado con esa boca, Ava —suspira con cansancio—. Y yo decidiré cuándo y si es necesaria una cogida de recordatorio.

¿Lo dice en serio? Me quedo un poco boquiabierta al teléfono. ¿Acaso no tiene sentido del humor? Me levanto y estiro el muslo con un gemido satisfecho. Malditos sean él y su carrerita al amanecer.

—Recibido —confirmo con todo el sarcasmo que se merece.

—¿Te veo esta noche? —suspira.

—¿Mañana? —La verdad es que quiero verlo, a pesar de que es un hombre difícil.

—Te recojo a las ocho.

¿A las ocho? Es sábado y quiero dormir hasta tarde. ¿A las ocho? Así no voy a emborracharme, no con Jesse dando lata a las ocho.

—Al mediodía —contraataco.

—A las ocho.

—A las once.

—A las ocho —ladra.

—¡Se supone que tienes que ceder un poco! —Este hombre es imposible.

—Te veo a las ocho. —Cuelga y me deja cojeando con el teléfono en la oreja. Miro mi celular sin poder creérmelo. Que aparezca a las ocho si quiere, no estaré despierta para abrirle, y dudo mucho que Kate lo esté. Dejo caer mi cuerpo dolorido en la silla con un par de resoplidos. No pienso volver a ir a correr.

—Tom —lo llamo—, vamos a salir esta noche. ¿Vienes?

Me mira con una sonrisa pícara y enorme en su cara de bebé.

—Debo rechazar la invitación con elegancia. —Me hace una pequeña reverencia, como el buen caballero que sé que no es—. ¡Tengo una cita!

—¿Otra?

—Yo no puedo ir. Imagino que ibas a invitarme —suelta Victoria sin levantar la vista de sus dibujos. No voy a dignificar su sarcasmo con una respuesta, así que opto por hacerle una mueca a sus espaldas.

—¡Sí! Éste es el hombre de mi vida —asiente Tom con la sonrisa de satisfacción más grande del mundo.

Dejo a Tom con su sonrisa y vuelvo a mi computadora. Todos son el hombre de su vida.

Salgo de trabajar a las seis y voy directa a la tienda a comprar Radox y una botella de vino. Luego me meto en el metro. Tengo que resistir la tentación de descorchar la botella aquí y ahora. Es viernes, voy a ponerme al día con Kate esta noche y a pasar el día siguiente con mi controlador de carácter difícil. Perfecto.

Cruzo la puerta principal y me encuentro a Sam, medio desnudo, saliendo del taller de Kate. Ella lo sigue con una enorme sonrisa de satisfacción en la cara.

—¿Es broma? —les suelto, e intento mirar a cualquier parte menos al cuerpazo de Sam.

Me ciega con su sonrisa más picarona y se vuelve para mirar a Kate, lo cual me deja con un primer plano de su espalda desnuda y su culo embutido en unos *jeans* holgados. Es entonces cuando veo que lleva masa para pastel en la nuca.

—Te quedó un poco. —Señalo con el dedo el salpicón delator.

Kate vuelve a Sam para que quede encarado a mí y le lame la parte central de la espalda hasta llegar al cuello. Me sonríe, orgullosa, y yo me echo a reír. Vaya par de exhibicionistas.

Subo al apartamento resoplando por las punzadas de dolor que me recorren las piernas a cada paso. Voy directa al cuarto de baño para llenar la bañera y añado la mitad del relajante muscular en forma de sales. A continuación, me dirijo a la cocina para encargarme del requisito especial número dos: lleno una copa de vino para mí y otra para Kate. Hago un gesto de apreciación con el primer sorbo.

A los cinco minutos, estoy lanzando por encima de mi hombro todas las prendas de mi cajón de la ropa interior, presa del pánico.

—¡Kate! —Sé que las puse aquí, así que ¿dónde diablos están?

¡Si es una broma de Sam, voy a partirle el cuello!

Kate aparece al instante en mi cuarto.

—He cerrado la llave de la bañera. ¿Qué pasa?

—Mis píldoras.

—¿Qué les pasa?

—Han desaparecido. —La acuso con la mirada—. No puedo creer que dejaras a Sam entrar en mi habitación.

Me mira con los ojos como platos.

—Yo no lo dejé entrar. Además, si tus píldoras hubieran estado ahí, yo las habría visto.

Dejo escapar un grito de frustración y procedo a rebuscar en los demás cajones, por dentro y por fuera. Sé que las guardé aquí.

—¡Mierda!

—Relájate, puedes comprar más. ¿Vienen Tom y Victoria?

Hago una bola con los contenidos del cajón de la ropa interior y la meto en el cajón.

—Ya lo hice. Y no, los dos tienen citas.

—Te organizas fatal —protesta, cansada del tema. Tiene razón, soy un desastre, pero me las arreglo bien en el trabajo. Es mi vida privada la que se resiente—. ¡Claro! ¿Es esta noche cuando Victoria sale con Drew? —Kate me mira con sus dos enormes ojos azules.

—¡Sí! —Los míos le devuelven la mirada.

—No saldrá bien. Date prisa con el baño. Necesito bañarme.

Cojo mi vino y me voy al baño.

El agua me sienta fenomenal, y me lavo el pelo con champú y acondicionador. Me rasuro entera y me obligo a salir de la bañera antes de beberme el vino y cepillarme los dientes.

Una hora después, me he secado y rizado el pelo, me he puesto crema por todo el cuerpo y estoy a medio maquillar. Se abre la puerta de mi habitación y aparece Kate.

—¿Cuánto te queda?

—Media hora —confirmo al tiempo que abro mi cajón de la ropa interior.

—Genial. —Cierra la puerta.

La vuelve a abrir.

—¿Qué? —pregunto sin levantar la vista. Estoy buscando el conjunto adecuado.

Dos segundos después, me cogen, me quitan la toalla de un tirón y me encuentro en la cama con un hombre gigantesco encima de mí.

¡Un momento! Estoy totalmente desorientada y todavía llevo en la mano las pantis que pensaba ponerme. No me da ocasión ni de verle bien la cara. Sus labios chocan con los míos y empieza a comerme la boca con ansia. Pero ¿qué diablos pasa? No puedo ni intentar soltarme ni preguntarle qué hace aquí. Me pone a cuatro patas y desliza los dedos por mi entrada —sin duda para ver si estoy lista— antes de desabrocharse la bragueta y empotrarse en mí con un grito entrecortado.

Chillo y, como premio, una mano me tapa la boca.

—Silencio —mascula entre una y otra arremetida.

¡Carajo! Estoy indefensa mientras él entra y sale de mí con energía y decisión. La profundidad a la que llega hace que la vista se me nuble de inmediato, la cabeza me da vueltas de desesperación y de placer. Me aparta la mano de la boca, la lleva hacia mis caderas y me jala hacia él para que reciba cada uno de sus duros avances.

—¡Jesse! —grito desesperada. No tiene piedad.

—¡Silencio he dicho! —ruge.

Mi placer aumenta sin parar y al final soy yo la que sale al encuentro de sus embestidas. Gime con cada envite y se adentra en mí a un ritmo trepidante. Choca contra mi útero y me envía a una neblina de euforia inesperada. Intento agarrarme a una almohada, pero estoy tan desorientada que sólo acierto a aferrarme a las sábanas. No logro reunir las fuerzas necesarias para levantar la cabeza y mirar. Estoy totalmente indefensa.

Siento que me agarra con más fuerza, que se tensa y se hincha en mi interior penetrándome más allá de lo imaginable. Es una cogida posesiva. Eso es lo que es. No es que me moleste. Estaré indefensa y a merced de su voluntad, pero aun así voy a tener un orgasmo atronador.

La velocidad a la que entra y sale de mí aumenta. Me la clava una vez más, profunda y lentamente, y me parto por la mitad, acometida por un orgasmo explosivo que me obliga a enterrar la cara en el colchón para ahogar un grito de alivio. Su rugido de semental retumba en la habitación cuando se me une en este delirio maravilloso. Se desmorona sobre mí, jadeando con fuerza en mi oído. Tiembla y da sacudidas dentro de mí, y por todo mi ser.

Ha sido toda una sorpresa. Estoy agotada e intento inhalar todo el aire posible para darles un descanso a mis pulmones. Hoy han trabajado duro.

—Por favor, dime que eres tú —jadeo con los ojos cerrados y absorbiendo el calor de su cuerpo a través de su traje. No se ha quitado ni el saco.

—Soy yo —dice sin aliento, y me aparta el pelo de la espalda y me lame la piel desnuda con la lengua.

Suspiro feliz y lo dejo morderme y lamerme a gusto.

—No te bañes —me ordena entre lametones.

—¿Por qué? —Frunzo el ceño entre las sábanas. No iba a hacerlo de todas formas, no tengo tiempo.

Se aparta, me da la vuelta, me agarra de las muñecas y las aplasta una a cada lado de mi cabeza. Me mira desde arriba. Su pelo repeinado de esta mañana ahora es un caos, pero no lo afea ni una pizca.

—Porque quiero que me lleves encima cuando salgas. —Deja caer los labios sobre los míos.

Ah, se trataba de pasarme por encima. Yo tenía razón. Debería haberlo sabido. Es un loco.

Me aplica una táctica nueva en la boca, hace remolinos con la lengua, gime dentro de mí y me mordisquea los labios. Es algo completamente distinto del feroz ataque que acabo de sufrir.

—¿Los hombres se sienten atraídos por las mujeres que acaban de coger? —pregunto con sus labios entre los míos.

—Esa boca. —Se aparta y me mira con desaprobación—. Has bebido.

«¡Mierda!»

—No. —Mi tono es de culpabilidad.

Me mira las muñecas cuando nota la tensión de mi reflejo natural. Luego me mira a mí con una ceja arqueada.

—Ni una más —me ordena con dulzura, y me da otro beso espléndido—. Esperaba encontrarte cubierta de encaje de color crema —susurra en nuestras bocas unidas.

Me alegro de que no haya sido así. Ahora estaría hecho pedazos en el suelo y es un conjunto precioso. Quizá me compre más de ésos, puede que en varios colores. Me libera una de las muñecas y me pasa el dedo por el costado, por la parte sensible de mis caderas y allá donde se unen mis muslos.

—Lo habrías destrozado —jadeo cuando me mete dos dedos. Aún no me he recuperado del último clímax de locura y ya está en marcha el siguiente. Este hombre tiene mucho talento.

—Es probable —confirma mientras mueve los dedos en círculo, muy adentro, todo lo lejos que le permiten los dedos.

—Hummm —suspiro totalmente satisfecha y tensando las piernas debajo de él.

—Tampoco te pases con el modelito de esta noche.

Estiro el brazo para cogerlo del hombro y atraerlo a mi boca pero no me deja. Me mira expectante y me doy cuenta... de que está esperando que le confirme que he entendido sus órdenes.

—¡No lo haré! —grito desesperadamente cuando me ataca con una deliciosa pasada del pulgar por mi clítoris.

—Ava, ¿vas a venirte?

—¡Sí! —le grito en la cara. En cualquier momento, voy a tener un bis de mi orgasmo anterior y va a ser igual de satisfactorio y de alucinante—. ¡Por favor!

Se aproxima, sus labios están todo lo cerca que pueden estar de los míos sin tocarlos.

—Hummm, ¿te gusta, nena? —Los mete más y empuja hacia arriba para acariciarme la pared frontal.

—¡Dios! —grito—. Por favor, Jesse.

Levanto la cabeza para intentar capturar sus labios pero los aparta.

—¿Me deseas?

Empiezo a arder, se me tensan las piernas cuando me acaricia entre los labios hinchados.

—Sí.

—¿Quieres complacerme, Ava?

—Sí. ¡Jesse, por favor! —gimoteo.

Me quedo de piedra cuando extrae los dedos y se levanta de la cama.

«¿Qué? ¡No!»

Estoy a punto de caer del precipicio y, así, de repente, mi gran orgasmo inminente desaparece. Ha hecho que me sienta como una bomba sin explotar.

—¿Qué estás haciendo? —pregunto; sigo de piedra.

—¿Quieres que termine? —Echa la cabeza a un lado y se abrocha los pantalones.

—¡Sí!

Su mirada se clava en la mía.

—No salgas esta noche.

—¡No!

Se encoge de hombros.

—Mi trabajo aquí está hecho. —Me lanza un beso mientras me mira con sus estanques verdes de párpados pesados, y luego da media vuelta y se marcha.

Me quedo tumbada de espaldas, desnuda. Me siento como si me hubieran marcado y necesito alivio desesperadamente. No puedo creerme lo que acaba de hacer. Sé lo que ha sido eso. Ha sido una cogida para hacerme entrar en razón fallida, seguido de una masturbación fallida. Es una táctica de manipulación absoluta.

—¡Ya lo terminaré yo! —grito cuando la puerta se cierra detrás de él. No lo haré. No será ni la mitad de satisfactorio si lo hago yo.

Lanzo un bufido y llevo mi cuerpo desnudo hasta el cajón de la ropa interior para buscar mi conjunto más atrevido. El de encaje rosa servirá. Me lo pongo y saco la bolsa de la tienda cara. Sonrío al apartar el papel de seda que envuelve el vestido de quinientas libras, el vestido tabú por excelencia. «El que ríe al último, señor Ward...»

Me peleo otra vez con el cierre, me arreglo el maquillaje a medio terminar y me miro al espejo. Me gusta lo que veo. El vestido tabú de seda de color crema me queda muy bien. Tengo la piel un poco bronceada, los ojos oscuros y ahumados y mi pelo es una masa de ondas chocolate. Me calzo los tacones de aguja de color crema de Carvella y me echo unas gotas de Eternity de Calvin Klein.

—¡Me quiero morir! —chilla Kate. Me vuelvo y la veo mirando de arriba abajo mi cuerpo embutido en seda—. ¡Va a volverse loco!

—El señor de La Mansión puede irse a que le den por el culo.

Kate se ríe.

—Vaya, esta noche quieres guerra. ¡Me encanta! —Entra, tan despampanante como siempre, con un vestido verde brillante y tacones azul marino—. ¿Qué ha hecho para merecerse esto?

—Me ha dejado a punto de venirme justo después de cogerme para que entrara en razón. —Lo digo tan tranquila. No puedo creer lo que acabo de admitir.

Kate se deja caer en la cama, presa de un ataque de risa. No puedo evitar reírme con ella. Supongo que tiene gracia.

—Dios, me encanta —farfulla entre carcajadas—. Me alegro de no ser la única que está disfrutando del mejor sexo de su vida.

Se seca las lágrimas de risa de los ojos.

No me sorprende nada lo que dice. En absoluto. Sam no se pasea por el apartamento medio en pelotas y con esa sonrisa lasciva en la cara porque Kate le esté haciendo muchos pasteles.

—Me tiene hecha un lío. —Sacudo la cabeza y vuelvo a mirarme en el espejo para ponerme el labial *nude*.

—¿Ya sabemos cuántos años tiene? —Kate coge mis polvos bronceadores para dar una pasada extra a sus mejillas pálidas.

—Ni idea. Es un tema tabú, igual que la cicatriz del estómago.

Se pellizca las mejillas.

—¿Es importante? ¿Qué cicatriz?

—No, no lo es. La cicatriz es una cosa muy fea, de aquí a aquí.
—Me paso el dedo desde la parte baja del estómago hasta la cadera.

Mira mi reflejo en el espejo.

—Estás enamorada de él.

—Con locura —admito.

Capítulo 32

Pasamos junto a los porteros del Baroque muertas de la risa. No estamos borrachas, pero esta noche nos ha dado por reírnos.

—¿Qué vas a tomar? —pregunta Kate cuando se nos acerca un mesero.

—Vino —contesto, y me río para mis adentros. Ha sido fácil.

Kate coge las bebidas y nos abrimos paso entre la multitud del viernes por la noche hasta la última mesa libre, al fondo del bar. Me siento con cuidado en el taburete, sujetándome el bajo del vestido. Sí que es un tabú.

—Bueno, cuéntame cosas. ¿Qué tal Sam? —pregunto como si nada. Sé que es más que sexo. Creo que los dos han encontrado la horma de su zapato. No conozco a Sam, pero sí a Kate, y para que dedique tanto tiempo a un hombre tiene que ser muy especial. Lo único que sé de Sam es que tiene una sonrisa picarona y que le gusta ir por ahí medio desnudo. Kate no ha pasado tanto tiempo con un hombre desde que estuvo con mi hermano. Sonrío ante su llegada inminente. Tengo muchas ganas de verlo, pero no me apetece hablar de Dan esta noche, no con Kate.

Se encoge de hombros.

—Divertido.

—¡Anda! Te he contado mucho más sobre Jesse, ¡dame más!

Da un sorbo a la copa de vino y la deja sobre la mesa, con tranquilidad.

—Ava, no es la clase de hombre con la que una sienta la cabeza. Lo pasaré bien mientras dure, pero no voy a clavarme.

Por dentro, miro mal a Kate por recordarme lo que me dijo Sarah acerca de plantearse un futuro con Jesse.

—¿Cómo lo sabes? —Intento poner orden en mis pensamientos dispersos.

—Lo sé —me dice con media carcajada.

Si soy sincera, me decepciona un poco. Es vivaracha, se toma la vida con calma y no tiene inhibiciones... Todo lo que Sam parece ser. Al menos, por lo que yo he visto, y he visto bastante. ¿Qué problema hay?

—Me cae bien —admito. Es posible que sea un exhibicionista y un pesado, pero es adorable.

—Bueno, a mí también me cae bien Jesse.

Me río. Claro que sí: le ha comprado una camioneta. Pero me callo.

—Pero te gusta en plan amigo, ¿no? —Ay Dios, no se me había ocurrido pensar que Kate pudiera sentirse atraída por él. Aunque todo el mundo se siente atraído por él. Me han mirado mal infinidad de admiradoras, pero jamás pensé, ni por un instante, que Kate pudiera sentir algo por él.

—¡Claro! —Me mira toda ofendida—. Me gusta porque es evidente lo mucho que te quiere.

—¿Qué? Kate, no me quiere. Lo que le gusta es cogerme. —Doy un buen trago de vino para amortiguar el efecto de lo que acaba de decirme Kate. ¿O es para amortiguar el efecto de lo que acabo de decir yo? ¿Lo mucho que me quiere o lo mucho que quiere controlarme?

—Ava, eres la reina de la negación.

—¿Cuántos años crees que tiene? —pregunto.

Kate se encoge de hombros.

—Unos treinta y cinco. Voy a fumarme un cigarro. —Se baja del taburete y coge el paquete de tabaco del bolso—. Espérame aquí, no quiero que nos quiten la mesa.

Se va a la zona de fumadores y me deja meditando sobre mi endiablada situación. Estoy enamorada de un hombre que pisotea, que es controlador y exigente más allá de lo razonable. Sabía que debía mantenerme lejos de él. No puedo evitar pensar que podría haber rechazado con facilidad a cualquier otro hombre, haberlo evitado y huido. Pero Jesse es otra historia. Soy adicta, estoy enganchada a él y no sé si es sano.

—¿Ava?

Una voz muy familiar me arranca de mis breves cavilaciones. Además, es una voz que no me apetece oír. Me vuelvo embutida en el vestido de seda.

—Hola, Matt. —Suena como si de verdad tuviera ganas de verlo.

—Carajo, Ava. Estás estupenda. —Me da un repaso con una mirada obscena, cosa que me hace sentir muy incómoda. ¿Cómo puede darme tanta repulsión ahora? Lo quise durante cuatro años. O eso creo. Lo que sentía por Matt palidece hasta la insignificancia en comparación con lo que siento por cierto don Controlador de edad desconocida.

—Gracias; ¿cómo estás? —pregunto educadamente, y reparo en su camisa y sus *jeans* negros. Odio esos *jeans*, y la camisa parece mala y barata.

—Muy bien, gracias. ¿Qué es de tu vida?

«Sexo ¡Sexo del bueno y en abundancia!»

—No gran cosa. Tengo un montón de trabajo y estoy buscando departamento. —Es mentira, por supuesto. Ni siquiera he visitado una agencia inmobiliaria. Matt no se percata de que me estoy retorciendo el pelo. Nunca se dio cuenta de lo que significa ese tic. ¿Una señal, tal vez?

—¿Qué tal el trabajo?

Apoya los codos en el borde de la mesa e invade por completo mi espacio personal. Estiro la espalda y me aparto cuanto puedo de él mientras rezo para que Kate vuelva pronto. Saldrá volando en cuanto ella aparezca.

—Muy bien, gracias. —Medito sobre si debo preguntarle lo mismo. Después de que me llamara y me comentase que iban a reducir plantilla en su empresa, supongo que debería hacerlo, pero prefiero no alargar mucho la conversación.

Sonríe radiante, es su sonrisa falsa.

—Genial. Oye, sólo quería disculparme otra vez. Me pasé. No te culparía si me mandaras a la mierda.

«¡Vete a la mierda!»

—Tranquilo, Matt. No te preocupes.

—Genial.

Vomito para mis adentros cuando James se acerca para unirse a nosotros y me mira con el mismo desprecio que yo siento hacia él. ¡Que se vaya a la chingada! Sonrío con dulzura y me recoloco en asiento con cuidado. Este vestido es ridículo, y aunque me sentía perfectamente cómoda antes de ver a Matt, ahora creo que enseño demasiado y me siento expuesta y vulnerable bajo las miradas escrutadoras de mi ex y de su amigo.

—James. —Lo saludo con una inclinación de cabeza.

—Ava —replica. La frialdad de su tono no se me escapa. Ya debe de haberle contado a Matt que me vio con un tipo alto, rubio y agresivo, así que ¿por qué se está comportando Matt de una forma tan agradable?

—¿Puedo invitarte una copa por los viejos tiempos? —se ofrece mi ex.

—No, de veras, no hace falta.

Levanto mi copa de vino medio llena. ¿Por los viejos tiempos? ¿Cómo? ¿Para celebrar lo estúpido que era? ¡Por favor!

No la veo, pero sé que está cerca. La corriente helada que de repente emana del cuerpo de Matt es muy poderosa. James no le da una bienvenida mejor. Kate y él tampoco se entienden.

—¿Qué diablos haces tú aquí? —le grita al aproximarse.

Se me tensan los hombros.

—No pasa nada, Kate —apaciguo a la fiera de mi amiga pelirroja.

—Ya me iba —sisea Matt.

—¡Pues te estás tardando!

Él se vuelve hacia mí.

—Me alegro de verte, Ava.

—Igualmente, Matt. —Sonrío. ¿Qué gano siendo hostil? El tipo está arrepentido, o eso creo. Bueno, da igual. Ya no forma parte de mi vida y no puedo continuar con el drama para siempre. Me río para mis adentros. Mi vida es una gran obra dramática en estos momentos.

Matt y James me dejan en paz, pero la calma sólo dura hasta que Kate se desata.

—¿Qué haces hablando con esa serpiente? —me suelta desde el otro lado de la mesa mientras se trepa a su taburete.

—Ha venido a saludar, sólo estaba siendo educado. —Mi tono de aburrimiento la irritará aún más. ¡Está como un tren!

—¡Me importa una mierda!

Arrugo la cara.

—Hablas igual que Jesse.

Dios, no necesito que la fiera de mi mejor amiga se parezca a la fiera de mi hombre. Resopla un poco antes de beberse el vino de un trago. Hago lo mismo y me termino la copa.

—¿Otra? —Saco dinero de la cartera—. Vigílame el bolso.

Me dirijo a la barra para pedir otra ronda de bebidas y espero pacientemente a que el barman me atienda.

—¿Todo bien, preciosa?

Pongo los ojos en blanco y me vuelvo. Hay un tipo bajo, fornido, baboso y creído mirándome de arriba abajo.

—Hola —digo cortésmente, y me vuelvo de nuevo hacia la barra. El barman trae nuestras copas—. Gracias. —Le doy un billete de veinte y echo un trago. El baboso no me quita los ojos de encima, sigue a mi lado, salivando sobre su pinta. Se me ponen los pelos como espinas. Suplico mentalmente al barman que se dé prisa con el cambio e incluso considero la posibilidad de renunciar a mi dinero y huir de aquí.

—¿Bailamos?

—No, gracias. —Sonrío, cojo el cambio de la mano del barman y hago una maniobra de fuga veloz. Me mira decepcionado, pero no vuelve a probar suerte.

Ésta es mi tercera copa de vino. Soy una rebelde. Al diablo. Después del numerito que me ha armado Jesse en casa, estoy en una misión secreta de resistencia: tener la última palabra.

Unas cuantas horas después ya no hay tanta gente en el bar y vamos, probablemente, por la tercera botella de vino. Nos ha entrado la risa floja como a un par de adolescentes y mis preguntas se vuelven más atrevidas.

—¿De verdad estabas atada a la cama? —pregunto descaradamente. La sonrisa que se dibuja en su cara me dice que Sam no me estaba tomando el pelo. Ni siquiera me sorprendo. Debe de ser cosa del alcohol, o quizá sea consecuencia del sexo ardiente del que he estado disfrutando últimamente—. Lo sabía. —Me echo a reír—. Tienes que decirle que se ponga algo encima cuando se pasea por el piso. No sé adónde mirar.

—¿Estás loca? —Me mira escandalizada—. ¡Qué desperdicio de cuerpo!

Su mirada se pierde en la distancia, obviamente está pensando en el cuerpo de Sam. Sí, es bastante atractivo, pero eso no significa que me interese verlo. Yo ya tengo otro cuerpazo que admirar. Hablando del cuerpazo, estoy borracha y tengo ganas de verlo. Puede que lo llame. Entonces me acuerdo... Se supone que no debería estar bebiendo. ¡Bah! Me tomo otro trago de vino.

—Entonces ¿a qué se dedica? —pregunto.

Conduce un Porsche y no parece que vaya nunca a trabajar.

Se encoge de hombros.

—Es un huérfano rico.

—¿Huérfano?

—Al parecer —dice pensativa—, sus padres murieron en un accidente de coche cuando él tenía diecinueve años. No tiene hermanos, ni familia, ni nada. Vive de su herencia y le gusta la diversión. —Sonríe de satisfacción otra vez.

Dios, ¿Sam es huérfano? No me puedo imaginar perder a mis padres a esa edad. A ninguna edad, de hecho. Tuvo que ser horrible. ¿Y nadie se hizo cargo de él? De repente ya no veo a ese chico descarado de la misma manera. Nadie se imaginaría que le ha pasado algo tan espantoso; siempre está sonriendo y bromeando.

—¿Cuántos años tiene?

—Treinta —responde casi de mala gana, como si se sintiera culpable por saber la edad del hombre al que se está tirando.

Lo dejo así. No es culpa de Kate que a mí me tengan a oscuras.

—¿Qué opinas de Drew?

Levanta las cejas.

—Es un poco frío y cuadriculado, ¿no crees?

—¡Sí! —Me alegra no ser la única que lo piensa—. No es para nada el tipo de Victoria.

—Dos citas, como mucho. —Kate me apunta con su copa y derrama un poco de vino sobre la mesa—. Lo aburrirá hasta la muerte con un informe detallado de su última visita al salón de bronceado.

—Cada semana está más naranja. —Me río.

—Eso no es naranja, mujer. —Otro salpicón de vino sobre la mesa—. Eso es caoba. Jamás podrá encontrarla en la oscuridad. Y sí, ella sólo lo hace a oscuras.

—¡No!

—Sí. Es por no sé qué rollo de la celulitis y el pelo de recién cogida. Un fastidio. Con el último tipo con el que estuvo decía que se levantaba una hora antes que él para bañarse, peinarse y maquillarse para estar presentable cuando él se despertara.

—¡Eso es ridículo!

Asiente.

—Oye, ¿te ha mencionado Jesse algo sobre una fiesta en La Mansión?

—¡Sí! —Me planteo seriamente si decirle que me ha sobornado para que vaya. Por favor, que Sam haya pedido a Kate que lo acompañe. Eso haría mucho más soportable la velada—. ¿Tú vas a ir?

—¡Pues claro que sí! Me muero por ver el sitio. —Le brillan los ojos de emoción—. Creo que se avecina una sesión de compras.

—Probablemente yo me las arregle con lo que ya tengo en el armario. —Me encojo de hombros. Me he gastado quinientas libras en este estúpido y minúsculo vestido. Me reclino en el taburete y en seguida me doy cuenta de que no tiene respaldo, así que tengo que agarrarme al borde de la mesa. El vino sale volando por los aires.

—¡Mierda! —grito mientras intento no caerme al suelo de culo.

Me uno a las inevitables carcajadas de Kate, y nuestras copas se tambalean peligrosamente mientras nos reímos a mandíbula batiente como un par de adolescentes borrachas que se han pasado con la sidra. Necesito parar de beber ya. Estoy a punto de sobrepasar el umbral de la diversión para caer en el terreno de hablar arrastrando las palabras y hacer eses como una borracha. Mi señor de La Mansión, exigente y nada razonable, aparecerá mañana a las ocho de la mañana y debo asegurarme de no tener resaca.

—Creo que va siendo hora de retirarse —dejo caer con toda la diplomacia posible.

Kate asiente con la copa de vino en los labios.

—Sí, yo ya estoy. —Se escurre del asiento y se me acerca a trompicones. Bueno, parece que Kate ya está en el territorio de las eses—. Huy, me encanta esta canción. ¡Vamos a bailar! —chilla, y me empuja hacia la pista de baile.

—¡Kate, no hay nadie en la pista! —protesto. Tampoco hay casi nadie en el bar.

—¿Y qué más da? —responde al tiempo que avanza dando tumbos hacia la música. Me arrastra con ella—. Nos iremos después de es... ¡Ay! —Se precipita al suelo y me jala con un aullido—. ¡Perdón! —Se echa a reír.

Estamos las dos despatarradas en el suelo, riéndonos como locas y mirando las tenues luces del local. Me avergonzaría... si no estuviera tan peda. ¿Cómo se nos verá desde fuera? Ninguna de las dos hace siquiera un intento rápido de ponerse en pie.

—¿Crees que los de seguridad vendrán a ayudarnos? —balbuceo entre carcajadas.

Kate se enjuga una lágrima.

—No lo sé. ¿Gritamos? —Busca mi brazo para apoyarse en él y poder sentarse—. ¡Mierda! —exclama con un tono que ha pasado del cachondeo a la seriedad.

—¿Qué? —Yo también me incorporo para averiguar a qué ha venido eso, y resulta que tenemos a Jesse mirándonos desde arriba, con los brazos cruzados y una expresión de encabronamiento extremo en su bonito rostro.

Mierda, eso digo yo. Aprieto los labios por temor a echarme a reír y hacerlo anojar aún más.

—Ay, no. Me va a tener un mes castigada —susurro para que sólo Kate pueda oírme. Mi amiga escupe a diestro y siniestro al intentar contener la risa, y yo no consigo reprimir la mía.

Estamos las dos sentadas en el suelo del bar como un par de hienas borrachas. La cara de Jesse se pone más roja a cada segundo que pasa. Kate se ríe todavía más cuando Sam aparece junto a Jesse, con la desaprobación reflejada en la cara. ¿Por qué mi chico no puede mirarme con cara de desaprobación en vez de quedarse ahí plantado como si fuera a entrar en combustión espontánea? Tampoco estoy tan mal. Mi ubicación actual es sólo cortesía de la delincuente de mi mejor amiga, que me lleva por el mal camino.

Un portero trabado con la cabeza rapada se acerca a nosotros. Tiene cara de malo. Le doy un codazo a Kate para indicarle que van a echarnos del bar.

—Kate, si no nos dejan entrar más para comer, tendré que darme a la bebida. —Me encanta el sándwich de tocino, lechuga y tomate del Baroque.

—Pero si ya lo has hecho —resopla mientras intenta levantarse otra vez apoyándose en mí.

—Jesse, encárgate de tu chica —gruñe el portero, que lo saluda con un apretón de manos.

—Descuida. —Me lanza su mirada más amenazadora—. Yo me encargo. Gracias por la llamada, Jay.

«¿Qué?»

—Vamos, pesada —le dice Sam a Kate en tono de burla mientras la levanta.

Kate le echa los brazos al cuello y se ríe en su cara.

—Llévame a la cama, Samuel. Dejaré que me ates otra vez. —Se desploma sobre él como un costal de papas.

Sam intenta reprimir una carcajada ante el numerito de Kate, pero no lo hace porque esté enojado con ella. En absoluto. Se contiene por Jesse, que ha vuelto a fastidiarme la noche. No esperaba verlo hasta las ocho de la mañana, así que no iba a enterarse nunca de que me había emborrachado un poco. ¿Y qué es todo ese rollo de que el portero lo ha llamado?

Vuelvo a dirigir mi mirada achispada hacia don Exigente y pongo mi mejor cara de ofendida. Se le van a salir los ojos de las órbitas. Se ha fijado en el vestido tabú. Ay, madre, he desobedecido dos órdenes. Va a castigarme de verdad. Y me vuelve a entrar la risa floja.

—Vamos, levántate —gruñe con los dientes apretados.

—¡Relájate, gruñón! —lo regaño con más seguridad de la que siento. Le tiendo la mano para que me ayude, sé que no me va a dejar tirada.

Suspira y sacude la cabeza en señal de exasperación. Luego se agacha para levantarme. Abre aún más los ojos cuando recibe de pleno el impacto frontal del vestido tabú. Otra vez la risa floja. Va a necesitar que lo lleve a la tintorería después de haberme revolcado con él por el suelo sucio del bar.

Me tranquilizo.

—¿Estás enojado conmigo? —Lo miro, achispada, sin dejar de pestañear y aferrada a la solapa de su traje gris. ¿Es que no ha pasado por casa en todo el día?

—Muchísimo, Ava —dice amenazadoramente. Me agarra del codo y me saca del bar. Localizo al portero que me ha delatado y lo miro con desdén cuando pasamos junto a él. Le estrecha la mano a Jesse y me muestra su desaprobación sacudiendo la cabeza.

«Jódete.»

Sam está ayudando a Kate a meterse en el asiento delantero del Porsche. Le sujeta la cabeza cuando se agacha para entrar. Mi amiga sigue con la risa floja y me la contagia otra vez.

—¡Samuel, hoy es tu noche de suerte! —canturrea mientras Sam cierra la puerta del coche. Estaré peda pero sé que esta noche no habrá acción en el dormitorio de Kate.

Jesse y Sam se despiden; el primero me tiene bien sujeta del codo.

—Hasta luego, bonita. —Sam me da un beso en la mejilla y me lanza una sonrisa sólo para mis ojos. Se la devuelvo mientras me concentro en no echarme a reír y encabronar más de lo necesario a mi hombre exigente e irracional.

Jesse me lleva a su coche y me mete en el asiento delantero con suavidad y firmeza, todo en el más absoluto silencio. Parece muy encabronado, pero estoy borracha y envalentonada, así que me da igual.

Se estira por encima de mí para ponerme el cinturón y lo rechazo de un manotazo.

—Puedo ponérmelo sola —gruño enfurruñada.

Me lanza una mirada para avisarme de que no me pase, así que —y probablemente sea lo más sensato— me pongo las manos en el regazo y dejo que me abroche el cinturón. Le robo una bocanada de su fragancia.

—Hueles a gloria —lo informo en voz baja.

Se aparta. Sigue con cara larga y los ojos le brillan de rabia. Pero no dice ni una palabra. No me habla. ¡Qué maduro! Cierra de un portazo y se coloca tras el volante, arranca y se incorpora al tráfico a lo loco, sin la menor consideración para con los demás usuarios.

—La casa de Kate está por ahí —señalo cuando el vehículo avanza rugiendo en otra dirección.

—¿Y? —Es la única palabra tensa que me escupe.

Vamos, hombre, por el amor de Dios.

—Y es donde vivo —digo con firmeza. No va a arruinarme la noche por completo. Kate y yo tenemos algunas de nuestras mejores conversaciones con una taza de té en la mano después de haber bebido hasta hartarnos.

—Duermes en mi casa. —Ni siquiera me mira.

—No, eso no formaba parte del trato —le recuerdo—. Tengo hasta las ocho de la mañana antes de que vuelvas a distraerme.

—He cambiado el trato.

—¡No puedes cambiarlo!

Se vuelve muy despacio para tenerme cara a cara.

—Tú lo has hecho.

Retrocedo y lo miro con enfado, pero no se me ocurre nada que decir. Tiene razón, he roto las condiciones del trato. ¡Pero sólo porque eran irracionales! Me reclino contra la tapicería de cuero suave. De todas formas, sólo faltan, más o menos, ocho horas para las ocho.

Llegamos al Lusso y lanzo un gemido de protesta. Parece que Clive sólo me ve cuando estoy borracha o cuando estoy tan agotada que tienen que llevarme en brazos. Abro la portezuela y me muevo con cuidado para intentar ponerme de pie. Jesse me mira con atención, sin duda con la esperanza de que me caiga para poder recogerme y dar a Clive la impresión de que estoy peda otra vez.

Pues se va a llevar una decepción. Cierro la puerta, con suavidad, y echo a andar hacia el vestíbulo. No debo tropezar, no debo caerme. Llego al vestíbulo, todavía en vertical, y saludo educadamente a Clive con la cabeza al pasar ante él, pero el conserje no dice nada. Me devuelve el saludo con la cabeza y mira a Jesse. Cuando vuelve a mirar hacia abajo sin haber dicho ni hola, sé que ha visto la cara de furia de Jesse. Resoplo para mis adentros, entro en el ascensor y espero cortésmente a que Jesse haga lo propio.

—Tienes que cambiar el código —murmuro mientras introduzco el código del constructor. No tiene más que notificarlo a seguridad y ellos se encargarán en seguida.

No dice ni una palabra. Se está esforzando por no hablarme. Levanto la cabeza y veo que me mira fijamente, estudiándome con atención, con cara de póquer. Estoy segura de que está a punto de saltar sobre mí y ponerme una de las cogidas de Jesse. ¿Me cogerá para hacerme entrar en razón o será una cogida de recordatorio? Ah, ¡seguro que me echa una cogida de disculpa! Mi cerebro ebrio se deleita con la idea, pero entonces se abren las puertas del ascensor y él sale antes que yo. Estoy sorprendida. Habría apostado la vida a que iba a cogerme. En fin, aún no estamos en su apartamento.

Abre la puerta y entra sin siquiera mirarme. La cierro a mis espaldas y lo sigo a la cocina, donde lo veo sacar una botella de agua del refrigerador. Le da un par de tragos y me la pasa bruscamente.

No me molesto en rechazarla. El sábado pasado y el recuerdo del dolor de cabeza que tenía al despertar son motivo más que suficiente para aceptar su oferta. Bebo agua bajo su atenta mirada y dejo la botella vacía en la barra.

—Date la vuelta —ordena.

¡Allá vamos! Un millón de fuegos artificiales entran en combustión en mi interior cuando obedezco su orden. Me doy la vuelta, con la libido gritando y un cosquilleo en la piel. La sensación de sus manos cálidas sobre mis hombros me hace apretar los dientes y me acelera la respiración. Coge el cierre del vestido y lo baja muy despacio, deslizando las manos por mi cuerpo en su descenso. Se arrodilla para terminar. Me da un golpecito en el tobillo y levanto los pies por turnos para salir de la maraña de seda. Me vuelvo y miro hacia abajo para verlo arrodillado delante de mí.

Me devuelve la mirada, se levanta despacio y frota la nariz entre mis pechos mientras asciende hacia mi garganta. Me huele el cuello. ¡Sí! Estoy suplicando por él mentalmente, como siempre.

Me succiona con los labios y me mordisquea y lame la delicada piel, que arde en deseos de que me toque. Quiero tocarlo, pero sé que es él quien pone las condiciones.

—¿Quieres que te coma, Ava? —me pregunta en voz baja. El aire se me queda atrapado en la garganta cuando su voz vibra en mi oído. Suelto un largo e intenso suspiro—. Tienes que decir la palabra mágica. —Me roza la oreja con los labios. Me tiemblan las rodillas.

—Sí —jadeo.

—¿Quieres que te coja, nena?

—Jesse. —Me estremezco cuando me acaricia entre los muslos.

—Lo sé. Me deseas. —Me muerde el lóbulo de la oreja y el metal del broche de mis aretes de plata tintinea contra sus dientes.

Tiemblo y jadeo, desesperada por él. Pero entonces se aparta y me deja hecha un costal de hormonas y de deseo.

—Quédate ahí —me ordena con firmeza, y después se va.

Todavía lleva puesto el traje. Se acerca a un armario de la cocina, lo abre y saca algo. ¿Crema de cacao? Se me acelera el pulso.

Vuelve a mí con calma. Recorro su cuerpazo con la mirada y me deleito con el bulto rígido que tiene en la entrepierna. Lo espero sin protestar, aceptando que se tome su tiempo. Cuando por fin llega a mí, se me acerca a la cara y exhala su aliento caliente y mentolado contra mí cuando me roza las mejillas, los ojos y la barbilla con los labios antes de posarlos suavemente sobre los míos.

Gimo de puro placer. Abro la boca pero él deshace el beso y empieza a descender por mi cuerpo. Una ráfaga de calor me inunda y mi respiración, ya superficial y agitada, se torna entrecortada y dificultosa. Me mira y sigue bajando, toca con la nariz mis pantis de encaje y eso hace que mis manos se aferren a sus hombros en busca de un lugar donde apoyarse. Me dedica una sonrisa de complicidad y empieza a ascender apretando el cuerpo al mío.

—Te pongo a mil —me susurra al oído.

—Sí —digo con un escalofrío y tratando de recobrar el aliento.

—Lo sé. Y eso me... pone... muchísimo..., carajo. —Se aparta de mí. Pero ¿qué hace? Levanta las manos y me doy cuenta de que lleva mi vestido en una... Y unas tijeras en la otra.

No será capaz. Abre las tijeras y las acerca a mi vestido. Entonces, muy despacio, lo corta por la mitad mientras yo lo observo boquiabierta. Ha sido capaz. ¿Un vestido de quinientas libras? Ni siquiera tengo capacidad para gritarle o detenerlo. Estoy estupefacta.

No contento con haber cortado en dos mi vestido tabú de quinientas libras, procede a seccionarlo en trozos más pequeños antes de depositar, tranquilo y sin expresar emoción alguna, la tela mutilada en la isla, junto con las tijeras. Me mira.

Encuentro mi voz.

—No puedo creer lo que acabas de hacer.

—No juegues conmigo, Ava —me avisa, sereno, controlado. Se mete las manos en los bolsillos del pantalón y me observa con atención mientras yo sigo de pie delante de él, pasmada. La embriaguez ha desaparecido. Estoy despabilada, sobria y perpleja ante su demostración de eso que él llama poder.

—¡Tú! —Le planto el dedo en la cara—. ¡Estás loco!

Sus labios forman una línea recta.

—Así es como me siento. ¡Ahora lleva ese culo a la cama!

¿Cómo? ¿Que lleve mi culo a la cama? Este hombre es increíble: no es exigente, es imposible del todo. Frunzo el ceño. Si me quedo un minuto más a su lado, necesitaré bótox antes de cumplir los veintisiete.

—¡No voy a meterme en la cama contigo!

Me quito los tacones de una patada, doy media vuelta, salgo de la cocina y dejo a don Controlador allí, rabiando. Voy en ropa interior y ha hecho pedazos mi vestido, así que estoy jodida.

Subo los peldaños de la escalera con furia, pisando fuerte y resoplando. ¡Quiero gritar! ¡Se le va la hebra, está loco de atar! Entro en el dormitorio y veo mi bolsa del gimnasio en un extremo de la cama, pero sé que ahí no hay nada de ropa. Lo descubrí esta mañana cuando me dejó encima de la cama el vestido que me tenía que poner. Pues no pienso quedarme aquí. ¡De ninguna manera!

Bajo la escalera a toda prisa, cruzo el descansillo y entro en el dormitorio más lejano. Tengo otros tres para elegir, pero ¡éste es mi favorito y el que está más lejos de él! Cierro de un portazo y me meto en la cama. Las sábanas son maravillosas. Todavía está igual que la noche de la inauguración. Tiro todos los elegantes cojines al suelo y hundo mi cabeza frustrada en la almohada. No huele a agua fresca y a menta y no es ni de lejos tan cómoda como la de Jesse, pero servirá para esta noche. Mañana me marcharé. ¡Este hombre está trastornado! No tiene sentido que intente salirme con la mía: aunque tenga la gentileza de darme la razón, a continuación pasa por encima de mí como una aplanadora.

«¡Cabrón!»

La puerta se abre de par en par y la luz del descansillo entra en la habitación. Su silueta crece a medida que se acerca a mí. ¿Qué va a hacer ahora? ¿Lavarme el estómago?

Se agacha y me coge en brazos sin mediar palabra. Si pensara que iba a servir de algo, me resistiría. Pero no lo hago. Dejo que me lleve a su dormitorio y me acueste en su cama.

Me pongo boca abajo y entierro la cara en una almohada. Cierro los ojos y finjo no disfrutar del consuelo de su olor en las sábanas. Estoy mentalmente agotada y agradecida de que sea fin de semana. Podría dormir hasta el lunes. Escucho las idas y venidas de Jesse. Se está desvistiendo. ¡Más le vale no moverse de su lado de la cama!

La cama se hunde, me coge de la cintura y me jala. Sin apenas esfuerzo, estoy sobre su pecho. Intento apartarlo y hago caso omiso del gruñido que brota de su garganta.

—¡Suéltame! —grito mientras intento quitarme sus dedos de encima.

—Ava... —Su tono me dice que se le está agotando la paciencia. Eso me encabrona aún más.

—Mañana... me largaré de aquí —le espeto, y me alejo de él.

—Ya veremos. —Casi se ríe cuando vuelve a atraerme hacia su pecho y me aprieta contra su cuerpo.

Dejo de resistirme. Es un esfuerzo inútil. Además, no puedo evitar la inmensa alegría que siento cuando sus brazos me rodean con fuerza y noto su aliento tibio en el pelo.

Aunque sigo estando hecha una furia.

Capítulo 33

—Despierta, señorita.

Cuando abro los ojos, tiene la nariz pegada a la mía.

Doy a mi cerebro unos momentos para ponerse en marcha y a mis ojos tiempo para adaptarse a la luz del día. Cuando al fin veo algo, resulta que distingo un brillo de alegría en sus ojos verdes. Yo, por mi parte, quiero seguir durmiendo. Es sábado y ni siquiera mi necesidad de arrancarle la piel a tiras va a hacer que me mueva de esta cama en un buen rato.

Lo aparto y le doy la espalda.

—No te hablo —murmuro, y me acurruco otra vez en mi almohada. Me da una palmada en el culo y a continuación me coloca panza arriba y me sujeta por las muñecas—. ¡Me dolió! —le grito.

Las comisuras de sus labios se curvan, pero no estoy de humor para el Jesse arrebatador esta mañana. ¿Por qué está tan contento? Ah, sí. Claro que sé por qué. Ha hecho pedazos el vestido tabú y me tiene para él antes de las ocho de la mañana.

Estoy envuelta en él de pies a cabeza y me mira. ¡Debería levantar la rodilla y darle donde duele!

—Hoy pueden ocurrir dos cosas —me informa—: puedes ser razonable y pasaremos un día encantador, o puedes seguir siendo una seductora rebelde y entonces me veré obligado a esposarte a la cama y hacerte cosquillas hasta dejarte inconsciente. ¿Qué prefieres, nena?

¿Que sea razonable? ¿Más? La mandíbula me llega al suelo y él me mira con interés. ¿De verdad cree que no voy a discutir esa propuesta suya?

Levanto la cabeza para estar lo más cerca posible de su cara sin afeitar y tan atractiva que casi me molesta.

—Vete al carajo —digo despacio y con claridad.

Retrocede con los ojos como platos ante mi osadía. Yo también estoy bastante avergonzada de mí misma, pero Jesse y sus exigencias desmedidas sacan lo peor de mí.

—¡Cuidado con esa puta boca!

—¡No! ¿Por qué demonios tienes porteros que te informan de mis movimientos? —Ese pequeño detalle acaba de aterrizar en mi cerebro medio dormido. Pero, si estoy en lo cierto y está pagando a los porteros para que me vigilen, voy a entrar en erupción.

—Ava, lo único que quiero es asegurarme de que estás a salvo. —Deja caer la cabeza y empieza a morderse el labio—. Me preocupo, eso es todo.

¿Que se preocupa? ¿No hace ni un mes que me conoce y ya se ha puesto en plan protector y posesivo? Pisotea a quien haga falta, me desbarata los planes, corta mis vestidos y me prohíbe beber.

«¡Que yo sea razonable!»

—Tengo veintiséis años, Jesse.

Me mira a los ojos. Se le han oscurecido de nuevo.

—¿Por qué te pusiste ese vestido?

—Porque quería hacerte rabiar —respondo con sinceridad. Me retuerzo un poco en vano. No voy a ninguna parte.

—Pero pensabas que no ibas a verme. —Frunce el ceño.

¿Cree que me lo puse para otro?

—Lo hice por principios —digo entre dientes. Quería tener la última palabra aunque él no se enterara—. Me debes un vestido.

Sonríe y casi me deslumbra.

—Lo pondremos en la lista de cosas que hacer hoy.

¿Qué hay en esa lista? Ahora mismo, lo único que quiero es dormir. O que me despierte de otra manera. Me contoneo debajo de él y arquea las cejas sorprendido.

—¿Qué fue eso? —pregunta intentando descaradamente ocultar una sonrisa.

De acuerdo, sé a la perfección a qué está jugando. No va a tocarme, igual que hizo anoche e igual que hizo ayer antes de que saliera. Ése va a ser mi castigo por haberle puesto cara. Es lo peor que podía hacerme.

—No es necesario que me protejas —rezongo; me agito debajo de él y consigo liberarme. Puede retarme todo lo que quiera.

—Es señal de lo mucho que me importas —dice cuando ya me he ido y lo he dejado en la cama.

¿Que le importo? No quiero importarle, quiero que me quiera. Cruzo el dormitorio, entro en el baño y cierro la puerta. Le importo. ¿Como a un hermano o algo así? Noto que el corazón se me parte lentamente.

Utilizo el escusado y me lavo las manos antes de colocarme frente al enorme espejo que hay detrás del lavabo doble. Suspiro, agotada. ¿Qué voy a hacer? Le importo. Si importarle significa tener que aguantar todo esto, entonces que se lo meta por donde le quepa.

Me lavo la cara y hago ademán de coger el cepillo de dientes de Jesse, pero entonces me doy cuenta de que justo ahí está mi cepillo de dientes. ¿Perdona? Le pongo pasta con cara de no comprender nada y empiezo a cepillarme los dientes. Miro el reflejo de la regadera en el espejo y veo mi champú y mi acondicionador, junto con mi rastrillo y mi gel de baño. ¿Me ha mudado aquí? Continúo cepillándome los dientes, abro la puerta que conduce al dormitorio y me encuentro a Jesse despatarrado boca abajo en la cama con la cabeza enterrada en la almohada. Paso junto a él de camino al vestidor y casi me atraganto con la pasta de dientes cuando veo colgada una selección de mi ropa.

¡Me ha mudado a su apartamento! Esto es pasarse por mucho, ¿no? ¿Es que yo no tengo ni voz ni voto? Puede que lo quiera, pero sólo lo conozco desde hace unas semanas. ¿Mudarme a vivir con él? ¿Qué significa esto? ¿Quiere tenerme aquí para protegerme? Si es así, que se joda, y mucho. Más bien me quiere aquí para controlarme.

—¿Algún problema?

Me vuelvo con el cepillo de dientes colgando de la boca y ahí está Jesse, en la puerta del vestidor, un tanto nervioso. Es una expresión que no le había visto nunca. Mi mirada desciende por su torso y se deleita en el movimiento de sus músculos cuando se coge al umbral del vestidor con las dos manos. Pero rápidamente desvío la atención de la distracción de su pecho y de repente recuerdo por qué estoy en el vestidor. Farfullo una ráfaga de palabras ininteligibles con el cepillo y la pasta de dientes en la boca.

—Perdona, vas a tener que repetírmelo. —Las comisuras curvadas de los labios lo delatan, y yo me saco el cepillo de dientes de la boca de un tirón.

Sabe perfectamente lo que me pasa. Vuelvo a farfullar. Mis palabras resultan algo más comprensibles sin el cepillo, pero la pasta sigue impidiéndome hablar con claridad.

Pone los ojos en blanco, me coge en brazos y me lleva al cuarto de baño.

—Escupe —me ordena cuando me deja en tierra.

Me vacío la boca de pasta y vuelvo la cara para mirar a mi controlador exigente.

—¿Qué es todo esto?

Trazo un círculo con el brazo para señalar mis cosas.

Jesse aprieta los labios para reprimir una sonrisa y se inclina hacia adelante y lame los restos de pasta de dientes de mis labios. Se toma su tiempo en mi labio inferior.

—Ya está. ¿Qué es qué?

Me pasa la lengua por la sien y me suelta en el oído su aliento suave y tibio. Me tenso cuando me toma el sexo con la mano y los escalofríos de placer me recorren en todas direcciones.

—¡No! —Lo aparto de mí de un empujón—. ¡No vas a manipularme con tus deliciosas habilidades divinas!

Sonríe. Es su sonrisa arrebatadora.

—¿Crees que soy un dios?

Resoplo y vuelvo a mirar al espejo. Si su arrogancia sigue aumentando a este ritmo, voy a tener que saltar por la ventana del cuarto de baño para no morir aplastada.

Me rodea la cintura con el brazo y me atrae hacia sí. Apoya la barbilla en mi hombro y estudia mi reflejo en el espejo. Presiona su erección contra mis muslos y mueve las caderas en círculo. Tengo que agarrarme al lavabo con las manos.

—No me importa ser tu dios —susurra con voz ronca.

—¿Por qué están mis cosas aquí? —pregunto a su reflejo. Obligo a mi cuerpo a comportarse y a no caer en la tentación de su encantadora divinidad.

—Las he recogido antes de casa de Kate. Pensé que podrías quedarte aquí unos días.

—¿Puedo opinar?

Vuelve a mover las malditas caderas y me saca un gritito.

—¿Te he permitido hacerlo alguna vez?

Niego con la cabeza mientras observo su reflejo. Esboza una media sonrisa traviesa y vuelve a mover las caderas. No voy a reaccionar a sus malditos contoneos porque sé que va a volver a dejarme con las ganas. ¿Y a qué está jugando Kate dejando que cualquiera curiosee entre mis cosas? Hay ropa para más de dos días en el vestidor. ¿Qué se propone este hombre?

—Arréglate, señorita. —Me besa el cuello y me da un azote en el culo—. Vamos a salir. ¿Adónde te gustaría ir?

Lo miro, pasmada.

—¿Me dejas decidirlo a mí?

Se encoge de hombros.

—Tengo que dejar que te salgas con la tuya alguna vez.

Lo dice impasible. Está muy serio.

Debería aceptar su oferta con los brazos abiertos y aprovechar que está siendo razonable, pero experimento cierto recelo. Después de su reacción de anoche, de la masacre del vestido tabú y de que se negara a hablarme, no entiendo por qué se ha levantado tan equilibrado y tolerante.

—¿Qué te apetece hacer? —pregunta.

—Vamos a Camden —sugiero, y me preparo para recibir un no por respuesta. Todos los hombres odian el ajetreo y el ir de un lado para otro mirando puestos y tiendas.

—De acuerdo.

Se vuelve para meterse en la regadera y me deja en el lavabo preguntándome dónde está don Controlador. Ahora sí que sospecho que trama algo.

Llego al pie de la escalera y oigo que Jesse está hablando con alguien por el celular. Voy a la cocina y babeo un poco. Está magnífico con unos *jeans* gastados y un polo azul marino con el cuello levantado, al estilo Jesse. Se ha afeitado y se ha puesto fijador en el pelo. Es guapo más allá de lo razonable y nada razonable en todo lo demás.

—Iré mañana, ¿va todo bien? —Se vuelve en el taburete y me da un repaso con la mirada—. Gracias, John. Llámame si me necesitas.

Guarda el celular sin quitarme los ojos de encima y se cruza de brazos.

—Me gusta tu vestido. — Su voz es grave y ronca.

Miro mi vestido de estampado floral. Me llega a la rodilla, así que probablemente apruebe el largo. Me sorprende que Kate lo haya escogido, es un tanto veraniego, con la espalda al aire y sin mangas. Sonrío para mis adentros. Aún no ha visto la espalda y tampoco voy a enseñársela. Me obligaría a cambiarme. Lo sé.

Me pongo un cárdigan fino de color crema y luego me cuelgo, cruzado, el bolso de terciopelo.

—¿Estás listo? —pregunto.

Salta del taburete y se me acerca de mala gana. Espero un buen besuqueo, pero nada. En vez de eso, se pone las Wayfarer, me coge de la mano y me lleva hacia la puerta. ¿Voy a pasar todo el día con él y no va a darme ni un beso?

—No vas a tocarme en todo el día, ¿verdad?

Mira nuestras manos entrelazadas.

—Te estoy tocando.

—Tú me entiendes. Me estás castigando.

—¿Por qué iba a hacerlo, Ava? —Me mete en el ascensor. Sabe perfectamente a qué me refiero.

Lo miro.

—Quiero que me toques.

—Ya lo sé.

Introduce el código.

—Pero ¿no vas a hacerlo?

—Dame lo que quiero y lo haré. —No me mira.

No lo puedo creer.

—¿Una disculpa?

—No lo sé, Ava. ¿Tienes que disculparte? —Sigue mirando al frente. Ni siquiera me mira en el reflejo de las puertas.

—Lo siento —escupo. No doy crédito a lo que está haciendo y tampoco a lo desesperada que estoy por sus caricias.

—Oye, si vas a disculparte, que al menos parezca que lo sientes.

—Lo siento.

Su mirada se encuentra con la mía en el espejo.

—¿De verdad?

—Sí. Lo siento.

—¿Quieres que te toque?

—Sí.

Se vuelve hacia mí de prisa, me empuja contra la pared de espejos y me cubre por completo con su cuerpo. Me siento mejor al instante. No ha sido tan difícil.

—Empiezas a entenderlo, ¿verdad? —Sus labios están a punto de rozar los míos y sus caderas me presionan la parte baja del vientre.

—Lo entiendo —jadeo.

Me toma la boca, encuentro sus hombros con las manos y le clavo las uñas en los músculos. Sí, esto está mucho mejor. Doy con su lengua y me fundo en él por completo.

—¿Contenta? —pregunta cuando pone fin a nuestro beso.

—Sí.

—Yo también. Vámonos.

Paramos a desayunar en Camden después de que Jesse se haya salido con la suya y hayamos ido en coche. Hace un día precioso y estoy teniendo calor con el cárdigan, pero lo soportaré un ratito más. Todavía es capaz de llevarme a casa, caída en desgracia, y obligarme a cambiarme.

Me espera junto a la portezuela del coche y cruzamos la calle en dirección a un café pequeño, adorable y singular.

—Te va a encantar. Nos sentaremos fuera. —Aparta un sillón grande de mimbre para que me siente.

—¿Por qué me va a encantar? —pregunto ya sentada en el cojín con estampado de lunares.

—Hacen los mejores huevos a la benedictina. —Me dedica una sonrisa resplandeciente cuando ve que se me iluminan los ojos.

La mesera se acerca babeando al ver a Jesse en toda su divina masculinidad, pero él no se da ni cuenta.

—Dos de huevos a la benedictina —dice señalando el menú—. Un café solo y un capuchino con extra de café, sin azúcar y sin chocolate, por favor. —Mira a la mesera y la destroza con una de sus sonrisas reservadas sólo para mujeres—. Gracias.

Da la impresión de que la mujer se tambalea un poco. Me río para mis adentros. Sí, tuvo ese mismo efecto en mí la primera vez que lo vi. Al final consigue encontrar la voz.

—¿Van a querer salmón o jamón con los huevos?

Jesse le pasa el menú y se quita las Wayfarer para que reciba de lleno el impacto de su impresionante rostro.

—Salmón, por favor.

Sacudo la cabeza, alucinada, y miro el teléfono mientras la mesera se toma su tiempo para tomar nota de nuestro pedido, que es bien sencillo. Me pregunto si Victoria y Drew habrán congeniado. Tom no me preocupa tanto, seguro que está enamorado otra vez de su alma gemela más reciente.

—¿Pan blanco o integral?

—¿Perdona? —Levanto la vista del celular y veo que la mesera sigue ahí.

—¿Quieres pan blanco o integral? —me repite Jesse con una sonrisa.

—Ah, integral, por favor.

Vuelve a mirar a la mesera languideciente con sus gloriosos ojos verdes.

—Integral para los dos, gracias.

Ella le lanza su sonrisa más dispuesta antes de marcharse al fin. La reacción que ha tenido con Jesse me recuerda la cantidad de mujeres que debe de haber habido antes de que me conociera. Se me revuelve el estómago. ¿Era igual de controlador y exigente con todas las demás? Dios bendito, apuesto a que ha estado con unas cuantas. Dejo mi celular en la mesa y miro a Jesse, que me observa con atención y se muerde el labio. ¿Qué estará tramando?

—¿Qué tal las piernas? —pregunta, pero sé que ése no es el motivo de que se muerda el labio.

—Bien. ¿Sueles correr a menudo? —Ya me sé la respuesta. Nadie se levanta en plena noche para correr veinticuatro kilómetros si no es una práctica habitual.

—Me distrae. —Se encoge de hombros y se reclina contra su asiento, pensativo.

—¿De qué?

No me quita ojo.

—De ti.

Me río. Está claro que últimamente no sale mucho a correr, porque se pasa casi todo el tiempo pasando por encima de mis planes.

—¿Por qué necesitas distraerte de mí?

—Ava, porque... —Suspira—. No puedo estar lejos de ti y, lo que es aún más preocupante, no quiero. —Su tono transmite frustración. ¿Está frustrado conmigo o consigo mismo?

La mesera nos sirve los cafés y se queda un momento a la espera, pero no recibe otra sonrisa devastadora como premio. Jesse sólo tiene ojos para mí. Su afirmación es agridulce. Me encanta que no pueda estar lejos de mí, pero me ofende un poco que parezca resultarle molesto.

—¿Y por qué es preocupante? —pregunto como si no me importara mientras remuevo mi capuchino y rezo mentalmente para que me dé una respuesta satisfactoria. Pasan unos instantes y no hay respuesta, así que levanto la mirada y me doy cuenta de que sus engranajes mentales están trabajando a toda velocidad y de que su labio inferior está recibiendo mordiscos a diestro y siniestro.

Al rato, exhala con fuerza y baja la vista.

—Me preocupa porque siento que no lo controlo. —Vuelve a levantarla y me penetra con su mirada verde e implacable—. No manejo bien lo de no tener el control, Ava. No en lo que a ti respecta.

¡Ja! ¿Está reconociendo que es un controlador y exigente más allá de lo razonable? Es obvio que no le gusta nada que le lleven la contraria, lo he visto con mis propios ojos.

—Si fueras más razonable no tendrías la sensación de no tener el control. ¿Eres así con todas tus mujeres?

Abre los ojos como platos y luego los entorna.

—Nunca me ha importado nadie lo suficiente como para hacerme sentir así. —Coge la taza de café—. Es típico que vaya y me busque a la mujer más rebelde del planeta para...

—¿Intentar controlarla? —Arqueo las cejas y Jesse me pone mala cara—. ¿Y tus relaciones pasadas?

—No tengo relaciones. No me interesa comprometerme con nadie. Además, no tengo tiempo.

—Has dedicado bastante tiempo a pasar sobre mí y a fastidiarme —contesto rápidamente por encima de mi taza de café. Si esto no es ir en serio, yo no sé lo que es.

Sacude la cabeza.

—Tú eres distinta. Te lo he dicho, Ava. Pasaré por encima de quien intente interponerse en mi camino. Incluso de ti.

Lo sé. Ya lo hizo cuando me negué a quedarme. Me alegro de que el ritual sea distinto al de otros que hayan tenido el placer de sufrirlo. Me viene a la cabeza el pobre Petulante. ¿No le interesan las relaciones? Entonces ¿adónde va esto?

Nuestro desayuno aterriza en la mesa y huele a gloria. Lo ataco con el tenedor y medito sobre lo que ha dicho acerca de no tener el control. La solución es muy sencilla: deja de ser tan exigente y tan difícil. Va a darle un infarto por culpa del estrés si sigue por ese camino.

—¿Por qué soy distinta? —pregunto, casi sin atreverme.

Está con el salmón.

—No lo sé, Ava —responde con calma.

—No sabes gran cosa, ¿no? —Es lo único que me dice, el muy pendejo, cuando intento encontrar una razón para su manía de controlarlo todo. Despierto «toda clase de sentimientos». ¿Cómo se supone que debo tomarme esta situación?

—Sé que nunca he querido cogerme a una mujer más de una vez. De ti, sin embargo, no me canso.

Me echo hacia atrás, horrorizada, y casi me atraganto con un trozo de pan tostado.

Tiene la decencia de parecer arrepentido.

—Eso no ha sonado bien. —Deja el tenedor en el plato, cierra los ojos y se masajea las sienes—. Lo que intentaba decir es que... en fin... nunca me ha importado una mujer lo suficiente como para querer algo más que sexo. No hasta que te conocí. —Se frota las sienes con más fuerza—. No puedo explicarlo pero tú también lo sentiste, ¿verdad? —Me mira y creo que desea con desesperación que se lo confirme—. Cuando nos conocimos, lo sentiste.

Sonrío.

—Sí, lo sentí.

No lo olvidaré nunca.

Su expresión cambia al instante: vuelve a sonreír.

—Tómate el desayuno. —Señala mi plato con el tenedor y me resigno a vivir ignorando lo que tanto ansío saber. Si él no lo sabe, no es muy probable que yo llegue a enterarme. ¿Sería más fácil aguantarlo si supiera qué hace que se ponga en marcha su compleja cabecita?

En cualquier caso, me ha dicho, aunque no con esas palabras, que quiere algo más que sexo, ¿no? Así que le importo. ¿Que le importe equivale a que me controle? ¿Y nunca ha tenido una relación? No me lo creo ni de broma. Las mujeres se le echan encima. No es posible que se las tire sólo una vez, ¿no? Jesús, si nunca se ha cogido a una mujer más de una vez, ¿con cuántas se habrá acostado? Estoy a punto de preguntárselo, pero me freno en cuanto abro la boca. ¿Quiero saberlo? He estado acostándome con este hombre sin protección y, aunque me ha dicho que nunca lo ha hecho sin condón —excepto conmigo—, ¿debería creerlo?

—Tenemos que comprarte un vestido para la fiesta de aniversario de La Mansión —me dice. Está claro que es una táctica para distraerme y hacer que me olvide de mis preguntas y cavilaciones. Estoy segura de que sabe lo que estoy pensando.

—Tengo muchos vestidos. —No podría haberlo dicho con menos entusiasmo, lo cual es bueno, porque es como me siento. Sólo me consuela un poco saber que Kate estará allí para ayudarme a sobrevivir a la velada con Sarah observándome y lanzándome pullas. ¿Se habrá tirado a Sarah? Supongo que es posible, ya que sólo se las coge una vez. La idea hace que clave el tenedor a mi desayuno con demasiada violencia.

Frunce el ceño.

—Necesitas uno nuevo.

Es ese tono de voz que me reta a desafiarlo.

Suspiro ante la idea de otra discusión sobre ropa. Tengo muchas prendas entre las que elegir sin necesidad de comprarme un vestido nuevo y, aunque no las tuviera, encontraría cualquier cosa con tal de evitar ir de compras con Jesse.

—Además, te debo un vestido. —Estira el brazo por encima de la mesa y me sujeta un mechón rebelde detrás de la oreja.

Sí, me debe un vestido, pero no lo quiero porque dudo que me deje elegirlo u opinar sobre el que me compre.

—¿Puedo elegirlo yo?

—Por supuesto. —Deja el tenedor en el plato—. Tampoco soy tan controlador.

Casi se me caen los cubiertos. ¿Me está tomando el pelo?

—Jesse, eres verdaderamente muy especial. —Pongo en mi voz toda la dulzura que la frase merece.

—No tanto como tú. —Me guiña el ojo—. ¿Lista para Camden?

Asiento y cojo el bolso de la silla. Me observa desconcertado. Pongo un billete de veinte bajo el salero de la mesa y él lanza un resoplido exagerado, se saca la cartera del bolsillo y sustituye mi dinero por el suyo. Me quita el monedero de las manos y vuelve a meter el billete dentro.

«¡Don Controlador!»

Mi celular empieza a bailar sobre la mesa, pero antes de que pueda decirle a mi cerebro que lo coja, Jesse me lo birla delante de las narices.

—¿Hola? —saluda al interlocutor misterioso. Lo miro sin poder creérmelo. No tiene modales en lo que a los teléfonos se refiere. ¿Quién será?—. ¿Señora O'Shea? —dice tan tranquilo. Abro la boca todo lo que me da de sí. ¡No! ¡Que no sea mi madre! Intento que me devuelva el teléfono, pero se aparta de mí con una sonrisa pérfida plasmada en ese rostro tan endiabladamente atractivo—. Tengo el placer de estar en compañía de su preciosa hija —informa a mi madre. Me revuelvo en la mesa y él se vuelve en dirección contraria, mirándome con el ceño fruncido. Aprieto los dientes y hago gestos desesperados con la mano para que me devuelva el teléfono, pero se limita a levantar las cejas y a sacudir la cabeza—. Sí, Ava me ha hablado mucho de usted. Tengo muchas ganas de conocerla. —¡Cretino entrometido! No le he contado gran cosa sobre mis padres y, desde luego, ellos ni siquiera saben de su existencia. Por Dios, esto es lo que me faltaba. Lo miro con odio, me levanto y estiro el brazo para quitarle el celular, pero él da un salto hacia atrás—. Sí, se la paso. Ha sido un placer hablar con usted.

Me pasa el teléfono y se lo quito con un tirón furibundo.

—¿Mamá?

—¿Ava, quién era ése? —Mi madre parece desconcertada, como me imaginaba. Se supone que soy joven, libre y soltera en Londres, y ahora un hombre desconocido contesta mi teléfono. Entorno los ojos y miro a Jesse, que parece estar muy orgulloso de sí mismo.

—Sólo es un amigo, mamá. ¿Qué pasa?

Jesse se lleva las manos al corazón e imita a un soldado herido, pero su expresión de enojo no casa para nada con su juguetona pantomima. Mi madre emite un bufido de desaprobación. No me puedo creer lo que el cabrón arrogante acaba de hacer. Y con todo lo que tengo que aguantar ahora mismo, sólo me faltaba el bonus añadido de mi madre ensañándose con que me haya metido en otra relación demasiado pronto.

—Me ha llamado Matt —me dice impasible.

Doy la espalda a Jesse para intentar ocultar mi cara de sorpresa. ¿Por qué habrá llamado Matt a mi madre? ¡Mierda! No puedo hablar de esto ahora mismo, no con Jesse delante.

—Mamá, ¿podemos hablar luego? Estoy en Camden y hay mucho ruido. —Los hombros me llegan a las orejas cuando noto la mirada de acero de Jesse clavada en la espalda.

—Claro. Sólo quería que lo supieras. Fue muy cortés, no me gustó. —Parece furiosa.

—Bueno, te llamo luego.

—Bien, y recuerda: diversión sin compromiso —añade sin tapujos al final para recordarme mi estatus, sea el que sea.

Me vuelvo para mirar a Jesse y lo encuentro tal y como era de esperar: nada contento.

—¿Por qué has hecho eso? —le grito.

—¿Sólo es un amigo? ¿Sueles permitir que tus amigos te cojan hasta partirte en dos?

Dejo caer los hombros en señal de derrota. Me está dejando el cerebro frito con tanto cambiar el modo en que habla de nuestra relación. Me coge; le importo; me controla...

—¿Es que el objetivo de tu misión es complicarme la vida todo lo posible?

Su mirada se suaviza.

—No —dice en voz baja—. Lo siento.

Dios mío, ¿hemos hecho progresos? ¿Acaba de disculparse por ser un pendejo? Me ha dejado más intrigada que cuando me ha robado el teléfono y ha saludado a mi madre como si la conociera de toda la vida. Él mismo ha dicho que no se disculpa a menudo pero, teniendo en cuenta que no le gusta hacerlo, comete un montón de locuras que merecen disculpas.

—Olvídalo —suspiro, y guardo el teléfono en el bolso. Empiezo a caminar por la calle hacia el canal. Me pasa el brazo por los hombros en cuestión de segundos. Mi pobre madre estará provocándole a mi padre un buen dolor de cabeza en este instante. Sé que me va a someter a un interrogatorio. En cuanto a Matt... Sé a qué está jugando. Ese gusano taimado está intentando ganarse a mis padres. Se va a llevar una gran decepción. Ahora mis padres ya no se molestan en ocultar que lo detestan; antes lo aguantaban por mí.

Pasamos el resto de la mañana y buena parte de la tarde vagando por Camden. Me encanta, la diversidad es uno de los mayores atractivos de Londres. Podría pasarme horas en las callejuelas adoquinadas de los mercados. Jesse me sigue cuando me paro a mirar los puestos, no se separa de mí y no me quita las manos de encima. Me alegro mucho de haberme disculpado.

Caminamos por la zona de restaurantes y ya no puedo aguantar más el calor. No es un día especialmente caluroso, pero, con tanta gente y tanto turista, estoy agobiada. Me quito el bolso y luego el saco para atármelo a la cintura.

—¡Ava, a tu vestido le falta un buen trozo!

Me vuelvo con una sonrisa y lo veo mirándome atónito la espalda descubierta. ¿Qué va a hacer? ¿Desnudarme y cortarlo a tiras?

—No, está diseñado así —lo informo tras anudarme el cárdigan a la cintura y ponerme de nuevo el bolso. Me da la vuelta y me sube el saco todo lo que puede para intentar ocultar la piel expuesta.

—¿Quieres parar? —Me río y me aparto.

—¿Lo haces a propósito? —salta. Me coloca la palma de la mano en la espalda.

—Si quieres faldas largas y suéteres de cuello alto, te sugiero que te busques a alguien de tu edad —murmuro cuando empieza a guiarme entre la multitud. Me gano unas cosquillas por descarada. Lo siguiente que hará será ponerme un *burka*.

—¿Cuántos años crees que tengo? —pregunta con incredulidad.

—Resulta que no lo sé, ¿recuerdas? —contraataco—. ¿Quieres sacarme de la ignorancia?

Resopla.

—No.

—Me lo imaginaba —murmuro. Algo me llama la atención. Me desvío hacia un puesto lleno de velas aromáticas y cosas *hippies*. Jesse maldice detrás de mí y se abre paso entre la gente para no perderme.

Consigo acercarme y el *hippy new age* me saluda. Luce unas rastas indómitas y muchos *piercings*.

—Hola. —Sonrío y estiro el brazo para coger una bolsa de tela de un estante.

—Buenas tardes —responde—. ¿Te ayudo con eso?

Se acerca y me ayuda a sacar la bolsa.

—Gracias. —Noto la palma tibia de Jesse en la espalda, abro la bolsa de tela y saco el contenido.

—¿Qué es eso? —me pregunta Jesse mirando por encima de mi hombro.

—Son unos pantalones tailandeses —le digo mientras los estiro.

—Creo que necesitas unas tallas menos. —Frunce el ceño y mira el enorme trozo de tela negra que tengo en las manos.

—Son talla única.

Se ríe.

—Ava, ahí dentro caben diez como tú.

—Te los enrollas a la cintura. Le quedan a todo el mundo. —Hace meses que quiero cambiar los míos, ya gastados, por unos nuevos.

Se aparta sin quitarme la mano de la espalda y mira los pantalones; no está del todo convencido. La verdad es que parecen unos pantalones hechos para el hombre más obeso del mundo, pero cuando les coges el truco son lo más cómodo que hay para estar en casa en un día perezoso.

—Se lo enseñaré. —El dueño del puesto me coge los pantalones y se arrodilla delante de mí.

Noto que la mano de Jesse se tensa en mi espalda.

—Nos los llevamos —escupe a toda velocidad.

Vaya, empieza la estampida.

—Necesita una demostración —dice Rastas alegremente. Sonríe y abre los pantalones a mis pies.

Levanto un pie para meterlo en los pantalones, pero Jesse me jala hacia atrás. Levanto la vista y le lanzo una mirada de advertencia. Está haciendo el tonto. El hombre sólo intenta ser amable.

—Tiene unas piernas estupendas, señorita —comenta Rastas con alegría.

Me da un poco de vergüenza.

—Gracias. —«¡No lo provoques!»

—Dame eso. —Jesse le quita los pantalones a Rastas antes de colocarme contra un estante lleno de velas. Menea la cabeza y farfulla algo incomprensible, hinca una rodilla en tierra y abre los pantalones. Sonrío con dulzura a Rastas, que no parece haberse dado cuenta del numerito a lo aplanadora de Jesse. Probablemente esté demasiado colocado como para eso. Me meto en los pantalones y me los subo mientras Jesse sujeta las dos mitades, con la arruga muy marcada en la frente. ¡Dios, cómo lo quiero!

Rápidamente, agarro las cintas por miedo a que Rastas intente cogerlas.

—Así, ¿lo ves? —Doblo los pantalones por encima y las ato a un lado.

—Maravilloso —se burla Jesse, que los mira confuso. Su mirada encuentra la mía y sonrío de oreja a oreja. Sacude la cabeza, le brillan los ojos.

—¿Los quieres?

Empiezo a desatármelos y a bajármelos bajo la atenta mirada de Jesse.

—Los pago yo —le aviso.

Pone los ojos en blanco y se ríe con sorna mientras saca un fajo de billetes del bolsillo.

—¿Cuánto cuestan los pantalones extragrandes? —le pregunta a Rastas.

—Sólo diez libras, amigo mío.

Los doblo y los meto en la bolsa.

—Voy a pagarlos yo, Jesse.

—¿Sólo? —Jesse se encoge de hombros y le da el billete a Rastas.

—Gracias. —Rastas se lo guarda en la riñonera.

—Vamos —dice, y coloca de nuevo la mano sobre la piel expuesta de mi espalda.

—No tenías que pasar por encima del pobre hombre —gimoteo—. Y yo quería pagar los pantalones.

Me sitúa a su lado y me besa en la sien.

—Calla.

—Eres imposible.

—Y tú preciosa. ¿Puedo llevarte ya a casa?

Hago un gesto de negación con la cabeza. Qué difícil es este hombre.

—Sí. —Los pies me están matando y tengo que felicitarlo por lo tolerante que ha sido con mi vagabundeo ocioso de hoy. Se ha mostrado bastante razonable.

Dejo que me guíe entre la multitud hasta la salida del bullicioso callejón, donde el sonido de los altavoces y la música tecno me asalta los oídos. Levanto la vista y veo luces de neón destellando entre la oscuridad del edificio de una fábrica y un montón de gente en la puerta. Nunca he estado en ese sitio, pero es famoso por la ropa de club estrafalaria y los accesorios extremos.

—¿Te apetece ir a verlo?

Miro a Jesse, que ha seguido mi mirada hasta la entrada de la fábrica.

—Pensé que querías irte a casa.

—Podemos echar un vistazo. —Cambia el rumbo hacia la entrada y me conduce hacia ese lugar poco iluminado.

La música me taladra los oídos al entrar. Lo primero que veo es a dos gogós en un balcón suspendido en el aire, vestidas con ropa interior reflectante y realizando movimientos para quedarse con la boca abierta. No puedo evitar mirarlas embobada. Cualquiera pensaría que estamos en un club nocturno a primera hora. Jesse me lleva a una escalera mecánica y bajamos a las entrañas de la fábrica. Al llegar al fondo, mis ojos sufren el ataque del brillo de prendas fluorescentes de todos los tipos y colores. ¿De verdad que la gente se pone eso?

—No es precisamente encaje —musita cuando me ve mirando extrañada una minifalda amarillo chillón con puntas de metal en el bajo.

—No es encaje —asiento. Es horroroso—. ¿De verdad la gente se pone eso?

Se ríe y saluda a un grupo de personas que parecen a punto de desmayarse de la emoción. Deben de llevar como un millón de *piercings* entre todos. Me guía por el laberinto de pasillos. Estoy alucinada con lo que veo. Es ropa de noche de infarto para los amantes de la noche extravagantes.

Vagamos por los pasillos de acero y bajamos más escalones. De repente estamos rodeados por todas partes de... juguetes para adultos. Me pongo roja. La música es muy ruidosa y absolutamente vulgar. Enloquezco al escuchar a una demente gritando algo sobre chupar vergas en la pista de baile mientras una *dominatrix* embutida en cuero restriega la entrepierna arriba y abajo por una barra de metal negra. No soy una mojigata, pero esto escapa a mi comprensión. De acuerdo, estamos en la sección de adultos y me siento muy, muy incómoda. Nerviosa, levanto la vista hacia Jesse.

Le brillan los ojos y parece estar divirtiéndose mucho.

—¿Sorprendida? —me pregunta.

—Más o menos —confieso. No es tanto por los productos como por la chica llena de *piercings*, tatuajes y semidesnuda que hay en el rincón. Lleva plataformas de dieciséis centímetros y ejecuta movimientos que se pasan de descarados. Eso es lo que me tiene con la mandíbula tocando el suelo.

«¡Madre de Dios, carajo!» ¿A Jesse le gusta esta mierda?

—Es un poco exagerado, ¿no? —musita, y me lleva a una vitrina de cristal. Respiro de alivio al oírle decir eso.

—¡Vaya! —exclamo cuando me encuentro cara a cara con un vibrador enorme cubierto de diamantes.

—No te emociones —me susurra Jesse al oído—. Tú no necesitas eso.

Trago saliva y se ríe con ganas en mi oído.

—No lo sé. Parece divertido —respondo pensativa.

Esta vez es él quien traga saliva con dificultad, sorprendido.

—Ava, antes muerto que dejarte usar uno de ésos. —Mira con asco el objeto ofensivo—. No voy a compartirte con nadie ni con nada. —Me aparta—. Ni siquiera con aparatos de pilas. —Me río. ¿Pasaría por encima de un vibrador? Sus exigencias escapan a toda razón. Me mira y me dedica su sonrisa arrebatadora. Me derrito—. Aunque es posible que acepte unas esposas —añade.

«¿Sí?» ¿Esposas?

—Esto no te pone, ¿verdad? —Señalo la habitación que nos rodea antes de levantar la cabeza hacia él.

Me mira con ternura, me atrae hacia sí y me da un besito en la frente.

—Sólo hay una cosa en el mundo que me pone, y me gusta cuando lleva encaje.

Me derrito de alivio y miro al hombre al que amo tanto que me duele.

—Llévame a casa.

Me dedica una media sonrisa y me planta un beso de devoción en los labios.

—¿Me estás dando órdenes? —pregunta pegado a mis labios.

—Sí. Llevas demasiado tiempo sin estar dentro de mí. Es inaceptable.

Se aparta y me observa detenidamente; los engranajes de su cabeza se disparan y aprieta los dientes.

—Tienes razón, es inaceptable. —Vuelve a morderse el labio y a centrarse en el camino que tenemos por delante. Me saca de la mazmorra y me lleva de vuelta a su coche.

Capítulo 34

Entramos por la puerta del ático fundidos en un apasionado abrazo. Llevo todo el día esperándolo. Estoy a punto de explotar de deseo. Lo necesito dentro de mí, ya.

Me quita el bolso del hombro y lo tira al suelo, me coge por la cintura y me levanta para que rodee la suya con las piernas. Camina hacia la cocina, pulsa un par de botones del control remoto y *Running up that Hill* de Placebo inunda mis oídos rápidamente y aumenta la desesperación con la que lo necesito. Es un hombre de palabra.

—Te quiero en la cama —me dice con urgencia, y sube la escalera a una velocidad alarmante.

Me quito las ballerinas por el camino para que, al llegar arriba, tardemos menos en librarnos de la ropa. Abre la puerta del dormitorio principal de una patada y me deja a los pies de la cama.

—Date la vuelta —dice con ternura. Hago lo que me dice y le doy acceso a la espalda de mi vestido—. Por favor, dime que llevas ropa interior de encaje —suplica mientras me lo desabrocho—. Te necesito vestida de encaje.

—Es de encaje —confirmo con tranquilidad. Últimamente no me pongo otra cosa. Suelta un largo suspiro de alivio, me quita el vestido por la cabeza y lo deja caer al suelo.

Me vuelvo para verle la cara. Tiene la boca relajada y los ojos entrecerrados. Está tan desesperado como yo. Acerca la mano y, despacio, me baja una copa del brasier rozando el pezón con los nudillos. El corazón se me dispara en el pecho. Está cariñoso, me encanta el Jesse cariñoso.

Se lleva las manos a la espalda, agarra su camiseta y se la quita por la cabeza. Está en tan buena forma que cada vez que veo su cuerpo jadeo. No tiene un gramo de grasa.

—¿Lo has pasado bien hoy? —me pregunta. No me toca, se limita a quedarse ahí, delante de mí, quitándose los zapatos. Mentalmente le suplico que se dé prisa. ¿Quiere ponerse a charlar ahora?

—Ha sido un día encantador —le digo, e intento ignorar lo mejor que puedo el ritmo apasionado de la música que nos envuelve, especialmente si ha decidido que vamos a pasar un ratito charlando.

—Yo también lo he disfrutado mucho. —Está serio y pensativo. No sé cómo tomármelo—. ¿Quieres que lo hagamos aún mejor?

Ay, Dios.

—Sí —jadeo.

—Ven aquí.

Esta vez no va a ser necesaria una cuenta atrás. Doy un paso adelante, le pongo las manos en el pecho de acero y levanto la cabeza para buscar su mirada. Pasamos unos instantes en silencio, contemplándolos, antes de que sus labios tomen los míos y me catapulten al instante al séptimo cielo de Jesse, mi lugar favorito del universo.

Gimo y traslado las manos hacia su pelo. Me agarro a él cuando me levanta y me apoya contra su cuerpo. Nuestras lenguas enredadas se acarician despacio. Me lleva a la cama, se tumba encima de mí y me coloca las manos por encima de la cabeza. No me las sujeta, pero sé que es donde tienen que quedarse.

Abandona mi boca y se sienta. Me deja acalorada, aturdida y jadeante.

Me mira y veo los engranajes de su maravillosa mente trabajando a toda máquina. Quiero saber qué está pensando. Hace días que se pone pensativo de repente.

—Podría quedarme aquí sentado todo el día viendo cómo te arqueas y revuelves con mis caricias —murmura mientras juega con mi pecho. Después baja la otra copa y le dedica a éste las mismas atenciones que al primero.

Se me endurecen los pezones. Los pellizca y estira con los dedos, atento a sus movimientos, que me están volviendo loca. Tiene los labios húmedos, la boca entreabierta. ¡La quiero en mi cuerpo ya!

—No te muevas. —Se levanta de la cama y, ya de paso, me quita las pantis.

Gimoteo un poco al dejar de sentir su peso sobre mí. ¿Adónde va? Lo veo desabrocharse la braqueta de los *jeans*, bajárselos y quitárselos de un puntapié, sin prisa. Luego se saca los bóxeres. Aprieto las piernas con fuerza para controlar el pálpito sordo de mi vientre, que al verlo desnudo ha aumentado en intensidad y frecuencia. Tiene un cuerpo espectacular. Vuelve a la cama, me abre las piernas y me pasa la lengua directamente por el centro del sexo.

—¡Dios, Dios, Dios! —Me cubro la cara con las palmas de las manos y me clavo los dientes en ellas cuando me mete la lengua, la saca y traza lentamente mi circunferencia con ella antes de volver a meterla. Creo que voy a desmayarme.

Empiezo a rotar las caderas siguiendo su ritmo, en busca de más fricción. Me presiona el vientre con la palma de la mano para evitar que me arquee debajo de él. ¿Por qué iba a salir huyendo de él? De todas las estupideces que podría hacer, huir de este hombre se llevaría la medalla de oro.

Levanta la boca y envía una corriente de aire fresco por mi piel antes de volver a su inexorable patrón de tortuoso placer. Cuando comienzo a mover la cabeza de un lado a otro e intento cogerlo del pelo, aumenta la presión y exploto a su alrededor, levantando las caderas en un acto reflejo y exhalando un grito desesperado. Cierra la boca sobre mi sexo y succiona literalmente cada pulsación que sale de mí. Tiemblo como una hoja y arqueo la espalda todo lo que da de sí.

Jesse gime de pura satisfacción.

—Hummm, noto cómo palpitas contra mi lengua, nena.

No puedo ni hablar. La influencia que tiene sobre mi cuerpo es extraordinaria. No creo que yo sea débil, creo que él es demasiado poderoso, está claro que es él quien tiene el poder.

Mi pobre corazón empieza a calmarse y yo le paso los dedos por el pelo mientras disfruto de las atenciones de su boca, que me besa con ternura, me muerde y me chupa la cara interior de los muslos. Estamos haciendo el amor con ternura, pero es imposible saber lo que va a durar. No voy a intentar engañarme a mí misma y convencerme de que no va a decirme nada más de la desobediencia de anoche. Pero ahora mismo me doy por satisfecha con estar aquí tumbada, con Jesse acariciándome y besándome entre las piernas, hasta que él quiera. Y ésa es otra cosa que se hace siempre de acuerdo con sus condiciones.

Cierra los dientes con suavidad sobre mi clítoris y me estremezco. Oigo su risa y traza un camino ascendente de besos por mi cuerpo hasta que encuentra mis labios y comparte conmigo mi orgasmo. Aprieta sus labios suaves contra los míos sin dejar de mirarme. Le pongo los brazos sobre los hombros y acepto su peso cuando entierra la cara en mi cuello y suspira. Su excitación es tremenda y palpita contra mi muslo. Muevo la cadera para que quede justo en mi abertura.

—Me encabronas hasta la locura, señorita —susurra en mi cuello. Levanta las caderas introduciéndose despacio en mí, con un gemido ahogado. Yo también gimo y aprieto todos y cada uno de mis músculos a su alrededor—. Por favor, no vuelvas a hacerlo.

Me busca la pierna y desliza el brazo bajo mi rodilla. Jala de ella para colocársela encima del hombro y luego apoya la parte superior del torso en los antebrazos. Lentamente, se retira y vuelve a entrar mientras me mira fijamente.

—Lo siento —susurro con los dedos enredados en su pelo.

Vuelve a salir y a continuación empuja con un gemido.

—Ava, todo lo que hago, lo hago para protegerte y mantenerme cuerdo. Por favor, hazme caso.

Gimo al recibir otra embestida deliciosa y profunda.

—Lo haré —confirmo, pero soy consciente de que estoy desbordada de placer y de que, una vez más, puede hacerme decir lo que quiera. No necesito que me protejan, excepto de él, tal vez.

Me mira.

—Te necesito. —Parece abatido, y eso me deja fuera de juego—. Te necesito de verdad, nena.

Estoy atontada de placer, me ha engullido por completo, pero no puede seguir diciendo esas cosas así como así, al menos no sin aclarármelas. Me tiene hecha un lío con tanto mensaje en clave. ¿Es que confunde necesitar con desear? Yo he ido más allá del deseo y me da un poco de miedo haberme adentrado en el territorio de necesitar de verdad a este hombre.

—¿Por qué me necesitas? —Tengo la voz ronca y áspera.

—Te necesito y ya. No me dejes, por favor. —Vuelve a sumergirse en mí, lo que provoca un gemido mutuo.

—Dímelo —gruño, y aprieto sus hombros con fuerza, aunque me aseguro de sostenerle la mirada. Quiero algo más que sus acertijos liosos. Las aguas superficiales se están enturbiando.

—Acéptalo y bésame. —Lo miro, dividida entre mi cuerpo, que lo necesita, y mi mente, que lo que necesita es información. Entra y sale de mí sin prisa, a un ritmo de ensueño que hace que la exquisita presión vuelva a acumularse gradualmente. No puedo controlarlo—. Bésame, Ava.

Mi cuerpo gana, acerco su cara a la mía y lo beso, venero su maravillosa boca mientras él se hunde en mí y vuelve a salir rotando las caderas. La tensión mecánica de mi cuerpo entra en acción cuando alcanzo el punto álgido del placer y empiezo a temblar al borde de la liberación. Se me escapa el aire en jadeos cortos y punzantes, pero intento controlar mi inminente orgasmo.

—Aún no, nena —me advierte con dulzura, y aprieta con fuerza en su embestida.

¿Cómo lo sabe? Me concentro todo lo que puedo, pero con esta música y con Jesse besándome con tanta delicadeza la verdad es que va a costarme. Le clavo los dedos en la espalda, una señal sin palabras de que estoy al borde del precipicio. Gruñe, me muerde el labio y empuja hacia adelante.

—Juntos —masculla contra mi boca. Asiento y aumenta la intensidad de sus arremetidas para acercarnos a ambos al éxtasis supremo. Mantiene el control y la precisión de sus embestidas.

—Ya casi estoy, nena —gime.

—¡Jesse!

—Aguanta, aguanta un poco —dice con suavidad, y me la clava una vez más ejecutando una rotación tan profunda con las caderas que me resulta deliciosamente dolorosa. Se adentra en mí cuanto puede.

Los dos gritamos.

—Ahora, Ava.

Sale y vuelve a entrar, más fuerte.

Me libero. Noto que palpita y tiembla dentro de mí mientras ambos engullimos los gemidos del otro y nos entregamos al placer. Descendemos en una caída apacible y pausada hacia la nada. Mis músculos se estremecen en torno a su pene palpitante y el corazón me late con fuerza en el pecho.

Lo beso con adoración mientras se relaja, aún con mi pierna por encima del hombro y apretándose contra mí, soltando todo lo que tiene, gimiendo de placer puro y duro.

Una molesta invasión de lágrimas se apodera de mis ojos y lucho con todas mis fuerzas para evitar que se derramen y estropeen el momento. Él sigue aceptando mis besos devotos y devuelve a mi lengua, lenta y ávida, una caricia con otra. Estoy intentando decirle algo con este beso. Necesito desesperadamente que lo entienda.

«¡Te quiero!»

Se aparta, deshace nuestro beso y me mira con el ceño fruncido.

—¿Qué ocurre, Ava? —me pregunta con cariño y la voz llena de preocupación.

—Nada —respondo demasiado de prisa. Maldigo mentalmente a mi dichosa mano por ponerse tensa en su nuca. Busca en mis ojos y dejo escapar un suspiro—. ¿Qué es esto? —le pregunto. Sigue moviéndose lentamente dentro de mí.

—¿Qué es qué? —Su tono denota confusión. Estoy enojada conmigo misma por haber abierto la bocota.

—Me refiero a ti y a mí. —De repente, me siento idiota y quiero esconderme bajo las sábanas.

Su mirada se torna más dulce y mueve las caderas despacio.

—Somos sólo tú y yo —dice tan tranquilo, como si fuera algo muy sencillo. Me besa con suavidad y me suelta la pierna—. ¿Estás bien?

«No, estoy hecha una mierda.»

—Sí —contesto con un tono más cortante del que pretendía. ¿Es tan insensible este hombre que no ve a una mujer enamorada ni cuando la tiene debajo? Tú y yo, yo y tú, eso está más claro que el agua. No veo a nadie más en la cama con nosotros. Me retuerzo debajo de él y entrecierra sus ojos pantanosos—. Necesito hacer pis. —Intento decirlo como si no estuviera encabronada. Fracaso estrepitosamente.

Se muerde el labio inferior y me mira con recelo, pero se aparta y, con no mucho entusiasmo, me libera de su peso. Me llevo la mano a la espalda para desabrocharme el brasier de camino al cuarto de baño y cierro la puerta al entrar.

¿Por qué no soy capaz de decirlo? Necesito liberar a mi boca de las palabras que me causan esta maldita agonía. Mentalmente, me pego patadas en mi patético culo por todo el baño de lujo, meto la cabeza en el escusado y tiro de la cisterna. Me siento para hacer pis. Soy una perdedora. Seguro que sabe cómo me siento. Me echo a los pies de este hombre como una esclava, le entrego mi mente y mi cuerpo en cuanto chasquea los dedos. No me creo, ni por un segundo, que no haya visto todas las señales.

Termino y me coloco desnuda delante del espejo. Contemplo mi reflejo. Tengo los ojos marrones brillantes otra vez y la piel aceitunada fresca y limpia. Me apoyo en el lavabo doble y dejo escapar un largo suspiro. No tenía planeado estar en esta situación, pero aquí estoy. Este hombre ha arrasado conmigo en todos los sentidos y estoy peligrosamente cerca de que me rompa el corazón. La idea de vivir sin él... Me llevo la mano al pecho. La sola idea de vivir sin él me constriñe el corazón. A pesar de lo difícil que es, estoy enamorada sin remedio. Así son las cosas.

Me sobresalto cuando se abre la puerta y entra, desnudo, impresionante y glorioso. Se pone detrás de mí y me coloca las manos en la cintura y la barbilla en el hombro. Nuestras miradas no se separan en una eternidad.

—¿No habíamos hecho las paces? —pregunta frunciendo un poco sus hermosas cejas.

—Sí. —Me encojo de hombros.

Esperaba una retribución mayor que la que acabo de recibir. Sí, cortó en pedacitos el vestido tabú pero, con todo y con eso, hoy ha sido bastante razonable. Es curioso que pueda reducir la masacre de prendas a algo «bastante razonable».

—Entonces ¿por qué estás enfurruñada?

«¡Porque eres un insensible!»

—No estoy enfurruñada —digo un tanto demasiado ofendida. Carajo, está claro que sí.

Sacude la cabeza y suelta un largo suspiro de cansancio. ¿De qué está tan cansado? Menea las caderas contra mi trasero. Se ha puesto duro otra vez. Va a distraerme de mis cavilaciones con su manipulación sexual y exigente. Lo sé.

—Ava, eres la mujer más frustrante que he conocido —gruñe. Abro los ojos como platos. Pero ¡qué descaro tiene! ¿Considera que yo soy frustrante? Cierra la boca en mi cuello y su calor penetra en mí—. ¿Me estás ocultando algo a propósito, señorita?

—No —susurro.

¿De qué habla? Nunca me he guardado nada con él. Me entrego a él sin reservas y siempre de buena gana. A veces hace falta un poco de dulce persuasión, pero al final consigue lo que quiere una y otra vez. ¿Que qué me estoy guardando?

Empieza a pasarme la palma de la mano, arriba y abajo, entre los muslos. Es la fricción perfecta al ritmo perfecto. Le sostengo la mirada en el espejo. Mierda, lo estoy deseando otra vez. Echo la cabeza hacia atrás y le ofrezco mi cuello. Su boca traza un sendero por la columna de mi garganta y me rodea el nacimiento de la oreja, esa zona tan sensible.

—¿Lo deseas de nuevo? —me tienta mientras me lame la oreja sin parar de acariciarme el sexo.

—Te necesito.

—Nena, no sabes lo feliz que me hacen esas palabras. ¿Siempre?

—Siempre —confirmo.

Gruñe de aprobación.

—Carajo, necesito estar dentro de ti.

Jala mis caderas hacia él y se coloca en mi entrada antes de clavarse en mi interior con un grito ensordecedor que resuena en el amplio cuarto de baño.

—Ah, ¡mierda, Jesse! —Me sujeto al lavabo doble preparándome para el ataque.

Me embiste.

—¡Esa... boca!

Me somete a una ráfaga desesperada e incesante de estocadas de castigo y grita como un poseso mientras me jala y me penetra hasta profundidades insoportables. La cabeza me da vueltas, mi cuerpo no puede más y estoy fuera de mí, colocada con la droga más placentera, intensa y poderosa: don Difícil en persona. Dejo caer la cabeza.

«¡Dios, rayos, carajooo!»

Me coge de los hombros.

—¡Mírame! —me grita, y se clava en mí para enfatizar su orden.

Cojo aire con dificultad, consigo levantar la cabeza y miro su reflejo, pero me cuesta enfocarlo. Me empuja con mucha fuerza hacia adelante, y mis brazos a duras penas me sostienen cuando me golpea el culo con las caderas entre continuos rugidos. La arruga de su frente es muy profunda y tiene los músculos del cuello tensos. El señor del sexo, brutal y exigente, ha vuelto.

—Nunca vas a guardarte nada, ¿verdad, Ava? —me ladra con esfuerzo entre dientes.

—¡No!

—Porque no vas a dejarme nunca, ¿verdad?

Ya estamos otra vez. Tanto hablar en clave mientras lo hacemos me machaca el cerebro más que el asalto que está soportando mi cuerpo.

—¿Y adónde diablos iba a irme? —grito de frustración al recibir otra estocada despiadada.

—¡Esa boca! —ruge—. ¡Dilo, Ava!

—¡Dios! —grito. Me fallan las rodillas y él mueve rápidamente las manos hacia mi cintura para sujetarme.

Mi mundo se queda en silencio cuando cabalgo la vibración de olas de placer que se han disparado en mí con tanta fuerza que creo que el corazón ha dejado de latirme del susto.

—¡Jesús! —Se desploma en el suelo y se tumba de espaldas para que pueda echarme sobre él, yo con la espalda apoyada en su pecho y él con los brazos en cruz.

Me hace ascender y descender al respirar.

Tengo la mente nublada, hecha un revoltijo, y mi pobre cuerpo se pregunta qué demonios acaba de pasar. Ha sido la cogida de hacerme entrar en razón por antonomasia. Pero ¿con qué propósito?

—Estoy jo... —me callo antes de ganarme otra reprimenda, pero aun así me hunde los dedos en el hueco de las cosquillas.

—¡Eh! —protesto. He suprimido el impulso. Vamos mejorando.

Me envuelve entre sus brazos e inhala en mi cuello.

—No lo has dicho.

—¿Qué? ¿Que no voy a dejarte? No voy a dejarte. ¿Contento?

—Sí, pero no me refería a eso.

—¿Y a qué te referías?

Resopla con fuerza en mi oreja.

—No importa. ¿Quieres repetir?

Se me entrecorta la respiración. Está bromeando, ¿no? Sé que no voy a ser capaz de decir que no, para empezar porque él no va a dejarme, pero ¿es en serio? Noto la leve sacudida de una carcajada ahogada debajo de mí.

—Por supuesto. No me canso de ti —digo con la voz seria y firme.

Se queda petrificado debajo de mí, pero me abraza con más fuerza.

—Me alegro, a mí me pasa lo mismo. Pero mi corazón ya ha sufrido bastante las últimas veinticuatro horas con tu desobediencia y tu rebeldía. No sé si podrá resistir mucho más.

Ya estamos otra vez: desobediencia. ¡Don Controlador!

—Debe de ser la edad —murmuro.

—Oiga, señorita. —Se da la vuelta y yo acabo sobre el suelo del cuarto de baño y él encima de mí. Me muerde la oreja y susurra—: Mi edad no tiene nada que ver. —Vuelve a morderme la oreja y me revuelvo debajo de él—. ¡Eres tú! —dice con tono acusador y haciéndome cosquillas.

—¡No! —grito y hago un intento inútil por escapar—. ¡Basta, me rindo!

—Ya me gustaría —refunfuña, y me suelta.

—Vejestorio —digo con una sonrisa.

Me pone de pie a la velocidad de la luz y me empuja contra la pared. Me sujeta los brazos por encima de la cabeza. Me muerdo los labios para contener la risa. Entorna los ojos, fiero.

—Prefiero que me llames dios —me notifica con un beso de los que te paran el corazón, y me presiona con el cuerpo para hacerme subir por la pared.

—Puedes ser mi dios.

—Señorita, de verdad que no me canso de ti.

Sonrío.

—Eso está bien.

—Eres mi seductora suprema.

Me recorre la cara con los labios y suspiro contra su piel.

—¿Tienes hambre? —pregunta.

—Sí. —Estoy famélica.

Me coge en brazos, camina hacia el lavabo doble y me sienta en él.

—Ya te he cogido y ahora voy a alimentarte.

Frunzo el ceño ante su falta de tacto. ¿Por qué no dice que me ha hecho el amor y que ahora va a prepararme la cena?

Me deja en el lavabo y abre la llave de la regadera. Empiezo a soñar despierta al ver cómo se tensan y relajan con sus movimientos los músculos de su espalda.

—Adentro. —Me tiende la mano.

Me bajo del lavabo, le cojo la mano y dejo que me meta en la regadera.

—Esto me mata —suspira al agarrar la esponja natural.

—¿Qué? —Me agarro a su hombro cuando se arrodilla delante de mí para enjabonarme las rodillas y la cara interior de los muslos con círculos lentos y resbaladizos.

—Odio lavarme y dejar de oler a ti —dice con cara de pena.

¿Lo dice en serio?

Sigo de pie, permitiéndole que limpie los restos que ha dejado en mí, con cuidado, con cariño, y lanzándome sonrisas fugaces cuando me pesca mirándolo. Me pone champú y acondicionador en el pelo y le quito la esponja para devolverle el favor. Tardo bastante más porque su cuerpo es mucho más grande que el mío. Además, siento la necesidad de besar cada centímetro cuadrado de su piel. Me deja salirme con la mía, me sonríe y echa más gel de baño en la esponja cuando se lo indico. Como de costumbre, me entretengo en su cicatriz con la esperanza de que se abra a mí pero, de nuevo, no lo hace. Un día lo hará, me digo a mí misma, aunque no sé cuándo. Quizá todo haya terminado antes de que me lo cuente. Sólo de pensarlo me deprimo. No quiero que esto se acabe nunca.

Me envuelve en una toalla blanca y suave y me cubre la cara de besos pequeños antes de pasarme el brazo por los hombros y llevarme al dormitorio.

—Ponte algo de encaje —me susurra y se va al vestidor. Reaparece a los pocos minutos con unos pantalones de piyama verdes a rayas. Sonrío. Me encanta verlo vestido de verde pardusco—. Te veo en la cocina, ¿de acuerdo?

—De acuerdo —le confirmo en voz baja.

Me guiña el ojo antes de salir del dormitorio y me deja buscando un conjunto de encaje. Yo estaba más bien pensando en unas pantis grandes y una sudadera, pero está de tan buen humor que no me apetece fastidiarla por un detalle insignificante. ¿Dónde estará mi ropa interior? ¿Habrá metido Kate en mi maleta lencería de encaje?

Miro alrededor en busca de mis cosas, pero no veo nada. Entro en el vestidor, pero solo hay vestidos y zapatos. Ha dicho que me quede unos cuantos días. Aquí hay ropa para más de unos cuantos días, perfectamente colgada en su pequeño rincón. Sonrío al pensar en Jesse haciendo sitio para mi ropa en su amplio vestidor. ¿Habrá deshecho él mi maleta?

Busco en una de las dos cómodas que encargué en Italia. Abro el primer cajón y encuentro tres pilas perfectas de bóxeres en blanco, negro y gris, todos de Armani. Parecen nuevos. Abro otro y encuentro cinturones, muy bien enrollados, en todos los tonos de cuero negro y café que puedan imaginarse.

Es un fanático del orden. ¡Qué mal! Yo soy un desastre en casa. Cierro el cajón y abro el último, pero sólo encuentro calcetines de deporte y varias gorras. A continuación, abro todos los cajones de la otra cómoda: están llenos de una amplia selección de pantalones cortos de correr y camisetas deportivas.

Me rindo y, todavía envuelta en la toalla, bajo a la cocina, donde Jesse tiene la cabeza metida en el refrigerador.

—No encuentro mis cosas —le digo a la puerta del refrigerador.

Saca la cabeza de adentro y me recorre con la mirada el cuerpo envuelto en una toalla.

—Desnuda me parece bien —dice, y cierra la puerta. Pasa junto a mí con un tarro de crema de cacahuate—. Cathy tiene el día libre y el refrigerador está vacío. Voy a encargar comida; ¿qué te apetece?

—Tú —sonrío.

Sonríe, me arranca la toalla, la tira al suelo y admira mi cuerpo desnudo.

—Tu dios debe alimentar a su seductora. —Su mirada danzante se centra en mis ojos—. El resto de tus cosas está en ese enorme arcón de madera que metiste en mi dormitorio. ¿Qué te apetece comer?

Paso de su comentario y me encojo de hombros. Podría comer cualquier cosa.

—Soy fácil.

—Lo sé, pero ¿qué quieres comer?

Tengo que dejar de decir eso.

—Sólo soy fácil contigo —refunfuño. ¿Cree que soy una chica fácil?

—Más te vale. Ahora, dime, ¿qué te apetece comer?

—Me gusta todo. Elige tú. ¿Qué hora es?

He perdido la noción del tiempo. De hecho, pierdo la noción de todo cuando estoy con él.

—Las siete. Ve a secarte el pelo antes de que me olvide de la cena y vuelva por ti. —Me da la vuelta y me propina un azote en el culo antes de dejarme ir.

Subo escaleras arriba, desnuda, para seguir sus instrucciones. Cuando llego a lo alto, giro a la izquierda en dirección al dormitorio principal y miro hacia la cocina. Jesse está en la puerta observándome en silencio. Le mando un beso y desaparezco en el dormitorio. Antes de perderlo de vista, veo que me lanza una sonrisa de esas que hacen que me tiemblen las rodillas.

Cuarenta y cinco minutos más tarde, me he secado el pelo como Dios manda, me he limpiado la cara, la he tonificado y he aplicado la crema hidratante que necesitaba, y llevo puesto un conjunto de encaje limpio. Kate se ha olvidado de meter mi ropa de estar en casa —casualmente, sólo ha olvidado eso—. Pero también es verdad que Jesse la ha secuestrado antes de que pusieran las calles esta mañana, así que es probable que simplemente metiera lo que había más a mano. Tengo mis nuevos pantalones tailandeses, pero no tengo camiseta.

Voy al armario a coger una camiseta blanca. Esta vez no elijo la más cara, aunque estoy segura de que todas valen un dineral.

—Iba a ir a buscarte —dice mientras vacía el contenido de varios envases en dos platos—. Me gusta tu camiseta.

—Kate no me ha metido ropa de estar en casa en la maleta.

—¿Ah, no? —Levanta una ceja y lo entiendo al instante.

O bien Kate sí metió esa ropa en la maleta, o bien no es Kate quien ha hecho la maleta. Sospecho que se trata de lo segundo.

—¿Dónde quieres comer?

—Soy f... —Cierro la boca y me encojo de hombros.

—Sólo conmigo, ¿sí? —Sonríe, se mete una botella de agua debajo del brazo y coge los platos—. Vamos a apoltronarnos en el sofá.

Me lleva al imponente espacio abierto y señala con la cabeza el sofá gigante. Me siento en la rinconera y cojo el plato que me ofrece. Es comida china y huele de maravilla. Perfecto.

Las puertas del tremendo mueble del salón se abren y aparece la tele de pantalla plana más grande que haya visto en toda mi vida.

—¿Quieres ver la tele o prefieres música y conversación? —Me mira sonriente.

El tenedor me cuelga de la boca. No me había dado cuenta de lo hambrienta que estaba.

Mastico y trago lo más rápido que puedo.

—Música y conversación, por favor.

Era una elección fácil. Asiente como si supiera que ésa iba a ser mi respuesta. A continuación la habitación se llena del sonido relajante de Mumford & Sons. Sorpresa. Cruzo las piernas y me reclino contra el respaldo. Este sofá fue una buena elección.

—¿Está bueno?

Me está observando, con una rodilla en alto y el brazo apoyado en el respaldo del sofá para sostener el plato.

—Muy bueno; ¿tú no cocinas?

—No.

Sonrío con el tenedor en la boca.

—¡Señor Ward! ¿Acaso hay algo que no se le da bien?

—No puedo ser excepcional en todo —dice muy serio y observándome con atención.

Es un pendejo engreído.

—¿La asistenta te hace la comida?

—Cuando se lo pido, pero casi siempre como en La Mansión.

Imagino que es lógico que aproveche que tiene una comida deliciosa a su disposición. Si pudiera, yo haría lo mismo.

—¿Cuántos años tienes?

Se queda quieto con el tenedor a medio camino de la boca.

—Alrededor de treinta, más o menos. —Se mete en la boca el tenedor cargado hasta arriba y me observa mientras mastica.

—Más o menos —repito.

—Sí, más o menos. —En la comisura de sus labios aparece una sonrisa.

Vuelvo a mi comida. Su respuesta vaga no me molesta. Seguiré preguntando y él seguirá dándome evasivas. Quizá debería probar a persuadirlo a mi manera, ¿tal vez con una cogida de la verdad o con una cuenta atrás? ¿Qué le haría al llegar a cero? Me pierdo en mis pensamientos al respecto mientras le doy un bocado tras a otro a mi comida china. Se me ocurren muchas cosas, pero ninguna que pudiera ejecutar con facilidad. Tiene más fuerza que yo. La cuenta atrás queda descartada, así que sólo me queda la cogida de la verdad. Tengo que inventar la cogida de la verdad. ¿Qué podría hacer?

— ¿Ava?

Levanto la vista y Jesse y su arruga en la frente me están observando.

—¿Sí?

—¿Soñando despierta? —pregunta con un dejo de preocupación.

—Perdona. —Dejo el tenedor en el plato—. Estaba muy lejos de aquí.

—Ya me había dado cuenta. —Recoge mi plato y lo deja en la mesita de café—. ¿Dónde estabas?

Estira el brazo para atraerme hacia él.

Me acurruco a su lado, feliz.

—En ninguna parte.

Cambia de postura, ocupa mi sitio en el rincón y me coloca bajo su brazo. Apoyo la mejilla sobre su pecho desnudo y le paso las piernas por el regazo. Inhalo para percibir todo su esplendor de agua fresca. Suspiro y dejo que la música suave y el calor de Jesse me llenen de paz.

—Me encanta tenerte aquí —dice mientras juega con un mechón de mi pelo.

A mí también me encanta estar aquí, pero no como una marioneta. ¿Será siempre así? Podría hacer esto todos los días, ha sido un día fantástico. Pero ¿podría vivir con su lado controlador y exigente? Le paso el dedo por la cicatriz.

—A mí también me encanta estar aquí —susurro.

Es verdad, sobre todo cuando se porta así.

—Bien. Entonces ¿te quedas?

¿Cuándo? ¿Esta noche?

—Sí. Dime cómo te la hiciste.

Se lleva la mano al estómago y coge la mía para impedir que siga tocando esa zona.

—Ava, de verdad que no me gusta hablar del tema.

Ah.

—Perdona. —Me siento mal.

Eso ha sido una súplica. Le ocurrió algo terrible y me pone enferma saber que le hicieron daño.

Se acerca mi mano a la cara y me besa la palma.

—Por favor, no me pidas perdón. No es nada que importe aquí y ahora. Desenterrar mi pasado no sirve más que para recordármelo.

¿Su pasado? ¿Así que tiene un pasado? Bueno, todos tenemos un pasado, pero la forma en que lo ha dicho y el hecho de que estemos hablando de una cicatriz horrible me ponen muy nerviosa.

—¿A qué te referías cuando dijiste que las cosas son más llevaderas cuando estoy aquí?

Baja la mirada y me pone una mano en la nuca para apretar mi mejilla contra su pecho.

—Significa que me gusta tenerte cerca —dice quitándole importancia.

No le creo ni de broma, pero lo dejo así. ¿Acaso importa?

Lo beso en el canal que se abre entre sus pectorales y me acurruco junto a él mientras me doy un regaño mental. Estoy tomando el sol en el séptimo cielo de Jesse y disfrutando como una enana de cada minuto, hasta que sienta la necesidad de otra cuenta atrás o de una cogida de hacerme entrar en razón.

Y eso llegará. No me cabe duda.

Capítulo 35

Me despierto de golpe y me incorporo en la cama. Me siento renovada, revitalizada y descansada. Esta cama es tremendamente cómoda. Volver a la mía después de haber dormido aquí varias noches va a suponer un bajón. Lo único que falta es Jesse.

Miro bajo las sábanas y veo que sigo en ropa interior, pero la camiseta ha desaparecido. No recuerdo cómo he llegado a la cama. Me siento en silencio un momento y oigo un zumbido constante acompañado de unos golpes sordos a lo lejos.

¿Qué es eso?

Recorro el largo camino hasta los pies de la cama y salgo al descansillo, donde los ruidos son un poco más fuertes, aunque siguen sonando amortiguados. Miro a mi alrededor. No hay ninguna señal de Jesse.

Deduzco que debe de estar en la cocina, así que bajo la escalera. Pero al acercarme a la cocina, me paro y doy marcha atrás. Miro a través de la puerta de cristal del gimnasio, situada en ángulo antes de entrar en la cocina, y veo a Jesse con unos pantalones cortos esprintando a toda velocidad en la corredora. Eso explica el extraño golpeteo distante. Está corriendo de espaldas a mí. La firme piel de su espalda resplandece gracias a las gotas de sudor mientras ve las noticias deportivas en un televisor colgado frente a él.

Lo dejo hacer. Ya le he fastidiado una carrera. Voy a la cocina a llenar la cafetera y a prepararme un café. No es Starbucks, pero me servirá.

El sonido familiar del tono de mi celular invade la habitación y lo busco por la cocina. Está cargándose en la barra. Lo cojo y lo desconecto del cargador. Es mi madre. De repente me acuerdo de su llamada de ayer, esa que no le he devuelto aún... y que no tengo ningunas ganas, pero ningunas, de devolver. Mi buen humor se desvanece al instante.

—Hola, mamá —saludo alegremente pero con una mueca de aprensión en la cara. Aquí viene el interrogatorio.

—¡Estás viva! Joseph, cancela la partida de búsqueda. ¡La encontré!

La idea de chiste de mi madre hace que ponga los ojos en blanco. Obviamente, esperaba que ya le hubiera devuelto la llamada.

—Okey, mamá. ¿Qué quería Matt?

—No tengo ni idea. No nos llamó ni una sola vez mientras anduvieron juntos. Me preguntó cómo estábamos y habló sobre el tiempo, ya sabes. Todo muy raro. ¿Por qué nos llamó, Ava?

—No lo sé, mamá. —Bostezo de aburrimiento. Sospecho que sí lo sé. Está intentando ganárselos.

—Mencionó que estabas con otro.

—¿Ah, sí? —Mi tono agudo deja claro que me ha tomado por sorpresa, y también que soy culpable. Maldito seas, Jesse Ward, por interceptar mi celular. Habría sido más fácil restar importancia a los chismes de Matt si no tuviera que justificar también lo del hombre misterioso que cogió mi teléfono ayer.

—Sí, dijo que estabas saliendo con alguien. Es muy pronto, Ava.

—No estoy saliendo con nadie, mamá. —Miro por encima del hombro para asegurarme de que todavía estoy sola. Estoy haciendo algo más que salir con alguien. Estoy enamorada.

—¿Quién era el hombre que contestó el celular?

—Ya te lo dije: es sólo un amigo.

«¡Déjalo así, por favor!»

—Mejor. Eres joven, estás en Londres y recién salida de una relación de mierda. No caigas en los brazos del primero que te preste un poco de atención.

Me pongo roja hasta la coronilla aunque no puede verme. No creo que lo que me da este hombre pueda describirse como «un poco de atención». Con tan sólo cuarenta y siete años y habiendo tenido a Dan a los dieciocho y a mí a los veintiuno, mi madre se perdió todas las ventajas de ser joven en Londres. Aún no ha cumplido los cincuenta y ya está jubilada y viviendo en Newquay. Sé que no le gustaría saber que me están atrapando por medio de la lujuria.

—No lo haré, mamá. Sólo me estoy divirtiendo un montón —la tranquilizo. Me lo estoy pasando bomba, aunque que no como ella se imagina—. ¿Cómo está papá?

—Ya sabes, loco por el golf, loco por el bádminton, loco por el *cricket*. Tiene que estar siempre haciendo mil cosas para no subirse por las paredes.

—Es mejor que pasarse el día con el culo pegado al sillón sin hacer nada —digo, y cojo una taza del armario. Me acerco al refrigerador.

—Armó un escándalo por tener que dejar la ciudad, pero yo sabía que se moriría al cabo de unos años si no lo sacaba de allí. Ahora no se está quieto. Siempre está metido en algo.

Abro el refrigerador. No hay leche.

—Es bueno que se mantenga activo, ¿no? —Me siento en el taburete sin ese café que tanta falta me hace.

—No me quejo. También ha perdido unos kilos.

—¿Cuántos?

Son buenas noticias. Todo el mundo decía que papá tenía todas los boletos para sufrir un infarto: obeso, aficionado a la cerveza y con un trabajo estresante. Resultó que todo el mundo tenía razón.

—Casi siete kilos.

—Vaya, estoy impresionada.

—No más que yo, Ava. Entonces ¿hay novedades?

«¡A montón!»

—Pocas. Estoy hasta arriba de trabajo. He conseguido el siguiente proyecto del promotor del Lusso. —Tengo que hablar de trabajo. Se me va a caer el pelo si empieza a hurgar en mi vida social.

—¡Genial! Le enseñé a Sue las fotos en internet. ¡El ático! —suspira. «Sí, ahí estoy en este momento.»

—Ya. —Necesito vino.

—¿Te imaginas vivir con tanto lujo? Tu padre y yo no estamos mal, pero no tiene nada que ver con esos niveles de riqueza.

—Es verdad. —De acuerdo, lo de hablar de trabajo no ha ido como yo planeaba—. ¿A qué hora llega Dan mañana? —Tengo que cambiar de tema.

—A las nueve de la mañana. ¿Vendrás con él?

Me desplomo sobre la barra. Casi ni me acordaba de la llegada de Dan. No he tenido oportunidad con el barullo que tengo encima. Me siento culpable. Llevo seis meses sin verlo.

—No creo, mamá. Estoy muy ocupada —lloriqueo mientras le suplico mentalmente que lo entienda.

—Es una pena, pero lo comprendo. A lo mejor papá y yo vamos a verte cuando ya tengas un sitio. —Me están dando a entender que tengo que mover el culo. No he hecho nada al respecto.

—Eso sería genial —lo digo de corazón. Me encantaría que mis padres volvieran a Londres a visitarme. No se han acercado desde que se mudaron, y sé que es porque en el fondo los dos tienen miedo de querer volver a vivir en el ajetreo y el bullicio de la ciudad.

—Estupendo. Se lo comentaré a tu padre. Debo dejarte. Dale recuerdos a Kate.

—Lo haré, llamaré la semana que viene cuando Dan esté allí —añado rápidamente antes de que cuelgue.

—Perfecto. Cuídate mucho, cariño.

—Adiós, mamá. —Doy un empujón al celular por la barra y hundo la cabeza entre las manos.

Si ella supiera. A mi padre le daría otro infarto si se enterase del estado actual de mis asuntos, y mi madre me obligaría a mudarme a Newquay. La única razón por la que mi padre no vino conduciendo hasta Londres cuando Matt y yo rompimos fue porque mamá llamó a Kate para averiguar si era verdad que yo estaba bien. ¿Qué pensarían si supieran que estoy enredada con un hombre controlador, arrogante y neurótico que, según sus propias palabras, me está cogiendo hasta hacerme perder el sentido? El hecho de que sea superrico y el dueño del ático del Lusso no amortiguaría el golpe. Por Dios, si mi madre tiene una edad más cercana a la de Jesse que yo.

Me doy la vuelta sobre el taburete cuando oigo un alboroto fuera de la cocina. Me levanto a investigar y doy un salto del susto que me llevo al ver el pecho desnudo de Jesse volando hacia mí.

«¡Guau!»

—Carajo, estás aquí. —Me levanta del suelo y me pega a su pecho bañado en sudor—. No estabas en la cama.

—No, estaba en la cocina —farfullo aturdida. Me está abrazando tan fuerte que me cuesta respirar—. He visto que estabas corriendo y no he querido molestarte. —Me revuelvo un poco para indicarle que me está ahogando. Me suelta y me deposita sobre mis pies. Con el rostro brillante y sin afeitar, me da un repaso y el pánico desaparece un poco de su mirada. Me coge de los hombros y me mira a la cara—. Sólo estaba en la cocina —repito. Me mira como si fuera a desmayarse en cualquier momento. Pero ¿qué le pasa?

Sacude un poco la cabeza, como si estuviera intentando borrar un pensamiento horrible, me coge en brazos, me lleva a la barra y me sienta sobre el frío granito. Se abre camino entre mis muslos.

—¿Has dormido bien?

—Genial.

¿Por qué tiene cara de haber recibido muy malas noticias?

—¿Te encuentras bien?

Me regala una sonrisa de las que detienen el corazón. Me tranquilizo al instante.

—Me he despertado en mi cama contigo vestida de encaje. Es domingo, son las diez y media de la mañana y estás conmigo en mi cocina —me mira de arriba abajo—... vestida de encaje. Estoy genial.

—¿Ah, sí?

—Por supuesto. —Me levanta la barbilla y me planta un besito en los labios—. Podría despertarme así todos los días. Eres preciosa, señorita.

—Tú también.

Me aparta el pelo de la cara y me mira con cariño.

—Bésame.

Satisfago su petición de inmediato. Tomo sus labios con calma y sigo las caricias lentas y delicadas de su lengua. Los dos gemimos de gusto a la vez. Esto es la gloria. Pero el estridente chirrido del celular de Jesse pone fin a nuestro momento íntimo.

Gruñe y alarga el brazo por detrás de mí para cogerlo, sin dejar de besarme. Lo sujeta por encima de mi cabeza y mira la pantalla.

—No, ahora no... —protesta contra mis labios—. Nena, tengo que contestar.

Se aparta de mí y contesta entre mis muslos. Deja la mano que le queda libre en mi cintura.

—¿Qué pasa, John? —Empieza a morderse el labio—. ¿Y qué hace ahí?

Me da un beso casto en los labios.

—No, voy para allá... sí... te veo dentro de un rato. —Cuelga y me estudia con atención unos segundos—. Tengo que ir a La Mansión. Te vienes conmigo.

Retrocedo.

—¡No! —protesto. ¡No voy a dejar que sea ella quien me baje del séptimo cielo de Jesse!

Frunce el ceño.

—Quiero que vengas.

¡De ninguna manera! Es domingo, no tengo que ir a trabajar y no voy a ir a La Mansión.

—Pero vas a estar trabajando. —Busco una buena excusa en mi cerebro para no tener que ir—. Haz lo que tengas que hacer y nos vemos luego. —Intento que entre en razón.

—No. Te vienes —insiste con firmeza.

—No, no voy. —Trato de soltarme de su abrazo, pero no consigo ir a ninguna parte.

—¿Por qué no?

—Porque no —le espeto, y me gano una mirada furibunda. No voy a empezar a despotricar contra Sarah y a aburrirlo con celos triviales.

Rebusca en mi mirada.

—Ava, por favor. ¿Vas a hacer lo que te digo?

—¡No! —grito.

Cierra los ojos con el objetivo de no perder la paciencia, pero me da igual. Puede obligarme a muchas cosas, pero no pienso ir a La Mansión. Sigo sentada en la barra, esperando a que Jesse se desintegre ante mi desobediencia.

—Ava, ¿por qué te empeñas en complicar las cosas?

—¿Que yo complico las cosas? —Lo miro boquiabierta.

Es él quien necesita una cogida para hacerlo entrar en razón. El tipo alucina.

—Sí. Yo lo estoy intentando con todas mis fuerzas.

—¿Qué es lo que estás intentando? ¿Volverme loca? ¡Pues lo estás consiguiendo! —Le doy un empellón y me voy como un rayo de la cocina mientras él maldice y me sigue escaleras arriba.

—¡Está bien! —grita desde atrás—. Me esperarás aquí. Volveré en cuanto pueda.

—¡Me voy a casa! —grito sin dejar de andar.

Me encierro en el cuarto de baño. No voy a quedarme aquí esperando a que vuelva. Ha sido razonable y ha aceptado mi negativa a acompañarlo, pero sólo para rematarlo con un «Me esperarás aquí» y punto. ¡No pienso esperarlo! Me echo agua fría en la cara para intentar calmarme. Estoy de muy mal humor. ¿Por qué no me ha hecho la cuenta atrás? Es lo que suele hacer cuando no me someto a sus órdenes. Lo oigo hablar por teléfono en el dormitorio. Me pregunto a quién habrá llamado. Abro la puerta.

—Hasta ahora. —Cuelga y tira el celular encima de la cama.

¿A quién le ha dicho «Hasta ahora»? Se queda de pie dándome la espalda un buen rato, con la cabeza sobre el pecho. Está pensando, y de repente me siento una impostora.

Al cabo de un rato, respira hondo y se vuelve hacia mí. Me observa un instante y se mete en el baño para darse un baño. Me quedo en mitad de la habitación sin saber qué hacer. Está actuando de un modo muy extraño. No hay cuenta atrás ni manipulación. ¿Qué está pasando? Ayer fue un día perfecto y ahora ha regresado la confusión. Parece que a fin de cuentas no ha hecho falta que apareciera Sarah para bajarme del séptimo cielo de Jesse. Me las he arreglado yo solita.

Diez minutos después sigo jugueteando con los pulgares mientras intento decidir qué debo hacer ahora. Oigo que cierra la llave de la regadera. Sale del baño y se mete en el vestidor sin dirigirme la palabra. Me preocupa su expresión de derrota, que también arrastra una nota de tristeza. Creo que quiero que explote o que inicie una cuenta atrás. No tengo ni idea de lo que le pasa por la cabeza, y es la sensación más frustrante del mundo.

Aparece en la puerta del vestidor.

—Tengo que irme —se lamenta. Parece muy atormentado—. Kate viene para acá.

Frunzo el ceño.

—¿Por qué?

—Para que no te vayas.

Vuelve al vestidor y yo lo sigo a toda prisa.

Se pone unos *jeans* y me mira un segundo, pero no me aclara nada. Descuelga una camiseta negra, se la pone en un abrir y cerrar de ojos y a continuación se calza unos Converse.

—Me voy a casa —le digo, pero no me mira.

¿Qué le pasa? Noto que mi mal genio se desinfla ante su impasibilidad y, como no sé qué otra cosa hacer, empiezo a descolgar mi ropa de las perchas y a colocármela entre los brazos.

—¿Qué estás haciendo? —Me quita la ropa y vuelve a colgarla—. ¡No vas a marcharte! —ruge.

—¡Claro que me marcho! —le grito, y vuelvo a descolgar las prendas de un tirón.

—¡Pon la puta ropa en su sitio, Ava! —me grita.

Oigo el sonido de la tela al rasgarse cuando lucho por quitármelo de encima. Unos segundos después ya no tengo ropa en los brazos y me han echado del vestidor. Estoy sobre la cama, inmovilizada, resistiéndome a él, desafiándolo abiertamente, pero no consigo soltarme. ¡Como intente cogerme gritaré!

—¡Cálmate, carajo! —me grita, y me coge de la barbilla para obligarme a mirarlo. Cierro los ojos con fuerza; jadeo y resoplo como un galgo de carreras. No voy a dejar que se sirva del sexo para manipularme—. Abre los ojos, Ava.

—¡No! —Me comporto de manera infantil, pero sé que si lo obedezco me consumirá la lujuria.

—¡Que los abras! —Me sacude la barbilla.

—¡No!

—¡Bien! —grita mientras sigo intentando soltarme—. Escúchame, señorita. No vas a ir a ninguna parte. Te lo he dicho una y otra vez, ¡así que empieza a metértelo en la cabeza!

Cambia de postura para poder sujetarme con más fuerza.

—Me voy a La Mansión y, cuando vuelva, vamos a sentarnos y a hablar sobre nosotros. —Dejo de resistirme. ¿Hablar sobre nosotros? ¿Qué? ¿Una conversación como Dios manda sobre qué tipo de relación hay entre nosotros? Me muero por saberlo—. Las cartas sobre la mesa, Ava. Se acabaron las estupideces, las confesiones de borracha y el guardarte cosas para ti. ¿Lo has entendido? —Tiene la respiración pesada y habla con decisión.

Es lo que he querido desde el principio: las cosas claras, poder entender nuestra relación. Carajo, estoy muy confusa. Necesito saber qué es esto y luego, tal vez, pueda decidir si necesito poner distancia.

¿Y qué es eso de las confesiones de borracha y lo de que me guardo cosas?

Abro los ojos, y me recibe su mirada verde pardusca. Me aprieta un poco menos la barbilla.

—Ven conmigo, te necesito conmigo. —Casi me lo suplica.

—¿Por qué?

—Porque sí. ¿Por qué no quieres venir?

Respiro hondo.

—No me siento cómoda en La Mansión. —Ahí la tiene, es la verdad. Debería ser capaz de adivinar el porqué. No puede ser tan tonto.

—¿Por qué no te sientes cómoda?

De acuerdo. Es así de tonto.

—Porque no —respondo.

Frunce el entrecejo y se mordisquea el labio.

—Por favor, Ava.

Niego con la cabeza.

—No voy a ir.

Suspira.

—Prométeme que estarás aquí cuando vuelva. Necesitamos aclarar esta mierda.

—Estaré aquí —le aseguro.

Estoy desesperada por aclarar esta mierda. No voy a irme a ninguna parte.

—Gracias —susurra y apoya la frente en la mía y cierra los ojos.

La esperanza florece en mi interior. Quiere «aclarar esta mierda». Se levanta y, sin besarme siquiera, sale del dormitorio.

Me quedo en la cama recuperándome de mi ridícula batalla física, preguntándome qué resultará de poner las cartas sobre la mesa y aclarar esta mierda. No me decido. No sé si confesarle lo que siento o esperar a ver qué tiene que decirme él. ¿Qué dirá? Hay tanto que aclarar... ¿Qué es «nosotros»? ¿Una aventura de alto voltaje o algo más? Necesito que sea algo más, pero no puedo soportar sus exigencias y su manía de comportarse irracionalmente y pasar por encima de quien sea. Es agotador.

La mirada de puro tormento que oscurecía su hermoso rostro es innegable. ¿Qué le rondará por esa mente tan compleja? ¿Por qué me necesita? Tengo tantas preguntas...

Cierro los ojos e intento recobrar el aliento. Entro en una especie de coma por agotamiento.

El teléfono que hay junto a la cama empieza a sonar y abro los ojos de golpe. «¡Kate!» Me arrastro hasta la cabecera y contesto:

—Déjala subir, Clive.

Me pongo una camiseta y corro escaleras abajo. Abro la puerta justo cuando Kate sale del ascensor. Me alegro mucho de verla, pero no entiendo por qué Jesse piensa que necesito una niñera. Corro hacia ella y la abrazo con desesperación.

—¡Vaya! ¿Alguien se alegra de verme? —Me devuelve el efusivo abrazo y hundo la cara entre sus rizos rojos. No me había dado cuenta de lo mucho que necesitaba verla—. ¿Vas a invitarme a entrar en la torre o nos quedamos aquí paradas?

La suelto.

—Perdona. —Me aparto el pelo de la cara—. Estoy fatal, Kate. Y tú has vuelto a dejar que un tipo rebusque entre mis cosas —añado con mala cara.

—Ava, apareció a las seis de la mañana y estuvo llamando a la puerta hasta que Sam le abrió. Lo he dejado hacer porque no había forma de impedírselo. Ese hombre es un rinoceronte.

—Es aún peor.

Me mira con cara de pena, me da la mano y me lleva al ático.

—No puedo creerme que viva aquí —masculla mirando hacia la cocina—. Siéntate. —Señala un taburete.

Tomo asiento y observo a Kate mientras refresca el recuerdo que tiene de la impresionante cocina.

—No puedo ofrecerte té porque no tiene leche. La asistenta tiene el día libre.

—¿Tiene asistenta? —musita—. Era de esperar.

Sacude la cabeza, va al refrigerador y saca dos botellas de agua. Se sienta a mi lado.

—¿Qué pasa?

—¿Qué voy a hacer, Kate? —Apoyo la cabeza entre las manos—. No puedo creer que te haya hecho venir sólo para que no me marche.

—¿Y eso no te dice nada?

—¡Que es un controlador! ¡Es demasiado intenso! —Miro a Kate, que sonríe un poco. ¿Qué tiene de gracioso? Estoy hecha un lío—. No sé qué hago con él, en qué punto estamos.

—¿Se lo has dicho? —me pregunta, y arquea una ceja perfectamente depilada.

—No, no puedo.

—¿Por qué? —me suelta totalmente sorprendida.

—Kate, no sé qué soy para él. Puede ser amable y cariñoso, decir cosas que no entiendo y, al minuto, ser brutal y fiero, dominante y exigente. ¡Intenta controlarme! —Abro la botella de agua y le doy un trago para humedecerme la boca seca—. Me manipula con sexo cuando no cumplo sus órdenes sin replicar, pasa por encima de quien sea, incluso de mí, para salirse con la suya. Raya en lo imposible. No, ¡es imposible!

Kate me mira con los ojos azules y brillantes llenos de compasión.

—Sam me ha dicho que nunca había visto así a Jesse. Por lo visto, es famoso por su carácter despreocupado.

Me echo a reír. Podría describir a Jesse de muchas maneras, pero despreocupado no es una de ellas.

—Kate, no es así para nada, créeme.

—Está claro que sacas lo peor de él. —Sonríe.

—Está claro —repito. ¿Despreocupado? ¡Vaya chiste!—. Él también saca lo peor de mí. No le gusta nada que diga groserías, así que suelto más. Le supone un problema que muestre mis encantos a alguien que no sea él, así que me pongo vestidos más cortos de lo normal. Me dice que no me emborrache, y yo voy y lo hago. No es sano, Kate. Tan pronto me dice que le encanta tenerme aquí como que soy el acostón del día. ¿Qué debo pensar?

—Pero sigues aquí —dice pensativa—. Y no vas a conseguir respuestas si no haces las preguntas.

—Hago preguntas.

—¿Las correctas?

¿Cuáles son las preguntas correctas? Miro a mi mejor amiga y me pregunto por qué no me saca de la torre y me esconde de Jesse. Lo ha visto en acción... No hay duda de que eso es más que suficiente para que cualquier mejor amiga tome cartas en el asunto.

—¿Por qué no me dices que lo mande a la mierda? —pregunto recelosa—. ¿Es porque te ha comprado una camioneta?

—No seas idiota, Ava. Le devolvería la camioneta con gusto si me lo pidieras. Tú eres mucho más importante para mí. No te digo que lo mandes a la mierda porque sé que no quieres hacerlo. Lo que tienes que hacer es decirle cómo te sientes y negociar niveles aceptables de «intensidad». —Sonríe—. Pero en la cama bien, ¿verdad?

Sonrío.

—Dijo que iba a asegurarse de que lo necesitara siempre. Y lo ha hecho. Lo necesito de verdad, Kate.

—Habla con él, Ava. —Me da un empujoncito en el hombro—. No puedes seguir así. —Sacude la cabeza.

Es cierto que no puedo seguir así. Me meterán en un manicomio dentro de un mes. Mi corazón y mi cerebro se arrastran de un extremo al otro a cada hora. Ya no sé ni dónde tengo la cabeza ni dónde tengo el culo. Si tengo que servirle mi corazón en bandeja para que lo haga trizas, que así sea. Al menos sabré a qué atenerme. Lo superaré... algún día... creo.

Me levanto.

—¿Me llevas a La Mansión? —le pregunto. Necesito hacerlo ahora, antes de que me raje. Tengo que decirle cómo me siento.

Kate salta del taburete.

—¡Sí! —exclama con entusiasmo—. ¡Me muero por ver ese sitio!

—Es un hotel, Kate. —Pongo los ojos en blanco pero la dejo disfrutar de su entusiasmo. Mi coche está en su casa, así que no puedo moverme sin ella—. Dame cinco minutos. —Corro escaleras arriba para cambiarme y ponerme unos *jeans* y unas ballerinas, y estoy con Kate en la puerta principal en tiempo récord. Envío a Jesse un mensaje de texto rápido para decirle que voy para allá.

Es hora de poner las cartas sobre la mesa.

Capítulo 36

Salimos al sol de la tarde del domingo, pero no veo a *Margo Junior*. Busco la camioneta rosa en el estacionamiento, a pesar de que no es fácil que el enorme montón de metal pase desapercibido.

—Espero que no te importe. —Kate suelta una risita nerviosa justo cuando veo mi Mini parado en una de las plazas de Jesse con el toldo bajado.

—¡Qué cabrona!

Pasa de mi insulto.

—No me mires así, Ava O'Shea. Si no lo sacara yo, se pasaría la eternidad parado en la puerta de casa. Qué desperdicio.

Las luces parpadean y extiendo la mano para que me dé las llaves, cosa que hace de mala gana y con un bufido.

Conducimos hacia Surrey Hills debatiendo sobre las ventajas de los hombres dominantes. Ambas llegamos a la misma conclusión: sí al sexo y no a los demás aspectos de la relación.

El problema es que Jesse se las ingenia para meter el sexo en todos los aspectos de nuestra relación y lo usa, en general, para salirse con la suya. Y da la sensación de que yo no soy capaz de decir que no, así que estoy condenada. Puede que dentro de una hora todo haya terminado. Sólo de pensarlo me duele el estómago como nunca, pero tengo que ser sensata. Ya estoy metida hasta el cuello.

Salgo de la carretera principal y cojo el desvío hacia las puertas de hierro. Se abren de inmediato para dejarme pasar.

—¡Madre mía! —exclama Kate cuando avanzamos por el camino de grava flanqueado de árboles.

Ya está boquiabierta y ni siquiera ha visto la casa todavía. Llegamos al patio. Hay mucha gente.

—¡La madre que me parió! —La mandíbula le llega al suelo al descubrir la imponente casa. Se inclina hacia adelante en el asiento—. ¿Jesse es el dueño de esto?

—Sí. Ahí está el coche de Sam. —Paro junto al Porsche.

—No puedo creer que venga a comer aquí —farfulla, y se acerca a mi lado del coche—. ¡La madre que me parió!

Me río ante el asombro de Kate, que no suele sorprenderse fácilmente. La llevo hacia los escalones de la entrada, donde me imagino que John saldrá a recibirnos, pero no es así. Las puertas están entreabiertas y las franqueo. Me vuelvo hacia Kate, que lo mira todo boquiabierta y pasmada. Los ojos se le salen de las órbitas ante lo espléndido del lugar.

—Kate, te va a entrar una mosca en la boca —la regaño de broma.

—Lo siento. —La cierra—. Este lugar es muy elegante.

—Ya lo sé.

—Quiero que me lo enseñes —dice, y alza la cabeza para mirar a lo alto de la escalera.

—Que te lo enseñe Sam —le contesto—, yo necesito ver a Jesse.

Dejo atrás el restaurante y me dirijo hacia el bar, donde me encuentro a Sam y a Drew.

El primero de ellos me lanza una gran sonrisa picarona y le da un trago a su cerveza, pero la escupe al ver a Kate detrás de mí.

—¡Carajo! ¿Qué estás haciendo aquí?

Drew se vuelve, ve a Kate y se echa a reír a carcajadas. Frunzo el ceño.

A Kate no parece hacerle gracia.

—Yo también me alegro de verte, ¡pendejo! —le escupe indignada a un Sam estupefacto.

El chico deja de inmediato la cerveza en la barra y coge un taburete.

—Siéntate. —Da palmaditas sobre el asiento y mira a Drew con preocupación.

—¡No me des órdenes, Samuel! —Su cara de enojo da miedo.

Nunca he visto a Sam tan nervioso. ¿Estará ocultando algo? ¿A la chica del Starbucks, tal vez?

Vuelve a darle golpecitos al asiento del taburete y sonríe a Kate con nerviosismo.

—Por favor.

Mi amiga se acerca y pone el culo en el taburete. Sam se lo acerca aún más. Pronto estará sentada en sus rodillas.

—Invítame una copa —le ordena con una media sonrisa.

—Sólo una. —Hace un gesto a Mario. Jesús, si está sudando—. ¿Ava?

—No, gracias. Voy a buscar a Jesse. —Miro por encima del hombro y empiezo a caminar hacia atrás.

—¿Sabe que estás aquí? —pregunta Sam estupefacto.

¿Qué le pasa?

—Le he enviado un mensaje. —Miro en torno al bar y veo muchas caras que me suenan de mi última visita a La Mansión. Me alegro de no ver a Sarah, aunque eso no significa nada. Podría estar en cualquier rincón del complejo—. Pero no me ha contestado —añado.

Sólo ahora me doy cuenta de que es muy raro.

Sam le dirige a Drew una mirada muy inquieta, y él se ríe todavía más.

—Esperen aquí. Iré a buscarlo.

—Sé dónde está su despacho —digo con el ceño fruncido.

—Ava, tú espera aquí, ¿de acuerdo? —La expresión de Sam es de puro pánico. Algo me huele muy mal. Le lanza a Kate una mirada muy seria cuando se levanta—. No te muevas.

—¿Cuánto has bebido? —le pregunta Kate mirando el botellín de cerveza.

¿Kate también ha notado lo incómodo que parece?

—Ésta es la primera, créeme. Voy a buscar a Jesse y luego nos vamos. —Estudia el bar con inquietud. Okey, ahora estoy convencida de que está ocultando algo o a alguien. Empiezo a desear que Sarah estuviera aquí, porque entonces sabría con total seguridad que no está con Jesse. Se me han puesto los pelos como espinas.

Se va corriendo y nos deja a Kate y a mí intercambiando miradas de perplejidad.

—Disculpen, señoritas. —Drew se levanta—. La llamada de la naturaleza.

Nos deja en el bar como si le sobrásemos.

—A la mierda —exclama Kate, y me coge de la mano—. Enséñame la mansión.

Me jala en dirección a la entrada.

—Pero rápido. —Me adelanto y la llevo hacia la enorme escalinata—. Te enseñaré las habitaciones en las que estoy trabajando.

Llegamos al descansillo y las exclamaciones de Kate se hacen más frecuentes a medida que va asimilando la opulencia y el esplendor de La Mansión.

—Esto es el no va más —masculla mirando a todas partes admirada.

—Lo sé. La heredó de su tío a los veintiún años.

—¿A los veintiuno?

—Ajá.

—¡Guau! —suelta Kate. Miró hacia atrás y la veo embobada con el ventanal que hay al pie del segundo tramo de escalera.

—Por aquí —le indico. Atravieso el arco que lleva a las habitaciones de la nueva ala y Kate corre tras de mí—. Hay diez en total.

Me sigue hasta el centro de la habitación sin dejar de mirar a todas partes. No puedo negar que son realmente impresionantes, incluso vacías. Cuando estén terminadas serán dignas de la realeza. ¿Conseguiré acabarlas? Después de «aclarar esta mierda» puede que no vuelva a ver este lugar. Tampoco es que me apene la idea. No me gusta venir aquí.

Me adentro más en la habitación y sigo la mirada de Kate hacia la pared que hay detrás de la puerta. «Pero ¿qué diablos...?»

—¿Qué es eso? —Kate hace la pregunta que me ronda la cabeza.

—No lo sé, antes no estaba ahí. —Recorro con la mirada la enorme cruz de madera que se apoya contra la pared. Tiene unos tornillos gigantes de hierro forjado negro en las esquinas. Es un poco imponente, pero sigue siendo una obra de arte—. Debe de ser uno de los apliques de buen tamaño de los que hablaba Jesse. —Me acerco a la pieza y paso la mano por la madera pulida. Es espectacular, aunque un poco intimidante.

—Huy, perdón, señoritas. —Las dos nos volvemos a la vez y vemos a un hombre de mediana edad con una lijadora en una mano y un café en la otra—. Ha quedado bien, ¿verdad? —Señala la cruz con la lijadora y bebe un sorbo de café—. Estoy comprobando el tamaño antes de hacer las demás.

—¿Lo ha hecho usted? —pregunto con incredulidad.

—Sí. —Se ríe y se coloca junto a la cruz, a mi lado.

—Es impresionante —musito. Encajará a la perfección con la cama que he diseñado y que tanto le gustó a Jesse.

—Gracias, señorita —dice con orgullo. Me doy la vuelta y veo a Kate observando la obra de arte con el ceño fruncido.

—Lo dejamos en paz. —Hago a Kate una señal con la cabeza para que me siga y ella dedica una sonrisa al trabajador antes de salir de la habitación.

Caminamos de nuevo por el descansillo.

—No lo capto —refunfuña.

—Es arte, Kate. —Me río. No es rosa ni cursi, así que no me sorprende que no le guste. Nuestros gustos son muy distintos.

—¿Qué hay ahí arriba?

Sigo su mirada hacia el tercer piso y me detengo junto a ella. Las puertas intimidantes están entornadas.

—No lo sé. Puede que sea un salón para eventos.

Kate sube la escalera.

—Vamos a verlo.

—¡Kate! —Corro detrás de ella. Quiero encontrar a Jesse. Cuanto más tiempo tarde en hablar con él, más tiempo tendré para convencerme de no hacerlo—. Vamos, Kate.

—Sólo quiero echar un vistazo —dice, y abre las puertas—. ¡Carajo! —chilla—. Ava, mira esto.

De acuerdo, me ha picado la curiosidad con ganas. Subo corriendo los peldaños que me quedan y entro en el salón para eventos, derrapo y me paro en seco junto a Kate. «Carajo.»

—¡Perdonen!

Nos volvemos en dirección a una mujer con acento extranjero. Una señora regordeta que lleva trapos y espray antibacterias en las manos se bambolea hacia nosotras.

—No, no, no. Yo limpio. El salón comunitario está cerrado para limpieza. —Nos empuja hacia la puerta.

—Relájese, señora. —Kate se ríe—. Su novio es el dueño.

La pobre mujer retrocede ante la brusquedad de Kate y me mira de arriba abajo antes de hacerme una venia con la cabeza.

—Lo siento. —Se guarda el espray en el delantal y me coge las manos entre los dedos arrugados y morenos—. El señor Ward no dijo que usted venir.

Me muevo con nerviosismo al ver el pánico que invade a la mujer y lanzo a Kate una mirada de enojo, pero no se da cuenta. Está muy ocupada curioseando la colosal habitación. Sonrío para tranquilizar a la limpiadora española, a la que nuestra presencia ha puesto en un compromiso.

—No pasa nada —le aseguro. Me hace otra reverencia y se aparta a un lado para que Kate y yo nos hagamos una idea de dónde estamos.

Lo primero que me llama la atención es lo hermoso que es el salón. Al igual que el resto de la casa, los materiales y los muebles son una belleza. El espacio es inmenso, más de la mitad de la planta y, cuando me fijo con atención, veo que da la vuelta sobre sí mismo y rodea la escalera. Hemos entrado por el centro del salón, así que es aún más grande de lo que pensaba. El techo es alto y abovedado, con vigas de madera que lo cruzan de principio a fin y elaborados candelabros de oro, que ofrecen una luz difusa, entre ellas. Tres ventanas georgianas de guillotina dominan el salón. Están vestidas de carmesí y tienen contraventanas austriacas ribeteadas en yute dorado trenzado. Son kilómetros y kilómetros de seda dorada envuelta en trenzas carmesí sujetas a los lados por degradados dorados. Las paredes rojo profundo ofrecen un marcado contraste para las camas vestidas con extravagancia que rodean el salón.

¿Camas?

—Ava, algo me dice que esto no es un salón para eventos —susurra Kate.

Se mueve hacia la derecha, pero yo me quedo helada en el sitio intentando comprender qué estoy viendo. Es un dormitorio inmenso y superlujoso, el salón comunitario.

En las paredes no hay cuadros, por eso hay espacio para varios marcos de metal, ganchos y estantes. Todos parecen objetos inocentes, como los tapices extravagantes, pero, a medida que mi mente empieza a recuperarse de la sorpresa, el significado del salón y sus contenidos empiezan a filtrarse en mi cerebro. Un millón de razones intentan distraerme de la conclusión a la que estoy llegando poco a poco, pero no hay otra explicación para los artefactos y artilugios que me rodean.

La reacción llega con retraso, pero llega.

—Puta madre —musito.

—Cuidado con esa boca. —Su voz suave me envuelve.

Me vuelvo y lo veo de pie detrás de mí, observándome en silencio con las manos en los bolsillos de los *jeans* y el rostro inexpresivo. Tengo la lengua bloqueada y busco en mi cerebro. ¿Qué puedo decir? Me invaden un millón de recuerdos de las últimas semanas, de todas las veces que he pasado cosas por alto, que he ignorado detalles o, para ser exactos, que me han distraído de ellos. Cosas que ha dicho, cosas que otros han dicho, cosas que me parecieron raras pero sobre las que no indagué porque él me distraía. Ha hecho todo lo posible por ocultarme esto. ¿Qué más me oculta?

Kate aparece en mi visión periférica. No me hace falta mirarla para saber que probablemente la expresión de su rostro es parecida a la mía, pero no puedo apartar la mirada de Jesse para comprobarlo.

Mira un instante a Kate y le sonríe, nervioso.

Sam entra corriendo en el salón.

—¡Mierda! ¡Te dije que no te movieras! —le grita a Kate con mirada furibunda—. ¡Maldita seas, mujer!

—Creo que será mejor que nos vayamos —dice Kate con calma, se acerca a Sam, lo coge de la mano y se lo lleva del salón.

—Gracias. —Jesse les hace un gesto de agradecimiento con la cabeza antes de volver a mirarme a mí. Tiene los hombros encogidos, señal de que está tenso. Parece muy preocupado. Debería estarlo.

Oigo los susurros ahogados y enojados de Kate y de Sam mientras bajan la escalera. Nos dejan solos en el salón comunitario.

El salón comunitario. Ahora todo tiene sentido. El crucifijo que hay abajo no es arte para colgar en la pared. Esa cosa que parece una cuadrícula no es una antigüedad. Las mujeres que se contonean por el lugar como si vivieran aquí no son mujeres de negocios. Bueno, tal vez lo sean, pero no mientras están aquí.

«Ay, Dios, ayúdame.»

Los dientes de Jesse empiezan a hacer de las suyas en su labio inferior. El pulso se me acelera a cada segundo que pasa. Esto explica esos ratos de humor pensativo que ha pasado estos últimos días. Debía de imaginarse que iba a descubrirlo. ¿Pensaba contármelo alguna vez?

Baja la mirada al suelo.

—Ava, ¿por qué no me has esperado en casa?

La sorpresa empieza a convertirse en ira cuando todas las piezas encajan. ¡Soy una idiota!

—Tú querías que viniera —le recuerdo.

—Pero no así.

—Te he enviado un mensaje. Te decía que estaba de camino.

Frunce el ceño.

—Ava, no he recibido ningún mensaje tuyo.

—¿Dónde está tu celular?

—En mi despacho.

Voy a sacar mi celular, pero entonces sus palabras de esta mañana regresan a mi cerebro.

—¿De esto era de lo que querías hablar? —pregunto.

No quería hablar de nosotros. Quería hablar de esta mierda.

Levanta la mirada del suelo y la clava en mí. Está llena de arrepentimiento.

—Era hora de que lo supieras.

Abro aún más los ojos.

—No, hace mucho tiempo que debía saberlo.

Hago un giro de trescientos sesenta grados parar recordar dónde estoy. Sigo aquí, no cabe duda, y no estoy soñando.

—¡Carajo!

—Cuidado con esa boca, Ava —me regaña con dulzura.

Me vuelvo otra vez para mirarlo a la cara, alucinada.

—¡No te atrevas! —grito, y me golpeo la frente con la palma de la mano—. ¡Carajo, carajo, carajo!

—Cuidado...

—¡No! —Lo paralizo con una mirada feroz—. ¡Jesse, no te atrevas a decirme que tenga cuidado con lo que digo! —Señalo el salón con un gesto—. ¡Mira!

—Ya lo veo, Ava. —Su voz es suave y tranquilizadora, pero no va a calmarme. Estoy demasiado atónita.

—¿Por qué no me lo dijiste? —Dios mío, es un proxeneta venido a más.

—Pensé que habrías comprendido el tipo de operaciones que se realizan en La Mansión en nuestra primera reunión, Ava. Cuando resultó evidente que no era así, se me hizo cada vez más difícil decírtelo.

Me duele la cabeza. Esto es como un rompecabezas de mil piezas: cada una va encajando en su sitio, muy despacio. Yo le dije que tenía un hotel encantador. Debe de pensar que soy medio tonta. Dejó caer bastantes pistas con su lista de especificaciones, pero, como estaba tan distraída con él, no capté ni una. ¿Es el dueño de un club de sexo privado? Es horrible. ¿Y el sexo? Dios, el dichoso sexo. Es todo un experto fuera de serie, y no es por sus relaciones anteriores. Él mismo me dijo que no tenía tiempo para relaciones. Ahora ya sé por qué.

—Voy a marcharme ahora mismo y vas a dejar que me vaya —digo con toda la determinación que siento. Está claro que he sido un juguete para él. Estoy más que aturdida, he perdido por completo la razón.

Se muerde el labio con furia cuando paso junto a él y bajo la escalera como una exhalación.

—Ava, espera —me suplica pisándome los talones.

Recuerdo la última vez que salí huyendo de aquí. No debería haber dejado de correr. Bloqueo su voz y me concentro en llegar a la entrada y en no caerme y romperme una pierna. Paso por los dormitorios del segundo piso y me doy otra bofetada mental.

—Ava, por favor.

Llego al pie de la escalera y me doy la vuelta para mirarlo a la cara.

—¡Ni se te ocurra! —le grito. Retrocede, sorprendido—. Vas a dejar que me vaya.

—Ni siquiera me has dado ocasión de explicarme. —Tiene los ojos abiertos de par en par y llenos de miedo. No es una expresión que haya visto nunca en él—. Por favor, deja que te lo explique.

—¿Explicarme qué? ¡He visto todo lo que necesito ver! —grito—. ¡No es necesaria ninguna explicación! ¡Esto lo dice todo bien claro!

Se acerca a mí con la mano tendida.

—No tendrías que haberlo descubierto así.

De repente me doy cuenta de que hay público presenciando nuestra pequeña pelea. Sam, Drew, Kate y todos los que están en la entrada del bar nos miran incómodos, incluso con cara de pena. John está muy serio y no deja de mirar a Jesse. Sarah está claramente satisfecha de sí misma. Ahora sé que debe de haber interceptado mi mensaje en el teléfono de Jesse. Ella ha abierto las puertas de entrada y la puerta de La Mansión. Se ha salido con la suya. Que se lo quede.

No reconozco al hombre con aspecto de padrote insidioso que hay a su lado, pero me mira con cara de pocos amigos. Me doy cuenta de que se vuelve hacia Jesse con gesto de desdén.

—Eres un pendejo —le escupe a Jesse por la espalda y con tono de verdadero odio. ¿Quién diablos es?

John lo coge del pescuezo y lo sacude un poco.

—Ya no eres miembro, hijo de puta. Te acompañaré a la salida.

La criatura altanera suelta una carcajada siniestra.

—Adelante. Parece que tu fulana ha visto la luz, Ward —sisea.

Los ojos de Jesse se tornan negros en un nanosegundo.

—Cierra la puta boca —ruge John.

—Anulamos su carnet de socio —musito—. A alguien se le ha ido de las manos.

El hombre dirige su mirada fría de nuevo hacia mí.

—Toma lo que quiere y deja un reguero de mierda a su paso —gruñe. Sus palabras me golpean hasta dejarme sin aliento. Jesse se tensa de pies a cabeza—. Coge con todas y las deja bien jodidas.

Vuelvo a mirar a Jesse. Sus ojos siguen negros y parece que le pesa la arruga de la frente.

—¿Por qué? —le pregunto.

No sé por qué se lo pregunto. No va a suponer ninguna diferencia. Pero siento que me merezco una explicación. Coge con todas, una sola vez, y las deja bien jodidas.

—No lo escuches, Ava. —Jesse da un paso al frente. Tiene la mandíbula tan apretada que se la va a romper.

—Pregúntale cómo está mi mujer —escupe el desgraciado—. Le hizo lo mismo que les hace a todas. Los maridos y la conciencia no se interponen en su camino.

Y eso basta para que Jesse pierda la paciencia. Se da la vuelta y se lanza contra el hombre como una bala, se lo quita a John de entre las manos y lo tira contra el suelo de parquet con gran estrépito. Sam aparta a Kate y se oyen unos cuantos gritos ahogados, mientras todo el mundo ve a Jesse pegarle al tipo la paliza de su vida.

No me siento inclinada a gritarle que pare, a pesar de que parece que podría matarlo. Salgo de La Mansión y me meto en el coche. Kate vuela por los escalones y corre hacia mí. Se mete en el coche pero no dice nada. Cuando llegamos a las puertas, se abren sin que tenga que pararme. Me sorprende, estaba preparada para pisar el acelerador y echarlas abajo.

—Sam —dice Kate cuando la miro—. Dice que lo mejor será que nos larguemos de aquí.

No me había parado a pensar, hasta ahora, que Kate tampoco sabía nada de todo esto. Parece la Kate tranquila de siempre, la que se toma las cosas como vienen.

Yo, sin embargo, voy en picada hacia el infierno.

Capítulo 37

Cruzo la puerta principal de casa de Kate y subo la escalera hasta el apartamento como una zombi.

Bendita sea Kate. No hace el menor intento por sonsacarme información. Me deja tirarme en el sofá hecha un mar de lágrimas y me trae una taza de té.

Abro los ojos del susto cuando oigo que la puerta principal se cierra de un portazo. Kate corre a la barandilla.

—Es Sam —me tranquiliza al volver al salón.

—¿Tiene llave? —pregunto.

Kate se encoge de hombros, pero esta pequeña noticia me hace sonreír para mis adentros. ¿Se la quitará en vista de los últimos acontecimientos?

Suena mi celular y rechazo la llamada... otra vez.

Sam aparece en el salón, tan nervioso como lo estaba en La Mansión. Las dos observamos su interpretación de un espectador de un partido de tenis. Su mirada salta de Kate a mí unas cuantas veces.

Se acerca a mi amiga y la saca del salón casi a rastras agarrándola por el codo.

—Tenemos que hablar —la apremia. Estiro el cuello y veo que prácticamente la arroja al interior de su dormitorio y cierra de un portazo.

Yo estoy tumbada en el sofá, con la taza de té apoyada en el estómago y los ojos cerrados, pero vuelvo a abrirlos muy pronto. Tengo las imágenes de Jesse grabadas en mi mente y, con los ojos cerrados, sin ninguna otra distracción visual, las veo aún con más claridad. No voy a ser capaz de volver a dormir nunca más.

El celular vuelve a sonar. Lo cojo y le doy con fuerza al botón de rechazar, sin dejar de mirar al techo de escayola del salón.

Nunca he sentido un dolor así. Es insoportable y no tiene alivio. ¿Es el dueño de un club de sexo? ¿Por qué? ¿Por qué no podía ser banquero o asesor financiero? O... el dueño de un hotel. Sabía que algo no cuadraba, que había algo peligroso. ¿Por qué no me paré a pensar en ello? Sé exactamente por qué: porque no se me permitió, porque no se me dio la oportunidad.

Me incorporo cuando oigo los gritos agudos de Kate en el descansillo, seguidos de los tonos apaciguadores de Sam, que está intentando calmarla. Mi amiga sale zumbando de su habitación con Sam detrás. Intenta detenerla.

—Quítame las manos de encima, Samuel. Tiene que saberlo.

—Espera... Kate... ¡Aaaaayyyy! ¿Por qué diablos has hecho eso?

Kate aparta la rodilla de la entrepierna de Sam y lo deja hecho un ovillo en el suelo. Entra en el salón y se me queda mirando con sus ojos azules.

—¿Qué? —pregunto con recelo. ¿Qué tengo que saber?

Lanza una mirada de odio a Sam cuando éste entra agarrándose la entrepierna. Me pregunto por qué Sam parece tan arrepentido cuando es Kate la que acaba de pegarle un rodillazo en los huevos. Ella señala una silla con muy malas maneras para ordenarle en silencio que se siente. Samuel cojea hasta llegar al asiento y se acomoda con un silbido de dolor.

—Ava, Jesse viene de camino —me dice Kate con calma. No sé por qué ha elegido ese tono. A mí no me calma en absoluto.

Trago saliva y miro a Sam, que esquiva mi mirada sentado en la silla. ¿Él no quería decírmelo? He sido una imbécil al pensar que Jesse iba a ponérmelo fácil.

—¡Tengo que irme! —aúllo cuando mi maldito celular empieza a sonar otra vez—. ¡Jódete! —le grito al puto trasto.

—Llévatela. —Kate se vuelve hacia Sam—. No está en condiciones de conducir.

—Ah, no. De eso nada. —Levanta las manos y sacude la cabeza—. Tengo aprecio a mi vida. Además, necesito hablar contigo.

Todos damos un salto al oír un golpe familiar en la puerta. Tengo el corazón en la garganta y miro a Kate. Sam gime, y no por el dolor que le ha causado el rodillazo.

—Cerdo traidor —mascula Kate con enojo. Tiene clavada en Sam una mirada azul y dura como el acero.

—¡Oye, yo no le he dicho nada! —Está muy a la defensiva—. No hace falta ser un genio para imaginarse dónde está Ava.

—No le abras, Kate —le suplico.

Una combinación de distintos golpes llega desde la puerta principal. Dios, no quiero verlo. Mis defensas no están lo bastante fuertes ahora mismo. Salto al oír otra serie de golpes, seguidos de un coro de bocinazos que proceden de todas partes.

—¡Por el amor de Dios! —grita Kate, que echa a correr hacia la ventana—. Mierda. —Sube la persiana y pega la cara al cristal.

—¿Qué? —Me sitúo junto a ella. Sé que es él, pero ¿a qué viene tanto alboroto?

—¡Mira! —grita Kate al tiempo que señala la calle.

Me obligo a mirar hacia donde ella indica y veo el coche de Jesse abandonado en mitad de la calzada, la puerta del conductor abierta y una cola de coches que no para de crecer detrás de él. Los conductores se ponen de mala leche y hacen sonar las bocinas para protestar. Se oye perfectamente desde aquí.

—¡Ava! —grita desde abajo. Golpea la puerta unas cuantas veces más.

—¡Carajo, Ava! —gruñe Kate—. ¡Ese hombre es como un detonador con patas y tú acabas de apretar el botón! —Se va del salón.

Corro tras ella.

—Yo no he apretado nada, Kate. ¡No abras la puerta!

Me inclino sobre la barandilla y veo a mi amiga correr escaleras abajo hacia la puerta principal.

—No puedo dejarlo ahí fuera provocando el caos en plena calle.

Me entra el pánico y regreso corriendo al salón. Paso junto a Sam, que sigue sentado en la silla frotándose la entrepierna dolorida y murmurando cosas ininteligibles.

—¿Por qué no se lo dijiste a Kate? —le pregunto encabronada de camino a la ventana.

—Lo siento, Ava.

—A la que tienes que pedirle perdón es a Kate, no a mí.

Me vuelvo y no hay ni rastro del chico picarón y divertido al que le había cogido tanto cariño. Sólo veo a un hombre tenso, incómodo y tímido.

—Le he pedido perdón. No podía contárselo hasta que Jesse te lo contara a ti. Deberías saber que esto lo ha estado consumiendo desde que te conoció.

Me río ante el intento de Sam por defender a su amigo y miro de nuevo por la ventana. Jesse sigue caminando arriba y abajo ahí fuera, desesperado, apretando los botones del celular como un loco. Sé a quién está llamando. Tal y como suponía, mi teléfono empieza a gritar en mi mano. ¿Debería contestar y decirle que se esfume? Observo la calle y me entra el pánico cuando el conductor de uno de los coches retenidos echa a andar hacia Jesse. Ay, señor... ¡No te enfrentes a él!

Kate sale y mueve los brazos para llamar la atención de Jesse, que ignora al conductor para centrarse en ella. Él hace gestos apremiantes con las manos. ¿Qué le estará diciendo? ¿Qué le estará diciendo Kate? Al cabo de pocos minutos, Jesse vuelve al coche. Siento que el alivio me inunda de la cabeza a los pies, pero sólo lo mueve un poco, lo justo para pararlo de un modo un poco más considerado hacia los demás conductores que necesiten pasar.

—¡Por Dios, Kate! ¿Qué has hecho? —grito por la ventana.

—¿Qué ocurre? —pregunta Sam desde la silla. No le contesto.

De pie, incapaz de moverme, observo que Jesse se apoya en mi coche con la cabeza hundida en señal de derrota y los brazos colgando a los lados. Kate se abraza a sí misma delante de él. Incluso desde aquí distingo la angustia en su rostro. Mi amiga se acerca y le pasa la mano arriba y abajo por el brazo. Lo está consolando. Me está matando.

Paso una eternidad observándolos en la calle. Kate vuelve al apartamento, pero me quedo horrorizada al ver que Jesse la sigue y ella no intenta detenerlo.

—¡Mierda! ¡No! —exclamo, y me llevo las manos a la cabeza, aterrorizada. Pero ¿qué le pasa a Kate?

—¿Qué? —pregunta Sam nervioso—. Ava, ¿qué pasa?

Sopeso mis opciones a toda velocidad. No tardo mucho porque no tengo muchas. Lo único que puedo hacer es quedarme aquí y esperar la confrontación. Sólo hay una puerta de entrada y salida en este apartamento y, con Jesse a punto de entrar, mis planes para escapar de la discusión se han ido al garete.

Kate entra en el salón, más bien avergonzada. Estoy furiosa con ella y lo sabe. Le lanzo una mirada de desprecio absoluto y ella me sonríe nerviosa.

—Sólo deja que se explique, Ava. Está hecho polvo. —Sacude la cabeza con expresión de lástima, pero luego mira a Sam y le cambia la cara al instante—. ¡Tú! ¡A la cocina!

Sam da un respingo.

—¡No puedo moverme, zorra malvada! —Se frota la entrepierna otra vez y apoya la cabeza en el respaldo de la silla. Kate resopla y lo levanta de la silla de un tirón. Él gime, cierra los ojos y cojea camino de la cocina.

Kate es increíble. ¡Zorra traidora! Sale del salón y me mira con todo el cariño del mundo. No tendría que lamentarse tanto si no lo hubiera dejado entrar, la muy, muy idiota. Me pongo de cara a la ventana antes de que entre Jesse. No puedo mirarlo. Me disolvería en un mar de lágrimas y no quiero que tenga excusa alguna para consolarme o arroparme con sus brazos fuertes y cálidos. Me preparo para soportar el efecto de su voz en mí, todos mis músculos y mis terminaciones nerviosas se ponen en tensión. No oigo nada, pero se me ponen los pelos como púas y sé que está aquí. Mi cuerpo responde a su poderosa presencia y yo cierro los ojos, respiro hondo y rezo para reunir fuerzas.

—Ava, por favor, mírame. —Le tiembla la voz, llena de emoción.

Me trago el nudo que tengo en la garganta, que es del tamaño de una pelota de tenis. Lucho por contener el mar de lágrimas que se me acumula en los ojos.

—Ava, por favor. —Me roza la parte de atrás del brazo con la mano. Me tenso y lo aparto.

—No me toques. —Encuentro el valor que necesito para darme la vuelta y mirarlo.

Tiene la cabeza agachada y los hombros caídos. Da pena, pero no debo dejar que su lastimero estado me afecte. Ya ha influido en mí bastante a base de manipularme y esto... esto es sólo otra forma de manipulación... al estilo de Jesse. Estaba tan cegada por el deseo que no veía con claridad. Levanta la mirada del suelo para fijarla en la mía.

—¿Por qué me llevaste allí? —pregunto.

—Porque te quiero a mi lado a todas horas. No puedo estar lejos de ti.

—Pues ve acostumbrándote, porque no quiero volver a verte. —Mi voz es tranquila y controlada, pero el dolor que me atraviesa el corazón como respuesta a lo que acabo de decir me deja muda al instante.

Sus ojos vacilan buscando los míos.

—No lo dices en serio. Sé que no lo dices en serio.

—Lo digo en serio.

Su pecho se hincha con cada inhalación profunda, está despeinado y la arruga de su frente es un cráter. La ansiedad que refleja su rostro es como una lanza de hielo que se me clava en el corazón.

—Nunca he querido hacerte daño —susurra.

—Pues me lo has hecho. Me has puesto la vida patas arriba y me has pisoteado el corazón. He intentado huir. Sabía que ocultabas algo. ¿Por qué no me has dejado marchar?

Me flaquea la voz cuando los cristales que tengo en la garganta empiezan a ganar la batalla y las lágrimas asoman a mis ojos. Mierda, debería haber hecho caso a mi instinto.

Empieza a morderse el labio inferior.

—Nunca quisiste huir de verdad. —Su voz es apenas audible.

—¡Claro que sí! —le espeto—. Me resistí. Sabía que me estaba metiendo en la boca del lobo, pero tú no cejaste en tu empeño. ¿Qué te pasó? ¿Te quedaste sin mujeres casadas a las que cogerte?

Niega con la cabeza.

—No, te conocí a ti.

Da un paso adelante y me aparto de él.

—Fuera —digo con calma. Estoy temblando y me cuesta respirar, lo que demuestra que estoy cualquier cosa menos tranquila. Avanzo con decisión hacia la puerta y le doy un empujón en el hombro cuando paso junto a él.

—No puedo. Te necesito, Ava. —Su tono de súplica me perseguirá mientras viva.

Me vuelvo violentamente.

—¡No me necesitas! —Lucho por mantener firme la voz—. Tú me deseas. Dios, eres un dominante, ¿verdad?

Las imágenes de nuestros encuentros sexuales me pasan por la cabeza a doscientos kilómetros por hora. Es toda una fiera en la cama y fuera de ella.

—¡No!

—Entonces ¿a qué viene el rollo del control? ¿Y el dominio y las órdenes?

—El sexo es sólo sexo. No puedo acercarme lo suficiente a ti. Lo del control es porque me da un miedo atroz que te pase algo... Que te aparten de mi lado. Te he esperado durante demasiado tiempo, Ava. Haría cualquier cosa con tal de mantenerte a salvo. He llevado una vida sin control y sin preocupaciones. Créeme, te necesito... por favor... por favor, no me dejes. —Camina hacia mí, pero doy un paso atrás y combato el impulso de dejar que me abrace. Se detiene—. No lo superaré nunca.

¿Qué? ¡No! No puedo creer que sea tan cruel como para recurrir al chantaje emocional.

—¿Crees que a mí va a resultarme fácil? —le grito. Las lágrimas comienzan a rodar por mis mejillas.

Lo poco que le quedaba de color en la cara desaparece ante mis ojos. Agacha la cabeza. No hay vuelta atrás. ¿Qué va a decir? Sabe lo que me ha hecho. Ha hecho que lo necesite.

—Si pudiera cambiar el modo en que he llevado las cosas, lo haría —susurra.

—Pero no puedes. El daño ya está hecho. —Mi voz rebosa desprecio. Me mira.

—El daño será mayor si me dejas.

«Por Dios.»

—¡Fuera!

—No. —Sacude la cabeza con desesperación y da un paso hacia mí—. Ava, por favor, te lo suplico.

Me aparto de él y consigo poner cara de decisión. Trago saliva sin parar para intentar mantener a raya el nudo que tengo en la garganta. Esto es increíblemente doloroso. Por eso no quería verlo. Estoy furiosa con él, pero verlo tan abatido me parte el corazón. Me ha mentido, me ha engañado y, básicamente, me ha acosado y perseguido para que me metiera en la cama con él.

«¡Has dejado que me enamorara de ti!»

Me mira con fijeza, el dolor de sus ojos verde pardusco es inconmensurable. Si no aparto la mirada, cederé... Así que la desvío. Agacho la cabeza y le ruego en silencio que se vaya antes de que me desmorone y acepte el consuelo que me brinda siempre.

—Ava, mírame.

Respiro hondo y levanto la mirada hacia la suya.

—Adiós, Jesse.

—Por favor —dice sin voz.

—He dicho que adiós. —Las palabras transmiten un aire de punto final que en realidad no siento.

Me examina el rostro durante una eternidad, pero desiste y deja de buscar en mis ojos un atisbo de esperanza. Se da la vuelta y se marcha en silencio.

Proporciono a mis pulmones el aire que tanto necesitan y camino con pasos inestables hasta la ventana. La puerta principal se cierra de un portazo que retumba en toda la casa y veo a Jesse que se arrastra hasta el Aston Martin medio abandonado. Me estremezco y dejo escapar un sollozo cuando hace añicos la ventanilla del coche de un puñetazo. La carretera se llena de cristales rotos. Se mete dentro y golpea una y otra vez el volante. Después de lo que parecen años de verle dar puñetazos al coche, se aleja entre los rugidos del motor. Se oye un chirrido de neumáticos que derrapan y bocinas que protestan.

Salgo del baño y me seco el pelo antes de volver a hacerme un ovillo en la cama. Estoy paralizada. Es como si me hubieran arrancado el corazón, lo hubiesen pisoteado y me lo hubieran vuelto a meter en el pecho, apaleado y hecho un asco. Me encuentro en algún punto entre la pena y la devastación, es lo más doloroso que he vivido nunca. Mi vida se ha desmoronado. Me siento vacía, traicionada, sola y perdida. La única persona que puede hacerme sentir mejor es la que lo ha causado todo. No creo que me recupere nunca.

—¿Ava? —Levanto la cabeza, que me duele horrores, de la almohada. Kate está en la puerta. La compasión que refleja su rostro agudiza aún más el dolor. Se sienta en el borde de la cama y me acaricia la mejilla—. Ava, no tiene por qué acabar así —me dice con ternura.

¿Ah, no? ¿Y qué sugiere? Tengo que soportar este dolor y ver si tengo las fuerzas necesarias para lidiar con él. Volver a empezar. Pero, de momento, me conformo con tumbarme en la cama y sentir lástima de mí misma.

—Es lo que hay —susurro.

—No, no es verdad. —Lo dice con más firmeza—. Todavía lo quieres, Ava. Reconoce que aún lo quieres. ¿Se lo has dicho?

No puedo negarlo. Lo quiero tanto que duele. Pero no debería ser así. Sé que no debería.

—No puedo. —Hundo la cabeza en la almohada.

—¿Por qué?

—Es el dueño de un club de sexo, Kate.

—No sabía cómo decírtelo. Le preocupaba que lo dejaras.

Miro a Kate.

—No me lo dijo, y aun así lo he dejado. —Vuelvo a mi almohada bañada en lágrimas—. Ya oíste a aquel hombre. Destruye matrimonios. Se coge a las mujeres por diversión. —¿Por qué lo defiende?—.

¿Por qué tú no alucinas? —murmuro desde la almohada. Sé que se lo toma todo con calma, pero esto es para caerse de culo.

—Lo hago... un poco.

—Pues no lo parece.

—Ava, Jesse ni siquiera ha mirado a otra mujer desde que te conoció. Está loco por ti. Sam creía que jamás vería algo así.

—Sam puede decir lo que le dé la gana, Kate. No cambia el hecho de que Jesse es el dueño de un lugar al que la gente va a practicar sexo, y él a veces se une a la fiesta. —Me estremezco, me pongo mal sólo de pensarlo. ¿Que está loco por mí? Y una mierda.

—No puedes castigarlo por su pasado.

—Pero no es su pasado. Sigue siendo el dueño.

—Es su empresa.

—¡Déjame en paz, Kate! —le escupo. Me encabrona que lo defienda. Debería estar de mi parte, no intentando justificar las fechorías de Jesse.

Noto que la cama se mueve cuando Kate se levanta y suspira.

—Sigue siendo Jesse —dice, y sale de mi cuarto para dejarme sola y que llore mi pérdida.

Permanezco tumbada y en silencio, intentando despejar la mente de todos los pensamientos inevitables. No sirve de nada. Las imágenes de las últimas semanas me invaden el cerebro: nuestro primer encuentro, cuando me dejó noqueada; los mensajes de texto, las llamadas y el acoso... Y el sexo. Me pongo boca abajo y hundo la cara en la almohada.

Las palabras de Kate continúan rondándome la cabeza: «Sigue siendo Jesse.» ¿Acaso sé quién es Jesse? Yo sólo sé que este hombre me ha metido en su torbellino de emociones intensas y me ha cegado con su cuerpo.

Otra pieza del rompecabezas encaja cuando recuerdo que me dijo que no tenía contacto con sus padres. Lo repudiaron al morir su tío, cuando Jesse se negó a vender La Mansión. Ahora lo entiendo. No tenía nada que ver con la herencia ni con compartir los bienes, sino con dejar a su hijo de veintiún años a cargo de un club de sexo fresa.

Normal que les preocupara y que se encabronaran bastante. Es lógico que no aprobasen su relación con Carmichael. Dios santo, ¿sería Carmichael quien animó a Jesse a adoptar ese estilo de vida? Jesse dijo que se lo pasó en grande. ¿Qué clase de joven no disfrutaría como un loco en una casa donde se hace de todo? Ha practicado de lo lindo. Y es más que probable que sea verdad lo de que no se ha cogido a ninguna mujer dos veces... Excepto a mí.

No hace falta ser Einstein para saber por qué me echaron miradas asesinas todas aquellas mujeres en La Mansión. Todas lo deseaban. No. Todas deseaban repetir.

Se la jugó al llevarme allí, pero, ahora que lo pienso, nadie se me acercó, nunca estaba sola, nunca se me dio libertad para explorar a mis anchas. ¿Estaba todo el mundo al tanto de mi ignorancia? ¿Habían recibido instrucciones de cerrar el pico y no acercarse a mí? He sido el hazmerreír de todo el mundo. Se ha esforzado al máximo para que no me enterara. ¿Cómo pudo pensar que iba a salirle bien? Los comentarios de Sarah sobre el cuero... Hundo aún más la cabeza en la almohada, sumida en la desesperación.

—¿Ava? —Levanto la vista y veo a Sam en la puerta, tan derrotado como antes—. Se ha estado devanando los sesos a diario pensando en cómo contártelo. Nunca lo había visto así.

—¿Siendo rechazado? —digo con sarcasmo—. No, no creo que a Jesse Ward le den calabazas a menudo.

—No. Quiero decir loco por una mujer.

—Lo está, pero de atar. —Me echo a reír.

Sam frunce el ceño y sacude la cabeza.

—Loco por ti.

—No, Sam. Jesse está loco por controlarme y manipularme.

—¿Puedo? —Señala el borde de mi cama.

—Adelante —refunfuño sin piedad.

Se sienta en un extremo de la cama. Nunca lo había visto tan serio.

—Ava, conozco a Jesse desde hace ocho años. Ni una sola vez lo he visto comportarse así con una mujer. Nunca ha tenido relaciones, sólo sexo, pero desde que te conoció es como si hubiera encontrado su propósito en la vida. Es un hombre distinto y, aunque te hayas sentido frustrada por lo protector que es, como amigo, me hacía feliz ver que por fin alguien le importaba lo suficiente como para que actuara de ese modo. Por favor, dale una oportunidad.

—Su comportamiento no era sólo protector, Sam. —Lo de ser protector no es más que el principio de una larga lista de exigencias irracionales.

—Sigue siendo Jesse. —Sam repite las palabras de Kate y me mira suplicante—. La Mansión es su empresa. Sí, mezclaba los negocios con el placer, pero no tenía nada más. Todo cambió cuando llegaste a su vida.

—No puedo hacer como si nada e ignorarlo, Sam.

Sonríe y me coge la mano.

—Si me dices que puedes dejarlo, sin ninguna duda y sin remordimientos, entonces me callo y me voy. Si me dices que no lo quieres, me voy. Pero no creo que puedas. Estás aturdida y confundida, eso lo sé. Y sí, tiene un pasado, pero no puedes ignorar el hecho de que te adora, Ava. Lo lleva escrito en la cara y sus actos lo expresan con claridad. Dale una oportunidad, por favor. Se merece una oportunidad.

Parece que Sam se ha preparado y ha ensayado bien el discursito de súplica en nombre de su amigo. Puede que así sea. Debían de saber que al final me enteraría. ¿Puedo superar esta mierda? Sé que no me estoy haciendo ningún favor aquí tirada, hecha una pena y dándole vueltas a lo mismo una y otra vez. Estoy intentando asimilar algo que no entiendo y que nunca entenderé. Es el dueño de un club de sexo. Este rollo no encaja en mi idea de un felices para siempre. ¿Podré confiar en él algún día? ¿Le importo lo suficiente como para que se comporte así? ¿Que me adore equivale a que me ame? Al principio no hacía ni caso de lo que Jesse me decía en la cama. Todos esos líos de «eres sólo mía» y de que no iba a dejar que me marchara nunca. Decía muchas cosas: «Me gustas cubierta de encaje», «Me encanta el sexo soñoliento contigo», «Me encanta tenerte aquí»... pero nunca lo que yo tanto ansiaba escuchar. ¿Debería haberlo interpretado de otro modo? ¿Me estaba diciendo lo que yo quería oír pero con otras palabras? Buscaba sin cesar que le asegurase que no iba a irme. Si lo único que necesitaba era la seguridad de que no iba a largarme a ninguna parte, lo cierto es que se la di en muchas ocasiones, ¿no es así? Siempre le decía que iba a quedarme, pero entonces no sabía nada de La Mansión. Y ahora lo sé y he salido corriendo.

Siempre me quería de encaje, no de cuero. Insistió en que era suya. Era posesivo hasta el extremo, más allá de lo razonable. Siempre quería taparme, que nadie me viera nada, sólo él. Lo del cuero, lo de compartir pareja y la exposición del cuerpo femenino debe de formar parte del día a día en La Mansión. ¿Estaba intentando convertirme en lo contrario de todo lo que conoce? ¿De todo aquello a lo que está acostumbrado? Entonces ¿qué hay del sexo?

Me incorporo. Necesito hablar con él. Creo que podría superar lo de La Mansión, pero estoy segura de que nunca conseguiré olvidar a Jesse. Es una decisión muy simple, la verdad. Que estuviera tan desesperado y tan hecho polvo significa que lo está pasando mal, ¿no? No se comportaría así si yo no significara nada para él, ¿verdad? Son demasiadas preguntas...

Miro a Sam. Una pequeña sonrisa ilumina su cara de pícaro.

—Mi trabajo aquí está hecho —dice imitando a Jesse. Se levanta con una mueca de dolor—. Esa zorra malvada... ya llorará cuando no pueda cumplir.

Sonrío para mis adentros. Es obvio que la noticia bomba no ha afectado a Kate del mismo modo que a mí. Me pongo lo primero que encuentro (unos *jeans* rotos y una camiseta de Jimmy Hendrix) y cojo las llaves del coche. Las lágrimas me inundan los ojos y la culpa me abre un agujero enorme en el estómago a puñetazos. La he cagado a lo grande. Él quería poner las cartas sobre la mesa. Iba a contarme lo de La Mansión, pero ¿y si quería decirme algo más? Espero que sí, porque voy a averiguarlo. La advertencia de Sarah, que Jesse no es la clase de hombre con el que una deba plantearse un futuro, hace una aparición estelar en mi mente mientras corro hacia el coche. Quizá tenga razón, pero no puedo vivir sin saber qué quería decirme.

Capítulo 38

Conduzco hacia el Lusso a lo loco, adelantando, dando bocinazos y saltándome unos cuantos semáforos en rojo. Cuando llego a la puerta, veo que el coche de Jesse está detenido en ángulo y ocupa dos de sus plazas de garaje. Abandono mi Mini en la calle y entro por la puerta de peatones dando las gracias al cielo por acordarme del código. Corro hacia el vestíbulo, Clive está en la mesa del conserje. Se ve más alegre que de costumbre.

—¡Ava! Por fin le he encontrado el truco al dichoso equipo —afirma extasiado.

Me agarro al mostrador de mármol para recobrar el aliento.

—Me alegro, Clive. Te dije que lo lograrías.

—¿Te encuentras bien?

—Sí. Sólo he venido a ver a Jesse.

El teléfono suena y Clive levanta el dedo para decirme que le disculpe un segundo.

—¿Señor Holland? Sí, cómo no, señor. —Cuelga y anota un par de cosas en un cuaderno—. Perdona.

—No te preocupes. Voy a subir.

—Ava, el señor Ward no me ha informado de que fueras a venir. —Revisa la pantalla.

Lo miro boquiabierta. ¿Me está tomando el pelo? Ha visto a Jesse subiéndome y bajándome en brazos infinidad de veces. ¿A qué juega? Le sonrío con dulzura.

—¿Te gusta tu trabajo, Clive?

Se pone como unas pascuas.

—Básicamente, soy el ayudante personal de trece residentes ricachones, pero me encanta. Deberías oír las cosas que me piden. Ayer el señor Daniels me pidió que organizara un paseo en helicóptero por la ciudad para su hija y tres amigos y... —se acerca al mostrador y baja la voz—, el señor Gómez, del quinto, recibe a una mujer distinta cada día de la semana. Y al señor Holland parece que le van las tailandesas, pero no se lo cuentes a nadie. Es confidencial. —Me guiña el ojo y me pregunto qué le habrá pedido Jesse que haga u organice. Para empezar, podría encargarse de que le arreglen la ventanilla rota.

—Parece muy interesante. Me alegro de que lo estés disfrutando, Clive. —Le dedico una sonrisa aún más amplia—. ¿Te importa si subo?

—Tengo que avisarle primero, Ava.

—¡Pues llama! —le espeto, impaciente y molesta. Clive marca el número del ático.

Cuelga y vuelve a llamar.

—Estoy seguro de que lo he visto pasar —murmura con el ceño fruncido—. Puede que me equivoque.

—Su coche está fuera. Tiene que estar —insisto—. Inténtalo otra vez. —Señalo el teléfono. Clive aprieta un par de botones y yo no le quito el ojo de encima.

Vuelve a colgar sacudiendo la cabeza.

—No, no está. Y no ha puesto un NM en el sistema, así que no está durmiendo u ocupado. Debe de haber salido.

Frunzo el ceño.

—¿NM?

—No molestar.

—Clive, sé que está en casa. ¿Me dejas subir, por favor? —le suplico. No puedo creer que se esté haciendo tanto de rogar.

Vuelve a acercarse al mostrador, entorna los ojos y mira a un lado y a otro para comprobar que no hay moros en la costa.

—Puedo meterme en un buen lío por no seguir el protocolo, Ava, pero por ser tú... —Me guiña el ojo—. Pasa.

—Gracias, Clive.

Entro de un salto en el ascensor, introduzco el código y rezo para que no lo haya cambiado, aunque no hace tanto que me he marchado. Dejo escapar un suspiro de alivio cuando las puertas se cierran y comienza a subir hacia el ático. Ahora sólo falta que me abra la puerta. No tengo llave.

El estómago me da unos cuantos vuelcos cuando llega el ascensor y me encuentro delante de las puertas del apartamento de Jesse. Frunzo el ceño. Está abierto y se oye música. Está muy alta.

Franqueo la puerta con cuidado y al instante mis oídos reciben el bombardeo de una canción muy potente y conmovedora pero triste. Está por todas partes. La reconozco de inmediato. Es *Angel*. La letra me cae encima como una losa y me pongo en guardia. Ahora mismo es ruidosa y deprimente, no suave y ardiente como cuando hicimos el amor. Tengo que encontrar el control remoto para poder bajar el volumen o apagarla. Me afecta demasiado. Suena en todos los altavoces integrados, así que no hay escapatoria. Quizá no esté en casa. Tal vez el equipo se haya averiado, porque es imposible que pueda soportar la música a tal volumen durante mucho rato. Pero la puerta estaba abierta de par en par. Me tapo los oídos con las manos y busco algún tipo de control remoto. Corro a la cocina y veo uno sobre la isla. Pulso el botón y bajo el volumen; mucho.

Una vez solucionado lo del nivel de ruido, empiezo a buscar a Jesse en la planta principal. Pongo un pie en el primer peldaño y doy un puntapié a algo que repiquetea contra el suelo. Recojo la botella de cristal y la pongo en la consola que hay al pie de la escalera antes de empezar a subir los peldaños de dos en dos.

Voy directa al dormitorio principal, pero él no está. Busco como una posesa en todas las habitaciones de la planta. Nada. ¿Dónde está? Bajo la mitad de la escalera y me paro en seco al ver la botella vacía que he recogido antes.

Es vodka. O lo era. No queda ni gota.

Una ola de ansiedad me recorre el cuerpo y un millón de pensamientos se agolpan en mi mente. Nunca he visto a Jesse beber. Nunca. Siempre que había alcohol, él lo rechazaba y pedía agua. Nunca se me había ocurrido preguntarme por qué. ¿Lo he visto beber alguna vez? No, creo que no. Contemplo la botella vacía de vodka sobre la mesa y pienso que la ha tirado al suelo con poco cuidado. Algo no anda bien.

—No, por favor, no —susurro para mis adentros.

Me viene a la cabeza lo mucho que insistió en que no bebiera el viernes. Nuestra pelea en el Blue Bar cuando intentó obligarme a beber agua ya no parece una cosa ni tan rara ni tan poco razonable.

Oigo el ruido de algo que se cae. Me olvido de la botella de vodka vacía y miro hacia la terraza. Las puertas de cristal se abren. Bajo la escalera a toda velocidad, cruzo el salón y derrapo al llegar a la terraza y ver a Jesse intentando levantarse de una de las tumbonas. ¿Es que he vivido con los ojos cerrados durante las últimas semanas? No me he enterado de nada.

Lleva una toalla a la cintura y una botella de vodka en una mano. La agarra con fuerza mientras intenta apoyarse en la otra mano para levantarse. Maldice como un poseso.

Me quedo petrificada. Este hombre del que me he enamorado, una fuerza de la naturaleza, apasionado y cautivador, ha quedado reducido a un borracho asqueroso. ¿Cómo he podido no verlo? Aún no me he hecho a la idea de todo lo que ha pasado hoy. ¿Esto qué es, la cereza del pastel? ¿Qué he hecho yo para merecer esto?

Cuando consigue ponerse de pie, se vuelve para tenerme cara a cara. Tiene la mirada perdida y está pálido. No parece él.

—Demasiado tarde, señorita. —Arrastra las palabras con odio, sin quitarme la vista de encima. Nunca me había mirado así. Nunca me había hablado así, ni siquiera cuando estaba encabronado conmigo. ¿Qué le ha pasado?

—Estás borracho. —Vaya estupidez acabo de decir, pero es que las demás palabras han huido, gritando como locas, de mi cerebro. Mis ojos nunca se repondrán de todo lo que han visto hoy.

—Qué observadora. —Levanta la botella y se bebe el resto. Después, se seca la boca con el dorso de la mano—. Aunque no lo bastante borracho. —Se acerca y, de forma instintiva, me aparto de su camino. Me haría daño si tropezara conmigo.

—¿Adónde vas? —le pregunto.

—A ti qué te importa —escupe sin mirarme siquiera.

Lo sigo a la cocina y lo veo sacar otra botella de vodka del congelador y tirar la que está vacía en el fregadero. Desenrosca el tapón de la nueva.

—¡Mierda! —murmura al tiempo que sacude la mano. Entonces veo que la tiene hinchada y llena de cortes. No ceja en su empeño de desenroscar el tapón hasta que lo consigue y le da un buen trago a la botella.

—Jesse, alguien tiene que mirarte esa mano.

Se mira la mano y le da otro trago a la botella.

—Pues mírala. Pero tú has causado un daño mayor —gruñe. ¿Es culpa mía? ¿Qué intenta decirme? ¿Que, junto con todo lo demás, lo he empujado a la bebida?— Sí, quédate ahí parada... ahí pasmada... y... y... confusa. ¡Te lo dije! —grita—. ¿Acaso no te lo advertí? Te... ¡Te lo advertí! —Está histérico.

—¿Qué me advertiste? —pregunto con calma, aunque ya sé lo que me va a decir. Éste es el daño aún mayor que iba a causar si lo dejaba. De esto era de lo que no iba a recuperarse. Las cosas eran más llevaderas conmigo porque entonces no bebía. ¿Por qué?

Engulle más vodka. Intento calcular cuánto habrá bebido. Es la tercera botella que he visto, pero ¿y las que no habré visto? ¿Puede beber tanto una persona?

—¡Qué típico! —grita mirando al techo.

—No lo sabía —susurro.

Se echa a reír.

—¿Cómo que no lo sabías? —Me señala con la botella—. Te dije que causarías más daño si me dejabas y aun así lo hiciste. Ahora mira cómo estoy.

Sus palabras hacen que me estremezca. Quiero llorar. Lo veo así y me entran ganas de sollozar sin parar, pero el aturdimiento controla las lágrimas. Éste no es el Jesse que yo conozco. Este hombre es un extraño, cruel, hiriente y despiadado, y yo no siento nada por él. No necesito a este hombre.

Se me acerca y me aparto. No quiero estar cerca de él.

—Eso es, echa a correr. —Sigue avanzando, acortando la distancia a cada paso—. Eres una calientabraguetas, Ava. Te tengo y no te tengo, luego te tengo otra vez. ¡Decídete de una puta vez!

—¿Por qué no me dijiste que eras alcohólico? —pregunto cuando mi espalda choca contra la pared. No puedo retroceder más. «¿Por qué no me lo contaste todo?»

—¿Y darte otra razón para no quererme? —espeta. Luego parece darle vueltas a algo—. ¡No soy alcohólico!

«¡Negación!» ¿Hasta qué punto es grave la situación? Nunca lo he visto borracho.

Está delante de mí, mirándome desde arriba. Tan de cerca, sus ojos parecen aún más oscuros y vacíos.

—Necesitas ayuda. —Se me quiebra la voz. Yo también voy a necesitar ayuda.

—Te necesitaba a ti y... tú... tú me dejaste. —Su aliento es cálido, pero no huele a menta, como siempre. Lo único que percibo son los efluvios del alcohol. Los que dicen que el vodka no huele mienten.

Le planto las manos en el pecho para echarlo atrás, pero aplico una presión mínima porque me da miedo tirarlo al suelo. Es increíble. Este hombre alto, fuerte y musculoso no se tiene en pie. El tacto de su pecho es el de siempre, el que yo conozco, pero es lo único de él que me resulta familiar en este momento.

Da un paso atrás y vuelve a llevarse la botella a los labios. Quiero quitársela y tirarla al suelo.

—Perdona, ¿estoy invadiendo tu espacio? —Se ríe—. Antes no te molestaba.

—Antes no estabas borracho. —Se la devuelvo.

—No... cierto. Estaba demasiado ocupado cogiéndote como para beber. —Me mira asqueado y se inclina hacia mí—. Estaba demasiado ocupado cogiéndote como para pensar en nada. Y a ti te encantaba. —Suelta una risa burlona—. Eras buena. De hecho, la mejor que he tenido. Y he tenido muchas.

La ira se apodera de mí tan rápido que ni me doy cuenta de que mi mano ha cobrado vida y le ha dado un bofetón. No hasta que empieza a dolerme. ¡Carajo, qué daño me he hecho!

Permanece con la cara ladeada, tal y como se la ha dejado mi mano iracunda. Luego la vuelve para mirarme, muy despacio.

—Ha sido divertido, ¿verdad?

Lo miro con desdén y niego con la cabeza. Es como si estuviera en una película sin sentido. Estas cosas no pasan en la vida real. A mí no me pasan. Clubs de sexo, locura desenfrenada y pendejos alcohólicos. ¿Cómo he acabado en este circo?

—Estás hecho una puta mierda.

—Cuidado con esa boca —dice arrastrando las palabras.

—¡No me digas cómo tengo que hablar! —le grito—. No tienes derecho a decirme cómo debo hacer nada. ¡Ya no!

—Estoy-hecho-una-puta-mierda-por-tu-culpa —subraya. Arrastra cada palabra y me hunde el índice en la cara. Me temo que voy a pegarle un puñetazo en esa jeta de borracho si no salgo de aquí ahora mismo. Pero todas mis cosas están aquí y necesito cogerlas. No quiero tener que volver nunca más.

Le doy un empellón y corro hacia la escalera. Con suerte, estará demasiado borracho como para subirlas y podré recogerlo todo sin más discusiones violentas. Subo lo más rápido que puedo, entro en el dormitorio y vacilo unos instantes preguntándome dónde habrá puesto mi maleta.

Encuentro mi bolsa de viaje guardada con pulcritud en el vestidor, detrás de unas cajas de zapatos. La jalo, descuelgo mi ropa de las perchas y recojo mis cosas del suelo al mismo tiempo. Vuelvo al dormitorio y me encuentro a Jesse en la puerta. Ha tardado más que de costumbre, pero ha conseguido subir la escalera. Lo ignoro y me dirijo al baño a toda prisa. Meto mis pertenencias en la bolsa sin comprobar si están cerradas. Es probable que acabe con una pila de ropa manchada de champú, pero me importa un pimiento. Necesito salir de aquí cuanto antes.

—¿Te trae recuerdos, Ava?

Jesse está acariciando la superficie de mármol del lavabo doble, muy serio. Intento olvidar nuestro encuentro de la noche de la inauguración. Fue en esta habitación donde finalmente me rendí a este hombre. En este cuarto de baño hicimos el amor por primera vez. No, cogimos por primera vez. Y ahora todo va a acabar también aquí.

Me cierra el paso con su cuerpo tambaleante. No lleva consigo la botella de vodka y la toalla está demasiado suelta. Intento salir pero me lo impide. No hay manera de escapar.

—¿Te vas de verdad? —pregunta en voz baja.

—¿Creías que iba a quedarme? —pregunto exasperada. ¿Después de todo lo que he visto hoy? Creía que podía sobreponerme a lo de La Mansión y toda la mierda asociada a ella y ahora me encuentro con esto. Mi mundo, que ya de por sí estaba hecho añicos, acaba de quedar reducido a cenizas. Ni todo el amor del mundo podría arreglar este desastre. Me ha montado en una montaña rusa. Me ha engañado y me ha manipulado a propósito.

—Así que ¿se acabó? ¿Me has puesto la vida patas arriba, has causado todo este daño y ahora te vas sin arreglarlo?

Lo miro estupefacta. ¿Se cree que es el único afectado por todo esto? ¿Me dice que yo le he puesto la vida patas arriba? Este hombre alucina incluso borracho.

—Adiós, Jesse. —Lo dejo y corro hacia la escalera luchando contra el impulso de mirar atrás. El hombre arrebatador del que me había enamorado, el hombre al que creía que iba a amar el resto de mi vida, ha sido cruelmente reemplazado por una criatura borracha y asquerosa.

—¡Quería decírtelo, pero te empeñaste en ser tan difícil como siempre! —ruge a mi espalda—. ¿Cómo puedes irte? —Su crueldad me provoca escalofríos, pero sigo andando—. ¡Ava, nena, por favor!

Mientras bajo la escalera, oigo un estrépito seguido de una colección de golpes y objetos que caen. Corro aún más rápido. Cualquier sueño de lanzarme a sus brazos fuertes y cariñosos se ha desvanecido por completo. Mi final feliz con mi hombre arrebatador ha quedado reducido a la nada. Podría haberme metido en una relación seria con Jesse sin tener la más remota idea de sus oscuros secretos. ¿Cuándo los habría descubierto?

Debería dar las gracias. Al menos me he enterado antes de que fuera demasiado tarde.

¿Antes de que fuera demasiado tarde?

Ya es demasiado tarde.

Me acerco a la puerta de casa de Kate como una zombi. Se abre antes de que meta la llave en la cerradura.

Me mira con el rostro desfigurado por la confusión.

—¿Qué ha pasado? —me pregunta. Tiene los ojos abiertos como platos y llenos de preocupación. Sam aparece detrás de ella. Una mirada me basta para darme cuenta de que él sabe con exactitud lo que ha ocurrido.

Mis doloridos músculos se rinden, incluso el corazón, y me desplomo en el suelo sollozando incontroladamente. Soy a duras penas consciente de que Kate me abraza y me acuna entre sus brazos, pero no me consuelan.

No son los de Jesse.

FIN... hasta una semana después, cuando Ava se encontrará... *Debajo de este hombre.*

mi hombre

JODI ELLEN MALPAS

OBSESIÓN

Planeta

Capítulo 1

Han pasado cinco días desde que vi a Jesse Ward por última vez. Cinco días de angustia, cinco días de vacío y cinco días de sollozos. No queda nada en mi interior. Ni emociones, ni alma, ni lágrimas. Nada.

Cada vez que cierro los ojos lo veo ahí. Un aluvión de imágenes se proyecta en mi mente; oscilan entre el hombre atractivo y seguro de sí mismo que me poseyó por completo y esa criatura vacua, hiriente y ebria que ha acabado conmigo. Estoy hecha un auténtico lío. Me siento vacía e incompleta. Me obligó a necesitarlo y ahora se ha ido.

Veo su rostro en la oscuridad y oigo su voz en el silencio. No logro escapar de él. Soy ajena al bullicio que me rodea, percibo los sonidos como un zumbido distante, y veo las cosas lentas y borrosas. Vivo en un infierno. Vacía. Incompleta. Siento una angustia absoluta.

Dejé a Jesse borracho y furioso en su ático el domingo pasado. No he sabido nada de él desde que me marché y lo abandoné gritando y trastabillando. No ha habido llamadas, ni mensajes, ni flores... Nada.

Sam sigue frecuentando semidesnudo la casa de Kate, pero sabe que no debe mencionarme a Jesse, de modo que calla y mantiene la distancia conmigo. Mi presencia debe de resultar incómoda en estos momentos. ¿Cómo es posible que un hombre al que conozco desde hace apenas unas semanas haga que me sienta de esta manera? Y no obstante, en este poco tiempo he descubierto que es intenso, apasionado y controlador, pero también tierno, cariñoso y protector. Lo echo mucho de menos, pero no a la persona borracha y vacía a la que me enfrenté la última vez. Ése no era el hombre del que me he enamorado, pero ese breve intercambio de insultos no consiguió borrar las semanas que vivimos antes de ese funesto domingo que pasamos solos. Prefiero mil veces su carácter frustrante y provocador a la desagradable imagen de verlo bebido. Por extraño que parezca, también echo de menos esos rasgos exasperantes de su personalidad.

Ni siquiera he pensado en La Mansión ni en lo que representa. Prácticamente ha perdido toda importancia. Al parecer, que Jesse hubiera vuelto a beber fue culpa mía. Arrastrando las palabras me recordó que ya me había advertido de que habría graves consecuencias si lo dejaba. Y es verdad, lo había hecho. Pero no me explicó qué clase de consecuencias ni por qué. Era otro de sus misteriosos acertijos, y no me dio más detalles. Debería haber insistido, pero me encontraba demasiado ocupada dejándome absorber por él. Estaba ebria de lujuria y sumida en su intensidad, todo me daba igual. Él me consumía por completo. Nunca imaginé que fuese el señor de La Mansión del Sexo y, desde luego, nunca imaginé que fuese alcohólico. Estaba completamente ciega.

He tenido suerte de haber esquivado las posibles preguntas de Patrick respecto al proyecto del señor Ward. Cuando una suma de cien mil libras apareció en la cuenta bancaria de Rococo Union por cortesía del señor Ward me sentí inmensamente agradecida. Con tanto dinero pagado por adelantado podía decirle a Patrick que el señor Ward había tenido que marcharse al extranjero por una cuestión de negocios y que eso retrasaría el proyecto. Sé que tendré que hacer frente a este tema, pero ahora mismo no tengo fuerzas, y no sé cuándo lograré reunirlas. Quizá nunca.

La pobre Kate se ha estado esforzando mucho para sacarme de este agujero negro en el que me he metido. Ha intentado mantenerme ocupada con clases de yoga, llevándome de copas y decorando pasteles, pero como mejor me siento es pudriéndome en la cama. Viene a comer conmigo todos los días, aunque yo no como nada. Bastante me cuesta limitarme a tragar sin tener que pasar comida a través del nudo constante que tengo en la garganta.

Lo único que espero con ansia en estos momentos es mi paseo matutino. Apenas duermo, así que obligarme a salir de la cama a las cinco de la mañana todos los días es relativamente fácil.

La mañana es tranquila y fresca. Me dirijo al punto de Green Park donde me desplomé, exhausta, la mañana en que Jesse me arrastró por las calles de Londres en uno de sus agotadores maratones. Me quedo sentada, arrancando briznas de césped cubiertas de rocío hasta que tengo el trasero dormido y empapado, y entonces me dispongo a regresar sin prisa y me voy preparando para sobrellevar otro día sin Jesse.

¿Cuánto tiempo podré seguir así?

Mi hermano, Dan, vuelve mañana a Londres tras visitar a mis padres en Cornualles. Debería estar deseando verlo, han pasado seis meses desde que se marchó, pero ¿de dónde voy a sacar la energía para fingir que todo va bien? Y con la llamadita de Matt a mi madre para informarla de que estaba saliendo con otro hombre, me espera un posible interrogatorio. Yo le dije que no era verdad (lo era en aquel momento, ahora ya no), pero conozco bien a mi madre y sé que no me creyó, a pesar de que nos separaba una línea telefónica y no podía ver cómo jugueteaba con mi pelo. ¿Qué iba a decirles? ¿Que me había enamorado de un hombre de quien no sé ni la edad que tiene? ¿Que regentea un club sexual y que, ¡ah, sí!, es alcohólico? El no haber ido a verlos tampoco ayuda demasiado. Mi excusa al decir que tenía trabajo fue bastante lamentable, así que no me cabe la menor duda de que mañana Dan me someterá a un cuestionamiento intenso. Tengo que prepararme para sus preguntas. Será el interrogatorio más exhaustivo al que me hayan sometido jamás.

De repente, mi celular empieza a sonar y a vibrar sobre el escritorio y me obliga a salir de mi ensoñación. Es Ruth Quinn. Suspiro para mis adentros. Esta mujer también me está suponiendo todo un reto. Llamó el martes y me exigió que le diese cita para el mismo día. Le expliqué que estaba ocupada y le sugerí que tal vez podría atenderla otra persona, pero ella insistió en que me quería a mí. Al final se conformó con la cita que le di, que resulta ser hoy, y me ha estado llamando todos los días para recordármelo. Debería ignorar la llamada, pero si lo hago marcará el teléfono de la oficina.

—Hola, señorita Quinn —la saludo con hastío.

—Ava, ¿qué tal?

Siempre lo pregunta, lo cual es bastante agradable, supongo. No le digo la verdad.

—Bien, ¿y usted?

—Bien, bien —gorjea—. Sólo quería confirmar nuestra cita.

Otra vez. Qué pesada. Debería cobrar más por aguantar estas cosas.

—A las cuatro y media, señorita Quinn —repito por tercer día consecutivo.

—Estupendo, nos vemos en un rato.

—Bien, hasta luego.

Cuelgo y dejo escapar un suspiro largo y pausado. ¿Cómo se me ocurrió acabar el viernes con una clienta nueva, y encima tan especial?

Victoria entra en la oficina con sus rizos largos y rubios sobre los hombros. La noto diferente. ¡Está naranja!

—¿Qué te has hecho? —pregunto alarmada.

Sé que en estos momentos no veo con mucha claridad, pero es imposible pasar por alto el tono de su piel.

Ella pone los ojos en blanco y saca un espejo de su bolso Mulberry para inspeccionarse la cara.

—¡No puede ser! —exclama—. Yo quería un tono broncíneo. La muy idiota se ha equivocado de botella. ¡Parezco un cono de aviso de carretera! —dice, mientras se frota la cara entre bufidos y resoplidos.

—Será mejor que vayas a comprarte un exfoliante corporal y que te des un buen baño —le aconsejo, y vuelvo a centrarme en mi pantalla.

—¡No puedo creer que me esté pasando esto! —se lamenta—. Esta noche he quedado con Drew. ¡Saldrá huyendo en cuanto me vea así!

—¿Adónde van? —le pregunto.

—Al Langan. Me van a tomar por una famosilla de poca monta. No puedo ir así.

Esto es una auténtica catástrofe para Victoria. Drew y ella sólo llevan saliendo una semana, otra relación que ha surgido a partir de mi historia frustrada. Ahora sólo falta que llegue Tom y nos anuncie que va a casarse. Ahora mismo, por egoísta que resulte, soy incapaz de alegrarme por nadie.

Sally, nuestra chica para todo en la oficina, sale apresurada de la cocina y se detiene en seco al ver a Victoria.

—¡Madre mía! ¿Estás bien, Victoria? —pregunta, y yo sonrío para mis adentros cuando la chica me mira alarmada. Nuestra sencilla Sal no entiende todas estas tonterías de embellecerse.

—¡Perfectamente! —espeta Victoria.

Sally se retira a la seguridad de sus archivos y huye de la encolerizada Victoria y de mí y mis miserias.

—¿Y Tom? —pregunto en un intento por distraer a Victoria de su crisis con el falso bronceado.

Ella golpea su mesa con el espejo de mano y se vuelve para mirarme. Si tuviera energía me echaría a reír. Está horrible.

—En casa del señor Baines. Parece ser que la pesadilla continúa —gruñe mientras se acomoda los rubios rizos alrededor de la cara.

Dejo a Victoria y de nuevo miro vagamente la pantalla de mi computadora. Estoy deseando que termine el día para volver a meterme en la cama, donde no tengo que ver, hablar o interactuar con nadie.

Cuando dan las cuatro en punto, apago la computadora y salgo de la oficina para ir a reunirme con la señorita Quinn.

Llego a la magnífica vivienda adosada de Lansdowne Crescent a tiempo, y ella me abre la puerta. Me quedo pasmada. Su voz no se corresponde para nada con su aspecto. Pensaba que sería una solterona de mediana edad, tipo profesora de piano, pero no podría estar más equivocada. Es una mujer muy atractiva, con el pelo largo y rubio, los ojos azules y la piel pálida y tersa, y viste un precioso vestido negro con zapatos de plataforma.

Sonríe.

—Debes de ser Ava. Pasa, por favor. —Me guía hasta una cocina horrible estilo años setenta.

—Señorita Quinn, mi portafolio. —Le entrego mi carpeta y ella la acepta con entusiasmo. Tiene una sonrisa muy agradable. Quizá la haya juzgado mal.

—Llámame Ruth, por favor. He oído hablar mucho sobre tu trabajo, Ava —dice mientras hojea el documento—. Sobre todo del Lusso.

—¿Ah, sí? —Parezco sorprendida, pero no lo estoy. Patrick está encantado con la respuesta que Rococo Union ha tenido de la publicidad del Lusso. Yo preferiría olvidar todo lo relacionado con ese edificio, pero parece que no es posible.

—¡Sí, claro! Todo el mundo habla de ello. Hiciste un trabajo fascinante. ¿Quieres tomar algo?

—Un café estaría bien, gracias.

Sonríe y se dispone a preparar las bebidas.

—Siéntate, Ava.

Me siento, saco mi expediente de clientes y anoto su nombre y la dirección en la parte superior.

—Bueno, ¿y qué puedo hacer por ti, Ruth?

Se echa a reír y señala la estancia que nos rodea con la cucharilla.

—¿De verdad necesitas preguntármelo? Es espantosa, ¿no te parece? —dice, y vuelve a centrarse en la preparación del café.

La verdad es que sí, pero no voy a ponerme a temblar de terror al ver los módulos café y amarillo y las paredes de imitación de ladrillo.

—Obviamente, busco ideas para transformar esta monstruosidad —continúa—. Había pensado en echarla abajo y convertirla en una habitación familiar grande. Ven, te lo mostraré. —Me pasa un café y me indica que la siga hasta la siguiente estancia.

La decoración es igual de horrible que en la cocina. Ella parece bastante joven, aparenta unos treinta y tantos, así que deduzco que hace poco que se ha trasladado. Parece que este lugar no ha visto una brocha desde hace cuarenta años.

Tras una hora de charla, creo que ya he captado la idea de Ruth. Tiene buena visión.

Me acompaña hasta la puerta.

—Pensaré en unos cuantos diseños que se adapten a tu presupuesto y a tus ideas, y te los haré llegar con mis tarifas —le digo al despedirme—. ¿Hay alguna cosa que deba dejar al margen?

—No, en absoluto. Evidentemente quiero todos los lujos básicos que uno espera encontrar en una cocina. —Me ofrece la mano y yo se la estrecho cortésmente—. Y un refrigerador para vinos. —Se echa a reír.

—Claro —sonrío con rigidez. La sola mención del alcohol hace que se me hiele la sangre—. Estaremos en contacto, señorita Quinn.

—Llámame Ruth, por favor.

Dejo a la señorita Quinn y me siento aliviada; he cumplido con toda la cortesía que se espera de mí, al menos por ahora... hasta que vea a mi hermano mañana.

Me arrastro por las calles hacia la casa de Kate y deseo que no esté para poder retirarme a mi cuarto antes de que continúe con su misión de «animar a Ava».

—¡Ava!

Me detengo y veo a Sam asomándose por la ventanilla de su coche mientras pasa lentamente por mi lado.

—Hola, Samuel —saludo con una sonrisa forzada mientras continúo caminando.

—Ava, por favor, no te unas al club de encabronar a Sam como tu endiablada amiga. Me veré obligado a mudarme a otra parte.

Detiene el coche, sale de su Porsche y se reúne conmigo en la acera delante de casa.

Tiene el aspecto informal de siempre, con esos shorts exageradamente anchos, una camiseta de los Rolling Stones y el pelo castaño cuidadosamente desaliñado.

—Lo siento. ¿Te has trasladado aquí de forma permanente? —pregunto enarcando una ceja.

Sam tiene un departamento en Hyde Park con mucho más espacio, pero como Kate tiene el taller en la planta baja de su casa, insiste en que se quede aquí.

—No, qué va. Kate me dijo que llegarías a casa a las seis, y quería hablar contigo. —De repente parece muy nervioso, lo que hace que me sienta tremendamente incómoda.

—¿Va todo bien? —pregunto.

Él sonríe levemente, pero no llego a verle el hoyuelo.

—La verdad es que no, Ava. Necesito que vengas conmigo —dice tímidamente.

—¿Adónde?

¿A qué viene este comportamiento? Sam no es así. Él es alegre y natural.

—A casa de Jesse.

Sam debe de haber advertido la expresión de horror en mi rostro, porque se me acerca con expresión suplicante. Con la sola mención de su nombre siento pánico. ¿Para qué quiere que vaya a casa de Jesse? Después de nuestro último encuentro tendría que llevarme a rastras mientras grito y pataleo. No volvería allí ni por todo el oro del mundo. Jamás.

—Sam, no. —Doy un paso atrás negando con la cabeza. Mi cuerpo ha empezado a temblar.

Él suspira y arrastra los tenis sobre el pavimento.

—Ava, estoy preocupado. No contesta al teléfono, y nadie lo localiza. Estoy desesperado. Sé que no quieres hablar de él, pero han pasado casi cinco días. He ido al Lusso, pero el conserje no nos deja subir. A ti te dejará. Kate dice que lo conoces. ¿No puedes al menos convencerlo para que nos deje subir? Necesito saber cómo está.

—No, Sam. Lo siento, no puedo —grazno.

—Ava, me preocupa que haya hecho alguna estupidez. Por favor.

Se me empieza a cerrar la garganta, y él se acerca hacia mí mientras extiende las manos. No me había dado cuenta de que estaba retrocediendo.

—Sam, no me pidas esto. No puedo hacerlo. Él no querrá verme, y yo tampoco a él.

Me agarra de las manos para que no siga retirándome, me impulsa contra su pecho y me abraza con fuerza.

—Ava, lamento muchísimo tener que pedírtelo, pero debo subir ahí y ver cómo está.

Dejo caer los hombros, vencida por su abrazo y, de repente, empiezo a sollozar, justo cuando creía que ya no me quedaban más lágrimas.

—No puedo verlo, Sam.

—Oye. —Se aparta y me mira—. Sólo habla con el conserje y convéncelo para que nos deje subir. Es lo único que te pido. —Me seca una lágrima que se me había escapado y sonríe con expresión suplicante.

—No voy a entrar —afirmo. Siento un nudo de pánico en el estómago sólo de pensar en verlo de nuevo. Pero ¿y si ha cometido alguna estupidez?

—Ava, tú sólo consigue que nos dejen subir al ático.

Asiento y me seco las lágrimas, que ahora brotan con facilidad.

—Gracias. —Me va arrastrando hacia su Porsche—. Sube. Drew y John se reunirán con nosotros allí. —Abre la puerta del copiloto y me insta a entrar en el coche.

Si John y Drew van a estar allí es porque debe de haber dado por hecho que accedería. Sam siempre tan optimista.

Me monto en el coche y dejo que Sam me lleve al Lusso, en los muelles de Santa Catalina, el lugar al que juré no volver jamás.